D1664044

BASTEI
LÜBBE

WOLFGANG HOHLBEIN

JOHAN KERK

SPACELORDS

Drei Romane in einem Band

HADRIANS MOND
ST. PETERSBURG ZWEI
SANDARAS STERNENSTADT

BASTEI LÜBBE

BASTEI-LÜBBE-TASCHENBUCH
Band 25 271

Erste Auflage:
April 1995

Titelbild: Arndt Drechsler
Umschlaggestaltung:
Klaus Blumenberg
Satz: KCS GmbH,
Buchholz/Hamburg
Druck und Verarbeitung:
Cox & Wyman
Printed in Great Britain

ISBN 3-404-25271-3

Der Preis dieses Bandes
versteht sich einschließlich der
gesetzlichen Mehrwertsteuer.

GESCHICHTE
DES IMPERIUMS

Die nachfolgende, stark gekürzte Übersicht soll den Leser stichwortartig über die Geschichte der vergangenen Jahrhunderte informieren und entstammt dem Werk **Bontemps, Fitzroy; The History of Mankind, Volume I – VII; 1. Auflage 4300 A.D.**, mit freundlicher Genehmigung des Autors.

2144 A.D., Tag 155: Jean-Pierre Legraine stellte anläßlich einer Tagung des sogenannten ›5D-Zirkels‹ auf da Vinci IV, einer der Mondkolonien, erstmals seine *Theorie der hyperstabilen Quantenmechanik in übergeordneten Kontinua* der Öffentlichkeit vor. Kernstück dieser Theorie war die Behauptung, daß es mit Hilfe eines fünfdimensionalen Feldes möglich sein sollte, atomare Energiestrukturen in übergeordnete Kontinua zu ›projizieren‹ und in Nullzeit an einem anderen Ort wieder ›eintreten‹ zu lassen – der sogenannte ›Hyperraumsprung‹, der bereits lange zuvor beliebtes Thema der Unterhaltungsmedien jenes Zeitalters war. Obwohl allgemein belächelt und von Fachkollegen nicht ernst genommen, gelang es Legraine dennoch, in der Firma Sontay, Inc. einen Finanzier für den Bau des ersten ›Legraine-Generators‹ zu finden.

2147 A.D., Tag 054: Die *Sontay I*, das erste mit dem Legraine-Generator ausgestattete Versuchsmodell, wurde fertiggestellt. Joseph Moskowiecz, ehemaliger Flight Leader der sogenannten ›Terran Space Force‹, verschwand bei der ersten Erprobung des Legraine-Generators mitsamt dem Versuchsmodell in einem atomaren Feuerball. Die Theorie Legraines war zu diesem Zeitpunkt aber schon bekannt genug, um einen Streit auch ernst genommener Fachwissenschaftler auszulösen.

2147 A.D., Tag 091: Mitchell Warington, Leiter der feldtheoretischen Rechenbionik auf Mars-Epsilon, legte seine modifizierte Version der

Legraine-Theorie vor, nach der eine überhaupt kontrollierbare ›Projektion‹ energetischer Strukturen nur außerhalb von Gravitationsfeldern bestimmter Stärke stattfinden kann; jeder andere Versuch führte zu einer nicht mehr kontrollierbaren atomaren Reaktion. Da diese Theorie zumindest eine mögliche Erklärung für das *Sontay I*-Desaster liefert, entschloß sich Sontay, Inc. zum Bau der *Sontay II*.

2149 A.D., Tag 320: Die *Sontay II* startete von Vesta Space Base mit Kurs Transpluto. 268 Stunden später meldete Flight Commander Louisa Kimberley das Erreichen des vorgesehenen Transitionspunktes. Die *Sontay II* samt Besatzung verschwand beim Auslösen des ›Legraine-Warington-Generators‹, wie er mittlerweile genannt wurde, spurlos von den Schirmen, tauchte aber weder am vorgesehenen Ort noch sonst wieder auf. Sontay, Inc. ging in Liquidation.

2150 – 2193 A.D.: Das Projekt ›Legraine-Warington-Generator‹ wurde nach einer geheimen Konferenz in New Frisco völlig überraschend unter die direkte Befehlsgewalt der TSP gestellt, Codename ›Jumping Jack‹. Während einerseits die endgültige Besiedelung des Mars und der Ausbau der ›Digging Colonies‹ auf Ceres und Juno vorangetrieben wurden, wurde andererseits an der Weiterentwicklung und Verfeinerung besonders der Steuerung des Legraine-Warington-Generators gearbeitet. Den mit stetig verbesserten Versionen des Legraine-Warington-Generators ausgestatteten Versuchsschiffen *Terra I* bis *Terra XII* ging es nicht anders als der *Sontay II*. Das Projekt ›Jumping Jack‹ wurde trotz dieser Verluste an Menschen und Material vorangetrieben, da es nach Ansicht aller Beteiligten letztendlich zu einem Erfolg führen mußte und zudem für die Menschheit als Ganzes die einzig bekannte Möglichkeit bot, in den interstellaren Raum vorzudringen. Ein erster Erfolg mit *Terra XIII* im Jahre 2187 A.D., bei dem ein kontrollierter Sprung über 2,4 Lichtminuten gelingt, gab dem Enthusiasmus Auftrieb.

2193 A.D.: Ein Kommunikationssatellit im Bereich Transpluto empfing einen verstümmelten Funkspruch von der *Sontay II*, abgesandt von Flight Commander Louisa Kimberley im Jahre 2164 A.D. aus dem Gebiet des Systems Chi Draconis. Der genaue Inhalt wurde geheimgehalten, es scheint aber, daß die Auswirkung der galaktischen Gravitationskonstante auf die effektive Feldstärke des Legraine-Warington-Generators bis zu jenem Zeitpunkt falsch berechnet wurde. Dieses führte zu einer Überstrahlung in den Steuermechanismus, welcher seinerseits zur genauen Positionsbestimmung und Ansteuerung des Generators auf genaue Messungen der glalaktischen Gravitationslinien angewiesen war. Der *Terra XVI* unter Flight Commander Djubomir Wozniak gelang mit einem veränderten Steuermechanismus noch im gleichen Jahr ein kontrollierter Sprung in Nullzeit über vier Lichtjahre zum System Alpha Centauri und zurück. Die Menschheit bekam einen Antrieb für interstellare Distanzen und Flight Commander Wozniak eine Medaille.

2195 A.D., Tag 163: Die ersten drei Schiffe des neugegründeten Terran Exploratory Corps oder kurz TEC, ausgerüstet mit der neuesten Version des Legraine-Warington-Generators samt geänderter Steuerung, starteten nach Alpha Centauri, Epsilon Eridani und Altair. Diese ersten ›Explorationsraumer‹, wie sie hochtrabend genannt wurden, waren nichts weiter als ausgemusterte Kreuzermodelle Baureihe *Delta-IIX* der Terran Space Force, die neben dem innerhalb des Solsystems benutzten Antrieb auf Basis einer kontrollierten Wasserstoff-Fusion nun mit dem Legraine-Warington-Generator nachgerüstet waren, um interstellare Distanzen zu überbrücken. Die Größe und technische Ausstattung dieser Schiffe muß nach heutigen Maßstäben als mangelhaft bezeichnet werden, dennoch waren sie die ersten funktionsfähigen Hilfsmittel auf dem Weg des Menschen in das Universum.

2196 A.D. – 3235 A.D.: Die Menschheit erobert die Sterne – wie es so schön hieß.

Die mit Legraine-Warington-Generatoren ausgestatteten Schiffe konnten Distanzen bis zu acht Lichtjahren in Nullzeit und mit vergleichsweise geringen Kosten überbrücken, was zu einer – aus heutiger Sicht – hemmungslosen Expansion in alle Himmelsrichtungen führte. Nach den ersten zaghaften Versuchen setzte ein Boom auf den Raumschiffswerften ein, wobei die Auftraggeber in zunehmendem Maße auch private Firmen waren. Jeder wollte ein Stück des Kuchens in Form von Stützpunkten, Schürfrechten, Informationsressourcen, Rohstoffen und nicht zuletzt dem Image des Weltentdeckers für sich, und nicht immer wurde der Grundsatz beachtet, daß ein System zuerst vom TEC freigegeben werden mußte, um angesprungen werden zu können – als mögliche Folge einer solchen Nichtbeachtung sei hier an das Desaster der *Pilgrim Father* mit 427 Menschen an Bord im System Formalhaut A erinnert.

Da aufgrund der Funktionsweise des Legraine-Warington-Generators und seiner Ansteuerung ein Sprungpunkt nur innerhalb eines geringen Gravitationspotentials existieren konnte, war ein direkter Ansprung eines Planeten nicht möglich. Statt dessen wurde ein − hoffentlich richtig berechneter − Punkt außerhalb der äußeren Planetenbahnen angesprungen, von dem aus sodann der ›Flug‹ in das System mittels des bekannten Wasserstoffantriebs erfolgte. Anfänglich führte diese Methode zu einer hohen Verlustquote an Schiffen; mit zunehmender Verfügbarkeit genauer Daten über die einzelnen Systeme und deren Sprungpunkte konnte das Risiko jedoch verringert werden, da genauere Berechnungen möglich waren − überflüssig zu sagen, daß die Koordinaten lohnend erscheinender Systeme eifersüchtig gehütet wurden.

In diesen gut tausend Jahren erfolgte bereits die Ausbreitung des Menschen über nahezu den gesamten Bereich unseres Spiralarmes. Da die Zentralgewalt auf Terra fern war, blühte in den entlegeneren oder nur dünn besiedelten Sektoren ein buntes Vielerlei von mehr oder minder weisungsabhängigen Regierungsvertretern, Wirtschaftskooperativen (mit teilweise eigenen Planeten), Handelshäusern (die oft nicht mehr als Schmuggler waren), religiösen Fanatikern, die nun genügend Raum zur Verwirklichung ihrer jeweiligen Ideale hatten, und anderen Gruppen aller gesellschaftlichen Schattierungen. Es gab Planeten, auf denen beinahe erdähnliche Verhältnisse herrschten, und solche, auf denen nicht viel mehr als eine Thermoplast-Station zu finden war. Nicht umsonst wurden die Zustände in weiten Bereichen dieses sogenannten ›Sternenreiches‹ mit denen des Wilden Westens in der Frühzeit der erdgebundenen Epoche verglichen.

Auch wenn auf einigen der erkundeten oder besiedelten Planeten intelligentes Leben und auf vielen eine mehr oder minder entwickelte einheimische Flora und Fauna anzutreffen war, so blieb doch bis zum Jahre 3235 A.D. (diese altertümliche Zeitrechnung war teils aus Gewohnheit, teils wegen der Schwierigkeiten, die mit der Einführung eines neuen Kalenders verbunden gewesen wären, immer noch beibehalten worden) eine der Voraussagen vieler Wissenschaftler oder auch selbsternannter Zukunftspropheten unerfüllt: Auf eine raumfahrende Zivilisation war man bisher nicht gestoßen. Der Mensch war immer noch allein im All.

3235 A.D., Tag 362: Der Relaissatellit Commo-II/Epsilon im System 82 Eridani fing einen Notruf der Steuerungsbionik der Atmosphärenkonverter-Station auf Gamma Leporis an der Grenze des erforschten Raumes auf. Die Ist-Werte der atmosphärischen Daten wichen in irreparabler Weise von den vorhergesehenen Werten des Zweiundvierzig-Jahre-Programms zur Schaffung einer erdähnlichen Atmosphäre ab. Der von Ross 614A/4 (später Flanagan's Stern) gestartete Erkundungsraumer *Admiral Francis Drake* meldete zwei Tage später das Erreichen des vorberechneten Sprungpunktes im System Gamma Leporis; dann brach der Kontakt ab und konnte nicht wiederhergestellt werden. Sechzehn Tage später startete das 42. leichte Patrouillengeschwader unter Commander Lydon J Forsythe von Ross 614B/3, vorgeschobener Außenposten 22, nach Gamma Leporis, um die Situation zu überprüfen. Vierzehn Minuten nach Erreichen des Sprungpunktes Gamma Leporis waren die beiden Schiffe *Xerxes VII* und *Bonaparte* vaporisiert, die *Borgia* mußte samt zwei Dritteln ihrer Besatzung mit zwei Treffern im Legraine-Warington-Generator zurückgelassen werden, und auch die *Florence Nightingale* und die *Tolstoy* erreichten nur mit schweren Beschädigungen wieder den Außenposten 22. Der erste galaktische Krieg hatte begonnen...

3236 A.D. – 3237 A.D.: ... die Ereignisse der folgenden achtzehn Monate bekamen diesen Namen aber erst später, denn zunächst war man sich auf Terra gar nicht bewußt, was sich in den betroffenen Sektoren abspielte.

Das 42. leichte Patrouillengeschwader erreichte Ross 614B/3, und Commander Forsythe erstattete zunächst einmal seinen Bericht mit dem Inhalt, daß sein Geschwader im System Gamma Leporis unmittelbar nach Erreichen des befohlenen Sprungpunktes ohne Vorwarnung (und ohne befohlenen Alarmzustand, wie die spätere Kriegsgerichtsverhandlung feststellte) von acht Raumschiffen erheblicher Größe und völlig unbekannter Bauart angegriffen worden war, was zum Verlust der *Xerxes VII* und *Bonaparte* und zum wahrscheinlichen Verlust der *Borgia* geführt hatte. Commander Forsythe zog in seinem Bericht die Schlußfolgerung, daß man offensichtlich auf eine bisher unbekannte, intelligente und noch dazu raumfahrende Spezies gestoßen sei, die vermutlich über ein erhebliches Aggressionspotential verfügt, und ließ es dabei bewenden.

Irgend jemand auf Außenposten 22 (wer, ließ sich aufgrund des folgenden Totalverlustes der Station und sämtlicher Datenträger später nicht mehr feststellen) setzte glücklicherweise eine Meldung nach Terra ab und befahl höchste Alarmstufe.

Das Auftauchen einer Flotte von zwölf Raumschiffen ›erheblicher Größe und völlig unbekannter Bauart‹ sechzehn Tage später im System Ross 614B kam deshalb nicht mehr völlig überraschend, war aber dennoch nicht weniger verheerend. Während acht der aufgetauchten Schiffe sich mit den in unmittelbarer Nähe des Sprungpunktes stationierten Resten des 42. leichten Patrouillengeschwaders – immer noch unter Commander Lydon J. Forsythe – das erste Raumgefecht der Menschheitsgeschichte lieferten, setzten sich die restlichen vier Schiffe in Richtung Außenposten 22 ab und begannen mit einem zum Totalverlust der Station und ihrer Besatzung führenden planetaren Bombardement.

Commander Forsythe erreichte später an Bord der nahezu havarierten *Tolstoy*, dem einzig verbliebenen Schiff seines Geschwaders, die Sektorbasis auf Epsilon Eridani und erstattete wiederum einen Bericht, in welchem er allerdings auch die Zerstörung dreier feindlicher Raumschiffe melden konnte.

In den folgenden Monaten rollte gewissermaßen eine Dampfwalze über wesentliche Teile der von der Menschheit besiedelten Sektoren. Die Sektorbasen auf Epsilon Eridani und Tau Ceti gingen verloren, und Angriffe weiterer Feindverbände auf Sirius A und Procyon konnten nur mit Mühe und unter erheblichen Verlusten abgewehrt werden. Dem Feind schien es allerdings eher auf die Eroberung denn auf die Zerstörung der angegriffenen Planeten anzukommen (wobei niemand wußte, ob er dazu in der Lage gewesen wäre), da es in Einzelfällen auch zu Bodengefechten kam, so zum Beispiel bei der Belagerung von My Cassiopeiae.

Aus den Berichten von Überlebenden, der Untersuchung Gefangener und statistischer Auswertung der zur Verfügung stehenden Daten ergab sich in den nächsten Wochen folgendes Bild: Die S'Krill (eine phonetische Angleichung des eigentlichen Lautes), wie sie sich nannten, waren eine Rasse von bereits seit langem raumfahrenden, etwa zwei Meter zwanzig großen Echsen, welche auf zwei Hinterbeinen gingen und sich mit ihren ausgebildeten vorderen Gliedmaßen in beinahe menschlicher Weise bewegten. Da sie leider auch über eine hohe Geburtenrate und einen ausgeprägten Expansionsdrang verfügten und als Existenzgrundlage dieselben atmosphärischen Bedingungen und Schwerkraftverhältnisse wie der Mensch benötigten, lief das Ganze auf ein ›wir oder sie‹ hinaus.

War die terranische Führung somit durchaus zu der Erkenntnis gelangt, daß hier eine wirklich existenzbedrohende Invasion vor sich ging, so sah man sich dennoch nicht in der Lage, völlig dieser Erkenntnis entsprechend zu handeln: Aufgrund der vergangenen, über tausendjährigen Epoche des Friedens und des Fehlens jeglicher Bedrohung waren Art und Umfang der vorhandenen Streitkräfte auf ein Maß reduziert worden, das gerade noch einen geordneten Patrouillendienst und ein Eingreifen bei ihrer Natur nach kleineren Zwischenfällen in einem der Sektoren zuließ. Ausbildung und Taktik der bestehenden Verbände waren in keiner Weise darauf ausgerichtet, interstellare Invasionen abzuwehren; zusätzlich wirkte die Zersplitterung des ›Reiches‹ in kleinere Machtgebiete und Einflußsphären einer Koordinierung geeigneter Abwehrmaßnahmen entgegen. Während der Vormarsch der S'Krill weiterging und sich die schlechten Nachrichten durch die bewohnte Galaxis verbreiteten, passierte das, was in Situationen dieser Art meistens zu passieren pflegt – der Ruf nach einem starken Mann wurde laut.

3237 A.D., Tag 153: Der Ruf wurde gehört von Flottenkommandeur (TSP) Reginald H. MacKenzie, seines Zeichens kommandierender Offizier des 5. Abwehrverbandes (die Bezeichnung war vielleicht irreführend, da der zweite bis vierte überschwere Abwehrverband bereits in den Jahren 2885 bis 2892 A.D. aufgelöst worden war und man nur die Numerierung beibehalten hatte), stationiert im Solsystem. Kommandeur MacKenzie war schon immer der Meinung gewesen, daß dem Militär zuwenig Spielraum eingeräumt wurde, was nicht zuletzt in den katastrophalen Beförderungschancen verdienter Offiziere und den seit Jahrhunderten zu geringen Rüstungsetats zum Ausdruck kam, und hatte sich auf seine Weise auf diesen Tag vorbereitet: Mit einem erheblichen Privatvermögen ausgestattet, das aus den plutoniumreichen Besitzungen seiner Familie auf Ross 154 stammte, hatte MacKenzie schon immer Sonderausbildungen für die Offiziere und Mannschaften seines Verbandes finanziert und dessen technische und insbesonders waffentechnologische Ausstattung aus eigener Tasche auf höchstem Niveau gehalten, um für den Angriff der überall lauernden Fremdwesen gerüstet zu sein.

Kommandeur MacKenzie steuerte zunächst einmal New Frisco

(Terra) an, erklärte die bestehende Regierung für abgesetzt und den Oberbefehl über sämtliche militärischen und nichtmilitärischen Einrichtungen als allein ihm zustehend. Außerdem würde er es den ›Geckos‹ wie er die S'Krill nannte, zeigen.

3237 A.D. − 3242 A.D.: Auch wenn manche Historiker es bisweilen anders sehen, so muß rückblickend doch gesagt werden, daß Kommandeur MacKenzie es den ›Geckos‹ tatsächlich zeigte. MacKenzie entwickelte ein Organisationstalent, das ihm nur wenige zugetraut hätten, und er und sein Stab, der kurzfristig durch einige Wissenschaftler verstärkt worden war, benötigten nur knapp vier Monate, das bisher anderweitig genutzte, aber riesige Industriepotential Terras und einiger umliegender, noch ›sicherer‹ Systeme in eine gigantische Waffenschmiede umzuformen. Wo vollautomatische Robotfabriken zuvor Agrar-Bots zur Kultivierung neuer Planeten produziert hatten, rollten nun Chesterton-Perkins-Modularkanonen vom Band, die Raumschiffswerften auf Luna spuckten keine Explorations-, sondern Schlachtkreuzer aus, und selbst das Wort ›Zwangsrekrutierung‹ wurde von der Bevölkerung mit überraschend wenig Gegenrede hingenommen, war man sich doch über die Alternative im klaren.

Der Kernbereich des Imperiums war innerhalb kürzester Zeit zu einer Kriegsmaschinerie geworden − einer Zeit, die MacKenzie bereits nutzte, um mit den (noch) wenigen Einheiten zum Gegenschlag auszuholen.

Die näheren Einzelheiten dieses ›Ersten Galaktischen Krieges‹ sollen hier nicht näher dargestellt werden, da dieses bereits in anderen Werken in ausreichendem Maße geschehen ist. Begnügen wir uns damit festzustellen, daß MacKenzie jedenfalls etwas gelang, was ihm nur wenige zugetraut hatten: Er setzte seinen 5. Abwehrverband (den einzigen, der in der Anfangsphase zur Verfügung stand) gemäß taktischen Vorgaben ein, die einem leichten Aufklärungsverband eher angemessen schienen, und erzielte durch Schnelligkeit und überraschendes Auftauchen beachtliche militärische Erfolge gegen die S'Krill, die natürlich von einer gutfunktionierenden Propagandamaschine entsprechend aufbereitet wurden. Die Bevölkerung war nicht nur gegen einen gemeinsamen Feind geeint, sondern zeigte sich auch noch begeistert davon, und während weitere schwere Kreuzer in Dienst und Raumverbände aufgestellt wurden, strömte man ›zu den Waffen‹. In den folgenden drei Jahren wurden die S'Krill in vielen Einzelgefechten immer weiter aus den zuvor besetzten Raumsektoren vertrieben, und während die ersten Erfolge mehr dem überschäumenden Enthusiasmus großer Truppenteile denn einer entsprechenden Erfahrung zuzuschreiben waren, trat im Laufe der Zeit auch ein anerkennenswertes Maß Professionalität hinzu.

Die letzten bekannten Einheiten der S'Krill auf Gamma Leporis wurden Mitte des Jahres 3242 A.D. aufgerieben, und obwohl es bis zu diesem Datum noch immer nicht zu einer gegenseitigen Verständigung und damit auch zu keinem formellen Friedensschluß gekommen war, betrachtete man den ›Ersten Galaktischen Krieg‹ doch soweit als erfolgreich beendet.

3242 A.D., Tag 344: Reginald H. MacKenzie, natürlich immer noch Oberster Befehlshaber aller Streitkräfte, war allerdings wieder für eine Überraschung gut: Nach seiner Rückkehr als strahlender Sieger und einem triumphalen Empfang seitens der Bevölkerung, der sogar ehrlich gemeint war, ließ er sich während einer grandiosen Zeremonie, die per Stelcom in sämtliche Raumsektoren übertragen wurde, in New Frisco zum Kaiser Reginald I. krönen und verkündete gleich darauf den Beginn der Erbmonarchie.

Das neugegründete Imperium mit Reginald I. an der Spitze war natürlich stark militärisch orientiert. Da die ›Geckos‹ zwar vertrieben, aber keinesfalls vernichtet waren, herrschte eine gewisse S'Krill-Phobie, der man am besten durch straff gegliederte und möglichst zahlreich vorhandene Raumverbände und Bodentruppen entgegenwirken konnte, und Reginald I. hatte zudem seine ganz persönlichen Vorstellungen von Demokratie, dem wahren Wert des Militärs und von Zivilisten, die sich dauernd in Dinge einmischen wollten, von denen sie keine Ahnung hatten.

3242 A.D. − 3797 A.D.: Die Geschichte der folgenden, rund fünfhundertundfünfzig Jahre soll hier nur kurz dargestellt werden. Auf Reginald I. folgte sein Sohn, dann dessen Tochter und so weiter. Auf den ›Ersten Galaktischen Krieg‹ folgte in den Jahren 3312 A.D. − 3313 A.D. der zweite, wiederum gegen die S'Krill, der allerdings dank in großer Zahl vorhandener und taktisch flexibler Eingreifverbände sehr schnell und mit nur geringen Verlusten zugunsten der Menschheit entschieden werden konnte: Die Lektion von 3236/37 A.D. zeigte noch Wirkung.

Im Jahre 3486 A.D. wurde die Dynastie der MacKenzies nach einem Putsch im Jahre 3484 A.D., der allerdings in einen beinahe zweijährigen Bürgerkrieg überging, von der der Beauharnais' abgelöst. Während man 3487 A.D. noch damit beschäftigt war, die Folgen dieses Bürgerkrieges zu beseitigen, begann eine neue Invasion der S'Krill, welche diesesmal dank einer überraschend großen Zahl feindlicher Verbände und erheblich verbesserter Waffentechnologie auf der einen Seite und einer wegen des Bürgerkrieges kaum intakten Militärmaschinerie auf der anderen Seite beinahe Erfolg gehabt hätte − erinnert sei hier an den heroischen Einsatz der 612. schweren Infanteriebrigade, genannt ›Johnson's Bunkerbrecher‹, die sich in selbstmörderischem Einsatz unter Verwendung von Dupont-Mk-III-Sprengkapseln (im Fachjargon ›Mauerblümchen‹ genannt) den Weg in das Innere des feindlichen Kommandoraumschiffes ebnete und dort unter schwersten eigenen Verlusten die feindliche Zentrale vaporisierte. Diesesmal brauchte man nahezu elf Jahre, um die S'Krill zurückzuschlagen, und als 3498 A.D. der Wiederaufbau begann, erließ Kaiserin Chantal II. den sogenannten ›Dreihundertjahresplan‹ zur endgültigen Vernichtung der S'Krill.

Während der Wiederaufbau des Imperiums voranschritt, begann das größte Flottenbau- und Aufrüstungsprogramm der Menschheitsgeschichte. Innerhalb der nächsten knapp dreihundert Jahre produzierten die Industriezentren des Imperiums nicht weniger als 14 062 sprungfähige Einheiten, vom Tanker bis zum überschweren Kommandokreuzer, und eine später nicht mehr genau rekonstruierbare Zahl von Jägern, Angriffsdronen, kleineren Einheiten zur Landung von Truppen auf feindlichen Planeten, den sogenannten ›Invasionsschiffen‹, und vielen anderen, nicht selbständig sprungfähigen Einheiten für speziellere Aufgaben. Diese Einheiten wurden auf einer Vielzahl von ›Depotplaneten‹ mit nicht-korrodierender Atmosphäre bis zur endgültigen Verwendung als Teil der geplanten Armada gelagert. Da der Legraine-Warington-Generator, noch immer das wesentlichste Bauteil jedes Schiffes, im Laufe der Jahrhunderte soweit entwickelt worden war, daß sich für die nächsten drei Jahrhunderte keine wesentliche Steigerungen mehr erwarten ließen, und verbesserte Waffentechnologien mit vergleichsweise geringem Aufwand nachrüstbar waren, würden diese Schiffe auch in dreihundert Jahren noch dem Stand der Technik entsprechen. Diese Tatsache löste auch gleich auf ›elegante‹ Weise das Problem der ungeheuren Zahl von Raumschiffsbesatzungen, die zur Bedienung dieser Einheiten erforderlich sein würden: Da diese in den nächsten dreihundert Jahren nichts mehr dazulernen mußten, konnten sie gleich an Ort und Stelle ›rekrutiert‹ werden.

Auf denselben Depotplaneten, die man auch zur Zwischenlagerung der Raumschiffe benutzte, wurden riesige Cryogen-Container angelegt, in denen im Laufe der Zeit Hunderttausende von Menschen, teils freiwillig, teils unfreiwillig bei Temperaturen nahe dem absoluten Nullpunkt eingelagert wurden. Bei den Freiwilligen handelte es sich um diejenigen, die mit den ›Geckos‹ endgültig abrechnen wollten, aber diesen Tag im Rahmen ihrer normalen Lebensspanne nicht mehr erleben würden, die weniger Freiwilligen rekrutierten sich aus den sogenannten ›Cryogen-Verbannten‹ – die Verurteilung zur ›Cryogen-Verbannung‹ ersetzte aufgrund des kaiserlichen Edikts von 3514 A.D. einen Großteil der bisherigen Strafen bei Verurteilungen gleich welcher Art.

Neben diesem Flottenbauprogramm kamen auch die Bodentruppen nicht zu kurz: Die Zahl der kaiserlichen Elitelegionen wurden von vierundzwanzig auf zweiundsechzig erhöht; zusätzlich wurde im Jahre 3753 A.D. auf Betreiben des Reichshaupttechnikers Karl-Georg Breithaupt die erste ›Robotlegion‹ gegründet. Obwohl der Name es vermuten läßt, handelte es sich hierbei allerdings nicht um eine Kampfeinheit selbständig operierender Roboter, sondern um gigantische, von Menschen gesteuerte Kampfmaschinen, deren äußeres Erscheinungsbild teilweise an überdimensionierte Kolosse erinnerte und die neben den sonstigen Bodeneinheiten für Sonderkommandos bei planetaren Einsätzen Verwendung finden sollten. Obwohl alle Arten von menschenähnlichen Robotern in zivilen Bereichen seit langem üblich waren, wurden sie in der Robotlegion nicht verwendet, da ihre Bioniken im Streß einer Gefechtssituation Ausfallerscheinungen zeigten.

Ein ehrgeiziges Bauprogramm gigantischer, sprungfähiger Bombardement-Plattformen Modell *McKinski MkI* zur Niederkämpfung feindlicher Raumfestungen (die sogenannten ›System-Buster‹), biogenetische Experimente zur Züchtung von Kampfandroiden auf dem Geheimplaneten Paradise sowie eine Vielzahl weiterer Maßnahmen, die hier nicht alle aufgezählt werden sollen, rundeten das Projekt ›Dreihundertjahresplan‹ ab, und im Jahre 3797 A.D. begann man auf Befehl Kaiser Baldwins IV. mit der Wiedererweckung der Cryogen-Schläfer. Die größte Raumarmada der Menschheitsgeschichte machte sich bereit.

3797 A.D., Tag 288: An diesem Tag begann, wie man wenige Wochen später wissen sollte, die größte Katastrophe in der Geschichte des Imperiums. Viele erinnerten sich später unheilvoll der Verkündungen des Propheten Nostradamus aus der Frühzeit der erdgebundenen Epoche, in welchen dieser das Ende der Welt für das Jahr 3797 A.D. vorhersagte. Die Welt endete zwar nicht, aber das Imperium zerfiel aufgrund eines einzigen Ereignisses innerhalb weniger Wochen in eine Vielzahl kleinerer, isolierter Fraktionen, aus denen nach den Jahren der Dunkelheit die sich bis zum heutigen Tage bekriegenden sechs Machtblöcke hervorgehen sollten.

Zunächst allerdings begann alles vergleichsweise harmlos mit dem Verschwinden von 342 Raumschiffen innerhalb weniger Stunden; alle auf Routinemissionen oder planmäßigen Flügen. Wie sich herausstellte, waren alle bei der Inbetriebnahme des Legraine-Warington-Generators an den jeweils bekannten Sprungpunkten verschwunden. Zwölf der Schiffe tauchten an völlig anderen als den berechneten Punkten wieder auf, der Rest blieb verschollen. Gleichzeitig damit begannen in allen Sektoren des Imperiums Meßgeräte, Rechenbioniken und andere Aggregate, deren Betrieb zum Teil auf Basis fünfdimensionaler Felder ablief, abzuschalten oder verrückt zu spielen. Abgesehen von erheblichen Verlusten unter der Zivilbevölkerung aufgrund Hunderttausender, plötzlich nicht mehr funktionierender Steuermechanismen und Bioniken, konnten die Verluste an Schiffen und Mannschaften auf wenig mehr als die ersten dreihundertunddreißig verschollenen Einheiten beschränkt werden, da alle Transitionsflüge aufgrund höchsten kaiserlichen Befehls sofort untersagt wurden. Wie die kaiserlichen Laboratorien am Tage 302 feststellten, hatte sich eine fünfdimensionale Komponente des galaktischen Gravitationsfeldes auf noch nicht feststehende Art und Weise verändert – und auf dem neuen Niveau anscheinend stabilisiert. Die Ursachen dieser Veränderungen waren völlig unbekannt, ihre Folgen jedoch um so deutlicher: Da alle Legraine-Warington-Generatoren auf der Basis der bisher geltenden fünfdimensionalen Komponente der galaktischen Gravitation operierten, führten die neuen Verhältnisse zu völlig unkontrollierbaren Transitionssprüngen – jegliche Art interstellaren Verkehrs war fortan unmöglich.

Wenn auch eine Nullzeit-Kommunikation innerhalb des Imperiums nach wie vor möglich war – ›Stelcom‹ funktionierte noch immer, da dieses System zwar auf fünfdimensionaler Basis, aber unabhängig von der galaktischen Gravitationskonstante operierte −, war damit jeglicher Transfer von Menschen, Maschinen, Material, Raumschiffen, ab sofort nur noch innerhalb eines Sternensystems auf der Basis des bisher auch schon immer benutzten Wasserstoffantriebes möglich.

Die größte Raumarmada der Menschheitsgeschichte wartete auf den Depotplaneten auf einen Einsatz, der nun nie mehr kommen sollte. Diese Tatsache interessierte jedoch nur wenige, da die sich jetzt herausbildenden Probleme viel dringenderer Natur waren. Abgeschnitten von der Zentralgewalt, ohne Versorgung mit wichtigen Aggregaten und Technologie, beschränkt auf das System, in welchem man sich gerade befand, begannen alte Feindschaften und Unabhängigkeitsbestrebungen wieder aufzuleben, und zuerst einzelne Planten, dann ganze Sektoren sagten sich von der fernen, real nicht mehr existenten Zentralgewalt los.

3798 A.D., Tag 154: Kaiser Baldwin IV. ruft in seiner letzten Ansprache über Stelcom ›die Menschheit‹ zum Zusammenhalt in diesen schweren Zeiten auf. Aufgrund eines Putsches des Kommandeurs der 7. schweren Kreuzerbrigade, Artois de Bergerac, in dessen Verlauf auch der kaiserliche Palast von den im Orbit stationierten Einheiten bombardiert wird, erlebt Baldwin IV. das Ende seiner Ansprache nicht mehr.

Das Imperium hatte aufgehört zu existieren, die Jahre der Dunkelheit begannen.

3798 A.D. − 3808 A.D.: Bis zum heutigen Tage ist es nicht möglich, eine umfassende und widerspruchsfreie Darstellung des geschichtlichen Ablaufs der letzten fünfhundert Jahre zu geben, da sich wegen der nach dem Zusammenbruch des Imperiums anfänglich großen Zahl verschiedener, sich teils bekämpfender Fraktionen und demzufolge sich widersprechender Darstellungen einzelner Ereignisse viele Abläufe entweder gar nicht mehr oder nur propagandistisch gefärbt rekonstruieren lassen. Da es nicht Ziel dieses Werkes sein kann, die jeweils von einer Partei als richtig dargestellte Version eines Ereignisses unüberprüft als den realen Ablauf darzustellen, beschränken wir uns im folgenden auf die unbestritten stattgefundenen Entwicklungen.

Der Zustand des Spiralarmes unmittelbar nach dem Zusammenbruch des Imperiums war zunächst einmal desolat: Nahezu jedes Planetensystem, in Einzelfällen sogar einzelne Planeten innerhalb eines Systems erklärten sich für unabhängig, was sie aufgrund der nicht mehr existenten Zentralgewalt auch de facto waren, und die Zahl sich bekämpfender Fraktionen war unüberschaubar. Glücklicherweise fand zunächst ein großer Teil dieser Auseinandersetzungen auf rein verbaler Basis statt, da ein kontrollierter Sprung mit Hilfe des Legraine-Warington-Generators und damit der Anflug eines anderen stellaren Systems nicht möglich war, was Invasionsbestrebungen gleich welcher Art einen Riegel vorschob. Dieser relativ ›friedliche‹ Zustand sollte jedoch nicht von langer Dauer sein.

Nachdem die schwersten, durch den Ausfall einer Vielzahl auf 5-D Basis arbeitender Geräte entstandenen Schäden und Verluste beseitigt waren und es gelungen war, eine Reihe der ausgefallenen Aggregate auf Grundlage der neuen fünfdimensionalen Komponente des galaktischen Gravitationsfeldes erneut funktionsfähig zu machen, konnte man sich der detaillierten Erforschung der eigentlichen Ursache (und möglichen Lösung) des nicht mehr funktionierenden Legraine-Warington-Generators zuwenden. Überflüssig zu sagen, daß Vorhaben dieser Art von jedem, der es sich leisten konnte, eiligst vorangetrieben wurden, da man sich hierdurch eine Ausweitung des jeweiligen Machtbereiches versprach. Wie dem Leser bekannt sein dürfte, ist es bis zum heutigen Tage allerdings nicht gelungen, einen Legraine-Warington-Generator in seiner ursprünglichen Form wieder funktionsfähig zu machen oder die genaue Ursache der Fehlfunktion zu finden.

3809 A.D.: Zunächst in Einzelfällen, dann auf nahezu jedem Planeten des ehemaligen Imperiums nachgewiesen, treten die ersten, später so genannten ›5D-Mutationen‹ auf. Wie einige Jahre später zusammenfassend festgestellt wurde, handelte es sich hierbei ausschließlich um Personen weiblichen Geschlechts, die nach 3797 A.D., Tag 288 (dem Datum der Änderung des galaktischen Gravitationsfeldes) gezeugt wurden und die sich äußerlich zunächst einmal durch das Fehlen jeglicher Körperbehaarung und sodann durch die Fähigkeit auszeichneten, mit entsprechenden Hilfsgeräten den Steuermechanismus des Legraine-Warington-Generators direkt zu kontrollieren. Die spezielle Begabung dieser Mutantinnen wurde zuerst von Dr. Jeffrey Abinger, Parapsychologisches Forschungsinstitut auf Altair IV, nachgewiesen, als es gelang, den mit Legraine-Warington-Generator und Bio-Link zur Testperson Carmen Paquita ausgestatteten leichten Kreuzer *Xeviera* in einem kontrollierten Sprung über nahezu sieben Lichtjahre sicher zum System Gamma Pavonis zu navigieren. Obwohl man sich um Geheimhaltung bemühte, war die sensationelle Neuigkeit, wieder über eine — wenn auch ungewohnte — Möglichkeit des kontrollierten Transitionssprungs zu verfügen, doch per ›Stelcom‹ schnell über das gesamte Gebiet des ehemaligen Imperiums verbreitet, und galaxisweit begann man fieberhaft damit, erfolgversprechende Mutantinnen ausfindig zu machen und die noch vorhandenen sprungtauglichen Einheiten mit den erforderlichen Bio-Links nachzurüsten.

3810 A.D. — 4254 A.D.: Vom Standpunkt der Geschichtsschreibung muß gesagt werden, daß es, nachdem man einmal wußte, wonach man zu suchen hatte, leider nicht schwierig war, die benötigten Mutantinnen zu finden, da die betreffende Mutation zwar nicht sehr häufig, aber doch in für die Anzahl der vorhandenen Raumschiffe ausreichendem Maße auftrat. Innerhalb eines knappen Jahres verfügte nahezu jede Fraktion zumindest über einige mit Bio-Link nachgerüstete Legraine-Warington-Generatoren und die zu deren kontrolliertem Betrieb erforderlichen ›Navigatorinnen‹, wie sie mittlerweile genannt wurden. Die bislang vorwiegend auf dem Niveau von Absichtserklärungen stehengebliebenen gegenseitigen Drohungen und Kriegserklärungen wurden schnellstens in die Tat umgesetzt. Eine nicht mehr nachvollziehbare Zahl von kleineren und größeren Gefechten, planetarer oder stellarer Art, planetaren Invasionen, Raumgefechten und sonstigen Kriegshandlungen überzog in den nächsten gut vier Jahrhunderten die Galaxis, wobei man in vielen Fällen nach einigen Jahrzehnten gar nicht mehr wußte, warum man sich gegenseitig bekriegte oder wer ›angefangen‹ hatte.

Als Resultat dieses nahezu immerwährenden Kriegszustandes schälten sich bis zur Mitte des vergangenen Jahrhunderts durch Zusammenschluß mit anderen Fraktionen (oder deren Eliminierung) die sechs heute noch beherrschenden Machtblöcke innerhalb des ehemaligen imperialen Reichsgebietes heraus: die Cybertechs, die Yoyodyne, die Sarday'kin-Legionen, O'Schillys Freischärler, die Söldnergilde sowie die noch immer geheimnisvollen Phagon.

Dank der Tatsache, daß die S'Kill seit dem Jahre 3498 A.D. nicht mehr aufgetaucht sind, was einer überwiegend anerkannten Hypothese zufolge mit den Auswirkungen der Änderung des galaktischen Gravitationsfeldes auf ihre, den Legraine-Warington-Generatoren vom Prinzip her vergleichbaren Aggregate zusammenhängt, bestimmen diese sechs Machtblöcke bis zum heutigen Tage ungestört die Geschicke unseres Spiralarmes, wobei es bisher keinem von ihnen gelungen ist, die Vorherrschaft zu erlangen.

HEUTE

Der später als ›Clone-Krieg‹ bekannt gewordene Zwischenfall und die unabhängige Söldner-Legion ›C.C. Revival‹ um den ehemaligen Soldbruder Cedric Cyper, die in den folgenden Jahren für die Entstehung unzähliger Mythen und Legenden verantwortlich waren (von denen zwar nicht alle, wohl doch aber viele zumindest zum Teil auf wahren Begebenheiten beruhen dürften), sind untrennbar miteinander verbunden. Beide nahmen ihren Anfang auf einer Welt namens ›Hadrians Mond‹, dessen bloße Existenz bis heute ebenso hartnäckig wie vergeblich von der Regierung auf Tau-Ceti geleugnet wird.

Die Autoren haben im folgenden versucht, die Ereignisse aus den wenigen verbürgten Zeugenaussagen und unter Zuhilfenahme offizieller Unterlagen, die zumeist nur unter erheblichen Schwierigkeiten einzusehen waren, möglichst wahrheitsgetreu zu rekonstruieren. Wie leicht nachzuvollziehen sein wird, kann für deren hundertprozentige Richtigkeit allerdings keine Garantie gegeben werden. Dennoch haben sich die Autoren nach reiflicher Überlegung entschieden, dieses Werk der Öffentlichkeit zugänglich zu machen – denn die Geschichte unseres Spiralarms der Galaxis hätte wahrscheinlich einen drastisch anderen Verlauf genommen, wenn es 4300 A.D. nicht die Ereignisse in den Beranium-Minen von ›Hadrians Mond‹ gegeben hätte.

Letztendlich muß es jedoch jedem Leser selbst überlassen bleiben, welche der Ereignisse er glauben und welche er in das Reich moderner Heldenmythen einordnen will . . .

HADRIANS MOND

Synfile I

Hadrians Mond

Cedric Cyper brüllte vor Schmerz, als ihn der Peitschenhieb traf und zu Boden schleuderte. Seine Glieder zuckten unkontrolliert und warfen ihn auf dem Stollenboden hin und her. Mehrmals schlug er mit Stirn oder Hinterkopf hart auf den Stein, aber diese Empfindung hatte nicht die geringste Chance, sich durch die Qual, die in sämtlichen seiner Nervenfasern tobte, in sein Bewußtsein vorzuarbeiten.

Es war weniger der Hieb selbst, der diese verheerende Wirkung zeitigte, obwohl das Peitschenende Cedrics ohnehin zerlumpte Kleidung mühelos zertrennt und einen zentimetertiefen Schnitt in seinem Rücken hinterlassen hatte. Das allein hätte er noch mit zusammengebissenen Zähnen wegstecken können − nicht aber das knisternde Gespinst aus bläulichen Blitzen, das seinen Leib einhüllte und ihn jede Kontrolle über seine Muskeln hatte verlieren lassen.

Das, was ihn getroffen hatte, war eine Elektropeitsche gewesen, ein kurzstieliges Gerät mit einem fingerdicken und rund zwei Meter langen Riemen aus Syntholeder, in dem feine, hochleitende Metallstränge verarbeitet waren. Jeder Aufseher hier unten in den Byranium-Minen auf Hadrians Mond trug ein solches Instrument, aber es durfte wohl keinen geben, der sie so oft und mit einer solchen Niedertracht einsetzte wie Schmidder.

Unendlich langsam erstarben die bläulichen Entladungen, die Cedric Cypers Körper umtanzten. Keuchend sah Cedric zu Schmidder auf, der breitbeinig vor ihm stand und mit einem mindestens ebenso breiten Grinsen auf ihn herabstarrte. Selbst durch die Sichtscheibe seiner Atemmaske war es deutlich zu sehen.

Irgendwann, dachte Cedric, irgendwann würde er Schmidder umbringen. Bestialisch, langsam und mit einem genüßlichen Lächeln auf den Lippen. Das hatte er sich fest vorgenommen, und seine Ausbildung als *Terminator* der Sarday'kin-Legionen hatte ihm eine Menge Methoden gelehrt, mit denen man den Tod beispielsweise eines feindlichen Spions unangenehm lange hinauszögern konnte. So lange, bis er einem alles erzählte, was man hören wollte – und noch eine ganze Weile darüber hinaus. Dieser Teil seiner Ausbildung war ihm damals zutiefst zuwider gewesen, aber nun (seit zwei Jahren, um genauer zu sein, denn so lange war er in dieser verfluchten Mine) wußte er, wofür er all das gelernt hatte. Für Schmidder! Für Schmidder und niemand anderen!

Der Tag würde kommen, an dem Cedric zurückschlug und dem kleinen dickbauchigen Sadisten eine bitterböse Überraschung bereitete. Spätestens dann, wenn seine Byranium-Vergiftung so weit fortgeschritten war wie bei dem bedauernswerten Duncan aus dem Nebenstollen. Cedric freute sich schon auf Schmidders fassungsloses und um Gnade winselndes Gesicht, wenn es soweit war, und diese Freude verlieh ihm überhaupt die Kraft, in dieser Hölle zu überleben.

Aber vermutlich, höhnte ein anderer Gedanke in seinem Schädel, hatten vor ihm bereits Hunderte anderer Gefangener denselben Vorsatz gehabt, ohne daß es einer von ihnen je getan hätte. Es schien eine eiserne Grundregel im Universum zu geben, nach der ein Ort wie dieser Niederträchtige wie Schmidder nicht nur magisch anzog, sondern sie auch noch ungeschoren davonkommen ließ.

»Na, Gefangener?« tönte Schmidders Stimme hämisch. »Hast du deine Lektion gelernt?«

Welche Lektion? Daß man dem hinter einem liegenden Stollenabschnitt nie den Rücken zudrehen durfte, weil dort jeden Moment ein sadistischer Aufseher erscheinen könnte, der einem die Elektropeitsche ohne jede Vorwarnung in den Rücken schlug?

Cedric verspürte Lust, dem Aufseher einen kräftigen Tritt zu verpassen, doch dann schwieg er schweratmend, obwohl in seinen Augen die blanke Mordlust geschrieben stehen mußte. Schmidder, dessen freie Hand sich drohend nahe an dem Flamer im Gürtelhalfter befand, schien nur darauf zu warten, daß er sich zu irgendeiner unbedachten Aktion hinreißen ließ. Wie Cedric ihn einschätzte, hatte er die kleine Handstrahlwaffe, die von nahezu allen Fraktionen dieses Spiralarms benutzt wurde, so eingestellt, daß sie ihn nicht sofort in Asche verwandelte, sondern ihn nur soweit verbrannte, daß er noch einen qualvollen und langwierigen Tod vor sich hatte.

Schmidder zeigte Anzeichen von Unlust, als er keine Antwort bekam. Offenbar hatte er auf eine Diskussion gehofft, die er um ein paar Argumente seiner Elektropeitsche hätte bereichern können. Ein, zwei Sekunden schien es, als wolle er allein aus Enttäuschung erneut zuschlagen, dann steckte er die Peitsche in den Gürtel zurück, wandte sich abrupt um und stiefelte aus dem Stollenabschnitt.

»In einer Viertelstunde bin ich zurück«, drohte er zum Abschied dumpf durch seine Atemmaske mit den Staubfiltern. »Ich kann nur hoffen, daß du bis dahin deine Arbeit wieder aufgenommen hast. Du weißt, was dir sonst blüht...«

Damit verschwand er endgültig.

Cedric Cyper stemmte sich auf Ellenbogen und Knie und kroch auf allen vieren zur Stollenwand. Mit viel Mühe richtete er den Oberkörper auf und versuchte, sich an der Wand auf die Beine zu ziehen. Vergeblich. Noch immer ließen die Nachwirkungen des Elektroschocks kaum eine koordinierte Bewegung zu. Aber er wußte, daß das bald überwunden sein würde. Es war schließlich nicht das erste Mal, daß er Bekanntschaft mit der Elektropeitsche gemacht hatte. Die vernarbten Striemen auf seinem Rücken zeugten davon wie die Jahresringe eines Baumes.

Er fühlte eine Bewegung an der Schulter und bemerkte, daß ihm jemand auf die Beine zu helfen versuchte. Als er den Kopf wandte, erkannte er chromfarbenes, metallisch glänzendes Haar.

Sheryl!

Sie war eine Mitgefangene in dieser Sektion des Straflagers und arbeitete in einem der Nachbarstollen. Wie Cedric gehörte sie dem Volk der Sarday'kin an. Er hatte einmal gehört, daß sie wegen Spionage gegen das Imperium verurteilt worden war (allein aus dieser Formulierung sprach das Selbstverständnis der Sarday'kin, die einzig legitimen Nachfolger des alten großen Sternenreiches zu sein). Heute wußte er nicht mehr, wer ihm das damals gesagt hatte und ob es stimmte oder nur ein Gerücht gewesen war, von denen es in den Minen mehr als sonstwo im Universum zu geben schien.

Sheryl selbst hatte über ihre Vergangenheit nie ein Wort verloren, ebensowenig wie Cedric über die seine. Nicht, daß es ein Geheimnis gewesen wäre: Die Anklage gegen ihn hatte auf Kollaboration mit dem Feind gelautet. Cedric ging sogar davon aus, daß es in den Datenbänken der Zentralstation gespeichert war, aber hier unten hatte es einfach niemanden gegeben, der ihn jemals danach gefragt hätte. Hier war es unwichtig, wer man zuvor gewesen war, woher man kam oder aus welchem Grund man hier war, einzig ausschlaggebend war, *daß* man hier war. Wer erst einmal auf Hadrians Mond angekommen war, für den gab es keine Vergangenheit mehr.

Und keine Zukunft!

Anfangs, als Sheryl vor anderthalb Jahren in diesen Sektor gekommen war, hatte Cedric geargwöhnt, daß man sie als Spionin auf ihn angesetzt hatte, ohne daß er wußte, worauf sich dieser Verdacht begründete. Irgendwann war ihm jedoch klargeworden, daß das nicht mehr als eine paranoide Vorstellung war, wie sie in dieser Umgebung zwangsläufig auftreten mußten. Wer würde sich etwas davon versprechen, einen Gefangenen überwachen zu lassen, der de facto längst tot war – auch wenn er sich noch bewegte und atmete?

Das außergewöhnlichste an Sheryl war ihr Haar. Es hatte ihn vom ersten Augenblick an fasziniert. Wie chromfarbenes, flüssiges Metall floß es bis zu ihren Schultern herab, rein und glänzend, und selbst der allgegenwärtige Dreck der Arbeit, der ihr schmales Gesicht verklebte, schien ihm auszuweichen. Cedric hatte den Eindruck, als hätte sich noch niemals auch nur ein einziges Staubkorn darin verfangen. Bis zum heutigen Tag wußte er nicht, was sie mit ihrem Haar angestellt hatte. Natürlich hatte er sie danach gefragt, aber sie hatte stets nur gelächelt – dieses geheimnisvolle und hintersinnige Lächeln, das er an ihr noch nie hatte leiden können – und gemeint, daß jede Frau schließlich ein Recht auf ihre eigenen kleinen Geheimnisse hatte. Ihr Haar konnte nicht gefärbt sein, denn wie hätte sie sich auf diesem gottverlassenen Himmelskörper die entsprechenden Mittel beschaffen sollen? Und außerdem hätte sie schon regelrecht darin baden müssen. Denn nicht nur ihr Haar und die Augenbrauen hatten diesen irrsinnigen Silberglanz.

Cedric wußte das. Schließlich kannte er mittlerweile jede Pore ihres Körpers. Das, was sie in jenen Momenten zusammengeführt hatte, hatte mit Liebe nichts zu tun gehabt; es war noch nicht einmal Zuneigung gewesen. Für solch hehren Gefühle gab es an einem solchen Ort keinen Platz. Nein, es war nicht mehr als Verlangen gewesen. Pures, unbeherrschtes Verlangen, das ohne Vorwarnung über sie hereingebrochen war und sich, ohne daß es irgendwelcher Worte bedurft hatte, in einer gemeinsamen Explosion entladen hatte.

Insofern war Cedric in gewisser Hinsicht froh, daß es Sheryl gab. Auch wenn sich das keiner von ihnen beiden je eingestehen würde – sie brauchten einander. Er sie, und sie ihn.

Doch was er *jetzt* in dieser Sekunde am allerwenigsten brauchte, war Mitleid. *Schon gar nicht* von Sheryl.

Mit einer ungelenken Bewegung schüttelte er ihre Hand ab, so daß er beinahe den Halt verloren hätte und zu Boden gestürzt wäre.

»Wieder zu stolz, um Hilfe anzunehmen?« stichelte Sheryl.

»Laß mich in Ruhe«, knurrte er ungehalten. »Ich komme alleine klar.«

Soweit er sich erinnerte, hatte Eitelkeit noch nie zu seinen hervorstechenden Charaktereigenschaften gehört, aber dennoch wollte er nicht, daß Sheryl ihn so hilflos sah. Er nahm all seine Kraft zusammen und zog sich mühsam auf die Beine. Belohnt wurde er dafür mit einem Hustenanfall.

Es war dieser verdammte Byraniumstaub! Er legte sich nicht nur über Kleidung, Haut und Haare, sondern setzte sich auch in der Lunge fest. Unwillkürlich fragte Cedric sich, wie lange es wohl noch dauerte, bis es mit ihm soweit war wie mit Duncan. Der Mann arbeitete seit über drei Jahren hier, und bei ihm war die Byranium-Vergiftung so weit fortgeschritten, daß er fast permanent unter Fieber litt und nur noch idiotisches Zeug faselte.

»Laß mich mal die Wunde ansehen«, sagte Sheryl und begann, an seinem Rücken herumzufingern.

»Das ist nicht nötig«, versuchte er sie abzuwehren. Sie ließ sich nicht abschütteln und zog ein kleines Döschen aus ihrem Overall.

»Hier, das ist etwas Wundsalbe. Halt still!«

Er zuckte zusammen, als sie die Wunde damit einstrich, und überstand den stechenden Schmerz mit zusammengebissenen Zähnen. Er fragte sich, wie zum Teufel sie an die Wundsalbe gekommen war. So etwas bedeutete hier unten einen unermeßlichen Luxus.

»Also gut«, sagte er, als sie fertig war, und drehte sich zu ihr um.

Schwankend lehnte er sich mit dem Rücken gegen die Stollenwand, und im nächsten Augenblick wünschte er sich sehnsüchtig, es nicht getan zu haben. Die Kleidung drückte unangenehm in die Wunde, aber dennoch verharrte er an den Stein gelehnt. »Also gut?« wiederholte sie enttäuscht. »Ist das alles, was du zu sagen hast?«

»Na schön, wenn du's unbedingt hören willst − vielen Dank«, preßte er ungehalten hervor. »Und nun tu mir den Gefallen, und verschwinde endlich!«

Es mißfiel ihm nicht nur, daß sie ihn in diesem erbärmlichen Zustand sah, er wollte auch vermeiden, daß Schmidder sie bei seiner Rückkehr hier entdeckte. Cedric befürchtete, daß früher oder später andere Mitgefangene auftauchten. Als erster wahrscheinlich Nabtaal, der seine Nase in alles hineinsteckte, was ihn nichts anging. Ein Wunder, daß er angesichts dieser Unart überhaupt die ersten beiden Monate überlebt hatte. Er war einer dieser hoffnungslos weltfremden Träumer von O'Schilly's Freischärlern, die ständig von solch idiotischem Zeugs wie Demokratie oder Freiheit, Gleichheit und Brüderlichkeit redeten.

Plötzlich vernahm Cedric ein Geräusch und wandte den Kopf. Er seufzte beim Anblick der hochgewachsenen, schlaksigen Gestalt. Wenn man vom Teufel redete . . . Und in Nabtaals Fall schien es bereits zu reichen, wenn man nur an ihn *dachte*.

»Cedric!« rief der junge Mann besorgt, während er auf sie zueilte. »Was hat man mit dir gemacht? Das war Schmidder, stimmt's?«

Welch scharfsinnige Folgerung! Als ob es in dieser Sektion außer Schmidder noch jemand anderen gegeben hätte, der eine Elektropeitsche trug! Cedric wechselte einen kurzen Blick mit Sheryl, die, was Nabtaal anging, offenbar seiner Meinung war.

»Es wird Zeit, daß wir etwas gegen diesen Kerl unternehmen«, sagte Nabtaal, als er sie erreicht hatte. »So kann das nicht weitergehen.«

Cedric schüttelte resigniert den Kopf. Was mochte nur in Nabtaals Kopf vorgehen? Bisweilen erweckte er den Eindruck, als hielte er das alles hier für einen mißglückten Betriebsausflug. Cedric wußte nicht, ob er den Freischärler für soviel Naivität bemitleiden oder beglückwünschen sollte.

»Etwas unternehmen«, wiederholte Sheryl und sah den Freischärler an, als hätte er soeben das Ei des Kolumbus entdeckt. »Mein Gott, Nabtaal, das ist genial! Warum sind wir noch nicht eher darauf gekommen?«

Nabtaal lächelte unsicher.

»Nicht wahr?«

Sheryl wurde schlagartig ernst, stemmte die Arme in die Hüften und funkelte ihn böse an.

»Ach ja«, meinte sie, »und *was* beispielsweise sollen wir unternehmen?«

Nabtaal dachte einen Moment nach.

»Nun«, setzte er an. »Ich habe euch das ja bereits vor ein paar Tagen in den Unterkünften zu sagen versucht, aber ihr wolltet mir ja nicht zuhören. Zuerst einmal müssen wir uns bewußt werden, daß wir Schmidder gegenüber in der Überzahl sind.«

»Überzahl«, wiederholte Sheryl fassungslos, als müsse sie sich dadurch überzeugen, daß Nabtaal es tatsächlich gesagt hatte.

»Genau.« Er nickte heftig. »Schmidder ist einer, und wir sind viele.«

»Viele«, entfuhr es Sheryl ungläubig.

»Du sagst es. Solange Schmidder sich uns also einzeln vornehmen kann, ist er uns überlegen. Das ändert sich, wenn wir gemeinsam agieren. Dann kann er nicht mehr so mit uns umspringen. Das setzt natürlich voraus, daß wir uns organisieren. Ich schlage deshalb vor, daß wir zuerst einmal ein Komitee zur Wahrung unserer Interessen gründen.«

»Komitee.«

»Richtig, ein Komitee. Damit verleihen wir unseren Stimmen größeres Gewicht. Wir könnten heute abend in den Unterkünften eine Versammlung einberufen und dann die Gefangenen wählen, die ihm angehören sollen – natürlich in freier und geheimer Abstimmung. Danach werden wir eine Petition abfassen, die wir an Croft weiterleiten und in der wir ihm...«

»Petition.«

»Ja, eine Petition.« Nabtaal nickte verwirrt und schien sich zu fragen, ob er so undeutlich sprach. »Darin weisen wir Croft in höflichen, aber bestimmten Worten darauf hin, daß sich der Byranium-Abbau bei einer entsprechenden Verbesserung unserer Lebensbedingungen sicherlich erheblich steigern ließe. Diesem

Argument wird er sich nicht verschließen können. Doch das ist natürlich nur der Anfang.« Seine Augen leuchteten aus der dicken Schmutzschicht seines Gesichts hervor. Er geriet offensichtlich langsam in Fahrt. »Als nächstes ermuntern wir die Gefangenen der anderen Sektoren, ebenfalls solche Komitees zu gründen, die natürlich wiederum in einem übergeordneten Verband organisiert werden.«

»Verband.«

»Du sagst es. Und dann...« Weiter kam er nicht.

Cedric Cyper stieß sich von der Wand ab. Genug war genug! Er würde sich dieses dumme Geschwätz keinen Augenblick länger anhören. Lieber ging er freiwillig zu Schmidder und ließ sich noch ein paar Peitschenhiebe verpassen. Er fühlte sich gedrängt, dem Freischärler ein paar kräftige Hiebe zu verpassen und ihm dabei ins Ohr zu brüllen: ›He, Nabtaal, irgend jemand zu Hause?‹ – aber er beließ es dabei, ihn am Kragen zu packen und zu sich heranzuziehen.

»Nabtaal!« zischte er. »Paß auf! Wenn du den heutigen Tag überleben willst, dann halt die Schnauze und verschwinde so schnell, wie du gekommen bist!«

Der schlaksige Freischärler wand sich in Cedrics Griff.

»Hör zu, Cedric«, keuchte er. »Du... äh... du machst da einen großen Fehler. Du... du mußt dir das nur in Ruhe durch den Kopf gehen lassen, dann wirst du schon einsehen, daß ich recht habe.«

»So, glaubst du?« fragte Cedric grimmig.

»Ja doch, bestimmt. Und bevor du jetzt vorschnell irgendwelche Gewalt anwendest, denk daran, daß irgendwann meine Leute kommen und mich hier rausholen werden.«

»Deine Leute!« Cedric gab ein verächtliches Lachen von sich. Nabtaal glaubte wohl auch noch an den Weihnachtsandroiden! Es war schlichtweg unmöglich, daß sie hier irgend jemand herausholte. Die genaue Lage von Hadrians Mond gehörte zu einem der bestgehüteten Geheimnisse der gesamten Galaxis. Und für den Fall, daß dennoch jemand auf den Gedanken kam, sich auf den Weg hierher zu machen, gab es im Orbit immer noch einen niedlichen kleinen Killer-Satelliten, an dem niemand vorbeikam, der hier nichts zu suchen hatte. Am allerwenigstens ein Schiff der Freischärler, die zumeist in besseren Wracks unterwegs waren. »Pah! Die sind ja nicht mal in der Lage, sich alleine den Hintern abzuwischen. Verschone mich gefälligst mit dem Geschwätz, und verschwinde endlich. Haben wir uns verstanden?«

»Aber, ich...«

»Du scheinst wohl was an den Ohren zu haben.« Cedric drückte noch ein wenig fester zu und wartete, bis Nabtaals Gesicht unter der Dreckschicht rot anzulaufen begann. »Dann will ich es dir noch mal buchstabieren. Verpiß dich! V-e-r-p-i-ß d-i-c-h! War das jetzt deutlich genug?«

Nabtaal schlich wie ein geprügelter Hund davon.

Cedric wandte sich zu Sheryl.

»Und was dich betrifft...«

»Gib dir keine Mühe, klarer zu werden«, kam sie ihm zuvor. »Ich habe schon verstanden.«

Damit drehte sie sich um und ließ ihn stehen.

Cedric schickte ihr einen halb erleichterten, halb bedauernden Blick hinterher. Dann griff er nach der altertümlichen Spitzhacke. Es war Zeit, daß er seine Arbeit wieder aufnahm. Er hatte schon genug Zeit vertrödelt und wollte Schmidder keinen Grund zu einem erneuten Schlag mit der Elektropeitsche geben. Der Kerl konnte jeden Moment zurück sein.

Cedric Cyper wandte sich der Wand zu, die das Ende des Stollens bildete, und verzog angewidert das Gesicht.

Es gab drei Geschöpfe im Universum, die er mehr haßte als alles andere. Darüber hinaus gab es natürlich noch eine ganze Reihe weiterer Anwärter auf seiner privaten Hitliste der meistverachteten Kreaturen, aber diese drei belegten seit zwei Jahren unangefochten die Spitzenplätze.

An erster Stelle lag eindeutig Croft, der Befehlshaber der Byranium-Minen auf Hadrians Mond. Manchmal bezweifelte Cedric, daß der Commander überhaupt etwas von einem Gefangenen seines Namens wußte; an anderen Tagen wieder war er sich sicher, absolut sicher, daß Croft nichts unversucht ließ, seine Lage noch mißlicher zu gestalten, als sie ohnehin war.

Den zweiten Platz belegte Schmidder, der von nichts so sehr überzeugt schien wie von zwei Dingen: Zum einen, daß er ein geradezu mustergültiger Angehöriger der Herrenrasse dieses Spiralarms war (und die meisten Sarday'Kin teilten diese Selbsteinschätzung), zum anderen, daß die Gefangenen seiner Sektion ihrer Herkunft nach nichts anderes als Dreck und Abfall waren und es somit auch nicht verdienten, daß man sie so und nicht anders behandelte.

Auf dem dritten Platz schließlich lag die Wand vor ihm.

Cedric mußte sich eingestehen, daß er sie mittlerweile als eine Art Persönlichkeit betrachtete, nicht einfach als eine Mauer aus granithartem Fels mit matt schimmernden Byranium-Adern, sondern als ein lebendes und denkendes Ding, das sich allem, was um es herum und mit ihm geschah, durchaus bewußt war und auf seine ganz eigene, bösartige Weise darauf reagierte. Tief im Innern war er fest davon überzeugt, daß sie ihn aufmerksam beobachtete, in jeder Sekunde, die er mit der Hacke auf sie einschlug oder sie mit dem Laserbohrer bearbeitete. Manchmal warf sie mit Steinen nach ihm oder stellte ihm ein Bein. Einmal hatte sich in Sekundenbruchteilen ein Stück herausgebildet, das wie ein Gebiß mit Dutzenden rasiermesserscharfen Zähne geformt gewesen war und nach seinem Hals geschnappt hatte. Hätte er nur etwas langsamer reagiert, so bräuchte er sein Schicksal heute nicht mehr zu verfluchen. Spätestens das fingerdicke Stück Fleisch, das ihm die Wand aus der Schulter gebissen hatte, hatte ihm gezeigt, daß er nicht nur an Hirngespinsten litt.

Mit der Zeit hatte er, wie alle Gefangenen auf Hadrians Mond, die noch am Leben waren, eine Art sechsten Sinn dafür entwickelt, wann das Byranium das nächste Mal zuschlagen würde, und auf diese Weise hatte er weiteren Attacken rechtzeitig entgehen können. Überall in der Galaxis war Byranium ein heißbegehrter Stoff, der als Glücksbringer in kleinen, oftmals teuer eingefaßten Stücken um den Hals getragen wurde. Cedric konne sich nicht vorstellen, was dieser teuflische, hinterhältige Stoff mit Glück zu tun haben konnte, aber angesichts der Vermögen, die bestimmte Leute dafür zahlten, und der blutigen Schlachten, die darum schon geführt worden waren, mußte einfach etwas daran sein! Gleichwohl – in größeren Ansammlungen war Byranium zudem ein mörderischer Stoff. Mörderisch, heimtückisch und tödlich, vor allem für diejenigen, die es abbauen mußten.

Kein Wunder, dachte Cedric, während er die Spitzhacke schwang. Er würde sich wahrscheinlich nicht anders verhalten, wenn jemand versuchen sollte, mit Gewalt Stücke aus ihm herauszuschlagen.

Bisweilen hatte er sogar den Eindruck, daß die Wand nur wartete, bis er sich am Ende seiner Schicht herumdrehte und zu Tode erschöpft in die Unterkünfte zurückschleppte, um dann um dasselbe Stück nachzuwachsen, das er gerade in vierzehn Stunden aus ihr herausgehauen hatte. Natürlich war er nicht der einzige, der diesen Verdacht hegte — aber was nutzte das? Es existierte keine Instanz, bei der sie sich hätten beschweren können.

Cedric Cyper war zu fünfzig Metern verurteilt worden; ein Straßmaß, bei dessen Verkündung die Richter und alle Anwesenden nicht müde geworden waren, ihm zu versichern, wie milde es ausgefallen sei. Und außerdem sei ihm dieses Urteil nur wegen seiner unbestreitbaren Verdienste als *Terminator* und seiner nicht vergessenen Treue der Regierung auf Tau-Ceti gegenüber gewährt worden. Damals hatte er das sogar geglaubt, zumal er von anderen Angeklagten gehört hatte, die zu zwei- oder gar fünfhundert Metern verurteilt worden waren. Sich fünfzig Meter weit in einen Stollen hineinzugraben *konnte* schließlich nicht schwer sein.

Heute jedoch wußte er, daß es nicht den geringsten Unterschied machte, ob man zu fünfzig Metern, fünfhundert Kilometern oder fünftausend Lichtjahren verurteilt worden war. Solche Abstufungen des Strafmaßes waren kaum mehr als unverhohlener Sarkasmus gegenüber den Verurteilten, ein letzter übler Scherz, den man sich auf ihre Kosten erlaubte.

Schon am ersten Tag hatte Cedric zwei wesentliche Erkenntnisse gewonnen. Die erste war gewesen, daß er tatsächlich so gut wie mit bloßen Händen arbeiten mußte. Das einzige Werkzeug, das den Gefangenen zur Verfügung stand, waren altertümliche Spitzhacken, Schaufeln und eine Anzahl völlig veralteter Laserbohrer, deren Leistungsfähigkeit geradezu phänomenal war. Wenn man sich eines dieser klobigen Dinger nach Schichtende versehentlich in die Tasche steckte und vergaß, es auszuschalten, konnte es einem tatsächlich ein Loch in die Hose brennen. Die zweite Erkenntnis hatte darin bestanden, daß das Felsgestein, durch das er seinen fünfzig Meter langen Tunnel in die Freiheit zu graben hatte, nur unwesentlich weicher als gehärtetes Plasmetall war.

Wenn man den Meßgeräten glauben durfte, die den Fortschritt seiner Arbeit bezeugten, so hatte Cedric den Stollen immerhin schon ganze vier Meter vorangetrieben.

Vier Meter in zwei Jahren.

Das machte die Errechnung seines Entlassungstages zu einer

leichten Aufgabe: Wenn er in diesem Tempo weitermachte, würde es keine zwölf Jahre mehr dauern, bis er wieder in Freiheit war. Zwölf Jahre! Doch das war nicht mehr als theoretische Mathematik. Die praktische Mathematik, die auf Hadrians Mond Gültigkeit besaß, besagte, daß hier unten noch niemand länger als vier Jahre überlebt hatte. Schuld daran war das Byranium und das langsame Siechtum, das es unter den Gefangenen verbreitete. Bestes Beispiel dafür war Duncan. Drei Jahre, vielleicht ein halbes Jahr länger war Duncan jetzt in den Minen, und selbst die größten Optimisten, gaben ihm noch allerhöchstens ein paar Tage, bestenfalls eine Woche.

Und selbst wenn Cedric die nächsten zwölf Jahre überlebte, hätte Croft sich bestimmt irgendeine Schweinerei einfallen lassen, um ihn dennoch weiter hier zu behalten. Und sei es nur, um den Ruf zu wahren, daß noch niemals ein Gefangener von Hadrians Mond zurückgekommen wäre – zumindest nicht lebendig! Für Cedric war es mehr als unwahrscheinlich, daß sich irgend jemand die Mühe machte, die Leichname gestorbener Strafgefangener in einen Container zu laden und auf ihre Heimatwelt fliegen zu lassen. Vermutlich wurden sie einfach in einen stillgelegten Minenschacht geworfen.

Oder Croft ließ sie braten und sich und seinen Offizieren in der Messe servieren.

Nein, die Chancen, hier jemals wieder herauszukommen, standen gleich Null. Hätte man ihm die Frage gestellt, woher er angesichts dieser Hoffnungslosigkeit überhaupt die Kraft nahm, dennoch am Leben zu bleiben, so hätte er darauf keine Antwort zu geben gewußt. Viele Gefangene hatten sich früher oder später selbst das Leben genommen. Auf diese Weise hatten sie ihren Leiden ein schnelles Ende bereitet und die Fraktion der Sarday'cin zumindest um den Erlös des Byraniums gebracht, daß sie für sie abgebaut hätten. Das war wenig genug, aber vielleicht das einzige, das man seinen Richtern heimzahlen konnte.

Als ehemaliger *Terminator* hatte Cedric keine Angst vor dem Tod, und wenn er trotzdem nicht den Mut aufgebracht hätte, sich mit der Spitzhacke den Schädel zu spalten, so hätte er nur die drei Yoyodyne, die ebenfalls in diesem Sektor untergebracht waren, darum bitten müssen. Sie hätten ihm diesen Gefallen sicherlich gerne erfüllt. Oder er hätte sich mit ein paar gezielten Beleidigungen an Schmidder wenden können, der ihm bestimmt mit seinem Flamer behilflich gewesen wäre.

Weshalb also hatte er nicht längst einen dieser Wege beschritten und schuftete sich statt dessen lieber Tag für Tag ein Stückchen näher an den Tod heran? Wahrscheinlich war es tatsächlich nur der Gedanke an Rache; die Vorstellung, es irgendwann denjenigen heimzuzahlen, die ihn hierher gebracht hatten.

Cedric wußte, im Grunde genommen war eine solche Hoffnung lächerlich. Der Gedanke erfüllte ihn mit einem solch grimmigen Zorn, daß er die Spitzhacke mit doppelter Kraft schwang und auf den Fels vor sich niederkrachen ließ. Die Spitze prallte funkensprühend von der stahlharten Wand ab und vibrierte so schmerzhaft, daß die Spitzhacke Cedric beinahe aus den Händen gerissen worden wäre.

Cedric unterdrückte einen Fluch. Mittlerweile hätte er eigentlich klug genug sein müssen, solch nutzlose Kraftakte zu unterlassen. Seine Augen weiteten sich, als die Wand vor ihm ein Knirschen von sich gab, sich ganze Teile lösten und nach vorn kippten. Mit einem beherzten Sprung brachte Cedric sich in Sicherheit.

Hart landete er auf dem Boden, während hinter ihm die gelösten Steine krachend zu Boden stürzten und Staubkaskaden aufwirbeln ließen.

Einen Moment später kehrte wieder Ruhe ein, und Cedric begriff, daß er noch einmal davon gekommen war. Hinter dem Fels mußte irgendeine Spalte gewesen sein. Das kam schon einmal vor.

Nur langsam legte sich der Staub. Cedric wollte sich wieder aufrichten, als sein Blick auf ein armlanges, matt schimmerndes Bruchstück fiel, das direkt neben ihm zwischen all dem Schutt auf dem Boden lag. Ungläubig verharrte er, während sich die Erkenntnis in sein Hirn vorarbeitete, daß es sich dabei um reines Byranium handelte.

Es mußte der wohl größte Byranium-Brocken sein, der in diesen Minen je in einem Stück zutage gefördert worden war!

Es war ein Vermögen — so wertvoll, daß allein der Gedanke daran schwindelerregend war. Für den Gegenwert hätte man sich, beispielsweise auf einem der Planeten der Freihandelszonen von *St. Petersburg II*, *Magie Noire* oder *Aladdin* weit mehr als einen voll funktionsfähigen schweren Kommandokreuzer inklusive der entsprechenden Besatzung kaufen können.

Ergriffen streckte Cedric seine Hand danach aus, aber mitten in der Bewegung überkam ihn Ernüchterung. Ganz gleich, wieviel dieses Byranium-Stück *draußen* wert sein mochte, hier drinnen würde es ihm weder ein Raumschiff noch die Freiheit einbringen, realistisch betrachtet nicht einmal eine Extra-Portion Verpflegung oder sonst irgendeine Vergünstigung.

Wahrscheinlich nicht einmal dann, wenn der Brocken zehnmal so groß gewesen wäre.

Doch die Vorstellung, keinen halben Meter neben sich ein eigenes Raumschiff liegen zu sehen, war zu verlockend, als daß Cedric Cyper in der Lage gewesen wäre, sie so einfach ad acta zu legen. Und im selben Augenblick wußte er, daß er diesen unermeßlichen Schatz bei Schichtende nicht abgeben würde, wie es die Gefangenen mit allen Byranium-Funden tun mußten, die größer als ein Fingernagel waren.

Nein, dachte er mit grimmiger Entschlossenheit, dieses Stück würde er nicht aus den Händen geben!

Aber was, fragte er sich, sollte er statt dessen damit tun? Hier liegenlassen oder unter dem Schutt verbergen konnte er es nicht, denn dann würde es während der Nachtperiode von den Robots eingesammelt werden, die den Abraum und jedes noch so kleinste Byranium-Stück aus den Stollen entfernten. Es in die Quartiere schmuggeln zu wollen, war so gut wie aussichtslos. Dazu hätte es nicht einmal der Überwachungsgeräte bedurft, mit denen alle Gefangen vor dem Verlassen der Stollen durchleuchtet wurden; ein Stück dieser Größe hätte der Wachoffizier sogar mit bloßen Augen entdeckt. Und selbst wenn es ihm gelungen wäre, das Byranium in die Quartiere zu bringen, wäre damit nichts gewonnen gewesen. Privatsphäre gab es dort nämlich nicht und somit auch keinen Ort, es zu verstecken.

Es blieb nur ein Ausweg. Er mußte hier irgendwo *innerhalb* des Stollensystems ein sicheres Versteck finden; vielleicht einen stillgelegten Seitengang oder einen gesperrten Schacht, auf jeden Fall einen Platz, an dem sich normalerweise weder einer der Robots noch der Aufseher oder der anderen Gefangenen blicken ließ. Und es war Eile geboten. Er mußte es erledigt haben, bevor Schmidder zurückkam oder irgend jemand der Gefangenen auf seinen Fund aufmerksam wurde.

»Cedric!« rief eine bekannte Stimme vom Stolleneingang her. »Alles in Ordnung? Ist dir etwas passiert?«

Er schreckte wie ertappt aus seinen Gedanken hoch, hob den Kopf und sah, wie eine schlanke Gestalt durch den Staub auf ihn zukam.

Sheryl! Schon wieder!

Er wußte nicht, ob sie den Stollen erst gar nicht verlassen hatte, nachdem er ihr den Rücken zugewandt hatte, aber das war jetzt gleichgültig.

»Nein, es ist noch mal glimpflich ausgegangen«, erwiderte er, während er sich hastig aufrichtete, vor den Byranium-Brocken schob und hoffte, daß sie ihn noch nicht entdeckt hatte. Provozierend fügte er hinzu: »Enttäuscht?«

Sie strafte ihn mit einem mißbilligenden Blick.

»Idiot! Noch so eine Frage, und ich wünschte, du wärst tatsächlich . . .«

Sie redete nicht weiter, sondern starrte mit offenem Mund an Cedric vorbei. Das war's, dachte er. Sie hatte den Byranium-Brocken entdeckt.

Er zwang sich zu einem gekünstelten Lächeln. Wenn es schon dazu gekommen war, mußte er Sheryl eben in seinen Plan einbeziehen! Jetzt kam es vor allem darauf an, die richtigen Worte zu finden, um sie zu überzeugen, den Fund nicht zu melden oder abzuliefern.

»Laß uns darüber reden, Sheryl. Weißt du, ich . . .«

Er brach ab, als er verunsichert bemerkte, daß sie nicht im geringsten reagierte. Eine weitere Sekunde verstrich, ehe ihm klar wurde, daß sie gar nicht auf das Byranium-Stück zu seinen Füßen starrte, sondern auf irgendeinen anderen Punkt hinter seinem Rücken.

Wie unter einem inneren Zwang wandte er sich um, nur um einen Lidschlag später denselben erschrockenen Gesichtsausdruck zur Schau zu tragen.

Dort, wo sich die Wand gelöst hatte, ragte ungefähr in Kopfhöhe ein graues, schimmerndes Ding von der Größe eines Funkhelmes aus dem Gestein, als wäre es dort eingeschmolzen. Es saß auf breiten Schultern, die in einen silberglänzenden Anzug gehüllt waren.

Gemeinsam mit Sheryl näherte er sich dem schimmernden Etwas, und er erkannte, daß es sich tatsächlich um einen seltsamen Schutzanzug handelte. Die Schultern, die in ihm steckten, waren bei weitem zu wuchtig, als daß sie zu einem menschlichen Wesen hätten gehören können. Nicht anders sah es mit der Form des Helmes aus. Sie wirkte . . . sonderbar. Und beunruhigend.

»Mein Gott!« entfuhr es Sheryl. Unwillkürlich hatte sie die Stimme zu einem Flüstern gesenkt. Sie streckte zögernd die Hand aus, wagte es aber nicht, den Gegenstand zu berühren. »Was ist das?«

Cedric wußte es nicht. Im ersten Moment hatte er noch gedacht, daß es sich um einen Phagon handelte, eines der genmanipulierten Wesen, die aufrechtgehenden Steinböcken glichen und von der Bruderschaft, der wohl geheimnisvollsten und zugleich entartetsten Fraktion des ehemaligen Sternimperiums, als Kampftruppen gezüchtet und eingesetzt wurden. In der gesamten Galaxis besaßen sie einen fürchterlichen Ruf.

Aber das, was vor ihm aus der Wand ragte, war kein Phagon. Es schien, als strahle allein dieser Helm, seine Form, seine Farbe, sein Material und in erster Linie natürlich seine Gegenwart etwas *Beunruhigendes* aus.

Auf jeden Fall etwas, das für das Frösteln verantwortlich war, das plötzlich Cedrics Rücken herabkroch.

»Keine Ahnung«, gestand er ein. Er straffte sich. »Aber ich kenne eine Methode, es herauszufinden.«

Er beugte sich ein wenig vor, überwand seinen Widerwillen und griff an die Stelle, wo der Helm in den Anzug überging. Der silberglänzende Stoff fühlte sich kühl an.

Sheryl zuckte erschrocken zusammen.

»Was machst du da?« fragte sie entsetzt. »Du willst doch nicht etwa . . .«

Irgendein verborgener Mechanismus sprang plötzlich an, und mit einem leichten Zischen löste sich die Verbindung zwischen Helm und Anzug.

Alles in Cedric sträubte sich dagegen, aber er konnte nicht anders, als den Helm anzuheben und zu offenbaren, was sich darunter verbarg.

Sheryls Schlucken war in der Stille deutlich zu hören. Sie hatte im gleichen Augenblick wie Cedric erkannt, was in dem Anzug steckte.

Es war ein Schädel. Ein Schädel von der Größe eines Rinderkopfes, mit wuchtiger Stirn, einer breiten Augen- und Nasenpartie und einem weit vorgeschobenen, kantigen Unterkiefer, der dem Gesicht zu dessen Lebzeiten das Aussehen einer schlechtgelaunten Bulldogge verliehen haben mußte. Cedric wollte es nicht, aber seine Phantasie versuchte sofort, sich vorzustellen, wie diese Kreatur einst ausgesehen hatte.

»Das ist doch nicht... nicht möglich!« flüsterte Sheryl. Ihre Stimme bebte.

Im allerersten Moment verstand Cedric ihre Fassungslosigkeit nicht. Doch dann sprach Sheryl weiter, und schon bei ihren nächsten Worten hatte auch er das Gefühl, von demselben eiskalten Hauch gestreift zu werden, der sie bereits umfangen hielt.

»Die Gespenster«, murmelte sie. »Es... es ist also wahr. Es gibt sie!«

»Unsinn«, antwortete Cedric – aber das war nur ein Reflex. Er *wollte* einfach nur, daß es so war.

Die Gespenster... Viele der nie verstummenden Gerüchte hier unten beschäftigten sich mit diesen Horrorwesen; natürlich hatte auch er schon die Geschichten darüber gehört. Dabei war dieser Himmelskörper ein Ort, an dem außerhalb der Minen- und Kommandosektionen keine vorstellbare Art von Leben existieren konnte. Das wußte Sheryl so gut wie er und jeder andere, der jemals einen Blick auf Hadrians Oberfläche mit seiner Methanatmosphäre und seinen Höllenstürmen geworfen hatte. Nichts, was lebte und atmete, konnte in dieser Hölle länger als ein paar Sekundenbruchteile existieren. Aber dennoch gab es die Gerüchte von den Gespenstern. Angeblich hatte man solche Skelette hier unten schon an mehreren Orten gefunden, Schädel, Knochen und versteinerte Körperteile; Reste von Wesen, die unvorstellbar groß und fremdartig gewesen sein mußten.

Cedric glaubte nicht an diesen Unsinn. Nicht einmal jetzt, da er dieses *Ding* mit eigenen Augen sah.

»Die Geschichten sind wahr, Cedric!« murmelte Sheryl noch einmal. »Die Gespenster existieren!«

»He, langsam! Jetzt beruhige dich. Das sind nur ein paar alte Knochen.« Man hörte ihm an, wie krampfhaft er bemüht war, eine logische und vor allen Dingen beschwichtigende Erklärung zu finden. »Die liegen vielleicht schon seit Millionen von Jahren hier im Gestein. Vielleicht hatte Hadrians Mond früher ja einmal eine Atmosphäre. Oder es war ein Raumfahrer einer uns unbekannten Rasse, den es hierher verschlagen hat. Ganz egal, was es ist, auf jeden Fall ist es seit Urzeiten tot und vollkommen ungefährlich.«

Das klang nicht einmal in seinen eigenen Ohren überzeugend. Sein Gefühl sagte ihm etwas anderes. »Es gibt also keinen Grund, sich Sorgen zu machen«, fügte er hinzu, als könne er es damit beschwören.

Sheryls Kopf drehte sich mit einem Ruck in seine Richtung.

»Kein Grund, sich Sorgen zu machen?« wiederholte sie beinahe hysterisch. Sie deutete mit einer heftigen Handbewegung auf den Schädel und fuhr lauter fort: »Hast du keine Augen im Kopf, Cedric? Das... das *ist* ein Gespenst! Begreifst du denn nicht? Sie haben uns belogen. Es gibt sie, und das da ist der Beweis!«

In ihrer Stimme war ein Ton, der Cedric alarmierte. Und er verstand Sheryls Furcht nur zu gut. Es war nicht nur die Vorstellung, wie dieses Wesen zu Lebzeiten ausgesehen haben mußte: ein mindestens drei Meter großes Monstrum, das wahrscheinlich eine Tonne wog. Es war vielmehr der Gedanke an die Katastrophe, die es vor anderthalb Jahren in einer anderen Minensektion gegeben hatte. Niemand hatte je wirklich herausgefunden, was passiert war — und wenn, so hatte man es zumindest den Gefangenen nicht gesagt —, aber es hatte keine Überlebenden gegeben. Zweihundert Strafgefangene, dreißig Techniker und Soldaten sowie die gesamte Wachmannschaft waren ums Leben gekommen, und von der technischen Ausstattung der Mine war ebenfalls nicht viel übriggeblieben. Die offizielle Verlautbarung hatte als Ursache ein Erdbeben benannt, das den Schacht samt der darüberliegenden Basis zum Einsturz gebracht haben sollte. Aber es gab auch Gerüchte, die hartnäckig behaupteten, daß die Gespenster den Sektor angegriffen und die gesamte Besatzung getötet hatten. Andere Gerüchte wiederum besagten, daß es nur ein einziges Gespenst gewesen war.

Bislang hatte Cedric über solcherlei Unsinn nur lauthals lachen können. Jetzt war er sich da plötzlich nicht mehr so sicher.

»Wir... wir müssen es melden!« fuhr Sheryl fort. »Jemand aus der Kommandosektion muß herunterkommen und es sich ansehen. Dann können sie nicht mehr behaupten, daß es keine Gespenster gäbe!«

»Ach ja?« fragte Cedric ironisch. »Können Sie das wirklich nicht?« Er packte Sheryl bei den Schultern, schüttelte sie leicht und zwang sie, ihn anzusehen. »Was, glaubst du, würde Croft wohl machen, wenn er dies hier sieht?«

Offenbar hatte Cedric den richtigen Ton angeschlagen. Sheryl schien wieder einigermaßen zur Vernunft zu kommen. Der hysterische Ausdruck in ihren Augen verschwand.

Resigniert ließ sie den Kopf hängen. Sie wußte so gut wie er, daß niemand *irgend etwas* unternehmen würde, nicht wegen dieses Skelettes, nicht einmal, wenn sie auf ein lebendes Exemplar dieser unheimlichen Spezies gestoßen wären. Wie Croft einzuschätzen war, würde er den Fund einfach in aller Stille verschwinden lassen, vermutlich aus der Angst, seine Förderquoten nicht mehr einhalten zu können, falls es tatsächlich einen Beweis für die Existenz von extraterrestrischem Leben auf Hadrians Mond präsentierte und es hier unten plötzlich von Untersuchungskommissionen und Wissenschaftlern nur so wimmelte. Die andere Möglichkeit bestand natürlich darin, daß er längst wußte, daß es die Gespenster gab; und wenn er bis jetzt nichts deshalb unternommen hatte, würde er es auch diesesmal nicht tun. Wahrscheinlich war in beiden Fällen, daß er vorsorglich alle erschießen ließ, die das Skelett gesehen hatten, um auf diese Weise die Verbreitung neuer Gerüchte zu verhindern.

So oder so — dieser Fund bedeutete nur Ärger. Wenn es in dieser Situation überhaupt irgend etwas Sinnvolles zu tun gab, dachte Cedric, dann bestand es wahrscheinlich darin, seine Spitzhacke zu nehmen und dieses Ding klein zu schlagen.

Leider war er schon einen Augenblick später nicht mehr in der Lage, allein zu entscheiden, was sinnvoll war und was nicht.

»Was ist los?« rief plötzlich eine Stimme hinter ihnen. »Was habt ihr gefunden? Wieso... *großer Gott!*«

Es war Duncan! Um das festzustellen, brauchte Cedric sich nicht einmal umzudrehen. Der schmächtige Cybertech befand sich im letzten Stadium seiner Byranium-Vergiftung, was nichts anderes hieß, als daß er in etwa so unberechenbar war wie eine Handgranate mit defektem Zünder.

»Reiß dich zusammen, Duncan!« sagte er, während er sich dem Cybertech zuwandte.

Er erschrak unwillkürlich, als er dessen Zustand bemerkte. Duncans Augen, die sich in den letzten Tagen ohnehin zu schwarzen Trichtern inmitten seines trotz des dunklen Staubes bläßlichen Totengesichtes verwandelt hatten, waren geweitet. Völlig entsetzt starrte er auf die aus der Wand ragenden Knochen.

»Ein Gespenst«, keuchte er. »Mein Gott, sie... sie sind da. *Sie sind hier!* Sie sind gekommen! Jetzt sind wir alle verloren!«

Cedric fluchte lautlos. Verdammt, die Situation wuchs ihm langsam über den Kopf. Er mußte sich etwas einfallen lassen, bevor noch mehr Mitgefangene kamen. Hier unten verbreiteten sich solche Entdeckungen geradezu mit Überlichtgeschwindigkeit.

»Die Gespenster!« wimmerte Duncan mit weinerlicher Stimme. »Sie sind gekommen, um uns zu holen! Mein Gott, sie werden uns alle umbringen!«

»Jetzt beruhige dich!« redete Cedric eindringlich auf ihn ein. »Das ist nichts, wovor du Angst haben müßtest. Nur ein Knochen, mindestens ein paar tausend Jahre alt!«

Ebensogut hätte er mit der Wand hinter sich reden können. Duncan hörte seine Worte gar nicht. Anstatt sich zu beruhigen, begann er immer hysterischer zu stammeln und schreien und zitterte am ganzen Körper. Es konnte nicht lange dauern, bis er ihnen mit seinem Geschrei die gesamte Sektion auf den Hals gehetzt hatte.

Cedric tauschte einen raschen Blick mit Sheryl. Die junge Sarday'kin hatte den Ernst der Situation ebenso erkannt, nickte wortlos und trat hinter Duncan, während sich Cedric so postierte, daß er dem Cybertech den Blick auf den Schädel verwehrte. Nicht, daß das jetzt noch viel genutzt hätte. Duncan hatte alles gesehen, was es zu sehen gab. Wahrscheinlich schon entschieden zu viel. Zumindest für ihn.

»Wir werden sterben!« kreischte er immer wieder. »Sie sind gekommen, um uns zu ho...«

Cedrics Faust prallte genau im richtigen Winkel gegen sein Kinn. Duncan taumelte mit wild rudernden Händen zurück und brach in Sheryls Armen zusammen.

Behutsam ließ Sheryl den jungen Cybertech zu Boden sinken, bettete seinen Kopf in ihrem Schoß und untersuchte ihn flüchtig.

»Mußtest du unbedingt so fest zuschlagen?« fragte sie vorwurfsvoll. »Du hättest ihn umbringen können.«

Kaum, dachte Cedric. Duncan war nämlich schon tot. Er war lediglich zu stur, es zuzugeben.

Wie um Cedrics Gedanken zu bestätigen, begann Duncan sich zu regen und hob benommen den Kopf.

Wie war das möglich? Der Haken hätte ihn für eine Viertelstunde außer Gefecht setzen müssen. Und einen Moment später wußte Cedric die Antwort darauf: das Byranium.

Zumindest begann Duncan nicht wieder herumzuschreien,

obwohl er seinen Blick nach wie vor nicht von dem Skelett nehmen konnte. Er krabbelte auf allen vieren herum und brabbelte unverständliches Zeugs. Solange er es dabei beließ und nicht lauter wurde, gab es keinen Grund, ihm einen weiteren Schlag zu verpassen.

Cedric verspürte ein seltsames Unbehagen, als er den jungen Cybertech so sah. Der Cybertech war jetzt seit dreieinhalb Jahren hier, und seit ungefähr zwei Wochen befand er sich im letzten Stadium. Was Cedric Cyper in dem hohlwangigen und zerstörten Gesicht las, war sein eigenes Schicksal. Ihr aller Schicksal, um genauer zu sein. Cedric hatte schon vor seiner Verurteilung Gerüchte darüber gehört, was geschah, wenn ein Organismus zu lange der konzentrierten Strahlung größerer Byranium-Mengen ausgesetzt war, aber das waren eben nur Gerüchte gewesen.

Heute konnte Cedric mit eigenen Augen sehen, welche Folgen eine solche Vergiftung hatte. Die seit Jahren zu absoluter Höchstleistung stimulierten Organe schienen nicht mehr in der Lage zu sein, ihre Funktion anders als im Übermaß auszuüben. Es hatte irgend etwas mit dem DNS-Code zu tun, der durcheinandergeriet und wie ein überdrehter Motor immer schneller lief, bis das Opfer so etwas erlebte wie eine biologische Kettenreaktion. Duncans Organismus lief Amok.

Und er tat es auf eine Art und Weise, daß es für jedermann zu sehen war.

Verdammt, dachte Cedric. Wieder so ein Gerücht, das sich hier unten als wahr erwiesen hatte.

Er schickte einen nervösen Blick zum Stolleneingang. Wie lange noch, fragte er sich nervös, bis dort der nächste Gefangene auftauchte? Oder Schmidder. Oder besser gleich einer der Kampfrobots, der mit ihnen allen kurzen Prozeß machte.

»Was jetzt?« fragte Sheryl.

Er dachte einen Moment nach.

»Am besten, wir bringen Duncan in seinen Tunnel zurück und hoffen, daß er dort bleibt«, schlug er vor.

Sheryl nickte.

Sie gingen zu Duncan, der auf den Knien vor das Skelett in dem silberglänzenden Anzug gerutscht war, die Arme in einer theatralischen Geste ausgebreitet hatte und ergriffen etwas flüsterte, das sich anhörte wie:

»Dis Patac Urchurba Wyddan.«

Cedric beugte sich vor, um den bedauernswerten Cybertech unter die Arme zu greifen und ihn in die Höhe zu ziehen, als vom Skelett her wie aus heiterem Himmel ein zischendes Geräusch erklang, das zwar recht leise war, aber dennoch so intensiv, daß es Cedric ein neuerliches Frösteln den Rücken hinunterjagte.

Sein Kopf ruckte hoch, und er sah gerade noch, wie die uralten Knochen sich auflösten und einfach zu Staub zerfielen. Gleichzeitig begann sie, in grünlichem Licht zu leuchten.

Heller und heller wurde der Schein, bis Cedric instinktiv die Hand hob, um seine Augen vor der gleißenden Helligkeit zu schützen; und das Licht war selbst dann noch da, als das Skelett selbst sich vollständig aufgelöst hatte.

Nur einen Herzschlag später sprang das grünliche Leuchten wie ein gleißender Feuerball aus dem offenen Schulterteil des fremdartigen Anzugs.

In Cedrics Gedanken hallte ein schrilles, triumphierendes Lachen wider, das gewalttätig von außen in sein Bewußtsein eindrang. Alles in ihm schrie danach, die Flucht zu ergreifen, diesen Ort so schnell wie möglich zu verlassen, die Beine in die Hände zu nehmen und um sein Leben zu rennen, solange er noch Gelegenheit dazu hatte, aber irgend etwas anderes hielt ihn fest.

Das Licht raste wie eine umherspringende Flipperkugel durch den Stollen, schoß urplötzlich auf Cedric zu und durchdrang seinen Körper, um auf der anderen Seite wieder aus ihm herauszufahren. Für Sekundenbruchteile hatte Cedric sich wie in heißes Öl getaucht gefühlt, während über sein Denken eine Woge aus Triumph und unendlicher Erleichterung hereinbrach.

Auch auf Sheryl sprang der Lichtball zu und durchdrang sie ebenfalls. Nur vor Duncan, der weiterhin mit ausgebreiteten Armen und einem verzückten Lächeln auf den Lippen niederkniete, schien er zu stoppen. Ein paarmal umkreiste der Lichtball den ausgemergelten Körper, als hätte er Angst, ihm zu nahe zu kommen, dann trennte er sich von ihm, schlug noch ein paar Haken und raste zum Stolleneingang hinaus. Im nächsten Moment war der gleißende Schein verschwunden, so schnell und übergangslos, daß man daran zweifeln konnte, ob es ihn überhaupt je gegeben hatte.

Stille kehrte ein.

Cedric blickte zu Sheryl hinüber. Die Sarday'kin wirkte fassungslos. Es schien, als spüre sie das Verlangen, sich schutzsuchend an seine Schulter zu pressen. Leider tat sie es nicht.

»Was . . . was war das?« kam es tonlos über ihre bebenden Lippen.

Er atmete tief durch und hob die Schultern. »Ich habe keine Ahnung.«

»Es ist vollbracht«, murmelte Duncan mit schweren Lippen. »Es ist . . .«

Der Rest wurde von dem dumpfen Laut erstickt, mit dem er der Länge nach vornüber kippte, auf den Stollenboden fiel und reglos liegenblieb.

Cedric starrte wie betäubt zu ihm herab. Er begriff, daß er soeben Zeuge eines unfaßbaren Vorganges gewesen war und daß er unglaubliches Glück gehabt hatte, überhaupt noch am Leben zu sein.

Gleichzeitig schien damit sein Vorrat an Glück endgültig aufgebraucht zu sein. Schmidders Stimme hallte herrisch und zugleich voller sadistischer Vorfreude durch den Stollen.

»*Was ist denn hier los?*«

Cedric verdrehte die Augen, zählte in Gedanken bis drei und drehte sich dann ganz langsam um.

Obgleich er den Aufseher nur als Schatten vor dem besser beleuchteten Haupttunnel sah, erkannte er ihn sofort. Die kleine, feiste Gestalt war so unverwechselbar wie der Schattenriß der Elektropeitsche, deren entrollte Schnur hinter ihm auf dem Boden schleifte und dort, wo sie sich an dem Gestein rieb, kleine bläuliche Blitze produzierte.

»Duncan ist zusammengebrochen«, sagte Cedric, während in seinem Kopf die Gedanken rasten. Er hatte das Gefühl, irgend etwas unternehmen zu müssen. »Ich glaube, es geht zu Ende.«

»Zu Ende, so?« fragte Schmidder. Cedric mußte sich erst gar nicht anstrengen, um das breite Grinsen hinter der Sichtscheibe der Atemmaske zu erkennen. »Ich denke, er ist nur zu faul zum Arbeiten.«

Schmidder kam näher, während hinter ihm das Ende der Peitschenschnur, von bläulichem Knistern umspielt, über den Boden schleifte.

»Sterben«, murmelte Duncan plötzlich, der das Bewußtsein wiedererlangt hatte und den Kopf leicht in den Nacken hob. »Wir werden sterben. Sie werden uns alle . . . umbringen!«

»Wer bringt hier jemanden um?« fragte Schmidder mit einem selbstgefälligen Unterton. Es schien ihm ein geradezu ketzerischer Gedanke zu sein, daß es hier unten außer ihm noch jemand anderen gab, der sich das Recht herausnahm, jemanden umzubringen.

Er bewegte sich einen weiteren Schritt vor, und Cedric trat vorsichtig ein wenig zur Seite, um den leeren Anzug in der Wand zu verdecken. Es war ohnehin ein Wunder, daß Schmidder ihn noch nicht entdeckt hatte.

»Er phantasiert«, sagte Cedric rasch. »Ich sage doch, es geht zu Ende. Er ist im letzten Stadium.«

»Ach, seit wann bist du der für diese Sektion zuständige Arzt?«

Der für diese Sektion zuständige Arzt — wäre ihre Lage nicht so bedrohlich gewesen, hätte Cedric laut losgelacht. Der einzige Doktor, der sich hier unten je hatte sehen lassen, war ein Doktor der Philosophie gewesen. Ein Mitgefangener, der keine zwei Wochen durchgehalten hatte.

»Um das festzustellen, muß man kein Arzt sein«, sagte Sheryl an seiner Stelle. »Dazu braucht man nur Augen im Kopf.«

Es war zu sehen, wie Schmidder unter seiner Atemmaske ärgerlich das Gesicht verzog. Die Hand, die sich um den Stiel der Peitsche gelenkt hatte, zuckte nervös.

Cedric ertappte sich unwillkürlich bei dem Vorsatz, sich Schmidder in den Weg zu stellen, falls er die Peitsche gegen die junge Sarday'kin schwingen sollte. Dann schüttelte er unmerklich den Kopf. Welcher Teufel ritt ihn, daß er auf solch selbstmörderische Gedanken kam?

»Möglich«, knurrte Schmidder. Sein Mißtrauen war nicht besänftigt, das war deutlich zu spüren. Vielleicht war er einfach nur enttäuscht, keinen Grund zum Zuschlagen zu haben. »Aber vielleicht überlaßt ihr beiden Schlaumeier diese Entscheidung lieber mir. Los, aus dem Weg!«

Er wedelte ungeduldig mit der freien Hand und beugte sich über Duncan, nachdem Sheryl so widerwillig beiseite getreten war, daß es fast beinahe an offenen Widerstand grenzte. Doch Schmidder war viel zu sehr auf Duncan fixiert, um es zu bemerken. Sein Intellekt schien nicht mit der Fähigkeit gesegnet zu sein, sich mit mehr als einer Angelegenheit gleichzeitig beschäftigen zu können.

»He, was ist los mit dir?« fragte er und stieß ihn leicht mit der Stiefelspitze an. »Spielst du mir nur was vor, oder kratzt du etwa wirklich ab?« Duncan stammelte etwas von ›Sterben‹, ›Umbringen‹ und ›Ungeheuern‹.

»Was faselst du da?« fragte Schmidder, und als Duncan weiterhin unverständliches Zeugs vor sich hin brabbelte, wurde er wütend. »He, du sollst mir antworten, Kerl!«

Er holte mit dem Fuß aus und versetzte Duncan einen Tritt in die Seite, so kräftig, daß Cedric sich einbildete, das Brechen von Rippen hören zu können.

Duncan reagierte jedoch nicht. Er schien den Tritt nicht einmal gespürt zu haben.

»Na schön«, knurrte Schmidder, trat einen halben Schritt zurück und hob die Peitsche. »Wenn du nicht gehorchen willst, muß ich eben andere Saiten aufziehen.«

»Lassen Sie ihn in Ruhe!« forderte Sheryl. »Sie sehen doch, daß er Ihnen nicht antworten *kann*.«

»Das werden wir ja sehen«, meinte Schmidder, holte aus und ließ die Peitsche auf Duncans Rücken herunterzischen.

Und dann ging alles viel zu schnell, als daß irgendeiner von ihnen eine Chance gehabt hätte, etwas zu tun oder sonst auf irgendeine Weise zu reagieren.

Auch eiserne Grundregeln des Schicksals schienen ihre Ausnahmen zu haben, und was Schmidder anging, so schien ihn das Schicksal in seiner unergründlichen Unberechenbarkeit dafür auserkoren zu haben, ihm jetzt und hier und ganz persönlich eine dieser Ausnahmen zu widmen. Duncan keuchte und bäumte sich auf, als sein Körper von einem Gespinst aus bläulichen Blitzen umwabert wurde, aber es war kein Schmerzlaut, sondern ein wütender, halb erstickter Ruf, der sich eine Sekunde später in einen gellenden, durchdringenden Schrei verwandelte, als sich seine Hand mit unvorstellbarer Schnelligkeit und noch unvorstellbarerer Kraft um Schmidders Fußgelenk schloß.

Diesmal bildete Cedric sich das Knistern brechender Knochen nicht nur ein.

Schmidder kreischte. Haltlos taumelte er gegen die Stollenwand, ließ seine Peitsche fallen und versuchte gleichzeitig verzweifelt, seinen Fuß loszureißen. Es gelang ihm nicht. Im Gegenteil, Duncans Hand hielt Schmidders Fußgelenk wie in einem Schraubstock umklammert.

Wieder krachten Knochen, und aus dem Stiefelschaft spritzte

Blut. Schmidder, dessen Körper längst ebenfalls von dem bläulichen Blitzgewitter umknistert wurde, begann unkontrolliert zu zucken und ging zu Boden. Seine Schreie hörten sich kaum mehr menschlich an.

»Wir müssen Duncan aufhalten!« schrie Sheryl. »Sonst sind wir alle geliefert!«

Cedric sprang vor. Mit einem Satz war er bei Duncan, packte mit beiden Händen nach seinem Arm und versuchte, seinen Griff zu sprengen. Er stöhnte auf, als er in Kontakt mit den Blitzen kam. Gleichzeitig warf sich Sheryl von hinten auf den jungen Cybertech, um ihn mit vereinten Kräften zur Vernunft zu bringen.

Es war sinnlos. Duncan schien ihre vereinten Bemühungen nicht einmal zu bemerken. Mit einer fast beiläufigen Bewegung schüttelte er Sheryl ab und versetzte Cedric einen Hieb, der in seinem Gesicht einen grellen Schmerz explodieren ließ. Obwohl ihn Duncans Hand lediglich gestreift hatte, warf ihn der Schlag quer durch den Stollen und ließ ihn hart gegen die gegenüberliegenden Wand prallen. Einen Augenblick lang mußte er mit aller Gewalt um sein Bewußtsein kämpfen. Bunte Sterne tanzten vor seinen Augen, und Schmidders Schreie hörten sich plötzlich seltsam leise an und schienen von weit, weit entfernt zu kommen.

Als Cedric seine Benommenheit endlich abgeschüttelt hatte, war Duncan auf die Füße gekommen. Er hatte Schmidders Fuß losgelassen, den Aufseher dafür aber mit beiden Händen gepackt und in die Höhe gerissen. Langsam und mit der monotonen Gleichförmigkeit einer Maschine schmetterte er den Kopf des Aufsehers immer wieder gegen die Wand. Schmidder hatte längst zu schreien aufgehört, hing hilflos im Griff des Cybertechs und wimmerte nur noch. Sein Gesicht bestand aus Blut und den zertrümmerten Resten der Atemmaske.

Cedric sprang erneut nach vorne, ohne genau zu wissen, warum. Hatte er das, was Duncan grade mit Schmidder machte, nicht selbst lange schon mit ihm machen wollen?

Mit aller Macht warf er sich im Stile eines Gravo-Footballers gegen den Cybertech, schaffte es, ihn aus dem Gleichgewicht zu bringen, und zerrte ihn mit einer zweiten, noch verzweifelteren Kraftanstrengung zu Boden.

Er sah Duncans Schlag nicht einmal kommen. Und diesmal verlor er das Bewußtsein tatsächlich, allerdings nur für ein paar Sekunden.

Als er wieder zu sich kam, hatte Duncan von Schmidder abgelassen und war wieder auf die Knie herabgesunken. Mit leerem Blick stierte er vor sich hin, als wäre nicht das geringste vorgefallen.

Cedric Cyper erhob sich stöhnend und mit einem röchelndem Husten, kroch auf Händen und Knien zu Schmidder und preßte die Lippen zusammen, als er dessen Gesicht sah. Das wenige, was davon noch übrig war, sah aus, als wäre es unter eine Müllpresse geraten. Man mußte keine ärztliche Ausbildung haben, um zu wissen, daß er tot war.

Cedric murmelte die yoyodynische Bezeichnung für menschlichen Abort, die während seines Dienstes unter den sarday'kinschen Soldbrüdern so etwas wie ein Modefluch gewesen war.

Jetzt gab es kein Zurück mehr. Trotzdem tat es ihm nicht leid um Schmidder.

Cedric sah auf und blickte in Sheryls Gesicht.

»Das war's«, meinte sie tonlos. Mutlosigkeit und Verzweiflung lagen in ihrem Blick.

Grade das machte Cedric zornig. Er war kein *Terminator* geworden, um bei der erstbesten Schwierigkeit gleich aufzugeben.

Erstbeste Schwierigkeit, wiederholte ein anderer, vorwitziger Gedanke in seinem Kopf ironisch. Das war die Untertreibung des Jahrtausends! Sheryl und er steckten in dem wohl größtmöglichen Schlamassel, der sich denken ließ. Man würde kurzen Prozeß mit ihnen machen. Nein, korrigierte er sich sofort darauf, keinen kurzen, sondern einen sehr, sehr langen und vor allem schmerzhaften Prozeß.

Das brachte ihn auf eine Idee.

»Noch haben wir eine Chance!« rief er.

»Eine Chance?« wiederholte Sheryl fassungslos und sah Cedric an, als fürchte sie um dessen Verstand. Sie lachte humorlos. »Du hast recht, wir könnten uns mit Schmidders Flamer selbst erschießen, um Croft die Arbeit abzunehmen und ihm seinen Spaß zu verleiden.«

»Red keinen Unsinn!« erwiderte er barsch. Er beugte sich zu dem toten Aufseher herab. »Los, hilf mir lieber!«

»Helfen? Wobei?«

»Wir bringen Schmidder in Duncans Stollen.« Er machte eine Kopfbewegung in Richtung des jungen Cybertech, der noch immer auf dem Boden hockte. »Und ihn dazu.«

Das Aufblitzen in ihren Augen zeigte ihm, daß sie verstanden hatte. Dennoch zögerte sie.

»Was ist?« drängte er ungeduldig. »Wir müssen uns beeilen. Dann denken sie vielleicht, daß er allein für Schmidders Tod verantwortlich ist.« Und, fügte er in Gedanken hinzu, währenddessen hatte er vielleicht Zeit, den aus der Wand ragenden, leeren Raumanzug und den Byranium-Brocken verschwinden zu lassen.

»Und bringen dann nur ihn allein um, wie?« fragte Sheryl.

»Wenn du so scharf darauf bist, ihm dabei Gesellschaft zu leisten, kannst du ja bei ihm bleiben, nachdem wir ihn in seinen Stollen gebracht haben.«

»Ich wußte nicht, daß du ein solcher Feigling bist!«

Cedric ignorierte den bewußt verletzenden Ton in ihrer Stimme.

»Ich bin nur vernünftig«, antwortete er hart. »Duncan ist schon so gut wie tot, wann begreifst du das endlich? Und es hilft ihm nicht, wenn wir ihm dabei Gesellschaft leisten!« In ihrer Miene zeigte sich ein Hauch von Einsicht. »Los, kümmere dich um Duncan, und nimm die Elektropeitsche mit! Ich werde Schmidder rausschleppen.«

Natürlich konnte es nicht klappen. Cedric hatte Schmidders Leichnam noch nicht einmal richtig hochgehoben, als hinter ihnen schon wieder Schritte laut wurden, und gleich darauf die aufgeregten Stimmen von mindestens drei oder vier Männern. Schmidders entsetzte Schreie waren nicht ungehört geblieben.

»Was ist hier passiert?« es war Nabtaal. Wer sonst konnte derart dumme Fragen stellen?

»Nichts«, antwortete Cedric. Er hob Schmidders Leichnam hoch, als hätte sein Vorhaben jetzt noch den geringsten Sinn. Doch irgend etwas veranlaßte ihn, die neuen Gegebenheiten zu ignorieren. »Geh mir aus dem Weg!«

Er versuchte, Nabtaal beiseite zu schieben, der von sich aus zurückwich, ehe Cedric ihn berührte. Aber natürlich war es längst zu spät. Wahrscheinlich hatte Nabtaal die Situation mit einem einzigen Blick erfaßt.

»Oh, verdammt«, entfuhr es ihm. Nach einem raschen Blick, der über Duncan und Schmidders Leichnam wieder zu Cedric zurückirrte, fragte er nur: »Duncan?«

Cedric nickte knapp. Er hielt nicht im Schritt inne, sondern ging weiter. Genauer gesagt, er *versuchte* es, kam aber kaum noch von der Stelle, denn hinter Nabtaal drängte mindestens ein halbes Dutzend Gefangener heran.

»Verdammt, laßt mich durch!« verlangte er verzweifelt. »Wenn die Roboter bemerken, was hier passiert ist, bringen sie uns alle um!«

Das war vermutlich nicht einmal übertrieben, und so zeigten seine Worte Wirkung. Die Gefangenen wichen zur Seite, um ihm mit seiner Last Platz zu machen.

Erst, nachdem er fast bis zum Hauptkorridor gelangt war, erkannte er, daß er sich in diesem Punkt gründlich getäuscht hatte. Die anderen Gefangenen wichen zwar nach rechts und links zur Seite, aber sie taten es nicht, um *ihm* Platz zu machen.

Am Ende der lebenden Gasse, die sich vor ihm bildete, erschien eine weitere Gestalt. Und hätte Cedric sie nicht zu gut gekannt, hätte er wohl den Irrtum begangen, sie für menschlich zu halten.

Ihre Silhouette war gut zwei Meter groß, hatte einen gedrungenen Rumpf, zwei Arme, ebenso viele Beine und etwas, das man mit viel gutem Willen als Kopf bezeichnen konnte. Der Koloß wog eine halbe Tonne, bestand aus Stahl, Glas und Kunststoff und hatte nur an einem seiner Arme eine Hand. Am Ende des anderen Armes befand sich ein Laser, dessen aktivierter Projektionskristall direkt auf Cedrics Gesicht deutete. Es sah wie ein kleines rötliches Auge aus, das ihm herausfordernd zublinzelte.

Cedric erstarrte.

Der Roboter bewegte sich mit steifen, plump aussehenden Schritten auf ihn zu. Seine starren Optik-Linsen fixierten Cedric kalt.

»Niemand rührt sich von der Stelle«, schnarrte der Roboter. »Jeder bleibt, wo er ist. Wer sich widersetzt, wird eliminiert.«

Jedermann erstarrte zur Reglosigkeit. Sie alle waren praktisch schon tot, seit ihrem Eintreffen hier auf Hadrians Mond, aber trotzdem hingen sie verzweifelt am Leben. Es war auch keine besonders angenehme Todesart, von einem Laser eliminiert zu werden.

»Was ist hier geschehen?« wollte die Maschine wissen. »Gefangener Cyber! Was hast du getan?«

»Nichts«, antwortete Cedric. Seine Gedanken überschlugen sich. Der Roboter starrte ihn an, und mit ihm blickten ihn wahrscheinlich ein Dutzend Männer an, die das Bild, das die Optik-Linsen der

Maschine aufnahmen, jetzt auf ihren Kontrollmonitoren in der Zentrale der Basis verfolgten. »Es war ein Unfall. Ich habe versucht, ihm zu helfen, aber ich fürchte, es ist zu spät.«

Er wußte selbst, wie unglaubwürdig diese Antwort klang. Niemand würde sie ihm abnehmen. Nicht einmal wenn er die Wahrheit sagte und Sheryl sie bestätigen würde. Vielen Dank, Duncan, dachte er. Genau das hatte ich gebraucht!

»Komm her!« befahl der Roboter. »Langsam!«

Cedric machte zaghaft einen Schritt vorwärts. Die Last des Leichnam schien tonnenschwer auf seiner Schulter zu liegen. Dieser verdammte Schmidder. Wahrscheinlich beobachtete er die Szene gerade aus dem Jenseits und lachte sich dabei ins Fäustchen.

Cedric zuckte zusammen, als hinter ihm ein gellender, hysterischer Schrei erklang. Der plumpe Leib des Roboters ruckte herum. Seine kalten Linsen suchten ein neues Ziel, und für die Dauer einer halben Sekunde war der Laser nicht mehr unmittelbar auf Cedrics Brust gerichtet.

Das Fauchen eines Flammenstrahls erfüllte den Stollen. Eine feurige Bahn erfaßte den Robot. Ungläubig gewahrte Cedric, daß Nabtaal sich Schmidders Waffe bemächtigt hatte und mit verzerrter Miene auf den Robot feuerte, als könne er damit auch nur das Geringste ausrichten. Es war eine reine Verzweiflungstat.

Die Flammenbahn prallte an der metallenen Haut der Maschine an, und das einzige, was Nabtaal mit seinem selbstmörderischen Angriff bewirkte, war wahrscheinlich, daß er die Optik-Linsen ein wenig blendete. Der Laserarm schwenkte ruckartig in Richtung des Freischärlers.

Etwas traf auf die glänzende Oberfläche des Robots, und von einer Sekunde auf die andere war er in ein knisterndes Gespinst von bläulichen Blitzen gefüllt. Es war Sheryl, die sich die Elektropeitsche des Aufsehers geschnappt hatte.

Der Laserarm ruckte in die Richtung der Sarday'kin, aber die Bewegung sah seltsam ruckhaft und unkoordiniert aus.

Cedric, der im ersten Augenblick überrascht gewesen war, ließ sich nicht länger bitten. Mit einer kraftvollen Bewegung schleuderte er Schmidders Leichnam gegen den Robot, während ein anderer einen großen Stein warf, hart und so gezielt, daß er eine der glitzernden Opto-Linsen traf.

Der Laser des Robots entlud sich mit einem hellen, elektrischen

Knistern, doch der Strahl fuhr lediglich in Schmidders Körper, der seltsam verdreht über dem Waffenarm der Maschine hing. Sofort breitete sich der unangenehme Geruch von verkohlendem Fleisch aus.

Der Robot taumelte; wahrscheinlich weil einer der Männer oben an den Kontrollen eine erschrockene Bewegung gemacht hatte, die sich auf die Maschine übertrug.

Da wurde der Robot vom nächsten Schlag der Elektropeitsche getroffen, und Sheryl schwang sie so zielsicher und geschickt, als hätte sie jahrelang nichts anderes getan. Das Peitschenende zuckte wie eine angreifende Schlange nach dem Stahlgesicht des Roboters, zischte herunter und ließ weitere bläuliche Blitze über die Metallhaut tanzen.

Das Unglaubliche geschah.

Die zweite, noch verbliebene Optik-Linse explodierte in einem grellen Blitz, und plötzlich quoll schwarzer Rauch aus den Fugen der glänzenden Außenhaut. Ein kreischender, immer schriller werdender Ton drang aus dem mechanischen Leib. Der Robot versuchte mühsam, noch einmal den Laser in die Höhe zu bekommen — und krachte scheppernd zu Boden, bevor er es schaffte.

Wie ein auf dem Rücken liegendes Insekt zappelte er hilflos mit Armen und Beinen herum, um einen Lidschlag später von einem Wust aus Körpern, Armen und Fäusten begraben zu werden, die allesamt Steine und Spitzhacken schwangen und auf ihn niederprasseln ließen. Der angestaute Haß der Strafgefangenen entlud sich wie ein Hurrikan.

»Nein!« rief Cedric verzweifelt. »Hört auf damit! Mein Gott, hört auf!«

Natürlich hörte niemand auf ihn.

Synfile 2

Patrouillen-Alltag

Ein Patrouillenflug war nicht gerade ein Unternehmen, um das sich die Kommandeure der Sarday'kinschen Flottenverbände rissen; weiß Gott nicht. Die Routen solcher Flüge lagen weit abseits der Sektoren, in denen die Lorbeeren des Ruhmes und der Ehre zu ernten waren. Wenn die Patrouille zudem noch durch den Delta-Sektor führte, dann wurde sie zur ziemlich langweiligsten Angelegenheit im gesamten Universum.

Andererseits war Maylor sich darüber im klaren, daß er froh sein konnte, nach den Vorfällen vor zwei Jahren, die ihm beinahe Kopf und Kragen gekostet hätten, überhaupt noch ein Raumschiff zu führen. Damals, gegen Ende des Prozesses, hatte er allen Ernstes befürchtet, daß sein zukünftiges Betätigungsfeld darin bestehen würde, auf irgendeiner abgelegenen Raumschiffwerft die manuelle Wartung der Toiletten zu übernehmen. Statt dessen hatte man ihn *nur* zum Stellvertretenden Kommandanten degradiert, und fortan hatte er solch interessanten Missionen beiwohnen dürfen wie der Reparatur von Beobachtungssatelliten, Ersatzteillieferungen zu Außenposten oder eben Patrouillenflügen.

Vor einem halben Jahr war er schließlich wieder in den Rang eines Kommandeurs aufgestiegen. Er wußte nicht, ob er das seinen vormaligen Verdiensten und Auszeichnungen zu verdanken hatte oder ob er einflußreiche Fürsprecher auf höheren Ebenen besaß, die sich wohlwollend an ihn erinnerten. Denn früher hatte er so manch erfolgreichen Schlag gegen Planetenfestungen der Yoyos oder Technos geführt. Niemand anderes als er war es gewesen, der beim Sturm auf die Gen-Fabrik der Phagon auf ›Predator II‹ für seinen gefallenen Kommandeur eingesprungen war und die feindliche Kommandostation in einem wahren Husarenstück erobert hatte.

Was waren das doch für glorreiche Zeiten gewesen!

Heute hingegen zweifelte Maylor daran, ob ihm eine Verurteilung zur manuellen Toilettenwartung nicht doch die weitaus spannendere Tätigkeit beschert hätte. Denn auch nach seinem Wiederaufstieg zum Kommandanten hatte sich an der Stupidität seiner Aufgaben nur eines geändert: Er durfte sie jetzt selbst befehligen.

Maylor hatte sich gemütlich in seinem Kommandosessel der FIMBULWINTER zurückgelehnt, die Augen geschlossen und ließ seine Gedanken für ein paar Momente umherschweifen. Dabei war Maylor alles andere als ein Träumer. Bei seinen Männern war er früher als jemand bekannt gewesen, dessen Vorname *Phantasielosigkeit* war und der Unaufmerksamkeiten im Dienst auf eine Stufe mit der Erbsünde stellte; vielleicht auch ein wenig höher.

Aber erstens war dies kein Kampfeinsatz, und zweitens bestand selbst ein Mann wie Maylor letztendlich nur aus Fleisch und Blut. Er betrachtete diesen Flug schlichtweg als Zeit- und vor allem Energieverschwendung. Einen schweren Kreuzer durch den halben Spiralarm zu schicken, um völlig sichere Routen zu kontrollieren, einen Computer mit neuen Programmen zu füttern und eine robotgesteuerte Station durchzuchecken, die viel besser auf sich selbst achtzugeben in der Lage war, grenzte seiner Meinung nach schon an Schwachsinn. Natürlich hatte er nichts gesagt, als er den Marschbefehl erhalten hatte. Er hatte nicht einmal eine Miene verzogen, sondern versucht, wie es nun einmal seine Art war, aus der Situation das Beste zu machen.

Das Beste — welch ein Hohn! Es war wenig genug, was sich aus solchen Missionen machen ließ. Solche Flüge waren mit einer einschläfernden Aura behaftet, die aus der Sicherheit resultierte, daß nichts, absolut nichts passieren würde. Selbst Maylor konnte sich dem nicht entziehen, obwohl er bei der Einsatzbesprechung vor einer Woche noch deutlich erklärt hatte, daß er keinerlei Disziplinlosigkeiten zu dulden geneigt war. Dabei hatte er schon zu diesem Zeitpunkt nur zu gut gewußt, daß die gesamte Mannschaft diesen Flug als eine Art Sonderurlaub betrachtete. Viele hatten zuvor auf anderen Schiffen Kampfeinsätze mitgemacht und genossen nun diese Wochen der Ruhe.

Der Kurs führte die FIMBULWINTER in überwiegend planetenlose Sonnen-, Doppelsonnen- oder Dreiersysteme. Wo es Planeten gab, waren es meist nichts anderes als unwirtliche Methan-, Eis oder Feuerhöllen, für jegliche Besiedlung ungeeignet. Oder es waren Himmelskörper, die durch Killersatelliten gesichert waren und zu deren Erstürmung eine ganze Flotte von Raumschiffen vonnöten gewesen wäre; und ein derartiges Risiko einzugehen wäre mit Sicherheit keine der anderen Fraktionen bereit gewesen.

Um genau solch eine Welt handelte es sich auch bei dem System der roten Riesensonne ›Eleven 12‹, in das die FIMBULWINTER vor mehr als acht Stunden eingetaucht war. Der einzige Planet war nicht viel mehr als ein atmosphäreloser, riesiger Steinklumpen, der von einem Trabanten namens Hadrians Mond umkreist wurde. Allein die Tatsache, daß sich in dessen Orbit ein Killersatellit befand, zeugte von der eminent wichtigen Bedeutung, die er für die Sarday'kin haben mußte. Welche, darüber war in den Dateien des Bordcomputers nichts vermerkt, nicht einmal die Masse- und Oberflächendaten, die von der Fernortung jedes ankommenden Raumschiffes ohnehin binnen weniger Sekunden festgestellt wurden.

Kurz nach dem Eintauchen hatten sie Funkkontakt mit der automatischen Station aufgenommen, den Erkennungscode gesendet — um nicht selbst als unautorisiertes Raumschiff eingestuft zu werden — und einen kurzen Datenaustausch vorgenommen. Natürlich hatte es weder das geringste Anzeichen einer internen noch einer externen Störung gegeben. Dennoch würde die FIMBULWINTER die vorgeschriebenen zwei Doppelschleifen durch das System fliegen und die Oberfläche des Eisriesen mit Ortungsstrahlen Zentimeter für Zentimeter abtasten, ehe sie per Hyperraumsprung ins nächste System übersetzen würden, wo dann die gleiche Prozedur noch einmal von vorne begann. Vorschrift war nun einmal Vorschrift — vielleicht das zentrale Glaubensbekenntnis aller Sarday'kin.

Maylor hätte sein Jahresgehalt dafür verwettet, daß er diese Patrouille noch hundert Jahre hätte fliegen können, ohne daß es je zum kleinsten Vorfall gekommen wäre.

Eine Wette, die er verloren hätte — und zwar schon in der nächsten Sekunde. Von irgendeinem Instrumentenpult erklang plötzlich ein nervendes Fiepen.

»Hypersprung-Ortung!« erklang sofort darauf der aufgeregte

Ruf des Ortungsoffiziers durch die Kommandozentrale. »Wir bekommen Besuch!«

Ganz anders als sonst brauchte Maylor ungefähr eine Sekunde, um die Worte richtig zu begreifen. Er öffnete die Augen und schickte dem Ortungsoffizier hinter dem wuchtigen Pult der Tiefenraum-Überwachung einen erstaunten Blick zu; ohne dabei mehr als den Kopf zu drehen.

»Wie bitte?« fragte er.

»Wir bekommen Besuch, sagte ich«, wiederholte der Offizier, der sich kerzengerade in seinem Sitz aufgerichtet hatte.

»*Wie bitte?*« wiederholte Maylor mit eisiger Stimme.

Der Ortungsoffizier zuckte zusammen.

»Ich . . . meine, Sir, daß . . . ich Ortungskontakt mit einem unbekannten Raumobjekt habe«, korrigierte er sich eilig. Sein Gesicht war völlig ausdruckslos, er zuckte nicht einmal mit einer Wimper. Vermutlich ahnte er, daß selbst ein mißbilligendes oder auch nur überraschtes Stirnrunzeln ihm gute Aussichten eingebracht hätte, den Rest des Patrouillenfluges für den Kombüsendienst zuständig zu sein. »Den Daten nach ein großer Flugkörper. Entfernung . . .« Er warf einen flüchtigen Blick auf eines seiner Anzeigeninstrumente. »Vierhundertachtzigtausend Meilen. Plus/Minus fünftausend.«

Maylor ließ eine weitere Sekunde verstreichen, ohne in irgendeiner Form zu reagieren. Diesmal jedoch spielte er blitzschnell sämtliche möglichen Bedeutungen dieser Nachricht in Gedanken durch.

»Gelber Alarm!« befahl er knapp. Er stand auf, trat einen Schritt vom Podest mit seinem Kommandosessel herunter und ging auf den großen, konkav gewölbten Hauptschirm zu, der die komplette Stirnwand der Zentrale einnahm. »Versuchen Sie, das Schiff zu identifizieren«, sagte er. »Und auf den Schirm damit.«

Das letzte Wort ging fast im mißtönenden Schrillen der Alarmsirenen unter, die plötzlich in jedem Winkel der FIMBULWINTER zu hören waren. Das Licht flackerte ein paarmal von Weiß zu Gelb hinüber und wieder zurück, und Maylor spürte, wie der Boden unter seinen Füßen zu zittern begann, als die gewaltigen Fusionsreaktoren im Rumpf der FIMBULWINTER schlagartig hochgefahren wurden. Überall an Bord des Hundertzwanzig-Meter-Kreuzers stürmten die Männer jetzt auf ihre Posten oder sprangen aus den Kojen, um hastig in die Kampfanzüge zu schlüpfen. Das Bild auf dem riesigen Hauptmonitor überzog sich mit einem dünnen Grauschleier, als die Schutzschirme sich auseinanderfalteten und das Schiff in einen dreifach gestaffelten Kokon aus nahezu undurchdringlichen Energiefeldern hüllten. Aber die spürbaren Veränderungen waren nur der kleinste Teil der technologischen Metamorphose, die mit der FIMBULWINTER vonstatten ging. Aus dem dreieckigen Rumpf des Kreuzers schoben sich ein halbes Dutzend buckeliger Kuppeln hervor, als das Schiff seine Waffensysteme aktivierte. Fünf Sekunden, nachdem Maylor den entsprechenden Befehl gegeben hatte, hatte sich der im Halbschlaf dahindämmernde Metallgigant in eine Vernichtungsmaschine von unvorstellbarer Zerstörungskraft verwandelt.

Und wer immer dort draußen aus dem Hyperraum gekommen war, würde einen verdammt guten Grund dafür angeben müssen, dachte Maylor, wollte er nicht eine Kostprobe dieser Zerstörungskraft bekommen.

Sein Blick huschte über den großen Schirm und fixierte nach einigen Sekunden einen winzigen, grünen Punkt, der ein wenig rechts von seiner Mitte flackerte. Natürlich war es nicht wirklich ein Bild des Raumschiffes. Eine halbe Million Meilen waren selbst für die leistungsfähigsten Kameras zuviel. Was Maylor sah, war vielmehr eine elektronische Simulation der Daten, die die Tiefenraum-Überwachung auffing.

»Was macht die Identifizierung?« In Maylors Stimme klang Ungeduld mit. auch ohne sich herumzudrehen, spürte er, wie der Offizier hinter dem Ortungspult zusammenfuhr.

»Ich versuche es«, sagte er nervös. »Aber das Bild ist noch zu undeutlich. Die Datenauswertung ... Halt! Jetzt ist sie fertig!«

Auf dem Bildschirm erschien eine grüne Daten- und Zahlenkolonne, unmittelbar unter dem flackernden Radarpunkt.

»Ein Handelsschiff der Container-Klasse.« Die Stimme des Ortungsoffiziers war die Verwunderung deutlich anzuhören, als er die Identifizierung laut vorlas. »Registriernummer ...« Er sparte sich die Zahlenkolonne, die ohnehin jedermann deutlich auf dem Schirm lesen konnte, und fuhr statt dessen fort: »Die PFENNIGFUCHSER! Was um alles in der Welt suchen die denn hier?«

Maylor wandte kurz den Kopf, sah seinen zweiten Offizier an und registrierte mit einem Hauch von Befriedigung, daß dieser in seinem Sessel ein Stück zusammenschrumpfte. Irgendwann, dachte

Maylor, irgendwann würde es dieser Mensch noch lernen, eine vorschriftsmäßige Meldung über die Lippen zu bekommen!

Er sollte sich irren.

»Fliegen wir ein wenig näher, und fragen wir sie einfach.« Es klang wie ein Vorschlag, aber jeder in der Kommandozentrale nahm es als das, was es in Wirklichkeit auch war: ein Befehl.

Das flimmernde Lichtband der Galaxis begann sich im Uhrzeigersinn auf dem Schirm zu drehen, als die FIMBULWINTER ein Wendemanöver einleitete und Kurs auf das Containerschiff nahm. Maylor ging zum Kommandosessel zurück und nahm darauf Platz. Wahrscheinlich war es unnötig, denn die Schockabsorber des Schiffes bewahrten dessen Besatzung zuverlässig vor jeder Erschütterung, obwohl die FIMBULWINTER mit Werten beschleunigte, die jedes lebende Wesen normalerweise auf der Stelle getötet hätten.

Das Schott zur Kommandozentrale glitt mit einem elektronischen Summen auf, und Yokandra stürmte herein. Die nicht gerade schlanke Navigatorin trug einen völlig unvorschriftsmäßigen, weiten Burnus und offene Sandalen. Unter ihren Augen lagen dunkle Ringe; offensichtlich hatte der Alarm sie aus dem Schlaf gerissen.

Maylor blickte wie beiläufig auf die Zeitanzeige und stellte fest, daß sie beinahe zwei Minuten gebraucht hatte, um sich von ihrem Quartier hierher zu bequemen; und das war doppelt so lange, wie es laut Vorschrift dauern durfte. Ein Verhalten, das schon an Befehlsverweigerung grenzte. Früher, während bestimmter Unternehmungen, hätte er Besatzungsmitglieder für weitaus geringfügigere Übertretungen der Vorschriften glattweg erschießen lassen, aber dennoch schwieg er. Sie würden später darüber reden. Unter vier Augen.

»Was ist los?« fragte Yokandra verschlafen.

»Ein Containerschiff«, erklärte Maylor scharf und deutete mit einer Kopfbewegung auf den Schirm. »Es ist vor fünf Minuten aus dem Hyperraum gekommen.«

Weder die Information noch sein Tonfall schien sie sonderlich zu beunruhigen.

»Ein Containerschiff?« Sie runzelte die Stirn, was ihr ohnehin wenig attraktives Gesicht noch unvorteilhafter erscheinen ließ. »Was tun sie denn hier?«

Maylor schluckte auch seinen Ärger über diese völlig überflüssige Frage herunter. Mit Navigatorinnen zu streiten war völlig sinnlos. Und Yokandra war in jeder Beziehung ein wahres Prachtexemplar ihrer Gattung. Maylor hatte keinen ausdrücklichen Beweis dafür, aber er war ziemlich sicher, daß sie ihn mit Absicht immer wieder bis aufs Blut reizte. Sie wußte natürlich, daß er von ihr abhängig war, denn ohne Navigatorinnen war es unmöglich, die Raumschiffe jedwelcher Fraktion auch immer zielgenau durch den Hyperraum zum vorgesehenen Ziel zu bringen.

Er spürte, wie sich einige der anderen Besatzungsmitglieder verstohlen die Köpfe hoben und in seine Richtung blickten. Wohlweislich verzichtete er darauf, den Leuten das Schauspiel zu gönnen, wie ihr Kommandant gedemütigt wurde. Er wandte sich an den Funkoffizier.

»Was macht die Funkanfrage?« Wiederum lag Ungeduld in seiner Stimme.

»Ich habe dreimal versucht, das Containerschiff auf der Standardfrequenz zu erreichen«, antwortete er schnell. »Bisher keine Reaktion. Sie scheinen uns nicht zu hören.«

»Dann versuchen Sie es eben noch einmal«, befahl Maylor. »Diesmal auf allen Frequenzen und mit A-Priorität. Machen Sie ihnen klar, daß wir das Feuer eröffnen werden, wenn sie sich nicht identifizieren und einen verdammt guten Grund dafür angeben, hier zu sein.« Vor seinem Abflug hatte er die entsprechenden Daten der Containertransporte ausführlich studiert. Das nächste Schiff in diesem System war frühestens in vier Monaten fällig — und wenn es eine Änderung gegeben hätte, hätte man ihn mit Sicherheit darüber informiert.

»Ist das nicht ein wenig übertrieben?« fragte Yokandra. »Ich meine, es ist nur ein Frachtschiff. Wer weiß, wie die hierher kommen. Sie können doch aus allen möglichen Gründen hier gestrandet sein.«

»Haben Sie vergessen, *wo* wir uns hier befinden?« antwortete Maylor kalt. »Und *warum* wir hier sind?«

In Yokandras Augen blitzte es ärgerlich auf, aber gleichzeitig erschien auch wieder dieses überhebliche Lächeln auf ihren Lippen, um dessentwillen allein Maylor sie am liebsten aus der Luftschleuse geworfen hätte. Er schluckte die bissige Bemerkung, die ihm auf den Lippen lag, herunter und wandte seine Konzentration wieder dem Schirm zu.

Der grüne Lichtpunkt war mittlerweile, nachdem die Computer das Schiff identifiziert hatten und sein Aussehen simulieren konnten, zum Abbild der in Wirklichkeit kilometergroßen Spinnwebkonstruktion eines Container-Trägers geworden. Maylor sah es ein paar Sekunden lang nachdenklich an, beging aber keineswegs den Fehler, sich davon täuschen zu lassen. Diese Computer-Simulationen waren ein zweischneidiges Schwert, denn solange man nicht wirklich bis auf Sichtweite heran war, sah man nur ein Abbild des Schiffes, so wie es sein *sollte*, nicht aber, wie es wirklich *war!*

Ein Blick auf die Datenleiste an der linken Seite des Schirmes zeigte, daß die Entfernung zur PFENNIGFUCHSER jetzt nur noch gute zweihundertfünfzigtausend Meilen betrug.

Maylor hoffte inständig, daß die Besatzung des Container-Trägers sich melden würde. Es war ihre einzige Chance, die nächsten sechs Minuten zu überleben. Schließlich hatte er seine Befehle. Er würde keine Sekunde zögern, sie auszuführen. Er war beileibe kein Mörder, aber ein Soldat, zu dessen Handwerk das Töten gehörte. Doch das bedeutete noch lange nicht, daß es ihm Freude bereitete. Im Gegenteil, die Vorstellung, vielleicht das Feuer auf einen Haufen Zivilisten zu eröffnen, die einfach nur zu dämlich gewesen waren, das richtige Sonnensystem zu finden, bereitete ihm fast körperliche Übelkeit. Mit einer fragenden Geste wandte er sich an den Funkoffizier. Der Mann schüttelte den Kopf.

»Noch immer keine Antwort«, gab er Auskunft.

Das Bild auf dem Monitor änderte sich. Der Computer hatte neue Daten von der Raumüberwachung erhalten und änderte die Darstellung. In dem detaillierten Bild eines gewaltigen Stahlgespinstes, das mehr als neunundneunzig Prozent der Masse des Transporters ausmachte, waren Dutzende von angedockten, zwölfseitigen Containern zu sehen. Das Schiff war mehr als zur Hälfte beladen.

»Womit sind die Container beladen?« fragte Maylor.

Der Mann hinter dem Ortungspult hatte längst die entsprechenden Messungen vorgenommen. Er schüttelte den Kopf.

»Soweit die Geräte feststellen«, sagte er, »sind sie leer.«

»Irgendwelche Bewaffnung?«

Ein neuerliches Kopfschütteln. Es war nicht anders zu erwarten gewesen. Containerschiffe waren normalerweise nicht bewaffnet. Aber dieses Schiff war nicht normal.

»Jedenfalls keine, die sich anmessen ließen«, sagte der Ortungsoffizier. »Falls sie Waffen an Bord haben, sind sie auf jeden Fall nicht aktiviert.«

Aus Yokandras Richtung war ein leises, spöttisches Lachen zu hören.

»Nun, Kommandant?« fragte sie. »Was gedenken Sie jetzt zu tun — angesichts eines so schrecklichen Gegners? Schießen Sie einen Hundert-Megatonnen-Torpedo auf sie ab, oder glauben Sie, daß schon eine Breitseite mit den Laserkanonen reicht?«

Maylor drehte betont langsam den Kopf und sah die Navigatorin eine Sekunde lang durchdringend an.

»Ich werde meinen Befehlen folgen«, antwortete er ruhig. »Und die besagen, daß ich diesem Schiff eine Salve vor den Bug setzen werde. Wenn sie darauf nicht reagieren, werde ich es zerstören.«

»Das macht Ihnen womöglich sogar Freude, wie?« fragte Yokandra verächtlich.

»Nein«, erwiderte Maylor, immer noch ruhig. »Im Gegenteil. Und Ihnen?«

Die Navigatorin blinzelte verwirrt.

»Wie meinen Sie das?« fragte sie mißtrauisch.

»Wie ich es sage«, antwortete Maylor. »Wenn Ihnen das Töten wirklich so zuwider ist, dann frage ich mich, warum Sie sich eigentlich für den Dienst auf einem Kriegsschiff entschieden haben.«

Yokandras Augen verengten sich. Maylor sah, wie sich ihre Gestalt unter dem Burnus straffte, als wollte sie sich jeden Moment auf ihn stürzen. Aber er gab ihr keine Gelegenheit, die Diskussion fortzuführen, sondern konzentrierte sich wieder auf den Schirm. Die Distanz zur PFENNIGFUCHSER betrug jetzt noch knapp hunderttausend Meilen. Ohne daß es eines besonderen Befehles bedurft hätte, begann die FIMBULWINTER abzubremsen, um sich der Geschwindigkeit des Containerschiffes anzugleichen und auf Parallelkurs zu gehen.

»Zielerfassung abgeschlossen«, meldete der Waffenoffizier. »Siebzehn Treffpunkte für Gesamtzerstörung sind festgelegt und anvisiert. Laserbahn für den Warnschuß ist auf vierhundert Meter vor das Cockpit des Frachters justiert.«

Maylor fing einen fragenden Blick seines Ersten Offiziers auf.

»Rot-Alarm?«

Maylor verneinte. Schutzschirme und Waffen auf Kampfstärke hochzufahren wäre angesichts *dieses* Gegners nur Energieverschwendung gewesen. Containerschiffe waren zwar riesig; wahre Giganten, deren stählerne Haltekonstruktionen manchmal Ausdehnungen erreichten, die an die eines kleinen Mondes grenzten, aber sie bestanden im Grunde nur aus Ladebuchten. Das eigentliche Schiff mit dem Antrieb, der Zentrale und den Quartieren der Besatzung war keine dreißig Meter lang. Die FIMBULWINTER hätte es nötigenfalls einfach rammen und mit ihren Schutzschirmen zermalmen können.

Wieder wandte Maylor sich an den Funkoffizier.

»Immer noch keine Antwort?« fragte er.

»Nein.« Der Mann schüttelte den Kopf, ohne den Blick von seinen Instrumenten zu nehmen. »Ich versuche es weiter. Auf allen Frequenzen.«

»Vielleicht sind ihre Funkgeräte ausgefallen«, vermutete Yokandra.

Maylor überlegte einen Moment, ob er diese Worte als Friedensangebot werten konnte, und entschied sich dann dafür. Nach einer ausgestreckten Hand zu greifen, war in seinen Augen trotz ansonsten strengster Dienstauffassung kein Zeichen von Schwäche.

»Möglich«, sagte er vage. »Hoffen wir, daß wenigstens ihre Kameras funktionieren und sie unseren Warnschuß sehen. Ansonsten brauchen sie keine Funkgeräte mehr.«

Yokandra machte eine unwillige Handbewegung, die angesichts ihrer Körperfülle schwammig wirkte.

»Ich verstehe Sie nicht, Kommandant«, sagte sie und bewies Maylor damit, daß seine Meinung über sie nur zu berechtigt war. »Dieses Schiff dort ist winzig. Selbst wenn es bis oben hin mit Phagon-Battleclones vollgepumpt wäre, würde es keine Gefahr für uns darstellen. Warum lassen Sie es nicht einfach entern? Vielleicht sind dort drüben sogar Menschen, die Hilfe brauchen.«

»Ihre Fürsorglichkeit in allen Ehren, aber ich darf Sie daran erinnern, daß unsere Befehle anders lauten«, antwortete Maylor, und er tat es in einem Ton, der selbst Yokandra klarmachte, daß er nicht bereit war, weiter über dieses Thema zu diskutieren.

Die Zeit schien langsamer zu verstreichen, je näher sie dem riesigen Container-Träger kamen. Das Bild auf dem Schirm wurde immer detaillierter. Die Computer-Simulation war der Wahrheit nahe gekommen, was die Größe und die Anzahl der Frachtcontainer in den Ladebuchten anging, aber nicht, was den Zustand des Schiffes betraf. Die PFENNIGFUCHSER war ein besseres Wrack. Eine Anzahl Ladebuchten waren zerstört, manche vielleicht von Meteoren oder Raumschrott getroffen, die meisten aber offensichtlich ganz einfach unter der Last der Jahre auseinandergebrochen. Auch das Schiff selbst zeigte Spuren großflächiger und mit mehr gutem Willen als Fachkenntnis ausgebesserter Schäden, die es irgendwann einmal davongetragen hatte. Mindestens zwei der insgesamt acht Landungsboote waren ebenfalls schwer beschädigt. Und der Rest schien mehr durch Farbe und die Gebete seines Besitzers zusammengehalten zu werden als durch irgend etwas anderes.

Yokandras Theorie über den Zustand der Funkgeräte wirkte angesichts dieses Bildes ein wenig überzeugender. Für Maylor allerdings noch lange nicht überzeugend genug. Er hatte schon Weiße Zwerge explodieren sehen.

Äußerlich völlig ruhig, innerlich aber vor Ungeduld bebend, wartete er darauf, daß die FIMBULWINTER ihre Geschwindigkeit dem Tempo des Containerschiffes völlig angepaßt hatte.

»Abstand fünftausend Kilometer«, meldete der Offizier hinter dem Steuerpult schließlich. Das Kursangleichsmanöver war abgeschlossen. »Konstant.«

»Noch immer keine Antwort?« fragte Maylor. Er erntete ein wortloses Kopfschütteln, zögerte noch eine Sekunde und sagte dann: »Gut, dann versuchen wir es jetzt anders. Feuer frei für Warnschuß.«

Einen Moment später stand ein gleißender, scharf konturierter Lichtfinger im All, der von einem Geschützarm der FIMBULWINTER dicht vor dem Cockpitfenster der Containerzentraleinheit vorbei in die Schwärze des Weltenraums stach. Dreimal insgesamt, jeweils zwei bis drei Sekunden lang.

»Keine Reaktion«, kommentierte der Funkoffizier.

Maylor schüttelte den Kopf. Die Warnschüsse waren ein unmißverständliches Zeichen gewesen, das von niemandem, der sich dort drüben hinter der Cockpitverglasung der Antriebseinheit befand, übersehen worden sein konnte. Und das Cockpit *mußte* einfach besetzt sein. Es war erst wenige Minuten her, daß die PFENNIG-FUCHSER aus dem Hyperraum gekommen war. Selbst wenn tatsächlich sämtliche Funkgeräte ausgefallen waren, gab es immer noch genügend Möglichkeiten, Antwort zu geben. Zum Beispiel per Morsecode über die Außenscheinwerfer.

»Was nun?« fragte Yokandra mit belegter Zunge, obwohl sie die Antwort bereits kennen mußte.

Maylor preßte die Lippen zu einem dünnen Strich zusammen. Er bemerkte, daß er es bis jetzt überhaupt nicht für möglich gehalten hatte, tatsächlich die Zerstörung des Containerschiffs befehlen zu müssen. Die Besatzung der PFENNIGFUCHSER mußte doch wissen, welches Schicksal ihr drohte! Dort drüben konnte doch niemand ernsthaft glauben, damit durchzukommen indem man sich einfach taub, stumm und blind stellte!

Er wußte, daß er die Entscheidung nicht länger hinausschieben durfte. Seine Befehle waren eindeutig.

»Hypersprung-Ortung!« tönte der aufgeregte Ruf des Ortungsoffiziers zum zweiten Mal durch die Kommandozentrale. Seine Finger flogen über das Kontrollpult, um die Daten auf den großen Bildschirm zu übertragen. »Ein zweites Schiff. Entfernung viertausendfünfhundert Meilen. Rasch näherkommend.«

Maylors Augenbrauen fuhren in die Höhe. Sein erster Gedanke bestand aus einem kurzen Fluch, sein zweiter aus der Frage, wer um alles in der Welt das sein konnte, und sein dritter galt der Feststellung, daß viertausendfünfhundert Meilen verdammt nahe waren. Vor allem dann, wenn es sich bei dem zweiten Schiff um einen Angreifer handeln sollte.

Er beugte sich etwas im Sitz vor und sah mit gerunzelter Stirn auf den Schirm, der jetzt nicht mehr den Container-Träger, sondern ein anderes, viel kleineres Schiff zeigte: eine massige, von Hunderten von Ausbuchtungen übersäte Scheibe von mattsilberner Farbe. Das Bild ließ keinen Zweifel zu. Ein schwerer Kreuzer, genau wie die FIMBULWINTER. Ein Schwesterschiff sozusagen. Aber das besagte noch nichts darüber, wer dort drinnen saß. Sämtliche Fraktionen bedienten sich noch immer der Schiffe, die damals zu Zeiten des Großen Imperiums gebaut worden waren. Neukonstruktionen gab es höchstens bei kleineren Einheiten.

»Volle Gefechtsbe . . .«, wollte er anordnen, als ihm der Funkoffizier plötzlich ins Wort fiel.

»Es ist eines von uns!« rief er. »Identifizierung positiv.«

»Eines von uns?« wiederholte Maylor verblüfft. Diesmal gelang es ihm nicht mehr, seine Überraschung zu verbergen.

Der Offizier nickte.

»Die Identifizierung ist verstümmelt, aber eindeutig. Ein Sarday'kin-Kampfraumschiff. Sie senden Identifizierungs- und Gruß-codes aus.«

»Soll ich trotzdem auf volle Gefechtsbreitschaft gehen?« fragte der Erste Offizier nach.

Maylor überlegte angestrengt. Einerseits erleichterte es ihn, daß es sich bei dem anderen Schiff um eine Sarday'kin-Einheit handelte. Andererseits beantwortete das noch lange nicht die Frage, warum es sich hier befand und auf Kollisionskurs näherte.

»Entfernung?« fragte er.

»Tausendfünfhundert Meilen«, antwortete der Ortungsoffizier. »Näher kommend. Sie bremsen ab.«

»Stellen Sie eine Verbindung zu dem anderen Kommandanten her!« befahl Maylor, ohne auf den mittlerweile gequält wirkenden Gesichtsausdruck des Ersten Offiziers zu achten, der noch immer auf eine Antwort auf seine Frage nach der Gefechtsbereitschaft wartete.

»Keine Reaktion«, gab der Funker Auskunft. »Sie senden weiterhin nur den Identifizierungscode.«

Maylor starrte das elektronisch vergrößerte Abbild des Scheibenschiffes fast verbissen an; seine Gedanken überschlugen sich. Seine Befehle für eine solche Situation waren eindeutig. Er hätte längst das Feuer eröffnen lassen müssen. Aber das dort drüben war ein Sarday'kin-Schiff und keines der Raumpiraten oder der Phagon.

»Sind Sie sicher, daß es eins von uns ist?« fragte er nach.

»Hundertprozentig«, antwortete der Erste Offizier. »Die Identifizierungscodes sind mittlerweile einwandfrei.«

Maylor entschloß sich, es beim Gelb-Alarm zu belassen, bis sie herausgefunden hatten, um wen es sich da handelte. Ein Rot-Alarm mit seinen vollaktivierten Waffensystemen, den extrem aufgeladenen Schutzschirmen und den automatisch zugeschalteten Kampfcomputer, die ein stellares Gefecht viel reaktionsschneller als jedes lebende Wesen durchführen konnten, wären auf dem anderen Schiff deutlich zu orten gewesen und hätten womöglich als Angriff gedeutet werden können.

Es war ein fataler Fehler, einer von der Art, die man nur einmal im Leben beging.

»Um Gottes willen!« schrie der Ortungsoffizier plötzlich. »Sie haben die Waffensysteme aktiviert. Das ... das ist ein Angriff!«

Ein heller, vibrierender Ton schwang durch die Zentrale. Es war der Laut, mit dem der Kampf-Computer der Besatzung der Zentrale mitteilte, daß das Schiff von den Zielgeräten des Gegners erfaßt worden war.

»Rot-Alarm!« brüllte Maylor und sprang auf. »Feuer frei nach eigenem Ermessen!«

Es war zu spät, und er wußte es. Mit einem Male war es, als bliebe die Zeit stehen. Er sah, wie sich die Hand des Ersten Offiziers auf den Alarmknopf senkte, aber gleichzeitig blitzte es am Rumpf des gegnerischen Schiffes blendend weiß und blau auf, und im selben Sekundenbruchteil erbebte die FIMBULWINTER unter einem gigantischen Hammerschlag.

Übergangslos waren die dreifach gestaffelten Schutzschirme in ein bläuliches Blitzlichtgewitter gehüllt, in dem weißliche Eruptionen tobten. Die Kernfusionsreaktoren der FIMBULWINTER dröhnten auf, als sie versuchten, die Energien der Schutzschirme zu verstärken, doch da fielen die äußeren beiden Energiehüllen bereits unter dem Ansturm der Laserenergie in sich zusammen. Und der dritte Schirm hielt nur zwei, drei Sekunden länger, dann zerplatzte auch er wie eine schillernde Seifenblase.

»Torpedo-Angriff!« brachte es der Ortungsoffizier gerade noch fertig, durch das Tosen und Kreischen zu rufen, mit dem sich die Laserstrahlen des anderen Raumschiffes durch die Außenhüllen fraßen.

Einen Lidschlag später hatten die Torpedos die FIMBULWINTER auch schon erreicht.

Der Weltuntergang begann.

Synfile 3

Vom Wesen der Revolution

Ihr *Ad-hoc*-Aufstand endete genau dort, wo es nicht anders zu erwarten gewesen war: vor dem Panzerschott, das den Zugang zum Lastenaufzug verriegelte, zugleich der *einzige* Zugang, den es überhaupt zu dieser Stollensektion gab. Geöffnet wurde er nur zweimal am Tag, jeweils zu Schichtbeginn und -ende. Trotzdem war das Gros der Gefangenen nach ihrem Erfolg über den Roboter sofort dorthin gestürmt, als hätten sie erwartet, das Panzerschott offenstehend vorzufinden, womöglich sogar noch mit einem blümchenumrahmten Schild, auf dem stand: ›*Teilnehmer an Gefangenenaufständen, bitte hier entlang! Zur Freiheit diesen Weg! Vorsicht, Stufe!*‹

Cedric und Sheryl hatten sich ein wenig mehr Zeit gelassen und zuerst die anderen Stollengänge mit dem Flamer im Anschlag kontrolliert, ob sich dort noch andere Aufseher oder Robots aufhielten. Was diesen Punkt anbetraf, war ihnen das Schicksal gewogen.

Als sie zum Panzerschott kamen, hatten die anderen ihr nutzloses Unterfangen, mit Schaufeln oder Spitzhacken darauf einzuschlagen, bereits wieder eingestellt. Sie hätten noch eine ganze Woche lang weitermachen können, ohne dem mehrfach gehärteten Plastmetall irgendeine Schramme zufügen zu können. Cedric wußte, daß das Schott gut fünf Zentimeter dick war und selbst dem Beschuß einer schweren Laserkanone standgehalten hätte. Das Kontrollfeld zusammen mit der kleinen Glasfläche zur Handlinienerkennung, auf die Schmidder seine Hand hatte legen müssen, um das Tor zu öffnen, war natürlich längst von zentraler Stelle abgeschaltet worden, wahrscheinlich in dem Moment, da der Robot zerstört worden war. Und damit wurde auch Cedrics Plan hinfällig, dem toten Aufseher die Hand abzuschneiden, um das Sicherheitssystem vielleicht auf diese Weise überlisten zu können. Nun gab es keine Möglichkeit mehr, das Panzerschott von hier unten aus zu öffnen.

Cedric mußte daran denken, daß es nur eines dieser Systeme luftdicht abschließender Tore war, mit dem praktisch jeder Teil der Mine isoliert werden konnte — offiziell aus Sicherheitsgründen; für den Fall, daß es irgendwo zu einem Leck kam, durch das die Methanatmosphäre Hadrians hätte eindringen können. Der *eigentliche* Grund bestand natürlich darin, daß sich ein solches System von Sicherheitsschotts hervorragend eignete, aufständische Gefangene einzuschließen und ihren Widerstand im wahrsten Sinne des Wortes zu ersticken.

»Verdammt!« sagte Sheryl, der beim Anblick der Stahlwand anscheinend dieselben Gedanken gekommen waren. »Croft braucht nur zu warten, bis uns die Luft ausgeht.«

»Kaum«, antwortete Cedric. Croft würden ohne Zweifel Möglichkeiten zur Verfügung stehen, der ganzen Sache viel schneller ein Ende zu bereiten, als darauf zu warten, bis sie alle erstickt waren.

Er übersah den fragenden Seitenblick Sheryls und ließ seinen Blick über die rußgeschwärzten Gesichter seiner Mitgefangenen streifen. Resignation hatte sich breitgemacht — und die Erkenntnis, daß ihr Aufstand eine halbe Stunde, nachdem er begonnen hatte, schon gescheitert war. Cedric wunderte sich, daß bis jetzt noch nichts unternommen worden war. Irgend etwas stimmte dort oben in der Zentralsektion nicht. Entweder hatte sich die gesamte Besatzung der Basis gleichzeitig schlafen gelegt, oder Croft und seine Offiziere brüteten eine besondere Teufelei aus.

Wie aufs Stichwort erlosch im selben Augenblick das Licht. Übergangslos kehrte stockfinstere Dunkelheit ein.

Einige Männer schrien erschrocken auf. Die Resignation wich mit einemmal der Panik.

»Nur ruhig Blut!« rief Cedric laut genug, um das einsetzende Stimmengewirr zu übertönen. »Kein Grund, in Panik zu geraten! Sie haben nur das Licht ausgeschaltet, das ist alles!«

Ja, ergänzte er in Gedanken für den Moment war das alles. Als nächstes würden sie wahrscheinlich die Sauerstoffversorgung abstellen. Und was kam dann? Betäubungsgas? Oder gleich Giftgas?

Cedrics Worte schienen die Männer seltsamerweise zu beruhigen. Das Stimmengewirr flaute ab. Offenbar brauchten sie jemanden, der ihnen erzählte, was sie gerne hören wollten. Und daß es keinen Grund zur Panik gab, gehörte allem Anschein zu den Lügen, nach denen sie sich jetzt augenscheinlich am dringendsten sehnten.

»Wartet hier«, fügte er hinzu. »Im Aufseherraum muß es Lampen geben. Ich werde welche besorgen.«

Er machte auf dem Absatz kehrt und tastete sich mit ausgestreckten Armen durch die Dunkelheit. Schmidders kleiner Aufenthaltsraum lag ein- oder zweihundert Meter vom Panzerschott entfernt, wie Cedric wußte, schließlich war er in den letzten zwei Jahren jeden Morgen und Abend daran vorbeigekommen. Dort hatte der Aufseher die meiste Zeit des Tages verbracht, von gelegentlichen Kontrollgängen einmal abgesehen.

Cedric war keine fünf Meter weit gekommen, als seine Hände plötzlich auf Widerstand stießen. Er ertastete halbrunde Formen, weich und fest zugleich und unter dem rauhen Stoff eines Overalls verborgen. Plötzlich traf ihn eine schallende Ohrfeige: Sheryl. Er konnte nicht umhin, ihr angesichts der Finsternis eine geradezu bewundernswerte Zielgenauigkeit zuzugestehen.

»Hast du jetzt nichts anderes im Kopf!« zischte sie ihn an.

»Na, bravo!« knurrte er, während er seine Hände eilig zurückzog. »Glaubst du etwa, ich hätte das mit Absicht gemacht?«

Einen Moment herrschte Stille.

»Ja«, kam es dann trotzig aus der Dunkelheit zurück.

Cedric Cyper gab einen undefinierbaren Laut von sich und machte sich daran, an Sheryl vorbeizukommen und sich weiter durch die Dunkelheit voranzutasten. Er merkte, daß sie ihm dichtauf folgte. Unwillig schüttelte er den Kopf, in der sicheren Gewißheit, daß Sheryl ihn ohnehin nicht sehen konnte. Mochte einer die Frauen verstehen! Erst gaben sie einem eine Ohrfeige und dann liefen sie einem wieder hinterher.

»Wäre es nicht langsam an der Zeit, sich Gedanken darüber zu machen, wie wir hier herauskommen?« flüsterte Sheryl.

»Wozu?« erwiderte er lakonisch. »Es gibt nicht die geringste

Chance, das zu schaffen. Eigentlich sollten wir uns alle am besten gegenseitig mit dem Flamer erschießen. Das wäre die einfachste Lösung – und wahrscheinlich auch die schmerzloseste.«

»Dann geh doch mit gutem Beispiel voran und fang an!« fauchte sie ihn an. Sie war nervös, und sie gehörte zu den Menschen, die ihre Nervosität durch Reizbarkeit und Unwillen Ausdruck verliehen. Aber das hatte Cedric schon vor einem guten Jahr herausgefunden. »Dann muß ich mir nicht länger dein pessimistisches Gerede anhören!«

Cedric ersparte sich eine Antwort und blickte weiter in den dunklen Tunnelabschnitt vor ihnen.

»Ich sehe unsere Lage nicht pessimistisch, sondern realistisch«, behauptete er nach einigen Sekunden. »Wenn sie also rabenschwarz ist, dann kann ich auch nichts dafür.«

»Witzig«, maulte Sheryl, »ausgesprochen witzig!«

»Ausgesprochen *realistisch*«, verbesserte Cedric. Er rang sich ein gezwungenes Lächeln ab. »Du glaubst doch nicht im Ernst, daß wir hier jemals rauskommen, oder? Vergiß nicht – diese Anlage wurde von Sarday'kin erbaut, und wenn unsere Leute etwas tun, dann tun sie es verdammt gründlich.«

Das Sicherheitssystem dieser Station war nach menschlichen Maßstäben gerechnet einfach perfekt. Die einzelnen Minensektionen arbeiteten völlig autark. Abgesehen von Sprechleitungen gab es keine Verbindung nach draußen, weder zu einer anderen Mine noch sonstwohin. Das System war so simpel wie wirkungsvoll. Da es keine Fahrzeuge gab, war es ausgeschlossen, daß sich ein Aufstand ausweiten konnte. Selbst wenn es zu einer Rebellion kam und es Aufständischen gelingen sollte, eine ganze Minensektion in ihre Gewalt zu bringen, blieben sie dennoch isoliert. Eine Flucht war ausgeschlossen, es sei denn, man wollte versuchen, zu Fuß ins nächste Sonnensystem zu laufen. Es gab kein einziges Raumschiff auf Hadrians Mond. Der Abtransport des geschürften Byraniums erfolgte durch vollautomatische Transporter, die in Abständen von rund vier Monaten landeten und nach dem Verladen der Container sofort wieder starteten. Da weder der Transporter noch die Container eine lebende Besatzung hatten, konnte man auf einen Luxus wie Schockabsorber oder ähnlich aufwendige Dinge verzichten, die den Menschen an Bord von Raumschiffen das Überleben sicherten. Jeder blinde Passagier wäre spätestens fünf Sekunden nach dem Start nur noch ein *toter* Passagier gewesen, weil ihn die Beschleunigungskräfte zerquetscht hätten. Zudem wurde jeder der Transporter von mindestens einem schwerbewaffneten Zerstörer begleitet, der in der Lage war, eine Station dem Erdboden gleichzumachen.

Cedric ertappte sich dabei, bei diesen Gedanken ein absurdes Gefühl von Stolz zu empfinden. Letztendlich waren es *seine* Leute, die sich dieses perfekte Sicherheitssystem ausgedacht und es installiert hatten. Schon allein deshalb *war* das System lückenlos. Ihre Rebellion hatte nicht die geringste Perspektive.

Es machte Cedric nichts aus, zu sterben. Als ehemaliger Sarday'kin-*Terminator* gehörte der Tod zu seinem Leben; er hatte gewußt, daß seine Tage gezählt waren, als das Urteil feststand. Aber der Gedanke, bei einer solch lächerlichen Aktion ums Leben zu kommen, machte ihn wütend.

Es war so lächerlich! Aber der Tod war nichts, was lächerlich sein sollte.

Sie erreichten Schmidders Aufenthaltsraum, ohne daß Sheryl etwas geantwortet hätte. Die Tür stand offen. Nach kurzer Suche ertastete er die Umrisse einer Taschenlampe, und als er sie einschaltete, erkannte er, woher die Geräusche rührten, die er während der letzten Sekunden wahrgenommen hatte. Sie stammten von einigen Mitgefangenen, die sich nach der Revolte hierher geflüchtet und im Dunkeln über Schmidders Mittagessen hergemacht hatten, als gäbe es nichts Wichtigeres, als sich den Bauch vollzustopfen. Cedric Cyper verspürte Verärgerung, doch als der Strahl seiner Taschenlampe über die ausgezerrten, verängstigten Gesichter der Leute wanderte, verflog sein Ärger so schnell, wie er gekommen war. Wer war er, daß er diesen Leuten, die ohnehin kaum mehr richtig bei Sinnen waren, das Recht auf eine Henkersmahlzeit verweigern wollte?

Ein Schwenk des Lichtstrahls über die erloschenen Anzeigen des Computersystems bewies, daß es ebenfalls zentral abgeschaltet worden war. Sheryl durchsuchte die Schränke und fand zwei weitere Lampen, die sie an sich nahm, und damit bewaffnet kehrten sie zum Panzerschott zurück.

Im Schein der spärlichen Beleuchtung sah Cedric sich um. Ihre kleine Gruppe war bunt zusammengewürfelt. Sheryl und er waren die einzigen Sarday'kin, ansonsten gab es noch zwei Freischärler, vier Cybertechs und drei Yoyodyne. Und was diese drei anging, war Cedric am meisten beunruhigt. Bis heute war ihm die Fraktion der Yoyodyne ein Buch mit sieben Siegeln. Er wußte, daß sie nach dem Zusammenbruch des Imperiums im Jahre 3798 aus einer Vereinigung der ehemaligen terranischen Trusts *Sakamura Inc.*, *Toshiba Mifune Style Corporation* und *TransSonyRelations* entstanden war, und zwar unter der Führung von Sumoro Yoyodyne, der auch zu ihrem Namensgeber wurde. Allen Angehörigen war ein ebenso strenger wie für Außenstehende undurchsichtiger Ehrenkodex zu eigen. Aus diesem Grund hatte es Cedric überrascht, auf Hadrians Mond überhaupt Yoyos — wie sie abfällig genannt wurden — anzutreffen, denn bislang war er wie jedermann der Meinung gewesen, daß dieser Ehrenkodex der Kriegerkaste ihnen jeglichen Sklavendienst verbot. Um so sicherer war er, daß sie sich — wenn sie schon keine Gelegenheit gehabt hatten, standesgemäß *Seppuku* zu begehen — auf keinen Fall ergeben, sondern einen ehrenvollen Tod im Kampf suchen würden.

Von den sechs galaktischen Machtblöcken fehlten lediglich Angehörige der Söldnergilde und der Phagon. Was die Söldner anging, war dieser Tatbestand nicht weiter überraschend. Da jede der anderen Gruppierungen irgendwann einmal auf die Hilfe der Söldnergilde zurückgriff, wurden ihre Angehörigen grundsätzlich niemals gefangengenommen — was gewissen Spekulationen über das Schicksal derer, die nicht aus dem Kampf zurückkehrten, ständig neue Nahrung gab. Was mit gefangenen Phagon geschah, wußte Cedric nicht. Es war möglich, daß sie durch ihre besondere biologische Beschaffenheit nicht für den Byranium-Abbau geeignet waren. Vielleicht weil die verheerende Strahlung diesen gengezüchteten Wesen einfach *zu gut* bekam und noch grauenvollere Veränderungen auslöste, als sie in den Gen-Labors der Phagon ausgebrütet worden waren. Die Vorstellung, einem Phagon gegenüberzustehen, der längere Zeit unter dem Einfluß eines Schwingquaders gestanden hatte, erschien Cedric jedenfalls nicht besonders verheißungsvoll.

Abgesehen von den hier versammelten Männern gab es in dieser Stollensektion mindestens noch doppelt so viele Mitgefangene. Doch die meisten davon hatten sich ängstlich in irgendeiner Ecke verkrochen oder setzten monoton ihre stupide Arbeit fort, entweder weil die Strahlung des Byraniums ihre Hirne längst zerstört hatte, oder aber weil sie hofften, auf diese Weise von den Gegenmaßnahmen verschont zu bleiben. Eine unsinnige Hoffnung. Cedric konnte sich nicht vorstellen, daß Croft ein Wort wie Gnade überhaupt bekannt war.

»Was sollen wir jetzt machen?« fragte einer der Cybertechs an Cedric gewandt und in einem Tonfall, als wäre er der einzige, der sie jetzt noch retten konnte.

Solange die Luft anhalten, bis wir tot sind, lag es Cedric auf den Lippen, aber er sprach es nicht aus. Plötzlich fühlte er wieder die alte Tatkraft, die ihn schon als *Terminator* der Sarday'kin ausgezeichnet hatte.

Ein Teil seines Verstandes analysierte ihre Lage mit glasklarer Logik, und wenn dabei als Ergebnis auch nichts herauskam, was sie der Freiheit ein Stück näherbrachte, so erkannte er zumindest das einzig Vernünftige, was jetzt zu tun war. Vorrangig ging es erst einmal darum, die nächsten Sekunden, Minuten und vielleicht sogar Stunden zu überleben. Wie es danach weiterging, würde sich ergeben. Unwillkürlich mußte Cedric Cyper an einen Rat denken, den Daily Lama, einer seiner alten Lehrmeister, ihn während seiner Ausbildung zum *Terminator* gegeben hatte: *Wer sich einen Weg pflastern will, der lege immer nur einen Stein nach dem anderen!* Und genau so gedachte er vorzugehen!

»Zuerst müssen wir uns vom Panzerschott zurückziehen«, sagte er. »Hier erreichen wir gar nichts.«

»Wieso zurückziehen?« wandte jemand ein. »Das ist doch der einzige Weg, der uns hier rausführen kann. Weshalb sollten wir von hier weggehen? Das wäre doch das Dümmste, was wir tun könnten.«

Cedric wandte sich dem betreffenden Mann zu und nickte, scheinbar zustimmend.

»Richtig«, meinte er. »Dies hier ist der einzige Ausweg. Aber du glaubst doch nicht im Ernst, daß Croft so gütig sein wird, uns einfach den Aufzug herunterzuschicken und uns erster Klasse nach oben fahren zu lassen? Im Gegenteil. Als erstes wird er uns ein paar Robots schicken. Und ich glaube kaum, daß er sich dafür ein paar nette kleine Aufsichtsrobots auswählt wie den, den wir vorhin mit viel Glück ausgeschaltet haben, sondern *gepanzerte und bis an die Zähne bewaffnete Kampfrobots. Kampf*robots, versteht ihr?«

Betretenes Schweigen.

»Wer immer sich hier aufhält, wenn sie eintreffen«, fuhr Cedric fort, »ist ein toter Mann.«

Mit Befriedigung bemerkte er, wie seine Worte Wirkung zeigten. Seine Mitgefangenen senkten die Köpfe. Gleichzeitig fragte Cedric sich, warum er das alles überhaupt erzählte. All diese Leute würden ihn mehr behindern, als daß sie ihm halfen, und wenn man es nüchtern analysierte, traf dieser Tatbestand auch auf Sheryl zu.

Als er sich mit den anderen vom Schott zurückziehen wollte, trat ihm ein Mann in den Weg. Er war kleiner als Cedric, von gedrungener Gestalt, die pechschwarzen Haare zu einem Zopf zusammengebunden.Der Mann reckte ihm herausfordernd das Kinn entgegen.

Taifan – einer der drei Yoyodyne!

»Weshalb solltest ausgerechnet du derjenige sein, der uns sagt, was richtig und was falsch ist?« schallte seine Frage wie eine Kriegserklärung durch den Stollen.

Er war zwar der kleinste der Yoyodyne, aber das hatte nach ihren Maßstäben nicht viel zu besagen. Entscheidend war, daß Taifan ein *O-Ban* war – oder auch ein *Himmelsstürmer*, wie sich die Angehörigen der herrschenden Schicht selbst nannten. Die Aufteilung der yoyodynischen Hierarchie war mindestens ebenso streng wie ihr Ehrenkodex, und beides hatte selbst hier unten in den Byranium-Minen nichts von ihrer Gültigkeit verloren. Die beiden anderen Yoyos, die sich hinter Taifan aufgebaut hatten, hätten es niemals gewagt, von sich aus das Wort zu ergreifen, es sei denn, er hätte sie ausdrücklich dazu aufgefordert. Einer von ihnen – sein Name war Kara-Sek – war ein *Shingaru*, ein Angehöriger der bürgerlichen Kaste, aus der die mittleren Befehlsränge rekrutiert wurden.

Der dritte schließlich gehörte der niedrigsten Kaste an. Er war ein Mitglied der yoyodynischen Hilfstruppen, aber zugleich war er derjenige, dessen Anwesenheit Cedric am meisten Unbehagen bereitete. Er hieß Omo und sah aus wie der Weiße Riese; ein muskelbepackter Gigant von beinahe zweieinhalb Metern Körpergröße, vor dem selbst Schmidder Respekt empfunden und es tunlichst vermieden hatte, ihn mit seiner Elektropeitsche zu reizen.

Omo war eine sogenannte *Humsz*-Züchtung, das Ergebnis einer unheilvollen Anwendung erkaufter Gentechnik der Phagon. Bei diesen Giganten handelte es sich in erster Linie um ehemalige Kriminelle der Systemkritiker aus den Reihen der Yoyodyne, aber hinter vorgehaltener Hand erzählte man sich, daß sich darunter auch Gefangene anderer Fraktionen befinden sollten, die im Verlaufe militärischer Aktionen in Feindeshand geraten und dann zu diesen unförmigen Monstren umgebildet worden waren, um fortan den yoyodynischen Kampftruppen zu dienen. Jedesmal, wenn Cedric Omo sah, beschlich ihn die erschreckende Vorstellung, er könne es hier mit einem ehemaligen Kameraden zu tun haben, der während früherer Einsätze in feindliche Gefangenschaft geraten und zu einem Muskelprotz geworden war.

Niemand hatte in den vergangenen Monaten auch nur annähernd soviel Meter in den Stollen getrieben wie Omo. Er war vielleicht der einzige, der sein Strafmaß wirklich hätte abarbeiten und die Freiheit wiedererlangen können. Doch selbst wenn er die Meter, zu denen er verurteilt worden war, geschafft hätte, wäre er doch nie von der Seite seines Befehlshabers gewichen. Erschauernd mußte Cedric an Berichte denken, denen zufolge den *Humsz* eine Kampfdroge implantiert worden war, die sie zu rasenden, alles vernichtenden Berserkern machen konnte. Auf welche Weise diese Droge aktiviert wurde, war bis heute ein Rätsel. Sicher war nur, daß ein Vorgesetzter in ihrer Nähe sein mußte.

So wie Taifan momentan, fragte Cedric sich.

»Hast du vielleicht eine *bessere* Idee, was jetzt zu tun ist?« fragte er zurück. »Wenn ja, dann raus damit!«

Taifan gab ein grunzendes Geräusch von sich.

»Na also«, meinte Cedric. »Dann laß uns zusehen, daß wir von hier wegkommen und einen Platz finden, der sich besser verteidigen läßt!«

Verteidigen, hallte es in seinen Gedanken wider. Was für einen Unsinn redete er da überhaupt? Wenn Croft Kampfroboter schickte, gab es hier unten keinen einzigen Quadratzentimeter, der irgendeine Sicherheit hätte versprechen können.

Taifan verschränkte die Arme vor der Brust und machte keine Anstalten, zur Seite zu treten.

»Zum Führer ist nur der berufen, dessen Stolz und Mut ihn dazu befähigen«, erklärte der Yoyodyne, als handle es sich um ein Naturgesetz. Er musterte Cedric mit verächtlichem Blick. »Weshalb glaubst du, daß ausgerechnet *dein* Stolz und *dein* Mut der größte ist?«

Es war eine äußerst verfängliche Frage. Gleichgültig, was Cedric jetzt sagte, entweder würde Taifan sich beleidigt fühlen, oder er würde es als Bestätigung seiner Forderung sehen! Cedric kniff die Lippen zusammen. Worauf lief dieses Theater eigentlich hinaus? Auf einen Zweikampf zwischen Taifan und ihn um den Führungsanspruch? War das etwa auch so ein unsinniges Ritual des yoyodynischen Ehrenkodex'?

Cedric hatte jedenfalls keine Lust, sich darauf einzulassen. Er hob den Flamer und blickte den Yoyodyne an.

»Vielleicht deshalb«, schlug er vor.

Er war auf alles gefaßt, sogar auf einen blitzschnellen Angriff, doch zu seiner Verblüffung stand Taifan lediglich zwei oder drei Sekunden lang da, ohne mit der Wimper zu zucken, dann nickte er und trat mit einer Bewegung, die man mit viel gutem Willen als Verbeugung deuten konnte, wortlos zur Seite. Und zusammen mit ihm gaben auch Kara-Sek und Omo den Weg frei.

Cedric hob erstaunt die Augenbrauen. Hatte er da eben irgend etwas gesagt oder getan, was dem yoyodynischen Ehrenkodex entsprach?

»He!« rief Sheryl wütend dazwischen. »Seid ihr endlich fertig? Falls es euch noch nicht aufgefallen ist — wir sitzen hier *zusammen* fest. Entweder wir überleben zusammen, oder wir sterben zusammen! Geht das nicht in eure Schädel?«

Verärgert bemerkte Cedric, daß sie ihn dabei genauso scharf ansah wie die drei Yoyos. Als ob er irgendeine Schuld an der Auseinandersetzung hatte! Er verkniff sich eine Antwort und machte sich daran, zusammen mit den anderen Mitgefangenen tiefer in den Stollen zurückzugehen. Die Männer in Schmidders Aufenthaltsraum starrten ihnen nur dumpf entgegen und ließen sich nicht bewegen, sich ihnen anzuschließen. Cedric hatte keine andere Wahl, als sie zurückzulassen.

Bald erreichten sie den ersten Kreuzungspunkt in der Minensektion. Von hier aus begannen sich grünlich schimmernde Byraniumfäden durch die Stollenwände zu ziehen. Nabtaal kam ihnen entgegen, und hinter ihm kroch Duncan über den Stollenboden. Der junge Freischärler hielt irgend etwas von der Länge eines Unterarms in der Hand und wirkte so vergnügt, als befände er sich auf Abenteuerurlaub in der für finanzkräftige Besucher kultivierten Höllenwelt *Gran Canaria IV.*

»Hallo, Cedric!« rief Nabtaal. »Ich hatte schon befürchtet, ihr wärt ohne mich ausgebrochen. Wie geht's denn voran mit der Revolution? Habt ihr irgend etwas erreicht?«

Cedric stöhnte auf. Nicht schon wieder dieser Grünschnabel! Womit hatte er das verdient? Hätten Crofts Kampfrobots nicht längst da sein und sie alle erschießen können, bevor er diesem Verrückten abermals in die Arme lief!

»Was für eine Revolution?« fragte er mühsam beherrscht. »Wir sind lediglich dabei, unsere Begräbnisvorbereitungen zu treffen.«

»Warum so pessimistisch?« erkundigte sich Nabtaal, als hätte er den bitteren Unterton in Cedrics Stimme überhaupt nicht wahrgenommen.

Pessimistisch! Mußte Nabtaal jetzt auch noch damit anfangen? Cedric verspürte Lust, den Freischärler über den Haufen zu schießen und es den anderen gegenüber scheinheilig als Versehen auszugeben.

»Weil ich angesichts der Schwierigkeiten, in denen wir stecken«, erwiderte Cedric heftig, »nichts entdecken kann, was irgendeinen Anlaß zum Optimismus gäbe!«

»Nun, immerhin haben wir es geschafft«, erklärte Nabtaal, »diesen verdammten Roboter auszuschalten und uns ein Stück Freiheit zu erkämpfen.«

Cedric musterte den Freischärler nachdenklich.

»Freiheit?« Er sah Nabtaal auf eine Art an, von der er selbst nicht ganz sicher war, ob sie nun mitleidig oder bewundernd war. »Du meinst das doch nicht etwa ernst?«

Nabtaal runzelte die Stirn, als könne er mit dieser Frage nichts anfangen.

»Ja . . . nun, äh . . . wieso eigentlich nicht?«

»Zum Teufel, schau dich doch mal um! Was für eine Art von Freiheit soll denn das sein?« Cedric schwieg eine Sekunde, in der er sich gewaltsam zur Ruhe zwang, und fuhr in einem etwas sanfteren Ton fort: »Falls du es noch nicht gemerkt haben solltest, Kleiner — wir sitzen hier fest, und der einzige Grund, weshalb sie uns nicht schon längst erledigt haben, ist der, daß sie da oben einen besonders gemeinen Plan ausknobeln, wie sie das bewerkstelligen, ohne daß wir Gelegenheit finden, vorher noch möglichst viel Schaden anzurichten.«

»Ja«, stimmte Nabtaal ihm zu seiner Überraschung zu. »Weil sie Angst um das Byranium haben.« Er lächelte. »Und genau das ist unsere Verhandlungsbasis.«

»Verhandlungsbasis?« mischte sich Sheryl ein.

»Genau«, bestätigte Nabtaal. »Auf ein paar Arbeiter mehr oder weniger kommt es ihnen bestimmt nicht an. Aber unter keinen Umständen können sie sich eine Kettenreaktion des hier vorhanden Byraniums leisten. Und mit diesem Ding hier können wir eine solche Reaktion auslösen!«

Er hob demonstrativ den armlangen Gegenstand, den er in der Hand hielt, und erst jetzt erkannte Cedric, daß es sich dabei um den Arm des Robot-Aufsehers handelte, den sie überwältigt hatten. Aus dem zerfetzten Ende baumelten lose Kabel und elektronische Bauteile, die an Adern und Nervenverbindungen erinnerten, als wäre es wirklich ein Teil eines ehemals lebenden Körpers. Irgendwie hatte Nabtaal das Kunststück fertiggebracht, den Laser mit nichts anderem als seinen bloßen Fingern und einigen Stückchen Metall und Draht wieder funktionsfähig zu machen. Und in einer improvisierten Halterung befanden sich die beiden Deuterium-Batterien, die den Robot angetrieben hatten. Eine Meisterleistung, wenn man bedachte, daß er den Rest der Arbeit in fast vollkommener Dunkelheit ausgeführt haben mußte.

Cedric fragte sich, ob er sich vielleicht in dem jungen Freischärler getäuscht hatte.

Sheryl machte große Augen und flüsterte irgend etwas, was sich verdächtig nach ›genial‹ anhörte. Cedric verzog das Gesicht.

»Ich kann mir nicht vorstellen, daß das funktioniert?« meinte er fast trotzig.

»Was?« fragte Nabtaal irritiert. »Der Waffenarm oder der Plan?«

»Beides.«

»Nun, ich . . .«

»*Ich* jedenfalls finde den Vorschlag gut«, ergriff Sheryl Partei für den jungen Freischärler. Sie funkelte Cedric zornig an. »Du kannst ja aufgeben, wenn du unbedingt willst. Aber laß dann wenigstens die Lampe und den Flamer hier, und hör vor allem auf, uns mit deiner Miesmacherei auf den Geist zu gehen! Mag gut sein, daß wir alle sterben, aber wenn, dann sterben wir immer noch lieber im Kampf, als uns wie Sklaven zu Tode zu schuften.«

»Bonsai«, sagte Cedric trocken.

»Es heißt *Banzai*«, verbesserte Nabtaal ihn.

Cedric schüttelte resignierend den Kopf. Offensichtlich war keiner der anderen bereit oder in der Lage, ihre Situation realistisch zu sehen — und im Grunde konnte er sie sogar verstehen. Wer sah schon gern dem unausweichlichen Verderben ins Auge? Vielleicht würde der Waffenarm und die Drohung, damit auf die Byranium-Adern zu feuern, Croft einiges Kopfzerbrechen bereiten; aber was dann? All das brachte sie noch lange nicht aus dieser Mine heraus oder weg von Hadrians Mond!

Und *das* war ihr eigentliches Problem.

Er spürte eine Berührung an der Wade und sah, daß Duncan zu ihm gekrochen war.

»Weg... weg...«, brabbelte er. »Wir müssen weg. Sie... sie kommen! Weg hier...«

Cedric schüttelte den schmächtigen Cybertech ab und trat schnell ein paar Schritte zur Seite. Noch zu deutlich hatte er vor Augen, wie Duncan Schmidders gepanzerten Stiefel mit bloßen Händen zerquetscht hatte.

»Welch zutreffende Einschätzung«, kommentierte Cedric sarkastisch. »Aber leider gibt es außer dem Aufzug keinen Weg hier heraus, und durch das Panzerschott kommen wir nie.«

»Vielleicht doch«, sagte Sheryl plötzlich.

Sein Kopf ruckte zu ihr herum.

»Ach ja«, erkundigte er sich, »und darf man fragen, wie du das Panzerschott zu überwinden gedenkst?«

»Das meine ich nicht«, sagte sie.

»Sondern?«

»Daß es womöglich doch einen zweiten Ausweg gibt.« Sie zögerte und machte eine unsichere Geste. »Ich bin mir natürlich nicht sicher... Aber vor etlichen Monaten habe ich ein Kontrollkommando darüber reden hören, daß man hier unten irgendwo auf einen Gespenstertunnel gestoßen ist. Das ist noch gar nicht so lange her. Natürlich wurde der Durchbruch sofort wieder verschlossen.«

Cedric wußte, wovon Sheryl sprach. Er hatte noch keinen dieser Gänge zu Gesicht bekommen, aber genauso wie die anderen Gefangenen hatte er schon die verschiedensten Gerüchte darüber gehört: daß diese Gänge nur ein Teil eines kompletten Systems von Stollen, Höhlen und bodenlosen Schächten darstellten, das Hadrians Mond tief unter seiner Oberfläche durchzog; daß diese aus nie geklärten Gründen mit einer für Menschen atembaren Sauerstoff-Atmosphäre gefüllt waren; daß ein paarmal Trupps in diese

Gänge vorgedrungen waren, ohne dabei jedoch auf mehr als Steine und Fels gestoßen zu sein; und daß sämtliche Zugänge zu diesen sogenannten Gespenstergängen versiegelt worden waren.

»Das sind doch bloß leere Gerüchte!« meinte er abfällig. Ebensogut hätten sie sich hinsetzen und auf die gute Fee mit den drei Wünschen warten können.

»Aber sicher.« Sheryl nickte heftig, und in ihren Augen erschien wieder dieses wütende Funkeln. Es paßte ausgezeichnet zu ihrem chromfarbenen Haar, fand Cedric. Warum war ihm das eigentlich nicht schon viel früher aufgefallen. »Schließlich waren die Gerüchte über die Gespenster ja auch nur leeres Geschwätz, nicht wahr?«

Cedric sah sie verblüfft an. Verdammt, sie hatte recht!

Konnte es sein, daß sich ihnen damit Möglichkeiten eröffneten, die er bislang noch gar nicht auf der Rechnung hatte? Und Croft ebensowenig?

»Gespenster, Gespenster...«, murmelte Duncan, der auf Händen und Knien umherkroch. »Gespenstergespensterge...«

»Gespenster?« fragte Nabtaal verwirrt. »Was für Gespenster? Habt ihr etwa eines dieser...?«

»Nabtaal!« unterbrach Cedric.

»Ja, Cedric?«

»Halt die Klappe!« Und an Sheryl gewandt, fügte er hinzu: »Du weißt nicht zufällig, wo sich dieser Durchgang befindet?«

»Wenn ich mich recht erinnere, irgendwo im Beta-Sektor«, antwortete sie. »Aber wo genau, weiß ich nicht. Vielleicht ist in Schmidders Aufenthaltsraum irgend etwas darüber...«

»Die Computer-Konsole ist abgestellt«, erinnerte er sie. »Da bekommen wir kein einziges Bit heraus.«

Im Beta-Sektor also, dachte Cedric. Dieser Teil des Stollensystems begann gut achthundert Meter entfernt und war seit rund fünf Monaten provisorisch abgesperrt. Offiziell hatte es geheißen, daß dort keine ausreichenden Byranium-Mengen mehr zu holen wären, aber Cedric hatte schon mehr als einmal in Erfahrung bringen dürfen, wie es an einem solchen Ort um den Wahrheitsgehalt offizieller Verlautbarungen bestellt war. Bestimmt war zwischendurch auch eine Verlautbarung erlassen worden, nach der Hadrians Mond eine Scheibe war.

»Na und«, meinte Sheryl. »Wenn wir uns im Beta-Sektor umsehen, finden wir den Durchgang vielleicht. Selbst wenn sie ihn wieder verschlossen haben, müssen irgendwelche Spuren zurückgeblie...«

»Still!« rief Cedric, der plötzlich das Gefühl hatte, als dringe ein entferntes Geräusch an seine Ohren und er gebot ihr mit erhobener Hand Einhalt.

Cedric lauschte in die Stille hinein und erkannte, daß er sich nicht getäuscht hatte. Aus dem Stollen, aus dem sie gerade gekommen waren, drang ein leichtes Rumpeln, das davon kündete, daß der Aufzug nach unten fuhr, und gleich darauf war ein feines Zischen zu vernehmen. Das Panzerschott hatte sich geöffnet.

»Sie kommen!« sagte einer der Gefangenen mit tonloser Stimme.

Cedric nickte. Der Tanz ging los, und was immer sie an anderen Plänen, Möglichkeiten der Hoffnungen erwogen hatten, war im selben Moment hinfällig geworden. Verrückt — aber irgendwie fühlte er sich regelrecht erleichtert. Wenn es etwas gab, das schlimmer war als ein Kampf, den man nicht gewinnen konnte, dann war es das *Warten* darauf.

Er ging neben der Stollenmündung in Stellung und winkte den anderen zu, Deckung zu suchen. Einer von ihnen, ein Cybertech, verlor die Nerven und rannte wie von Furien gehetzt davon. Cedric hatte nur ein kurzes Kopfschütteln für ihn übrig.

»Licht aus!« rief er Sheryl zu, während er selbst seine Lampe ausknipste. »Und Ruhe!«

Es dauerte ein paar Sekunden, bis sich Cedrics Netzhäute an die Dunkelheit gewöhnten, die nur unzureichend von dem matten Schimmern der Byranium-Stränge erhellt wurde. Doch dieser Lichtschein reichte bestenfalls ein paar Meter weit, keineswegs war er hell genug, um in den Stollen zu dringen, der zum Panzerschott führte.

Leise fluchend starrte Cedric in die Dunkelheit. Vor ihm war alles still, bis auf ein erneutes entferntes Zischen. Wenn das erste bedeutet hatte, daß sich das Panzerschott geöffnet hatte, so mußte es sich jetzt wieder geschlossen haben. Was immer nach unten geschickt worden war, es hatte den Aufzug verlassen. Cedric erwartete das metallische Stampfen von Kampfrobots, aber er hörte nichts.

Verdammt, was für eine Teufelei hatte Croft sich ausgedacht? Was für eine Form des lautlosen Todes schickte er ihnen?

Mit einemmal erschien ein winziger Lichtpunkt in der Dunkelheit, vielleicht fünfzig oder sechzig Schritte entfernt. Es war eine Beobachtungssonde, die um eine Biegung des Ganges geschwebt kam, wie Cedric bemerkte, ohne daß er wußte, ob er aufatmen sollte oder nicht.

Demnach wollte man sich in der Zentrale erst einmal ein Bild der Lage verschaffen. Nun gut, dachte er grimmig. Er würde ihnen etwas zu *beobachten* geben!

Cedric Cyper löste sich von der Stollenwand, trat in die Gangmitte und hob den Flamer. Die Infrarot- und Nachtsichtkameras der Sonde durften keinerlei Schwierigkeiten haben, ihn klar und deutlich zu erfassen. Einen Moment blieb er so stehen, breitbeinig und herausfordernd, dann legte er auf ein Stück der Stollenwand an, in der vereinzeltes grünliches Leuchten von noch nicht abgebauten Byranium-Adern zeugten, und gab einen einzelnen Schuß ab. Der zu greller Intensität gebündelte Lichtstrahl grub eine rötliche Furche in die Seitenwand ein, und dort, wo er auf das Byranium traf, knisterten grelle Blitze auf, die jedoch sofort wieder erstarben. Die Intensität dieses einen Schusses reichte natürlich bei weitem nicht aus, eine Kettenreaktion in Gang zu setzen, aber es war eine wirksame Demonstration ihrer Entschlossenheit.

Und eine noch wirksamere Sondervorstellung gab Nabtaal, der plötzlich neben Cedric aufgetaucht war und mit dem Laserarm des Robots auf dieselbe Stelle feuerte. Eine Sekunde lang lag ein weitaus hellerer Strahl in der Luft, dessen Intensität selbst Cedrics Augen kurz blendete, und die Furche, die der Treffer schlug, fräste sich armbreit in die Stollenwand. Diesmal dauerte es wesentlich länger, ehe die knisternden Blitze über dem Byranium wieder erloschen.

Cedric warf Nabtaal einen überraschten Blick zu. Bis jetzt hatte er es gar nicht für möglich gehalten, daß der von Nabtaal erbeutete Waffenarm des Aufsichtsrobots wirklich funktionieren könnte.

Die Sonde war tatsächlich kurz in der Luft stehen geblieben, als müsse sie die lädierte Stollenwand genauer in Augenschein nehmen, dann allerdings schwebte sie näher. Cedric hob den Flamer und zielte diesmal genauer − und auf ein anderes Ziel.

Der Strahl traf die fliegende Kamera, die in einem grellen Lichtblitz verging.

Cedric atmete hörbar aus und wandte sich an die anderen.

»Ich hoffe, sie begreifen die Warnung«, sagte er. »Wenn nicht, dann müssen sie einen Vollidioten zum Kommandanten dieser Station gemacht haben.«

»Cedric!« rief Nabtaal plötzlich.

»Ja, was . . .?«

»Da!«

Mit einem Gesichtsausdruck, als hätte er ein besonders ekelhaftes Insekt entdeckt, wies Nabtaal mit ausgestreckten Arm auf ein kleines Trümmerstück der Sonde, das kaum einen halben Meter vor seinen Füßen lag. Cedric sah sofort, was Nabtaal meinte, und es nötigte ihm abermals Respekt vor dem jungen Freischärler ab.

Dieses Trümmerstück war nichts anderes als ein kleines Kameraauge, das im Falle einer Zerstörung der Sonde weggeschleudert wurde und zusammen mit einen integrierten hochempfindlichen Mikrofon für eine weitere Übertragung sorgte.

Er hob es auf, schrie so laut er konnte »Banzai!« hinein und zertrat es dann.

Erneut wandte er sich den anderen zu.

»Ich denke, wir haben einen kleinen Aufschub gewonnen«, erklärte Cedric. Er bedachte Sheryl mit einem verschwörerischen Blick. »Nutzen wir ihn, um mal nachzusehen, was sich im Beta-Sektor so finden läßt . . .«

Erstaunlicherweise widersprach Sheryl ihm diesmal nicht.

Synfile 4

Ärger,
nichts als Ärger

Auf seinem Com-Pult begann eine rote Lampe zu flackern. Croft brach mitten im Satz ab und blickte das Licht eine halbe Sekunde verblüfft und mit allmählich aufkeimender Verärgerung an. Ein Notruf mit A-Priorität, der jedes andere Gespräch unterbrach.

»Was zum Teufel . . . ?«

Nelora, die das Licht nicht sehen konnte, legte fragend den Kopf auf die Seite.

»Wollen Sie mir erzählen, daß der Kommandant dieser Station Schwierigkeiten hat, einen Schweber zu bekommen, *Commander*?« fragte sie spöttisch, wobei sie das letzte Wort auf eine ganz bestimmte Art und Weise betonte. Ihre Augen glitzerten, und in das unausgesprochene Versprechen auf ein paar amüsante Stunden in den Holo-Gärten der Erholungsstation mischte sich eine ebenso unausgesprochene Drohung, daß es damit vielleicht doch nichts werden könnte. Croft kannte diesen Blick und wußte, daß er ihn besser ernst nehmen sollte. Nelora war kein sehr geduldiger Mensch. Und sie hatte niemals einen Hehl daraus gemacht, daß ihr Verhältnis mit Croft für sie mehr als den Charakter eines *Geschäftes* hatte. Er hatte seine Befriedigung und sie ihre Vorteile, das war der Gegenstand ihres ungeschriebenen Vertrages — und warum auch nicht?

»Nein«, antwortete Croft. Das rote Licht flackerte weiter. »Oder vielleicht doch. Ich melde mich später wieder.« Er versuchte zu lächeln, spürte aber, daß es ihm nicht ganz gelang. »Bleib am Empfänger. Irgend jemand hat wohl gerade entdeckt, daß es eine Möglichkeit gibt, mich selbst in meiner Freizeit zu stören. Ich hoffe für ihn, daß es wirklich wichtig ist.«

Nelora nickte, und gleich darauf brach die Verbindung zusammen. Anstelle der blonden Programmiererin erschien das Gesicht Hauptmann Hanksons auf dem Bildschirm. Für seine Verhältnisse sah er sehr nervös aus.

»Hat man hier eigentlich niemals seine Ruhe?« blaffte Croft, ehe Hankson auch nur den Mund auftun konnte.

Seine heftige Reaktion tat ihm fast im gleichen Moment schon wieder leid, aber er konnte Hankson nun einmal nicht leiden. Was allerdings nicht viel bedeutete. Außer Nelora und sich selbst konnte Croft eigentlich niemanden leiden. Seiner Meinung nach mußte jeder, der sich freiwillig zum Dienst auf Hadrians Mond gemeldet hatte, entweder einen gehörigen Dachschaden haben – oder aber einen verdammt guten Grund, sich vor dem Rest des Universums zu verkriechen.

»Also, was gibt es, Hauptmann?« fügte Croft in einem etwas versöhnlicheren Tonfall hinzu.

»Gefangenenaufstand in Sektion *Love-Eight-Fifteen*«, antwortete Hankson.

Crofts Ärger war wie weggeblasen. Von einer Sekunde auf die andere war er ganz ruhig.

»Wie viele?« fragte er automatisch.

»Nicht mehr als zwanzig Aufständische«, antwortete Hankson. »Die Lage ist unter Kontrolle, aber dennoch leider ein wenig . . . kompliziert.«

Croft seufzte. Ein Gefangenenaufstand war nichts Besonderes. Er hatte irgendwann vor Ende seines ersten Jahres auf Hadrians Mond aufgehört, sie zu zählen. Er empfand sie nicht einmal mehr als Ärger, geschweige denn als Sorge. Allerhöchstens verspürte er leise Verwunderung, daß diese Narren es immer wieder versuchten.

»Warum fluten Sie die entsprechenden Abschnitte nicht einfach mit Betäubungs- oder irgendeinem anderen Gas?« fauchte er.

»Das ist leider nicht möglich«, erwiderte Hankson. »In *Love-Eight-Fifteen* ist vor zwei Monaten die Absauganlage ausgefallen, und die Ersatzteile für einen kompletten Austausch kommen erst mit dem nächsten Containertransport. Sie selbst haben damals die entsprechende Eingabe abgezeichnet, Commander.«

»Was bedeutet das konkret?« fragte Croft.

»Wir können die Sektion zwar mit Kampfgas fluten«, sagte Hankson, »aber wir bekommen sie erst wieder sauber, wenn wir die Ersatzteile erhalten und die defekte Absauganlage ausgetauscht haben. In vier Monaten also. So lange könnten die Stollen nur in geschlossenen Anzügen betreten werden, und ein Byranium-Abbau wäre ebenfalls praktisch unmöglich. Die Luft-Versorgung habe ich bereits abgestellt, aber angesichts der Größe der Station dürfte es Wochen oder Monate dauern, ehe die Aufständischen den Sauerstoffmangel spüren werden. Eher dürften sie verhungern oder verdursten.«

»Dann schicken Sie doch einfach ein paar Kampfroboter! Die werden doch wohl damit fertig werden — oder?« In der Betonung des letzten Wortes schwang die Frage mit, warum Hankson nicht selbst auf diese Idee gekommen war.

»Im Prinzip ja.« Hankson verzog keine Miene. Allein seine stoische Ruhe war für Croft schon Grund genug, ihn nicht zu mögen. »Allerdings haben sich die Gefangenen in einem äußerst sensiblen Bereich verschanzt. Love-Eight-Fifteen ist eine der Sektionen, in der die Byranium-Strukturen so beschaffen sind, daß es zu einer Kettenreaktion kommen kann.«

»Stellen Sie sich vor, das weiß ich. Schließlich bin ich der Kommandant dieser Station.« Er zwang sich zu einem ruhigen Durchatmen. »Wo also liegt das Problem?«

»Das Problem liegt darin, daß wir keine schweren Waffen einsetzen können, um keine Kettenreaktion zu riskieren, Commander«, erklärte Hankson. Schon die Art, wie er den Titel betonte, war bereits eine Unverschämtheit, fand Croft. »Außerdem besitzen die Aufständischen nicht nur die Elektro-Peitsche und den Flamer des Aufsehers, sondern es ist ihnen auch gelungen, einen Robot-Aufseher zu überwältigen. Unter Umständen könnten sie dessen Laser-Arm demontiert haben. Sie werden nicht zögern, ihn einzusetzen. Und wenn sie dabei auf das Byranium . . .«

»Schon gut, ich habe verstanden. Ich komme sofort in die Zentrale«, unterbrach ihn Croft. »Unternehmen Sie nichts, bis ich da bin.«

Croft schaltete den Telekom ab und fluchte lautstark. Das hatte ihm gerade noch gefehlt! Nicht, daß ihm Hanksons Worte wirkliche Sorgen bereiteten. Wenn es nach ihm ginge, hätten die Aufständischen die ganze Mine in Schutt und Asche legen können. Er hatte sich nicht um diesen Posten gerissen, ganz im Gegenteil. Seine Versetzung auf Hadrians Mond war eine kaum verhohlene Strafaktion gewesen, nachdem er in eine Falle der Yoyodyne getappt war und sein Schiff samt seiner Besatzung verloren hatte. Es war nicht wirklich seine Schuld gewesen, aber das Flottenoberkommando der Sarday'kin hatte eine ganz eigene Art, derartige Dinge zu betrachten.

Persönliches Versagen! Croft schnaubte erbittert, während er sein Quartier verließ und sich auf den Weg zur Zentrale machte. Gut, er hatte damals in der Tat ein paar Fehler gemacht, aber die waren ihm vor dem Militärgericht nicht nachzuweisen gewesen. Dennoch zweifelte er keine Sekunde daran, daß er diesem Prozeß, obwohl das Urteil auf *Freispruch* gelautet hatte, seine Versetzung hierher zu verdanken hatte. Offiziell hatte es damals geheißen, daß es nur geschah, weil angeblich kein neues Schiff zur Verfügung stand, und außerdem gelte die Versetzung nur für eine Übergangszeit, bis ein neuer Kommandant für den Minenkomplex auf Hadrians Mond gefunden wäre. Das war jetzt fünf Jahre her. Seitdem hing er auf diesem verdammten Felsklumpen fest, befehligte eine fünfzigköpfige Mannschaft und hatte die Aufsicht über rund die zwanzigfache Anzahl von Strafgefangenen, von denen die meisten nicht annähernd so lange hier waren wie er. Streng genommen war sogar *kein einziger* von ihnen so lange hier wie er. Croft hatte noch nie von einem Gefangenen gehört, der länger als vier Jahre in den Minen durchgehalten hatte.

Der Fahrstuhl hielt mit einem leichten Ruck auf dem Kommandodeck. Das Schott glitt auf, und Croft betrat die Zentrale mit den Computerkonsolen und Bildschirmen. Einer alten Gewohnheit folgend, warf er zunächst einen Blick zu der Glaskuppel hinauf, die sich hoch über ihm wölbte. Bei der unvorstellbaren Windgeschwindigkeit, die auf der Oberfläche des Methanplaneten herrschte, wurden die Moleküle beim Aufprall auf den Schutzschirm ionisiert. Dadurch war die Kuppel ständig von einer farbig leuchtenden Aureole umgeben, jenseits der sich Wirbel und Windhosen bildeten, in denen die Methanschwaden von unvorstellbaren Gewalten auseinandergerissen wurden. Es war ein schrecklicher Anblick, zugleich aber auch ein Anblick von brutaler Schönheit; ein Bild, das für Croft immer noch so beeindruckend war wie am ersten Tag.

Croft wandte den Blick wieder ab und trat auf Hankson zu, der an dem etwas erhöhten Kommando-Pult an der Stirnseite des Raumes saß.

»Nun?«

»Die Situation ist unverändert«, erklärte Hankson knapp. Mit der Andeutung eines ironischen Lächelns fügte er hinzu: »Es war auch nicht damit zu rechnen, daß die Gefangenen inzwischen freiwillig aufgeben würden.«

Croft verbiß sich eine Antwort. Rededuelle waren nicht seine Stärke, während Hankson bravourös mit Worten zu jonglieren verstand.

»Bekomme ich einen Lagebericht, oder brauchen Sie eine Extra-Einladung?« fragte er.

Hankson drückte einige Knöpfe. Auf dem großen Bildschirm vor ihm erschien die schematisierte Übersichtskarte eines Teils der Mine.

»Sektion *Love-Eight-Fifteen*«, erläuterte er überflüssigerweise. Ein roter Punkt leuchtete in einem der Stollen auf. »Die Aufständischen dürften sich etwa dort befinden.«

»Dürften? Etwa?« Croft zog eine Grimasse. »Das sind genau die präzisen Angaben, die ich von einem Soldaten erwarte.«

»Die Aufständischen haben die Überwachungskameras zerstört, und da ich vor Ihrem Eintreffen nichts unternehmen sollte, habe ich bis jetzt noch keinen Reparaturrobot hinuntergeschickt«, antwortete Hankson ungerührt. Er betätigte einige Tasten. Weitere Punkte erschienen auf dem Bildschirm, diesmal in gelb umrandetem Schwarz. »Das sind mehrere Kampfrobots, die ich vor dem Aufzug postiert habe. Wenn Sie wollen, Commander, kann ich unsere Robot-Trupps binnen einer Minute in die Sektion runterbringen.«

»Was wissen Sie über die Bewaffnung der Burschen da unten?«

»Sie haben den Aufseher und einen Aufsichtsrobot überwältigt. Also dürften sie auf jeden Fall einen Flamer und die Peitsche besitzen. Und vielleicht den Laser des Roboters.«

»Zwei Waffen also, womöglich sogar nur eine«, murmelte Croft und massierte nachdenklich sein Kinn. Die Elektro-Peitsche zählte für ihn nicht als Waffe. Das war ein Spielzeug, mit dem man ungehorsame Kinder tadelte. »Wenn wir die schwergepanzerten Kampfroboter einsetzen, haben sie keine Chance. Der Kampf dürfte keine halbe Minute dauern. Kaum genügend Zeit, um großen Schaden anzurichten.«

Hankson schien zumindest mit dem letzten Satz nicht völlig übereinzustimmen.

»Ich weiß nicht, ob das so einfach sein wird«, gab er zu bedenken. »Die Aufständischen dürften sich strategisch hervorragend postiert haben. Sie stehen zwar wie auf dem Präsentierteller, aber es ist praktisch unmöglich, sich ihnen unbemerkt zu nähern.«

Croft war sicher, in Hanksons Stimme einen hämischen Unterton zu hören. Er verbiß sich aber jeden Kommentar und gab Hankson mit einem Kopfnicken zu verstehen, daß er weiterreden sollte.

»Außerdem wissen die Leute, daß sie nichts mehr zu verlieren haben«, fuhr der Hauptmann mit einem süffisanten Grinsen fort. »Ich bin überzeugt davon, daß sie, sobald wir angreifen, anfangen werden, wild um sich zu schießen, nur um möglichst großen Schaden anzurichten. Und wenn sie auch nur einen Flamer und einen Laser haben, so könnten sie unter ungünstigsten Umständen eine Kettenreaktion auslösen. Und wie es aussieht, könnte diese nicht nur *Love-Eight-Fifteen* zerstören.«

Croft runzelte die Stirn, beugte sich vor und studierte die Karte auf dem Monitor genauer, obwohl er sie auswendig kannte.

»Leider ist das nur allzu richtig«, mußte er zugestehen. »Die Byranium-Stränge in dieser Sektion scheinen eine Verbindung zur Hauptader zu haben. Wenn es zum großen Knall dort unten kommt, könnte das auch für andere Sektionen ziemlich unangenehme Folgen haben. Das würde die Produktion um Monate zurückwerfen.«

»Wenn nicht gar für Jahre«, ergänzte Hankson.

Croft nickte verhalten. Zum ersten Mal, seit Hankson seinen Flirt mit Nelora unterbrochen hatte, begann ihm zu dämmern, daß diese Geschichte vielleicht doch mehr als nur ein ärgerlicher Zwischenfall werden könnte.

»Die Frage ist nur«, murmelte er, während er erneut sein Kinn massierte, »ob die Aufständischen das überhaupt wissen! Vielleicht sitzen sie nach ihrem Anfangserfolg jetzt ganz einfach da und warten auf den Gnadenschuß.«

»Ich habe im Aufzug eine Beobachtungssonde postiert«, sagte der Hauptmann. »Wir könnten sie herunterschicken und nachsehen.«

Crofts Kopf ruckte in Hanksons Richtung. Ärgerlich musterte er den Hauptmann.

»Warum haben Sie das nicht schon längst gemacht?«

»Sämtliche Vorbereitungen dazu waren abgeschlossen, als ich Kontakt mit Ihnen aufgenommen habe, Commander«, sagte Hankson. »Aber dann haben Sie mir gesagt, ich solle nichts...«

»Schon gut. Ich weiß, was ich gesagt habe.« Croft wedelte ungeduldig mit der Hand. »Na los, worauf warten Sie noch? Schicken Sie die Sonde los! Und stellen Sie die Bilder auf den großen Bildschirm!«

Hankson gab die entsprechenden Befehle, während Croft sich der großen Bildwand zuwandte. Er erkannte das Innere eines Lastenfahrstuhls. Irgendwann, vielleicht eine halbe Minute später, glitten die Schotthälften zur Seite.

»Umschaltung auf Infrarot- und Elektronenerfassung«, erklärte Hankson. »Ich steuere die Sonde jetzt in den Stollen hinein.«

Auf dem Bildschirm war zu sehen, wie die Stollenwände zu beiden Seiten des Bildschirms vorbeiglitten. Die ersten Aufständischen entdeckten sie in Schmidders Aufenthaltsraum. Allerdings zögerte selbst Croft, sie tatsächlich als Aufständische zu bezeichnen. Es waren armselige Kreaturen, die längst ihren Verstand verloren hatten und die Sonde nicht einmal bemerkten.

Der Beobachtungskörper schwebte weiter.

»Aufständische voraus!« meldete Hankson irgendwann. »Ungefähr zehn Personen, voraus an der Gangkreuzung. Also genau dort, wo wir sie vermutet haben.« Aus seinen Worten klang unterschwellig Zufriedenheit.

»Fahrt verlangsamen!« befahl Croft, was die Sonde gleich darauf tat, und als sich plötzlich einer der Aufständischen aus seiner Deckung löste und sich breitbeinig in den Stollen stellte, fügte er hinzu: »Stoppen!«

Die Objektive zoomten sofort auf den Gefangenen mit dem schmutzverschmiertem Overall. Croft hatte den Eindruck, als starre ihm dieser Mann geradewegs in die Augen, was natürlich eine Täuschung war, aber der Bildschirm übermittelte diesen trügerischen Eindruck. Deutlich war der Flamer in der Hand des Gefangenen zu sehen, der wohl der Anführer des Aufstands war.

»Wer ist das?«

»Gefangener Cedric Cyper, Nummer S-3811«, las Hankson aus irgendeiner Konsole ab. »Ein ehemaliger *Terminator*, Klassifizierung Maximus.«

Ein Maximus-*Terminator*, ging es Croft durch den Kopf. Ein verdammt harter Brocken also. Seine Hoffnung, die Aufständischen könnten womöglich nicht wissen, wie sie ihm Schwierigkeiten bereiten konnten, zerplatzte wie eine schillernde Seifenblase, als der Mann auf dem Bildschirm den Flamer hob und einen Schuß auf die Byranium-Stränge in der Wand abgab. Überdeutlich waren die Entladungsblitze zu sehen, die sie kurz umtobten und wieder erloschen.

Sie wußten es also!

Im nächsten Moment trat ein anderer Gefangener neben den ersten Mann, eine hagere Gestalt in den Armen den Strahlarm des Aufsichtsrobots. Dann ließ ein greller Strahl die Byranium-Stränge aufblitzen.

»Gefangener Bedam Nabtaal, Nummer F-4711«, erläuterte Hankson. »Gefangen im Majordomus-Sektor wegen Spionage und staatsgefährdender Propaganda.«

Spionage, hallte es in Crofts Kopf. Und *staatsgefährdende Propaganda*! Das paßte nicht zusammen! Welcher Spion würde schon durch Verbreitung von Propaganda auf sich aufmerksam machen?

»Näher heranfahren«, befahl er.

Das Bild der Gefangenen wurde größer, doch nur einen Moment lang. Croft wußte, daß er einen Fehler gemacht hatte, als der Gefangene 3811 abermals den Flamer des Aufsehers hob, scheinbar genau auf die Männer in der Kommandozentrale zielte und der Bildschirm plötzlich dunkel wurde. Sie hatten nur eine Beobachtungssonde verloren.

Doch schon eine Sekunde später baute sich ein neues Bild auf. Diesmal wie unter extremer Weitwinkelperspektive aufgenommen.

»Splittersonde abgesetzt«, kommentierte Hankson. »Bildkorrektur läuft.«

Die Verzerrung verschwand vom Bildschirm. Die Gestalten der beiden Gefangenen mit dem Flamer und dem Robotarm waren wieder deutlich zu erkennen. Der Mann mit dem Flamer wandte sich gerade um.

»*Ich hoffe*«, erreichte Cedrics Stimme verzerrt, aber verständlich die Kommandozentrale, »*sie begreifen diese Warnung. Wenn nicht, dann müssen sie einen Vollidioten zum Kommandanten dieser Station gemacht haben.«*

Croft hatte das Gefühl, daß sich ihm alle Gesichter zuwandten, aber in Wirklichkeit nahm es sich natürlich außer Hankson niemand heraus, sich ihm zuzuwenden.

»*Cedric!*« schallte die Stimme des anderen aus den Lautsprechern.

»*Ja, was . . . ?*«

»*Da!*«

Der Arm des schlaksigen Mannes schien direkt auf die Kommandozentrale zu weisen. Der andere Mann dreht sich wieder um und näherte sich. Die Perspektive schwankte plötzlich; im nächsten Augenblick füllte sein Gesicht den gesamten Bildschirm aus, und dann nur noch sein Mund.

»*BANZAI!*« schallte es so brüllend laut durch die Zentrale, daß die verborgenen Lautsprecher dröhnten und jedermann zusammenfuhr.

Eine Sekunde später erlosch das Bild auf dem Schirm endgültig.

»Sie haben die Splittersonde ebenfalls zerstört«, sagte Hankson über eine Konsole gebeugt. Unschuldig wandte er sich an Croft. »Und was jetzt, Commander?«

Croft bohrte mit dem Finger im Ohr, als könne er damit den üblen Ton verscheuchen, der sich dort seit der so überraschenden Akustik-Attacke eingenistet hatte.

»Wir müssen uns eben etwas anderes ausdenken«, meinte er.

Hankson grinste herablassend. »Haben Sie auch schon eine Idee? Sollen wir ihnen vielleicht freies Geleit anbieten? Die wissen, daß wir das nicht können, selbst wenn wir es wollten. Und ich glaube nicht, daß wir sie mit etwas anderem ködern können. Die meisten von ihnen befinden sich ohnehin bereits an der kritischen Grenze. Spätestens in ein, zwei Monaten hätten wir sie ohnehin herausnehmen müssen. Das sind die reinsten Berserker. Sie hätten sehen sollen, wie sie den Roboter auseinandergenommen haben. Soll ich Ihnen die Aufnahmen vorspielen?«

»Nicht nötig.« Croft winkte ab. »Ich kann es mir ganz gut vorstellen.« Er wandte sich an eine dunkelhaarige Frau vor einem anderen Computerpult. »Selen, was sagt der Computer über die im ungünstigsten Fall zu erwartenden Schäden?«

»Die Wahrscheinlichkeit, daß die Gefangenen innerhalb von

hochgerechneten siebenunddreißig Sekunden, die ein Einsatz der Kampfrobots im Mittel dauern würde, eine Kettenreaktion auslösen könnten, beträgt im ungünstigsten Fall knapp siebenundachtzig Prozent«, antwortete die junge Frau. Sie sah dabei nicht auf ihre Geräte. Offensichtlich hatte sie die Frage erwartet. Sie besaß eine ähnlich aufsässige Art wie Hankson, aber Croft schätzte sie als eine Kapazität, was den Umgang mit Computern und Daten anging. Was nichts anderes bedeutete, als daß sie wahrscheinlich recht hatte.

Im ungünstigsten Fall... Bei seiner derzeitigen Glückssträhne, dachte Croft mißmutig, bedeutete das wahrscheinlich, daß sie sich am besten gleich von dem gesamten Stollen verabschieden konnten.

»Und die Wahrscheinlichkeit, daß die Kettenreaktion noch auf weitere Sektionen außerhalb von *Love-Eight-Fifteen* überspringt«, fuhr Selen unaufgefordert fort, »liegt bei rund sechzig Prozent.«

»Auch hier den mittleren Verlauf eines Angriffes vorausgesetzt«, ergänzte Hankson süffisant. »Interessieren Sie die Zahlen für einen ungünstigeren Verlauf oder sogar für den Fall, daß der erste Angriff scheitert?«

Croft schüttelte den Kopf.

»Danke. Mein Bedarf an schlechten Nachrichten ist gedeckt. Haben Sie nicht zur Abwechslung auch einmal eine gute Nachricht?«

»Habe ich. Ob Ihnen das ebenso gefällt, wage ich zu bezweifeln.« Hankson grinste und entblößte dabei so makellose weiße Zähne, daß es in Crofts Hand zuckte, sie ihm einzuschlagen. »In fünf Minuten ist mein Dienst zu Ende. Aber da sie ja ohnehin wieder hier sind und das Kommando übernommen haben, können Sie sich ja von nun an allein mit dem Problem herumschlagen.«

»Irgendwann bringe ich Sie um, Hankson«, sagte Croft mit einem geradezu liebenswürdigen Lächeln. »In Ihrem eigenen Interesse rate ich Ihnen, heute ausnahmsweise ein paar Minuten früher Schluß zu machen und schnellstens von hier zu verschwinden. Verstanden?«

»Besten Dank.« Mit einem provozierenden Lächeln stand Hankson auf und schlenderte aus der Zentrale. Croft starrte ihm wütend nach. Er hatte Hankson von Anfang an nicht ausstehen können. Irgendwie hatte er wohl schon immer gespürt, daß er jemand war, der ihm einmal gefährlich werden würde. Der verfluchte Hurensohn war ehrgeizig, und im Gegensatz zu Croft war er bei der gesamten Crew beliebt. Er sah einfach zu gut aus, und er hatte ein zu gewinnendes, einnehmendes Wesen, um sich auf Dauer mit der Position als zweiter Mann abzufinden. Croft wußte, daß Hankson insgeheim nur auf einen Fehler von ihm wartete. Dabei hätte er nichts lieber getan, als ihm diese ganze verfluchte Basis zu schenken. Ob dieser Idiot im Ernst glaubte, daß er Wert auf diesen Posten gelegt hatte?! »Ihre Befehle, Commander?« riß ihn Selen aus seinen Gedanken, nachdem Hankson die Zentrale verlassen hatte. Sie lächelte verzeihend und fügte etwas leiser hinzu: »Wir können ja schlecht tatenlos abwarten, was geschieht.«

»Vielen Dank für die Belehrung«, sagte Croft ärgerlich, obwohl er wußte, daß Selens Worte nur freundlich hatten sein sollen. Er ließ sich in den Sessel sinken, aus dem Hankson aufgestanden war. Für eine Sekunde mußte er gegen den Impuls ankämpfen, angeekelt wieder aufzustehen.

Dieses Gefühl wurde von dem Unbehagen ausgelöst, daß er recht ratlos war, was er jetzt anordnen sollte. Diese Situation glich in unangenehmem Maße derjenigen, in der er damals in den Hinterhalt der Yoyodyne geraten war. Jede Entscheidung, die er traf, konnte entweder vollkommen richtig sein – oder verhängnisvoll falsch. Wenn er die Kampfroboter losschickte und sie den Gefangenenaufstand problemlos niederschlugen, war er der umsichtige, stets richtig entscheidende Commander, doch falls die Gefangenen es schafften, vorher noch eine Kettenreaktion auszulösen und diese Minensektion in Schutt und Asche zu legen, war er der unfähige Versager. Keine Frage, welche Alternative Hankson lieber gewesen wäre. Vielleicht, überlegte Croft, sollte er den Hauptmann zuvor noch niederschießen, wenn sich seine Entscheidung als falsch herausstellte.

Aber all diese Überlegungen halfen ihm nicht im geringsten bei seiner Entscheidung. Es war im Grunde genommen nichts anderes als reines Glück. Das reinste Vabanque-Spiel. Alles oder nichts.

Er hatte sich fast schon durchgerungen, auf einen Einsatz der Kampfrobots zu setzen, als ihn Scart, der Funkoffizier, unterbrach:

»Commander, ich empfange ein Funksignal. Sonderbar . . . aber ich orte zwei Schiffe in der Einflugschneise. Anscheinend ein Container-Transporter mit Begleitschutz. Sie haben den Code an den Killer-Satelliten abgestrahlt und gehen zum Orbitalanflug über.«

Croft stöhnte. »Wie bitte?« Ihm blieb auch gar nichts erspart.

»Was wollen die denn hier? Der nächste Transport ist erst in vier Monaten fällig, und die letzte Inspektion war doch erst vor einem halben Jahr. Also — was zum Teufel suchen die hier?«

Natürlich antwortete ihm niemand. Croft verdrehte die Augen. Bei seinem augenblicklichen Glück würde es ihn nicht im geringsten wundern, wenn irgendein Idiot in irgendeiner Verwaltung schon wieder eine neuerliche Inspektion angesetzt hätte.

»Stellen Sie eine Verbindung zu dem Schiff her«, verlangte er seufzend. »Und auf den Bildschirm damit.«

Er wartete vergeblich.

»Was ist?« drängte er schließlich. »Wo bleibt die Verbindung?«

»Ich tue, was ich kann«, verteidigte sich Scart. »Aber es gibt irgendwelche Schwierigkeiten. Der Empfang scheint durch... durch irgend etwas beeinträchtigt zu werden.«

»Atmosphärische Störungen?« Zweifelnd warf Croft einen Blick zur Kuppel hinauf. Für die hiesigen Verhältnisse war es ein ungewöhnlich schöner Tag. Auf Hadrians Mond von schönem Wetter zu sprechen war purer Zynismus — und trotzdem herrschte im Vergleich zu den Höllenstürmen, die manchmal über die Station hinwegfegten, an diesem Tag ein geradezu mildes Lüftchen.

»Negativ«, meldet Scart. »Irgend etwas anderes stört unseren Funk. Oder ihren.«

»Merkwürdig.« Croft runzelte die Stirn. »Sind Sie denn auch wirklich sicher, daß es sich hier um zwei unserer Schiffe handelt?«

»Vollkommen sicher, Commander. Immerhin haben sie den Geheimcode an den Wachsatelliten geschickt.«

Croft überlegte eine Sekunde, ob vielleicht auch diese Worte einen verborgenen Spott enthielten. Denn schließlich war seine Frage ziemlich überflüssig gewesen. Wären es keine Sarday'kin-Schiffe gewesen, die sich dem Killer-Satelliten, der in achtzigtausend Kilometern Höhe über Hadrians Mond schwebte, genähert hätte, dann hätte es jetzt *überhaupt keine* Schiffe mehr gegeben, die ihnen Kopfzerbrechen bereiteten, denn diese gigantische computergesteuerte Mordmaschine war darauf programmiert, gnadenlos das Feuer auf alles zu eröffnen, was sich nicht spätestens auf den zweiten Anruf hin einwandfrei identifizierte.

»Ich habe inzwischen die genauen Abtastergebnisse«, fuhr Scart fort. »Ich lege sie auf Ihr Terminal.«

Aufmerksam studierte Croft die Informationen, die im gleichen Moment auf dem kleinen, im Kommandosessel integrierten Monitor erschienen; nicht nur Daten über die einfliegenden Schiffe, sondern auch schematische Darstellungen. Ein Schiff war ein reiner Transporter, ein mit einem simplen Antrieb versehener gewaltiger Klotz, dazu gedacht, die Container aufzunehmen, die Zubringerschiffe von der Oberfläche des Mondes heraufholen würden. Begleitet wurde der Transporter von einem Zerstörer oder Kreuzer, der nur als winziger Punkt auf Crofts Schirm auftauchte. Aber die Kennung unter der Computergrafik war eindeutig. Ganz ohne Frage handelte es sich um Sarday'kin-Einheiten.

»Wie lange noch bis zur Orbitalankunft?« erkundigte sich Croft.

»Schätzungsweise eine halbe Stunde.«

»Okay. Dann haben wir zuvor noch etwas Zeit, mit unserem kleinen Gefangenen-Problem fertig zu werden.« Crofts Gedanken überschlugen sich beinahe. Wenn das Byranium schon außerplanmäßig abgeholt wurde, dann hatten diese beiden Schiffe mit an Sicherheit grenzender Wahrscheinlichkeit auch einen außerplanmäßigen Inspekteur an Bord. Bis dieser Inspekteur hier eintraf, mußten sie den Aufstand niedergeschlagen haben.

»Hat jemand einen Vorschlag?« fragte er ohne sonderliche Hoffnung.

»Ich sehe keine andere Wahl, als die Kampfroboter einzusetzen«, erwiderte Selen.

Danke, dachte Croft, darauf wäre ich ohne fremde Hilfe nie gekommen!

»Allerdings schlage ich vor, nur eine zahlenmäßig begrenzte Anzahl zu schicken«, fuhr sie fort. »Zwei oder drei Maschinen. Bei einem solch begrenzten Angriff ist kaum anzunehmen, daß die Aufständischen sofort damit beginnen werden, das Byranium zu bestrahlen. Schließlich würden sie damit ihr eigenes Todesurteil sprechen.«

Was für eine messerscharfe Logik, dachte Croft sarkastisch. Aber er zweifelte daran, ob es zugleich auch die Logik von Männern war, die nichts mehr zu verlieren hatten.

»Mit etwas Glück werden sie versuchen, sich erst einmal zu verteidigen«, erklärte Selen, »und wenn die Roboter schnell genug sind, dann bleibt ihnen nicht mehr viel Zeit, es sich anders zu überlegen und größeren Schaden anzurichten. Ich meine, es *wird* natürlich Schäden geben, aber sie dürften sich einigermaßen in Grenzen halten.«

Croft überlegte ein paar Sekunden. Die Idee gefiel ihm nicht sonderlich, aber von allen schlechten Ideen, die in seinem Schädel herumschwirrten, schien es noch immer die beste zu sein.

»Also gut«, stimmte er schließlich zu. »Versuchen wir es. Schicken wir die Roboter los! Ich will, daß alles vorbei ist, bis der Kontrolleur eintrifft.«

Er erteilte die entsprechenden Kommandos.

»Das ist seltsam«, meldete sich Scart plötzlich wieder zu Wort. »Ich weiß jetzt, wieso wir keinen Funkkontakt bekommen. Der einfliegende Zerstörer ist dafür verantwortlich.«

Croft sah ihn fragend an.

»Er sendet Störimpulse aus«, sagte Scart in einem Ton tiefster Verwirrung.

»Störimpulse?« wiederholte Croft ungläubig. »Sie müssen sich irren. Es ist völlig unmöglich. Warum sollte er unseren Funk stören?«

»Ich habe keine Ahnung, aber die Daten sind unzweideutig.« Scart blickte noch einmal auf seine Geräte, wie um sich zu überzeugen, daß das, was er zu sehen glaubte, auch wirklich zu sehen war. Dann sprach er das aus, was Croft insgeheim schon seit einigen Sekunden gespürt hatte. »Irgend etwas stimmt da nicht, Commander!«

Synfile 5

Im Reich der Gespenster

Die Beta-Sektion war durch provisorische Sperren abgeriegelt, die aus nicht mehr als ein paar Strahlstreben und Leichtmetallplatten bestanden. Sie zu durchbrechen war ein Kinderspiel. Dazu hatten sie nicht einmal die Strahlwaffe des Robotarms einsetzen müssen; ein paar kräftige Hiebe und Schläge mit den Spitzhacken hatten ausgereicht, das Hindernis zu knacken.

Cedric Cyper sah sofort, wo die anderen eingedrungen waren und folgte ihnen. Er hatte sich kurzfristig von den anderen getrennt, weil er noch etwas zu erledigen gehabt hatte, was ihm plötzlich irrsinnig wichtig erschienen war, obwohl es bei näherer Betrachtung eigentlich nur irrsinnig und kein bißchen wichtig war. Dann war er erneut zu Schmidders Aufenthaltsraum zurückgekehrt und hatte etwas geholt, was ihm vom ersten Besuch her in Erinnerung geblieben war: ein silberfarbener, aus gehärteten Leichtmetall bestehender Werkzeugkoffer. Das Werkzeug hatte er gleich in der Kabine ausgeleert, dafür befand sich jetzt, nach einem kurzen Abstecher in seinen Stollen, etwas anderes darin. Etwas, das mindestens genauso schwer war.

Je tiefer Cedric in die Stollen der Beta-Sektion eindrang, desto mehr sah er sich in seiner Absicht bestätigt, wie wenig man hier auf offizielle Verlautbarungen geben konnte. Es hatte geheißen, daß dieser Teil der Mine gesperrt worden war, weil die hier vorhandenen Byranium-Mengen keinen Abbau mehr lohnten. Doch die grünlich schimmernden Adern, die die Wände zu allen Seiten durchzogen, zeugten vom Gegenteil. Zwar waren die Vorkommen hier nicht so ergiebig wie in dem Teil, in dem Cedric gearbeitet hatte, aber einen Abbau lohnten sie allemal.

Cedric war erleichtert über diese Tatsache. Denn das bedeutete, daß sie aller Wahrscheinlichkeit nach ihren Vorteil den Kampfrobotern gegenüber behalten würden. Cedric hoffte nur, daß die hier vorhandenen Byranium-Mengen immer noch konzentriert genug waren, um per Strahlerbeschuß eine Kettenreaktion auszulösen. Anderenfalls wäre es ein grober Fehler gewesen, die vorherige Position zu verlassen.

Eine Minute später stieß er auf einen der beiden Cybertechs, die nach der Flucht des dritten noch zu ihrer *Revolutionsarmee* gehörten und der eine Kreuzung bewachte. Von ihm erfuhr er, daß die anderen rund achthundert Meter entfernt am Werke waren. Und in der Tat konnte Cedric den schwachen, flackernden Widerschein des grellen, gebündelten Lichts schon von hier aus erkennen, mit dem der ehemalige Strahlenarm des Robotaufsehers arbeitete.

Als er die anderen erreichte, sah er, daß Nabtaal einen Teil der Stollenwand mit dem Laser bearbeitete. Der scharf gebündelte Strahl hatte bereits einen mannshohen, hufeisenförmigen Schnitt in das Gestein gefräst, und bei näherem Hinsehen erkannte Cedric, daß es sich nicht um natürliches Gestein handelte, sondern um einen Quellstoff, der zum Flicken von Lecks benutzt wurde und der nach seinem Erhärten eine granitähnliche Struktur aufwies. Damit hatte man den Durchbruch verschlossen. Der handbreite, offene Schnitt im scheinbaren Gestein bewies, daß ein anderes Gerücht ebenfalls stimmte — daß die Gespensterstollen mit Sauerstoff geflutet waren. Ansonsten hätte es hier längst einen Methan- oder anderen Gaseinbruch gegeben.

Cedric fiel auf, daß es in diesen Metern des Stollens kaum Byranium-Stränge gab. Als ob die schimmernden Adern diese Gegend mieden! Sheryl kam ihm entgegen, kaum daß sie ihn herankommen sah.

»Wir haben den Durchbruch gefunden«, informierte sie ihn. Sie zögerte. »Oder besser gesagt, Duncan hat ihn gefunden.« Sie deutete mit einer knappen Kopfbewegung in Richtung des Cybertechs, der sabbernd auf dem Boden hockte, als wäre er kein Teil dieser Welt. Er starrte mit offenen Augen ins Leere. Speichel lief über seine Lippen. Seine Hände zuckten wie in Krämpfen. An der rechten Seite seines Halses bewegte sich etwas. Es sah aus wie ein Käfer, der unter seiner Haut entlangkroch.

»Duncan?« wiederholte Cedric stirnrunzelnd. »Duncan hat den Durchbruch gefunden?«

»Ja«, bestätigte sie. »Wir hatten uns eigentlich einen anderen Abschnitt vornehmen wollen, aber er hat so lange herumgequengelt, bis wir doch zuerst diesen Stollen abgesucht haben. Ansonsten hätten wir wahrscheinlich noch stundenlang herumsuchen können.«

Duncan, dachte Cedric mit einem vagen Gefühl des Unbehagens. Duncan und immer wieder Duncan! Genaugenommen hatte mit dem ausgezerrten Cybertech der ganze Ärger erst so richtig begonnen. Denn *er* war es gewesen, der Schmidder zerquetscht hatte. *Er* hatte ihnen gesagt, daß sie fliehen mußten. Und niemand anders als *er* hatte den Durchbruch gefunden. Beinahe ein wenig zuviel für einen einfachen Verrückten, fand Cedric.

»Was willst du eigentlich mit dem Koffer?« fragte Sheryl plötzlich. Ein spöttischer Ausdruck legte sich in ihr Gesicht. »Verreisen?«

Cedric verzog das Gesicht und stellte den Koffer ab.

»Sagen wir so«, meinte er freudlos. »Wenn es uns wirklich gelingen sollte, von hier zu *verreisen*, dann möchte ich diesen kleinen Koffer unbedingt bei mir haben. Hier unten ist er vielleicht nichts anderes als ein simpler Koffer, aber da draußen ist er weit mehr. Nämlich ein komplettes Raumschiff.«

Sheryls Augen weiteten sich. Ihr Blick pendelte zwischen Cedric und dem Koffer hin und her. Sie schien zu verstehen. Und auch Cedric begriff, daß sie den Byranium-Brocken, den er aus der Stollenwand geschlagen hatte, doch gesehen hatte. Und natürlich war sie klug genug, die richtigen Schlüsse zu ziehen.

»Du...?« kam es über ihre Lippen. »Du hast wirklich...?«

Er legte den Zeigefinger vor die Lippen. Es war sowohl Bestätigung als auch Warnung, es nicht in alle Welt hinauszuposaunen. Und es war Sheryl zugute zu halten, daß sie begriff – und schwieg.

»Wie lange brauchst du noch?« wandte Cedric sich an Nabtaal, der den Laser bediente und immer größere Pausen einlegte. Der Robotarm war nicht für ein Dauerfeuer konstruiert.

Nabtaal machte ein nachdenkliches Gesicht.

»Fünf Minuten«, gab er Auskunft. »Vielleicht zehn.«

»Dann beeil dich!« mahnte Cedric. Er hatte ein nervöses Gefühl in der Magengegend. Er spürte, daß irgend etwas passieren würde. Und zwar nicht irgendwann, sondern . . .

»Sie kommen!« schallte ein aufgeregter Ruf an ihre Ohren. Der Cybertech, der Wache gehalten hatte, kam herbeigelaufen. »Sie kommen . . . Kampfrobots. Es . . . es . . .«

»Wie viele?« rief Cedric.

Der Cybertech stoppte, überlegte und ließ die Schultern hängen.

»Ich . . . ich weiß nicht!« bekannte er kleinlaut, weil er sich vielleicht ein wenig zu früh zurückgezogen hatte.

Cedric wandte sich wieder an Nabtaal.

»Gib mir den Strahlerarm!«

Nabtaal sah ihn verwirrt an.

»Ja, aber . . . wie sollen wir denn den Durchbruch wieder öffnen?«

Cedric riß ihm die Robotgliedmaße aus den Armen und drückte ihm den Flamer in die Hand.

»Damit!« erwiderte er barsch. »Oder mit Schaufeln, Spitzhacken oder zur Not auch mit den Fingernägeln. Mit dem Laser auf jeden Fall nicht. Denn es ist das einzige, womit sich die Kampfroboter vielleicht ein wenig aufhalten lassen. Und wenn wir das nicht schaffen, sind wir in weniger als einer Minute tot. Also hört auf, Fragen zu stellen, und seht zu, daß ihr mit der Arbeit vorankommt!«

Sie *vielleicht ein wenig* aufhalten können. Das war verdammt richtig! Es war glatter Wahnsinn, sich mit einem notdürftig instandgesetzten Robotarm einem Kampfrobot in den Weg stellen zu wollen.

Womöglich war genau das der Grund, weshalb Taifan plötzlich Cedrics Arm umfaßte und bat: »Laß mich mit dir kommen. Es ist eine Aufgabe, die Mut und Ehre verlangt.«

Cedric wußte, daß er keineswegs zustimmen durfte. Es würde nichts als Schwierigkeiten mit sich bringen, wenn der Yoyodyne ihn begleitete. Doch zu seiner eigenen Überraschung nickte er und sagte: »Gut. Komm mit!«

Zusammen mit dem *Himmelsstürmer* verließ er die anderen und nahm dort Stellung, wo sich der Cybertech befunden hatte. Mit dem Strahlenarm in den Händen ging er neben Taifan in die Hocke und spähte um die Ecke des Ganges. Zu sehen war nichts, aber das

Hallen von harten Schritten auf dem Felsboden war deutlich zu hören.

»Roboter oder gepanzerte Einheiten«, stellte er flüsternd fest. Der Yoyodyne nahm es schweigend zur Kenntnis. »Wenn sie angreifen, haben wir keine Chance«, fügte Cedric hinzu. »Also sollten wir ihnen von Anfang an klarmachen, daß wir es ernst meinen und sie besser erst gar nicht versuchen, weiter vorzudringen.«

Die Antwort bestand abermals aus Schweigen. In dem runden Gesicht des Yoyodyne regte sich kein einziger Muskel. Cedric bemühte sich, seine Bedenken, was Taifan anging, beiseite zu schieben. Wie hatte Sheryl es vorhin formuliert: Sie saßen in einem Boot und würden es zusammen schaffen oder zusammen untergehen.

Quälend langsam verstrich die Zeit, ohne daß etwas geschah. Cedric lauschte in die Dunkelheit hinein. Das einzige Licht war der mattgrüne Glanz des Byraniums, das die Wände in einem verworrenen Muster aus Schlangenlinien durchwob. Er reichte lediglich aus, zwei oder drei Schritte weit zu sehen. Das Geräusch der metallischen Schritte kam beständig näher.

Vermutlich, dachte Cedric bedrückt, war er selbst jetzt sehr deutlich in der Zieloptik eines halben Dutzend Laser- und Nadlergewehre zu sehen.

Gebannt spähte er in die Dunkelheit. Trotz der fast vollkommenen Schwärze konnte er in dem Stollen voraus zumindest eines erkennen: Bewegung. Und dann und wann das Glitzern eines verirrten Lichtstrahles, der sich auf Metall brach. Es waren mindestens drei, vielleicht aber auch vier oder fünf schwere, gepanzerte Roboter. Nicht die leichten Wachautomaten, die normalerweise hier unten patrouillierten, sondern *Kampf*maschinen, stählerne Kolosse, die auf bedrückende Art an mittelalterliche Ritter erinnerten.

Cedric hob den Robotarm und visierte den ersten Roboter über den Lauf hinweg mehr schlecht als recht an. Er hätte sonst etwas für eine Zieloptik gegeben, aber auch ohne sie war die Entfernung zu den Robots bereits gering genug für einen halbwegs sicheren Schuß. Trotzdem zögerte er. Es war ihm rätselhaft, wieso die Maschinen das Feuer noch nicht eröffnet hatten. Für ihre elektronischen Augen mußte er so deutlich zu erkennen sein, als stünde er im Schnittpunkt eines Dutzend großer Scheinwerfer. Sich in der

Dunkelheit zusammenzukauern und an die Stollenwand zu schmiegen war ein so wirkungsvoller Schutz, daß er sich ebensogut ein rotes Fadenkreuz auf die Stirn hätte malen können. Vermutlich, überlegte er, waren sie darauf programmiert, nicht von sich aus das Feuer zu eröffnen, um das kostbare Byranium nicht zu gefährden. Aber Cedric hatte genug Erfahrung im Umgang mit diesen Kampfmaschinen, um zu wissen, daß auch sie über einen einprogrammierten Selbsterhaltungstrieb verfügten; schließlich kostete jeder dieser Mikrochip-gesteuerten Killer ein kleines Vermögen.

Mit ziemlicher Sicherheit würde Cedrics erster Schuß zugleich auch sein letzter sein.

Er überlegte, ob er noch einen Schuß auf die Byranium-Adern abgeben sollte, und entschied sich dagegen. Diese Drohung hatte ihre Wirkung verloren, sonst wären die Kampfroboter erst gar nicht heruntergeschickt worden. Ihm war klar, daß ihre einzige wirkliche Waffe bisher die Abschreckung gewesen war — und diese Waffe hatte offensichtlich versagt. Croft hatte nicht einmal versucht, Verbindung mit ihnen aufzunehmen. Wahrscheinlich war es unter seiner Würde, mit revoltierenden Gefangenen zu sprechen.

Cedric verscheuchte all diese Gedanken, hob die Waffe um eine Winzigkeit und drückte ab. Ein greller Lichtblitz traf den massigen Kopf der Kampfmaschine und prallte wirkungslos von den Panzerplatten ab.

Cedric warf sich in Deckung, aber erstaunlicherweise feuerten die Maschinen noch immer nicht zurück. Nun gut, also hatte er eine zweite Chance. Diesmal würde er genauer zielen.

Noch bevor er erneut in Stellung gehen und abdrücken konnte, war Taifan plötzlich neben ihm und packte den Robotarm.

»Laß mich das machen!« rief er mit einer Stimme, die keinen Widerspruch duldete. »Wenn wir sterben müssen, dann soll es mich als ersten treffen!«

Cedric war so erstaunt über eine solche Art von Logik, daß er sich den Robotarm ohne weiteren Widerstand aus der Hand nehmen ließ. Und noch etwas anderes verwirrte ihn. Während seiner Ausbildung hatte man ihm beigebracht, daß Angehöriger der Kaste der O-Ban niemals Hand an ein Strahlengewehr oder ähnliche Waffen legten, sondern ausschließlich ihre Metall- oder Laserschwerter benutzten — aber das schien nicht der einzige Punkt zu sein, in dem man über diese Fraktion irrte. Im Ehrenkodex der Yoyodyne gab es offenbar eine Ausnahmeregelung, die für solche Situationen galt. Oder Taifan sah den zusammengeflickten Strahlerarm erst gar nicht als Waffe an.

Taifan versuchte überhaupt nicht, in der Nähe der Stollenwand Deckung zu suchen, sondern stellte sich fast in die Mitte des Stollenanfanges. Entweder war seine Todessehnsucht so ausgeprägt, oder aber er setzte kaltblütig darauf, daß die mittlerweile keine dreißig Meter mehr entfernten Kampfrobots es auch weiterhin nicht wagen würden, ihre überlegenen Waffen einzusetzen.

Er gab zwei Schüsse auf die heranstampfenden Kolosse ab, ohne etwas zu erreichen, aber in dem heftigen grellen Licht hatte Cedric erkennen können, daß der ersten Maschine noch mindestens vier weitere Kampfrobots folgten, im Abstand von jeweils zehn Metern. Eine unbesiegbare Armada.

Mit einemmal begriff er, daß diese fünf Kolosse es überhaupt nicht nötig hatten, ihre Waffen einzusetzen. Sie waren durchaus in der Lage, allein mit bloßen Händen mit dem Aufstand fertig zu werden — sofern man ihre bedrohlichen Greifwerkzeugen als Hände bezeichnen mochte. Sie würden jeden Widerstand einfach überrollen, zerfetzen oder zerquetschen. Vermutlich hatte Croft den Verlust einer oder mehrerer Maschinen einfach einkalkuliert und sich ausgerechnet, daß dieser Schaden weitaus geringer war als der, den ein Feuergefecht hier unten anrichten mußte.

Taifan schienen solche Gedanken fernzuliegen. Er feuerte zwei weitere Male auf den Roboter.

Diesmal zeigten die Schüsse Wirkung. Eines der rotleuchtenden elektronischen Augen erlosch, und das linke Hüftgelenk des stählernen Giganten verwandelte sich in glühenden Schrott. Dennoch bewegte sich die Maschine weiter, wenn auch langsamer und mit einem hörbaren Quietschen und Schleifen.

Cedric war fest davon überzeugt, daß die Maschine nun zurückschießen würde, denn die Distanz war einfach zu gering, als daß sie Taifan verfehlen und damit großen Schaden in den Byranium-Adern anrichten konnten. Aber die schweren Waffenarme des Robots hoben sich nicht. Dafür öffnete sich an der Schulter eine handflächengroße Klappe, aus der sich ein kleiner Lauf hervorschob. Jemand ohne entsprechende Ausbildung und Kampferfahrung hätte es vielleicht übersehen, nicht aber ein ehemaliger

Maximus-Terminator. Und so wußte Cedric denn auch, womit er es hier zu tun hatte: ein Granatwerfer kleineren Kalibers.

Der Lauf richtete sich jedoch nicht auf Taifan – vielleicht aus Sorge, die Batterien des Robotarms könnten bei einem direkten Treffer in einer Spontan-Explosion vergehen –, sondern auf irgend etwas über ihm. Als Cedric sich umsah, erkannte er, daß die Stollendecke unmittelbar über dem Yoyodynen einige Quadratmeter aufwies, die frei von Byranium-Adern waren. Im selben Augenblick, da er diesen Gedanken zu Ende gedacht hatte, sprang er vor, riß Taifan um und hechtete mit ihm in Deckung, während der kleine Lauf in der Robotschulter auch schon eine Granate ausspuckte und sie gegen die Stollendecke schleuderte. Ein bis zwei Tonnen Deckengestein prasselten zu Boden, genau dort, wo Taifan und er sich vor einem Moment noch befunden hatten.

Die aufgewirbelten Staubkaskaden nahmen Cedric die Sicht, aber das Stampfen und Quietschen des weiterhin voranmarschierenden Stahlkolosses war deutlich zu hören. Er löste sich von dem Yoyodynen, kroch auf dem Boden umher und tastete nach dem Strahlerarm. Als er ihn gefunden hatte, schrie er gepeinigt auf und zog seine Hand sofort wieder zurück. Das vordere Ende des Laufes, das er erwischt hatte, war glühend heiß. Cedric ergriff den Arm am anderen Ende. Ein hastiger Blick auf die Ladekontrolle verriet ihm, daß ihnen, falls sie den Batterien keine ausreichende Zeit zur Selbstregeneration ließen, kaum mehr als drei oder vier Schüsse zur Verfügung standen.

Cedric gab einen Schuß in die Richtung ab, in der er den vordersten Kampfrobot vermutete, und als der grelle Lichtschein die Dunkelheit und die Staubschwaden durchschnitt, sah er, daß er sich nicht verschätzt hatte. Der Strahl hatte das ausdruckslose Metallgesicht getroffen und auch noch das andere Auge zerstört. Nicht, daß es ein großer Erfolg gewesen wäre. Die Maschine konnte ihn jetzt zwar nicht mehr sehen, aber sie hatte noch ungefähr ein Dutzend anderer Sinne, mit denen sie ihn ebenso zuverlässig aufspüren konnte.

Cedrics nächster Schuß traf den Lauf des Granatwerfers, ließ die darin befindliche, nachgeladene Granate explodieren und ein Loch von der Größe eines Fußballs in der Schulter des Robots zurück, durch das Kabel und Drähte nach draußen ragten wie Gedärme aus einem aufgeschlitzten Bauch.

Der Koloß stampfte trotzdem weiter voran, unbeirrbar, unaufhaltsam. Als er das von der Decke herabgestürzte Gestein erreichte, wurde er zwar langsamer, doch lange würde ihn das Hindernis nicht aufhalten. Seine stählernen Beine schoben die Steinbrocken und den Schutt beiseite.

Cedric sah sich gehetzt um und bemerkte, daß Taifan ebenfalls wieder auf die Beine gekommen war. Ihre Position war nicht mehr zu halten. Wenn sie hier blieben, würden die Roboter sie auf jeden Fall erledigen. Ob es Cedric gefiel oder nicht, ihnen blieben nur zwei Möglichkeiten: entweder sie zogen sich zurück und verschafften sich damit einige zusätzliche Minuten, oder sie taten das einzige, was ihnen noch blieb, und vernichteten so viel Byranium, wie sie konnten – in der Hoffnung, damit eine Kettenreaktion auszulösen und sich alle in die Luft zu sprengen. Croft mußte sich darüber im klaren sein, aber anscheinend war ihm die Beta-Sektion nicht so wichtig.

Plötzlich spürte er Taifans Hand hart auf seiner Schulter, und als er herumfuhr, sah er in das Gesicht des Yoyodynen, das nicht mehr so starr und maskenhaft wirkte.

»Du . . .!« stieß Taifan hervor, und die Falten auf seiner Stirn vertieften sich. »Du hast mir das Leben gerettet!«

Es war nicht herauszuhören, ob es Dank oder Anklage war. Wahrscheinlich eine Anklage, befürchtete Cedric und stöhnte innerlich auf. Das fehlte ihm noch, daß sich der Yoyo auch noch beleidigt zeigte und darauf erpicht war, sich mit ihm zu prügeln, weil irgendeine unsinnige Vorschrift seines kindischen Ehrenkodexes ihm das so vorschrieb.

Vergiß es – die paar Sekunden sind doch nun wirklich nicht der Rede wert! war er versucht zu sagen, aber er verkniff sich die Worte. Womöglich war das für einen Yoyo eine tödliche Beleidigung?

»Komm!« rief er Taifan statt dessen zu. »Wir müssen hier weg! Für alles andere ist später noch Zeit.«

Zu seiner Überraschung machte der Yoyodyne keine Anstalten, ihm zu widersprechen, sondern zog sich anstandslos in den Stollen zurück, aus dem sie gekommen waren. Auch Cedric wich einige Schritte zurück und gab dabei wieder zwei Schüsse auf den Roboter ab, der den Schutt fast durchbrochen hatte und ein nicht zu verfehlendes Ziel abgab.

Der erste Treffer hinterließ ein eindrucksvolles, aber relativ harmloses Loch in seiner Brustpanzerung, dafür traf der zweite Schuß das ohnehin beschädigte Hüftgelenk und zerschmolz es endgültig. Der Roboter machte noch einen letzten Schritt, dann kam er mit einem Ruck, der von einem metallischen Splittern und Kreischen begleitet wurde, zum Stehen. Irgendwo in seinen Innereien begann ein überlasteter Motor zu jaulen, dann explodierte etwas im Leib der massigen Maschine. Grauer Rauch quoll aus den Fugen der Metallpanzerung.

Cedric erlaubte sich eine Sekunde der Genugtuung, in der er der Maschine ein hämisches Grinsen zuwarf. Er hatte kaum zu hoffen gewagt, daß die Roboter so stehenbleiben würde, wie er stehengeblieben war. Der Gang, durch den er und seine vier Blechkameraden heranmarschiert kamen, war so schmal, daß die anderen Metallkolosse erhebliche Mühe haben würden, sich an ihm vorbeizuschieben.

»Jetzt aber los.« Er wandte sich um. »Hauen wir ab!«

Zusammen mit Taifan machte er sich auf den Weg zu den anderen.

»Warum hast du das getan, Sarday'kin?« fragte der Yoyodyne, während sie im Laufschritt den Stollen durchquerten.

»Was?«

»Mir das Leben gerettet. Warum hast du mich nicht sterben lassen, wie es die Ehre geboten hätte?«

Richtig, fragte Cedric sich, ohne im Laufen innezuhalten. Warum hatte er ihn nicht einfach seinem Schicksal überlassen? Sorge um den Yoyodyne hatte es ebensowenig sein können wie die Überlegung, den Laserarm des Robotaufsehers zu retten. Eigentlich hatte er nur instinktiv gehandelt.

»Ist es bei euch etwa eine Ehre zu sterben, wenn die Zeit noch nicht gekommen ist?«

»Woher willst du wissen, wann der richtige Zeitpunkt für deinen Tod gekommen ist?« fragte Taifan.

Cedric konnte nicht verstehen, wie jemand in dieser Situation seine Zeit und Gedanken mit Philosophieren verschwenden konnte. Zugleich fragte er sich, wie ein Volk, das so viel Energie darauf verschwendete, immer neue Gründe für einen zeremoniellen Selbstmord zu ersinnen, jemals eine solche Machtposition in der Galaxis hatte erringen können.

»Ich weiß nur, daß der richtige Augenblick erst dann gekommen ist, wenn es gar keinen anderen Ausweg oder keine Hoffnung mehr gibt, wenigstens noch ein paar Sekunden länger am Leben zu bleiben«, sagte Cedric.

Der Yoyodyne schien das nicht verstehen zu können. Er schüttelte den Kopf. »Aber haben wir nicht unseren Verstand, um zu wissen, wann es keinen Ausweg mehr gibt und es an der Zeit ist, ehrenvoll aus dem Leben zu scheiden?«

Wahrscheinlich so, wie ein Schachspieler seinen König umwirft, sobald er erkennt, daß seine Position unhaltbar geworden ist, ergänzte Cedric in Gedanken. In der Tat, eine durchaus ehrenvolle Ansicht, die sehr viel Zeit ersparte — zumindest soweit sie ein 3-D-Schachspiel betraf.

Cedric rannte weiter, ohne eine Antwort zu geben. Hinter ihm erscholl ein schrilles, metallisches Quietschen und Klirren, noch bevor sie die anderen erreicht hatten, aber als er im Laufen den Blick umwandte, waren die Roboter bereits von einer Stollenwindung verdeckt. Wieder hörte er das metallische Klirren und Krachen, dann einen einzelnen stampfenden Schritt, und plötzlich einen dumpfen Aufprall, gefolgt von etwas, das das Splittern von Metall sein konnte. Die nachrückenden Kampfrobots waren dabei, ihren defekten Kameraden zur Seite zu schieben.

»Mein Kodex gebietet es mir«, erklärte Taifan, »dir gegenüber zur Loyalität verpflichtet zu sein, bis du mich daraus entläßt.«

Cedric hatte das Gefühl, als hätte man ihm aus vollem Lauf mit einem Vorschlaghammer vor den Kopf geschlagen. Hätte man ihm nur vor drei oder vier Stunden erzählt, daß ein Yoyodyne ihm eines Tages so etwas erzählen würde, er hätte lauthals gelacht. Doch leider wußte er nur allzu genau, daß Taifans Worte alles andere als ein Scherz waren.

Zum Glück erreichten sie die anderen, ehe er in die Verlegenheit kam, etwas darauf zu antworten.

»Wie weit seid ihr?« fragte er, während er atemlos stehenblieb.

»Wir sind durch«, gab Sheryl Auskunft. In der Tat, in der Wand klaffte ein meterbreites Loch. Die Sarday'kin deutete auf die yoyodynische *Humsz*-Züchtung, die mit schweißglänzendem Oberkörper dastand und eine verbogene Spitzhacke sinken ließ. »Ohne ihn hätten wir das nie geschafft«, fuhr Sheryl fort. »Ich habe gerade zu euch kommen und euch informieren wollen. Was ist mit den Kampfrobots?«

»Was soll schon mit ihnen sein?« fragte Cedric sarkastisch, während er die Öffnung anstarrte wie das Tor zu einer besseren Welt. »Natürlich haben wir sie fertiggemacht. Einen nach dem anderen. Sie tanzen jetzt Ringelreihen und singen Kinderlieder.« Und als er Sheryls dunkle Miene sah, ergänzte er, bevor sie ihn anfahren konnte: »Was glaubt ihr denn? Wir haben sie mit viel Glück ein wenig aufgehalten. In spätestens einer halben Minute werden sie hier sein. Also los, sehen wir zu, daß wir von hier wegkommen.«

Als hätte es nur dieses Signals bedurft, kam Bewegung in die Gefangenen. Die ersten ihrer kleinen *Revolutionsarmee* schoben sich durch den Spalt in der Wand. Der einzige, der Schwierigkeiten hatte, war Omo, aber mit vereinten Kräften gelang es ihnen, das genmanipulierte Riesenbaby durch den Durchbruch zu ziehen.

Und dann standen sie drüben. Es war, als tauchten sie von einer Sekunde auf die nächste in eine fremde und unwirkliche Welt ein. Nüchtern betrachtet war es nicht mehr als ein weiterer Stollen, der sich wie ein leicht gebogener Schlauch in das dunkle Gestein von Hadrians Mond hineinzog. Zugleich jedoch bot allein sein Aussehen und seine Form einen äußerst bizarren Anblick.

Im Gegensatz zu den Stollen in den von den Sarday'kin angelegten Sektionen gab es hier keine scharfen Kanten oder vorstehenden Vorsprünge in den Wänden. Der Gang war von ovaler Form, die Wände von einer endlosen Reihe auf- und abschwellender, ringförmiger Strukturen durchzogen, die fast wie eine Art Rippen anmuteten, und an der Oberfläche sah das Gestein regelrecht glasiert aus. Cedric hatte den unangenehmen Eindruck, als hätte sich ein gigantische Wurm durch das Gestein gefräst − und wenn dem so war, so hoffte Cedric, dieses Vieh niemals zu Gesicht zu bekommen. Lauerte etwa ein riesiges Ungeheuer hier unten?

Die bleichen Lichtfinger ihrer drei Lampen stachen durch die dunstige, feuchte Luft, die innerhalb des Stollen lag − fast wie feiner Nebel. Sie war stickig und schwer. Mit Unbehagen sah Cedric, daß es in der Tat nirgends auch nur die geringste Spur irgendwelcher grünlich schimmernden Byranium-Adern gab. Wenn die Kampfroboter bis hierher vorrückten, würde sie nichts mehr daran hindern, ihre gewaltige Feuerkraft unbedenklich einzusetzen.

»Worauf wartet ihr noch?« rief Cedric den anderen zu, die vor

Erstaunen und Furcht stehengeblieben waren. Er konnte sie nur zu gut verstehen. Sie alle hatten bisher schließlich nur Gerüchte gehört, was die Gespensterstollen anbetraf, aber zu sehen, daß es sie tatsächlich gab, war etwas völlig anderes.

In ihre kleine Gruppe kam Bewegung. Mit jedem Schritt, den sie sich erst zögernd, dann etwas schneller vorwagten, spürte Cedric die Gewißheit, daß sie geradewegs in ihr Verderben liefen. In einer Hand hielt er den Strahlerarm des Robotaufsehers, in der anderen spürte er das Gewicht des Koffers. Er wußte, es war Unsinn, ihn mit sich zu schleppen, aber dennoch trennte er sich nicht davon.

Es dauerte nicht lange, bis hinter ihnen ein Fauchen und das Bersten und Brechen von Gestein erklang. Der Durchbruch war längst außer Sicht, doch der Widerschein der Laserstrahlen flackerte wie ein fernes Gewitter durch den Dunst. Kein Zweifel, die Kampfroboter hatten den Durchbruch erreicht und waren dabei, ihn zu erweitern. Cedric trieb die anderen zur Eile an. Es galt, einen möglichst großen Vorsprung herauszuholen. Diese stählernen Armageddon-Maschinen bewegten sich zwar nicht sonderlich schnell, dafür waren sie verdammt ausdauernd. So etwas wie Erschöpfung oder Ruhepausen kannten sie nicht.

Sie hetzten weiter und kamen ein paar hundert Meter weiter an eine Stelle, an der sich der Stollen in zwei Gänge aufspaltete.

»Welchen Weg sollen wir nehmen?« rief Sheryl. Sie und selbst Taifan und die beiden anderen Yoyos sahen Cedric an, als wäre allein er in der Lage, die richtige Entscheidung zu treffen.

Re . . . rechts«, krächzte Duncan. »Rechts entlang.«

Wahrscheinlich wäre es klüger gewesen, sich an diesen Ratschlag zu halten, doch Cedric hatte es satt, sich von dem verrückten Cybertech vorschreiben zu lassen, was sie tun sollten.

»Nach links«, bestimmte er, und als Duncan protestierte, packte er ihn einfach am Arm und zog ihn so lange hinter sich her.

»Fa . . . falscher Weg«, zeterte Duncan, während er ihnen hinterhertrottete, doch niemand schenkte ihm Gehör.

Cedric machte sich keine allzu großen Hoffnungen, daß die Roboter an der Abzweigung ihre Fährte verlieren könnten. Allein die Infrarotspuren, die sie alle mit jedem ihrer Schritte auf dem Boden hinterließen, würden für die elektronischen Sinnesorgane der Kampfkolosse so deutlich zu erkennen sein wie große Leuchttafeln, die ihnen den Weg wiesen.

Cedrics Gedanken beschäftigten sich fieberhaft damit, wie sie die Roboter abschütteln konnten. Er dachte fast sehnsüchtig an die Fallgruben, die den Gerüchten zufolge hier lauern sollten. Bislang waren sie noch auf kein Hindernis gestoßen. Der Stollen hatte sich vollkommen gleichförmig durch den Fels gezogen.

Nach der nächsten Biegung standen sie unvermittelt vor einer Geröllhalde, die sich bis hinauf zur Decke erstreckte.

»Falscher Weg«, krächzte Duncan wieder, und Cedric spürte das Verlangen, ihm mit dem Strahlerarm eins über den Schädel zu geben. Der verrückte Cybertech hatte schon wieder recht gehabt.

»Los, zurück!« rief Cedric schnell. »Vielleicht schaffen wir es noch zurück bis zur Abzweigung, bevor die Kampfrobots dort auftauchen!«

Natürlich schafften sie es nicht.

Sie liefen den Maschinen fast direkt in die Arme, und der erste von ihnen, einer der Cybertechs, entging der Strahlensalve der vordersten Maschine nur durch einen geistesgegenwärtigen Sprung. Dafür erwischte ihn die nächste, nur einen Lidschlag später aufblitzende Salve und zerschmolz ihn zu einem unansehnlichen Klumpen, bevor er auch nur die Chance hatte, einen Schrei auszustoßen. Der Gestank verbrannten Fleisches breitete sich aus und stach in Cedrics Nase, der ebenso wie alle anderen sofort Deckung gesucht hatte.

Zorn ergriff Cedric, Zorn auf den Roboter, auf Duncan und sich selbst und vor allem auf das Schicksal, das ihn in diese Situation gebracht hatte. Es machte ihm nichts aus, zu sterben. Als ehemaliger Sarday'kin-Terminator gehörte der Tod zu seinem Leben; er hatte gewußt, daß seine Tage gezählt waren, als das Urteil feststand. Er hatte keine Angst davor, zu sterben. Aber der Gedanke, bei einer solch lächerlichen Aktion ums Leben zu kommen, machte ihn wütend. Es war so lächerlich. Und der Tod war nichts, was lächerlich sein sollte.

Cedric ließ seinen Blick über die Gesichter der anderen schweifen und spähte dann vorsichtig zu dem Roboter hinüber — was ein nicht geringes Risiko darstellte, denn für die hochgezüchtete Zieloptik der Maschine machte es keinen Unterschied, ob er sich schnell oder langsam bewegte. Für ihre elektronischen Augen mußte er so deutlich zu erkennen sein, als stünde er im Schnittpunkt eines Dutzend großer Scheinwerfer. Sich in der Dunkelheit zusammenzukauern war ein so wirkungsvoller Schutz, daß er sich ebensogut auch ein rotes Fadenkreuz auf die Stirn hätte malen können. Aber das Wunder geschah — die Maschine konnte oder wollte nicht auf ihn schießen. Vielleicht, dachte Cedric, hatte sie ja dementsprechende Befehle von Croft, ihn zu verschonen. Croft mochte mit ihm ganz spezielle Pläne haben.

Nun, Cedric hatte keine Skrupel, auf den Kampfroboter zu feuern. Außerdem besaß er einen winzigen Vorteil: Er kannte diesen Robotertyp genau, und er wußte um den Schwachpunkt dieser Konstruktion. Cedric hob den Laser und visierte die Maschine über den Lauf hinweg an. Er hätte seinen rechten Arm für eine Zieloptik gegeben, aber die Entfernung war auch so für einen sicheren Schuß schon gering genug. Cedric hob die Waffe um eine Winzigkeit und drückte ab. Ein greller Lichtblitz traf den massigen Kopf der Kampfmaschine und prallte wirkungslos von ihren Panzerplatten ab. Und hinter dem Roboter tauchte genau in diesem Moment eine zweite Kampfmaschine auf.

Cedric duckte sich, aber erstaunlicherweise schossen die Maschinen noch immer nicht zurück. Also hatte er eine zweite Chance. Diesmal würde er genauer zielen. Er hob erneut die Waffe.

Sofort gab er zwei weiter Schüsse auf den Roboter ab, der mittlerweile keine zehn Schritte mehr entfernt war.

Diesmal zeigten die Schüsse Wirkung. Eines der rotleuchtenden elektronischen Augen erlosch, und das linke Hüftgelenk des stählernen Giganten verwandelte sich in glühenden Schrott. Dennoch bewegte sich die Maschine weiter, wenn auch langsamer und mit einem hörbaren Quietschen und Schleifen. Cedric war fest davon überzeugt, daß der Roboter nun zurückschießen würde, denn die Distanz war einfach zu gering, als daß er ihn verfehlen konnte. Aber die Waffenarme der Maschine hoben sich nicht. Sie stampfte einfach weiter auf ihn zu, quietschend und scheppernd und das linke Bein nachziehend wie ein verkrüppelter Mensch. Plötzlich begriff Cedric, daß sie es gar nicht nötig hatten, ihre Waffen einzusetzen. Diese fünf Roboter allein waren durchaus in der Lage, mit bloßen Händen mit ihnen fertig zu werden. Sie würden jeden Widerstand einfach überrollen, und vermutlich hatte Croft den Verlust einer oder mehrerer Maschinen einfach einkalkuliert und sich ausgerechnet, daß der Schaden weitaus geringer war, als wenn sie hier unten ein Feuergefecht veranstalteten. Byranium vertrug nicht viel Hitze.

Cedric warf hastig einen Blick auf die Ladekontrolle seines Lasers und fluchte. Wenn die Maschinen weiterhin einfach nur vorrückten, statt zurückzuschießen, dann konnte er mit etwas Glück einen oder sogar zwei davon vernichten, aber auf gar keinen Fall mehr. Dafür besaß er einfach nicht genügend Energie, und der Flamer nutzte ihnen im Nahkampf gegen die stählernen Giganten nichts. Vor allem nicht in der Enge dieses Stollens. Wenn Sheryl die Waffe hier unten abfeuerte, dann würde die Hitze sie und die anderen weitaus schneller töten, als sie den Maschinen ernst zu nehmenden Schaden zufügen konnte.

Ganz plötzlich wurde Cedric klar, daß ihre einzige wirkliche Waffe bisher die Abschreckung gewesen war — und diese Waffe hatte offensichtlich versagt. Er gab einen weiteren Schuß auf den Roboter ab, aber im Grunde nicht mehr, um ihn wirklich aufzuhalten, sondern aus purer Verzweiflung.

Er wich einen Schritt zurück und feuerte zweimal auf den Roboter ab. Der erste Schuß hinterließ ein zwar eindrucksvolles, aber relativ harmloses Loch in seiner Brustpanzerung, der zweite traf das ohnehin beschädigte Hüftgelenk und zerschmolz es endgültig. Der Roboter machte noch einen letzten, knirschenden Schritt, dann kam er mit einem Ruck zum Stehen. Irgendwo in seinem Inneren begann ein überlasteter Motor zu jaulen, schnell und hoch und immer schriller, dann explodierte etwas im Leib der massigen Maschine. Grauer Rauch drang aus den Fugen ihrer Metallpanzerung.

Und eine Sekunde später stürzte der Gang ein.

Synfile 6

Erwachen

Nur langsam arbeitete sich Cedrics Bewußtsein in die Wirklichkeit zurück. Ihm war übel, und er hatte Kopfschmerzen. Er vermochte vor Schwäche kaum die Augen zu öffnen.

»Du lebst also, Sarday'kin«, stellte eine harte Stimme fest, die ihm vage bekannt vorkam.

Und dann kehrte schlagartig die Erinnerung zurück: ihr Rückzug bis zur Halde, der Angriff der Kampfrobots und diese urplötzliche, gigantische Erschütterung.

Es dauerte ein wenig, bis sich seine Augen an das Licht der Lampe gewöhnten. Vor sich erkannte er Taifan, den *Himmelsstürmer*, und hinter ihm standen Kara-Sek und Omo. Diese drei hatten die Explosion also wohlbehalten überstanden. Hinter ihnen bemerkte Cedric weitere Gestalten: Nabtaal, Duncan und zwei andere Cybertechs, einer davon mit schmerzverzerrtem Gesicht und blutdurchtränktem Stoff an der rechten Schulter. Einer der herabstürzenden Gesteinsbrocken mußte ihn dort getroffen haben. Im Hintergrund hielt sich noch ein anderer Freischärler auf, der eine blutende Wunde am Kopf hatte. Von den restlichen Mitgefangenen keine Spur, nein, das war nicht ganz richtig; Cedric entdeckte zwei blutige Beine, die unter einem der herabgestürzten tonnenschweren Felsbrocken herausragten.

»Einer der Freischärler«, erklärte Taifan, der seinen Blick richtig deutete.

Verflucht, dachte Cedric, hatte er sich schon so wenig unter Kontrolle, daß jetzt selbst ein Yoyo in seinem Gesicht wie in einem aufgeschlagenen Buch lesen konnte? »Er ist nicht der einzige, den es erwischt hat. Leider sind auch die beiden anderen Lampen verschüttet, und der Strahlerarm ist ebenfalls durch einen Felsbrocken zerschmettert worden.« Es klang beinahe, als würde Taifan das mehr bedauern als den Tod der Mitgefangenen. Für die Fraktion der Yoyo galt ein Menschenleben nicht viel.

Cedric verkniff sich eine empörte Reaktion, als er daran dachte, daß bei den Sarday'kin kaum weniger menschenverachtend gedacht wurde.

»Sheryl!« rief er plötzlich voller Sorge, während er sich in alle Richtungen umsah. Warum hatte er nicht eher daran gedacht? Er konnte die Sarday'kin mit dem auffälligen chromfarbenen Haar nirgends entdecken. »Wo...?«

»*Hier* bin ich«, antwortete ihm ihre Stimme von irgendwo her. Als er den Kopf wandte, erkannte er in dem spärlichen Licht Sheryl, die auf der Schutthalde bis unter die Stollendecke geklettert war. »Was ist?« fügte sie spöttisch hinzu. »Hast du dir etwa Sorgen um mich gemacht?«

»Sorgen?« fragte Cedric spöttisch, während er unendliche Erleichterung verspürte, die er sich selbst nicht so recht erklären konnte. »Um dich? Wie... wie kommst du denn auf diese absurde Idee?«

»Ich... nur so ein Gedanke«, erwiderte sie genauso spöttisch. »Nichts weiter als eine blödsinnige Idee.«

»Natürlich.« Er nickte und wandte sich Taifan zu. »Gib mir die Lampe«, verlangte er, und der Yoyodyne tat es widerspruchslos.

»Eine einzige Lampe«, murmelte Cedric bitter, während er den Strahl durch den Gangabschnitt lenkte. »Welch grandiose Ausrüstung!«

Was er im umherwandernden Lichtschein sah, war nicht gerade dazu angetan, seine Stimmung zu steigern. Sie waren eingeschlossen. Auf der einen Seite befand sich die Halde, auf der anderen Seite, war die Decke des Stollens eingestürzt, genau dort, wo sich die heranstampfenden Kampfmaschinen befunden hatten. Von dem vordersten Robot ragten noch die verbeulten Waffenarme und der Oberkörper aus den Gesteinsmassen. Die Leuchtdioden und Sensoren an seinem stählernen Schädel waren matt und tot, aber dennoch verspürte Cedric allein bei seinem Anblick unwillkürlich ein Gefühl der Bedrohung.

Es war das reinste Wunder, daß sie nicht alle unter der einstürzenden Decke begraben worden waren. Trotzdem weigerte er sich, diesen Umstand als Glück zu bezeichnen. Vielleicht wäre es gnädiger gewesen, wenn sie unter den Gesteinsmassen einen raschen und schmerzlosen Tod gefunden hätten, anstatt jetzt hier in dieser Falle hilflos auf ihr Ersticken oder Verhungern warten zu müssen. Cedric wußte nicht, wie lange er bewußtlos gewesen war, aber er hatte den Eindruck, als wäre die Luft in diesem kleinen Abschnitt, der ihnen noch geblieben war, bereits deutlich stickiger, als er es in Erinnerung hatte.

Was ihn am meisten beschäftigte, war die Frage, was zum Teufel diesen fürchterlichen Schlag, diese gewaltige Erschütterung ausgelöst haben könnte. Doch alles, was ihm in den Sinn kam, erschien ihm gleichermaßen spekulativ: von einem simplen Erdbeben bis hin zu einer Kettenreaktion des Byraniums im Beta-Sektor, ausgelöst durch eine versehentliche Aktion eines nachrückenden Robots. Eine Erklärung war so gut oder schlecht wie die andere. Denn Erdbeben kamen auf diesem Himmelskörper so gut wie nie vor. Hadrians Mond war eine alte Welt, die bereits zur Ruhe gekommen war, als es auf den meisten Planeten der Galaxis noch nicht einmal primitives Leben gegeben hatte. Und andererseits begingen Roboter, insbesondere Kampfroboter, nur äußerst selten Fehler. Nein, Cedric spürte, daß es eine andere Erklärung geben mußte.

»Nein«, sagte Taifan, und Cedric benötigte einen Augenblick um zu begreifen, worauf sich seine Worte bezogen. »Wir haben noch den Flamer.« Er hob den Handstrahler und deutete auf etwas neben Cedric. »Und das, was sich in deinem Koffer befindet.«

Der Koffer war also nicht verschüttet worden.

»Du hast ihn geöffnet?« fragte Cedric, leicht erschrocken.

»Natürlich nicht«, entgegnete Taifan. »Ich würde niemals das Eigentum von jemandem anrühren, dem ich Loyalität schulde.«

Eigentum, dachte Cedric mißmutig. Bislang war es nichts als ein weiteres Gewicht, das er völlig sinnloserweise durch die Gegend schleppte.

»*Er* hat versucht, den Koffer zu öffnen«, fügte Taifan hinzu und deutete auf Nabtaal. »Aber ich habe es nicht zugelassen.«

Der schlaksige Freischärler wandte sich an Cedric und machte eine entschuldigende Geste.

»Ich konnte ja nicht wissen, ob du noch lebst oder ob du schon . . .«

Cedric unterbrach ihn mit einer ungehaltenen Handbewegung.

117

Er richtete sich auf und näherte sich dem verschütteten Kampfrobot, bis er in dessen metallisches Gesicht sah. Die Waffenarme der Maschine waren direkt auf ihn gerichtet, aber natürlich löste sich kein alles vernichtender Strahl aus ihnen. Der Robot bemerkte ihn nicht einmal, denn alle seine Systeme waren tot.

Nein, nicht *alle!* erkannte Cedric plötzlich. Seine Nackenhärchen richtete sich auf, als er die kleine, kaum sichtbare Leuchtdiode seitlich des stählernen Kopfes entdeckte. Und sie *leuchtete!* Ruckartig richtete Cedric sich auf und wandte sich den anderen zu. Es gab keinen Zweifel − die Systeme dieser Maschine waren *nicht* tot, wie es auf den ersten Blick den Anschein gehabt hatte, sondern lediglich *deaktiviert*. Die kleine Leuchtdiode war nichts anderes als eine Art *Stand by*-Anzeige.

»Was ist?« erreichte ihn Sheryls Stimme. Vielleicht war sie die einzige, die ihn gut genug kannte, um seine Reaktion als Alarmzeichen deuten zu können.

»Der Robot ist nicht zerstört«, sagte er. »Er ist lediglich abgeschaltet worden.«

»*Was?*«

»Ja. Auch wenn ich euch dafür keine Erklärung anbieten kann. Er wollte sich lieber erst gar nicht vorstellen, was mit ihnen geschah, wenn sich die Systeme des Robots wieder aktivierten − also von der Kommandozentrale aus eingeschaltet wurden. Wahrscheinlich war das alles nur ein Spiel, das Croft mit ihnen spielte.

»Wir müssen raus hier! Wer weiß, wie lange dieser Zustand andauert.«

Duncan lallte irgend etwas, das offenbar Zustimmung signalisieren sollte. »Hier oben spüre ich einen leichten Luftzug«, rief Sheryl. »Ich bin mir nicht sicher, aber es scheint, als wäre die Schutthalde nicht besonders breit. Vielleicht kommen wir hier durch.«

Cedric maß die Schutthalde mit Blicken. Selbst wenn man die gewaltigen Körperkräfte Omos bedachte, würde es Tage dauern, ehe sie die Halde abgetragen hatten. Manche der Brocken dürften selbst für die *Humsz*-Züchtung zu schwer sein, um sie zu bewegen.

»Aussichtslos«, antwortete er.

»Und wenn wir den Flamer einsetzen?« fragte Taifan.

»Ehe wir den ersten Stein geschmolzen hätten, hätten wir sämtlichen Sauerstoff hier drinnen verbraucht. Wir würden ersticken.«

»Wir könnten versuchen, dem Kampfrobot die Waffen abzunehmen und es damit versuchen«, meinte Sheryl voller Verzweiflung.

Cedric schüttelte abermals den Kopf. Im Gegensatz zu dem Robotaufseher, von dem der Strahlerarm gestammt hatte, waren diese schweren Modelle ausschließlich für den Kampf bestimmt. Sie trugen keine Waffen bei sich; ihre Bewaffnung war fest in die stählernen Körper integriert. Um sie zu erbeuten, hätten sie die Maschinen zerlegen müssen. Und dazu hätten sie einen leistungsfähigen Schneidbrenner gebraucht – und ein paar Stunden Zeit.

»Keine Chance«, beschied er. »Es würde zu lange dauern, und wenn die Dinger in der Zwischenzeit wieder aktiviert werden, sind wir geliefert. Wir würden lediglich irgendein Notfallsystem in Gang setzen und dann gute Nacht!«

Ein paar Augenblicke herrschte betretene Stille.

»Vielleicht können wir es hiermit schaffen«, war Nabtaals Stimme zu hören. Als Cedric den Lichtstrahl in seine Richtung lenkte, sah er, daß der Freischärler in der geöffneten Handfläche zwei schmale Röhrchen hielt. »Das sind die Batterien aus dem Srahlerarm des Robots. Sie sind zwar so gut wie leer, aber bei einem konzentrierten Flamerbeschuß wäre aus ihnen sicherlich noch einige Energie herauszukitzeln.«

Cedric runzelte die Stirn. Das war gar nicht so unklug. Vorausgesetzt, daß die Schutthalde tatsächlich nicht sehr breit war und in den Batterien nicht mehr sehr viel Energie. Ansonsten würden sie genauso schnell tot sein, als wenn der Robot wieder aktiviert würde!

»Bist du auch wirklich sicher, einen Luftzug zu spüren?« rief er Sheryl zu.

Sie zuckte mit den Schultern. »Ja. Ich glaube schon.«

In den nächsten Minuten trafen sie alle Vorbereitungen, und dann, als alle Gefangenen ihre abgesprochenen Positionen bezogen hatten, hob Cedric den Flamer, den Taifan ihm gegeben hatte. Er zögerte noch einen kurzen Moment und feuerte dann auf die Stelle, hinter der sie die Batterien verborgen hatten: einen faustgroßen Stein, der wie ein Keil den größten Felsbrocken an seinem Platz hielt. Cedric krümmte den Finger.

Seine an das dämmrige Licht der Handlampe gewöhnten Augen empfanden das grelle Laserlicht als ungeheuer schmerzhaft. Eine weißglühende Narbe schien sich in seine Netzhäute zu brennen. Cedric stöhnte vor Schmerz, versuchte die blitzschnell aufsteigenden Tränen wegzublinzeln und zwang sich, dorthin zu blicken, wo der fingerdicke Lichtstrahl funkensprühend auf den Stein traf.

Der Brocken wurde rotglühend und begann nach einigen Sekunden, unter der Hitze zu zerfließen, und dann endlich reichte die Hitze aus, die Fusionsbatterien detonieren zu lassen. Es gab einen ohrenbetäubenden Knall, der ihnen die Trommelfelle zu zerreißen drohte. Bis hierhin war ihre Rechnung aufgegangen. Es war tatsächlich nicht mehr sehr viel Energie in den Batterien gewesen.

Der große Felsbrocken löste sich aus seiner Position. Cedric registrierte beinahe entsetzt, daß der Felsen zwar ins Rutschen geriet, dabei aber die gesamte Geröllhalde mit sich riß.

Mit einer verzweifelten Bewegung warf er sich zurück, prallte gegen eine Gestalt, die viel zu dicht hinter ihm gestanden hatte, und riß sie mit sich von den Füßen. Ein spitzer Schrei erscholl, der fast augenblicklich im Krachen und Poltern der niederstürzenden Steine unterging.

Cedric spürte, daß es niemand anders als Sheryl war, auf der er lag, und breitete schützend die Arme über sie. Überall rings um sie herum prasselten plötzlich Steine zu Boden, und die Luft war mit einemmal so voller Staub, daß er kaum noch atmen konnte. Ein halbes Dutzend Steine traf Cedric schmerzhaft auf den Rücken und an den Beinen, aber er kam wie durch ein Wunder ohne schwere Verletzungen davon.

Das Krachen der Felsen hielt noch eine ganze Weile an. Cedric blieb mehrere Sekunden lang angstvoll zusammengekrümmt liegen und wartete noch immer auf den tödlichen Schmerz, aber als er nicht kam, öffnete er behutsam die Augen.

Er blickte direkt in Sheryls Gesicht, und was er in den Zügen der Freischärlerin las, verwirrte ihn so sehr, daß er für einen Moment sogar die Gefahr vergaß, in der sie sich befanden.

Sheryl grinste ihn an.

»Also — ich habe ja wirklich nichts dagegen, ab und zu ein Schäferstündchen mit dir zu halten«, sagte sie fast fröhlich. »Aber findest du nicht, daß jetzt ein ziemlich unpassender Moment ist?«

»Wie bitte?« entgegnete Cedric und fühlte sich einen Moment lang, als sei er das dümmste Geschöpf des gesamten Universums.

»Du kannst jetzt von mir heruntersteigen, Cedric«, sagte Sheryl. »Es sei denn, du hältst es gar nicht mehr aus. Aber dann mach schnell, bitte!«

Eigentlich hätte Cedric sich ärgern sollen. Er spürte, wie ihm das Blut ins Gesicht schoß und beeilte sich, sich in die Höhe zu stemmen.

»Wir sind durch!« erschallte Nabtaals triumphierende Stimme. »Wir haben es geschafft.«

Geschafft – das war für Cedrics Geschmack eine bodenlose Übertreibung; aber so weit es sich auf die Geröllhalde bezog, traf es tatsächlich zu. Die Halde war fast völlig zusammengebrochen. Schutt und zerborstene Trümmer übersäten den Gang auf dreißig, vierzig Schritt hin, doch dahinter rührte sich nichts. Der Gespensterstollen erstreckte sich vollkommen friedlich in den Fels von Hadrians Mond.

Cedric atmete tief durch.

»Nun denn, machen wir uns auf den Weg.«

Schritt reihte sich an Schritt, Meter um Meter, Windung an Windung, Abzweigung an Abzweigung. Cedric wußte nicht mehr, wie lange sie schon unterwegs waren. Jedes Zeitgefühl war ihm abhanden gekommen. Natürlich hatte man den Strafgefangenen nicht das Privileg zugestanden, ihre Uhren zu behalten; so waren sie auf Schätzungen angewiesen. Cedric glaubte, daß sie ungefähr seit zwei Tagen unterwegs waren. Das entsprach auch ungefähr der Länge seiner Bartstoppeln und dem stetig schwächer werdenden Licht ihrer Lampe.

Zweimal hatten sie längere Ruhepausen eingelegt und ein wenig geschlafen. Beim ersten Mal hatten sie noch abwechselnd Wache gehalten, beim zweiten Mal hatte es niemand mehr für nötig befunden. Wozu auch? Niemals waren sie auf etwas gestoßen, das darauf schließen ließ, daß es außer ihnen hier unten noch etwas gab. Sämtliche Gespensterstollen waren gleichermaßen tot und leer – und nirgends gab es auch nur die kleinste Spur von Byranium-Adern. Was die Frage anging, von wem oder durch was die Stollen einst geschaffen worden waren, war Cedric vollkommen ratlos. Konnte es sein, daß es sich genau wie bei den von den Sarday'kin angelegten Sektionen um eine Art Bergwerk handelte? Hatte hier vor Urzeiten vielleicht einmal eine andere, unbekannte Rasse von Aliens ebenfalls Byranium-Abbau betrieben? Und war das Skelett in dem Anzug, das Cedric in seinem Stollen gefunden hatte, eine dieser Aliens gewesen?

Mit der Zeit aber wurden andere Fragen wichtiger als solche Spekulationen. Cedrics Kehle fühlte sich so trocken an wie Sandpapier, und wenn er den Mund aufmachte, so kam kaum mehr als ein heiseres Krächzen über seine Lippen. Der feine Nebel, der in der Luft lag, war nicht wirklich feucht. Die Wände waren absolut trocken. Kein einziger Wassertropfen hatte sich auf ihnen abgelagert.

Am Anfang hatte Cedric noch versucht, eine ungefähre Richtung einzuhalten. Er wußte, daß die Sektion, in der sie die letzten Jahre gearbeitet hatten, ungefähr elf Kilometer unter der Oberfläche von Hadrians Mond lag und vielleicht noch einmal anderthalb von der Kommandozentrale und dem Containerhafen entfernt. Ihr Weg hatte also nur hinaufführen können. Aber in den sich verwindenden Gespensterstollen war eine Richtung nur äußerst schwer einzuhalten. Die einzige Hoffnung, die ihnen noch geblieben war, bestand darin, daß sie irgendwann zufällig auf einen weiteren verschlossenen oder gesprengten Zugang zu den Sarday'kin-Sektionen stießen.

Weitaus wahrscheinlicher war es jedoch, daß sie alle hier sterben würden, und wenn sie viel Glück hatten, würde man ihre vertrockneten Knochen vielleicht in ein paar hundert Jahren finden, falls irgend jemand auf den verrückten Gedanken kam, eine Forschungsexpedition in diesen Stollen zu entsenden.

Cedric vermeinte, die Denkweise der Yoyodyne mit einemmal viel besser zu verstehen. Vielleicht wäre es wirklich weitaus ehrenvoller gewesen, im Kampf gegen die Kampfroboter zu sterben, als langsam dahinzusiechen.

Seit ihrem Aufbruch von der Schutthalde hatte ihre Gruppe ein weiteres Mitglied verloren. Es hatte den Cybertech erwischt, dessen Schulter zerschmettert worden war. Er hatte recht bald das Bewußtsein verloren und war mehrere Stunden von Omo getragen worden. Doch seine inneren Blutungen waren offenbar zu stark gewesen. Cedric hatte den Umstand, daß sie den Cybertech nicht hatten retten können, hinreichend verflucht. Er schwor sich, auch dafür bittere Rache an Croft zu nehmen.

Sie waren jetzt noch zu acht: außer ihm noch Sheryl, Nabtaal, Duncan, der erstaunlicherweise immer noch hinter ihnen hertorkelte, ein anderer Cybertech, dessen Namen Cedric nicht einmal kannte, und die drei Yoyodyne. Nach außen hin zeigten sie zwar keinerlei Anzeichen von Erschöpfung, aber Cedric glaubte zu sehen, daß ihre Bewegungen matter geworden waren, zumindest soweit es Taifan und Kara-Sek betraf. Omo hingegen stampfte mit der gleichen Unbeirrbarkeit und Dumpfheit weiter, als könne er das noch tagelang ohne das geringste Anzeichen von Erschöpfung tun. Mittlerweile trug er den Koffer, und Cedric war froh, das zusätzliche Gewicht einstweilen losgeworden zu sein.

»Cedric!« erreichte ihn ein heiseres Krächzen.

Er drehte den Kopf in ihre Richtung und sah, daß Sheryl auf den Boden zu ihren Füßen wies. Sein Blick folgte ihrem ausgestreckten Arm, und als er den Strahl der Lampe dorthin richtete, erkannte er einen mattglänzenden Gegenstand auf dem Boden. Es war ein handlicher Strahlungsmesser, wie er von jeder sarday'kinischen Boden- oder Außentruppe benutzt wurde.

Seine Erschöpfung wich mit einemmal angespannter Konzentration. Er ging neben dem Gerät in die Hocke und nahm es vorsichtig in die Hand, als befürchtete er, es könne unter seiner Berührung zu Staub zerfallen. Kein Zweifel, es war tatsächlich ein Strahlungsmesser, wenngleich er nicht funktionierte, wie die tote Anzeige bewies, als Cedric ihn einzuschalten versuchte.

»Was kann das zu bedeuten haben?« fragte Sheryl heiser.

»Keine Ahnung«, antwortete er schulterzuckend. »Vielleicht ist das Meßgerät von irgendwelchen Einheiten zurückgelassen worden, die früher einmal in diesem Abschnitt der Gespensterstollen vorgedrungen sind. Das könnte heißen, daß wir uns ganz nahe einem Durchbruch zu den Minensektionen befinden.«

Seine Worte setzten noch einmal neue Kräfte frei. Sie schleppten sich weiter, um kurz darauf an eine weitere Abzweigung zu gelangen.

»Wo entlang?«

»Re . . . rechts«, brabbelte Duncan. Es klang nicht gerade, als wüßte er, wovon er redete. »Rech.. ah . . . rechts.«

Cedric machte eine matte Handbewegung. Warum nicht? Warum nicht rechts? War es letztendlich nicht gleichgültig, wer sie ins Verderben führte? Und auf welchem Weg?

Der Stollen wand sich noch einmal spiralförmig empor und endete dann urplötzlich. Sie alle blieben wie vom Schlag getroffen stehen, und derjenige, der am längsten benötigte, um es zu begreifen, war Duncan. Er verharrte in der Bewegung und sah aus stumpfen Augen nach vorne.

Ihre Flucht war zu Ende!

Es war keine Terminator-Legion, die dort auf sie gewartet hatte. Nein, denn das hätte bedeutet, daß zumindest die Yoyos ihren ersehnten ehrenvollen Tod hätten sterben können. Der Tunnel war ganz einfach verschlossen. Und zwar nicht durch ein aufschäumendes Kunstgestein, das sie vielleicht noch hätten durchbrechen können, sondern durch eine massive Wand aus gehärtetem, elektronisch gesichertem Plastmetall.

Es war ein massives Panzerschott, das ihnen den Weg versperrte. Sheryl schluckte trocken.

»Endstation«, flüsterte sie tonlos. »Da kommen wir nie durch.«

Cedric wußte nichts zu erwidern. Es war aus! Sie hatten sich anderthalb oder zwei Tage lang umsonst gequält. Dieses unüberwindbare Panzerschott bereitete alle ihren Hoffnungen ein Ende.

Cedric versetzte dem Schott einen Fußtritt. »Das war's dann wohl, Freunde«, sagte er mit hängenden Schultern. »War nett, euch kennengelernt zu haben. Vielleicht sehen wir uns alle ja mal zufällig in der Hölle wieder.« Er ignorierte Sheryls vorwurfsvollen Seitenblick. Glaubte sie etwa wirklich, daß es für sie noch eine Zukunft geben könnte? »Hiermit erkläre ich das Unternehmen Revolution für beendet. Oder hat jemand von euch zufällig eine Idee, wie wir das Schott aufbekommen?«

Niemand hatte eine Idee. Und es war auch nicht nötig, denn in derselben Sekunde erklang ein leises Klicken, und das Panzerschott glitt mit einem elektrischen Summen in die Decke des Stollens zurück.

Synfile 7

Countdown

Cedrics Anspannung wich Erleichterung, als er erkannte, daß der Korridor hinter dem Schott leer war. Niemand hielt sich dort auf. Und, was noch viel unglaublicher anmutete, der Gang gehörte tatsächlich zur Kommandosektion auf der Oberfläche von Hadrians Mond. Zwar war Cedric noch nie hier gewesen, aber erstens unterschied sich dieser beleuchtete, blitzsaubere Korridor sehr von heruntergekommenen, ausbruchsgesicherten Gängen der Gefangenensektionen, und zweitens kannte er die Konstruktionsweise sarday'kinscher Anlagen gut genug: Sie waren genau dort herausgekommen, wohin er gewollt hatte. Er wußte nicht, ob sie das seinem genialen Orientierungssinn zu verdanken hatten oder ob sie nicht doch bei einer Glücksfee einen Wunsch frei gehabt hatten. Oder war es vielleicht sogar schon der dritte Wunsch gewesen? Der erste hatte sie Schmidder und den Aufsichtsrobot überwältigen lassen; der zweite hatte bewirkt, daß es die Gespensterstollen tatsächlich gab; und der dritte schließlich hatte sie einen Weg hierher finden und das Panzerschott aufschwingen lassen.

Cedric bezweifelte, daß dieses unverschämte Glück weiter anhalten würde. Ihr Auftauchen war bestimmt längst registriert worden. Unbehaglich blickte er zu den Überwachungskameras empor, die es natürlich auch hier gab, und stellte sich vor, wie ihnen jetzt irgendwo ›am anderen Ende‹ ein Überwachungsoffizier bei dem zuschaute, was sie gerade taten. Natürlich würde der längst einen Alarmknopf gedrückt haben.

»Los!« trieb er die anderen zur Eile an, während er in den Korridor eindrang. »Wir müssen uns Waffen besorgen, ehe sie uns wieder Kampfroboter oder *Terminatoren* auf den Hals schicken. Und wir brauchen einen guten Platz, von wo aus wir sie unter Druck setzen können. Am besten in der Nähe der Energiemeiler oder anderer wichtiger Abschnitte. Und ein paar Geiseln könnten ebenfalls nicht schaden. Je höherrangig, desto besser!«

»Gute Idee!« rief Nabtaal, und Cedric ertappte sich dabei, wie er sich unwillkürlich zu fragen begann, ob es wirklich ein solch guter Einfall war, wenn ihm sogar der Freischärler dabei zustimmte. Aber er sollte nicht ungerecht sein. Wenn sie die nächsten Stunden überleben wollten, mußten sie alle zusammenstehen. Außerdem hatte Nabtaal erstaunlich viel Durchhaltevermögen gezeigt.

Sie gelangten an ein einfaches Zwischenschott. Cedric verharrte erschrocken, als es sich anstandslos vor ihnen öffnete und den Blick in einen kleinen Kontrollraum freigab, dessen Wände von Computerpulten gesäumt waren. Noch erschreckender aber war der Anblick der fünf oder sechs Mann Bedienungspersonal, die in den Sesseln vor den Konsolen saßen, einige von ihnen mit über die Kontrollen gesunkenen Oberkörpern.

Aus den Augenwinkeln bemerkte Cedric, daß Kara-Sek, der schon seit geraumer Zeit den Flamer trug, neben ihm auftauchte und die Waffe hob.

Doch es gab nichts, worauf sie hätte schießen müssen. Die Leute waren bereits tot!

Kein einziger Kopf wandte sich ihnen zu, kein Muskel regte sich, als sie in den Raum eindrangen. Als Cedric einen der Leute am Kragen der Uniformjacke von den Kontrollen auf seinen Sessel zurückzog, hatte er Mühe, sich sein Entsetzen nicht anmerken zu lassen. Das Gesicht des Mannes war eine bewegungslose Maske des Entsetzens, mit hervorquellenden, stumpfen Augen und qualvoll aufgerissenem Mund, als würde er verzweifelt zu atmen versuchen.

Giftgas, schoß es Cedric durch den Kopf. Es war Giftgas eingesetzt worden — von wem und warum auch immer. Und es mußte sich bereits wieder verflüchtigt haben oder abgesogen worden sein, sonst würden sie alle längst mit ähnlichen Gesichtern am Boden liegen.

»Mein Gott!« entfuhr es Sheryl, die neben Cedric auftauchte. »Was ist hier passiert?«

»Giftgas«, antwortete er knapp. »Aber frag mich bitte nicht, warum und weshalb.«

Die offensichtliche Todesursache allein gab natürlich noch keinen Aufschluß darüber, was hier wirklich geschehen war. Weshalb hätte jemand hier oben Giftgas einsetzen sollen? Vielleicht nur eine verhängnisvolle Fehlfunktion? Kaum anzunehmen.

Oder ein anderer, erfolgreicher Gefangenenaufstand, der bis zur Kommandosektion durchgebrochen war? Ziemlich unwahrscheinlich. Ein Putsch der Offiziere auf Hadrians Mond? Vollkommen abwegig! Eine Kurzschlußreaktion von Croft, der eine private Rechnung zu begleichen hatte? Das schon eher – aber Cedric wußte, daß das alles gleichermaßen unwahrscheinlich war.

Nein, hier war etwas vollkommen anderes geschehen, und er spürte, daß sie herausfinden mußten, um was es sich handelte, ehe es sie fand und sie ebenso ins Verderben riß wie die toten Sarday'kin hinter den Kontrollen.

Cedric fuhr herum, als aus einer Ecke des Raumes ein leises Zischen zu hören war. Nabtaal und der namenlose Cybertech hatten in einer Ecke einen Verpflegungsautomaten entdeckt und ihn in Gang gesetzt. Im Ausgabeschacht tauchten ein paar gefüllte Gläser auf, und die blinkenden Lämpchen zeigten an, daß der nächste Wunsch bereits in die Tastatur eingegeben worden war.

»Spinnt ihr?« fauchte er. »Man wird die Inbetriebnahme dieses Dings doch sofort anmessen!«

Nabtaal machte ein betroffenes Gesicht, aber Sheryl nahm ihn in Schutz.

»Ach ja? Dann wird man das Öffnen des Panzerschotts aber ebenfalls angemessen haben«, ergänzte sie und wandte sich ebenfalls in Richtung des Automaten. »Ich weiß nicht, wie es dir geht, *ich* jedenfalls verdurste schier.«

Natürlich, sie hatte recht. Auf den Verpflegungsautomaten kam es wirklich nicht mehr an. Nabtaal hatte wahrscheinlich nach dem Motto gehandelt: Lieber mit vollem Magen sterben als mit knurrendem! Ob das einer der Grundsätze aus dem Ehrenkodex der Freischärler war?

Seinem Ehrenkodex jedenfalls entsprach es, den Automaten einstweilen den anderen zu überlassen und sich den Computerkonsolen zuzuwenden. Sie sahen wie tot aus, aber wenn der Verpflegungsautomat funktionierte, dürften sie vielleicht ebenfalls wieder zum Leben zu erwecken sein. Cedric schob einen der Sessel, in dem ein erstarrter toter Sarday'kin saß, zur Seite und zog sich einen leeren heran. Der Bildschirm erhellte sich, sobald er die entsprechende Taste gedrückt hatte. Wie er es vermutet hatte, waren die Kontrollen nicht tot, sondern lediglich von zentraler Stelle aus abgeschaltet worden.

Genau wie der halbverschüttete Kampfroboter, ging es Cedric durch den Kopf. Einen Lidschlag lang hatte er das Gefühl, der Lösung des Problems ganz nahe zu sein, doch dieser Eindruck verging sofort wieder, und daran war die rote Schrift schuld, die mit einemmal auf dem Bildschirm erschien und aufgeregt blinkte: *Sicherheitsfall! Notsystem läuft. Datenzugang nur über Systeme mit A/B-Priorität!*

Cedric starrte die blinkende Schrift wie hypnotisiert an. A/B-Priorität – im Klartext bedeutete das, daß er von hier aus gar nichts machen konnte. An das zentrale Computersystem kam man während eines Notfalles nur über spezielle Eingabepulte in ebenso spezielle Kontrollräume heran, die notfalls sämtliche Funktionen der Kommandozentrale ersetzen konnten.

Genau solch ein Notfall schien eingetreten zu sein. Auf das Notsystem wurde normalerweise nur umgeschaltet, falls die Kommandozentrale, große Teile der Energiemeiler oder der Datenbanken ausgefallen waren – also bei einem Angriff oder einer größeren technischen Katastrophe.

Was zum Teufel ging hier vor?

Cedric schreckte hoch, als Sheryl neben ihn trat und ihm ein Glas mit einer Flüssigkeit in die Hand drückte. Es war Wasser. Er schenkte ihr ein kurzes dankbares Lächeln, wurde aber sofort wieder ernst. Obwohl er sich eindringlich ermahnte, ganz vorsichtig und nur in kleinen Schlucken zu trinken, stürzte er dennoch den gesamten Inhalt des Glases in einem Zug herunter, kaum daß er das erste köstliche Naß auf seinen ausgetrockneten Lippen gespürt hatte. In seinem Innern breitete sich ein wohliges Gefühl aus.

»Was ist?« fragte Sheryl mit einem Nicken in Richtung des Bildschirms. »Was hat das zu bedeuten – ein Sicherheitsfall?«

Er erklärte es ihr.

»Entweder spielt Croft ein hundsgemeines Spiel mit uns und täuscht uns das alles nur vor«, fügte er hinzu, »oder hier oben ist etwas passiert, von dem wir uns bis jetzt noch nicht die geringste Vorstellung machen.«

»Und was?«

»Frag doch Duncan! Der weiß doch sonst immer alles!«

Der verrückte Cypertech, der dabei war, sich mit beiden Händen Essen in den Mund zu stopfen, hielt bei der Nennung seines Namens inne und blickte in ihre Richtung.

»Ragallalala«, machte er vielsagend.

Cedric kniff die Mundwinkel zusammen. Duncan – wie er lebte und lallte!

»Los jetzt!« wandte er sich den anderen zu. »Wir müssen weiter! Sobald wir wissen, was hier gespielt wird, ist immer noch Zeit, sich den Magen vollzuschlagen. Das ist ja schließlich nicht der einzige Versorgungsautomat, den es gibt.«

Das Schott auf der anderen Seite des Raumes öffnete sich anstandslos, und der dahinter liegende Korridor erwies sich als menschenleer – zumindest auf den ersten hundert Metern, dann stießen sie auf zwei Tote, die ebenfalls erstickt waren.

Bei den beiden Toten handelte es sich nicht um Techniker, sondern um Angehörige der Wachmannschaft, wie ihre Ausrüstung und Bewaffnung bewies. Cedric zog ihnen die Laser aus den Halftern, reichte einen davon an Sheryl weiter und den anderen nach einem kurzen Moment des Zögerns – an Nabtaal. Er selbst nahm das schwere Lasergewehr, das einer der beiden Wachen über der Schulter getragen hatte. Diese Waffe besaß eine weitaus größere Durchschlagkraft als die Handlaser, aber sie war eher für einen Kampf auf mittlere und große Entfernungen konstruiert. Im Inneren einer solchen Station war sie nur bedingt von Nutzen, aber gerade deshalb wollte Cedric sie selbst tragen, ehe ein anderer damit irgendwelche Dummheiten anstellte.

Die Waffen verliehen ihnen ein Gefühl der Sicherheit. Sie erreichten eine große Halle. Mehrere Lifte führten in höhere Etagen, die wahrscheinlich unmittelbar an der Oberfläche lagen, und aus allen Richtungen liefen sternförmig Korridore und Gänge zusammen. So menschenleer und von den zahlreichen Neonleuchten an der Decke in kaltes, helles Licht getaucht, wirkte die Halle noch größer und kälter. Fast ein Dutzend Kampfroboter waren hier stationiert, jedoch alle deaktiviert. Sie stießen wiederum auf Tote, ebenfalls Wachtruppen, bei denen sie sich mit weiteren leichten Handlasern versorgten, so daß sie jetzt alle bewaffnet waren, bis auf Duncan und Taifan, der ablehnte, eine unehrenhafte Waffe zu tragen.

»Cedric, hier!« rief Nabtaal. »Sieh dir das an!«

Er deutete hinter einen Aufbau, und als Cedric näher kam, erkannte er auf dem Boden mehrere verstreut herumliegende Gegenstände. Es handelte sich um mehrere angesengte oder zerfetzte Uniformteile, ein par Bruchstücke von technischen Gerätschaften und ein scheinbar unversehrter Handlaser, der aber seltsam geformt war.

Cedric schluckte. Sämtliche Gegenstände stammten von der Fraktion der Phagon!

Er konnte sich eines beklemmenden Gefühls nicht erwehren, als er an diese seltsame Gruppierung von Biotechnikern erinnert wurde, die sich selbst ›Die Bruderschaft‹ nannten und sich mit ihren skrupellosen und widerwärtigen Experimenten und Gen-Schöpfungen eine einflußreiche Machtposition erarbeitet hatten. Sie waren bei allen anderen Machtblöcken verrufen, und es gab kaum jemanden, der es wagte, sie überhaupt noch als Menschen zu bezeichnen.

»Die *Phagon*!« rief der zweite Cybertech voller Panik. »*Sie* sind es. Sie haben die Station angegriffen und alle umgebracht! Und das gleiche werden sie auch mit uns tun, wenn sie uns entdecken. Oder sie werden uns verschleppen und uns in ihren verfluchten Laboratorien für irgendwelche abartigen Experimente mißbrauchen. Sie... Sie werden mit uns...« Er verstummte abrupt, als eine schallende Ohrfeige sein Gesicht traf.

»Hör auf zu winseln wie ein ängstlicher Hund!« zischte Taifan ihn an. »Es macht keinen Unterschied, ob wir gegen Croft oder die Phagon zu kämpfen haben.«

Der Cybertech musterte Taifan mit unverhohlener Abneigung und wich einen Schritt zurück.

»Natürlich, du hast gut reden, *Yoyodyne!* Ihr Kerle arbeitet ja auch mit diesen Teufeln zusammen. Ihr laßt euch gerne von ihnen helfen.« Er deutete mit verächtlicher Geste auf die *Humsz*-Züchtung, die noch immer Cedrics Koffer in der Hand hielt. »Geht doch hinauf zu euren Freunden, und sagte ihnen hallo! *Euch* werden sie schon nichts tun!« Plötzlich hatte der Cybertech seinen Handlaser gezogen. »Aber ich verspreche euch, das wird euch nichts nützen...«

Cedric sah, daß Omo und Kara-Sek sofort bedrohlich näher rückten, und ehe etwas passieren konnte, trat er zwischen Taifan und den Cybertech, so daß der Lauf des Lasers direkt auf seine Brust zielte.

Ihm war bewußt, wie brenzlig die Situation war. Solange sie nur gleichermaßen rechtlose Gefangene gewesen waren, hatte ihre Herkunft keinerlei Rolle gespielt, aber nachdem sie eine zumindest theoretische Chance zu einer Kontaktaufnahme mit der Außenwelt hatten, brachen die alten Spannungen plötzlich wieder auf und würden weiter zunehmen. Schließlich entstammten sie verschiedenen Machtblöcken, und selbst wenn sie unter dem Druck der Gefangenschaft in den letzten Jahren nicht nur zusammengearbeitet, sondern sich sogar ein wenig angefreundet hatten, hatte das die alten Feindschaften nicht auslöschen können.

»Hört auf mit diesem Unsinn!« brüllte Cedric. »Wir haben nur eine Chance, wenn wir uns nicht gegenseitig den Schädel einschlagen.«

Taifan und der Cybertech sagten nichts und sahen sich weiterhin feindselig an.

»Außerdem ist noch längst nicht gesagt, daß Hadrians Mond tatsächlich von Phagon angegriffen worden ist«, ergänzte Cedric.

»Nicht?« fragte Nabtaal. »Die Gegenstände stammen doch eindeutig von den Phagon!«

»Das schon«, gestand Cedric. »Aber es steckt kein Phagon drin!«

Sämtliche Augenpaare wanderten erneut zu den Gegenständen.

»Himmel!« entfuhr es Sheryl. »Du hast recht!«

»Recht«, stimmte Duncan zu. »Cedric... recht.«

»Ich kann kein Blut oder Spuren eines Strahlergefechtes entdecken«, redete Cedric weiter. »Überlegt doch mal! Bei so vielen Kampfrobotern, wie hier herumstehen, wäre ein Phagon niemals so weit gekommen, ohne angegriffen worden zu sein.«

»Vielleicht haben sie zuerst einen Kommandoraum erobert«, erhob Nabtaal Einspruch, »und dann von dort aus sämtliche Roboter deaktiviert und die Stationen mit Giftgas geflutet. Auf diese Weise hätten sie gefahrlos hierher kommen können.«

»Und weshalb hätten sie dann diese Gegenstände hier verstreuen und zurücklassen sollen?« widersprach Cedric.

Je länger er darüber nachdachte, desto unwahrscheinlicher erschien ihm ein Angriff der Phagon. Selbst wenn man sie in die Rechnung einbezog, blieben einfach zu viele Ungereimtheiten übrig. Die Rechnung ging einfach nicht auf.

Nabtaal wußte darauf nichts zu erwidern.

»Wir müssen einen der Kommandoräume mit A/B-Priorität finden«, erklärte Cedric entschlossen. »Nur von dort können wir mehr erfahren.«

Der Konflikt zwischen dem Cybertech, dessen Namen Cedric immer noch nicht kannte, und Taifan schien einstweilen geschlichtet zu sein; jedenfalls folgten ihm beide anstandslos, als er den Aufzügen zustrebte. Sie versuchten, in die oberen Etagen zu kommen, aber eine Anzeige verkündete, daß diese Etagen nicht zugänglich waren, weil es dort Atmosphäreeinbrüche gegeben hatte. Ihnen blieb also nichts anderes übrig, als sich durch die Korridore weiterzubewegen. Irgendwann stießen sie endlich auf einen der Räume, nach denen sie gesucht hatten. Auch hier erwartete sie dasselbe Bild wie im ersten Kontrollraum. Die Offiziere, die vor den Bildschirmen saßen, waren tot.

Cedric hatte keine Skrupel, einem von ihnen die Identy-Card abzunehmen, dann setzte er sich vor eines der Pulte, und als sich der Bildschirm erhellte und nach seiner Identifizierung verlangte, schob er die erbeutete Karte in den entsprechenden Schlitz. Der Computer erhob keinerlei Einsprüche und zeigte an, daß sämtliche Notfunktionen zur Verfügung stünden.

Das allein war eigentlich schon ein Grund des Triumphes. Von hier aus ließen sich die Funktionen der Minenanlage überwachen und steuern. Cedric hätte wahrscheinlich sogar ein paar der Kampfroboter aktivieren können, doch er spürte, daß ihnen das nicht wirklich helfen würde.

Als erstes forderte er eine aktuelle schematische Darstellung der Kommandosektion an. Auf dem Bildschirm entstand ein mehrfarbiges Liniengewirr, das sich immer mehr ausbreitete und aus dem sich schließlich ein dreidimensionales Abbild der Station herausschälte. Cedric erschauderte. Man mußte die Zahlenkolonnen links und rechts am Bildschirmrand erst gar nicht zu Rate ziehen, um zu erkennen, daß weite Teile der Station überhaupt nicht mehr existierten. Dort, wo sich große Teile der Kommandozentrale, der Mannschaftsquartiere oder der Sektionen mit den Energiemeilern befunden hatten, gähnten nur noch riesige Krater. Cedric war mit solchen Darstellungen vertraut genug, um zu wissen, daß es sich dabei um die Hinterlassenschaften eines Raumbombardements handelte, wie es beispielsweise zur Unterstützung von Bodenaktionen stattfand. Kein Wunder, daß das Notsystem aktiviert worden war.

»Das ist doch nicht möglich«, flüsterte Sheryl ungläubig, die zusammen mit den anderen im Halbkreis hinter Cedrics Sessel stand und gebannt über seine Schultern auf den Bildschirm starrte. »Die halbe Kommandostation ist pulverisiert worden! Das . . . das war ein Angriff von außen!«

Anscheinend wußte auch sie die schematische Gitterliniendarstellung richtig zu deuten. Cedric registrierte es mit leichter Überraschung und wurde daran erinnert, wie wenig er über sie und über ihr Leben vor ihrer Aburteilung in die Byranium-Minen wußte.

»Vielleicht war *das* die Erschütterung, die den Stollen zum Einsturz gebracht hat«, vermutete Nabtaal. »Ist das möglich, Cedric?«

»Möglich«, meinte er. Der Gedanke war gar nicht so dumm. »Dann müßte der Angriff jetzt knapp zwei Tage her sein.«

»Und wir sind die ganze Zeit durch die Gespensterstollen marschiert und haben davon nichts mitbekommen!« rief Sheryl.

»Vielleicht hat uns gerade das das Leben gerettet«, erwiderte Cedric, der an die seltsam zögerlichen und unentschlossenen Gegenmaßnahmen auf ihren spontanen Gefangenenaufstand denken mußte. Ob es daran gelegen hatte, daß Croft damals längst mit viel bedrohlicheren Ereignissen beschäftigt gewesen war? »Bis jetzt jedenfalls.«

Doch selbst, wenn diese Vermutung richtig war, es gab noch zu viele Dinge, die Cedric sich nicht erklären konnte. Wie hatten die Angreifer die Station trotz des Killer-Satelliten im Orbit um Hadrians Mond bombardieren können? Um diese waffenstarrende Festung zu überwinden, die jedes unautorisierte Raumschiff sofort atomisiert hätte, hätte man schon eine ganze Flotte aufbieten müssen. Was konnte es hier geben, das so wertvoll war, um einen solchen Einsatz zu rechtfertigen? Und wie paßten die gefundenen Phagon-Stücke in das Bild?

Cedry Cyper zwang seine Gedanken zu banaleren, aber weitaus dringlicheren Problemen zurück. Seine Finger flogen über die Tastatur — eine verbale Eingabe hätte einer Stimmüberprüfung nie standgehalten. Er verlangte eine Anzeige der Standorte sämtlicher lebender Einheiten innerhalb der Kommandosektion. Sie mußten wissen, wo sich ihre Gegner befanden. Das würde ihnen einen wichtigen strategischen Vorteil verschaffen, denn es hatte den Anschein, als wären sie bislang unentdeckt geblieben. Ansonsten hätten sie von den geheimnisvollen Angreifern längst etwas zu sehen und zu hören bekommen.

In dem dreidimensionalen Liniengewirr leuchteten mehrere eng beieinander liegende rote Lichtpunkte auf. In das Liniengewirr kam Bewegung. Die Darstellung zoomte näher an die roten Punkte heran, acht an der Zahl, und als der Raum dargestellt wurde, in dem sich diese befanden, erkannten sie, daß es kein anderer war als der, in dem sie sich jetzt gerade aufhielten.

Und jeder dieser kleinen Leuchtpunkte stellte einen von ihnen dar!

»Nein!« rief Sheryl entsetzt. Ihre Hand umklammerte die Lehne von Cedrics Sessel, als müsse sie sich festhalten, um nicht das Gleichgewicht zu verlieren. Sie wirkte mit einemmal seltsam kurzatmig, als hätte sie einen Lauf hinter sich. »Wir können doch nicht die einzigen hier oben sein. Sie... sie können doch nicht alle ermordet haben. *Nicht alle!*«

Die Antwort bestand aus bleiernem Schweigen. Niemand meldete sich zu Wort, um ihr das Gegenteil zu versichern.

Cedric erweiterte die Darstellung auf sämtliche Minensektionen. Auch dort kein einziger Lichtpunkt. Konnte man der Darstellung trauen, gab es außer ihnen auf sämtlichen Stationen und Sektionen auf Hadrians Mond kein einziges lebendes Wesen mehr. Keine Gefangenen, keine Aufseher, keine Offiziere, Wachmannschaften und keinen Commander Croft. Sie waren vollkommen alleine.

»Das... das müssen Bestien gewesen sein«, flüsterte Sheryl tonlos. Ihr war ihr Entsetzen anzumerken, obwohl natürlich auch sie sich darüber im klaren sein mußte, wie sehr sich ihre Situation verbessert hatte. »Sie haben alle umgebracht, auch die Gefangenen, die sich überhaupt nicht haben wehren können! Weshalb nur sollte jemand ein solches Massaker anrichten?«

»Das paßt ganz zu den Phagon«, meinte der Cybertech. »Wahrscheinlich haben sie sämtliche Sektionen mit Giftgas geflutet. Diese Schweine!«

Cedric ersparte sich eine Antwort. Wie hatte Daily Lama, sein Ausbilder, doch gesagt: Wenn eine Idee in einen hohlen Kopf tritt, so füllt sie ihn vollständig aus, weil dort ja keine andere ist, die ihr den Rang streitig machen könnte!

Ein leichtes, kaum wahrnehmbares Zittern durchlief den Kontrollraum, trotzdem bemerkte es Cedric sofort. Außer ihm hoben auch Sheryl, Taifan und Kara-Sek die Köpfe. Ein deutliches Zeichen, daß auch sie bereits auf Raumhäfen oder -stationen gedient hatten, denn diese Erschütterungen waren nichts anderes als von einem startenden Landungsboot erzeugte Vibrationen.

»Was ist?« rief Nabtaal irritiert, als er ihre fast synchrone Reaktion bemerkte. »Was habt ihr?«

»Ein Raumschiff!« sagte Sheryl, deren Abscheu sich mit einemmal in wachsame Angespanntheit verwandelt hatte. »Da oben geht irgend etwas vor.«

Cedric nickte grimmig und beugte sich wieder über die Konsole. Wieso hatte er sich bislang nur die Bereiche *innerhalb* der Minenstationen anzeigen lassen? Wie hatte er das nur übersehen können? Er gab dem Computer neue Anweisungen, und auf dem Bildschirm erschien ein schematisches Abbild der Außenbereiche vor der halbzerstörten Kommandosektion. Deutlich war das Muster eines Landungsbootes zu sehen, das gerade aufstieg und kurz darauf aus dem Darstellungsbereich verschwand. Dafür befand sich auf der weitgehend unbeschädigten Landeplattform − ein Beweis, welche Maßarbeit die Angreifer geleistet hatten noch ein zweites Schiff desselben Typs, wie er von sämtlichen Fraktionen benutzt wurde. Und da Cedric seine Eingabe, sämtliche Standorte lebender Wesen anzuzeigen, noch nicht zurückgenommen hatte, erschienen plötzlich in und unmittelbar vor dem Schiff rund zweieinhalb Dutzend leuchtender Punkte.

»Landungstruppen«, preßte er hervor. »Scheint, als würden sie sich gerade zurückziehen. Wollen doch mal sehen, mit wem wir es da zu tun haben.«

Es kostete ihn einige Mühe, auf die Realbildkameras am Rande der Landeplattform umzuschalten, ohne damit gleichzeitig die sich automatisch zuschaltende elektronische Abtastung zur Bildverbesserung zu aktivieren. Die dadurch entstehenden Emissionen würden auf dem Landungsboot mit Sicherheit anzumessen sein, und Cedric wollte sich lieber nicht darauf verlassen, daß die Burschen dort drüben vor den entsprechenden Geräten ihren Job nicht ordnungsgemäß verrichteten. Was derartige Programmierungen anging, war er in den letzten zwei Jahren etwas aus der Übung gekommen, aber schließlich erlosch die schematische Darstellung und machte einer Wiedergabe der Außenkameras Platz.

Zu sehen waren vor allem umherwirbelnde grünliche Methanschwaden, die zerstoben und sich immer wieder neu formierten. Die Aggregate, die den ionisierenden Schutzschirm über der Basis erzeugt hatten, waren bei dem Angriff offenbar zerstört worden. Dennoch war das Landungsboot des Standardtyps auf der Landeplattform recht gut zu erkennen – und ebenso deutlich die sarday'kinsche Flottenkennung an seiner Flanke.

Die Wirkung einer mitten im Raum detonierten Granate hätte kaum größer sein können. Gleichgültig, welche Verdächtigungen jeder von ihnen im stillen gehabt hatte, *das* hätte wohl keiner für möglich gehalten – und Cedric am allerwenigsten.

»Sarday'kin?« hauchte Sheryl ungläubig. »*Unsere* Leute? Das... das ist unmöglich!«

Cedric Cyper veranlaßte die Außenkameras, näher an das Landungsboot heranzuzoomen, besonders auf den Bereich der Luftschleuse und die schemenhaften Gestalten, die dort momentan mehr zu erahnen denn zu erkennen waren. Das änderte sich schlagartig, als eine dieser Gestalten geradewegs ins Bild kam, verschwommen zwar, aber ihre schwarze Plastmetall-Vollrüstung war einwandfrei zu erkennen. Kein Zweifel, es waren *Terminatoren*. Angehörige sarday'kinscher Elite-Kampfverbände, zu denen Cedric ebenfalls gehört hatte. Er bedauerte zutiefst, daß die rein optische Auflösung nicht ausreichte, um die Nummern und Ziffern der Truppen-Kennung auf den Schulterpanzern zu erkennen.

»Ist es bei euch etwa üblich, euch auch untereinander zu bekriegen und zu bekämpfen?« grollte Taifans Stimme durch den Raum. »Welchen Sinn sollte es machen, die eigene Station anzugreifen?«

»Keine Ahnung.« Cedric sprach aus, was er dachte, und in diesem Moment begriff er vielleicht mehr als vorher, weshalb sich die Yoyodyne einem solch restriktiven Ehrenkodex unterwarfen. Wahrscheinlich war ihrer Meinung nach absolute Disziplin im Innern eine unbedingte Voraussetzung, um nach außen hin Stärke zu beweisen. Ob das womöglich das ganze Geheimnis ihres rasanten Aufstiegs zu einer der bedeutendsten Fraktionen war? »Sicher ist nur eines: Hier läuft eine riesengroße Schweinerei ab! Und ich wäre froh, wenn ich wüßte, was für eine!«

Offenbar hatten sie sich für ihr Eindringen in die Kommandosektion ausgerechnet den Zeitpunkt ausgesucht, zu dem die Aktion der Angreifer bereits beendet war und man sich anschickte, den Ort des Geschehens wieder zu verlassen. Über die Außenkameras war zu beobachten, wie die *Terminatoren* in Vierergruppen in die Luftschleuse stiegen und nacheinander im Inneren des Landungsbootes verschwanden. Ein wohlgeordneter Rückzug.

»Verdammt — wir können doch nicht so einfach dabei zusehen, wie sie verschwinden!« rief Sheryl plötzlich. »Wir müssen sie aufhalten!«

»Ach ja?« Cedric wandte den Kopf und bedachte die Sarday'kin mit einem mitleidigen Blick. »Dein Gerechtigkeitssinn in allen Ehren, aber wie stellst du dir das vor? Glaubst du etwa, mit den paar Handlasern könnten wir sie so einschüchtern, daß sie sich bedingungslos ergeben?«

Sie schüttelte vehement den Kopf.

»Du verstehst nicht! Ich will sie nicht angreifen, und ich will mich auch nicht an ihnen rächen. Ich will nur *Kontakt* aufnehmen. Das ist alles! Wo es Landungsboote gibt, muß es auch überlichtschnelle Kreuzer geben. Und das ist die einzige Möglichkeit, von diesem verfluchten Mond wegzukommen. Sie sind gerade dabei, vor unseren Augen zu verschwinden! Verstehst du endlich?«

Ehe Cedric antworten konnte, hatte der Cybertech erneut seinen Handlaser gezogen und drohend erhoben.

»Das kann ich mir vorstellen!« rief er. »Jedenfalls für euch. *Ihr* beide seid schließlich Sarday'kin. Euch wird man schon nichts antun, ganz im Gegensatz zu uns.« Er lachte humorlos. »Glaubt ihr wirklich, wir wären so naiv, euch so einfach gehen zu lassen?«

»Hör auf, mit der Waffe herumzufuchteln!« fuhr Cedric ihn an. Er fragte sich, ob es klug gewesen war, dem Cybertech überhaupt eine Waffe in die Hand zu drücken. »Wir werden uns tunlichst hüten, uns bemerkbar zu machen. Die Zentralbesatzung bestand ebenfalls aus Sarday'kin, und was hat es ihnen genützt...?« Er wandte sich wieder Sheryl zu. »Was glaubst du wohl, warum sie alle hier getötet haben? Ich will es dir sagen. Sie wollten absolut sichergehen, keine Zeugen zurückzulassen. Daß sie selbst die Gefangenen umgebracht haben, zeigt, wie ernst es ihnen damit ist. Und da willst du einfach hinausgehen, ihnen freundlich zuwinken und fragen, ob sie uns zufällig bis zum nächsten System mitnehmen könnten? Was glaubst du wohl, was die machen werden, wenn sie feststellen, daß hier noch jemand am Leben geblieben ist?«

Er sah, wie Sheryl den Kopf senkte. Sie schien einzusehen, wie voreilig ihr Vorschlag gewesen war.

»Und genau deswegen werden wir uns ganz still verhalten«, fügte er in einem Tonfall hinzu, der keinen Widerspruch duldete, »und abwarten, bis sie ganz von hier verschwunden sind. Und *du*...« Das galt dem Cybertech. »...darfst endlich den Handlaser einstecken und aufhören, wahllos einen nach dem anderen zu verdächtigen und zu bedrohen!«

»Tu, was er sagt!« rief Taifan.

Der Cybertech zögerte. In seinen Augen erschien ein nervöses Zucken, aber die Gewißheit, daß er gegen vier oder fünf Personen zugleich stand – Cedric, die drei Yoyodyne und wahrscheinlich auch Sheryl –, brachte ihn zu der Einsicht, daß es besser war, die Waffe wieder in den Gürtel zu schieben.

Cedric schaltete wieder auf Großaufnahme. So sahen sie zu, wie die letzten *Terminatoren* das zweite Landungsboot betraten und es kurz danach abhob und aus dem Erfassungsbereich der Kameras verschwand. Leider ließ sich sein Kurs nicht weiter verfolgen. Cedric hätte dafür wieder auf die elektronische Ortung zurückgreifen müssen, und das verbot sich von selbst.

Sie waren allein. Diesmal endgültig.

Er spürte, wie sich unter den anderen Erleichterung breitmachte, schließlich konnten sie sich zum ersten Mal seit ihrer Rebellion einen Augenblick des Aufatmens gönnen, ohne befürchten zu müssen, im nächsten Moment von irgend jemandem angegriffen zu werden. Doch Cedric vermochte keine rechte Ruhe zu empfinden. Er hatte damit gerechnet, daß sie gezwungen sein würden, sich in nahezu aussichtslosen Gefechten gegen die Besatzung eine brauchbare Ausgangsposition zu erkämpfen, doch nun waren sie urplötzlich die einzigen Überlebenden, die es auf dem gesamten Minenplaneten überhaupt gab. Eigentlich half ihnen das nur wenig; sie hatten ihr kleines Gefängnis lediglich gegen einen etwas komfortableren und größeren Käfig eingetauscht. Das nächste besiedelte Sonnensystem war immer noch unerreichbar weit entfernt.

»Wie geht's nun weiter?« fragte Nabtaal.

Cedric dachte an die Spannungen, die immer offener zutage getreten waren. Vielleicht war ein wenig Beschäftigungstherapie das richtige Rezept. Je weniger Zeit verschiedene Leute zum Nachdenken hatten, desto weniger Möglichkeiten hatten sie, auf dumme Gedanken zu kommen.

»Wir sollten uns ein wenig umsehen.« Er tat, als würde er überlegen, und sah dann Nabtaal und den Cybertech an. »Am besten, ihr beide übernehmt das.« Ein fragender Blick in Taifans Richtung. »Und vielleicht auch ...«

Der *Himmelsstürmer* verstand, ohne das Cedric den Satz hätte aussprechen müssen, und gab Kara-Sek und Omo die Anweisung, sich daran zu beteiligen.

»Haltet Ausschau nach weiteren Phagon-Dingen«, gab Cedric ihnen mit auf den Weg, als sie erstaunlich widerspruchslos den Kontrollraum verließen. »Und hütet euch davor, irgend etwas einzuschalten, dessen Energie anzumessen wäre.«

Nabtaal nickte ihm noch einmal zu, bevor sich das Schott hinter ihnen schloß; dann waren sie allein.

»Also, Sarday'kin«, grollte Taifan. »Du wolltest, daß wir unter uns sind – nun sind wir es. Was gibt es, daß du mit uns bereden willst?«

Cedric blickte in die Runde. Mit Taifan, Sheryl und ihm waren diejenigen zusammen, die einigermaßen in der Lage waren, die Dinge selbst in die Hand zu nehmen. Er hatte die anderen hinausgeschickt, damit sie unter sich waren, aber er hatte dennoch keine rechte Ahnung, *warum* er das getan hatte.

Er bemerkte, wie Duncan neben seinem Sessel auftauchte, und bereitete sich innerlich darauf vor, sofort einzugreifen, falls der durchgedrehte Cybertech versuchen sollte, an den Kontrollen herumzuspielen und dabei versehentlich irgendeine Schaltung auslöste, die die Landungsboote geradewegs wieder zurückbrachte. Doch Duncan starrte nur auf den Bildschirm und murmelte etwas, das sich anhörte wie: »Ichsehwaswasdunichtsiehst!«

Cedric kniff ärgerlich die Lippen zusammen. Als ob jetzt die Zeit für Kinderspielchen wäre! Doch schon einen Herzschlag später stutzte er. Tatsächlich – da war etwas auf dem Bildschirm, das er bislang vollkommen übersehen hatte: eine halbmondförmige Sichel, die, vom Sonnenlicht angestrahlt, am Rand des Aufnahmebereichs majestätisch über dem Horizont schwebte.

Der Killer-Satellit! Irgendwie hatte er ihn längst aus seinen Überlegungen gestrichen.

Cedric bediente die Kontrollen und zoomte auf den gigantischen

Himmelskörper zu. Es waren keinerlei Zerstörungen zu sehen, nicht einmal die kleinste Delle.

Cedric begriff, daß er bislang von vollkommen falschen Überlegungen ausgegangen war. Es hatte keine Raumschlacht gegeben und keine angreifende Flotte. Entweder war es den Angreifern gelungen, den Satelliten mit einem Trick auszuschalten, oder aber sie hatten über den entsprechenden Identifizierungscode verfügt. Und dieser Code wurde wie ein Staatsgeheimnis gehütet.

»Was hast du?« erkundigte Sheryl sich.

»Der Killer-Satellit.« Er deutete auf den Bildschirm. »Ich hatte damit gerechnet, daß er zerstört worden war. Daß er es nicht ist, bedeutet, daß wir es hier mit einer Sache zu tun haben, die bis in die höchsten Kreise reicht.«

»Wieso?«

»Daß der Killer-Satellit unbeschädigt ist, beweist, daß der unbekannte Angreifer die Identifizierungscodes gehabt haben muß«, erklärte er. »Sonst hätte er nie die Möglichkeit gehabt, die Kommandosektion zu bombardieren.«

»Ja, mein Gott! Du hast recht.«

»Immerhin eröffnet uns das ein paar Möglichkeiten, uns die Umgebung von Hadrians Mond etwas genauer anzusehen«, sagte er in Sheryls Richtung. »Denn in einem dürftest du recht haben. Wo es Landungsboote gibt, muß es auch Raumkreuzer geben.«

»Spar dir dein Mitleid!« fuhr sie ihn überraschend heftig an. »Ich bin kein kleines Mädchen, das man trösten muß.«

Verdammt, fluchte er in Gedanken, warum mußten Frauen einen immer nur so gut kennen, selbst wenn man selber so gut wie nichts über sie wußte!

Er flüchtete sich darin, wieder die Kontrollen zu betätigen. Aufgrund der Emissionsgefahr wagte er es weiterhin nicht, die noch vorhandenen Ortungsgeräte der Kommandostation zu aktivieren, aber dafür gelang es ihm, sich die viel detaillierteren Ortungsergebnisse des Killer-Satelliten überspielen zu lassen. Dieser künstliche Himmelskörper gab ohnehin ununterbrochen ein wahres Leuchtfeuer von Ortungsstrahlen von sich, die das gesamte Sonnensystem bis in den kleinsten Winkel hinein überwachten. Dann kam das Ergebnis herein — in Form eines neuen Linienmusters. Es waren nur zwei Schiffe, die angezeigt wurden, und beide befanden sich über der Oberfläche von Hadrians Mond. Das erste war zweifellos ein Schwerer Kreuzer, ein Kampfschiff, das gerade die beiden Landungsboote in sich aufnahm, und das zweite Schiff wurde als Containertranporter ausgewiesen, wie es von freien Händlerfamilien benutzt wurde. Es schwebte im Orbit genau über der Containerstation, die ein paar Kilometer von der Kommandosektion entfernt auf Hadrians Mond lag. Dort wurde das geförderte Byranium verladen. Deutlich war auf dem Bildschirm der regelmäßige Strom von Containereinheiten zu sehen, die von der Verladestation integriert wurden, bevor die Antriebseinheiten wieder zu Hadrians Mond zurückkehrten, um die nächsten Container nach oben zu bringen. Cedric mußte erst gar nicht die Sensoren bemühen, um zu wissen, daß es dort kein einziges lebendes Wesen gab. Die ganze Angelegenheit ging vollautomatisch vonstatten. Ein Anzeichen mehr, daß die unbekannten Angreifer sich in der Fördertechnik bestens auskannten.

»Jetzt wissen wir zumindest, was sie hier wollen«, meinte Sheryl. »Das Byranium. Darum geht es ihnen also. Und sie betreiben es gleich in großem Stil.« Sie wandte sich an Cedric. »Was meinst du wohl — wie viele Sonnensysteme kann man sich mit einem einzigen Containertransporter voll Byranium kaufen? Drei? Fünf? Zehn?«

Eines war sicher: Mit dem Inhalt *aller* Container an Bord des Frachtschiffes konnte man genügend Sonnensysteme erwerben oder auf andere Weise unter seinen Einfluß bringen, um sich eine eigene, kleine Fraktion zu schaffen. Was hier ablief, war weit mehr als ein simples Banditenstück irgendwelcher Raumpiraten. Allein die Identifizierungscodes für den Killer-Satelliten mußten ein wahres Vermögen an Bestechungsgeldern gekostet haben. Nein, das hier war ein großangelegter Plan, für dessen Durchführung beträchtliche Mittel aufgewendet worden waren.

Der Computer vermeldete, daß die Verladeaktion zu einundneunzig Prozent abgeschlossen war.

»Noch könnten wir versuchen, zusammen mit den Schiffen von hier zu verschwinden«, kam Sheryl auf ihren Vorschlag zurück. »Wenn wir uns in einen der Container schmuggeln und . . .«

»Vergiß es!« sagte Cedric. »Du weißt doch genau, daß die Dinger keine Schockabsorber haben. Wir würden wahrscheinlich schon in der Beschleunigungsphase zerquetscht werden.«

»Natürlich weiß ich das«, reagierte sie gereizt. »Ich dachte auch mehr daran, daß wir uns Raumanzüge besorgen und nach dem Ankoppeln des Containers versuchen, uns zur Steuerzentrale zu hangeln.«

»Ein ehrenvoller Vorschlag«, kommentierte Taifan mit einem anerkennenden Nicken.

»Ich glaube nicht, daß uns das gelingen würde«, formulierte Cedric vorsichtig, um Sheryl nicht erneut zu reizen. »Denkt daran, daß bei solchen Transportern die äußeren Sektionen immer zuletzt beladen werden, und wir würden in einem der allerletzten Container nach oben gelangen. Bis zum Start kommen wir nie bis zur Steuerzentrale. Das ist fast ein ganzer Kilometer, und denen liegt bestimmt daran, nach der Verladeaktion so schnell wie möglich von hier wegzukommen. Ich schätze, es wäre nicht besonders angenehm, sich gerade zu diesem Zeitpunkt außen an der Transportkonstruktion entlangzuhangeln.«

»Und wenn wir die Einrichtung der Verladestation stören«, machte Sheryl einen anderen Vorschlag. »Damit würden wir sie zwingen, einen Trupp Mechaniker nach unten zu schicken, um den Schaden zu beheben.«

Cedric hatte auch schon daran gedacht. Sie mußten die Techniker — und die paar *Terminatoren*, die als Begleitschutz sicherlich ebenfalls mit nach unten kamen — dann nur noch unbemerkt ausschalten, ihren Platz einnehmen, zum Mutterschiff zurückfliegen, sich in die Zentrale des Schweren Kreuzers vorkämpfen, dort das Kommando übernehmen und endlich aus diesem Sonnensystem verschwinden — sofern sie die Navigatorin, die als einzige in der Lage war, einen Hyperraumsprung zu steuern, dazu bewegen konnten, mit ihnen zusammenzuarbeiten. Ein Plan, der in der Theorie so einfach klang, wie er in der praktischen Durchführung unmöglich war.

»Keine Chance.« Cedric schüttelte den Kopf. »Und wenn wir Pech haben, verzichten sie einfach auf die letzten Container und werfen uns zum Abschied noch eine Giga-Bombe auf den Kopf.«

Von Taifan kam ein empörtes Schnaufen.

»Du willst dem Kampf ausweichen, Sarday'kin« ertönte seine Stimme. »Es ist unehrenhaft, so einfach aufzugeben!«

»Aufgeben?« wiederholte Cedric, als hätte er das Wort gerade zum ersten Mal gehört. »Ich denke überhaupt nicht ans Aufgeben. Ich will nur verhindern, daß wir uns in eine aussichtslose Schlacht stürzen oder uns gleich umbringen. Seht euch doch an, in welcher Verfassung wir uns alle befinden! Glaubt ihr denn, nur einer von uns wäre imstande, die nächsten vierundzwanzig Stunden durchzustehen, wenn es wirklich hart auf hart kommt? Außerdem können wir alles, was wir jetzt höchstens überstürzt unternehmen, auch dann noch tun, wenn der nächste routinemäßige Transportflug hier eintrifft! Nur mit dem kleinen Unterschied, daß wir bis dahin die Zeit haben, die ganze Sache gründlich zu durchdenken und uns optimal vorzubereiten.« Er hatte sich in Fahrt geredet und atmete tief durch, bevor er sich an Taifan wandte. »Und ich kann mir nicht vorstellen, daß es unehrenhaft sein soll, den richtigen Zeitpunkt abzuwarten, anstatt sich Hals über Kopf ins Verderben zu stürzen! Aber bitte, korrigiere mich, falls ihr das bei euch anders handhaben solltet . . .«

Taifan zog die Mundwinkel herab und grunzte etwas, das wohl als Zustimmung zu verstehen war.

Cedric nickte befriedigt, dabei wußte er nur zu gut, daß er sich selbst belog. Das nächste routinemäßig eintreffende Containerschiff würde ebenso routinemäßig von einem Schweren Kreuzer begleitet werden, und sobald man die Zerstörungen und Einschlagkrater hier unten entdeckte, würden dort sämtliche Alarmglocken läuten. Die militärischen Verhaltensregeln für solche Fälle sahen vor, kein unnötiges Risiko einzugehen.

»Dann willst du hier also herumsitzen, bis der nächste Transporter kommt?« fragte Sheryl.

»Es wäre das vernünftigste«, antwortete er, obwohl ihm dieser Gedanke ebenfalls nicht sonderlich behagte. Aber er wollte dem Schicksal gegenüber nicht undankbar sein. Das alles war weit mehr, als sie sich vor Tagen noch erträumt hatten. Ein paar letzte Wochen oder Monate in relativer Sorglosigkeit — war das nicht das Paradies schlechthin? »Ein bißchen Erholung wird uns kaum schaden.«

Leider zerstob selbst diese Hoffnung, als Nabtaal und der Cybertech zurück in den Kontrollraum kamen.

»Was ist?« fragte Cedric. »Was habt ihr gefunden?«

»Weitere Stellen, an denen Phagon-Sachen herumlagen«, antwortete der Cybertech kurzatmig. »Und . . . und . . .«

»Und?«

»Und etwas«, antwortete Nabtaal in seiner Stelle, »das ihr euch unbedingt ansehen solltet. Los, kommt mit, und beeilt euch!«

Er führte sie zu einer Korridorwandung, vor der ein schwarzer meterhoher Zylinder stand. Man hätte ihn fast für einen transportablen Mülldesintegrator halten können, wäre da nicht das kleine Tastenfeld und die darüberliegende Leuchtanzeige gewesen.

2.45, 19 ... 2.45, 18 ... 2,45, 17 ...

Es war ein Countdown, der unaufhaltsam der Null entgegenstrebte; und besonders unangenehm war, daß es sich bei dem vermeintlichen Müllschlucker um nichts anderes als eine Giga-Bombe mit Zeitzünder handelte. Ihre Sprengwirkung würde sämtliche Räumlichkeiten im Umkreis von fünfzig bis hundert Metern pulverisieren.

»Kann man dieses Ding irgendwie entschärfen?« fragte Sheryl, die ebenfalls begriffen hatte, um was es sich handelte.

»Ja«, antwortete Cedric. »Sofern man den Code dafür kennt oder eine hochempfindliche Spezialausrüstung hat. Ansonsten allerdings...« Er sah sie ausdruckslos an. »... ist es unmöglich.«

»Dann ... dann müssen wir es hier herausschaffen. Auf die Landeplattform oder irgendwo anders hin, wo es keinen großen Schaden anrichten kann. Auf jeden Fall raus hier!«

»Nun«, meldete sich Nabtaal zu Wort, »ich fürchte, ihr habt noch nicht so ganz richtig verstanden.«

Cedric maß den Freischärler mit finsterer Miene.

»*Was* haben wir noch nicht so ganz richtig verstanden?« wiederholte er lauernd.

»Das hier ist...« Nabtaal machte eine hilflose Geste. »Das ist nicht die einzige Bombe, die wir gefunden haben. Vielleicht hundert Meter weiter in einem Gang gibt es noch eine und eine andere ein Stockwerk tiefer am Rand eines Maschinenraumes und...«

»Schon gut.« Cedric hob den Arm, wie um ihm das Wort abzuschneiden. »Das reicht.«

»Und alle sind auf ungefähr dieselbe Zeit programmiert«, fuhr Nabtaal ungerührt fort. »Plus oder minus ein paar Sekunden.«

»Verflucht — warum haben die das getan?« rief Sheryl. »Hat es ihnen etwa nicht gereicht, alle Leute umzubringen? Warum wollen sie jetzt auch noch den Rest der Kommandosektion in die Luft zu jagen?«

»Um auch sämtliche Spuren zu verwischen«, meinte Cedric nachdenklich. Er wußte, daß die Explosionskrater dieser Zeitbomben sich kaum von denen eines oberirdisch ausgeführten

Bombardements unterschieden. Damit bekamen auch die verstreuten Phagon-Gegenstände einen Sinn. Die sarday'kinsche Untersuchungskommission, die diesen Vorfall später einmal untersuchen mußte, würde unweigerlich auf einige dieser Überreste stoßen, die dann ausreichten, diesen hinterhältigen Angriff den Phagon in die Schuhe zu schieben. Das Verhältnis der Sarday'kin zu dieser Fraktion war ohnehin ziemlich abgekühlt, so daß selbst solch ein Zwischenfall es nicht weiter verschlechtern konnte. Und die eigentlichen Angreifer selbst waren aus dem Schneider. »Und um falsche Spuren zu legen«, fügte er hinzu.

»Wenn du so schlau bist, warum hast du dann nicht schon eher daran gedacht?« keifte Sheryl. »Dann wäre vielleicht noch Zeit gewesen, einen meiner Pläne in die Tat umzusetzen. Aber dafür dürfte es jetzt bereits zu spät sein.«

Ein entferntes Rufen enthob Cedric einer Antwort. Kara-Sek und Omo, waren zum Kontrollraum zurückgekehrt und wahrscheinlich überrascht gewesen, außer Duncan niemanden vorzufinden. Cedric und seine Begleiter mußten sich nun anhören, daß auch die beiden Yoyodyne mehrere mit Zeitzündern versehene Bomben gefunden hatten. Die gesamte Kommandosektion glich einem wahren Pulverfaß — mit brennender Lunte.

»Wie ich unsere Situation sehe, bleiben uns nur zwei Möglichkeiten«, faßte Cedric ihre Lage zusammen. Er hatte sich vor den Bildschirm gesetzt und machte sich abermals an den Konsolen zu schaffen. »Entweder wir ziehen uns in die Minensektion zurück und nehmen soviel wie möglich mit, was uns das Leben dort unten erleichtert . . . Ich glaube nicht, daß sie dort ebenfalls unten Bomben gelegt haben.«

»Niemals!« rief der Cybertech. »In die Stollen bekommt mich niemand mehr zurück.«

»Und die zweite Möglichkeit?« fragte Sheryl.

»Die besteht darin«, sagte Cedric und deutete auf den Bildschirm. Dort war eine Darstellung eines unzerstörten Teils der Kommandosektion zu sehen, und an der Stelle, auf die er zeigte, befand sich ein Hangar. Das Bombardement hatte ihn nicht erfaßt, und das darin befindliche Linienmuster war eindeutig.

»Ein Raumboot«, identifizierte Sheryl das Rastergebilde.

»Richtig. Und offenbar unbeschädigt.«

»Schön und gut«, gestand sie ein. »Damit könnten wir von hier wegkommen, bevor die Bomben hochgehen. Aber was dann? Wohin sollten wir fliegen?«

Eine berechtigte Frage. Diese kleinen Raumboote waren dafür konstruiert, in näherer Umgebung einer festen Basis zu operieren. Zu einem Hypersprung waren sie nicht imstande. Es hätte Hunderte oder Tausende von Jahren gedauert, damit im Relationsflug zum nächsten Sonnensystem zu gelangen.

Er schaltete auf die Außenkameras zurück und tippte auf den Bildschirm, dorthin, wo sich die Sichel des Killersatelliten befand.

»Wie wär's damit?« schlug er vor. »Ist doch ein schönes Ziel für einen kleinen Ausflug.«

»Das ist Wahnsinn!« protestierte der namenlose Cybertech. »Da kommen wir nie hinauf! Der wird uns abschießen, kaum daß wir gestartet sind.«

»Warum?« fragte Cedric ungerührt. »Du gehst von völlig falschen Voraussetzungen aus. Da das Raumboot von dieser Station kommt, dürfte es automatisch als autorisiert identifiziert werden.« Hoffentlich, dachte er, denn sicher war er sich keineswegs.

»Und dann?« fragte Nabtaal.

»Dort oben sind wir erst einmal unangreifbar. Und falls es uns gelingt, die Steuercodes zu knacken und den Killersatelliten manuell zu steuern, hätten wir ein gewaltiges Faustpfand in der Hand, das sich vielleicht gegen einen freien Abzug eintauschen läßt, wenn der nächste Patrouillenflug hier vorbeikommt. Ich denke, dem Flottenkommando wird die stählerne Raumfestung wichtiger sein als eine Handvoll entflohener Gefangene.«

»Das hört sich nicht schlecht an«, meinte Nabtaal. Er kratzte sich über das stoppelige Kinn und nickte langsam. Diese Idee schien ihm zu gefallen. Cedric verzichtete darauf, dem Freischärler auf die Nase zu binden, daß die Aussicht, die Steuercodes umzuprogrammieren, praktisch gleich Null war. Es waren zu viele Sicherheitsvorkehrungen eingebaut, um solche Manipulationen zu verhindern.

»Ich fürchte, du vergißt dabei nur eine Kleinigkeit«, war Sheryls Stimme zu hören.

»Ja? Und welche?«

»Dort oben...« Sie deutete mit dem Daumen zur Decke des Kontrollraums. »...lauert noch immer ein bis an die Zähne bewaffneter Schwerer Kreuzer. Die werden uns spätestens eine

Zehntelsekunde nach dem Start auf ihren Ortungsschirmen haben.« Sie sah Cedric in die Augen. »Und wenn ich mich nicht irre, hat uns irgend jemand vor nicht allzu langer Zeit recht deutlich klargemacht, was uns blüht, wenn die da oben bemerken, daß hier unten noch jemand lebt. Und das Raumboot hat nicht einmal Schutzschirme.«

»Das stimmt«, meinte Nabtaal. Er wirkte ernüchtert. »Verdammt — Sheryl hat recht.«

»Dann bleiben uns doch nur die Stollen«, jammerte der Cybertech.

»Moment!« rief Cedric und hob die Arme, wie um sich Gehör zu verschaffen »Wir haben trotzdem eine Chance. Es kommt nur darauf an, daß sie uns so spät wie möglich orten. Am besten, wenn wir schon ganz dicht am Killersatelliten sind. Dann können sie keinen Angriff mehr riskieren, weil das als Attacke gegen den Satelliten selbst gewertet werden könnte — auch wenn sie dabei tausendmal den Identifizierungscode abstrahlen.«

»Ach ja!« Sheryl stemmte die Arme in die Hüften. »Nichts einfacher als das! Und wie willst du verhindern, daß sie uns orten?«

Cedric hielt einen Moment nachdenklich inne.

»Ich glaube, das muß ich gar nicht«, sagte er leise. »Die Vorkehrungen dazu haben sie bereits selbst getroffen.«

»Wie bitte?« rief Sheryl ratlos. »Kannst du dich vielleicht auch so ausdrücken, daß auch Normalsterbliche eine Chance haben, deinen Gedankengängen zu folgen?«

»Ich habe da so eine Idee.« Cedric stand auf. »Kommt, ich werde es euch unterwegs erklären. Wir müssen los, wenn wir rechtzeitig beim Hangar sein wollen. Der Weg dorthin führt durch einige Sektionen, die arg in Mitleidenschaft gezogen sind.« Er sah reihum. »Also — wer hierbleiben und sich in die Minen zurückziehen will, der soll das meinetwegen tun...«

Er wartete vergeblich auf Antwort. Niemand wollte. Selbst Duncan torkelte ihnen hinterher, als sie den Kontrollraum verließen.

Synfile 8

Der Killer-Satellit

Cedric Cyper, der im Pilotensitz des Raumbootes saß, sah wieder auf den Chronometer, den er einem der toten Offiziere abgenommen hatte und der sich jetzt an seinem Handgelenk befand.

0.04,01 . . . 0.04,00 . . . 0,03.59 . . .

Auf dem Weg hierher waren sie an weiteren Zeitbomben vorbeigekommen, und Cedric hatte den Chronometer auf den rücklaufenden Countdown des Zünders eingestellt, der am ehesten die Null erreicht haben würde. Natürlich bot das keine absolute Sicherheit, daß einige nicht schon früher hochgingen, aber es war zumindest ein einigermaßen zuverlässiger Anhaltspunkt, wann es losging. Wie Nabtaal schon festgestellt hatte, waren sämtliche Zünder, die sie gefunden hatten, auf ungefähr dieselbe Zeit eingestellt gewesen. Der Hangar selbst war sauber, wie eine kurze Durchsuchung ergeben hatte, ebenso das Raumboot selbst. Es handelte sich um einen schlanken Dreiflügler von rund zwanzig Metern Länge, dessen hintere Flügel gleichzeitig als Landstützen dienten und der sich in dem kreisrunden Hangar wie ein silberfarbener, aufrechtstehender Keil erhob.

Über eine Außenleiter waren sie zur Cockpitschleuse hinaufgeklettert. In der Kabine hatte sie eine der angenehmsten Überraschungen der letzten Tage erwartet: Den Kontrollen nach war das Raumboot voll funktionstüchtig. Cedric hoffte inständig, daß das auch für das Hangarschott galt und es sich anstandslos von hier aus öffnen ließ. Leider blieb ihm nicht die Möglichkeit, es versuchsweise auf- und wieder zuzufahren; ebensowenig konnte er das Triebwerk einem Probelauf unterziehen. Beides wäre mit Sicherheit von dem Schweren Kreuzer draußen im Orbit angemessen worden. Ihnen blieb daher nichts anders übrig, als sich blind darauf zu verlassen, daß sie sich der entsprechenden Lämpchen im Cockpit ihrer Bedeutung vollauf bewußt waren und nicht nur so zum Spaß vor sich hinleuchteten. Nur dann hatte sein wahnwitziger Plan eine zumindest minimale Aussicht auf Erfolg.

Sein Plan. Cedric lächelte freudlos. Der Plan hieß schlicht und einfach: genau in dem Augenblick zu starten, in dem die ersten Zeitbomben detonierten. Die gesamte Kunst bestand darin, das Hangartor nicht zu früh zu öffnen, um nicht bemerkt zu werden, und nicht zu spät, um noch rechtzeitig zu starten und der Energiehölle zu entkommen. Die dabei auftretenden Emissionen dürften stark genug sein, um die Ortungsgeräte des Schweren Kreuzers vorübergehend zu blenden — das war die Karte, auf die Cedric setzte.

Noch mehr Kopfzerbrechen bereitete Cedric das, was dann kam, denn solange die Impulse des Raumbootes von den Energie-Eruptionen hier unten überlagert wurden, mußten sie einen Großteil der Strecke zum Killer-Satelliten zurückgelegt haben — ansonsten waren sie so chancenlos wie eine Küchenschabe unter einem Stiefelabsatz. Cedric hoffte insgeheim auf weitere Sekunden Aufschub, die sich daraus ergaben, daß der Ortungsoffizier nicht sonderlich aufmerksam war, der Commander des Schiffes erst zur Zentrale gerufen werden mußte oder sonst irgend etwas vorfiel. Als Cedric den Vorschlag gemacht hatte, zum Killer-Satelliten zu fliehen, hatte er damit gerechnet, daß solch ein Raumboot ungefähr zehn Minuten dafür brauchen würde, doch eine genauere Berechnung des Bordcomputers hatte ihm unerbittlich vorgerechnet, daß es günstigenfalls sechzehn Minuten waren. Selbst wenn die komplette Besatzung des Schweren Kreuzers aus Schlafmützen bestand, so würden sie dennoch keine Mühe haben, sie einzuholen und abzuschießen.

Cedric erhaschte einen kurzen Seitenblick Sheryls, die neben ihm auf dem Sessel des Ortungstechnikers saß. Um ihren Mund spielte einen Lidschlag lang ein dünnes Lächeln, das alles mögliche bedeuten konnte: *War nett, dich kennengelernt zu haben, und falls wir später keine Zeit haben sollten, uns voneinander zu verabschieden, dann wünsch ich dir jetzt schon mal alles Gute!* Oder: *Mein Gott, wie habe ich mich von diesem Irren nur überreden lassen, mich auf dieses Himmelfahrtskommando einzulassen?*

Cedric sah sie mit erhobenen Augenbrauen an, doch falls sie seine stumme Frage überhaupt bemerkte, so zog sie es vor, nicht darauf zu antworten. Er ließ seinen Blick weiterwandern und sah hinter sich, wo seine Mitgefangenen auf den übrigen Plätzen saßen. Das Cockpit war groß genug, um ihnen allen genügend Platz zu bieten, nur für Omo hatte sich keine passende Sitzgelegenheit gefunden. So hatte sich der zweieinhalb Meter große Koloß auf den Fußboden gesetzt, und sie hatten ihn notdürftig mit einem Sicherheitsriemen an die rückwärtige Kabinenwand gebunden, damit er bei den zu erwartenden Turbulenzen nicht wie ein Geschoß in der Kabine umherflog. Cedric bemerkte, daß die *Humsz*-Züchtung weiterhin den kleinen Metallkoffer bei sich trug.

»Okay«, sagte Cedric überflüssigerweise. Er hatte das Gefühl, irgend etwas sagen zu müssen. »Macht euch bereit. Es dauert nicht mehr lange, bis der ganze Zauber losgeht.« Er sah auf den Chronometer. »Noch knapp eine Minute.«

»Glau... glaubt ihr, daß wir... daß wir es schaffen werden?« stotterte der Cybertech ängstlich.

Cedric zuckte mit den Schultern und wandte sich wieder nach vorne.

»Frag mich in zwanzig Minuten noch einmal«, knurrte er.

Wieder ließ er seine Blicke über die Armaturen und kleinen Bildschirme vor sich schweifen. Den Anzeigen nach war alles in Ordnung — aber ein Rest von Zweifeln blieb.

Die Zeit verstrich quälend langsam. Cedric sah der Chronometeranzeige dabei zu, wie sie der Null entgegenwanderte.

»Noch dreißig Sekun...« setzte er an, doch dann erschütterte ein gewaltiger Schlag den Hangar so stark, daß sich einige Verkleidungen von der Hangarwand lösten und zu Boden stürzten. Cedric spürte, wie das Raumboot sich zur Seite neigte. Eines der Landbeine hob vom Boden ab, verharrte dort kurz, bevor es wieder auf den Boden krachte. Der Ruck warf Cedric in die Gurte.

Cedric verschwendete eine lange Sekunde, um sein Erschrecken zu überwinden. Eine Detonation, ganz in der Nähe! Was war viel früher losgegangen als erwartet!

Seine Hand zuckte zu dem Knopf, mit der entsprechende Impuls an das Hangartor gegeben werden konnte, doch dann hielt er inne. Er zögerte. Wenn die Detonation nur ein vereinzelter Frühzünder gewesen war, dann würde er alles zunichte machen, wenn er jetzt überstürzt reagierte. Nein, er mußte so lange wie möglich warten. Noch waren es etwas mehr als zwanzig Sekunden.

Eine neue Erschütterung durchlief den Hangar. Erneut begann das Raumboot hin und her zu schwanken. Das nächste Krachen, das sich sofort anschloß, gab endgültig den Ausschlag.

Cedric drückte den Knopf nieder und schaltete sofort danach die bordinternen Maschinen hoch. Ein kaum hörbares Summen erklang, und Cedric registrierte mit Befriedigung die feinen Vibrationen, die den Cockpitraum erfüllten. Der Antrieb lief. Sauber und rund. Und die Kontrollen verkündeten, daß das Boot startbereit war.

Er blickte zum Hangartor auf und fühlte, wie sich seine Nackenhärchen aufrichteten. Das Gefühl, hilflos in der Falle zu sitzen, wurde fast übermächtig.

Das Tor hatte sich um keinen Deut gerührt.

Erneut drückte er den Knopf herunter. Einen Augenblick lang geschah nichts, dann — als hätte er es sich lediglich eingebildet, ihn schon einmal niedergedrückt zu haben — begann sich das tonnenschwere Hangartor mit einem lauten Geräusch zu öffnen. Cedric mußte an sich halten, um keinen Triumphschrei von sich zu geben, so groß war seine Erleichterung.

Während der Sauerstoff explosionsartig durch den ständig größer werdenden Spalt hinaus in die Atmosphäre gerissen wurde, schossen grünliche, wirbelnde Methanschwaden in den Hangarschacht hinein und entfesselten einen Orkan, der kaum weniger an dem Boot zerrte als die nicht mehr abreißenden Detonationen. Cedrics Blick zuckte zwischen dem Startknopf und dem Tor über ihnen hin und her. Draußen wetterlichtete der zuckende Widerschein von Explosionen durch die grünen Schwaden.

»Mein Gott — wie lange dauert das noch?« rief Sheryl durch das Tosen.

Selbst wenn ihr jemand eine Antwort gegeben hätte, hätte sie es nicht mehr gehört, denn in diesem Moment brach neues ohrenbetäubendes Krachen über sie herein, das das Raumboot beinahe umzuwerfen drohte.

Eine der Bomben war ganz in der Nähe des Hangars explodiert — nahe genug jedenfalls, um den strebenförmigen Aufbau an einer der Seitenwände aus seiner Halterung zu lösen. In Zeitlupe begann der tonnenschwere Aufbau in ihre Richtung zu kippen, wie ein gigantischer Hammer, der sich sie als Amboß auserkoren hatte.

Sheryl schrie auf, als sie das Verhängnis auf sie zukommen sah, doch da hatte Cedric bereits reagiert. Mit einemmal war es ihm vollkommen gleichgültig, wie weit sich das Hangartor über ihnen geöffnet hatte. Er hieb auf den Startknopf und gab Vollschub. Die Triebwerke im Heck des Raumbootes brüllten auf wie ein urweltlicher, tödlich verwundeter Dinosaurier und hüllten den Hangarraum in gleißendes Licht.

Langsam, als wäre es ein Kaugummi, das dort festklebte, löste sich das Raumboot vom Boden, um schneller und schneller aufzusteigen − während der turmartige Aufbau gleichzeitig schneller und schneller auf sie zustürzte.

Beinahe sah es so aus, als ob sie es schaffen sollten, doch die Spitze des herabstürzenden Aufbaus erwischte das aufsteigende Boot an einem der drei Heckflügel und warf es mit der mörderischen Wucht zur Seite. Keine Sekunde später krachte es gegen die Hangarwand und schrammte mit einem ohrenbetäubendem und häßlichen Kreischen daran entlang.

Cedric wurde nach vorne geworfen und spürte, wie ihm die Gurte schmerzhaft in Hüfte und Brust schnitten. Blind rüttelte er am Steuerhebel herum, und wie durch ein Wunder schaffte er es, das immer mehr beschleunigende Raumboot von der Hangarwand wegzubringen − doch nur um wie eine Billardkugel auf die gegenüberliegende Wandung zuzurasen.

Die Steuerreaktion war viel zu hefig und unkontrolliert gewesen, und sie wären mit Sicherheit erneut gegen die Hangarwand gekracht, da schoß das Boot bereits aus dem Hangarschacht heraus, haarscharf am zur Hälfte aufgefahrenen Hangartor vorbei.

Noch bevor Cedric die geringste Chance hatte, das Boot unter seine Kontrolle hatte, wurden sie von einer nahen Explosionswolke erfaßt und aus der Bahn geschleudert. Trümmerstücke krachten gegen die Außenverkleidung; eines traf die Cockpitverglasung, hinterließ aber nur einen meterlangen Kratzer.

Schlingernd jagten sie über die in Feuer und Glut aufgehende Kommandostation hinweg. Der austretende Sauerstoff vermengte sich mit dem eintretenden Methan zu einer hochexplosiven Mischung, und an zündenden Funken fehlte es in der Feuerhölle ganz gewiß nicht.

Allmählich schaffte es Cedric, dem torkelnden Boot seinen Willen aufzuzwingen, aber schon im nächsten Moment weiteten sich seine Augen voller Entsetzen, als er den Ortungsturm sah, der urplötzlich vor ihnen aus den wirbelnden Schwaden und Feuerbällen aufgetaucht war. Wieder riß er an dem Steuerhebel herum und schaffte es irgendwie, der unvermeidlich scheinenden Kollision auszuweichen und in den kontrollierten Steigflug zu gehen. Unter ihnen blieb die brennende Kommandosektion zurück. Es schien, als wären dort mehrere Vulkane gleichzeitig ausgebrochen. Gigantische Stichflammen schossen in die Höhe.

Erst jetzt gönnte Cedric sich ein kurzes Durchatmen. Dieser erste Teil seines Planes war zwar nicht ganz so gelaufen, wie er sich das vorgestellt hatte, aber sie hatten es immerhin geschafft!

Als sie die Methan-Atmosphäre durchstießen, tauchte der Killersatellit, der wie eine riesige leuchtende Sichel über dem gebogenen Horizont von Hadrians Mond lag, direkt vor ihrem Bug auf. Es war, als hätte Cedric unterbewußt sofort den richtigen Kurs eingeschlagen gehabt.

Cedric holte aus den Triebwerken des Raumbootes alles heraus und brachte es auf einen Kurs, dessen Zielpunkt ein wenig über dem Killer-Satelliten lag. Bis sie dort waren, würde sie die Gravitation von Hadrians Mond wieder ein gutes Stückchen tiefer gezogen haben. Eine Zeitlang gab er Vollschub, dann schaltetet er die Triebwerke aus und deaktivierte ebenfalls sämtliche anderen Systeme, die sich irgendwie entbehren ließen, bis auf die Passivortung und die Funkanlage, die sich in Cedrics Rücken befand und vor der Nabtaal saß.

»Warum hast du das gemacht?« fragte Sheryl verwundert.

»Ohne den Schub werden wir doch sehr viel länger brauchen. Willst du es den anderen etwa etwas leichter machen?«

»Im Gegenteil. Vielleicht verschafft uns das den entscheidenden Vorsprung.«

Er hatte sich erst in den letzten Sekunden überlegt, auf diese Weise einen zusätzlichen Vorsprung herauszuholen. Selbst wenn die Ortungsgeräte des Schweren Kreuzers jetzt wieder normal arbeiteten und sie erfaßten, würde der diensthabende Offizier sie vielleicht erst für ein Trümmerstück halten, das durch die Explosionen bis aus der Atmosphäre geschleudert worden war.

»Du willst, daß sie uns für ein Trümmerstück halten, nicht wahr, Cedric?« ließ sich Nabtaals Stimme vernehmen.

»Ganz richtig.« Cedric seufzte. »Glückwunsch. Das macht jetzt insgesamt vier Planetenpunkte.«

»Planetenpunkt?« erkundigte sich Nabtaal verwirrt.

»Vergiß es«, zischte Cedric. »Kümmere dich lieber um den Funkverkehr. Ich will wissen, wenn sich auf irgendeinem Kanal etwas tut.«

»Wenn es das hätte, hätte ich es längst gemeldet«, erwiderte Nabtaal beleidigt.

Cedric sehnte sich nach einer Zigarette, doch diese teuren Luxusartikel bekam man nur noch auf einer der Freihandelswelten. Dennoch hatte er sich einmal eine ganze Schachtel gegönnt, als er aus einem schweren Einsatz zurückgekommen war und während einer Zwischenlandung auf *St. Petersburg II* Ausgang erhalten hatte. Er blickte hinaus ins All und versuchte anhand der Konstellationen auszumachen, ob er die Sonne dieser Welt von hier aus mit bloßen Augen ausmachen konnte. Er fand sie nicht, aber das war auch nicht besonders wichtig.

»Sieht doch ganz gut aus«, flüsterte Sheryl nach einer Weile. Sie hatte die ganze Zeit stumm durch die Cockpitverglasung geschaut, als hätte sie versucht, nach dem Schweren Kreuzer Ausschau zu halten. Nun warf sie Cedric einen Seitenblick zu, wie um sich zu vergewissern, ob er ihre Einschätzung teilte. »Das tut es doch, oder?«

Cedric sah sie kurz an und blickte dann auf den Chronometer.

+ 0,04,37 verkündete die Anzeige. Er wußte nicht, wann genau sie gestartet waren, wahrscheinlich ungefähr zehn Sekunden vor dem Nullpunkt, aber darauf kam es so genau nicht an. Auf jeden Fall hatten sie bislang kaum ein Viertel der Zeit überstanden. Erst jetzt dürften die Ortungsschirme an Bord des Schweren Kreuzers allmählich wieder ein mehr oder minder deutliches Bild zeigen — alles weitere hing nun von der Auffassungsgabe und dem Diensteifer des Offiziers ab, der davor saß.

Cedric blickte Sheryl an. »Wenn wir in den nächsten acht bis zehn Minuten noch immer nichts von dem Schweren Kreuzer gehört oder gesehen haben, könnten wir tatsächlich eine Chance haben.«

»Wie beruhigend, das zu wissen«, meinte sie in höhnischem Tonfall. Sie strich sich mit einer unnachahmlich hochmütigen Bewegung eine Strähne ihres chromfarbenen Haars aus der Stirn und wandte sich wieder ab. Er reagierte nicht darauf. Wahrscheinlich war das lediglich ihre Art, mit ihrer inneren Anspannung fertig zu werden. Ihm erging es nicht anders. Abermals sah er zu dem Chronometer, nur um festzustellen, daß seit seinem letzten Blick nur fünf Sekunden vergangen waren.

Nicht verrückt machen lassen, hämmerte er sich ein. Wieder fiel ihm ein Ratschlag seines Ausbilders Daily Lama ein, der da lautete: Die meisten Probleme lösen sich von selbst; man sollte sie nur nicht dabei stören.

In dem Moment jedoch, als von den Kontrollen vor Sheryls Platz ein feines Fiepen ertönte, wußte er, daß ihr Problem sich leider nicht von selbst lösen würde.

»Passivortung spricht an«, erklärte Sheryl, die sich über die Anzeigen beugte. »Wir werden von Ortungsstrahlen getroffen. Das ist der Schwere Kreuzer.«

»Ganz ruhig!« versuchte Cedric sie zu beruhigen; dabei mußte er sich eingestehen, daß es schneller passiert war, als er gedacht hatte. »Daß sie uns erfaßt haben, heißt noch lange nicht, daß sie uns auch als das erkennen, was wir sind!«

Einige Momente vergingen in atemlosen Schweigen, dann wechselte die Frequenz des Fiepens.

»Sie haben das Zielerfassungsradar zugeschaltet«, gab Sheryl bekannt. »Die Impulse sind eindeutig.«

Alle Achtung, zollte Cedric den Männern an Bord des anderes Schiffes Anerkennung, sie hatten verdammt schnell reagiert, das mußte man ihnen lassen.

»Auch das hat nichts zu bedeuten«, sagte er wider besseres Wissen. »Wahrscheinlich wollen sie sich nur genauer ansehen, mit was sie es hier zu tun haben. Noch können wir Glück haben.«

Er warf einen kurzen Blick über seine Schulter zu den anderen und hatte nicht den Eindruck, als würden seine Worte sonderlich viel Hoffnung erzeugen. Selbst auf Taifans unbeweglichem Gesicht lag ein düsterer Zug.

Abermals veränderte sich das Fiepen.

»Radarquelle ändert ihren Standort«, meldete Sheryl. »Distanz abnehmend.«

»Ich empfange automatische Aufforderung, uns zu identifizieren«, klang Nabtaals Stimme in seinem Rücken. Der Freischärler saß auf dem Platz des Funkers und hatte sich einen Kopfhörer aufgesetzt. »Und zwar auf allen Frequenzen.«

Cedric fluchte. Er wußte, was das bedeutete. Der Schwere Kreuzer hatte erkannt, um was es sich bei ihnen handelte. Jetzt halfen keine beschönigenden Worte mehr. Sie hatten alles auf eine Karte gesetzt – und verspielt. Cedric dachte daran, welche Weisheit Daily Lama in dieser Situation wohl aus einem in dieser Hinsicht schier unerschöpflichem Schatz geschöpft hätte. Vielleicht etwas wie: Kleine Sorgen wird man am besten dadurch los, daß man große bekommt.

Er reaktivierte sämtliche Funktionen und schaltete das Triebwerk erneut auf Vollschub. Die Zeit, sich verstecken zu wollen, war vorbei.

»Ortungsimpuls ausgemacht«, meldete Sheryl, da ihre Eigenortung wieder vollständig arbeitete. »Schnell näher kommend. Zeit bis zum Unterschreiten der Standard-Feuerdistanz knapp vierzig Sekunden.«

Vierzig Sekunden, dachte Cedric voller Bitterkeit. War das die letzte Frist, die ihnen noch blieb? Er wünschte, das Raumboot würde über eine kleine Laserkanone verfügen, dann hätte er vielleicht mit der Genugtuung aus dem Leben scheiden können, dem Schweren Kreuzer vorher wenigstens noch eine kleine, häßliche Schramme am Außenrumpf beigebracht zu haben. So blieb ihm nicht einmal dieser ›kleine Triumph‹. Er fragte sich, ob der Kommandant des anderen Schiffs sie sofort zerstörte oder sich vorher noch eine kleine Zerstreuung gönnte, indem er mit ihnen ein wenig Katze und Maus spielte.

»Ich empfange Funkspruch im Klartext«, rief Nabtaal. »Offenbar eng gebündelter Richtfunk.«

»Kannst du es auf irgendwelche Lautsprecher legen?« fragte Cedric.

»Nun.« Nabtaal überlegte kurz. »Ich glaube schon. Vielleicht, wenn ich diesen Knopf hier, nein... dann vielleicht dieser hier...«

Im nächsten Moment schallte eine harte, befehlsgewohnte Stimme durch die Kabine: »... wir Sie zerstören. Ich wiederhole... *SK Marvin* an unbekanntes Raumboot. Identifizieren Sie sich, ansonsten werden wir Sie zerstören. Ich wiederhole... *SK Marvin* an unbekanntes...«

Die *Marvin* also, dachte Cedric, während die Lautsprecherstimme weitersprach. Bislang hatten sie den Namen des Schweren

Kreuzers noch nicht in Erfahrung bringen können. Cedric konnte sich nicht entsinnen, ihn früher schon einmal gehört zu haben. Allerdings war fraglich, ob ihnen diese Erkenntnis jemals etwas nützen würde.

»Was soll ich antworten?« fragte Nabtaal.

Cedric wollte zuerst erwidern, daß er dem fremden Kommandanten ausrichten sollte, er könne ihn mal . . . − dann überlegte er es sich anders und blickte auf den Chronometer.

+ 0.07.28

Das hieß − sie hatten mindestens noch zehn Minuten zu überstehen, bevor sie sich halbwegs in Sicherheit fühlen konnten. Zehn Minuten! Unter diesen Umständen war das weit mehr als eine ganze Ewigkeit. Die *Marvin* hätte Zeit gehabt, drei Schleifen um Hadrians Mond zu fliegen und sie dann immer noch zu zerstören. Trotzdem gab er Nabtaal die Anweisung, ihn mit dem anderen Kommandanten zu verbinden, in der Hoffnung, vielleicht die eine oder andere Minute herauszuschinden. Natürlich war ihm klar, daß der Mann nicht so dumm sein würde, sich komplette zehn Minuten zum Narren halten zu lassen.

»Feuerdistanz unterschritten«, sagte Sheryl. »Der Kreuzer hat verlangsamt und stoppt seine Fahrt. Keine Schutzschirme.«

Wozu auch, fragte Cedric sich. Dort drüben hatte man ihr Raumboot längst gescannt und erkannt, daß es vollkommen wehrlos war. Wie wahr! Wenn es für sie überhaupt eine Möglichkeit gab, dem Schweren Kreuzer irgendwie gefährlich zu werden, dann die, daß Cedric einen Witz hätte erzählen können, über den sich die halbe Besatzung dort drüben totlachte. Aber ihm wollte beim besten Willen kein Witz einfallen.

»Kontakt steht«, verkündete Nabtaal. »Du kannst sprechen.«

Cedric räusperte sich.

»Raumboot an unbekannten Kreuzer. Hier spricht Ced . . . Commander Cyper.« Aus den Augenwinkeln fing er einen spöttischen Blick Sheryls auf. Schön und gut, *Commander* Cyper − das war vielleicht ein wenig übertrieben, aber kam es darauf wirklich noch an? »Bitte wiederholen Sie. Wir verstehen Sie kaum. Der Empfang ist sehr schlecht.«

Das war schwach. Äußerst schwach. Und Cedric wußte das nur zu gut, aber wie immer wenn man eine gute Idee brauchte, war gerade keine in der Gegend, auf die man hätte zurückgreifen können.

»*SK Marvin* an Raumboot«, ertönte die Stimme wieder. »Stoppen Sie sofort die Fahrt!«

Cedric zählte in Gedanken langsam bis fünf, dann erwiderte er: »Bitte wiederholen Sie. Wir haben Sie nicht ganz verstanden. Wer spricht dort?«

Es half nichts. Vor dem Cockpit stand mit einemmal eine grelle Strahlenbahn im Weltall, so hell, daß Cedric seine Augen unwillkürlich mit der Hand abschirmte. Ein Warnschuß, der einen Moment später wieder erloschen war.

»Verdammt, versuchen Sie nicht, uns zum Narren zu halten«, schallte es aus den Lautsprechern. »Wir wissen, daß Sie uns empfangen. Ich gebe Ihnen noch genau fünfzehn Sekunden, die Fahrt zu stoppen, andernfalls eröffnen wir das Feuer. Eine weitere Warnung erfolgt nicht. Die Zeit läuft — ab . . . *jetzt!*«

»Bitte wiederholen Sie«, erwiderte Cedric ungerührt. »Die Funkverbindung ist sehr schlecht. Hören sie? Die Verbindung ist . . .«

»Noch zehn Sekunden.«

Cedric tauschte einen kurzen Blick mit Sheryl. Ein Aufgeben kam überhaupt nicht in Frage. Diese Leute dort waren nicht darauf aus, Gefangene zu machen. Cedric schaltete den Antrieb aus, was ihre Geschwindigkeit dennoch um keinen Deut verringerte, solange er nicht auf Gegenschub schaltete.

Das wußte man an Bord des Schweren Kreuzers offenbar ebensogut wie er.

»Noch fünf Sekunden«, kam es ungerührt aus den Lautsprechern.

Cedric umklammerte den Steuerknüppel mit einer Hand und legte die andere auf den Schalter, mit dem er wieder Vollschub geben konnte. Doch noch zögerte er. Er wollte erst im letzten Augenblick durchstarten und danach sofort nach unten wegtauchen. Vielleicht gelang es ihm auf diese Weise, den Feuerleitoffizier dort drüben noch eine kleine Weile zu beschäftigen.

Vier zählte er in Gedanken mit, während sich seine Hand langsam auf den Schalter senkte. Drei, zwei . . .

»WACHSATELLIT AN SCHWEREN KREUZER«, klang plötzlich eine computermodulierte Stimme aus den Lautsprechern. »IDENTIFIZIERUNG ERBETEN!«

Eine Sekunde lang herrschte Stille.

»Was zum Teu...« war dann die Stimme des anderes Kommandanten zu vernehmen, von einem Knacken jäh beendet. Die Verbindung war unterbrochen.

»Was hat das zu bedeuten?« rief Sheryl verblüfft.

»Keine Ahnung«, knurrte Cedric. Er sah auf seine Hand, die immer noch über dem Startknopf lag und fragte sich, ob er ihn noch drücken sollte. Das Ultimatum war längst abgelaufen, und dennoch hatte der Schwere Kreuzer nicht gefeuert. Wahrscheinlich war man drüben ebenso über das plötzliche Eingreifen des Killer-Satelliten erstaunt.

»Der Schwere Kreuzer sendet seinen Identifizierungscode«, sagte Nabtaal, der über seinen Kopfhörer nach wie vor sämtliche Frequenzen abhörte.

»CODE UNGÜLTIG«, kam die Antwort des Satelliten ohne Verzögerung aus den Lautsprechern. »CODE IST GEÄNDERT WORDEN. SOFORTIGE IDENTIFIZIERUNG ERBETEN!«

Obwohl die künstliche Stimme über keinerlei Gefühl verfügte, klang sie unerbittlich und drohend zugleich. Kein Wunder, wenn man das Zerstörungspotential bedachte, das dieser Forderung Nachdruck verlieh. Cedric stellte sich vor, wie die Besatzung des anderen Schiffes in hektische Aktivität verfiel.

»Der Schwere Kreuzer hüllt sich in Schutzschirme«, meldete Sheryl. »Und er nimmt Beschleunigung auf. Entfernt sich, schneller werdend.« Die letzten Worte klangen, als könne sie es selbst nicht glauben.

»LETZTE AUFFORDERUNG. IDENTIFIZIEREN SIE SICH. ANSONSTEN ERFOLGT VERNICHTUNG.«

»Versteht ihr denn nicht, was das bedeutet?« rief Sheryl. »Wir sind gerettet! Sie hauen ab. Sie...« Sie brach ab und starrte ungläubig auf die Kontrollen vor ihr. »O mein Gott... Nein!«

»Was ist?« fuhr Cedric sie an, und als sie erst nicht antwortete, setzte er noch drängender hinzu: »Verflucht, sag schon!«

»Raumtorpedos, vom Kreuzer her«, vermeldete sie atemlos. »Insgesamt vier Stück.«

Cedric Cyper senkte seine Hand auf den Startknopf und ließ die Triebwerke wieder zum Leben erwachen. Raumtorpedos — das war so ziemlich das Schlimmste, was ihnen der Schwere Kreuzer als Abschiedsgruß hinterlassen konnte. Sofort drückte er die Nase des Raumbootes in Richtung auf Hadrians Mond zurück und versuchte sich zu erinnern, welche Ausweichmanöver ihm während seiner Ausbildung für einen solchen Fall eingetrichtert worden waren: zuerst ein vertikaler Zickzackkurs, kurzer Gegenschub, dann eine horizontale Spirale, zwei Umkreisungen lang, und dann...

Aber leider galt das alles lediglich für die wieselflinken und wendigen Kampfjäger der sarday'kinschen Flotte, mit denen tatsächlich eine kleine Chance bestanden hätte, einem Raumtorpedo auszuweichen. Mit diesem Schiff war es, als wollte eine Schildkröte vor vier angriffslustigen Stechmücken weglaufen – mit dem Unterschied, daß die Stechmücken, die da aus der Schwärze des Alls auf sie zurasten, über eine Sprengkraft verfügten, die nur in Gigatonnen gemessen werden konnte. Trotzdem leitete Cedric das Ausweichmanöver ein.

»Ich empfange Funkverkehr zwischen dem Schweren Kreuzer und dem Containerschiff«, rief Nabtaal. »Verschlüsselt.«

Cedric nahm es mehr unterbewußt wahr, so sehr war er auf die Steuermanöver konzentriert, dennoch fragte er sich, ob Nabtaal wirklich so kaltblütig war, jetzt eine solch unwichtige Meldung zu machen.

Gegen alle Wahrscheinlichkeiten gelang es Cedric, diesem direkten Treffer auszuweichen, und als die Raumtorpedos an ihnen vorbeirasten, hatte er einen Lidschlag lang sogar das Gefühl, den Antriebsschweif eines davon ganz dicht an ihrem Cockpit vorbeirasen zu sehen. Dieser Erfolg bescherte ihnen allerdings nur ein paar Sekunden Aufschub, denn die Flugkörper wendeten sofort in einer engen Kurve und rasten erneut auf sie zu. Jetzt kamen sie von schräg hinten, und Cedric wußte, daß diesmal selbst der steile Steigflug, den er einschlug, sie nicht mehr retten konnte.

»Aus!« brachte er noch über die Lippen, als plötzlich vier grelle Lichtbahnen im All standen. Sie stachen über das Raumboot hinweg, hinter dem im selben Moment vier feurige Bahnen aufglühten. Die Druckwellen rüttelten nur leicht an dem Raumboot.

Der Killer-Satellit, wurde Cedric wie betäubt bewußt. *Er* hatte eingegriffen und sie gerettet!

»WACHSATELLIT AN SCHWEREN KREUZER«, kam es aus den Lautsprechern. »VERNICHTUNG EINGELEITET!«

Doch keine neuen Laserbahnen stachen durch das All. Beim Killer-Satelliten blieb alles ruhig.

»Was ist los?« fragte Cedric sie. »Wo ist der Schwere Kreuzer?«
»Ich... ich weiß nicht... Sein Radarbild ist verschwunden.«
Sheryl sah ihn an. »Tut mir leid, ich habe nur noch auf die Torpedos geachtet. Ich... glaube, er ist in Hyperraumflug übergegangen.« Sie studierte erneut die Anzeigen. »Auch das Containerschiff hat Fahrt aufgenommen.«

Als hätte es nur dieses Stichwort bedurft, ließ sich wieder die computermodulierte Stimme des Killer-Satelliten vernehmen: »WACHSATELLIT AN CONTAINERSCHIFF. IDENTIFIZIERUNGSCODE ERBETEN!«

Dasselbe Spiel, das zuvor schon dem Schweren Kreuzer gegolten hatte, wiederholte sich noch einmal, und auch das Frachtschiff schaffte es, in den Hyperraum zu verschwinden, bevor es zerstört werden konnte. Zwar verfügte es über wesentlich schlechtere Beschleunigungswerte, aber es hatte einen Kurs genommen, auf dem sich Hadrians Mond zwischen das Schiff und den Killer-Satelliten geschoben und es so vor einem direkten Feuer geschützt hatte.

Cedric fragte sich, ob das Containerschiff dazu gekommen war, die Verladeaktion abzuschließen, als er plötzlich erstaunt bemerkte, daß die Triebwerke des Raumbootes zündeten, ohne daß er eine entsprechende Schaltung vorgenommen hatte. Ein Griff zum Steuerknüppel, der keinerlei Einfluß auf die Steuerung mehr hatte, bewies ihm, daß die internen Kontrollen blockiert waren.

»Was ist?« fragte Sheryl, die seine vergeblichen Steuerversuche bemerkte.

»Ach, nichts weiter«, meinte er harmlos, während er sich in seinem Sitz zurücklehnte und die Arme vor der Brust verschränkte, als wäre sein Teil der Arbeit erledigt. »Der Killer-Satellit hat nur die Kontrolle über unser Boot übernommen, das ist alles.«

»Und das bedeutet...?«

Meine Güte, woher sollte er das denn wissen? Er war in den letzten Minuten kaum dazu gekommen, sich irgendwelche weitergehenden Gedanken zu machen.

»Daß wir genau dorthin fliegen, wohin wir ohnehin wollen«, erwiderte er in einem Tonfall, der ihr klarmachte, daß er jetzt nicht sonderlich viel Verlangen nach ausgedehnter Konversation verspürte. Sheryl verstand und stellte keine weiteren Fragen mehr.

Mit zusammengepreßten Lippen sah Cedric zu, wie ihr Kurs

wieder auf den sichelförmig angestrahlten Himmelskörper zuschwenkte, den sie während der vorigen Manöver etwas aus dem Kurs verloren hatten. Cedrics Gedanken beschäftigten sich dabei unermüdlich mit der Frage, weshalb der Identifizierungscode des Schweren Kreuzers mit einemmal nicht mehr anerkannt worden war. Laut der Computerstimme war eine Codeänderung erfolgt. Nur — weshalb gerade jetzt? Das hätte zum einen manuell geschehen können, aber das setzte voraus, daß es dort oben irgend jemanden gab, der das hätte machen können. Oder aber der Computer des Satelliten war so programmiert, daß der Code periodisch wechselte. Davon hatte Cedric allerdings noch nichts gehört.

Näher und näher kamen sie dem Killer-Satelliten. Wenn man sich ihn als Fußball vorstellte, so war ihr Raumboot allerhöchstens ein Staubkorn, das darauf zuflog. Selbst das Hangarschott, das sich Minuten später vor ihnen öffnete, wäre kaum höher gewesen als ein Streichholz breit. Im Verhältnis zu ihrem Raumboot war die Öffnung dennoch riesig, ebenso wie der Hangar selbst, in dem sie schließlich niedergingen und in dem zwei oder drei Schwere Kreuzer nebeneinander Platz gehabt hätten. Cedric wußte, daß es in jedem Killer-Satelliten entsprechend große Hangars gab.

Das Raumboot kam schließlich auf seinen drei Heckflügeln zum Stehen. Sämtliche Kontrollen erloschen, und auch als Cedric sie versuchshalber wieder aktivieren wollte, tat sich nichts. Alle Funktionen waren weiterhin blockiert. Durch die Cockpitscheibe war zu sehen, wie sich das riesige Hangartor wieder schloß.

»Laut Außensensoren wird der Hangar mit atembarer Atmosphäre geflutet«, verkündete Nabtaal.

»Tja«, überlegte Cedric laut. »Scheint, als wäre das eine Einladung, das Raumboot zu verlassen.«

»Eine Einladung?« fragte Sheryl. »Von wem?«

Er hob die Achseln, löste die Gurte und stand auf, um sich nach hinten zu begeben, wo sich die Schleuse befand.

»Weißt du, Cedric«, rief Sheryl hinter ihm her, »genau das sind die präzisen und ergiebigen Antworten, die ich an dir so sehr liebe!«

Cedric antwortete nicht, sondern griff nach dem schweren Lasergewehr, daß er hinten in der Kabine verstaut hatte. Dann, nachdem die Außensensoren anzeigten, daß sie gefahrlos nach draußen klettern konnten, verließen sie nacheinander die kleine Cockpitschleuse und stiegen die restlichen Meter bis zum Boden über die Außenleiter herab. Kurz darauf standen sie alle am Fuß des Raumboots. Cedric deutete mit dem Gewehrlauf durch den riesigen Hangar auf ein geschlossenes Schott auf der rückwärtigen Seite, etwa hundert Meter entfernt.

»Ich würde vorschlagen, daß wir erst einmal zum Hauptschott gehen«, sagte er. »Wenn es sich öffnen läßt, dürften unsere Karten ganz gut stehen, wenn nicht, müssen wir uns etwas anderes überlegen.«

Doch das Hauptschott ließ sich nicht öffnen, wie sie feststellen mußten. Die Kontrollen reagierten nicht.

»Vielleicht sollten wir versuchen, uns mit den Laserwaffen einen Weg durch das Schott zu brennen«, schlug der namenlose Cybertech vor. Wie alle anderen hatte auch er noch seinen Handlaser, aber diese Aufforderung galt dennoch vor allem Cedric und dessen schweren Lasergewehr.

»Ich weiß nicht, ob das eine solch gute Idee wäre«, sagte da plötzlich eine Stimme hinter ihnen. Eine Stimme, die Cedric wohlbekannt war, obwohl er sie nur wenige Male gehört hatte, doch sie gehörte zu der Art von Stimmen, die man sein Leben lang nicht mehr vergaß – erst recht nicht als Strafgefangener auf Hadrians Mond.

Wie alle anderen fuhr auch Cedric auf dem Absatz herum und verharrte regungslos, als ihm seine Augen bewiesen, daß ihn seine Ohren nicht getrogen hatten. Die massive, untersetzte Gestalt, die keine zwanzig Meter hinter ihnen auf der offenen Hangarfläche stand, war – Croft!

Während sich ein Teil seines Bewußtseins mit der Frage beschäftigte, wieso um alles im Universum sich der Kommandant der Mine im Killer-Satelliten befand, fühlte er in einem anderen wieder die Gefühle aufsteigen, die ihn in den letzten zwei Jahren hatten durchhalten lassen. Das war Haß. Grenzenloser Haß und der felsenfeste Vorsatz, dem Kommandanten alles in gleicher Münze zurückzuzahlen, sobald er das Glück hatte, ihm noch einmal zu begegnen.

Croft hob abwehrend die Arme.

»Ich kann mir vorstellen, was ihr denkt«, sagte er. »Aber handelt nicht vorschnell. Jetzt ist nicht die Zeit, alte Rechnungen zu begleichen. Wenn wir überleben wollen, dann müssen wir zusammenarbeiten.«

Cedric wußte, daß sie ihm kein Wort glauben konnten, und wenn er nicht sofort sein Gewehr hob und den Kommandanten in ein Häuflein Asche verwandelte, dann nur deshalb, weil er sich nicht erklären konnte, weshalb Croft so lebensmüde war, ihnen allein und unbewaffnet gegenüberzutreten.

Der Cybertech war der erste, der seine Überraschung überwandt und seinen Handlaser zog.

»Wir sollten ihn abknallen«, rief er mit vor Haß verzerrtem Gesicht. »Er hat die ganzen Quälereien zu verantworten, die wir über uns ergehen lassen mußten. Er verdient den Tod! Tausendmal!« Er sah sich um. »Worauf warten wir noch? Wenn ihr es nicht macht, dann tue ich es eben.«

»Warte!« rief Cedric fast gegen seinen Willen. »Wir könnten ihn zumindest anhören.«

»Ganz recht«, stimmte Croft ihm zu. »Denkt daran, daß ich euch immerhin das Leben gerettet habe. Oder wer, denkt ihr, hat die anderen Schiffe verjagt? Und die Raumtorpedos zerstört?« Er machte eine kurze Pause. Täuschte Cedric sich, oder spielte um die Lippen des Kommandanten ein überhebliches Lächeln? »Ihr seht, ohne mich wärt ihr längst nicht mehr am Leben. Ist das kein Grund für ein wenig Kooperationsbereitschaft?«

»Wie bist du hierher auf den Satelliten gekommen?« fragte Cedric hart, ohne darauf einzugehen.

Croft machte eine vage Handbewegung.

»Mein Kommando-Fluchtboot«, gab er Auskunft. »Nicht besonders komfortabel, aber mit Ortungsschutz. Diese Idioten haben nicht einmal gemerkt, daß ich gestartet und hierher geflogen bin. Viel schwieriger war es, die Sicherungscodes zu ändern.«

Es hörte sich logisch an, aber Cedric ließ sich davon nicht täuschen. Nicht bei Croft.

Abgesehen von der Frage, wie Croft an Bord des Killer-Satelliten gelangt war — wie war er eigentlich hierher in den Hangar gekommen? Das nächste Schott war gut fünfzig Meter entfernt, und sie hätten es bestimmt bemerkt, wenn es sich geöffnet hätte. Blieb nur die Möglichkeit, daß er sich bereits im Hangar aufgehalten hatte, doch dazu hätte er einen Raumanzug tragen müssen und nicht die normale Uniform, die er anhatte.

Irgend etwas stimmte nicht, aber was immer es auch war, er kam nicht mehr dazu, weiter darüber nachzugrübeln, denn in diesem

Moment gab Taifan einen grollenden Laut von sich und stürmte auf den Commander zu. Er hatte offenbar entschieden, daß kein Grund, den Croft vorbringen konnte, stark genug sein könnte, um ihn am Leben zu lassen — und ganz nach yoyodynischer Sitte wollte er keine Zeit verschwenden, seinen Entschluß in die Tat umzusetzen.

»Nein, nicht!« schrie Cedric ihm hinterher, ohne recht zu wissen, warum eigentlich. Vielleicht weil er, wenn Croft jetzt starb, sich seiner Chance betrogen sehen würde, dem Kommandanten der ehemaligen Minenstation selbst ins Jenseits zu schicken — langsam und genüßlich, wie er sich das seit Jahren vorgestellt und erträumt hatte. Vielleicht störte ihn nach wie vor auch nur irgendeine Kleinigkeit, die er noch immer nicht zu benennen wußte.

Da hatte Taifan Croft bereits erreicht, kam kurz vor ihm zum Stehen und schleuderte ihm ein verächtliches »Stirb, Sarday'kin!« entgegen. Cedric wußte, daß Yoyodynen im waffenlosen Nahkampf nahezu unbezwingbare Gegner waren, die ihre Gliedmaßen als tödliche Waffe einzusetzen vermochten — und auch der Schlag, der blitzschnell auf Crofts ungeschützte Kehle zielte, wäre mit Sicherheit tödlich gewesen.

Doch im selben Moment, da Taifans Hand Croft traf, war der Yoyodyne plötzlich in ein grelles Blitzgewitter eingehüllt, während der Kommandant selbst von einer Sekunde auf die andere einfach verschwunden war, als hätte er sich in Luft aufgelöst.

Und noch eine weitere Sekunde später rieselten die verkohlten Überreste des *Himmelsstürmers* zu Boden. Mehr war von dem Yoyodyne nicht übriggeblieben.

»Eine Holografie!« schrie Sheryl. »Das war eine gottverdammte Holografie!«

Richtig, mußte Cedric ihr zustimmen, und mit einemmal wußte er auch, warum Crofts Abbild nicht einmal Anstalten gemacht hatte, dem anstürmenden Yoyodynen auszuweichen.

»Ganz recht!« schallte Crofts Stimme aus verborgenen Lautsprechern in den Hangarwänden, so laut, daß es ihnen in den Ohren dröhnte. »Ich habe mir gleich gedacht, daß ich euch nicht trauen kann. Nun . . . schade — jedenfalls für euch. Ihr könnt nicht sagen, daß ich euch nicht das Angebot gemacht hätte, mit mir zusammenzuarbeiten, wenn auch zu meinen Bedingungen, aber ihr habt es ja vorgezogen, euch anders zu entscheiden. Was für ein Pech . . .«

Die letzten Worte hallten eigenartig in Cedrics Ohren, aber erst als Nabtaal zu torkeln begann und zu Boden stürzte, begriff er, was Crofts Worte *wirklich* gemeint hatten.

»Gas!« schrie er, doch auch der Cybertech konnte ihn bereits nicht mehr hören. Er war zu Boden gesunken, und auch Sheryl knickten bereits die Knie ein.

Synfile 9

Unverhofft kommt oft

Die Entwicklung von Kampfgasen schien ein Betätigungsfeld zu sein, das sarday'kinschen Wissenschaftlern Gelegenheit bot, ihre gesamte Hinterhältigkeit unter Beweis zu stellen. Es gab Betäubungsgase, die nach dem Erwachen quälende Kopfschmerzen hinterließen oder bei denen man sich noch tagelang so fühlte, als wolle sich einem der Magen umstülpen; andere wiederum verursachten ein langsames und schmerzreiches Dahinsiechen, das nicht einmal mit Mitteln aus der genetisch-medizinischen Hexenküche der Phagon aufzuhalten war; und dann gab es noch welche, die nichts von alledem verursachten und einen frisch und munter wieder erwachen ließen, wie nach einem langen erholsamen Schlaf.

Das Gas, das Croft eingesetzt hatte, gehörte offenbar zur letzterer Sorte — wie Cedric verwundert feststellte, als er zusammen mit den anderen ehemaligen Mitgefangenen in einer kleinen Halle wieder zu sich kam. Er fühlte sich so ausgeruht und hellwach wie schon lange nicht mehr. Demnach schien Croft Wert darauf zu legen, daß sie einigermaßen unbeschadet blieben. Oder aber er hatte kein anderes Betäubungsgas zur Hand gehabt.

Der längliche Tisch, der in der Mitte des Raumes stand und über und über mit Essenspaketen bedeckt war, brachte diese Einschätzung wieder ins Wanken. Cedric wollte die anderen, die wie ausgehungerte Wölfe in die Richtung des Tisches stürmten, im ersten Moment zurückhalten, unterließ es aber. Das Essen würde schon nicht vergiftet sein. Wenn Croft sie hätte umbringen wollen, hätte er dazu mehr als ausreichend Gelegenheit gehabt, während sie bewußtlos gewesen waren. Eines allerdings war sicher: Aus reiner Menschenfreundlichkeit tat er das nicht; er mußte damit eine Absicht verfolgen. Entweder er brauchte sie, oder er hatte irgendeine Teufelei mit ihnen vor.

Cedric unterdrückte das Verlangen, den anderen zu folgen und sich ebenfalls über das Essen herzumachen. Statt dessen nahm er den Raum genauer in Augenschein. Viel gab es nicht zu sehen. Der Raum wirkte wie ein ungenutztes Lager, von denen es im Innern des Killer-Satelliten vermutlich Hunderte gab. Die Wände bestanden aus gehärtetem Plastmetall. Wie nicht anders zu erwarten, war auch das Panzerschott, das den Eingang verriegelte, bombenfest geschlossen. Mit ihren Strahlwaffen hätten sie sich einen Weg freischmelzen können, aber natürlich war Croft nicht so nachlässig gewesen, sie ihnen zu lassen.

Auch die kleine Codeleiste neben dem Panzerschott half ihnen in keinster Weise weiter; es sei denn, sie hätten die richtige Zahlenkombination gewußt. So aber gab es zig Milliarden Möglichkeiten, und spätestens bei der dritten Fehleingabe dürfte automatisch Alarm ausgelöst werden. Cedric überlegte, ob er nicht dennoch einfach auf gut Glück ein paar Tasten drücken sollte.

Eine andere Entdeckung brachte ihn von diesem Gedanken ab — der kleine Metallkoffer mit dem Byranium!

Scheinbar unversehrt stand er unweit der Stelle, wo sie erwacht waren, an der Wand. Zögernd näherte Cedric sich ihm, ging davor in die Hocke, und erst als er das kühle Metall unter seinen Fingern spürte, war er sicher, daß Croft ihn nicht mit einem holografischen Abbild des Koffers zu narren versucht hatte. Er warf den anderen einen kurzen Blick zu, wie um sich zu vergewissern, daß ihm keiner Beachtung schenkte, dann ließ er die Verriegelung aufschnappen und zog den Deckel auf.

Der längliche, grünlich schimmernde Gesteinsbrocken befand sich tatsächlich immer noch darin! Das Byranium war unruhig, das spürte er mit der ganzen Erfahrung seiner zwei Jahre währenden Arbeit in den Minen. Schon jetzt hatte sich der Brocken etwas verformt, wie erhitztes Eisen kurz vor dem Schmelzpunkt.

Stirnrunzelnd schloß er den Koffer. Er beging keineswegs den Fehler zu glauben, daß diese Entdeckung ein Anlaß zur Freude war. Im Gegenteil. Irgend etwas war hier faul. Warum um alles in der Welt sollte Croft ihnen diesen Koffer überlassen, dessen Inhalt mehr als nur ein Vermögen wert war? Nur ein kleines sadistisches Spielchen, um ihre Hoffnungen zu schürzen und sie dann zu enttäuschen? Sie befanden sich schließlich in seiner Hand, und er konnte ihnen den Koffer jederzeit abnehmen. Oder gehörte das etwa zu derselben Teufelei, weswegen Croft sie am Leben gelassen und verpflegt hatte? Doch so sehr Cedric sich das Hirn zermarterte, er konnte sich nicht vorstellen, was das für eine Teufelei sein konnte, aber er war sicher: *Wenn* er sich es hätte vorstellen können, es hätte ihm bestimmt nicht gefallen.

Oder aber, überlegte er, Croft hatte überhaupt keine Hintergedanken, sondern den Koffer schlicht und einfach übersehen. Das war zwar unwahrscheinlich, aber nicht ausgeschlossen. Mit Sicherheit waren sie von Robotern in diesen Raum gebracht worden. Angenommen, Croft hatte sich gar nicht persönlich zu ihnen bemüht und dieselben Roboter damit beauftragt, sie zu entwaffnen, dann hätte der Koffer auf diese Weise, da er mit Sicherheit nicht als Waffe eingestuft worden wäre, hierher gelangen können. Cedric wußte zwar nicht, wie sie daraus in ihrer Lage hätten Kapital schlagen können, aber wie hatte der Daily Lama bei passender Gelegenheit doch gesagt: Keinen Ausweg zu sehen bedeutet noch lange nicht, daß es keinen gibt!

Andererseits war es natürlich genausogut möglich, daß Croft all diese Überlegungen voraussah, und es sich doch nur um ein sadistisches Spielchen handelte.

Cedric beließ es dabei, den Koffer in eine Ecke des Raumes zu stellen, der für die Beobachtungskameras an den Wänden schlecht zu erfassen war, dann gesellte er sich zu den anderen, die sich um den Tisch gescharrt hatten. Es war zwar nur Flottennahrung, wahrscheinlich aus Notbeständen des Killer-Satelliten, synthetisches Gemüse, Echt-Fleisch oder Algen-Brot, aber im Gegensatz zu dem Fraß, den sie in den Byranium-Minen vorgesetzt bekommen hatten, war es ein Festtagsmenü.

Bald breitete sich in Cedrics Magen ein wohliges Gefühl aus. Jetzt fehlte ihm nur noch eine Dusche und neue Kleidung.

Er spürte eine Berührung am Arm und entdeckte, daß Duncan neben ihn getreten war. Der Cybertech sah ihn mit geweiteten, glasigen Augen an und murmelte etwas wie:

». . . Null, Zwei, Eins, Zwei . . .«

»Ja, Duncan, schon gut«, meinte Cedric und wies irgendwohin. »Geh am besten dorthin und spiel schön, okay?«

Wie erwartet, dauerte es nicht lange, bis Croft von sich hören ließ. Mit einem hörbaren Knistern baute sich in der Halle ein Hologramm des Kommandanten der zerstörten Station auf Hadrians Mond auf. Diesmal war keiner von ihnen so dumm, sich dem dreidimensionalen Abbild zu nähern. Statt dessen wich jeder unwillkürlich ein oder zwei Schritte zurück.

Croft breitete die Arme aus und sah sie jovial lächelnd an, als wüßte er um ihre Gedanken. Natürlich sah er sie nicht wirklich an, sondern verfolgte die Szene über die Beobachtungskameras in den Wänden, aber die Illusion war nahezu perfekt. So perfekt, daß Taifan jetzt tot war.

»Na, meine Schäfchen«, sagte die Holografie. »Wie ich sehe, seid ihr alle wieder zu euch gekommen. Und gegessen habt ihr auch schon. Hat es euch geschmeckt?«

»Was haben Sie mit uns vor?« rief der namenlose Cybertech. Die ganze Zeit über hatte er kein Wort von sich gegeben, jetzt überschlug sich seine Stimme förmlich. »Wollen Sie uns hier ewig eingesperrt halten? Warum lassen Sie uns nicht miteinander über alles reden. Ich bin sicher, daß...«

»Still!« fuhr Cedric ihn an, so heftig, daß der Cybertech im selben Moment innehielt. Das Beste, was er tun konnte, fand Cedric. Er hatte ohnehin nur Unsinn geredet.

»Sieh an«, sagte Croft spöttisch. »Ein Mann mit Tatkraft. Wie es scheint, habt ihr euch ihn zum Anführer auserkoren. Strafgefangener Cedric Cyper, wenn ich nicht irre.«

»*Ex*-Strafgefangener.«

»Das kommt ganz auf die Perspektive an, nicht wahr?«

»Verzichten wir auf dieses überflüssige Wortgeplänkel«, meinte Cedric. »Kommen wir lieber zu wichtigeren Dingen. Sie haben uns doch nicht allein deshalb gerettet und hier eingesperrt, nur um von Zeit zu Zeit mit jemandem plaudern zu können?«

»Ein interessanter Aspekt«, tat Croft erstaunt, als hätte er darüber bislang noch gar nicht nachgedacht, was seine wahren Beweggründe eigentlich waren. »Allein das ist ein guter Grund, um euch am Leben zu lassen. Auf die Dauer werden diese Unterhaltungen mit Computergehirnen und Robotern doch etwas eintönig.«

Croft grinste, als freue es ihn, eine solch nichtssagende Antwort zu geben. Cedric gab mit keiner Regung zu erkennen, daß er Croft damit bereits entlockt hatte, daß es außer ihnen niemanden sonst auf dem Killer-Satelliten gab.

»Wollen Sie uns etwa eingesperrt halten, bis der nächste Patrouillenflug vorbeikommt?« fragte er, in der Hoffnung, weitere Informationen aus ihm herauszukitzeln. »Was glauben Sie, wie viele Monate das dauern wird?«

»Das ist weniger mein als euer Problem«, erwiderte Croft leichthin. »Ich fürchte, ihr . . .« Er unterbrach sich, als irgendwo ein hektisches Fiepen erklang, und der Kopf der Holografie ruckte nach rechts, als gäbe es dort etwas Erstaunliches zu sehen. »Was . . .?« entfuhr es ihm, dann schien er sich zu besinnen, daß sie ihn noch immer sehen konnten.

Er streckte seinen Arm ins Leere, machte eine Handbewegung, als wolle er einen Schalter umlegen — und im nächsten Augenblick erlosch das holografische Abbild, und mit ihm verklang das Fiepen.

»Was war das?« fragte Sheryl in die Stille hinein.

»Ein Ortungssignal, würde ich vermuten«, sagte Nabtaal.

Cedric nickte nachdenklich. Daran hatte er auch gedacht.

»Das würde bedeuten, daß irgendein Flugobjekt in der Nähe des Killer-Satelliten aufgetaucht ist«, überlegte er laut.

»Von Hadrians Mond?« fragte Nabtaal.

»Ausgeschlossen«, sagte Cedric. »Da unten hat niemand mehr gelebt.«

»Vielleicht ein außerplanmäßiger Patrouillenflug«, meinte Nabtaal.

»Oder der Schwere Kreuzer ist zurückgekommen«, schlug Sheryl vor. »Zusammen mit Verstärkung.«

»Wer sollte schon so viele Schiffe aufbieten können, um den Killer-Satelliten zu gefährden?« meint er. »Da müßte schon die halbe Sarday'kin-Flotte aufkreuzen, und das halte ich für ziemlich ausgeschlossen.«

»Und was hältst du *nicht* für ausgeschlossen?« fragte Sheryl leicht ärgerlich.

»Keine Ahnung.« Cedric hob die Schultern. »Wir wissen nicht einmal, ob das wirklich ein Ortungssignal gewesen war.«

»Was jetzt?« fragte Nabtaal.

Er warf ihm einen Blick zu, der soviel besagte wie: Du kannst vielleicht dämliche Fragen stellen!

»Was schon? Wir können nicht mehr tun, als abzuwarten und uns überraschen zu lassen. Ich bin sicher, daß Croft, wenn er sich das nächste Mal meldet, darauf zu sprechen kommen wird. Schließlich hat ihm das einen ziemlich schlechten Auftritt beschert, und er wird bestimmt versuchen, das irgendwie zu kaschieren.«

In diesem Punkt sollte Cedric sich irren. Croft meldete sich nicht.

Stunden voll bleierner Langeweile vergingen. Cedric hockte sich in eine stille Ecke; den Rücken an die Wand gelehnt, schloß er die Augen und war froh, daß er Zeit hatte, sich alles noch einmal gründlich durch den Kopf gehen zu lassen.

Er dachte, daß er bislang womöglich etwas übersehen hatte und das ihnen bei einer Flucht aus diesem Raum behilflich sein konnte. Eine vergebliche Mühe. Auch die Identity-Card des toten Technikers, die er in seiner Tasche fand, war nicht mehr als ein nutzloses Plastikstück. In der Halle gab es kein Anschlußpult, und selbst wenn es eines gegeben hätte, war es fraglich, ob die Karte hier oben auf dem Killer-Satelliten überhaupt als zugriffsberechtigt eingestuft werden würde.

Er wurde abgelenkt, als er von irgend jemandem angesprochen wurde. Er hob den Kopf und erkannte Kara-Sek. Der gedrungen wirkende Yoyodyne mit seinem pechschwarzen, geflochtenen Haupthaar stand in einer fast unterwürfigen Haltung vor ihm.

»Ja, was gibt's?«

Der Yoyodyne verneigte sich leicht.

»Ich weiß, daß Taifan dir gegenüber ein Treueversprechen abgegeben hat«, sagte er.

»Ja und?« knurrte Cedric argwöhnisch. Kam jetzt wieder irgendein yoyodynischer Ehrenkodex-Unsinn?

»Taifan ist tot. Aber sein Treueversprechen galt nicht nur für ihn, sondern auf für Omo und mich. Unser Kodex gebietet es uns, dir gegenüber zur Treue verpflichtet zu sein, bis du uns daraus entläßt.«

Cedric sah ihn erstaunt an. Es *war* yoyodynischer Ehrenkodex-Unsinn, aber man konnte nicht sagen, daß es ihm ungelegen kam.

»Heißt das, daß ihr alles macht, was ich will?« vergewisserte er sich.

»Sofern es nicht unseren Grundsätzen widerspricht — ja.« Wiederum verneigte Kara-Sek sich leicht. »Ich bin nur ein *Shigaru* und hoffe, daß du mich nicht für zu unwürdig befindest, um in deinen Diensten zu stehen.«

»Nein«, erwiderte Cedric schnell, der befürchtete, daß Kara-Sek sich anderenfalls womöglich augenblicklich das Leben nahm. In diesen Dingen war dem Yoyodyne alles zuzutrauen. In den Raumhafenbars hörte man die wildesten Geschichten. »Das ist mir schon recht so.«

Er sah, wie Kara-Sek sich wieder entfernte, und fragte sich, ob es vorher schon jemals einen Yoyodyne gegeben hatte, der einem Angehörigen einer anderen Fraktion zur Treue verpflichtet gewesen war.

Womöglich, dachte er in einem Anflug von Humor, mußte man, um das Imperium der Yoyodyne zu erobern, gar nicht gegen sie kämpfen, sondern sie einfach nur in eine Situation bringen, in der man ihnen das Leben rettete — und schon machten sie alles, was man wollte.

Momentan sah es allerdings nicht so aus, als ob er jemals Gelegenheit erhalten sollte, dem Flottenkommando einen solchen Vorschlag zu unterbreiten. Erstens, weil er das Hauptquartier niemals lebend wiedersehen würde, jedenfalls nicht in *diesem* Leben. Zweitens, weil er, sollte ihm das dennoch irgendwie gelingen, sofort inhaftiert und standrechtlich atomisiert werden würde, bevor er die Gelegenheit gehabt hätte, auch nur ein einziges Wort zu sagen. Und drittens war er sich nicht einmal sicher, ob er dem sarday'kinschen Flottenkommando überhaupt jemals wieder irgendeinen Vorschlag unterbreiten *wollte*.

Weitere Stunden verstrichen. Um so überraschender war es, als plötzlich das Panzerschott mit einem leisen Zischen aufschwang und ein Kampfroboter mit aktivierten Waffenarmen in die kleine Halle stampfte.

Cedric war augenblicklich auf den Beinen und sah dem Roboter unbehaglich entgegen. Instinktiv suchten seine Augen nach einer Möglichkeit zur Deckung, doch es gab keine. Sie waren dem stählernen Koloß wehrlos ausgeliefert.

Ihm und dem zweiten Roboter, der soeben durch das offene Schott stampfte.

Überrascht bemerkte Cedric, daß dieser eine Gestalt, die in

lange, wallende Gewänder gekleidet war, bewußtlos in seinen stählernen Armen trug und auf dem Boden neben dem Panzerschott ablegte. Cedric wollte etwas näher gehen, doch der erste Roboter warnte ihn unmißverständlich.

»Bleiben Sie zurück!« rief seine künstlich modulierte Stimme. »Sonst erfolgt Vernichtung!«

Cedric hielt es für klüger, sich an den Rat zu halten. Der zweite Robot stampfte wieder aus dem Raum, dafür trug ein anderer eine zweite bewußtlose Gestalt herein und legte sie ebenfalls auf dem Boden ab. Wie Cedric erkennen konnte, trug diese Gestalt eine sarday'kinsche Flottenuniform.

Erleichterung machte sich breit, als die beiden Kampfkolosse den Raum verließen und sich das Panzerschott wieder geschlossen hatte. Insgeheim hatte wohl jeder befürchtet, daß Croft Schlimmes mit ihnen vorgehabt hatte.

Sofort eilten sie auf die beiden reglosen Gestalten zu. Es war eine Frau in langen wallenden Gewändern. Ihr kahler Schädel wies sie als Navigatorin aus. Sie war eine der Mutantinnen, die mit ihren Psi-Fähigkeiten in der Lage waren, Raumschiffe durch den Hyperraum zu steuern.

Cedric hatte sie noch nie zuvor gesehen. Den Mann in der ramponierten Flottenuniform mit den Rangabzeichen eines Kreuzerkommandanten kannte er um so besser. Wie hätte er ihn je vergessen können. Er ließ sich neben dem Kommandanten nieder, packte seine Schultern und rüttelte ihn heftig.

»Maylor! Wach auf!«

Der Mann bewegte träge den Kopf, ohne die Augen zu öffnen. Offensichtlich stand er unter der Wirkung eines Betäubungsmittels — vermutlich desselben Gases, das Croft auch gegen sie eingesetzt hatte.

»Maylor! Hörst du mich?«

»Du kennst ihn?« fragte Sheryl erstaunt, die plötzlich neben ihm kniete.

»Und ob«, knurrte Cedric, ohne sie anzusehen. »Wir haben uns auf der Flotten-Akademie jahrelang ein Zimmer geteilt und zusammen die Prüfung gemacht. Wenn du willst, sind wir einmal fast Freunde gewesen.« Er zog den Oberkörper des Mannes hoch und versetzte ihm ein paar Ohrfeigen. Sheryl bemerkte irritiert, daß er ungebührlich hart zuschlug. »He, Maylor, komm endlich zu dir!«

Maylors Kopf schwankte hin und her, während sich seine Augen langsam öffneten und die Pupillen blicklos umherwanderten. Er schien Mühe zu haben, die Umgebung zu erkennen.

»Alles in Ordnung?« erkundigte Cedric sich besorgt.

»Ja«, kam es schwach über Maylors Lippen. Er schüttelte den Kopf, wie um seine Benommenheit zu vertreiben. »Alles klar. Ich bin nur ein wenig...«

»Fein!« rief Cedric, holte aus und verpaßte ihm einen krachenden Kinnhaken.

Maylors Oberkörper flog zurück, sein Hinterkopf schlug rücklings auf den harten Boden; stöhnend blieb er liegen.

»Cedric!« rief Sheryl entsetzt. »Was machst du da?«

»Das siehst du doch«, antwortete er, während er Maylor am Kragen packte und wieder in die Höhe zog. »Ich verpasse ihm eine Abreibung.«

Er holte zu einem neuen Schlag aus und schien damit nur so lange warten zu wollen, bis Maylor wieder ein wenig zu sich gekommen war. Dann, als Maylor mühsam die Augenlider hob, traf seine Faust erneut ins Ziel.

»Hör auf!« rief Sheryl entsetzt. Sie sah zu den anderen Gefangenen hoch, aber keiner von ihnen schien bereit zu sein, Cedric zurückzuhalten. »Du bringst ihn ja um!«

»Um so besser«, knurrte Cedric. »Schließlich habe ich mir zwei Jahre sehnlichst gewünscht, ihn in die Finger zu bekommen.«

»Aber warum? Du sagtest doch gerade, er sei dein Freund...« Sie hielt inne, als sie mit einemmal verstand. Tonlos und mehr an sich selbst gerichtet, fügte sie hinzu: »... *gewesen!*«

»Ganz richtig«, bestätigte Cedric. »Er ist derjenige, dessen Aussage mich nach Hadrians Mond gebracht hat.« Er lächelte kalt. »Und jetzt werde ich ihm in einem Zwei-Minuten-Kursus beibringen, wie man sich nach zwei Jahren in den verfluchten Byranium-Minen fühlt.«

Er zog Maylors Oberkörper erneut in die Höhe und holte aus, aber Sheryl fiel ihm in den Schlag. Beinahe hätte er sie getroffen, wenn er nicht im letzten Moment innegehalten hätte.

»He — was soll das?«

»Verdammt!« brüllte sie ihn wütend an. »Jetzt ist wahrlich nicht der richtige Zeitpunkt, alte Rechnungen zu begleichen. Sei vernünftig! Wenn wir hier rauskommen wollen, müssen wir alle zusammenstehen.« Sie sah Cedric eindringlich an. »Das hast du selbst gesagt.«

Cedric zog eine Grimasse. Tatsächlich? Hatte er das gesagt? Er konnte sich gar nicht daran erinnern. Eine Zeitlang sagte er gar nichts. Seitdem Maylor ihm beim Prozeß in den Rücken gefallen war und ihn mit einer absurden Zeugenaussage belastet hatte, stand ein Wiedersehen mit ihm ganz oben auf seiner privaten Wunschliste. Aber andererseits wußte er, daß Sheryl recht hatte. Es brachte ihnen gar nichts, wenn er Maylor windelweich prügelte.

Cedric ließ den Kommandeur los, der wieder nach hinten kippte. Sheryls Arme schossen vor und fingen Maylor auf, ehe sein Kopf abermals auf den Boden prallen konnte. Sanft ließ sie ihn nach unten gleiten.

Cedric hatte für soviel Fürsorglichkeit nur ein verächtliches Stöhnen übrig. Er stand auf und wandte sich wortlos ab.

Denk nur nicht, daß du davongekommen wärst, dachte er. Aufgeschoben war noch lange nicht aufgehoben!

»Zwei, Eins, Zwei, Neun«, murmelte Duncan, der ihm in die Quere kam. »Falsch. Ganz falsch. Null, Zwei . . .«

Cedric schob den Cybertech einfach beiseite.

Maylor und die Navigatorin erlangten in den nächsten Minuten wieder vollständig das Bewußtsein. Beiden war ihr Unbehagen anzusehen, sich plötzlich inmitten eines Haufens verdreckter Strafgefangener wiederzufinden, bei denen es sich in der Mehrzahl auch noch um Angehörige verfeindeter Fraktionen handelte. Mit besonderem Mißtrauen musterten sie die zweieinhalb Meter große *Humsz*-Züchtung, die mit verschränkten Armen etwas abseits stand. Sheryl beeilte sich, den beiden zu versichern, daß sie nichts zu befürchten hatten. Ein leichtfertiges Versprechen, wie Cedric fand.

Schwankend und mit Sheryls Hilfe kam Maylor auf die Beine; seine Augen weiteten sich ungläubig, als er mit einemmal Cedric unter den Leuten wiedererkannte.

»Du?« kam es über seine Lippen.

»Ja, ich.«

»Dann habe ich mich also nicht getäuscht, als ich vorhin deine Stimme zu hören glaubte.« Maylor strich sich über sein lädiertes Kinn. »Und ich hatte den Eindruck, als würde mir jemand einen Kinnhaken verpassen.«

»Da hast du dich nicht getäuscht«, erwiderte Cedric kalt. Er hatte mit einemmal das Gefühl, als versänke die Umgebung rings herum zur Bedeutungslosigkeit. Mit einemal gab es nur noch Maylor und ihn und den eisigen Blick, der sie beide verband.

Maylor nickte langsam und kniff die Augenlider zusammen.

»Ich hätte nicht gedacht, dich jemals wiederzusehen.«

»Das kann ich dir nachempfinden. Schließlich ist noch niemals jemand aus den Byranium-Minen wiedergekehrt. Da war die Wahrscheinlichkeit, daß wir uns wiedersehen, nicht besonders groß.«

»Byranium-Minen?« wiederholte Maylor erschrocken. »*Du* warst in den Byranium-Minen?«

»Tu nicht so, als hättest du das nicht genau gewußt!«

»Das habe ich nicht einmal geahnt.« Maylor machte eine unschuldige Miene, die so ganz und gar nicht zu seinen harten Gesichtszügen passen wollte. »Natürlich habe ich gehört, daß du verurteilt worden bist, aber nicht, wozu und für wie lange. Du kannst mir glauben, ich habe mich erkundigt, was mit dir geschehen ist, aber man hat mir keine Auskunft erteilt. Militärgeheimnis, war das einzige, was man mir gesagt hat. Natürlich habe ich mich bemüht, dir zu helfen.«

»Mir zu helfen! Du brauchst gar nicht so unschuldig zu tun. Mir kannst du nichts vormachen.« Tief in seinem Innern spürte Cedric jedoch eine gewisse Unsicherheit. Er wußte, Himmelskörper mit Byranium-Vorkommen unterlagen der höchsten Geheimhaltungsstufe. Durchaus möglich, daß man Maylor allein deswegen nichts gesagt hatte, wohin er gekommen war. Aber daran *wollte* er nicht glauben. »Schließlich hast du mich überhaupt erst dorthin gebracht.«

»Cedric, du machst dir selbst etwas vor! Der einzige, der dich in die Minen gebracht hat, bist du selbst gewesen.«

»Ach ja? Und deine Aussage – hat die etwa gar nichts damit zu tun?«

»Ich habe nur gesagt, was ich mit eigenen Augen gesehen habe. Du darfst glauben, daß mir das schwergefallen ist. Aber wir beide haben denselben Eid geschworen.«

»Mit eigenen Augen gesehen!« Cedric trat angriffslustig einen Schritt auf Maylor zu und stemmte die Arme in die Hüften. »Du hast ausgesagt, daß ich, als ich allein im Kommandoraum der

DAYTRIPPER gewesen war, eigenhändig das Feuer auf unsere Bodentruppen eröffnet hätte. Oder willst du etwa bestreiten, daß du mir das vorgeworfen hast?«

»Nein. Genau das hast du getan.«

»Wie bitte?« Cedric glaubte, sich verhört zu haben. Er konnte kaum fassen, daß Maylor die Stirn hatte, diese ungeheuerlichen Anschuldigungen auch dann noch zu wiederholen, wenn sie sich von Angesicht zu Angesicht gegenüberstanden.

»Ich habe sogar Funkkontakt mit dir aufgenommen, um dich davon abzubringen«, bekräftigte Maylor, »aber du hast mich nur beschimpft und dich nicht aufhalten lassen. Und kurz darauf hast du das Feuer eröffnet. Glaube mir, ich weiß, was ich gesehen habe!«

»Du kannst das gar nicht gesehen haben!«

»Und wieso nicht?«

»Ganz einfach«, erwiderte Cedric. »Weil ich nichts von alledem getan habe. Gut, ich war in der Kommandozentrale, aber selbst wenn ich gewollt hätte, hätte ich gar nicht auf die Bodentruppen feuern können. Sämtliche Energie war ausgefallen. Und auch eine Funkverbindung mit dir hat es nie gegeben. Im Gegenteil, ich habe mich verzweifelt darum bemüht, eine Verbindung herzustellen. Du hättest nämlich einspringen müssen, um die Aufgaben der DAYTRIPPER zu übernehmen.«

»Vielleicht wünschst du dir, daß es so gewesen wäre. Aber das ist nie passiert.«

Cedric schüttelte heftig den Kopf.

»Nein, Maylor, mir kannst du nichts vormachen. Du bist es, der lügt. Das alles war ein abgekartetes Spiel, und du warst daran beteiligt.« Er deutete auf die Rangabzeichen auf Maylors Uniform. »Ist das der Judaslohn, den man dir dafür geboten hat, deinen besten Freund zu verraten? Der Rang eines Raumschiffkommandanten?«

»Du täuscht dich, Cedric. Das habe ich mir erst erarbeiten müssen. Nach dem Prozeß hat man mich nämlich erst einmal degradiert.« Er lächelte bitter. »Und willst du wissen, warum? Nein? Macht nichts, ich sage es dir trotzdem. Man hat mir vorgeworfen, daß es meine Pflicht gewesen wäre, die DAYTRIPPER beim ersten Anzeichen, daß du durchdrehst, sofort zu zerstören, um die Planetenlandeaktion nicht zu gefährden.« Er sah Cedric an. »Und du weißt, daß ich das den Vorschriften gemäß hätte tun müssen.«

Cedric machte eine abfällige Handbewegung.

»Mir kommen die Tränen. Und warum hast du das nicht getan?«

»Du Idiot!« rief Maylor. »Natürlich, weil *du* an Bord der DAY-TRIPPER warst! Weißt du, im Gegensatz zu dir mache ich mir nämlich ein paar Gedanken, bevor es darum geht, jemanden abzuknallen, den man für seinen Freund hält. Und wenn es irgendein abgekartetes Spiel gegeben hat, dann warst du derjenige, der daran beteiligt war!« Der Kommandeur verschränkte die Arme vor der Brust. »Und wenn du mir jetzt zusammen mit deinen hübschen Freunden den Kopf abreißen willst, dann tu es! Aber glaubt nicht, daß ich es euch einfach machen werde.«

Cedric sah Maylor stirnrunzelnd an und schwieg. Er kannte ihn genau; wenn es etwas gab, das Maylor noch nie sonderlich gut beherrscht hatte, dann war es lügen.

War es vielleicht sogar irgendwie möglich, daß sie *beide* die Wahrheit sagten und die Lüge ganz woanders lag? Hatte irgend jemand an den damaligen Geschehnissen oder ihren Erinnerungen herummanipuliert? Oder war das nur der Eindruck, den Maylor zu erwecken versuchte?

Sheryl nutzte die Gunst des Augenblicks und trat zwischen sie. Cedric war einen Moment lang erstaunt, daß es außer Maylor und ihm noch jemanden im Universum gab.

»He, Leute!« Sie hob die Arme. »Meint ihr nicht, daß uns das im Augenblick ziemlich egal sein kann? Laßt uns erst einmal zusehen, daß wir hier rauskommen. Wenn ihr danach immer noch das unbändige Verlangen habt, euch gegenseitig den Schädel einzuschlagen, könnt ihr es meinetwegen tun.«

Cedric musterte Sheryl mit unbewegter Miene, dann wandte er sich an Kara-Sek:

»Wie würdet ihr das in einem solchen Fall handhaben?«

Der Yoyodyne verneigte sich leicht.

»Unser Ehrenkodex gebietet es, einen Zweikampf darüber entscheiden zu lassen, wer sich im Unrecht befindet. Ein Zweikampf auf Leben und Tod.«

Cedric sah an Sheryl vorbei zu Maylor und hob herausfordernd die Augenbrauen.

»Du hast gehört, was er gesagt hat?«

»He!« rief Sheryl beunruhigt. »Du meinst das doch nicht etwa ernst?«

Maylor zeigte sich unbeeindruckt.

»Weißt du, Cedric, eigentlich müßtest du mich besser kennen.« Irgendwie brachte er ein Grinsen zustande. Fast wie in alten Zeiten. »Und du weißt, daß ich von diesem Yoyo-Zeug noch nie sonderlich viel gehalten habe. Oder bist du inzwischen etwa zu diesen Hohlköpfen übergetreten?«

Omo stöhnte wütend auf. Bedrohlich stampfte er auf Maylor zu. Cedric hob die Hand und gebot ihm Einhalt. Die *Humsz*-Züchtung gehorchte aufs Wort, auch wenn ihm anzusehen war, daß er Maylor gerne für ein paar Fingerübungen benutzt hätte.

»Sieh an«, meinte Maylor anerkennend. »Du scheinst den Burschen recht gut im Griff zu haben.«

»Man tut, was man kann.« Cedric ertappte sich dabei, daß er plötzlich ebenfalls grinste. Und seltsam, mit einemmal fühlte er, wie sein Verlangen, Maylor die Seele aus dem Leib zu prügeln, mehr und mehr versiegte und der Neugier wich, zu erfahren, was damals wirklich im Perseide-Sektor geschehen war. »Okay, vertagen wir unsere Fehde einstweilen.«

»Einstweilen«, stellte Maylor klar.

»Einstweilen«, bestätigte Cedric. »Bis wir hier raus sind.«

»Gut«, sagte Sheryl und seufzte erleichtert. »Nachdem das geklärt wäre, könnten wir uns jetzt vielleicht dringenderen Dingen zuwenden.« Sie deutete auf Maylor und die kahlköpfige Navigatorin, die bislang nur dagestanden und der Auseinandersetzung gelauscht hatte. »Zum Beispiel der Frage, warum Croft die beiden überhaupt gefangengenommen hat.«

Maylor hob die Schultern.

»Warum er das getan hat, wüßte ich auch gerne.«

Sheryl sah ihn mißtrauisch an. »Keine sehr gute Erklärung«, meinte sie.

»Das mag so klingen, aber es ist die Wahrheit«, bekräftigte Maylor entschieden. »Ich habe keine Ahnung, warum er uns inhaftiert hat. Kaum waren wir im Hangar des Killer-Satelliten gelandet und ausgestiegen, hat er verlangt, daß ich ihm das Kommando des Schiffs übergeben sollte. Natürlich habe ich mich geweigert, und daraufhin hat er Gas eingesetzt. Von da an kennt ihr den Rest.«

Cedric nickte nachdenklich. Entweder Croft hatte den Verstand verloren, oder er spielte sein ganz eigenes Spiel. Cedric vermochte nicht zu entscheiden, welche der Alternativen ihm unangenehmer war. Wahrscheinlich liefen beide auf ein und dasselbe Ende hinaus: ihrer aller Tod.

Ein anderer Gedanke lenkte ihn von diesem unerfreulichen Thema ab: Das Schiff! War das die langersehnte Möglichkeit zu fliehen? Warum nur hatte er diesen Punkt bislang nicht mehr Aufmerksamkeit geschenkt, fragte er sich, um sich sofort darauf selbst die Antwort zu geben: Weil er sich viel zu sehr von seinen persönlichen Rachegefühlen hatte ablenken lassen!

»Was ist das für ein Schiff, mit dem ihr hier seid?« fragte er.

»Die SK FIMBULWINTER.«

»Ein Schwerer Kreuzer.« Cedric pfiff anerkennend durch die Zähne. »Nicht schlecht. Du scheinst dich gemacht zu haben. Was hat euch hierher verschlagen?«

»Ein stinknormaler routinemäßiger Patrouillenflug.« Maylor lächelte schief und breitete die Arme aus. »Da siehst du, wie weit ich es gebracht habe.«

»Die Patrouille?« rief Sheryl. »*Ihr* seid die Patrouille?«

»Ganz recht.«

»Aber . . .« Sie machte eine ratlose Handbewegung. »Wo sind die anderen? Ihr könnt doch nicht die komplette Kreuzer-Besatzung sein?«

Ein Schatten legte sich über Maylors Gesicht.

»Doch, das sind wir«, sagte er düster. »Zumindest sind wir beiden die einzigen, die noch am Leben sind. Die anderen hat es beim Angriff erwischt.«

»Hat der Killer-Satellit euch beschossen?« fragte Cedric.

»Nein. Das war ein anderes Schiff. Schon vor zwei Tagen. Ebenfalls ein Schwerer Kreuzer, der plötzlich aus dem Hyperraum aufgetaucht ist. Er hat aus nächster Distanz das Feuer eröffnet, und unsere Schutzschirme waren nicht einmal zu voller Stärke hochgefahren. Sie haben erst wieder von uns abgelassen, als sie glaubten, daß niemand mehr am Leben war. Ein Wunder, daß wir beide diese Hölle überlebt haben.«

»In der Tat«, meinte Cedric Cyper skeptisch. »Und Wunder geschehen eigentlich nur äußerst selten.« Dabei wußte er es eigentlich besser: In den letzten Tagen hatte er eine Menge Wunder erlebt — das allergrößte war, daß er immer noch lebte.

»Das Wunder war in diesem Fall ein Medizin-Roboter«, sagte Maylor. »Nachdem wir alle das Bewußtsein verloren hatten, hat er Yokandra und mich aus der Kommandozentrale gebracht, und als er sich um den nächsten kümmern wollte, hat die Zentrale einen Volltreffer erhalten. Vakuumeinbruch. Ich brauche dir nicht zu erzählen, was das bedeutet. Wir haben das später den Aufzeichnungen entnommen.«

»Moment!« Cedric spürte, daß seine Hoffnungen im Begriff waren, wie eine schillernde Seifenblase zu zerplatzen. »*Wie* stark ist die FIMBULWINTER beschädigt?«

Maylor atmete tief durch.

»Ziemlich stark.«

»Was heißt *ziemlich*?«

»Sie ist ein besserer Schrotthaufen.«

»Ist sie noch sprungtauglich?«

Maylor stieß ein humorloses Lachen aus.

»Wir sind froh, daß wir die Normaltriebwerke mit Bordmitteln wieder zum Laufen gebracht und es bis zum Todes-Satelliten geschafft haben. Frag mich aber nicht, wie wir das gemacht haben. Den *Legraine-Warington-Generator* aber kannst du vergessen. Edelschrott.«

So schnell konnten Hoffnungen schwinden! Alle schwiegen betreten, nur Duncan torkelte ziellos durch die Halle und murmelte irgendwelche Zahlen vor sich hin.

»Ich würde vorschlagen, ihr erzählt uns erst einmal der Reihe nach, was vorgefallen ist«, sagte Sheryl. »Vielleicht kommt mehr dabei heraus, wenn wir unsere Erkenntnisse zusammenwerfen.«

Maylor wechselte einen kurzen Blick mit Yokandra, als wolle er sich ihres Einverständnisses vergewissern, aber die füllige Navigatorin gab mit keiner Regung zu erkennen, ob sie diese stumme Frage überhaupt bemerkte. Typisch Yokandra, dachte er mißmutig. Auf unausgesprochene Fragen nicht zu antworten war schließlich keine Form der Insubordination, die sich ahnden ließ.

Der Kommandeur begann zu berichten. Zuerst schien es so, als würde er sich sträuben, derartige Dinge entflohenen Strafgefangenen zu erzählen, aber je länger er redete, desto mehr schwand dieses Unbehagen. Erstens hatte er schon so viel verraten, daß es auf den Rest auch nicht mehr ankam, und zweitens mußte er sich damit anfreunden, mit diesen heruntergekommenen Leuten an einem Strang zu ziehen. Was konnte er dafür, wenn das Schicksal sie zu Verbündeten gemacht hatte? Er schilderte, wie sie nach ihrer Ankunft im ›Eleven 12‹-System nichts Ungewöhnliches hatten feststellen können, bis dann kurz darauf der Containertransporter sich im System materialisiert hatte.

»Die PFENNIGFUCHSER, sagtest du?« unterbrach Cedric. »Ihr habt den Transporter also identifizieren können?«

»Ja, einwandfrei.«

»Und?« fragte Cedric ungeduldig. »Welcher Herkunftsplanet? Welcher Reeder? Welche Registrierung?«

»Sehe ich vielleicht aus wie ein Gedächtniskünstler? Aber um dich zu beruhigen: Sämtliche Daten dürften im Bordcomputer der FIMBULWINTER gespeichert sein.« Als Cedric nichts erwiderte, fuhr er mit der Schilderung der Geschehnisse fort und informierte sie über die Begegnung mit dem Schweren Kreuzer. »Ich hätte viel früher Befehl geben müssen, die Schutzschirme hochzufahren, dann hätten wir wahrscheinlich eine Chance gehabt. Aber so . . .« Er schüttelte den Kopf und sah zu Boden. »Ich weiß nicht einmal, wer das getan hat.«

Cedric spürte die Selbstvorwürfe seines ehemaligen Freundes und ließ ein paar Momente verstreichen.

»Da können wir dir weiterhelfen«, sagte Cedric. »Uns gegenüber hat sich der Kreuzer identifiziert. Die SK MARVIN.«

»Die MARVIN?« Maylor sah auf, und in seiner Miene war eine gewisse Hoffnung zu erkennen, Vergeltung für seine Besatzung zu üben. »Nie gehört. Was kannst du mir noch darüber sagen?«

»Keine Sorge, ich werde dir alles sagen, was wir wissen«, antwortete Cedric. Er hob die Arme. »Aber bevor du jetzt viele Fragen stellst, solltest du dir erst mal der Reihe nach anhören, was auf Hadrians Mond passiert ist.« Er hielt kurz inne. Das war eine lange Geschichte. Er sah Nabtaal an. »Wie sieht's mit dir aus? Hast du nicht Lust, das zu erzählen?«

Der schlaksige Freischärler war sofort zur Stelle.

»Aber natürlich, gerne«, versicherte er eilfertig. Er wandte sich an Maylor und Yokandra. »Paßt auf. Alles fing damit an, daß ich vor zweieinhalb Monaten in einem mehr als fragwürdigem Prozeß wegen Spionage und staatsgefährdernder Propaganda verurteilt worden . . .«

»Nabtaal!«

»Ja, Sheryl?«

»Ich glaube, die Vorgeschichte kannst du dir sparen. Fang damit an, wie unser Ausbruch vonstatten gegangen ist.«

»In Ordnung, wie du möchtest«, stimmte Nabtaal zu. »Also, das war so. Ich war gerade in meinem Stollen und hatte den Laserbohrer justiert. An diesem Tag hat man mir ein Ersatzgerät gegeben, da der Bohrer, mit dem ich normalerweise immer gearbeitet . . .«

»Nabtaal!«

»Ja, Cedric?«

»Tu uns allen einen Gefallen!«

»Ja, und?«

»Fasse dich kurz!« fauchte Cedric.

»Ja, ganz wie du denkst.« Nabtaal, der zusammengezuckt war, setzte erneut an, und diesmal schaffte er es tatsächlich, eine halbwegs annehmbare Zusammenfassung der Ereignisse zu geben. Maylor hörte aufmerksam zu und unterbrach den Freischärler nur dann und wann mit einer Zwischenfrage.

»Damit steht eines fest«, sagte er, nachdem Nabtaal geendet hatte. »Das ist kein kleines Gaunerstück, sondern eine großangelegte Aktion. Ohne Kontakt bis in höchste Flottenkreise wäre es nicht möglich gewesen, die Berechtigungscodes zu bekommen. Da muß es Mitwisser oder Informanten geben, die das erst möglich gemacht haben. Verräter, die all die Toten auf dem Gewissen haben.«

»Soweit war ich auch schon«, sagte Cedric.

»Ich frage mich nur«, meinte Maylor, »wofür jemand so große Mengen Byranium brauchen sollte? Was läßt sich damit anstellen? Ich weiß, daß es in kleinen Mengen als Glücksbringer verkauft wird und sündhaft teuer ist, aber bis heute hatte ich keine Ahnung, weswegen Hadrians Mond so ungeheuer wichtig ist, daß es von einem Killer-Satelliten bewacht wird.«

»Das weiß ich auch nicht«, sagte Cedric. »Vielleicht geht es den Drahtziehern tatsächlich einzig und allein um den Gegenwert. Geld ist Macht. Und das Byranium an Bord des Containerschiffes dürfte ausreichen, um nicht unerhebliche Teile des sarday'kinschen Einflußbereiches einfach aufzukaufen. Oder um der Regierung weitgehende Zugeständnisse abzupressen. Das einzige Problem dürfte nur sein, solche Mengen unauffällig zu Geld zu machen.«

»Falsch«, sagte Sheryl. »Das einzige Problem, das für *uns* wirklich von Belang ist, besteht darin, hier aus diesem Raum und aus dem Sonnensytem herauszukommen! Ich habe irgendwie das Gefühl, daß ihr das manchmal vergeßt.«

»Sie hat recht«, sagte Cedric. »Ich hatte gehofft, daß uns das Schiff hier herausbringen könnte, aber ohne den Überlichtantrieb...« Er ließ den Rest des Satzes unausgesprochen. Jeder wußte, was er meinte.

»Nun ja«, meinte Nabtaal. »Gibt es auf solchen Killer-Satelliten eigentlich keine Ersatz-Generatoren für solche Fälle?«

»Ja, mein Gott!« rief Cedric. »Das ist richtig!« Wie hatte er das nur übersehen können? Hatte ihm das Wiedersehen mit Maylor den Verstand benebelt? Im nächsten Moment wandte er seinen Kopf in Nabtaals Richtung. »Sag mal«, fragte er scharf, »woher weiß ein Freischärler wie du eigentlich so gut über die technischen Möglichkeiten sarday'kinscher Killer-Satelliten Bescheid?«

Nabtaal lächelte verlegen. »Nun, man hört eben so dies und das.«

»Und wo?«

»Nun, so hier und da.«

Cedric betrachtete den Freischärler mit einem Stirnrunzeln. Das war kaum als befriedigende Antwort zu bezeichnen, aber er verzichtete darauf, näher darauf einzugehen. Statt dessen wandte er sich wieder an Maylor.

»Ist ein solcher Austausch möglich?«

Der Kommandeur zierte sich ein wenig, dann gab er sich einen Ruck und nickte.

»Ja, ich denke schon. Ehrlich gesagt, genau das war unsere Hoffnung, als wir mit der FIMBULWINTER hierher gekommen sind.«

Cedric verstand das Zögern. Diese Information hatte Maylor sich wahrscheinlich zurückbehalten wollen.

»Trotz der großen Beschädigung dürfte der Austausch sogar recht problemlos vonstatten gehen«, sagte Yokandra plötzlich. Es war das erste Mal, daß sie sich zu Wort meldete. »Die Generator-Aufhängung ist nahezu unbeschädigt. Und auch die beschädigten Elemente des Normaltriebwerkes dürften hier auf dem Killer-Satelliten auszutauschen sein. Natürlich wird die FIMBULWINTER dadurch nicht komplett einsatzfähig, aber ein paar kleinere Hypersprünge sind dann wohl möglich.«

Maylor warf seiner Navigatorin einen prüfenden Blick zu.

Warum sagte sie das? Und warum sagte sie es jetzt? Es kam ihm so vor, als hätte sie sich bis jetzt bewußt zurückgehalten, damit man ihr später nicht vorwerfen konnte, sie hätte mit entflohenen Strafgefangenen zusammengearbeitet. Hatte sie sich nun entschieden, auf welche Seite sie sich stellte?

»Also gibt es doch eine verdammte Möglichkeit, von hier wegzukommen!« rief Sheryl erleichtert.

»Richtig«, sagte Cedric, um sofort zu bedenken zu geben: »Aber vergeßt eins nicht: Croft dürfte das genausogut wissen.«

Croft — das war der Faktor in diesem Spiel, den er kaum einzuschätzen vermochte. Und das bereitete ihm Sorge. Warum hatte Croft Maylor und Yokandra überhaupt gefangengenommen? Eigentlich hätten ihm die beiden doch willkommen sein müssen. Sie und ihr Raumschiff waren die Fahrkarte heraus aus diesem System und zurück in die Zivilisation. Weshalb nur benutzte er diese Fahrkarte nicht?

Hatte der ehemalige Kommandant der Minen auf Hadrians Mond etwa Angst, daß man ihn für das Desaster verantwortlich machte? War das der Grund? Cedric hielt es nicht für ausgeschlossen. Er hatte schließlich am eigenen Leib gespürt, wie das Flottenkommando mit Leuten umging, die es für Versager hielt.

»Aber genau das ist doch unsere Chance«, eiferte sich Sheryl, und Cedric brauchte einen Moment, um zu wissen, was sie meinte. »Begreif doch! Croft braucht uns, wenn er hier wegkommen will. Allein schafft er das nicht. Daraus folgt: Irgendwann wird er uns hier herauslassen müssen, und dabei wird sich bestimmt eine Gelegenheit ergeben, ihn zu überwältigen.«

»Abgesehen davon, daß er es nicht so weit kommen lassen würde, gehst du von falschen Voraussetzungen aus.«

»So?« fragte sie angriffslustig.

»Ja.« Diesmal war er es, der sie auf den Boden der Tatsachen zurückholte. »Croft braucht nicht *uns* — Croft braucht *sie*.« Er deutete auf Yokandra. »Wenn er eine Navigatorin hat, kann er die FIMBULWINTER zur Not auch alleine zum nächsten Flottenstützpunkt bringen.«

»Richtig«, stimmte Maylor düster zu.

»Falsch«, korrigierte Yokandra auf ihre besserwisserische Weise. Und als sich alle Blicke in ihre Richtung gewandt hatten, fügte sie hinzu: »Ich erhalte meine Befehle von Commander Maylor. Dieser

Croft oder wie immer er heißen mag, wird mich nie dazu bewegen können, ihn als Vorgesetzten anzuerkennen.«

Das klang überzeugt, fand Cedric, deutete aber zugleich auf wenig Realitätssinn hin.

»Und was ist, wenn er dich dazu zwingt?« fragte er.

»Wie sollte er mich dazu zwingen können?« erwiderte sie hochmütig. »Als Mutantin bin ich gegen die meisten willensbeeinflussenden Drogen immun oder nahezu unanfällig. Und man hat mich gelehrt, Schmerzen zu ertragen. Oder einen autogenen Freitod zu wählen.«

»Unterschätze Croft nicht!« warnte Cedric. »Er ist ein plomboyanischer Buärps, wie er in der Datenbank gespeichert ist. Was würdest du tun, wenn er beispielsweise einen nach dem anderen von uns umbringt, um dich zum Einlenken zu bewegen? Würdest du dich dann immer noch weigern?«

»Selbstverständlich«, erwiderte Yokandra, als bestünde für sie da gar kein Zweifel.

Cedric unterdrückte ein Seufzen. Genau das waren die Verbündeten, die ihn voller Optimismus in die Zukunft blicken ließen!

Er räusperte sich, blickte in die Runde und sah, daß Duncan neben dem Panzerschott stand, direkt vor der Codeleiste; es schien, als würde er sich daran zu schaffen machen.

»Finger weg, Duncan!« rief Cedric ihm scharf zu.

Duncan hörte aber nicht.

»Moment«, meinte Cedric zu den anderen. »Ich bin gleich wieder da.« Damit eilte er fluchend auf Duncan zu. »He, ich habe dir doch gesagt, du sollst du Finger davon lassen. Du löst noch Alarm aus.«

Endlich richtete sich Duncans Kopf in Cedrics Richtung, und mit einem verzerrtem Grinsen sah er ihm entgegen.

»Zwei, Neun, Vier . . .« sagte er. Dann wandte er sich wieder der Codeleiste zu und drückte die entsprechenden Tasten.

»Verdammt!« rief Cedric. Im nächsten Moment hatte er Duncan erreicht und riß ihn an der Schulter zu sich herum. »Kannst du nicht wenigstens einmal hören?«

»Falsch«, murmelte Duncan, als ginge es um etwas furchtbar Wichtiges. »Ganz falsch . . .«

»Genau!« preßte Cedric mühsam beherrscht hervor. »Schön, daß du zur Abwechslung wenigstens mal einsiehst, Unfug gemacht zu ha . . .«

Das Aufgleiten des Panzerschotts direkt neben ihm schnitt ihm das Wort im Mund ab.

Fassungslos starrte er auf die Öffnung, und noch fassungsloser registrierte er, daß keine hereinstampfenden Kampfroboter zu sehen waren. Nichts. Niemand. Der Gang hinter der Öffnung war vollkommen leer und verlassen.

Aber wie . . .?

»Das Schott ist offen!« hörte er Nabtaal hinter sich rufen, in einem Tonfall, als hätte er soeben den Stein des Weisen entdeckt. »Wir sind frei!«

»Brüll nicht so herum!« zischte Cedric. »Du mußt ja nicht den halben Killer-Satelliten aufwecken!«

Das war unsinnig, und Cedric wußte es. Entscheidend war, ob das Öffnen des Schotts einen Alarm ausgelöst hatte und an Croft weitergemeldet worden war. Sie hätten hier wahrscheinlich tagelang herumhüpfen und schreien können, ohne daß es ihre Lage irgendwie beeinflußt hätte.

Cedric wandte sich Duncan zu und bemerkte, daß er ihn noch immer an der Schulter gepackt hielt. Der Cybertech grinste unglücklich. Fraglich, ob er überhaupt mitbekam, was er da zustande gebracht hatte. Unter all den Milliarden Kombinationen die richtige herauszufinden — das hatte nichts mehr mit Zufall zu tun!

Cedric blickte den Cybertech durchdringend an, während die anderen Gefangenen zum Schott eilten, als wäre es die Pforte zum Paradies. »Darüber sprechen wir beide noch. Verlaß dich drauf!«

»Los schnell raus hier!« rief Nabtaal. »Ehe sich das Schott wieder schließt.«

Und damit rannte er nach draußen. Hätten dort Kampfroboter gestanden, hätten sie leichtes Spiel gehabt, ihn zu zerstrahlen. Ihn und die anderen, die leichtfertig hinter ihm her stürmten. Doch glücklicherweise hatte Cedrics erster Eindruck nicht getrogen. Der Korridor lag zu beiden Seiten verlassen da.

»Omo!« rief er der *Humsz*-Züchtung zu. »Der Koffer!«

Der Riese verstand und nahm den Metallkoffer an sich, bevor auch er herauskam.

»Was ist den in dem Koffer?« fragte Maylor.

»Meine Unterwäsche«, erwiderte Cedric.

Maylor begriff, daß Cedric nicht darüber reden wollte. So weit ging sein Vertrauen also nicht.

»Wohin jetzt?« hauchte Sheryl mehr, als daß sie es aussprach, und Cedric hörte es nur, weil sie aus irgendeinem Grund wiederum seine Nähe gesucht hatte.

»Zur FIMBULWINTER«, antwortete Maylor, der damit bewies, über welch ausgezeichnetes Gehör er verfügte. »Wohin sonst?«

Cedric nickte und sah nach links und rechts. Die Frage war nur, welche Richtung sie einschlagen mußten. Der Killer-Satellit war recht groß. Sie hätten monatelang herumirren können, ehe sie den Hangar mit der FIMBULWINTER gefunden hätten. Er erinnerte sich an eine alte plomboyanische Methode zur Entscheidungfindung, fing bei der linken Seite an, machte *Ene, Mene, Buärps . . .*, landete wieder links und hatte die Richtung.

»Dort entlang!« rief er und setzte sich gleichzeitig an die Spitze ihres Trupps. »Wir brauchen jetzt ein Computerterminal, um unseren Standpunkt und den der FIMBULWINTER zu lokalisieren.«

Zwei Etagen höher und nach rund zehn Sicherheitsschotts, die sich anstandslos vor ihnen öffneten, und drei Laufbändern hatten sie ein entsprechendes Terminal gefunden.

Cedric tastete nach der Identity-Card des toten Technikers, die er auf Hadrians Mond an sich genommen hatte. Jetzt kam es darauf an. Würde der Killer-Satellit sie als zugriffsberechtigt ansehen? Er steckte das dünne Plaststück in die dafür vorgesehene Öffnung. Zumindest die Normgröße stimmte.

Und der kleine Bildschirm über der manuellen Tastatur erhellte sich.

»*Zugriffscode A/B nicht ausreichend*«, verkündete er. »*Bitte Berechtigungscode eingeben. Vorgesehene Zeit: dreißig Sekunden, 29, 28, 27 . . .*«

Cedric wandte sich ernüchtert ab und tauschte einen ratlosen Blick mit den anderen. Dann kam ihm eine Idee.

»Duncan! Was für eine Nummer hast du vorhin in die Codeleiste eingegeben?«

»Falsch. Ganz falsch.«

»*22, 21, 20 . . .*«

»Duncan!« Cedric packte den Cypertech am Kragen und zog ihn zu sich herunter. »Die Nummer!«

»Nummernummernummernu . . .«

»*17, 16, 15 . . .*«

»*Was* für eine Nummer hast du eingegeben? Los, erinnere dich!«

»Null, Zwei, Zwei, Null . . .«

»Warte!« Cedric wandte sich der Eingabetastaturfläche zu.

»Wie war das? Null, Zwei, Zwei, Null . . .?«

»*11, 10, 9 . . .*«

». . . Zwei, Eins, Zwei, Eins . . .« Es klang wie ein Kinderreim, aber Cedric tippte sie dennoch mit. Die Hoffnung war zwar vage, aber eine Hoffnung.

». . . Zwei, Neun, Vier«, sagte Duncan. »Falsch, ganz falsch.«

»*3, 2 — Zugriffscode anerkannt!*«

»Nein«, rief Cedric freudig, als er sah, wie auf dem Bildschirm ein neuer Schriftzug erschien, der besagte, daß der Zugriffscode anerkannt wurde. »Ganz im Gegenteil. Richtig, ganz richtig!«

Er machte sich unverzüglich daran, die für sie wichtigen Informationen abzurufen. Die erste war ein dreidimensionales Flächenraster des Killer-Satelliten, mit genauen Standortbestimmungen der FIMBULWUNTER und ihrer eigenen Position.«

»Das Schiff liegt achtundvierzig Decks tiefer«, kommentierte Cedric die Angaben. »Mit einem Aufzug nicht weit von hier ist das eine Sache von Minuten.« Er spürte, wie sich Zuversicht breitmachte.

Die nächsten Anfragen. Schadensreport der FILMBULWINTER? Stand der Reparaturarbeiten? Die Ergebnisse waren überraschend. Der Austausch des *Legraine-Warington-Generators* war abgeschlossen, das Normaltriebwerk zu achtundsechzig Prozent leistungsfähig, und die beschädigten Ortungssysteme waren ersetzt. Woran im Moment gearbeitet wurde, waren Ausbesserungs- und Abdichtungsarbeiten in der Außenhülle. Cedric war so wagemutig, der Zentraleinheit die Anweisung zu geben, die Reparaturarbeiten abzubrechen und die Gerüste zu entfernen. Zu seinem größten Erstaunen wurde die Order angenommen und bestätigt.

Cedric schüttelte verwundert den Kopf. Das klappte wie am Schnürchen.

»Was ist?« fragte Nabtaal unruhig. »Was machst du da?«

»Still! Stör mich nicht.«

Die nächste Abfrage. Eine Lokalisation sämtlicher lebender Wesen an Bord des Killer-Satelliten. Die neun roten Punkte in der

Rasterdarstellung, die dort aufleuchteten, wo sie sich befanden, beachtete Cedric nicht. Ihn interessierte vielmehr der einzelne Lichtpunkt, der Crofts Standort anzeigte. Schon auf den ersten Blick sah er, daß es kaum möglich sein würde, Croft einen kleinen, überraschenden Besuch abzustatten, jedenfalls nicht ohne dabei erhebliche Zeitverluste in Kauf zu nehmen. Der rote Punkt leuchtete nahezu auf der gegenüberliegenden Seite des Killer-Satelliten auf, in einer Außensektion, in der laut Bildschirmdarstellung mehrere Notquartiere lagen. Es würde viel zu lange dauern, dorthin zu gelangen. Außerdem war davon auszugehen, daß er die Umgebung seines Quartiers für alle Fälle gesondert gesichert hatte. Nein, es war besser, wenn sie so schnell wie möglich von hier wegkamen. Falls Croft ihre Flucht bemerkte, würde er bestimmt nicht zögern, rücksichtslos Kampfroboter gegen sie einzusetzen. Daß er derzeit in seinem Quartier war und noch nichts unternommen hatte, konnte bedeuten, daß er im Augenblick schlief.

Cedric spürte, wie sich ihm eine Hand auf die Schulter legte, und als er den Kopf hob, sah er geradewegs in Sheryls Gesicht.

»Heb dir deine Rachegefühle für später auf«, sagte sie unerwartet sanft und mitfühlend. »Ich weiß, was du denkst. Aber das allerwichtigste ist es, daß wir unser Leben retten.«

Natürlich hatte sie auch diesmal recht.

Cedric beendete die Eingabe und nahm die Identity-Card wieder an sich. Dann machten sie sich auf den Weg zum nächstgelegenen Aufzug. Cedrics Einschätzung, daß es eine Sache von Minuten sein würde, die FIMBULWINTER zu erreichen, erwies sich als richtig. Und im Hangar erwartete sie kein Begrüßungskomitee aus Kampfrobots und auch kein Gasangriff.

Vor ihnen lag der riesige Diskus der FIMBULWINTER. Das Schiff glich tatsächlich einem Schrotthaufen. Die Außenhülle war von unzähligen kleineren und größeren Löchern und Kratern übersät; aus einigen drang ein Gewirr von Kabeln wie Gedärme aus einem verwundeten Tier. Die ehemals silberne Legierung war geschwärzt: an einigen Stellen waren noch Blasen zu sehen, die das hochgradig hitzeresistente Material unter dem Laserfeuer geworfen hatte. Und doch hatte Cedric schon weitaus schlimmer zugerichtete Schiffe gesehen; in einigen war er sogar geflogen.

»Dieses Ding soll repariert sein?« entfuhr es Sheryl. »Das kann doch nicht euer Ernst sein!«

»Wenn du weißt, wo wir ein besseres Schiff finden«, meinte Cedric, »nur raus damit!«

Sheryl beließ es bei einem wütenden Blick. Über die Schleuse gelangten sie mühelos ins Innere des Schiffes, wo bis auf die Notbeleuchtung sämtliche Funktionen abgeschaltet waren. Maylor führte sie zu einem Kontrollraum, von dem aus sich das Schiff steuern ließ, falls die Kommandozentrale ausgefallen, beschädigt oder – wie in diesem Fall – vollständig zerstört war. Maylor nahm im Sessel des Kommandanten Platz. Hier war alles darauf ausgelegt, das Schiff mit möglichst wenig Personal zu steuern. Er wies auf den Platz der Navigatorin. Auf der Rückenlehne des Sessels war eine metallene Haube angebracht, die sich nach vorne ziehen ließ.

»Yokandra.« Sie verstand und nahm widerspruchslos Platz. »Cedric, kümmere dich um die Startfreigabe und das Hangartor. Ich brauche zwei Leute für Ortung und Funk. Der Rest nimmt auf den Notsitzen Platz und hält das Maul.«

Cedric sah keinen Grund, sich gegen die Anweisung aufzulehnen. Während er sich vor den Terminalanschluß setzte, nickte Nabtaal und Sheryl zu, die sich schon an Bord des Rettungsbootes um Funk und Ortung gekümmert hatten und sofort die entsprechenden Plätze einnahmen.

Mit seinem persönlichen Code, den er auf einer verdeckten Fläche seiner Sitzlehne eingab, aktivierte Maylor die Systeme des Schiffes. Sofort flammte die vollständige Beleuchtung auf, die Pulte und Bildschirme wurden aktiviert.

»Yokandra – Startcheck.«

Die Navigatorin blickte auf ihre Instrumente.

»Alle Notsysteme aktiviert«, verlas sie. »Triebwerksbereich. Leistung Normaltriebwerke bei achtundsechzig Prozent. Leistung Seitensteuer bei einundachtzig Prozent. Überlichtgenerator ausgetauscht und vollständig...«

Cedric hörte nicht weiter hin, sondern stellte die Verbindung zum Computersystem des Killer-Satelliten her. Als dessen Datensystem ihn daraufhin wieder nach dem Berechtigungsgrad fragte und die obligatorischen dreißig Sekunden Zeit gab, schnippte er mit dem Finger.

»Duncan, komm her.«

Er hatte die Zahlen zwar noch einigermaßen im Kopf, wollte aber auf Nummer Sicher gehen. Wenn Duncan die Kombination einmal richtig wiedergegeben hatte, würde er es wohl auch noch ein zweites Mal können. Eine Einschätzung, die nicht aus der Luft gegriffen war. Diesmal klappte es, bevor der Countdown die ›10‹ überschritten hatte. Die Startberechtigung für die FIMBULWIN-TER gab Cedric selbst ins System ein, und die Startfreigabe folgte augenblicklich. So war sichergestellt, daß sie nicht sofort nach dem Verlassen des Hangars abgeschossen werden würden. Dann besorgte er sich die Steuerkontrolle über die Hangartore.

»Cedric«, meldete Sheryl sich. »Ich brauche die Ortungsergebnisse des Killer-Satelliten auf meinem Pult.«

»Kommt sofort.« Er gab die entsprechenden Forderungen ein und wunderte sich, wie reibungslos ihre Zusammenarbeit funktionierte. Es war, als hätten sie alle jahrelang an Bord desselben Schiffes Dienst getan.

Kurz darauf war die FIMBULWINTER startklar. Maylor ließ die Schleusen schließen und zusätzlich auch alle Schotten, die sämtliche Sektionen des Schiffes hermetisch voreinander abschlossen. Eine Vorsichtsmaßnahme, da etliche Löcher in der Außenhülle noch nicht geschlossen waren. Dann gab Cedric dem Computersystem die Anweisung, die Atmosphäre aus dem Hangar abzupumpen.

Sheryl hatte mittlerweile die Kursdaten errechnet und überspielte sie auf Maylors Pult. Über den Kurs bestanden keine Unstimmigkeiten. Sie mußten so schnell wie möglich Hadrians Mond zwischen sich und den Killer-Satelliten bekommen, und wenn sie das geschafft hatten, hatten sie genügend Zeit, um in den Hyperraum zu gehen.

Cedric forderte noch einmal die Darstellung mit dem Aufenthaltsorten aller lebender Wesen an und schüttelte den Kopf. Kaum zu glauben, Croft befand sich nach wie vor in seinem Quartier. Schade, dachte er bedauernd, daß er nicht dessen dummes Gesicht sehen konnte, wenn er aufwachte und feststellte, daß sämtliche Gefangenen mitsamt dem Raumschiff verschwunden waren! Aber man konnte eben nicht alles haben. Vielleicht führte das Schicksal sie noch einmal zusammen. An einem anderen Ort. Zu einer anderen Zeit.

Ein Blinken auf dem Bildschirm verkündete, daß der Hangar nun luftleer war. Cedric wechselte noch einen kurzen Blick mit Maylor, wie um sich dessen Einverständnis zu versichern, dann gab er dem Computer die Anweisung, den Hangar zu öffnen. Der Befehl wurde ohne Widerspruch angenommen. Langsam begannen sich die riesigen Hangartore auseinanderzuschieben, und in der ständig größer werdenden Öffnung erschien die samtene, von glitzernden Punkten gesäumte Schwärze des Weltraums.

Maylor ließ die FIMBULWINTER vom Boden abheben und sich langsam um die eigene Achse drehen, bis die riesigen Triebwerksflügel vom Hangartor abgewandt waren. Und dann, als die Öffnung groß genug war, gab er leichten Schub. Schwerelos wie eine Feder schwebte der Schwere Kreuzer aus dem Hangar heraus. Beinahe atemlos beobachtete Cedric über die Außenkameras, wie die Torflügel zu beiden Seiten an dem Schiff vorbeiglitten.

Kaum waren sie vollständig aus dem Hangar heraus, gab Maylor Vollschub und drückte die FIMBULWINTER in einer eleganten Kurve auf Hadrians Mond zu. Die Gravitationsabsorber arbeiteten einwandfrei, wie Cedric beruhigt zur Kenntnis nahm, aber diese Empfindung wurde von dem unangenehmen Gefühl überlagert, sich schutzlos gewissermaßen auf einem Präsentierteller zu befinden. Eine einzige Salve des Killer-Satelliten hätte ausgereicht, sie für immer aus dem Universum zu fegen.

Tief im Innern rechnete Cedric jede Sekunde mit dem tödlichen Schlag. Es war zu einfach. Viel zu einfach.

Aber der Schlag blieb aus.

»Funkverkehr negativ«, meldete Nabtaal. »Auf sämtlichen Frequenzen herrscht absolute Ruhe.«

Natürlich war alles ruhig, dachte Cedric skeptisch. Wenn Croft zuschlug, würde er bestimmt nicht so freundlich sein, vorher zu warnen. Trotz ihrer eingeschränkten Einsatzfähigkeit war die FIMBULWINTER immer noch schnell genug, um sich binnen einer halben Minute in Sicherheit zu bringen.

Und von dieser Frist, die Croft blieb, war bereits mehr als die Hälfte verstrichen. Selbst wenn er in diesem Moment von ihrer Flucht erfuhr, würde er kaum mehr die Möglichkeit haben, etwas dagegen zu unternehmen.

Maylor zog die FIMBULWINTER dicht über die Methan-Atmosphäre von Hadrians Mond. Von der zerstörten Kommandostation der Minenanlage war auf den Bildschirmen nichts zu sehen. Selbst wenn sie zufällig unter ihnen gelegen hätte, hätte die undurchdringliche, grünliche Atmosphäre jeden Sichtkontakt verhindert.

Weiter und weiter entfernten sie sich vom Killer-Satelliten, und mehr und mehr schob sich der Horizont von Hadrians Mond vor die beständig kleiner werdende Silhouette des künstlichen Himmelskörpers. Und dann — irgendwann — war sie schließlich vollkommen verschwunden.

»Geschafft!« rief Sheryl. »Wir haben es geschafft!«

»Ja«, stimmte Nabtaal ihr zu. »Wir haben es wirklich geschafft!«

»Noch nicht ganz«, schränkte Cedric ein. Er vermochte ihre Erleichterung nicht zu teilen. Das lag aber nicht daran, daß Croft noch immer die Möglichkeit hatte, ihnen Lenkraketen hinterherzuschicken. Ein Schwerer Kreuzer wie die FIMBULWINTER verfügte über ausreichende Mittel, sich die tödlichen Dinger per Sperrfeuer zumindest so lange vom Leib zu halten, bis sie im Hyperraum verschwunden waren. Nein, seine Befürchtung war eine andere: Wenn der *Legraine-Warington-Generator* aus irgendeinem Grund versagen sollte, nutzte es ihnen gar nichts, überhaupt so weit gekommen zu sein. Dann nämlich würde ihnen nichts anderes übrigbleiben, als zum Killer-Satelliten zurückzukehren und sich wieder reumütig in Crofts Hände zu begeben, wollten sie nicht den Rest ihres Lebens auf diesen halbzerstörten Schiff verbringen.

»Stimmt«, gab Maylor ihm recht und fügte mit überzeugter Stimme hinzu: »Aber bald.« Er wandte sich an Yokandra. »Hyperraumsprung vorbereiten.«

Die Navigatorin nickte wortlos und beugte sich über ihr Pult, um die entsprechenden Eingaben zu machen. Das war alles andere als eine vorschriftsmäßige Bestätigung seines Befehls, aber Maylor verzichtete darauf, sie deswegen zu rügen, zumal Cedric ihm in diesem Moment eine höchst bedeutsame Frage stellte:

»Hyperraumsprung — *wohin*?«

Maylor schwenkte mit seinem Sitz in Cedrics Richtung.

»Meine Order lautet«, sagte er langsam, »in einem solchen Fall schnellstmöglich zum Flottenstützpunkt zurückzukehren und Meldung zu erstatten.«

»Ach ja!« höhnte Cedric. »Und wir? Was ist mit uns? Als entflohene Strafgefangene würden wir sofort nach der Landung vom zuständigen Sicherheitsdienst verhaftet werden. Nein, mein Freund, mich bekommt niemand mehr in ein Straflager! Jedenfalls nicht lebend!«

Maylor sah Cedric mit unbewegter Miene an, dann zuckte er mit den Schultern, als wollte er sagen, daß das nicht sein Problem wäre. Er wollte sich abwenden, doch Cedric machte ihm klar, daß es sehr wohl sein Problem war.

Er sprang auf und beugte sich zu Maylor herab, bis er sich mit den Händen auf dessen Armlehnen stützte und sich ihre Gesichter dicht gegenüber befanden.

»Hör zu!« sagte er eindringlich. »Glaubst du wirklich, wir würden es zulassen, daß du uns direkt zu einem Flottenstützpunkt bringst? Also bitte, zwing mich nicht, irgend etwas zu tun, was ich nicht tun möchte.« Er sah vielsagend in Omos Richtung, der den Koffer abgestellt und sich drohend erhoben hatte, als warte er nur auf eine Anweisung, sich Maylor vorzuknöpfen.

Natürlich würde Cedric es nicht soweit kommen lassen. Nicht, weil Maylor früher einmal sein Freund gewesen war oder er Skrupel hatte, Gewalt anzuwenden, sondern weil er sich nur zu gut darüber im klaren war, daß Yokandra ausschließlich Maylors ausdrücklichen Befehlen gehorchen würde. Das hatte die Navigatorin vor ihrer Flucht aus dem Killer-Satelliten klar und unmißverständlich zum Ausdruck gebracht, und Cedric glaubte ihr. Diese Navigatorinnen waren ein seltsames Volk, insbesondere die sarday'kinschen Navigatorinnen.

Cedric wußte, daß er Yokandra nicht zwingen konnte, seinen Anweisungen zu folgen.

Und er wußte, daß Maylor das wußte.

»Ich verstehe dein verdammtes Pflichtbewußtsein nicht«, fügte Cedric hinzu. »Wieso bist du nur so versessen darauf, deine Zukunft mit aller Gewalt als Strafarbeiter in irgendwelchen Minen zu beenden? Es muß ja nicht Byranium sein. Wie wär's beispielsweise mit den Quecksilberminen auf *Quicksilver IV*? Ich habe gehört, nach vier Monaten Arbeit soll man da schon als Methusalem gelten.« Maylor zeigte sich äußerlich unbeeindruckt, aber Cedric kannte das Mienenspiel seines früheren Freundes gut genug, um zu wissen, daß er ins Grübeln gekommen war. »Du hast selbst gesagt, daß du beim Angriff der SK MARVIN viel früher die Schutzschirme hättest hochfahren müssen. Man wird dir die Toten anlasten. Das ist dir doch klar, oder? Und wenn du Pech hast, wird man dir gleich dazu die Verantwortung für die zerstörten Minen auf Hadrians Mond in die Schuhe schieben. Was glaubst du, wieviel Jahre man dir dafür aufbrummen wird? Zehntausend? Fünftausend? Mit jedem Urteil unter fünfhundert Jahren wärst du der größte Glückspilz, den ich kenne!« Das war vielleicht nicht ganz fair, aber offenbar wirkungsvoll.

»Was soll ich deiner Meinung nach denn tun?« fragte Maylor. »Desertieren?«

»Sieh an, dieser vertrocknete Schwamm, den du Gehirn nennst, scheint langsam auf Touren zu kommen.« Cedric grinste schief und wurde sofort wieder ernst. »Aber ehrlich gesagt, was *du* machen sollst, kann ich dir nicht raten. *Uns* kommt es nur darauf an, daß du uns vorher an einem sicheren Ort absetzt. Was du danach anstellst, ist allein deine Sache. Wenn du partout zum Flottenkommando zurückkehren willst, bitte! Wenn du willst, können wir dir für die Bordkameras auch ein kleines Entführungsspektakel bieten, das du später zu deiner Entlastung benutzen kannst . . .«

Maylor schwieg. Es war ihm anzusehen, daß es hinter seiner Stirn arbeitete. Cedric verstand seine Schwierigkeiten nur zu gut. Bevor er in die Byranium-Minen geschickt worden war, hatte auch er mit keinem einzigen Gedanken in Erwägung gezogen, dem Flottenkommando seine Folgschaft zu verweigern.

»Geschwindigkeit für Hyperraumsprung erreicht«, meldete Yokandra. Ihre Stimme klang so unbewegt, als würde sie die Auseinandersetzung überhaupt nicht berühren.

Maylor gab sich einen Ruck.

»Also gut«, lenkte er ein. »Wohin wollt ihr?«

Eine gute Frage! Und zudem eine − wie Cedric Cyper feststellte, als er in die Gesichter der anderen blickte −, über die sich bislang niemand Gedanken gemacht hatte. Ihr Vorhaben, hier herauszukommen, war bislang so aussichtslos gewesen, daß offenbar niemand darüber nachgedacht hatte, wie es danach weitergehen sollte.

»Das werde ich dir gleich sagen«, sagte er. Er kümmerte sich nicht um die erstaunten Blicke, die ihm von allen Seiten zugeworfen wurden, und wandte sich dem Terminal vor seinem eigenen Platz zu. Aus dem Datenarchiv der FIMBULWINTER forderte er die Identifizierung des Containerschiffs an.

»PFENNIGFUCHSER«, war keine Sekunde später auf dem Bildschirm zu lesen. »Handelsschiff der Containerklasse. Registriernummer: 02221519168. Reederei: SANDAL SYSTEMS. Eigner: Reginald Reagan. Heimathafen: *St. Petersburg II*.«

Reginald Reagan — der Name sagte Cedric irgend etwas, aber in diesem Augenblick hatte er nicht die Zeit, weiter darüber nachzudenken.

»*Das* ist unser Zielpunkt«, sagte er und tippte auf den Bildschirm. »*St. Petersburg II.*«

Niemand seiner Mitgefangenen erhob Einwände. Eine Welt wie *St. Petersburg II* war für jeden von ihnen eine nahezu optimale Welt. Es handelte sich um eine der Freihandelswelten, auf denen keine der sechs Fraktionen etwas zu sagen oder gar ein Zugriffsrecht hatte. Sie wurden von weitverzweigten Händlerfamilien regiert — obwohl regiert in diesem Fall nicht das richtige Wort war. Es war eher so, daß sich diese Familien darum kümmerten, daß der planetenumfassende, alles bestimmende Markt stetig in Gang blieb und sie den größten Gewinn daraus zogen. Und nebenbei sorgten sie dafür, daß die vielen geschriebenen und ungeschriebenen Gesetze, die auf solch einem Planeten galten, beachtet wurden. Hier tummelten sich die zwielichtigsten Gestalten, gefährlichsten Individuen und windigsten Geschäftemacher aus sämtlichen Teilen des alten Imperiums. Es war also genau der richtige Ort, um von heute auf morgen sein Glück zu machen, Hals über Kopf in sein Verderben zu laufen oder aber spurlos unterzutauchen.

Maylor schienen ähnliche Gedanken durch den Kopf zu gehen. Aber er gab es nicht zu erkennen, was genau er dachte.

»Yokandra«, sagte er. »Zielpunkt für Hyperraumsprung ist *St. Petersburg II.*«

»Verstanden«, antwortete sie und wandte sich in Sheryls Richtung. »Ich brauche die Zieldaten.«

»Bekommst du«, antwortete Sheryl.

Cedric sah Maylor an.

»Danke«, sagte er, weil er das Gefühl hatte, etwas sagen zu müssen.

»Spar dir irgendwelche Sentimentalitäten«, wies Maylor ihn kühl zurück. »Falls ich dich wirklich zu Unrecht in die Byranium-Minen gebracht habe, dann habe ich ohnehin etwas gutzumachen. Wenn nicht, dann schuldest du mir etwas.«

»Verstanden.«

»Gut. Und damit das klar ist: Sobald wir im Zielsystem sind, setzt ihr euch alle in das intakte Landungsboot und verschwindet. Was ihr von da an macht, ist nicht mehr mein Problem. Klar?«

»Klar. Und was ist mit dir? Was willst du dann machen? Dich in ein Arbeitslager stecken lassen?«

Maylor hob die Schultern, es war ein Eingeständnis, daß er selbst keine Antwort darauf kannte.

»Wie du schon sagtest«, meinte er abweisend. »Das ist allein meine Sache.«

»Dir steht es frei, dich uns anzuschließen«, bot Cedric an.

Maylor schenkte ihm ein gequältes Lächeln.

»Einem Haufen entflohener Strafgefangener, die sich nirgends mehr in diesem Spiralarm der Galaxis sehen lassen können? Nein, danke! Da habe ich schon bessere Angebote bekommen!«

»Ich habe keineswegs vor, mich mein Leben lang zu verstecken. Ich will herausfinden, wer mir die Sache damals eingebrockt hat.«

Cedric grinste matt. »Und außerdem ist dieser Spiralarm keineswegs der einzige, den unsere Galaxis hat.«

Das war natürlich ein schlechter Scherz. Selbst zur Zeit seiner größten Ausdehnung war das Große Imperium nicht über diesen Spiralarm hinausgekommen, weil sich den Menschen irgendwann eine echsenartige kriegerische Rasse entgegengestellt hatte: die S'Krill. Aber das alles war nur Vergangenheit. Es war vor jenem Tag geschehen, da sich urplötzlich eine der fünfdimensionalen Komponenten des galaktischen Gravitationsfeldes verändert und von heute auf morgen gezielten Überlichtflug unmöglich gemacht hatte — so lange, bis irgendwann die Navigatorinnen mit ihren Fähigkeiten auf den Plan getreten waren. Von den S'Krill allerdings hatte man seit jenem Tag nie wieder etwas gehört oder gesehen. Es war davon auszugehen, daß die Veränderung der S-D-Konstante auch ihre Raumschiffe zu nutzlosem Schrott gemacht hatte; anderenfalls hätten sie das Gebiet des Großen Imperiums mit Sicherheit längst überrollt.

»Schiff klar zum Überlichtflug«, unterbrach Yokandras Stimme die Stille. »Sprunggeschwindigkeit erreicht.«

Cedric spürte, wie Maylor zögerte, den entscheidenden Befehl zu geben, doch dann straffte er sich.

»Hyperraumsprung einleiten.«

Yokandra betätigte einen Schalter an ihrem Sessel, schloß die Augen, und ihre Haube über der Sessellehne senkte sich automatisch über ihren kahlen Schädel. Cedric wußte, daß ihre Gedanken nun mit dem Computernetz verschmolzen. Von ihm stammten die

Daten des Zielpunkts, doch der Weg dorthin konnte nur von ihr erspürt werden. Es war eine nicht in Worte zu kleidende Symbiose zwischen Technik und Geist. Ein abstrakter Vorgang, den bislang noch keine der psi-begabten Navigatorinnen einem Normalsterblichen hatte erklären können. In einer Raumhafenbar hatte Cedric einmal eine geschlagene Stunde lang einem derartigen Versuch gelauscht, aber er hatte keinen einzigen Augenblick lang das Gefühl gehabt, auch nur ansatzweise zu verstehen, wovon die Rede war. Schließlich hatte er die Frau unterbrochen, sich bedankt, ihr noch einen Drink spendiert und fortan keine Fragen mehr über das Wie des Hypersprungs gestellt. Ihm reichte aus, *daß* es funktionierte.

»Drei, zwei, eins«, zählte Maylor den Countdown auf seinem Bildschirm laut mit. »Hypersprung!«

Die Sterne auf den Bildschirmen verwandelten sich im selben Augenblick zu dünnen Strichen, die auf sie zuzuschießen schienen; ein schmerzhafter Ruck stieß durch ihren Nacken bis hinauf zum Schädel – dann war es auch schon vorbei. Die Striche waren wieder zu Sternen geworden, die sich in anderen Konstellationen geordnet hatten.

Sie waren am Ziel.

Aber irgend etwas ist falsch, furchtbar falsch! dachte Cedric.

Das erste, was nicht stimmte, war Yokandras Stöhnen. Ächzend sackte die Navigatorin in sich zusammen, als hätte sie eine ungeheure Anstrengung hinter sich. Der Hyperraumsprung mußte sie weitaus mehr Kraft gekostet haben, als sie erwartet hatte. Cedric hatte so etwas schon einmal miterlebt, als es vor einem Hypersprung zu einem versehentlichen Austausch der Zielsterndaten gekommen war und sie der Sprung woanders hingebracht hatte, als sie eigentlich gewollt hatten.

Das zweite, was Cedric irritierte, war das von mehreren Pulten gleichzeitig einsetzende und sich überschneidende hektische Fiepen, das auf Ortungskontakte hindeutete. Und auch die FIMBULWINTER wurde von unzähligen Ortungsimpulsen getroffen.

»Radarkontakt!« rief Sheryl bestätigend. »Mehr als zehn...« Ein Zögern. »...fünfzehn, vielleicht auch zwanzig Objekte. Verschiedene Größen... Verdammt, das ist ein ganzes Wespennest!«

Fassungslos starrte Cedric auf die Bildschirme. Von einem Planeten wie *St. Petersburg II* war weit und breit nichts zu sehen. Sie waren in einem planetenlosen System eines blauen Zwergsternes herausgekommen. Die Ortungsgraphiken belegten Sheryls Aussagen eindrucksvoll. Das waren gut und gerne zwei Dutzend Schiffe, die sich hier tummelten, mindestens sechs oder sieben davon einwandfrei Schwere Kreuzer. In ihrer Mitte lag ein riesiges hantelförmiges Objekt, gegen das ein Killer-Satellit winzig wirkte.

Leider wußte Cedric nur zu gut, worum es sich dabei handelte: ein Weltraumfort, ein hochgerüstetet Flottenstützpunkt der sarday'kinschen Raumflotte.

Sie waren mitten in der Höhle des Löwen herausgekommen! Oder im Trichter des Buärps, was so ziemlich auf dasselbe hinauslief.

»Funkkontakt!« rief Nabtaal aufgeregt. »Wir werden aufgefordert, uns zu identifizieren. Ich lege auf Hauptlautsprecher.«

»Raumfort HADES an unidentifizierten Kreuzer«, ertönte die künstliche Stimme durch den Kontrollraum. »Sie werden aufgefordert, sich augenblicklich zu identifizieren!«

Cedric wußte, daß sie keine Chance hatten, hier jemals wieder mit heiler Haut herauszukommen. Es würde mindestens einige Minuten dauern, ehe der *Legraine-Warington-Generator* wieder einsatzbereit war, ganz abgesehen davon, ob Yokandra überhaupt in der Lage war, dann schon einen weiteren Hyperraumsprung durchzuführen. Sie lag zusammengesunken in ihrem Sessel.

»Du verfluchter Mistkerl!« Mit einem Sprung war er bei Maylor, packte ihn am Kragen und zog ihn zu sich hoch. »Du hast uns in eine hinterhältige Falle gelockt.«

»Ehrlich, Cedric, ich habe keine Ahnung, wie . . .« Auch Maylor wirkte vollkommen überrascht. »Das ist nicht der Stützpunkt, von dem wir gestartet . . .«

»Spar dir dein Gewäsch!« unterbrach Cedric ihn grob. Es irritierte ihn ein wenig, daß Maylor keine Anstalten machte, sich zu wehren. »Ich glaube dir kein einziges Wort!«

Cedric ballte die Faust, holte zu einem Schlag aus und . . .

»*Das solltest du aber*«, rief eine gutgelaunte Stimme vom Schott zum Kommandoraum her. Keiner von ihnen hatte bemerkt, daß es sich geöffnet hatte — zu sehr waren sie mit sich selbst beschäftigt gewesen oder hatten auf die Bildschirme gestarrt. »*Schließlich sagt er die Wahrheit!*«

Cedrics Faust blieb wie erstarrt in der Luft schweben. Sein Kopf ruckte in Richtung des offenen Schotts herum.

»Na, überrascht, mich wiederzusehen?« fragte Croft arglos. Das fassungslose Schweigen, das ihm entgegenschlug, war Antwort genug. Der ehemalige Kommandant der Byranium-Minen schüttelte amüsiert den Kopf, und allein für die Überheblichkeit dieser Bewegung hätte Cedric ihn erschlagen können. »Ich muß sagen, ihr habt euch wirklich wie kleine Kinder übertölpeln lassen.«

Aus den Augenwinkeln sah Cedric, wie Maylors Hand langsam zu dem Schalter wanderte, mit dem sich die künstliche Schwerkraft an Bord der FIMBULWINTER abschalten ließ – ein gedankenschneller, verzweifelter Versuch, Croft zu überwältigen, aber der Kommandant der Sträflingskolonie war darauf vorbereitet.

»Finger weg«, schallte seine Stimme durch den Raum. Sein Lächeln verschwand. Er richtete plötzlich einen Strahler auf Maylor. Maylor hob resignierend die Arme, um zu zeigen, daß er verstanden hatte. Crofts Waffe beschrieb drohend einen Halbkreis. »Das gilt auch für die anderen. Finger weg von den Kontrollen. Und dann bewegt ihr euch dort hinüber.« Er deutete auf die Ecke mit den Notsitzen.

Cedric kniff die Lippen zusammen. Er wußte, daß ihnen gar nichts anderes übrigblieb, als zu gehorchen.

Verloren. Sie hatten verloren.

Synfile 10

Im Trichter des Buärps

Croft beherrschte die Situation, er wußte ganz genau, was er zu tun hatte. Als erstes hatte er Kontakt mit dem Raumfort aufgenommen, die Identifizierung der FIMBULWINTER gesendet, und auf die aufgeregten Nachfragen, was um alles in der Welt sie hier zu suchen hätten, hatte er angegeben, daß er sieben entflohene Strafgefangene und zwei Deserteure aus den eigenen Reihen an Bord hätte. Dies wäre der einzige Weg gewesen, ihre Festsetzung sicherzustellen, und man solle Vorkehrungen treffen, die neun sofort nach der Landung zu inhaftieren. Das entsprechende Beweismaterial überspiele er ihnen per Funk.

Anschließend hatte Croft mit einem überlegenen Grinsen einen kleinen vorbereiteten Datenträger aus der Tasche gezogen und ihn in einen kleinen Schlitz am Pult des Funkoffiziers geschoben. Die Übertragung selbst war dann nur eine Sache von Sekunden.

»Das sind Mitschnitte eurer Unterhaltung in der Halle«, hatte er ihnen genüßlich erläutert. »Und aus diesem Kommandoraum bis zum Hyperraumssprung. Ich denke, es dürfte genügen, euch der Kollaboration mit den Strafgefangenen zu überführen.«

Diese Bemerkung richtete sich vor allem auf Maylor und Yokandra, die neben Cedric auf den Notsitzen saßen. Sie alle hatten auf Crofts Geheiß dort Platz nehmen müssen. Yokandra hatte es nur geschafft, weil Maylor und Croft sie auf dem Weg dorthin gestützt hatten; sie war noch zu schwach gewesen, um den Weg dorthin aus eigener Kraft zu schaffen. Omo allerdings hatte auf den schmalen

Sitzen keinen Platz gefunden. Der Riese saß neben ihnen auf dem Boden. Es war ihm anzusehen, daß er sich am liebsten auf Croft gestürzt hätte; Kara-Sek erging es nicht anders, aber da sie Cedric zur Treue verpflichtet waren, konnten sie nichts tun, ohne daß er ihnen den Befehl dazu gab.

Noch immer hing der stechende Gestank verbrannten Fleisches in der Luft, und der verkohlte Haufen neben dem Sessel der Navigatorin zeugte davon, was von dem Cybertech übriggeblieben war, von dem Cedric seit langem befürchtet hatte, daß er irgendwann die Nerven verlieren und durchdrehen würde. Er hatte versucht, Croft anzuspringen, als der Kommandeur mit dem Raumfort gesprochen hatte – und natürlich hatte er keine Chance gehabt. Er war keine fünf Schritte an ihn herangekommen, als ihn die feurige Lohe getroffen und zerschmolzen hatte.

Cedric dachte mit Bitterkeit daran, daß er noch nicht einmal seinen Namen erfahren hatte. Seitdem er ihn kennengelernt hatte, war er für ihn stets ein Namenloser gewesen, und als Namenloser war er nun auch gestorben.

Vielleicht, dachte er, hatte sich der Cybertech deshalb auf Croft gestürzt, um hier an Bord einen raschen und relativ schmerzlosen Tod zu finden, bevor sie in die Fänge der Militärs gerieten, die sicherlich ein paar weitaus unangenehmeren und langwierigeren Todesmethoden aufwarten konnten.

Croft hatte nach dem Zwischenfall dem Raumfort lapidar mitgeteilt, daß man nunmehr nur noch acht Gefangene inhaftieren müsse. Dann hatte er im Sessel des Commanders Platz genommen, die Stiefel auf das Pult gelegt und mit der Strahlwaffe auf dem Schoß dagesessen. Er hatte auch allen Grund, Gelassenheit an den Tag zu legen. Langsam schwebte die FIMBULWINTER auf den oberen Teil der Hantel zu. Es würde noch zehn Minuten dauern, ehe sie in einem der Hangars aufsetzen würden.

Croft konnte es sich natürlich nicht entgehen lassen, ihnen detailliert vor Augen zu führen, wie perfekt seine Falle gewesen war.

»Als ihr aufgewacht seid«, sagte er zu Cedric und den anderen Strafgefangenen von Hadrians Mond, »befand sich die FIMBULWINTER längst auf dem Killer-Satellit. Das kleine Schauspiel mit der Holographie und dem Ortungsimpuls diente nur dazu, euch glauben zu machen, daß sie erst später eintraf und ich von der

Wendung der Ereignisse überrascht war. Zu dem Zeitpunkt stand mein Plan, mit eurer Hilfe hierher zu gelangen, längst fest. Das Problem war es nur, eine unverfängliche Möglichkeit zu finden, euch aus der Halle entkommen zu lassen. Deshalb habe ich diesem Halbverrückten dort . . .« Er zeigte auf Duncan. ». . . während eurer Bewußtlosigkeit einen kleinen Hypno-Block mit der richtigen Code-Nummer eingegeben. Ich dachte, daß ihr ihm solch einen Zufall am ehesten zutrauen würdet, ohne Verdacht zu schöpfen.«

Verdammt, dachte Cedric. Hätte er nur früher begriffen, was Duncan hatte ausdrücken wollen, als er ständig »Falsch, ganz falsch . . .« vor sich hingestammelt hatte, wenn von der Code-Nummer die Rede gewesen war!

»Auch die Identity-Card, die du auf Hadrians Mond an dich genommen hast«, redete Croft weiter, und diesmal sah er Cedric direkt an, »wäre ohne meine Anweisung nie vom Computersystem des Killer-Satelliten akzeptiert worden. Nicht weniger einfach war es, die Computerdaten zu fälschen, um euch den Eindruck zu vermitteln, ich wäre die ganze Zeit über in meinem Quartier gewesen. In Wahrheit befand ich mich längst an Bord der FIMBULWINTER, zusammen mit einem tragbaren Computeranschluß, um mich über jeden eurer Schritte zu informieren. Ich mußte nur darauf warten, bis ihr von selbst kommt.« Croft genoß diesen Augenblick, keine Frage. Aber, so mußte Cedric sich eingestehen, er hatte auch allen Grund dazu.

»Gleichgültig, wohin ihr auch gewollt hättet, der Bordcomputer war so manipuliert, daß der erste Hyperraumsprung in jedem Fall unweigerlich hierher geführt hätte. Ich habe mich darauf verlassen müssen, daß ihr es viel zu eilig haben würdet, um euch die Zeit für einen genauen Datencheck zu nehmen. Ein Risiko, aber wie es aussieht, habe ich euch richtig eingeschätzt.«

»Und warum das alles?« fragte Sheryl. »Warum habt Ihr Euch nicht ganz einfach von Maylor und Yokandra zum nächstgelegenen Flottenstützpunkt zurückbringen lassen? Meinetwegen mit uns als Gefangene?«

»Ganz einfach. Weil ich es dann unter ihrem Kommando hätte tun müssen! Wie hätte ich dann dagestanden? Als kompletter Versager, als geschlagener Kommandant, der es nötig hat, sich von anderen mit einem halbzerstörten Raumschiff nach Hause bringen zu lassen. Jetzt aber . . .« Croft lachte. »Jetzt bin ich derjenige, der unter Einsatz seines Lebens eueren Komplott aufgedeckt, verhindert und eure Inhaftierung bewirkt hat. Und das ist doch ein gewaltiger Unterschied, nicht wahr?«

Fast gegen seinen eigenen Willen verspürte Cedric so etwas wie Bewunderung. Crofts Falle war perfekt gewesen. Ein Rädchen hatte ins andere gegriffen.

»Du glaubst doch nicht, daß du damit durchkommen wirst?« rief Maylor. Es war nicht mehr als ein Ausdruck seiner Verzweiflung. Auch er war sich bewußt, daß seine Zukunft nicht allzu rosig aussah.

»Wenn ich das nicht glauben würde, wären wir alle nicht hier«, entgegnete Croft ruhig.

»Vielleicht gelingt es dir ja, und du bringst uns für immer in irgendein Straflager«, rief Maylor erregt, »aber du selbst wirst genauso dran glauben müssen. Oder denkst du allen Ernstes, man wird dir den Totalverlust der Minenstation verzeihen? Nein, du wanderst zusammen mit uns in die Verbannung, und ich werde dafür sorgen, daß man uns an denselben Ort schickt! Wie würde dir das gefallen?«

Das war für Maylors Verhältnisse ein beachtlicher Gefühlsausbruch, aber Croft ließ sich nicht reizen. Er war Herr der Situation.

»Genau deshalb habe ich mir HADES ausgesucht. Hier kenne ich ein paar Leute in maßgeblicher Position. Und abgesehen davon . . .« Er machte eine dramatische Pause, um seine Überlegenheit auszukosten. ». . . habe ich da noch eine kleine Trumpfkarte. Wie sagt man doch? Geld regiert bekanntlich die Welt.« Er hob den Arm und deutete mit herrischer Geste auf den Metallkoffer, der vor Omos Beinen auf dem Boden lag. »Los, bring den Koffer her, und stell ihn dort ab.« Der Strahler wies auf eine Stelle fünf, sechs Meter vor ihm. »Und keine Dummheiten!«

Daß Croft ausgerechnet Omo beauftragte und damit den gefährlichsten von ihnen auswählte, sollte wahrscheinlich nichts anderes als eine Demonstration seiner Überlegenheit sein. Die *Humsz*-Züchtung gab ein unwilliges Knurren von sich und spannte seine beeindruckenden Muskeln, aber ehe sie irgendeine Dummheit machen konnte, griff Cedric ein.

»Tu, was er sagt!«

Omo musterte Cedric mit einem haßerfüllten Blick, kam seiner Forderung aber anstandslos nach. Erst nachdem er wieder an seinen Platz zurückgekehrt war, stand Croft auf, holte den Koffer und stellte ihn vor das Kontrollpult. Seine Hände strichen über die metallene Oberfläche, als ob es sich um ein Heiligtum handelte. Cedric konnte diese Geste gut verstehen. Jedesmal wenn er an den immensen Wert des Byraniums dachte, bekam er ähnliche Anwandlungen.

»Du hast dich bestimmt gefragt, warum ich euch den Koffer gelassen hatte«, sagte Croft in seine Richtung. »Nun, die Antwort darauf ist nicht schwer. Die Strahlung des Byraniums wäre viel zu leicht zu orten gewesen, und ich hatte Bedenken, daß ihr anderenfalls danach suchen würdet, bevor ihr den Killer-Satelliten verlaßt. Es wäre doch wirklich zu auffällig gewesen, wenn der Koffer bei eurem Eintreffen schon an Bord der FIMBULWINTER gewesen wäre. Also habe ich euch das Vergnügen belassen, ihn eigenhändig hierher zu bringen.«

Croft wartete erst gar nicht auf Antwort, sondern öffnete den Verschluß des Koffers und zog den Deckel auf. Mit leuchtenden Augen sah er auf den grünlichen Brocken herab, und in seinem Gesicht spiegelte sich die Gier, alles zu erreichen, was ihm dieser Brocken versprach.

Cedric beobachtete ihn mit versteinerter Miene. Ihm blieb die Rolle eines Zuschauers. Croft hatte gewonnen.

Doch mit einemmal spürte Cedric ein alarmierendes Prickeln unter der Haut, und er merkte, wie sich sein Körper unwillkürlich verspannte. Es ist die Unruhe des Byraniums, die er spürte, selbst auf diese Entfernung hin. Es stand unmittelbar vor einer Spontan-Reaktion. Das spürte er mit der unfehlbaren Sicherheit, die ihn mehr als einmal vor dem Tod oder schlimmen Verletzungen bewahrt hatte, indem er sich gerade noch mit einem schnellen Sprung hatte retten können.

Wohl jeder von ihnen, der in den Byranium-Minen gewesen war, hatte dieselbe Empfindung; mit Ausnahme von Maylor und Yokandra, die über keine derartigen Erfahrung verfügten, und Duncan, der so selig grinste, als würde er überhaupt nichts mehr merken.

Und plötzlich schien auch Croft zu spüren, daß irgend etwas nicht in Ordnung war; etwas, von dem er zwar nicht wußte, was es war, von dem er aber instinktiv erfaßte, daß es von dem Koffer vor ihm ausging. Das gierige Leuchten verschwand schlagartig aus seinem Blick.

Schnell streckte er die Hände aus, um den Koffer zu schließen, aber da war es bereits zu spät. Er hatte nicht einmal die Zeit, einen Schrei auszustoßen.

Binnen eines Lidschlags bildete sich aus dem Byranium-Brocken ein länglicher Fortsatz, die wie ein Arm aus flüssigem, grünlichem Quecksilber auf Crofts Kehle zuschoß. Ein Ding wie eine Baggerschaufel mit rasiermesserscharfen Zähnen, die sich um seinen Hals legten und zuschnappten.

Ein knackender, krachender Laut, so als würde man ein Insekt unter einem Stiefel zertreten, dann war der Auswuchs so schnell verschwunden, als hätte es ihn nie gegeben.

Crofts enthaupteter Körper ging wie in Zeitlupe auf die Knie, während der abgetrennte Kopf mit einem häßlichen Geräusch über den blanken Boden des Kommandoraums rollte und bei jeder Umdrehung einen blutigen Fleck hinterließ. Vor einer Konsole kam er schließlich zur Ruhe, das Gesicht den Gefangenen zugewandt.

Mahlend bewegten sich seine Lippen, als wollten sie ihnen etwas mitteilen, und Cedric glaubte darin den Wortlaut eines alten plomboyanischen Fluches wiederzuerkennen, dann erst brach der Blick von Crofts Augen. Und im selben Moment kippte sein Torso auf den Boden. Über den Schultern breitete sich schnell eine größer werdende Blutlache aus.

Ein oder zwei Sekunden lang war keiner von ihnen zu einer Reaktion fähig, dann schaffte es Cedric als erster, seine Gurte zu lösen. Er eilte zum Koffer und schloß ihn, obwohl er spürte, daß nach dieser Spontan-Reaktion wieder eine geraume Zeit vergehen würde, ehe es zur nächsten kam. In dieser Hinsicht besaß Byranium die Heimtücke einer Giftschlange, die blitzschnell zustieß und dann, nachdem sie ihre Beute verzehrt hatte, wochenlang ruhte, ehe sie wieder auf Jagd ging.

Cedric blickte auf die Bildschirme. Der obere Teil der Hantel füllte sie mittlerweile komplett aus; irgendwo vor ihnen würde sich bald ein Hangartor öffnen, um sie aufzunehmen. Noch eine, höchstens zwei Minuten, dann waren sie unrettbar verloren.

Er ballte die Hände zu Fäusten. Er wollte nicht eingestehen, daß es bereits zu Ende war, wo ihnen jetzt das Schicksal — oder Crofts Dummheit — eine solche Chance eröffnet hatte. Nur — was sollten sie mit dieser Chance anfangen?

Er sah, daß Maylor über Crofts enthaupteten Leichenam hinweg in den Kommandosessel stieg.

»Kommen wir irgendwie raus aus dem Leitstrahl?« rief Cedric.

Maylor betätigte demonstrativ die Kontrollen, doch ohne jede Reaktion.

»Keine Chance«, meinte er. »Wir hängen voll im Leitstrahl, und von hier aus haben wir keine Möglichkeit, ihn zu unterbrechen.«

Cedric dachte eine Sekunde lang nach und rief:

»Doch! Es gibt eine Chance!«

»Und welche?«

»Wir schalten die komplette Elektronik ab. Und zwar per Hand. Damit wird auch die Funkverbindung unterbrochen.«

»Was sollte uns das bringen?« fragte Maylor skeptisch. »Wir können die FIMBULWINTER dann genausowenig steuern. Und sobald wir die Elektronik neu starten, hängen wir wieder an der Leine.«

»Nicht, wenn wir unserem Bordsystem beim Neustart einen neuen Zugriffscode geben.«

»Das nützt uns überhaupt nichts. Sobald die merken, daß sie uns nicht mehr unter Kontrolle haben, werden sie uns abschießen. Mach dir nichts vor, Cedric. Wir sind so dicht am Raumfort dran, daß sie kein Risiko eingehen werden. Von hier kommen wir nie wieder weg.«

»Wir dürfen eben nicht zu erkennen geben, daß wir ihrer Kontrolle entwischt sind.«

Schön«, meinte Maylor. »In dem Fall sind wir in spätestens einer Minute im Hangar. Dann können wir uns die ganze Sache auch sparen.«

Das war zweifellos richtig. Cedric sah auf die Bildschirme. Irgendwo voraus erschien eine helle, größer werdende Öffnung in der metallenen Außenhaut des Raumforts. Sie steuerten direkt darauf zu.

»Maylor!« rief er plötzlich. »Ich hab's!«

»Was hast du?«

»Die Lösung. Denk doch mal nach! Wie reagiert ein automatisches Leitsystem, wenn es beim Zielanflug zu Unregelmäßigkeiten kommt?«

Maylor runzelte die Stirn.

»Es bricht den Anflug ab und leitet es noch mal . . .« Seine Augen weiteten sich. Er hatte verstanden. »Mein Gott — das ist es!« Er starrte Cedric an. »Du gerissener Hund!«

»Komplimente kannst du später verteilen«, drängte Cedric. »Worauf wartest du noch?«

Maylor ließ sich nicht zweimal bitten. Blitzschnell flogen seine Hände über die vor ihm liegende Tastatur.

»Sag mal«, meldete Nabtaal sich hinter ihnen zu Wort. »Worüber redet ihr eigentlich?«

»Halt den Mund!« fuhr Cedric ihn an. »Stört uns jetzt nicht, wenn wir noch eine Chance haben wollen! Und schnallt euch wieder an! Schnell!« Was jetzt kam, war nur noch eine Sache zwischen Maylor und ihm.

»Bereit zur manuellen Abschaltung!« rief Maylor.

»Dann los!«

Im nächsten Moment, als Maylor den entsprechenden Schalter umlegte, erlosch das Licht im Kontrollraum, und auch die künstliche Gravitation setzte aus. Cedric fühlte, wie sich sein Magen umzustülpen schien. Ein, zwei Augenblicke lang herrschte vollkommene Dunkelheit, dann flammte die Notbeleuchtung auf, und Cedric sah, daß Nabtaal und die anderen sich gerade noch einen Halt hatten suchen können.

Im Hintergrund heulte eine Sirene auf, die ebenfalls von der Notstromversorgung gespeist wurde und verkündete, daß irgendwo irgend etwas überhaupt nicht in Ordnung war, aber weder Cedric noch Maylor achteten darauf.

»Haltet euch gut fest!« rief Maylor. »Gleich geht es rund.«

Per manueller Steuerung zündete er die Seitensteuerdüsen, völlig unkontrolliert und nur einen Herzschlag lang, aber es reichte, um die FIMBULWINTER sich um die eigene Achse taumeln zu lassen. Cedric hatte das Gefühl, sich plötzlich in einem Karussell zu befinden und klammerte sich mit Mühe und Not am Sessel fest. Er verfluchte sich, daß er nicht auf den Gedanken gekommen war, sich anzuschnallen.

Wild torkelte die FIMBULWINTER auf das geöffnete Schott zu. Cedric versuchte, sich vorzustellen, wie viele Wachhabende an Bord des Raumforts jetzt in heller Aufregung umherliefen.

»So, das müßte jetzt reichen«, sagte Maylor. »Bereit für neue Codierung?«

Das galt Cedric, der zusammenschrak und begriff, daß er das Wichtigste beinahe vergessen hätte.

»Moment!« rief er und wandte sich mit einer Hand dem Eingabepult zu, während er sich mit der anderen mühsam auf seinem Platz hielt. Was für einen Code sollte er wählen? Neunzig-Zweihundertzehn, war das erste, was ihm in den Kopf kam, und es war so gut wie jede andere Kombination. »Alles klar!«

»Neustart!« rief Maylor.

Im selben Augenblick flammte die Normalbeleuchtung wieder auf, die normale — künstliche — Schwere setzte wieder ein, die plärrende Sirene verklang wie abgeschnitten, und sofort legte Cedric die neue Codierung fest. Dann gab er dem Bordsystem die Anweisung, bis auf seinen Widerruf hin sämtliche Leitstrahlanweisungen anzunehmen. Sofort stabilisierte sich ihr Kurs, aber das geöffnete Hangartor war aus ihrem Zielpunkt gerutscht. Sie trieben auf die metallene Außenhaut zu.

»Raumfort HADES an FIMBULWINTER. Erbitten Erklärung.«

»Sheryl! Nabtaal! Worauf wartet ihr noch?« rief Cedric. »Auf eure Plätze! Nabtaal, stelle mir die Funkverbindung her.«

Die beiden stürzten auf ihre Plätze zu, und Nabtaal tat, wie ihm geheißen worden war.

»Du kannst sprechen«, rief er Cedric zu und machte eine Handbewegung wie ein Holo-Regisseur. *Gut*, besagte sie.

»FIMBULWINTER an HADES«, versuchte Cedric die näselnde, etwas quiekende Stimme Crofts nachzuahmen. »Wir hatten hier einen Systemausfall.«

Eine Zeitlang herrschte Stille, dann knackte es, und die Stimme war wieder zu hören.

»Anflugmanöver wird neu eingeleitet«, sagte sie. »Bewahren Sie Ruhe.«

Die FIMBULWINTER zog scharf nach oben, flog kurz parallel zu der Außenhülle des Raumforts und entfernte sich dann in einer geschwungenen Kurve von dem Flottenstützpunkt, um zu einem erneuten Anflug anzusetzen. Doch so weit würden sie es nicht kommen lassen.

Cedric atmete unwillkürlich auf. Ihr Plan war aufgegangen.

Vorerst.

»Ich habe einen Kurs berechnet, der uns die größtmögliche Zeit läßt, bevor uns einer der anderen Kreuzer abfangen kann«, sagte Sheryl.

Sieh an, dachte Cedric, die Sarday'kin mit dem chromfarbenen

Haar dachte mit. Eine Eigenschaft, die in einer solchen Situation Gold wert war.

»Her damit«, forderte Maylor.

Sheryl überspielte die Daten auf sein Pult, und kurz darauf, als sie dem Raumfort am weitesten entfernt waren und sich anschickten, dorthin zurückzukehren, war der Zeitpunkt gekommen, die Fremdsteuerung zu unterbrechen.

Sofort gab Maylor Vollschub, hinaus in den offenen Raum. Das Raumfort blieb hinter ihnen zurück, als würde es einen Sprung nach hinten machen.

Zu Cedrics Überraschung verstrich fast eine halbe Minute, bis eine empörte Stimme aus den Lautsprechern dröhnte:

»Raumfort HADES an FIMBULWINTER: Was um alles in der Welt geht bei Ihnen vor?«

»Wir fliehen«, erwiderte Cedric gutgelaunt. »Wir verschwinden. Und zwar auf Nimmerwiedersehen.«

Kaum hatte er das ausgesprochen, bereute er es auch schon wieder. Das war wirklich schwachsinnig gewesen. Wenn er geschickt gewesen wäre, hätte er durchaus noch etwas Zeit für sie herausholen können. Eine Chance, die nun vertan war.

»Pardon, ist mir so rausgerutscht.« Besorgt blickte Cedric zu der Navigatorin, die noch immer mehr ohnmächtig als wach auf einem der Notsessel hockte. »Yokandra! Schaffst du es, uns noch mal durch den Hyperraum zu bringen?«

Sie bewegte träge den Kopf und brachte irgend etwas zustande, was sich mit viel gutem Willen als Nicken deuten ließ. Sie versuchte, den Gurt zu lösen, aber ihre Finger gehorchten ihr nicht.

»Omo!« rief Cedric. »Hilf ihr. Bring sie auf ihren Platz!«

Omo löste ihre Gurte und trug die schwergewichtige Navigatorin so mühelos zu ihrem Sessel, als hielte er ein Kind in den Armen.

»Kreuzer haben Abfangmanöver eingeleitet«, meldete Sheryl. »Schnell näherkommend.«

»Wie lange dauert es, bis sie uns in Feuerreichweite haben?«

»Zwei oder drei Minuten.«

Cedric blickte auf die Ortungsschirme. Unter normalen Umständen hatten sie sich die Schiffe etwas länger vom Leib halten können, aber die Triebwerke der FIMBULWINTER brachten momentan nur knapp siebzig Prozent ihrer Leistung. Ein Faktor, der ihnen schnell zum Verhängnis werden würde.

»Ich ... ich brauche die Zieldaten«, flüsterte Yokandra. Sie saß in ihrem Sessel und versuchte mühsam, sich aufrecht zu halten.

»Sofort«, erwiderte Sheryl, beugte sich über ihr Pult und erstarrte. »Mein Gott. Die Daten sind von Croft manipuliert worden!«

Cedric und Maylor wechselten einen erschrockenen Blick.

»Datencheck?« fragte Cedric.

»Keine Zeit«, antwortete Maylor. »Das würde uns mindestens eine Viertelstunde kosten.«

»SK CHERUBIN an FIMBULWINTER«, erklang eine drängende Stimme aus dem Lautsprecher. Sie mußte vom Kommandanten des Kreuzers stammen, der ihnen am nächsten gekommen war. »Stoppen Sie sofort den Flug, oder wir eröffnen das Feuer!«

Die CHERUBIN, wie passend, dachte Cedric. Der Engel mit dem feurigen Schwert, der herbeigeschwebt kam, um ihnen den Todesstoß zu versetzen.

»Was soll ich jetzt tun?« fragte Sheryl.

Cedrics Gedanken arbeiteten fieberhaft. Es stimmte. Sie hatten keine Garantie, daß die Zieldaten sie tatsächlich nach *St. Petersburg II* brachten. Womöglich würde bei jedem Sprung automatisch wieder dieser Ort angesteuert werden. Cedric hatte keine Ahnung, was geschah, wenn bei einem Hyperraumsprung Abflug- und Ankunftspunkt identisch waren. Nicht ausgeschlossen, daß ihnen das gesamte Schiff um die Ohren flog.

Andererseits — was hatte Croft vorhin gesagt? Er hatte den Computer so manipuliert, daß sie der erste Sprung unweigerlich hierher führen würde. Der erste Sprung! Ja, das war es! Von einem *zweiten* Sprung war nie die Rede gewesen.

»Wir riskieren es einfach«, entschied er. Seine viel größere Sorge war, ob Yokandra, die nicht einmal ihren Gurt aus eigener Kraft hatte lösen können, in der Lage sein würde, sie sicher durch den Hyperraum zu führen.

Sheryl überspielte ihr die entsprechenden Daten und wurde sofort von neuen Ortungsimpulsen abgelenkt.

»Raumtorpedos«, meldete sie stockend. »Vier, nein, acht Stück.«

»Denen scheint viel daran zu liegen, uns zu erwischen«, knurrte Cedric.

Acht Torpedos. Für ein angeschlagenes Schiff war das ein verdammt großer Aufwand. Aber die Verfolger hatten natürlich registriert, daß die FIMBULWINTER dabei war, einen Hyperraumsprung einzuleiten, und aus ihrer Sicht mußte das die letzte Chance sein, sie noch vorher zur Strecke zu bringen. Sie konnten ja nicht ahnen, wie es um die Navigatorin hier an Bord bestellt war. Sonst hätten sie sich Zeit lassen können, bis sie auf Laserreichweite an sie heran waren.

Sheryl starrte totenbleich auf die Schirme.

»Noch zwanzig Sekunden, bis sie uns haben. Neunzehn, achtzehn...«

»Yokandra! rief Maylor. »Beeil dich!«

Cedric konnte sich denken, was jetzt hinter der Stirn seines Freundes vorging. Es war immer noch Zeit genug, ein Ausweichmanöver einzuleiten, um den Torpedos vielleicht zu entgehen, doch das hätte bedeutet, daß sie die erforderliche Geschwindigkeit zum Hyperraumeintritt hätten abbrechen müssen.

Es sprach für Maylors Kaltblütigkeit, daß er die FIMBULWINTER weiterhin unbeirrt auf Kurs hielt.

»Ich arbeite dran... ich arbeite dran«, rief die Navigatorin mit schwacher Stimme. Sie hatte die Haube über ihren Kopf gezogen und versuchte, sich zu konzentrieren.

»Wenn du bereit bist, kann es in den Hyperraum gehen!«

Es war nicht zu erkennen, ob sie es überhaupt gehört hatte.

»Zehn«, zählte Sheryl. »Neun, acht...«

Cedrics Blick pendelte zwischen Yokandra und den Ortungsschirmen hin und her. Die Raumtorpedos schossen wie Pfeile auf sie zu.

»...fünf, vier...«

»Yokandra!« schrie Maylor. »Jetzt oder nie!«

Es war zu sehen, wie sich der Teil von Yokandras Gesicht, der unter der Haube herausragte, wie unter einer Kraftanstrengung verzog.

»...zwei, eins...«

»*Hypersprung!*« preßte Yokandra hervor.

Die Raumtorpedos stießen ins Leere, aber allein die Restwärme des entmaterialisierten Schiffes reichte aus, die Zünder zu aktivieren und eine gigantische Feuerblume im All entstehen zu lassen, genau dort, wo sich die FIMBULWINTER vor einer Sekunde noch befunden hatte.

Aber das konnte die Ortungsgeräte der Verfolger nicht täuschen.

Die FIMBULWINTER war entkommen. Das stand zweifelsfrei fest.

Und noch etwas anderes enthüllten die Ortungsaufzeichnungen, als sie später ausgewertet wurden: Nur sieben der Raumtorpedos waren dort draußen explodiert.

Der achte hingegen war verschwunden.

Zusammen mit der FIMBULWINTER.

ENDE

ST. PETERSBURG ZWEI

Eine Hauptmacht des galaktischen Systems bildet der als ›Die Sarday'kin Legionen‹ bekannte Zusammenschluß ehemaliger Eliteeinheiten und anderer Kampfverbände des Imperiums. Diese Sammlungsbewegung setzte 17 Jahre nach dem Zusammenbruch im Jahre 3815 A. D. ein, als Tausende von Soldaten und Offizieren der alten Armee und der Flottenverbände dem Aufruf des Kommandeurs der 7. schweren Kreuzerbrigade, Artois de Bergerac, nachkamen, sich ihm anzuschließen und nach Tau Ceti zu folgen. De Bergerac hatte 3798 A. D., dem Jahr des Untergangs des Imperiums, mit seinem Putsch gegen Kaiser Baldwin IV. das Ende des Reiches besiegelt und sich selbst zum neuen Diktator ausgerufen. Über wen aber sollte er herrschen? Das Reich hatte sich, zunächst wegen des Fehlens von kontrollierten Transitionssprüngen nur auf verbaler Ebene, in eine unübersehbare Zahl von Einzelfraktionen und Gruppierungen aufgelöst, die sich alle als unabhängig deklariert hatten. Als es ab 3809 A. D. wieder möglich wurde, den Steuermechanismus des Legraine-Warington-Generators zu kontrollieren und sich damit auch zu anderen Sternensystemen zu begeben, beschleunigte sich der Zerfall des Imperiums noch. Auf der Erde brach direkt nach dem Putsch ein globaler Bürgerkrieg aus, dessen Fronten von niemandem durchschaut werden konnten und in dessen Verlauf während der nächsten 15 Jahre die Erde auf das technologische Niveau der präimperialen Zeit, also etwa des 21. Jahrhunderts, zurückfiel. De Bergerac versuchte 17 Jahre lang, zumindest auf Terra den Grundstein für ein vereinigtes neues Imperium unter seiner Führung zu legen. Nach unzähligen Rückschlägen, hinterhältigen Intrigen und Konspirationen gab er im Jahre 3815 A. D. ein für allemal auf. Die einzigen, auf die er sich immer hatte verlassen können, waren seine alten Freunde aus der imperialen Armee und Flotte. Also suchte er sich ein geeignetes System aus, verbreitete seinen oben erwähnten Aufruf und setzte sich mit zahlreichen Anhängern nach Tau Ceti ab. Da sich zu diesem Zeitpunkt bereits zwei der späteren großen Fraktionen in ihren Anfängen zu formieren begonnen hatten, gab es viele Heimatlose, die sich dort nicht zugehörig fühlen konnten oder wollten und bereitwillig die Gelegenheit ergriffen, de Bergerac bei der Errichtung eines eigenen Reiches zu unterstützen. Bereits sechs Monate nach seinem Aufbruch konnte de Bergerac damit beginnen, seine Truppen zu organisieren, sich militärisches Equipment zu sichern und die zum Tau Ceti System gehörenden kultivierten oder auch unberührten Planeten zu kolonisieren.

Fortan nannte sich de Bergerac Artois de Sarday nach dem Namen des ersten Basisplaneten von Tau Ceti, und seine Gefolgsleute bezeichneten sich in der Folgezeit als Sarday'kin. Unter diesem Namen sollte es de Sardays Fraktion in den kommenden Jahrhunderten zu mehr als zweifelhaftem Ruhm bringen.

Die Ziele der Sarday'kin lassen sich in knapper Form wie folgt zusammenfassen:

Als ausgesprochener Befürworter des expansionistischen Flügels im ehemaligen imperialen Kriegsministerium war für de Sarday eigentlich immer schon klar, wer die eigentlichen Herren des galaktischen Systems (– und überhaupt) sind: natürlich nur weiße Mitglieder der menschlichen Rasse, die durch eine militärische Ausbildung für diese Aufgabe prädestiniert sind und daher wissen, was für die übrigen Bewohner der Galaxis gut und richtig ist; auf keinen Fall jedoch etwa schlitzäugige, in längst überholten, uralten Ritualen verhaftete Halbmenschen oder gar zu Tieren degenerierte Wesen, die sich großspurig als Exobiologen bezeichnen.

Es bedarf kaum der Erwähnung, daß damit der bewaffnete Konflikt mit Yoyodyne und den Phagon vorprogrammiert war. Diese von de Sarday und seinen Nachfolgern bei jeder sich bietenden Gelegenheit lautstark verkündeten Grundlagen ihrer expansionistischen Politik beruhen natürlich in beiden Fällen auf historischen Animositäten, die nachfolgend dem geneigten Leser kurz vorgestellt werden sollen.

Das Haus Yoyodyne mußte aufgrund seines Ehrenkodexes zwangsläufig zum Haßgegner der Sarday'kin werden, denn im Grunde verfolgen beide Fraktionen die gleichen Ziele: Sind die absolute Vormachtstellung im System und damit verbunden der expansionistische Kreuzzug im Kodex von Yoyodyne festgeschrieben, so halten sich die Sarday'kin von ihrem Selbstverständnis her für die Herren der Galaxis und betreiben einen ähnlich rücksichtslosen Imperialismus. Hinzu kommt, daß die Sarday'kin jene dubiose Zusammenarbeit, die Yoyodyne mit den Phagon betrieben hatte und als deren Ergebnis heute die Humsz bekannt sind, den ›schlitzäugigen Halbaffen‹ wirklich niemals verzeihen werden. Verständlicherweise, denn zum ersten rekrutieren sich die Humsz ja zum Teil aus gefangenen Sarday'kin selbst, zum zweiten müssen die Sarday'kin dann auch noch gegen sie kämpfen, und zum dritten ist eine solche barbarische Genmanipulation an sich schon ein haarsträubender Frevel.

Die Feindschaft gegenüber den Phagon läßt sich auf historische

Gegebenheiten zurückführen. Die heutigen Phagon betrieben nämlich schon im alten Imperium, damals allerdings als normale menschliche Wissenschaftler, ihre exobiologischen Forschungen, und wurden, als sie es letztlich etwas zu weit trieben, der Aufsicht von Elitetruppen unterstellt (vgl. dazu Synfile Phagon: Streik auf Paradise im Jahre 3794 A. D.). Die doch recht zahlreichen Überreste dieser Elitetruppen bilden heute den Kern der Sarday'kin, und so hat sich die alte Animosität gegenüber den Urvätern der Bruderschaft in die heutige Haßgegnerschaft zwischen Phagon und Sarday'kin verwandelt, wobei die Phagon aus der Sicht der Sarday'kin längst alles Menschliche verloren und sich in eine Rasse von grausamen Aliens verwandelt haben . . .

Synfile I

Glück kommt, Glück geht

»Hyperraumsprung!«

Yokandra stieß das Wort mehr hervor, als daß sie es vorschriftsgemäß meldete, aber es gab niemanden in der Steuerzentrale, der sich daran gestört hätte – selbst Maylor nicht, obwohl der Kommandant des Schweren Kreuzers, der neben ihr als einziger der alten Stammbesatzung überlebt hatte, sonst überpenibel auf die Einhaltung jedweder Vorschrift bedacht war. Jetzt zählte einzig und allein, daß es der Navigatorin gelang, die stark beschädigte und nur notdürftig wieder einsatzfähig gemachte FIMBULWINTER der Feuerhölle zu entreißen, die jeden Augenblick über das Schiff hereinbrechen würde. Sie alle waren ihr und ihren paranormalen Fähigkeiten auf Gedeih und Verderb ausgeliefert.

Von Yokandras Gesicht war nicht mehr als nur der Mund und das fette Doppelkinn zu sehen. Von der Nase an aufwärts steckte ihr Kopf unter der speziellen Transformerhaube, die ihren Geist auf so unerklärliche Weise mit dem *Legraine-Warington-Generator*, dem Überlichtantrieb des Kreuzers, verband. Nur Frauen, deren Gehirn wie bei ihr auf eine besondere Weise mutiert waren, vermochten ein Raumschiff zielsicher durch den Hyperraum zu schleudern und am vorgesehenen Zielpunkt wieder in den Normalraum zurückfallen zu lassen.

Cedric Cyper, der neben Maylor vor dem Pult des Bordcomputers saß, war sich darüber im klaren, daß die Navigatorin kaum Zeit gehabt hatte, sich von der enormen geistigen Kraftanstren-

222

gung des letzten Sprunges zu erholen. Er konnte nur beten, daß sie es noch einmal schaffte. Sie mußte es einfach.

Und zwar sofort – oder nie!

Es konnte allerhöchstens noch Sekundenbruchteile dauern, bis das Rudel Raumtorpedos, das ihnen von den Schiffen der Raumfestung HADES hinterhergefeuert worden war, ihr Ziel erreicht hatte und die FIMBULWINTER in eine Glutwolke verwandelte.

Ein Stöhnen drang über Yokandras Lippen, gequält und gepreßt, wie bei einem Gewichtheber, der ein Tonnengewicht hochzuhieven versuchte, und dann dehnten sich die funkelnden Sterne vor der samtenen Schwärze des Weltalls, die den gesamten Hauptbildschirm ausfüllte, auch schon zu langgezogenen Strichen. Strichen, die in allen Regenbogenfarben glitzerten und die auf den Betrachter zuzustürzen schienen. Ein stechender Schmerz rann durch Cedrics Nacken, ein elektrischer Schlag, der sich vom Hinterkopf bis tief das Rückenmark hinabzog, und wie jedermann in der Zentrale hatte auch er das unbestimmte, nicht in Worte zu kleidende Gefühl, als würden sämtliche Atome seines Körpers einen winzigen Augenblick lang über das gesamte Universum verteilt werden, um sich sofort darauf wieder an alter Stelle zu alter Ordnung zurückzugruppieren. Beides ganz normale Begleiterscheinungen eines jeden Überlichtsprunges – und Cedric begriff: Yokandra hatte es tatsächlich geschafft.

Die FIMBULWINTER war im Hyperraum. In Sicherheit.

Cedric hätte sicherlich jubilierend aufgeschrien, wenn er dazu imstande gewesen wäre, doch während dieses seltsamen Augenblicks zwischen Hyperraumein- und -austritt, in dem das Schiff in diesem fremden, unfaßbaren Kontinuum gefangen war, war keinerlei körperliche Aktivität möglich. Kein Fingerkrümmen, kein Lidschlag, kein Muskelzucken; allein die Gedanken waren klar und ungebunden, wie von allen Zwängen befreit.

Cedric Cyper verspürte in erster Linie Erleichterung. Grenzenlose Erleichterung. In den letzten Tagen hätte er keinen Credit darauf verwettet, die nächsten Stunden lebend zu überstehen.

Und jetzt, plötzlich, lag die Freiheit vor ihnen.

Die letzten zwei Jahre lang hatte er, ein ehemaliger Elite-*Terminator* des sarday'kinschen Sternenreiches, als Strafgefangener in den Byranium-Minen auf Hadrians Mond verbracht, verurteilt für ein Vergehen, das es ausschließlich in den Hirnen seiner Vorgesetzten — und seltsamerweise auch den elektronischen Aufzeichnungsgeräten zu geben schien. Es war ein Dahinvegetieren unter menschenunwürdigen Bedingungen gewesen, gepeinigt von sadistischen Aufsehern und mit der Gewißheit vor Augen, niemals wieder die Sterne des Universums zu sehen. Angeblich hatte es noch niemand geschafft, die Minen jemals wieder lebend zu verlassen. Und das lag in erster Linie am Byranium selbst. Dieses grünlich fluoreszierende Metall war eine der merkwürdigsten und wertvollsten Substanzen, die man in diesem Spiralarm der Galaxis gefunden hatte. In winzigen Brocken wurde es, meist eingefaßt in kostbare Anhänger und andere Schmuckstücke, zu horrenden Preisen als Glücksbringer verkauft. Cedric ahnte, daß das nicht der einzige Grund für den enormen Wert sein konnte, aber alles weitere war Spekulation. Es gab Gerüchte, denen zufolge es für die *Legraine-Warington-Generatoren* gebraucht wurde. Oder für die Transformerhauben der Navigatorinnen. Die Vermutungen waren so zahlreich wie die Sternenhaufen im Halo der Milchstraße. Was immer es war, es dürfte zu den bestgehüteten Geheimnissen der sarday'kinschen Fraktion gehören.

Mochte Byranium in kleinen Mengen glücksbringend sein — abermals so eine Behauptung, die durch nichts bewiesen war —, für denjenigen, der dazu verdammt war, es in den Tiefen von Hadrians Mond abzubauen, war es absolut totbringend. Es verbreitete langsames Siechtum, dem sich niemand entziehen konnte. Zwei Jahre lang konnte man sich dieser unheilvollen Strahlung des Byraniums aussetzen, ohne zu einem körperlichen und geistigen Wrack zu werden, wie beispielsweise Duncan, der auf einem der Notsitze in der Steuerzentrale festgeschnallt saß. Zu mehr als zwei oder drei vernünftigen Worten hintereinander — einmal am Tag wohlgemerkt — war der bedauernswerte Cybertech nicht mehr fähig. Angesichts seiner schlechten Verfassung war es überhaupt erstaunlich, daß es ihm gelungen war, die Flucht zu überstehen. Doch auf Erstaunliches mußte man bei ihm immer gefaßt sein. Mehrfach hatte er ihnen wichtige Hinweise und Fingerzeige gegeben, ohne die sie mit Sicherheit nicht mehr am Leben wären. Anfangs hatte Cedric noch an Zufälle geglaubt, doch mittlerweile war er sicher, daß Duncans deformierter Geist eine Art sechsten Sinn entwickelt hatte. Doch was nützten dem Cybertech solch erstaunliche Fähigkeiten, wenn er nicht mehr in der Lage war, sich normal mitzuteilen? Vielleicht niemals wieder. Für ihn war die Flucht um Monate zu spät gekommen.

Ihre Flucht hatte vor ein paar Tagen als spontaner Gefangenenaufstand begonnen, der nie und nimmer die geringste Aussicht auf Erfolg gehabt hätte, wenn zum gleichen Zeitpunkt nicht ein hinterhältiger Angriff auf die Kommandosektion der Minenstation stattgefunden hätte. Die Gefangenen hatten das erst festgestellt, als sie die Kommandosektion erreicht hatten und nur noch auf Leichen gestoßen waren. Die Angreifer hatten ganze Arbeit geleistet. Nicht nur das Personal war ihnen zum Opfer gefallen, sondern darüber hinaus waren auch sämtliche Strafgefangenen mit Gas umgebracht — offensichtlich, um keinen einzigen Zeugen zurückzulassen. Die Flüchtenden selbst waren diesem Schicksal nur entronnen, weil sie sich außerhalb der Minensektionen aufgehalten hatten.

Und das Sonderbarste an dem Angriff: Es waren ganz augenscheinlich Sarday'kin gewesen, die ihre eigene Station überfallen hatten, um die zum Abtransport vorbereiteten Byranium-Container zu erbeuten. Ausgeführt worden war die Aktion von dem Schweren Kreuzer MARVIN sowie einem Containerschiff namens PFENNIGFUCHSER. Es war ein Diebstahl gigantischen Ausmaßes gewesen, derart gigantisch, daß er ohne die Mithilfe hochrangiger Geheimnisträger innerhalb der Raumflotte gar nicht möglich gewesen wäre. Keine Frage, da wurde irgendwo ein ganz schmutziges Spiel gespielt, und sie alle waren zu Mitwissern geworden. Womöglich die einzigen, die es gab.

Sie — das waren außer Cedric Cyper noch fünf weitere ehemalige Strafgefangene von Hadrians Mond. Ein bunt zusammengewürfelter Haufen aus Angehörigen der verschiedensten Sternfraktionen. Neben dem Cybertech Duncan waren da Kara-Sek und Omo. Beide waren sie Yoyodyne, und doch unterschieden sie sich kolossal voneinander. Kara-Sek, mit seinen schmalen Augen und dem zu einem Zopf zusammengebundenen pechschwarzen Haar ein geradezu mustergültiger Vertreter seiner Fraktion, maß wenig mehr als anderthalb Meter; Omo überragte ihn um knapp einen Meter und brachte an Körpermasse gut und gerne das Fünffache auf die Waage. Er war eine *Humsz*-Züchtung, eine genetische Kampfmaschine, die Kara-Sek aufs Wort gehorchte und dank glücklicher Umstände auch Cedric, der hoffte, daß das so blieb —

wenigstens so lange, wie er sich in der Nähe des Ungetüms befand.

Sheryl, die auf dem Platz des Ortungsoffiziers saß, entstammte wie Cedric der Fraktion der Sarday'kin. Sie war ihm die mit Abstand angenehmste Begleitung, insbesondere, wenn sie ausnahmsweise einmal nicht ihre bissigen Bemerkungen anbrachte. Ihr in der Farbe flüssigen Chroms schimmerndes Haar hatte Cedric Cyper von Anfang an fasziniert – ohne daß er bis jetzt hinter das Geheimnis gekommen wäre, wie so etwas ohne entsprechende Färbungsmittel, die es auf Hadrians Mond natürlich nicht gegeben hatte, möglich war. Der metallisch wirkende Glanz erinnerte ihn jedesmal an die wenigen, aber dafür um so heftigeren Stunden der Zweisamkeit, die sie auf Hadrians Mond miteinander verbracht und in denen sie sich gegenseitig davor bewahrt hatten, angesichts ihrer hoffnungslosen Umgebung den Verstand zu verlieren.

Vor dem Funkpult schließlich saß Nabtaal, ein junger, schlaksiger Freischärler. Er war in Cedrics Augen ein mindestens ebenso großer Idiot wie Duncan – freilich ohne dessen sechsten Sinn –, doch bei ihm hatte das nichts mit der Byranium-Strahlung zu tun, der er gerade einmal zwei Monate lang ausgesetzt gewesen war. Nein, er dürfte schon vor seiner Aburteilung nach Hadrians Mond den lieben langen Tag nichts anderes getan haben, als von solchem Zeugs wie Mitbestimmung, Demokratie oder Menschenrechten zu faseln, weswegen er letztendlich auch zur Zwangsarbeit verurteilt worden war. Aber er redete nicht nur darüber, er schien sogar · daran zu glauben. Trotzdem – Cedric mußte eingestehen, daß Nabtaal als Funker nicht ganz unbrauchbar war. Wenn er nur nicht ständig den Eindruck erwecken würde, als hielte er das alles für nicht mehr als eine gemütliche Sightseeing-Tour!

Und schließlich waren da natürlich noch Yokandra und Maylor. Ohne sie und ihre FIMBULWINTER wäre die Flucht niemals geglückt. Sie hatten sich auf einem normalen Patrouillenflug befunden und waren nach dem Eintauchen ins *Eleven-12-System*, in dem sich Hadrians Mond befand, vom Schweren Kreuzer der Verschwörer angegriffen worden, bevor sie sich durch Schutzschirme hatten sichern können. Das Schiff war ihnen buchstäblich unter dem Hintern zerschossen worden. Ein Wunder, daß zumindest sie beide durch einen glücklichen Zufall das Inferno überlebt hatten und daß es möglich gewesen war, die FIMBULWINTER wieder in einen hyperraumsprungfähigen Zustand zu versetzen.

Dennoch wäre ihre Flucht beinahe gescheitert. Dank der Manipulation des ehemaligen Kommandanten der Mine hatte sie ihr erster Hyperraumsprung direkt zum Raumfort HADES geführt, einem schwerbewaffneten Stützpunkt der sarday'kinschen Raumflotte. Erst im letzten Moment hatten sie von dort fliehen können, doch das − zum Teil gefälschte − Belastungsmaterial, das ans Fort überspielt worden war, würde dafür sorgen, daß sie offiziell nie wieder einen Fuß auf einen Planeten des sarday'kinschen Machtbereichs würden setzen können.

Cedric Cyper war sich bewußt, daß sämtliche offiziellen Stellen den Auftrag erhalten würden, ihrer habhaft zu werden, und falls das Flottenkommando eine Belohnung auf ihre Köpfe aussetzte − worauf er blindlings jede Wette abgeschlossen hätte −, würden auch sämtliche Kopfgeldjäger der Galaxis hinter ihnen her sein. Aber das war allemal erträglicher, als sein restliches Leben als Strafgefangener zu fristen. Es gab genügend abgelegene Sonnensysteme, bis zu denen der starke Arm der Zentralverwaltung kaum reichte.

Das galt in besonderem Maße für *Sankt Petersburg Zwei*, den Zielpunkt ihres Hyperraumsprunges. Es war eine mehrerer Freihandelswelten, die keiner der sechs Machtfraktionen angehörten; ein Eldorado für Geschäftemacher, Glücksritter und Leute, die sich nirgendwo anders sehen lassen konnten, ohne sofort eingesperrt bis hingerichtet zu werden − um nur die freundlichsten Perspektiven zu nennen. Regiert wurde der Planet von mehreren großen Händlerfamilien, die allerdings mehr nach dem Motto verfuhren, daß sich auf einem freien Markt alles von allein regelte.

Natürlich würden die Sarday'kin auch dort ihre Schergen und Agenten haben, ebenso wie die anderen Machtfraktionen, aber das schreckte Cedric wenig. Denn erstens fehlten ihnen dort sämtliche offiziellen Befugnisse, zweitens gab es genügend Möglichkeiten, nahezu spurlos unterzutauchen, und drittens würde es etliche Tage, wenn nicht gar Wochen dauern, ehe man vom Flottenkommando den Auftrag erhielt, nach ihnen zu suchen.

Und dann gab es noch einen anderen gewichtigen Grund, warum Cedric gewollt hatte, daß sie ausgerechnet diese Freihandelswelt ansteuerten. Hier nämlich war die PFENNIGFUCHSER registriert, das Containerschiff, das am Überfall auf Hadrians Mond beteiligt gewesen war!

Und vor allem waren sie hier in Sicherheit. Ihnen konnte nichts mehr geschehen. Einstweilen jedenfalls.

All diese Überlegungen nahmen nur jenen winzig kurzen, endlos langen Augenblick in Anspruch, den die FIMBULWINTER im Hyperraum weilte, dann verkürzten sich die glitzernden Linien auf dem Frontbildschirm schlagartig wieder zu Punkten, zu vollkommen neuen Sternbildern — und einen Lidschlag später brach die Apokalypse ohne Vorwarnung über sie herein.

Ein donnernder Schlag von der Stärke eines gigantischen Schmiedehammers traf die FIMBULWINTER, ließ den Rumpf des Schiffes wie eine Glocke dröhnen, schrill und mißtönend. Kontrollpulte barsten, Funken sprühten, irgendwo kreischte Metall. Cedric hörte Sheryl aufschreien, und aus den Augenwinkeln nahm er wahr, wie sich die Sterne auf dem Hauptbildschirm noch einmal verzogen — nur eine Fingerlänge weit und nur für einen winzigen Augenblick.

Der Ent- und Rematerialisierungsschmerz war nicht mehr als ein Nadelstich, und Cedric begriff, daß sie noch einmal in den Hyperraum zurückgeschleudert worden waren, wie ein flacher Stein, der noch einmal über die Wasseroberfläche hüpfte, bevor er endgültig versank.

Im nächsten Augenblick huschte ein blaugrüner Planet diagonal über den Frontbildschirm, so groß, daß er ihn vollständig ausfüllte. Eine Sekunde lang waren nur Sterne zu sehen, dann wieder der Planet.

Sankt Petersburg Zwei!

Er war nah. Viel zu nah! Und die FIMBULWINTER taumelte haltlos auf ihn zu.

Irgend etwas mußte schiefgegangen sein. Furchtbar schief. Während seiner Kampfeinsätze als *Terminator* war Cedric an Bord von Truppentransportern gewiß schon Hunderte von Malen durch den Hyperraum gesprungen, aber so etwas hatte er noch nie erlebt. Er hatte bis jetzt nicht einmal gewußt, daß so etwas überhaupt möglich war. Aufgrund der Funktionsweise der *Legraine-Warington-Generatoren* konnte ein Raumschiff nur jenseits der äußeren Planetenbahnen eines Sonnensystems herauskommen; jeder Versuch, näher an ein Gestirn heranzufliegen, zog unweigerlich die Zerstörung des Schiffes nach sich. Dennoch huschte *Sankt Petersburg Zwei* wieder und wieder über den Bildschirm und wurde beständig größer, und die eingeblendeten Daten besagten, daß sie der Atmosphäre bereits bedrohlich nahe waren.

»Um Gottes willen!« keuchte Cedric. »Was...«

Der Rest seines Aufschreis ging in einem infernalischen Splittern und Bersten unter, dem eine Sekunde später ein greller Lichtblitz und dann ein wahrer Regen von glühenden Glas- und Metallsplittern folgte, in dem der Bildschirm zerplatzte. Die Luft stank plötzlich nach Rauch und verkohltem Plastik. Eine Sirene begann zu heulen und verstummte fast sofort wieder mit einem jaulenden Mißton.

Das erste, was Cedric durch den Kopf schoß — nachdem er sich hastig hinter ein Pult geduckt und so dafür gesorgt hatte, daß diese Rolle nicht ein glühendes Trümmerstück übernahm —, war ein Triebwerksfehler. Die FIMBULWINTER war schon ein besseres Wrack gewesen, als sie das System von Hadrians Mond verlassen hatten, notdürftig zurechtgeflickt und instandgesetzt. Doch Maylors Stimme vermeldete etwas anderes.

»Treffer!« schrie er durch das Inferno. Er mußte brüllen, um sich verständlich zu machen, aber trotzdem klang er so beherrscht, daß Cedric ihn unwillkürlich dafür bewunderte. Er wußte nicht, ob er an Maylors Stelle so ruhig hätte bleiben können. Er selbst war es jedenfalls nicht.

»Treffer?« brüllte Cedric zurück. »Aber wie...?«

»Einer der Raumtorpedos! Wahrscheinlich war er uns bereits zu nah. Wir müssen ihn mit in den Hyperraum gerissen haben.«

»Aber das ist doch...« wollte Nabtaal protestieren, doch Maylor schnitt ihm das Wort ab.

»Unter besonderen Bedingungen ist das durchaus möglich. Und das *waren* besondere Bedingungen.« Er sah auf die Anzeigen auf seinem Pult. »Wir können von Glück sagen, daß es uns nicht voll erwischt hat. Der größte Teil der Explosionsenergie muß in den Hyperraum verpufft sein. Sonst wären wir in tausend Stücke zerfetzt worden.«

Glück — ein äußerst dehnbarer Begriff, wie Cedric fand. Zumindest wenn man sich auf einem haltlos abstürzenden Wrack befand.

Maylor versuchte, die FIMBULWINTER abzufangen, doch die Triebwerke reagierten nicht. Nicht einmal die Steuerdüsen ließen sich zünden, um die Trudelbewegung auszugleichen. Dafür setzte ein, zwei Sekunden die künstliche Schwerkraft aus. Wären sie nicht angeschnallt gewesen, wären sie nun in der Steuerzentrale umhergewirbelt worden, genau wie die nicht befestigten Gegenstände, die sofort wieder zu Boden sanken, als die Schwerkraft erneut einsetzte.

»Nichts zu machen«, rief Maylor. »Das Triebwerk ist tot.«

»Höchstens noch eine Minute bis zum Eintritt in die Atmosphäre«, meldete Sheryl.

Sheryl − richtig, dachte Cedric. Er hatte vorhin ihren Aufschrei gehört, aber noch nicht einmal nach ihr gesehen. Er holte es eiligst nach und überzeugte sich davon, daß sie in Ordnung war.

»Schadensmeldung!« rief Maylor fordernd.

Für einen kurzen Moment kreuzten sich Cedrics und Sheryls Blicke, und er sah, daß sie sich ebenfalls darüber im klaren war, was ihnen drohte. Sobald sie in die Atmosphäre eintraten, würde die FIMBULWINTER auseinanderbrechen, und ihre Teile würden in einer Wolke aus Sternschnuppen verglühen. Solche Schiffe waren nicht für Planetenlandungen gebaut.

Er spürte einen Stoß an der Schulter.

»Schadensmeldung, habe ich gesagt!« rief Maylor ärgerlich. »Reiß dich zusammen, Cedric!«

Erst jetzt begriff Cedric, daß er angesprochen gewesen war. Richtig, er selbst saß ja vor den entsprechenden Kontrollen. In den letzten zwei Jahren war ihm die Routine wohl irgendwann abhanden gekommen.

Schnell rief er sich die entsprechenden Daten auf den kleinen Bildschirm.

»Zerstörungsgrad knapp siebzig Prozent. Die ganze Steuerbordseite ist aufgerissen. Schwere Schäden in der Triebwerkssektion.«

»Sicherheitszelle?«

Die Frage galt dem inneren Sektor des Schiffes, der für Fälle wie diesen über eine zusätzliche Panzerung verfügte. Und als Cedric das Ergebnis sah, dankte er im stillen den Konstrukteuren für diese Voraussicht.

»Intakt. Keine Vakuumeinbrüche.«

»Funkanfrage!« rief Nabtaal. »Die Orbital-Kontrolle. Man will wissen, wer wir sind, was wir hier machen und wie wir so nah an den Planeten herangekommen sind. Soll ich...«

»Unwichtig!« entschied Maylor. Er wandte sich wieder an Cedric. »Rettungskapseln?«

Cedrics Finger huschten über die Tastatur. Ein neues Bild erschien auf dem Bildschirm.

»Ebenfalls intakt«, rief er. »Jedenfalls zwei von fünf.«

Zwei Kapseln! Es würde eng werden, aber ausreichen.

»Dann los.« Maylor löste die Gurte und sprang auf. »Nichts wie raus hier.«

Das war das Signal für die anderen, es ihm nachzutun. Sie eilten aus dem Schott, als Maylor bemerkte, daß seine Navigatorin keine Anstalten machte, ihnen zu folgen. Reglos saß sie in ihrem Sessel, die Haube noch immer halb über den Kopf gestülpt.

»Yokandra!« rief Maylor ihr zu. »Komm endlich!«

Immer noch keine Reaktion.

Maylor begriff, daß sie ohnmächtig geworden sein mußte. Die Anstrengung des zweiten Sprunges war zuviel für sie gewesen. Schnell eilte er zu ihr und betätigte den Schalter, der die Transformerhaube zurückschwenken ließ. Er wollte sie an den Schultern rütteln, um sie aufzuwecken, aber dann, als der Helm ihren Kopf freigab, erkannte Maylor schaudernd, daß er sich geirrt hatte.

Yokandra war nicht bewußtlos. Yokandra war tot.

Von der Nase an bestand ihr Schädel nur noch aus einem verkohlten Schädel, und die leeren Höhlen der verdampften Augäpfel schienen ihn klagend anzustarren, mit einem Ausdruck, von dem er wußte, daß er ihn sein Leben lang nicht mehr vergessen würde. Maylor biß die Zähne zusammen, so stark, daß seine Wangenmuskeln schmerzten. Er hatte Yokandras aufsässige, schon provozierend lässige Art nie leiden können, mit der sie ihm anscheinend hatte beweisen wollen, wie sehr er auf sie als Navigatorin angewiesen war. Wie oft hatte er ihr die Pest an den Leib gewünscht! Aber das hatte sie nicht verdient.

Er kam erst wieder zu sich, als Cedric neben ihm war, ihn an den Schultern packte und auf das Schott zuzog.

»Komm! Wir müssen raus hier. Du kannst nichts mehr für sie tun.«

Wie betäubt folgte Maylor ihm hinaus auf den Korridor. An den Wänden blinkten die Warnleuchten und tauchten den Gang in ein gespenstisches rotes Wabern. Langsam überwand Maylor seine Benommenheit und setzte sich wie selbstverständlich an die Spitze. Ein neuer Schlag — vielleicht bereits das Auftreffen auf die äußersten Ausläufer der Atmosphäre, vielleicht auch nur eine Explosion irgendwo im Schiff – erschütterte den Gang, und die künstliche Schwerkraft setzte ein weiteres Mal aus. Sie verloren den Boden unter den Füßen, aber die Eigenrotation der FIMBULWINTER sorgte zumindest für ein wenig Gravitation, so daß sie sich über die Wände voranschieben konnten.

Erst als sie die Rettungskapseln fast erreicht hatten, setzte die Schwerkraft wieder ein und ließ sie auf den Korridorboden zurückprallen. Cedric war ebensowenig darauf gefaßt gewesen wie die anderen, aber auch er eilte weiter.

Sie kamen in einen runden Raum mit fünf sternförmig angeordneten Schotts, die zu den Rettungskapseln führten. Auch hier blinkten rote Alarmleuchten. Andere Anzeigen verkündeten, welches die beiden intakten Rettungskapseln waren.

»Kara-Sek, Omo, Duncan!« Maylor wies auf eines der betreffenden Schotts. »Ihr nehmt diese Kapsel dort.«

Die beiden Yoyodyne sahen in Cedrics Richtung, und erst als er zustimmend nickte, befolgten sie Maylors Befehl und zogen Duncan mit sich, der sich mit großen Augen interessiert umsah, als würde er sich fragen, was das für ein neues Spiel war, das sie hier mit ihm spielten.

Zusammen mit Maylor, Sheryl und Nabtaal stieg Cedric in die zweite Rettungskapsel. Normalerweise war sie für drei Personen ausgelegt. Sie mußten dicht zusammenrücken, aber angesichts der Alternative, auf der auseinanderbrechenden FIMBULWINTER zu bleiben, kam niemand von ihnen auf den Gedanken, sich darüber zu beschweren.

Maylor verriegelte den Eingang und aktivierte den Countdown. Eine computermodulierte Frauenstimme, deren Sanftheit und Freundlichkeit im krassen Gegensatz zur Bedrohlichkeit der Situation stand, ertönte.

»Rettungssystem aktiviert«, sagte sie, und es klang wie: Bitte lächeln! »Abschuß der Rettungskapsel in zehn Sekunden. Neun...«

Im gleichen Moment schoß ein Gedanke durch Cedrics Schädel, so siedendheiß wie ein Kessel kochenden Öls, den man über sein Haupt ausgeschüttet hatte. »Verdammt!« rief er. »Der Koffer!«

»Was?« rief Sheryl begriffsstutzig und zog die hübsche Stirn in unschöne Falten. »Was für ein...?«

»Der Koffer mit dem Byranium!« rief er. Was er meinte, war ein silberfarbener Leichtmetallkoffer. Darin befand sich ein großer Brocken reinsten Byraniums, mit dessen Fund der Gefangenenaufstand auf Hadrians Mond überhaupt erst begonnen hatte. In Cedrics Gedanken war es längst viel mehr als nur ein armlanges Stück grünlich fluoreszierenden Metalls; es war vielmehr ein eigenes Raumschiff — denn das dürfte in etwa der Gegenwert des Byraniums sein. *Sein* eigenes Raumschiff. »Hat Omo ihn bei sich gehabt?«

In den letzten Tagen hatte die *Humsz*-Züchtung ihn in seinem Auftrag getragen, damit er sich selbst nicht mit dem Gewicht hatte belasten müssen. Er versuchte sich zu erinnern, ob Omo ihn auf den Weg zu den Rettungskapseln mitgenommen hatte, aber er war viel zu sehr mit anderen Dingen — dem mißglückten Hyperraumsprung, Yokandra, den Schwerkraftausfällen — beschäftigt gewesen, um darauf zu achten.

Verflucht, wie hatte ihm solch eine Nachlässigkeit passieren können!

»Nein, ich glaube nicht«, sagte Nabtaal. »Aber ganz sicher bin ich mir da allerdings . . .«

»Wie auch immer!« unterbrach Maylor ungehalten. »Es ist ohnehin zu spät, etwas ändern zu wollen.«

»Falsch!« rief Cedric und hieb auf den Schalter, mit dem sich der Startvorgang abbrechen ließ. Die Frauenstimme verstummte mitten in der ›drei‹. »Ich muß zurück! Zurück in die Zentrale. Der Koffer muß noch dort sein.«

Sheryl starrte ihn entsetzt an.

»Hast du den Verstand verloren?« fauchte sie. »Was soll das? Willst du uns alle umbringen?«

Eine neue, weitaus schwerere Erschütterung traf die FIMBUL-WINTER.

»Ihr könnt ja ohne mich verschwinden, wenn ihr wollt!« rief Cedric, in der grimmigen Gewißheit, daß sie ihn niemals auf einem auseinanderbrechenden Wrack zurücklassen würden. Er versuchte, das Schott zu öffnen, doch dort, wo sich der entsprechende Schalter befunden hatte, war nichts mehr. Der Fluch einer neuen Baureihe. Cedric rüttelte am Schott. »Wie geht dieses verdammte Ding auf?«

»Du willst doch nicht wirklich . . .?« Sheryl konnte es immer noch nicht fassen.

»Worauf du Gift nehmen kannst!« gab Cedric zurück. Er sah Maylor an. »Also, was ist? Sagst du mir endlich, wie sich das Schott öffnen läßt?« Er legte seine Hand demonstrativ auf die Laserwaffe, die hinter seinem Rücken im Gürtel steckte, als wolle er andeuten, daß er gewillt war, das Schott notfalls aufzuschweißen.

Maylor kannte Cedric gut genug, um zu wissen, daß er ihn nicht würde umstimmen können. Schließlich hatten sie gemeinsam die Flottenakademie besucht und waren Freunde gewesen, jedenfalls bis zu jenem Vorfall vor zwei Jahren, der für ihre und Cedrics Aburteilung in die Byranium-Minen gesorgt hatte.

»Also gut. Wenn du dich unbedingt umbringen willst.« Maylor legte seine Hand auf einen anderen Schalter, ohne ihn niederzudrücken. »Du hast eine halbe Minute, Cedric. Das ist das Äußerste, was wir dir zugestehen können. Wenn du bis dahin nicht zurück bist, dann...«

Eine halbe Minute. Angesichts der immer heftiger werdenden Erschütterungen eine fast schon zu lange Frist, andererseits viel zu kurz, um den Weg zur Zentrale und zurück zu schaffen. Doch das vermochte Cedric nicht zu schrecken. Er hatte diesen kostbaren Schatz nicht tagelang mit sich geschleppt und wie seinen Augapfel gehütet, nur um ihn jetzt einfach hier zurückzulassen.

»Mach schon!«

Maylor seufzte und drückte den Schalter nieder. Zischend fuhr das Schott auf. Cedric schickte sich gerade an hinauszustürmen, als Maylors Stimme ihn noch einmal zurückhielt.

»Nur noch eines...«

Cedric wandte sich um. »Ja?«

Er sah Maylors Schlag nicht einmal kommen, sondern spürte nur noch, wie irgend etwas mit der Stärke eines Schmiedehammers gegen sein Kinn krachte. Ein Farbensturm explodierte in seinen Sinnen, und als er erlosch, blieb nur noch Schwärze.

Maylor rieb die Knöchel seiner rechten Faust und warf einen Blick in Sheryls Richtung.

»Schätze, das war ich ihm einfach schuldig«, meinte er.

Er zog Cedrics erschlafften Körper in die Kapsel zurück. Ein Handgriff, das Schott schloß sich wieder; ein weiterer, und der Countdown setzte sich fort.

»... *drei, zwei, eins, Start!*«

Sie wurden in die Sitze gepreßt, als die Kapsel aus dem Schiff katapultiert wurde.

Flammen umloderten die Sichtfenster. Sie waren bereits tief in die Atmosphäre eingetaucht. Es dauerte einige Sekunden, ehe sich der trudelnde Sturz der Rettungskapsel stabilisierte und in einen kontrollierten, von Bremsdüsen verlangsamten Sinkflug überging.

In die Steuerung mußte und konnte niemand von ihnen eingreifen. Sämtliche Prozesse liefen automatisch ab. So blieb für Maylor nichts anderes zu tun, als aus dem Sichtfenster zu starren und nach der FIMBULWINTER Ausschau zu halten. Dann hatte er sie entdeckt.

Das Schiff hatte sich bereits beträchtlich von ihnen entfernt. Es zog einen feurigen Schweif hinter sich her und stürzte tiefer in die Atmosphäre.

Es war noch zu erkennen, wie das Schiff in zwei Teile zerbrach, ehe eine gewaltige Detonation den Diskus in tausend Stücke zerriß.

Maylor beobachtete es mit versteinerter Miene.

Synfile 2

Live on *PeTV*

Als Cedric wieder zu sich kam, befand sich die Rettungskapsel schon dicht über dem Boden. Er schüttelte den Kopf, um die Benommenheit aus seinem Schädel zu verscheuchen, und richtete sich langsam auf, soweit es die Enge der Kapsel zuließ. Er rieb sich übers lädierte Kinn und warf Maylor einen grimmigen Blick zu.

»Du hast mir keine andere Wahl gelassen«, verteidigte sich Maylor, ehe Cedric zu einer Schimpfkanonade ansetzen konnte. »Und das war nur recht und billig. Ich erinnere mich, daß du vor nicht allzu langer Zeit ähnlich mit mir umgesprungen bist. Und beileibe nicht, um mir das Leben zu retten.«

»Das Leben retten«, spottete Cedric mit bitterem Unterton. »Du hast mich um nichts anderes gebracht als das größte Vermögen, das ich je besessen habe!«

»Sei froh, daß er es getan hat«, meinte Sheryl mit scharfer Stimme. »Die FIMBULWINTER ist explodiert, kaum daß die Kapsel draußen war. Du hättest es nie hin und zurück geschafft.«

»Nicht einmal hin«, ergänzte Nabtaal mit einem spöttischen Lächeln.

Cedric hätte ihnen allen am liebsten eine gehörige Tracht Prügel verpaßt. Er konnte sich nicht helfen, irgendwie wäre es ihm beinahe lieber gewesen, er würde nicht das deutliche Gefühl haben, daß sie die Wahrheit sagten. Denn in dem Fall hätte er wenigstens einen *Grund* gehabt, sich über sie aufzuregen. So blieb ihm nichts anderes übrig, als sich über seine eigene Unachtsamkeit zu ärgern. Wie hatte der Daily Lama, einer seiner Ausbilder auf der Flottenakademie, doch zu sagen gepflegt: *Zwei Dinge sind unendlich — das Universum und die menschliche Dummheit.*

»Glaubt nur nicht, ich würde mich dafür auch noch bedanken«, zischte er.

»Warum nicht?« meinte Maylor. »Das wäre doch zur Abwechslung mal was richtig Nettes aus deinem Mund.«

Cedric wandte sich ab und warf einen Blick aus den Sichtfenstern. Die Kapsel sank stetig dem Boden entgegen, dank der Bremsdüsen nicht schneller als ein Fallschirm. Sie befanden sich allerhöchstens noch einhundert Meter über der dichten grünen urwaldähnlichen Landschaft, die sich bis zum Horizont erstreckte. Von den Mega-Städten dieses Planeten war nichts zu sehen.

»Wo sind wir hier runtergekommen?« fragte er.

»Auf der unbesiedelten Südhalbkugel von *Sankt Petersburg Zwei*«, gab Maylor zurück.

Richtig, erinnerte Cedric sich. Die Hunderte von Quadratkilometern umfassenden Mega-Städte befanden sich allesamt ausnahmslos auf der Nordhalbkugel, während die südliche Hälfte so gut wie unbesiedelt war. Warum das so war, darüber hatte er sich damals keine Gedanken gemacht. Wozu auch? Sein Freigang hatte nur ein paar Tage gewährt, und sein Interesse hatte sich ebenso wie das seiner Kameraden in erster Linie auf die unzähligen Bars beschränkt, die sie dann auch zur Genüge kennengelernt hatten.

»Und wo sind die anderen?« fragte er.

»Irgendwo da unten«, antwortete Maylor wenig präzise. »Die Steuerautomatik wird dafür sorgen, daß wir nicht allzu weit entfernt runterkommen.«

Cedric sah nach unten, ohne etwas von der anderen Kapsel entdecken zu können. Entweder war sie zu weit weg oder vollständig unter dem grünen Blätterdach verschwunden.

»Was heißt *nicht allzu weit*?« fragte Sheryl in unheilschwangerem Tonfall.

»Nicht mehr als zwei, drei Kilometer«, sagte Maylor. »Vielleicht auch vier.«

»Vier?« Sheryl rollte mit den Augen. »Vier Kilometer durch diesen Urwald? Na, danke schön! Das ist wirklich die Maßarbeit, die ich von der sarday'kinschen Flotte erwarte.«

»Erstens verfügen die Rettungskapseln über einen Peilsender, und zweitens wären beide Kapseln direkt nebeneinander runtergekommen, wenn wir zusammen mit den anderen gestartet wären und uns nicht ewig mit unnützem Herumgerede aufgehalten hätten.«

Im Klartext, dachte Cedric, er war mal wieder an allem schuld. Er unterdrückte ein Seufzen. Irgendwie hatte er das deutliche Gefühl, als wäre dies heute nicht sein Tag.

»Ich hoffe, daß du, wenn du dich das nächste Mal umbringen willst, irgendeinen Weg findest, uns da nicht weiter reinzuziehen«, meinte Sheryl zu Cedric. Die gemeinsamen Stunden, die sie auf Hadrians Mond in wortloser Gemeinsamkeit verbracht hatten, erschienen ihm mit einem Male unendlich weit entfernt.

»Aber, Sheryl«, ließ Nabtaal sich überflüssigerweise vernehmen, »damit tust du Cedric unrecht. Ohne ihn hätten wir es nie geschafft, überhaupt bis hierher zu kommen. Wie kannst du ihn da so grob...?«

Cedric stöhnte auf. Nabtaal als Fürsprecher – das war genau das, was ihm jetzt noch zu seinem Glück gefehlt hatte.

»Weißt du, was *du* mich mal kannst?« unterbrach er den Freischärler.

Nabtaal verstummte und machte ein betretenes Gesicht.

»Ich ahne es«, murmelte er.

»Achtung!« rief Maylor. »Festhalten!«

Das letzte Wort hatten die anderen vermutlich schon gar nicht mehr gehört, denn es ging in dem ungeheuren Krachen unter, mit dem die Rettungskapsel durch das Blätterdach brach und ihren Sturz auf den fünfzig Meter tiefer gelegenen Waldboden begann...

Maylor ließ das Schott auffahren. Cedric kletterte langsam ins Freie. Die Luft war warm, fast schwül, aber atembar. Ein leichtes, an Honig erinnerndes Aroma lag in der Luft. Rings um sie herum schraubten sich die schwarzbraunen, mehrere Meter dicken Stämme der Urwaldriesen wie gigantische Wendeltreppen nach oben. Es herrschte ein seltsames Zwielicht. Die rötliche Sonne von *Sankt Petersburg Zwei* vermochte nur vereinzelt durch das dichte Blätterdach zu dringen, und das Licht tastete sich mit zarten Strahlenfingern zu Boden. Hier unten war die Vegetation vergleichsweise kärglich. Der Pflanzenwuchs beschränkte sich vorwiegend auf die höheren Regionen des Waldes.

Cedric fiel auf, daß nahezu vollkommene Stille herrschte. Nur manchmal war ein leises Rascheln oder ein entferntes Knacken zu hören, das aber genausogut vom leichten Wind oben in den Blättern verursacht worden sein konnte. Zuerst dachte er, daß der Aufschlag der Kapsel die gesamte Tierwelt verschreckt hatte, doch da sich auch nach Minuten nichts an der Ruhe änderte, mußten die Tiere dieses Planeten entweder außergewöhnlich schreckhaft und ängstlich sein, oder es gab sie einfach nicht. Nirgendwo ein Zwitschern, Trällern, Brüllen oder andere tierische Laute. Nur Stille. Nicht einmal Insekten schwirrten umher.

»Sagt mal«, flüsterte Sheryl, die ihre Stimme unwillkürlich gedämpft hatte, »weiß jemand von euch, ob es hier gefährliche Tiere gibt?«

Cedric hob ratlos die Schultern. Er hatte bei seinem ersten Besuch wirklich besseres zu tun gehabt, als sich nach den Eigenheiten der heimischen Fauna zu erkundigen.

»Scheint, als gäbe es überhaupt keine Tiere hier«, meinte er. »Aber selbst wenn . . .« Er tastete zur Laserwaffe in seinem Gürtel. Es war die einzige, die sie besaßen. Daß Maylor sie ihm gelassen hatte, bewies, daß er noch immer Vertrauen zu ihm hatte. »Ich habe hier etwas, mit dem wir jedes Viehzeug davon überzeugen können, daß es ihm besser bekommt, sich jemand anders als Appetithäppchen zu suchen.«

»Hoffentlich.«

»Ich habe mal gehört«, sagte Nabtaal, »daß es hier geflügelte Schlangen geben soll, Drachen, die sich ihrer Umgebung vollkommen anpassen können. Und sie sollen so schnell fliegen, daß du sie gar nicht kommen sehen kannst, ehe es zu spät ist.«

»Wirklich?« fragte Cedric wenig überzeugt.

»Ja, in der Tat«, bekräftigte Nabtaal und unterstrich es mit einer entsprechenden Geste. Die Bewegung erinnerte entfernt an ein Küken, das seine ersten Flugversuche machte.

»Und wo hast du das gehört?« Sheryl versuchte, sich unbeeindruckt zu geben, aber ihre Augen tasteten unruhig die Umgebung ab, als erwartete sie, daß jede Sekunde solch ein Vieh auftauchte und sich auf sie stürzte.

»Das weiß ich nicht mehr genau. Auf irgendeinem TV-Kanal, glaube ich. Aber fragt mich bitte nicht, auf welchem Planeten das war. Ist schon Jahre her.«

Cedric schüttelte den Kopf. Wer wußte, was Nabtaal da wieder aufgeschnappt hatte!

»Wovon sollen diese Drachen eigentlich leben, wenn es hier keine anderen Tiere gibt?« meinte er lakonisch.

»Woher willst du das denn wissen?« entgegnete Nabtaal. »Nur weil sich keines blicken läßt? Vielleicht verstecken die sich nur. Und warum? Weil es diese Drachen nämlich wirklich gibt und sie nicht von ihnen geschnappt werden wollen.«

Cedric winkte unwillig ab. »Und wenn wir alle schön brav sind, erzählt uns der Märchenonkel morgen eine neue Geschichte.«

Warum hatte er sich nur die Mühe gemacht und ihm überhaupt zugehört? Doch andererseits... Cedric ertappte sich dabei, sich abermals nervös umzuschauen. Er gab einen ärgerlichen Laut von sich und wandte sich der Rettungskapsel zu, aus der Maylor soeben herauskletterte.

»Was hast du noch so lange da drin gemacht?« fragte er.

»Festgestellt, in welcher Richtung die andere Kapsel heruntergekommen ist.«

Cedric erinnerte sich, daß Rettungskapseln über eine entsprechende Einrichtung verfügten. Er hätte es von seiner Ausbildung her eigentlich wissen müssen. Doch in den Byranium-Minen waren all seine Erinnerungen so sehr abgestumpft, daß er manchmal das Gefühl gehabt hatte, als wäre das alles gar kein Bestandteil seines eigenen Lebens, sondern nur ein barmherziger Wunschtraum von einer besseren Vergangenheit, von dem er gezehrt hatte, wenn er der Verzweiflung nahe gewesen war.

Nun, da er dieser Hölle entronnen war, kehrte die Erinnerung langsam zurück, Stück für Stück, und damit auch die Kenntnisse, die er damals erworben hatte.

»Und wo stecken sie?«

»Ungefähr dort.« Maylor deutete in eine Richtung zwischen die mächtigen Baumstämme. »Der Stärke des Peilsignals nach zu urteilen, dürfte sie nicht mehr als einen Kilometer entfernt sein. Wir haben es also noch ganz gut getroffen.«

»Und was tun wir jetzt?«

»Wir haben zwei Möglichkeiten«, antwortete Maylor. »Entweder wir warten, bis die anderen uns finden, oder wir machen uns selbst auf den Weg zu ihnen. Egal, wie wir uns entscheiden, es kann natürlich passieren, daß die anderen genau das gleiche tun und wir beide dann ewig aufeinander warten oder anderenfalls aneinander vorbeilaufen.«

»Warum verfügen die Kapseln eigentlich über keine Funkanlage?« fragte Nabtaal. »Damit wäre das Problem doch aus der Welt geschafft.«

»Du kannst bei nächster Gelegenheit ja eine entsprechende Eingabe beim sarday'kinschen Flottenkommando machen«, schlug Maylor vor, ohne sich dem Freischärler überhaupt zuzuwenden. »Was meinst du, Cedric? Du kennst die anderen besser.«

»Wir warten«, entschied Cedric. »Kara-Sek und Omo sind mir zur Treue verpflichtet. Sie werden in jedem Fall versuchen, hierher zu kommen.«

»Und wenn nicht?« fragte Sheryl.

Cedric zuckte mit den Achseln. Was wäre schon verloren, wenn er die beiden Yoyodyne los wäre? Nun gut, er hätte zwei Mitstreiter verloren, die ihm aufs Wort gehorchten, aber er war ohnehin nicht davon ausgegangen, daß dieses Verhältnis ewig andauern würde. Kara-Sek und Omo waren Angehörige einer anderen Sternenfraktion, deren Kultur und Ethos sich grundlegend von denen der Sarday'kin unterschieden und Cedric in weiten Teilen fremd waren. Beide Machtgruppierungen waren eigentlich miteinander verfeindet. Und was Duncan anbetraf, so verspürte Cedric keinerlei Verlangen, noch länger das Kindermädchen für den an der Schwelle des Schwach- und Wahnsinns stehenden Cybertech zu spielen.

Sheryl verstand offensichtlich, was er sagen wollte.

»Gut«, sagte sie, und es klang wie ein Einverständnis. »Und abgesehen davon, ob sie nun kommen oder nicht, was machen wir dann? Wie kommen wir hier wieder weg? Und wie weit ist die nächste Mega-Stadt von uns entfernt?«

»Mir fehlte die Zeit, unsere Position genau zu bestimmen«, sagte Maylor. »Aber ich würde schätzen: ungefähr zweitausend Kilometer.«

»Bekommen wir die Dinger irgendwie wieder flott?« Nabtaal deutete mit dem Daumen zur Rettungskapsel.

Maylor schüttelte den Kopf. »Keine Chance«, sagte er. »Aber übermäßig große Sorgen müssen wir uns trotzdem nicht machen. Die Orbitalkontrolle wird unseren Absturz natürlich registriert haben. Das hat die Funkanfrage bewiesen. Und genauso wird man auch den Absturzort der Kapseln anpeilen. Ich denke, früher oder später wird sich hier irgendwer sehen lassen.«

Der Gedanke gefiel Cedric nicht besonders.

»Sicher — fragt sich nur, wer«, meinte er düster. »Es wird nicht unbemerkt geblieben sein, daß es sich bei der FIMBULWINTER um ein sarday'kinsches Kriegsschiff handelte, das hier nichts zu suchen hat. Besonders unsere eigenen Leute dürfte das interessieren. Und wenn die hier auftauchen...« Er blickte zu Sheryl und Nabtaal, die ebenso wie er selbst noch die zerschlissene Sträflingskleidung von Hadrians Mond trugen. »In diesen Klamotten wird man uns nicht gerade für Geschäftsreisende halten.«

»Glaub mir, es ist mir durchaus schon aufgefallen, daß ihr für einen Gala-Empfang nicht gerade passend angezogen seid.« Maylor lachte seltsamerweise gutgelaunt. »Aber vergiß nicht, Cedric, wo wir hier sind. Das ist *Sankt Petersburg Zwei*. Es wird eine Zeitlang dauern, ehe die Nachricht überhaupt zur sarday'kinschen Botschaft durchdringt. Und dort können die überhaupt noch nicht wissen, wie heiß wir sind. Bis jemand von den Operettenoffizieren sich bequemt, persönlich hierherzukommen, sind wir längst verschwunden. Glaube mir, die ersten, die hier auftauchen werden, dürften zu einem kommerziellen Rettungs- oder Bergungsdienst gehören, die sich ein gutes Geschäft versprechen. Unsere Flotte ist als guter Zahlmeister bekannt, und um die Verbindungen zu den hier ansässigen Händlerfamilien nicht zu gefährden, wird man darauf bedacht sein, daß das auch so bleibt.«

Cedric atmete tief durch. Das klang logisch. Aber trotzdem blieb ein Gefühl der Unsicherheit. Maylor trug schließlich noch immer seine Uniform, die ihn als Kommandanten des Schiffes auswies. Falls hier Sarday'kin auftauchten, würde er sicherlich als erster die Möglichkeit haben, sich herauszureden und zu verschwinden. Seit den Vorfällen auf Hadrians Mond und dem Raumfort HADES war auch er ein Ausgestoßener und Gejagter. Zwar hatte er sich nichts vorzuwerfen — außer vielleicht, im entscheidenden Moment nicht schnell genug das Feuer auf die *SK MARVIN* eröffnet zu haben —, aber wie Cedric am eigenen Leib verspürt hatte, würde man höheren Ortes darauf keine Rücksicht nehmen. Maylor hatte versagt — allein das zählte, und das teils gefälschte Belastungsmaterial, das Croft zum Raumfort überspielt hatte, würde natürlich einiges zu einem harten Urteil beitragen.

242

»Hoffen wir, daß du recht behältst«, sagte er. »Schließlich sitzen wir alle im selben Boot.«

»Stimmt«, sagte Maylor. »Wegen dir sitze ich jetzt mit drin.«

Ein Schatten flog über sein Gesicht, als würde er sich erst jetzt, nachdem ihre Flucht vorläufig ein glückliches Ende gefunden hatte, über die Konsequenzen klar werden. Konsequenzen, die nicht weniger besagten, als daß alles, was er erreicht hatte und was sein Leben bislang ausgemacht hatte, mit einem Male null und nichtig war. Er verdrängte die Gedanken. Nein, so widerstandslos würde er sich nicht in sein Schicksal ergeben, selbst wenn der Daily Lama, der auch einer seiner Ausbilder gewesen war, einmal gesagt hatte: *Auf Einzelschicksale kann das Schicksal meist leider keine Rücksicht nehmen.* Doch noch gab es die Möglichkeit, die Drahtzieher des Überfalls zu finden und sich damit aus eigener Kraft von sämtlichen Anschuldigungen reinzuwaschen.

Maylor wandte sich um und ging zur Kapsel zurück.

»Ich werde mal sehen, was unsere Notrationen hergeben«, meinte er, während er hineinkletterte. »Ich jedenfalls könnte jetzt eine kleine Stärkung vertragen.«

Kein schlechter Gedanke. Allein die Erwähnung von Essen ließ Cedrics Magen knurren.

Er folgte Maylor zur Kapsel, während er seine Blicke abermals umherschweifen ließ. Nach wie vor machte der Wald einen unheimlichen Eindruck auf ihn. Der Gedanke, sich nach Einbruch der Dunkelheit eventuell immer noch hier aufzuhalten, war nicht besonders anheimelnd. Die Stille beunruhigte ihn – ihn, der als ehemaliger *Maximus-Terminator* schon Kampfeinsätze auf einem Dutzend Planeten mit absolut höllischer und menschenfeindlicher Umwelt hinter sich hatte. Aber das war etwas vollkommen anderes gewesen. Damals hatte er von Kopf bis Fuß in einem Ganzkörper-Kampfanzug gesteckt, war bis über beide Ohren bewaffnet und wurde von einer ganzen Legion identisch ausgerüsteter Kameraden begleitet.

Hier und jetzt war das einzige, womit sie sich notfalls zur Wehr setzen konnten, ein einfacher Handstrahler. Keine besonders beeindruckende Bewaffnung.

Was Maylor aus einem kleinen Fach zutage förderte, war auch nicht sonderlich beeindruckend. Die Notration bestand aus Algenbrot und ein wenig Echt-Fleisch und war offensichtlich nach dem

Motto zusammengestellt, daß der, der sich mit einer Rettungskapsel in Sicherheit brachte, entweder irgend etwas falsch gemacht haben mußte oder aber feige war und allein schon deshalb keine Belohnung in Form schmackhafter Nahrung verdient hatte. Immerhin füllte es den Magen, und nach zwei Jahren in den Byranium-Minen war eine solche Empfindung schon ein Hochgefühl.

Eine halbe Stunde später ließ sie ein Knacken und Rascheln aufspringen.

Cedric legte vorsorglich die Hand um den Griff des Strahlers, doch dann erkannte er, daß es lediglich Kara-Sek und Omo waren, die sich ihnen da näherten. Und ein Stück hinter ihnen torkelte Duncan durch den Wald, anscheinend so ziellos wie ein herumflatternder Schmetterling, doch der Cybertech hatte es in den letzten Tagen geschafft, stets bei ihnen zu bleiben. Cedric fragte sich, was aus ihm in Zukunft werden sollte.

Plötzlich entdeckte er, was Omo unter seinem muskelbepackten Arm mit sich trug: den silberfarbenen Koffer mit dem Byranium! Er hat also doch daran gedacht, ihn mitzunehmen.

Cedric spürte, wie ihn eine Woge der Erleichterung erfaßte. Wenn die *Humsz*-Züchtung nicht so abgrundtief häßlich gewesen wäre, er hätte ihr glatt um den Hals fallen und sie abküssen können.

»Bravo!« rief Sheryl, die natürlich auch den Koffer entdeckt hatte. »Und deswegen hättest du uns also beinahe umgebracht. Wegen nichts!«

Cedric schluckte die ärgerliche Bemerkung, die ihm auf der Zunge lag, herunter. Statt dessen kontrollierte er eiligst, ob sich das Byranium noch darin befand.

Tatsächlich, der längliche Brocken war noch immer an Ort und Stelle. Seine Oberfläche schimmerte in sanftem Grün; das im Wald herrschende Zwielicht schien das Leuchten nur noch zu verstärken. Es wirkte beruhigend, beinahe friedlich, doch das konnte niemanden von ihnen darüber hinwegtäuschen, daß sich dieser anscheinend so leblose Brocken unvermittelt in ein mordendes Monstrum verwandeln konnte, das binnen Sekunden Auswüchse in der Form eines rasiermesserscharfen Gebisses oder spitzen Stachels ausbildete und damit nach dem nächststehenden lebenden Wesen schnappte oder stach. Jeder Brocken, der eine gewisse ›kritische‹

Größe überschritt, neigte von Zeit zu Zeit zu solchen Spontanreaktionen. Eine Gefahr, die in den Tiefen der Byranium-Minen allgegenwärtig gewesen war. Aber mit der Zeit hatte jeder Gefangene ein Gespür dafür entwickelt, wann es zu diesen mörderischen Ausbrüchen kam. Bei diesem Brocken würde es noch eine ganze Zeitlang dauern, Wochen, vielleicht sogar Monate. Denn die letzte Spontanreaktion lag noch nicht lange zurück, einen halben Tag vielleicht. Sie hatte Croft getötet und ihnen allen das Leben gerettet.

War es da ein Wunder, wenn Cedric mittlerweile ein fast zärtliches Gefühl gegenüber diesem Brocken verspürte?

Und das um so mehr, je mehr er an den immensen Wert dachte, den er darstellte. Ein ganzes Raumschiff.

Ein erschreckender Gedanke bemächtigte sich seiner, so unerwartet und heimtückisch wie ein Dieb in der Nacht: Was, wenn die anderen längst ein Auge auf den Koffer geworfen hatten? Sein Inhalt dürfte schließlich die größte Versuchung darstellen, der sie in ihrem Leben jemals begegnet waren. Eine derart große Verlockung, daß es schwerfallen mußte, ihr nicht zu erliegen.

Was, wenn ihm bei nächster Gelegenheit jemand von hinten ein Messer in den Rücken stieß oder ihn im Schlaf überwältigte? Wieso war er nur die ganze Zeit davon ausgegangen, daß keiner der anderen je auf solche Gedanken kommen würde? Und selbst wenn sie es bislang tatsächlich noch nicht waren, jetzt, da sie *Sankt Petersburg Zwei* erreicht hatten, würden sich ihre Wege zwangsläufig trennen, und was lag da näher, als sich zuvor noch mit ein wenig Reisegeld zu versorgen?

Cedric mußte von nun an noch mehr auf die anderen achtgeben. Auf jeden einzelnen von ihnen!

Doch wem war eine hinterhältige Attacke am ehesten zuzutrauen? Den beiden Yoyodyne? Möglich. Zwar waren sie durch einen Treueeid an ihn gebunden, aber wer wußte, wie lange dieser Zustand andauern würde? Es war nicht ausgeschlossen, daß irgendeine Regel ihres für Außenstehende vollkommen undurchsichtigen Ehrenkodexes ihnen bei nächster Gelegenheit vorschrieb, sie alle wieder als Feinde zu betrachten – und ihn besonders. Und wie stand es mit Maylor? Er hatte schon einmal fälschlicherweise geglaubt, er könne ihm vertrauen.

»Ich glaube«, bemerkte Maylor spöttisch, »wenn du jetzt den

Ausdruck in deinen Augen sehen würdest, würdest du vor dir selbst erschrecken.«

Cedric zuckte zusammen. Sein ehemaliger Freund, mit dem er lange Jahre auf der Flottenakademie zusammengewesen war, hatte in den letzten zwei Jahren offenbar nicht verlernt, in seinem Gesicht zu lesen. Cedric mußte sich besser unter Kontrolle haben, sonst konnte er den anderen gleich schriftlich aushändigen, was hinter seiner Stirn vorging.

»Das stimmt, Cedric.« Nabtaal — natürlich! Es war wohl nicht zu verhindern, daß er ebenfalls seinen Senf dazugab. »Du sahst so aus, als würdest du befürchten, irgend jemand von uns könne auf den Gedanken kommen, den Koffer an sich zu...«

»Nabtaal!« rief Cedric ungehalten. Daß Maylor wußte, wie es in ihm aussah, war ja noch zu akzeptieren, aber daß der Freischärler ebenfalls in seinem Gesicht las wie in einem offenen Buch, ging ihm gewaltig gegen den Strich.

»Jaja«, machte der Freischärler. »Versteh' schon. Ich soll den Mund halten. Mehr fällt euch wohl nicht ein als ›Nabtaal, sei ruhig!‹ oder ›Nabtaal, halt den Mund!‹ Na schön, meinetwegen.« Er verschränkte die Arme vor der schmächtigen Brust und wandte sich eingeschnappt ab. »Wenn euch nicht mehr einfällt, bin ich eben still. Stumm wie ein Grab. Kein Wort wird mehr über meine Lippen kommen. Nicht eines.« Er verschwand in Richtung Raumkapsel, und sein Gemurmel wurde leiser. »Selbst wenn ihr mich darum anbetteln würdet. Nein. Diesmal nicht. Was zuviel ist, ist zuviel. Ich bin doch kein...« Cedric schüttelte den Kopf. Aber er war sich selbst gegenüber ehrlich genug, um zu erkennen, daß er seine Gesichtszüge nur unvollkommen unter Kontrolle gehabt haben mußte. Seine Gedanken in jedem Fall. Wie hatte man so etwas in früheren Äonen, in denen die Menschheit noch auf einen einzigen Planeten beschränkt gewesen war, doch genannt? Goldrausch! Genau, das war der richtige Ausdruck.

Er schloß den Koffer mit einem Ruck und vertraute ihn wieder Omo an. In dessen Obhut schien er ihm vorerst am sichersten zu sein.

»Eines steht fest«, sagte Sheryl mit einem Blick auf den Riesen. »Was den Koffer angeht, ist das letzte Wort noch nicht gesprochen.«

Na bitte! dachte Cedric. Da waren sie schon, die ersten Besitzan-

sprüche. Wenigstens war Sheryl ehrlich genug, sie offen anzumelden. Oder war sie nur klug genug, so zu tun, als ob sie mit offenen Karten spiele, um ihn dann in einem günstigen Augenblick...?
Cedric schob den Gedanken beiseite, ehe er noch mehr Schaden anrichten konnte.

»Was hast du?« fragte Sheryl. »Warum antwortest du nicht?«

»Nun, weil...« Er brach ab und hob beunruhigt den Kopf. Mit gerunzelter Stirn sah er sich um.

»Was ist?« fragte Sheryl verwundert.

»Leise!« zischte Cedric.

Sie blickte verunsichert und ratlos in die Runde und dann wieder ihn an.

»Aber, was...?«

Er bedeutete ihr mit einer entschiedenen Geste, endlich still zu sein, und zog die Strahlenwaffe aus dem Gürtel. Langsam drehte er sich im Halbkreis, während er angestrengt in das Dickicht starrte, ohne recht zu wissen, wonach er Ausschau hielt. Aber er war sich ganz sicher, etwas gehört zu haben.

Ein Knacken und Krachen. Und es war ganz in der Nähe gewesen.

»Da war irgend etwas«, flüsterte er. Er hob den Kopf und sah zu den Baumwipfeln hinauf. »Ich glaube, es kam von dort oben.«

»Also«, flüsterte Maylor ebenso leise, aber seine plötzliche Angespanntheit bewies, daß er Cedrics Sinnen noch immer traute − wie früher. »Ich hab' nichts ge...«

Da krachte es erneut. Diesmal war es nicht zu überhören, und es kam zweifellos aus der grünen Region über ihnen. Es klang, als ob sich irgend etwas mit Gewalt durch das Blätterdach Bahn brach. Unwillkürlich rückten sie näher an ihn, den einzigen Waffenträger heran, und wohl jedem von ihnen spukten Nabtaals Drachen im Kopf herum.

»Da!« rief Sheryl und deutete mit ausgestrecktem Arm nach oben. »Da ist etwas. Metall.«

Sie hatte recht, wie Cedric Cyper einen Moment später feststellte. Es war keine geflügelte Schlange, die da auf sie herabstieß, sondern ein silberfarbener kugelförmiger Körper, der einen halben Meter durchmaß. Langsam schwebte er zu ihnen herab. Auf seiner Oberfläche blinkten ein paar kleine Lämpchen − in einem bösartigen Rhythmus, wie es Cedric schien. Es juckte ihn in den Fingern abzudrücken — allein, weil er nicht wußte, was es war, das da auf sie zukam, und er keine böse Überraschung erleben wollte, aber er zwang sich zur Zurückhaltung. Nach einem Bergungsdienst sah es jedenfalls nicht aus.

»Verdammt«, knurrte er. »Was ist das?«

»Eine Art Beobachtungssonde, nehme ich an«, meinte Maylor.

»So klug bin ich auch«, antwortete Cedric, ohne den Körper aus den Augen zu lassen. Immer dichter kam er auf sie zu, und es schien, als hätte er sich Cedric als Ziel auserkoren. »Aber das Ding ist etwas zu groß, um *nur* eine Beobachtungssonde zu sein.«

Es war jedem klar, woran er dachte. Es gab Beobachtungssonden, die als fliegende Killerautomaten programmiert waren oder eine Giga-Bombe in ihrem stählernen Leib trugen. Aber wer sollte es hier auf *Sankt Petersburg Zwei* auf sie abgesehen haben?

Einen knappen Meter von Cedrics Kopf entfernt blieb die Kugel schweben. Er erkannte in der oberen Hälfte die Linse einer elektronischen Kamera. Im nächsten Moment öffnete sich eine kleine Luke, und ehe Cedric sich versah, stieß auch schon ein Teleskoparm auf sein Gesicht zu.

Er riß den Strahler, den er schon hatte sinken lassen, wieder hoch, doch die Reaktion wäre mit Sicherheit zu spät gekommen, wenn ihm die Sonde etwas Böses gewollt hätte. Statt dessen hielt sie ihm etwas vor die Nase, was wie die Nachbildung eines altertümlichen Mikrofons aussah.

»Willkommen auf diesem Planeten!« schmetterte ihm eine Stimme aus den Außenlautsprechern der Sonde in enthusiastischem Tonfall entgegen. »*Sie sind live on* PeTV, *dem Sender Nummer Eins auf* Sankt Petersburg Zwei. *Unterhaltung, Musik und Nachrichten rund um die Uhr. Wir haben unsere Zuschauer bereits über den Absturz Ihres Raumschiffs informiert, und den Aufschlag der verglühenden Trümmerstücke auf eine vollautomatische Algenfarm im Südmeer konnten wir dank der dort installierten Beobachtungskameras sogar direkt übertragen. Wir sind froh, nun die Überlebenden gefunden zu haben und würden uns freuen, wenn Sie zu einer ersten Stellungnahme bereit wären.*«

Cedrics Kinnlade fiel herab. Er hatte das Gefühl, als hätte ihn gerade nicht nur ein Pferd getreten, nein, als wäre soeben eine ganze Stampede über ihn hinweggegangen.

»*Gut, sehr schön. Was unsere Zuschauer sicherlich am meisten interessiert: Wie hat sich der Absturz aus Ihrer Sicht zugetragen?«*

Cedric verdrehte die Augen und sah Maylor an, doch dieser hob nur ratlos die Schultern.

»Wir verstehen natürlich, daß Sie noch voll und ganz unter dem Eindruck der dramatischen Ereignisse stehen. Aber denken Sie bitte daran, daß unsere Zuschauer natürlich gerne eine Schilderung eines direkten Augenzeugen hören würden. Also, wenn Sie bitte so freundlich wären, uns ein paar Worte darüber zu erzählen?«

Cedric überlegte sich allen Ernstes, ob er die Sonde nicht einfach abschießen sollte. Sie — beziehungsweise derjenige, der sie aus irgendeinem Studio heraus lenkte — schien zu spüren, woran er dachte.

»Nun ja, vielen Dank. Vielleicht werden wir später noch einmal auf Sie zurückkommen. Mal sehen, liebe Zuschauer, ob wir einen kompetenteren Gesprächspartner finden. Ah, da haben wir ihn ja.« Die Kugel schwebte auf Maylor zu und hielt ihm nun den Robotarm vor die Nase. *»Ihrer Uniform nach zu urteilen, können Sie uns wahrscheinlich am ehesten Aufschluß über die Umstände des Absturzes geben. Mitarbeiter der Orbitalkontrolle, die natürlich ungenannt bleiben wollen, haben PeTV gegenüber geäußert, daß es sich bei Ihrem Schiff um eine militärische Ausführung handelte. Und es soll erst unmittelbar über der Atmosphäre von Sankt Petersburg Zwei aus dem Hyperraum gekommen sein. Können Sie uns diese Angaben bestätigen, und wenn ja, handelte es sich vielleicht um eine Erprobung eines neuen Überlichtflugtriebwerkes?«*

Maylor blickte so begeistert auf das Mikrofon, als hielte ihm jemand ein Hornissennest entgegen. Cedric konnte sich eine gewisse Schadenfreude nicht verkneifen. Ganz recht, es war Maylors Schiff gewesen. Sollte er sich doch mit der TV-Kugel herumschlagen.

»Kein Kommentar«, quetschte er aus zusammengekniffenen Lippen hervor. Es war offensichtlich, daß ihm nichts Klügeres einfiel.

»Also eine militärische Geheimaktion.« Es klang wie eine Feststellung. *»Uns würde natürlich interessieren, ob diese Aktion mit den führenden Händlerfamilien abgesprochen ist. Oder andersherum gefragt: Befürchten Sie keine politischen Verwicklungen aufgrund der eklatanten Luftraumverletzung dieses Planeten?«*

»Im Moment wird hier nur ein Luftraum verletzt«, meinte Maylor ärgerlich. *»Nämlich meiner!«*

Er machte eine Handbewegung, um den Teleskoparm beiseite zu schieben, aber der Arm wich mit einer schnellen Bewegung aus und schwebte einen Lidschlag später wieder vor seinem Gesicht.

»*Andere Stimmen innerhalb der Orbitalkontrolle sprachen davon, natürlich rein inoffiziell, daß Ihr Schiff bereits vor dem Auftreffen auf die Atmosphäre erhebliche Schäden aufwies. Könnten diese auf ein Gefecht zurückgehen, in das Sie verwickelt gewesen sind?*«

»Verschwinde! Laß mich in Ruhe! Von mir erfährst du kein Wort!«

Maylor warf Cedric einen Blick zu, der wohl besagen sollte: Warum schießt du das Ding nicht endlich ab?

»Sagt mal, was ist denn hier los?« rief Nabtaal erstaunt, der zu ihnen zurückgekommen war. »Was ist denn das für ein...?«

»*Liebe Zuschauer, ich entdecke gerade noch einen Schiffbrüchigen, den wir bislang noch gar nicht im Bild hatten.*« Die Sonde ließ von Maylor ab und stürzte sich voller investigativem Eifer auf Nabtaal. Der Freischärler prallte erschrocken ein Stück zurück, als das Mikrofon unter seiner Nase ruckte. »*Können Sie uns vielleicht eine Schilderung der Ereignisse rund um den Absturz geben?*«

»Was? Wie?« machte Nabtaal verwirrt.

»*Sie sind live on PeTV, dem Sender Nummer Eins auf* Sankt Petersburg Zwei. *Unterhaltung, Musik und Nachrichten rund um die Uhr.*« Es klang wie ein einstudierter, tausendmal abgespulter Text. »*Dürfen wir fragen, in welcher Funktion Sie an Bord des Schiffes waren?*«

Nabtaal schien endlich zu verstehen, was das alles zu bedeuten hatte. Er straffte sich und versuchte, die Kleidung glattzustreichen, was angesichts der zerschlissenen, verdreckten Montur, in der er steckte, ein ziemlich sinnloses Unterfangen war.

»Ich bin Freischärler«, sagte er mit stolzgeschwellter Brust, ganz im Bewußtsein, nun auf unzähligen Bild- und Holo-Schirmen zu sehen zu sein, »und ich möchte diesen Augenblick nutzen, um auf die zum Himmel schreienden und unerträglichen Verhältnisse aufmerksam zu machen, die auf Strafplaneten des sarday'kinschen Sternenreiches herrschen. Sie verstoßen in vielen Punkten gegen die Menschenrechtskonventionen zum Schutz von...«

»*Freischärler?*« Der marktschreierische Enthusiasmus war wie weggewischt.

Nabtaal hielt irritiert inne.

»Jawohl, Freischärler«, bestätigte er. »Wo war ich stehengeblieben?« Er dachte kurz nach. »Ach ja. Wie schon gesagt, ich freue mich, diese Gelegenheit nutzen zu können, um ein größeres Publikum auf die wirklich drängenden Fragen der...«

»Äh... *vielen Dank*«, klang es aus den Außenlautsprechern, *»das war wirklich sehr aufschlußreich. Wir sind sicher, daß unsere Zuschauer verstanden haben, was Sie damit sagen wollten.«*

Die Kugel ließ Nabtaal stehen, der ihr wie ein begossener Pudel hinterherschaute. Cedric hätte fast aufgelacht, wenn ihm nicht plötzlich bewußt geworden wäre, daß diese Situation alles andere als amüsant war. Im Gegenteil, diese Übertragungssonde brachte sie alle in tödliche Gefahr. Sie waren schließlich nach *Sankt Petersburg Zwei* gekommen, um unerkannt unterzutauchen, was dank diesem Ding nun nur noch schwerlich möglich sein würde. Ihre Gesichter dürften mittlerweile rund um den Planeten gegangen sein. Selbst wenn noch ein paar Tage vergingen, ehe das Flottenkommando ihre Steckbriefe an die hier ansässige Vertretung weitergab, es würde die Suche nach ihnen erheblich erleichtern.

Cedric stieß einen leisen Fluch aus. Als ob nicht allein die Tatsache, daß sie hier mit einem Sarday'kin-Kreuzer heruntergekommen waren und bis auf Maylor allesamt Sträflingskleidung trugen, ausreichte, um nach ihnen fahnden zu lassen!

Fast erleichtert sah er, daß die Sonde an den beiden Yoyodyne vorbeiflog, als kämen sie als Gesprächspartner ohnehin nicht in Frage, und ihr neues Opfer in Duncan gefunden hatte. Gut so. Aus dem durchgedrehten Cybertech dürfte sie aller Wahrscheinlichkeit nach kein einziges vernünftiges Wort herausbekommen.

»Könnten Sie unseren Zuschauern vielleicht in ein paar kurzen Worten sagen, woher Sie kommen?« klang es aus den Außenlautsprechern der Sonde, während Cedric an Maylor heranrückte.

»Wir müssen zusehen, daß wir das verfluchte Ding loswerden«, raunte er seinem ehemaligen Freund zu. »Es bringt uns alle mit der Übertragung in Teufels Küche.«

Maylor verstand, was Cedric meinte.

»Ge... gerne«, hörten sie Duncan im Hintergrund reden. »Wir sind flüchtige Strafgefangene von Hadrians Mond, einer der größten Byranium-Minen des Sarday'kin-Sternenreiches. Wir konnten gerade so eben einem hinterhältigen Überfall entkommen, der die gesamten Stammbesatzung und allen anderen Strafgefangenen das Leben gekostet hat.«

Wer immer durch die Sonde sprach, er benötigte eine gute Sekunde, die Neuigkeit zu verdauen.

Cedric brauchte dafür sogar noch eine ganze Zeitlang länger. Moment mal, hallte es in seinem Schädel, wie zum Teufel war es möglich, daß Duncan, der in den letzten Tagen kaum ein vernünftiges Wort von sich gegeben hatte, mit einem Male ganz normal redete?

Und − was redete er da?

»*Hochinteressant. Haben Sie schon einen Verdacht, wer hinter diesem Überfall stehen könnte?*«

»Aber sicher«, antwortete Duncan auskunftswillig, »wir haben begründete Annahme zu der Vermutung, daß die Drahtzieher aus den Reihen der sarday'kinschen Sternenflotte kommen. Wahrscheinlich hohe Offiziere.«

Der Schrecken rann Cedric wie Lava durch die Adern. Der Cybertech redete sie alle um Kopf und Kragen. Genausogut konnten sie Lautsprecherwagen durch sämtliche Straßen der Mega-Städte fahren lassen, um ihr Vorhaben zu verkünden!

»*Das sind ja wirklich geradezu sensationelle Neuigkeiten. Können Sie uns und unseren Zuschauern mehr über die Drahtzieher sagen?*«

»Viel mehr wissen wir selbst nicht, aber wir sind hierhergekommen, um sie ausfindig zu machen und dafür zu sorgen, daß sie vor dem Flottenkommando zur Rechenschaft gezogen werden.«

»*Sie glauben also, daß die Hintermänner hier auf* Sankt Petersbu . . .«

Die Lautsprecherstimme verwandelte sich in dissonantes Kreischen und Krächzen, als der Strahl aus Cedrics Laser die Übertragungssonde traf. Eine feurige Aureole umgab die fliegende Kugel, in ihrem Inneren explodierten irgendwelche Teile, und sie begann zu trudeln. Torkelnd wie eine betrunkene Biene verschwand sie irgendwo zwischen den korkenzieherähnlichen Baumstämmen und verging in einem grellen Lichtblitz.

Cedric ließ die Waffe sinken und eilte mit grimmiger Miene auf den Cybertech zu.

»Duncan, verdammt noch mal, was fällt dir ein, das alles in die Welt hinauszuposaunen?«

Der Cybertech sah ihn mit großen Augen an.

»Aus . . . uh . . . aunen«, klärte er Cedric mit seeliger Miene über seine Beweggründe auf. »Po . . . aunen . . .«

Es war eine Antwort, die Cedric nicht im geringsten zufriedenstellte. Wenn der Cybertech glaubte, er könne ihn verschaukeln und ihnen allen jetzt wieder den hirnlosen Idioten vorspielen, hatte er sich getäuscht.

Cedric wollte ihn gerade am Kragen packen und so lange durchschütteln, bis sein Verstand in ihn zurückkehrte, als eine Stimme in seinem Rücken ihn erstarren ließ.

»Liebe Zuschauer, Sie haben soeben miterlebt, wie unsere erste Übertragungssonde von den Schiffbrüchigen zerstört wurde. Glücklicherweise haben wir für diesen Fall Vorsorge getroffen und eine zweite . . .«

Cedric wirbelte herum und schoß aus der Hüfte. Doch der Lenker der Sonde oder eine entsprechende Automatik hatte damit gerechnet und ließ sie der gleißenden Strahlenbahn gedankenschnell ausweichen. Die Energie schlug irgendwo in den Wipfeln ein und schuf eine neue Lücke für das Sonnenlicht.

Auch der zweite Schuß traf nicht, aber er schien die Sonde davon zu überzeugen, daß es besser war, sich aus dem Staub zu machen. Im Zickzackkurs, um weiteren Salven auszuweichen, raste sie davon und zog die aus den Außenlautsprechern tönende Stimme mit sich fort.

»Damit, liebe Zuschauer, beenden wir unsere Live-Übertragung aufgrund . . . äh . . . besonderer Umstände. Nach einer kurzen Werbeunterbrechung sehen Sie im Anschluß die schon angekündigte Folge unserer Action-Show ›Entkomm dem Buärps‹ mit dem plomboyanischen Showmaster . . .«

Ruhe kehrte ein.

»Verdammt!« meinte Cedric. Das war wirklich alles, was ihm im Augenblick einfiel. Langsam ließ er den Strahler sinken.

»Verdammt«, wiederholte Duncan mit so glücklicher Miene, als freue er sich über das Lob.

Cedric wandte sich abrupt in seine Richtung, kam trotzdem nicht dazu, ihn sich vorzuknöpfen, denn da traf bereits eine weitere Sonde bei ihnen ein. Diesmal jedoch keine fliegende Übertragungseinheit.

»Der Happy-Breakdown-Bergungsdienst freut sich, Ihnen seine

Dienste anbieten zu dürfen«, hallte es durch den Wald. »*Bei uns können Sie auf über zweihundert Jahre Erfahrung mit Raumschiffabstürzen aller Art zurückgreifen. Wir bedienen sie schnell, diskret und absolut zuverlässig. Wir würden uns freuen, wenn Sie uns den Auftrag zur Bergung der Rettungskapseln überlassen würden. Dazu müssen Sie nur die Flottenkennung ihres Raumschiffes auf dem dazu vorgesehenen Eingabefeld dieser Sonde...*«

»*Bei uns, dem Rettungsdienst Schickedanz*«, tönten die Lautsprecher einer weiteren, etwas kleineren Sonde dazwischen, die sich unbemerkt aus einer anderen Richtung genähert hatte, »*erhalten Sie, sollte dies Ihre erste Havarie auf einem Freihandelsplaneten sein, in dieser Woche einen speziellen Tarif mit Vergünstigungen für militärische Einrichtungen der...*«

»*Mit uns wählen Sie einen eingetragenen Vertragspartner der Sarday'kinschen Sternenflotte für alle Havarien innerhalb von Freihandelszonen*«, versuchte eine unvermittelt aufgetauchte dritte Sonde diese Argumente auszustechen. »*Unser Sonderservice umfaßt auch die Schadensregulierung der Vollzerstörung der Algenfarm im Südmeer.*«

Cedric Cyper sah sich verzweifelt um. Immer mehr Sonden, Kugeln oder fliegende Reklametafeln tauchten auf und umkreisten sie wie ein Rudel Wölfe, das Blut gewittert hatte. Einige von ihnen arbeiteten anscheinend für verschiedene Anbieter und spulten deren Werbebotschaften nacheinander ab. Und es waren beileibe nicht nur Bergungsdienste vertreten.

»*... finden Sie im Hotel INTERPLANETARIAL allen denkbaren Service, direkte Abrechnung mit der Flotte und ein breitgefächertes...*«

»*... bieten wir ein komplettes Konzept zur Vermarktung Ihres Raumschiffabsturzes inklusive der Koordinierung von Interviewterminen und nachträglicher Betreuung von Weiterverwertungsrechten...*«

»*... der heißeste Nachtclub auf Sankt Petersburg Zwei, nein, der gesamten Galaxis, der keinen Ihrer Wünsche...*«

Bald ähnelte der Ort um die Rettungskapsel einem heillosen Durcheinander aus Dutzenden und Aberdutzenden sich gegenseitig überbietenden, metallenen Marktschreiern. Alle Stimmen tönten durcheinander, so daß kaum noch ein Satz zu verstehen war. Cedric warf seinen Begleitern einen gequälten Blick zu. Die Ladung seiner Laserwaffe würde kaum ausreichen, all diese fliegenden Quälgeister zu verscheuchen. Er jagte ein paar Feuerbahnen in die Luft, ohne sonderlich viel Eindruck zu schinden. Die Aussicht auf ein gutes Geschäft war offenbar stärker.

»Weg hier!« rief Sheryl und hielt sich die Hände an die Ohren. »Sonst drehe ich noch durch.«

»Ganz deiner Meinung«, stimmte Maylor zu.

»Warum?« meinte Nabtaal arglos. »Manche Angebote sind doch recht informativ. Habt Ihr beispielsweise gewußt, daß man hier für nur hundertsechzig Credits am Tag...«

»Nabtaal!« riefen Cedric, Sheryl und Maylor nahezu gleichzeitig.

»Ja, schon verstanden.« Der Freischärler hob die Arme und ließ den Kopf hängen. »Ich bin ja schon ruhig. Ich meinte ja nur...«

Ein schlanker Flugkörper von den Ausmaßen eines kleinen Rettungsbootes brach durch das Blätterdach und schwebte zu ihnen herab.

»*Flugtaxi erwünscht?*« ertönte eine automatische Stimme.

Cedric konnte es kaum fassen. Ein normales Flugtaxi. Genau das, was sie jetzt brauchten.

»Und wie!« rief er erleichtert und winkte es zu ihnen herab.

Der Flugkörper setzte gehorsam auf dem Boden auf. Einladend fuhr das Schott auf.

»Los!« rief er den anderen zu. »Da hinein. Es wird Zeit, daß wir von hier verschwinden.«

Die anderen taten nur allzu gerne, was er verlangte, und kletterten ins Innere. Die Sonden rückten näher an sie heran, und abermals fühlte Cedric sich an ein Rudel hungriger Wölfe erinnert.

»*Bevor Sie gehen, sollten Sie uns den Auftrag erteilen...*

»*...die letzte Chance, den Sonderrabatt...*«

»*Aber Sir, Sie können doch nicht von hier verschwinden, ohne uns mit der Bergung...*«

»Macht doch mit den Rettungskapseln, was Ihr wollt!« rief Cedric Cyper ihnen zu, bevor er ebenfalls ins Flugtaxi kletterte und das Schott hinter sich zufahren ließ. Die durcheinanderredenden Stimmen endeten wie abgeschnitten. Er sah sich um. Der längliche Fahrgastraum wies mehrere bequeme Sitzreihen auf und war groß genug, um sie alle aufzunehmen. Einige Sessel waren variabel einstellbar, so daß selbst Omo einen Sitzplatz gefunden hatte. Ein Zeichen, wie sehr man auf diesem Planeten auf Besucher aus allen Ecken dieses Spiralarms eingerichtet war.

»*Die* Flugbeförderung Incorporated, *kurz* FBI, *freut sich, Sie an Bord begrüßen zu dürfen*«, drang die Stimme des Taxi-Computers, deren Sanftheit in angenehmem Gegensatz zu den volltönenden Marktschreiern draußen stand, aus den Lautsprechern. »*Bitte geben Sie Ihre Identy-Card oder Ihre Credit-Card in den dafür vorgesehenen Schlitz ein.*« Eine pfeilförmige Holografie begann im Raum zu schweben und zeigte auf die entsprechende Vorrichtung in der Mittelkonsole. »Unsere Kreditkarte?« wiederholte Sheryl gedehnt, und das Unbehagen, das Flugtaxi wieder verlassen zu müssen, war ihr anzusehen. Sie sah ostentativ an ihrer Sträflings-kleidung herab und dann in die Runde. »Sieht hier jemand von uns etwa so aus, als hätte er seine Credit-Card dabei?«

Ihr Blick blieb an Maylor kleben, ebenso wie sich alle anderen Blicke ebenfalls in seine Richtung wandten. Er trug noch immer seine Uniform und war der einzige, der seine persönlichen Papiere bei sich hatte.

»Moment, Moment!« Abwehrend hob er die Hände. »Ihr denkt doch nicht, daß ich unsere Flucht mit meinem sauer ersparten Geld finanziere . . .«

»Jetzt zier dich nicht!« rief Cedric. »Oder willst du, daß das Taxi ohne uns verschwindet?«

»*Bitte geben Sie Ihre Identy-Card oder Ihre Credit-Card in den dafür vorgesehenen Schlitz ein*«, gemahnte die Computerstimme. Diesmal klang es ein wenig dringlicher, und der Holografie-Pfeil begann zu blinken, als ob er sie für zu begriffsstutzig hielt, ohne diese Hilfe den richtigen Ort für die Karte zu finden.

Maylor machte ein zerknirschtes Gesicht und seufzte ergeben. Er mußte einsehen, daß die normative Kraft des Faktischen eindeutig stärker als seine Bedenken war — sprich: Wenn er sich nicht beugte, kamen sie nicht von hier weg. Er holte seine Credit-Card aus der Tasche und schob sie in den Schlitz.

»*Credit-Card akzeptiert. Bitte nennen Sie den Zielort.*«

Cedric sah sich um. Niemand machte den Eindruck, als hätte er bestimmte Vorstellungen, wo es hingehen sollte.

»Hotel ESCAPADE«, gab er an. »Motown-City.« Das war diejenige Mega-Stadt, in der er den Landurlaub verbracht hatte.

»*Bestätigt. Die* FBI *wünscht Ihnen einen angenehmen Flug.*«

»Hotel ESCAPADE?« protestierte Maylor. »Aber . . . aber das ist die teuerste Adresse am Ort! Was willst du denn dort? Mein Jahresgehalt reicht nicht aus, um dort auch nur eine einzige Nacht zu verbringen.«

Cedric gebot ihm mit erhobenem Zeigefinger Einhalt.

»Vertrau mir! Ich weiß, was ich tue.«

»Sagte der Lemming, bevor er sich die Klippen hinabstürzte«, ergänzte Maylor seufzend.

Das Taxi hob vom Boden ab, schwebte durch das Blätterdach, und es war, als ob sie aus den Tiefen eines düsteren Ozeans ans Licht der Oberfläche getaucht wären. Sie nahmen Fahrt auf, und bald huschte die grüne endlose Landschaft unter ihnen hinweg. Ein paar der Angebotssonden schwebten noch eine Zeitlang neben ihnen her, doch dann wurde das Flugtaxi zu schnell, als daß sie ihm noch länger hätten folgen können.

»*Voraussichtliche Flugdauer: Zwei Stunden, vierzehn Minuten. Falls Sie zu Ihrer Zerstreuung ein Unterhaltungsprogramm wünschen, wählen Sie bitte Menü ›der‹ an.*«

Maylor fingerte an der Mittelkonsole herum.

»Verdammt! Das Ding will meine Credit-Card nicht zurückgeben.« Er drückte mehrmals die Rückgabetaste − ohne Erfolg.

»*Eine Rückgabe ist momentan aufgrund eines technischen Defekts nicht möglich*«, klärte ihn die Lautsprecherstimme in zuckersüßem Tonfall auf. »*Sie können Ihre Karte jedoch jederzeit nach vormaliger Vereinbarung bei unserer Zentrale abholen. Die Adresse entnehmen Sie bitte unserer Geschäftskarte.*«

Eine kleine Plastikkarte schob sich aus dem Schlitz, der die Credit-Card gefressen hatte. Maylor nahm sie und warf einen mißmutigen Blick darauf. Darauf standen Name und Adresse der Beförderungsfirma und zudem der griffige Slogan: Jeder Kunde ein zufriedener Kunde!

Cedric konnte nicht anders, als lauthals zu lachen anfangen.

Maylor sah ihn strafend an.

»Darf man wissen, was so überaus komisch daran ist?« erkundigte er sich. »Darf ich dich darauf aufmerksam machen, daß wir, wenn meine Karte weg ist, über keinen einzigen Cent mehr verfügen! Und ich kann ja schlecht zu dieser Zentrale zurückgehen und meine Karte wieder abholen. Genausogut könnte ich mich gleich freiwillig bei der sarday'kinschen Botschaft stellen.«

Das war nur allzu richtig. Natürlich waren nahezu alle Verkehrs- oder Banksysteme auf diesem Planeten miteinander vernetzt, und es war naiv anzunehmen, daß sich die sarday'kinsche Vertretung nicht längst Zugang zu den Zentralcomputern verschafft hatte. Cedric hatte bei seinem ersten Besuch hier selbst miterlebt, wie man anhand der Flugtaxirouten einen Kameraden ausfindig gemacht hatte, der in einem Amüsierviertel — und derer gab es viele auf *Sankt Petersburg Zwei* — versumpft war und das Ende des Landganges buchstäblich verschlafen hatte. Die ganze Aktion hatte keine zwei Stunden gedauert.

Er nickte, immer noch lächelnd.

»Und genau deshalb spuckt der Automat die Karte auch nicht mehr aus«, erklärte er. »An unserer Kleidung ist unschwer zu erkennen, daß wir nicht gerade in offiziellem Auftrag hier sind. Wer immer dieses Taxiunternehmen führt, er scheint ein äußerst findiger Geschäftsmann zu sein. Wenn du deine Karte nach Ablauf der Aufbewahrungsfrist nicht abholst, kann er damit machen, was er will. Was meinst du, wieviel man auf dem Schwarzmarkt dafür bekommt? Ich hatte von Anfang an damit gerechnet, daß es so laufen würde.«

»Wie bitte? Du hast das gewußt und mich trotzdem meine Karte da hineinstecken lassen?«

»Hättest du es dann etwa nicht getan und vorgezogen, daß uns das Taxi im Dschungel zurückläßt?« fragte Cedric zurück.

Maylor verzog das Gesicht. Es machte ihn wütend, daß Cedric auch noch so überlegen lächeln mußte. Er wandte sich wieder der Mittelkonsole zu.

»He, wenn du glaubst, ich würde mich zufriedengeben«, rief er, als könne sie ihn verstehen, »hast du die Rechnung ohne den Wirt gemacht.«

Er trat mit dem Fuß gegen die Verkleidung.

»*Achtung!*« ermahnte ihn die Stimme des Bordcomputers freundlich. »*Eine mutwillige Beschädigung könnte zu einer versehentlichen Öffnung des Kabinenschotts führen.*«

Jeder von ihnen wußte, was das zur Folge haben würde. Das Taxi flog mit einer Geschwindigkeit von mindestens fünfhundert Stundenkilometern. Der Sog hätte sie binnen Sekunden aus dem Taxi ins Freie gerissen. Keine angenehme Vorstellung.

Maylor erkannte das ebenfalls, und entsprechend zerknirscht

ergab er sich in sein Schicksal. Er ließ sich in seinen Sitz zurückfallen.

»Das grenzt an Diebstahl«, schimpfte er. »Ach was, das ist blanker Straßenraub!«

»Genau das ist es«, stimmte Cedric zu. »Aber daran ändern kannst du jetzt ohnehin nichts mehr. Seien wir froh, daß uns das Taxi wenigstens zum Ziel bringt und sich unserer nicht gleich entledigt hat. Also spar dir deine Luft.«

»Du hast gut reden. Es war ja nicht deine Kreditkarte, die das Ding gefressen hat. Was soll ich denn jetzt ohne sie anfangen?«

»Dasselbe, was du tun würdest, wenn du sie noch hättest«, antwortete Cedric. »Sie unter keinen Umständen benutzen. Und nun gib endlich Ruhe. Ich muß nachdenken.«

Er wendete sich ab und sah aus dem Fenster. Sein Blick allerdings richtete sich auf keinen konkreten Punkt, sondern glitt in weite Fernen. Was ihn beschäftigte, war die Frage, welche Folgen Duncans famoser TV-Auftritt nach sich ziehen konnte. Das am Überfall auf Hadrians Mond beteiligte Containerschiff PFENNIG-FUCHSER war hier auf *Sankt Petersburg Zwei* registriert, das war bislang ihre einzige Spur. Angenommen, sie führte in keine Sackgasse und die Hintermänner saßen tatsächlich hier, dann würden sie sich spätestens jetzt in heller Aufregung befinden, mußten sie doch befürchten, daß da jemand zuviel über sie und ihre Aktivitäten wußte.

Die Schlußfolgerung lag auf der Hand: Man würde alle Hebel in Gang setzen, um sie auszuschalten!

Und das würden nicht wenige oder wirkungslose Hebel sein, ahnte Cedric. Den Ausmaßen des Byranium-Diebstahls nach zu urteilen, mußte es sich bei den Hintermännern um überaus vermögende und einflußreiche Leute handeln.

»Computer«, fragte er, »besteht noch Zugriff auf die Karte?«

»*Zugriff besteht.*«

»Ich kann also von hier andere Aufträge buchen?« hakte er nach.

»*Positiv.*«

»Was hast du vor?« erkundigte Maylor sich.

Cedric strich sich übers Kinn.

»Ich könnte mir vorstellen, daß die TV-Übertragung eine Menge Staub aufgewirbelt hat«, sagte er. »Ich möchte mich gegen unliebsame Überraschungen wappnen. Wenn du deine Kreditkarte schon in den Wind schreiben kannst, sollten wir sie vorher noch mal so richtig nutzen.«

Maylor sah zum Kabinendach.

»Es ist ja nicht dein Geld«, stöhnte er.

Cedric lächelte.

»Ich nehme an, das war ein Ja.«

Synfile 3

Schlafende Hunde

Ronald Lafayette, der Leiter der sardaykin'schen Botschaft auf *Sankt Petersburg Zwei*, ließ die Papiere, in die er vertieft gewesen war, sinken und sah unwillig auf, als Perkins, sein geschniegelter Adjudant, den Raum betrat.

»Was ist?« fragte er knapp.

Der drahtige, junge Mann in der schwarzen Uniform blieb vor dem ausladenden Arbeitstisch stehen und salutierte.

»Sir«, rief er schneidig. »Ich habe Ihnen vor Minuten ja schon die Meldung über den Absturz eines Schweren Kreuzers hereingereicht.«

»Ich weiß. Gibt es neue Informationen?«

»Das kann man wohl sagen. Die Orbitalkontrolle hat soeben bestätigt, daß es sich tatsächlich um eines unserer Schiffe handelt. Ein Schwerer Kreuzer mit Namen FIMBULWINTER.«

Lafayette zuckte unmerklich zusammen.

»Die FIMBULWINTER?« fragte er erschrocken.

Perkins wirkte irritiert.

»Ja, Sir«, bestätigte er. »Sie kennen dieses Schiff?«

»Ich . . . nein.« Lafayette machte eine unwirsche Geste, als wolle er die unliebsame Frage damit beiseite wischen. Es wirkte ärgerlich, und fast ein wenig zu grob — selbst für einen unnachgiebigen Mann wie ihn — fügte er hinzu: »Erzählen Sie weiter.«

»Es sind zwei Rettungskapseln runtergekommen. Auf der Südhalbkugel von *Sankt Petersburg Zwei*. Insgesamt sieben Überlebende. Allerdings nur ein Besatzungsmitglied. Der Rest allerdings . . .« Er zögerte und sah auf seine rechte Hand, in der sich ein kleiner Datenträger befand. »Ich glaube, Sie sollten sich das am besten selbst ansehen, Sir.«

»Was ist das?«

»Eine Aufzeichnung. Das hier ging gerade auf *PeTV* über den Sender. Und zwar planetenweit.«

Lafayette sah seinen Adjudanten halb auffordernd, halb beunruhigt an. Er deutete auf die Bildschirmeinheit in seinem Büro. Perkins verstand den Wink, legte den Datenspeicher ein, und kurz darauf erhellte sich der Monitor. Es war die Wiedergabe der Beobachtungssonde. Lafayette sah die Aufzeichnung mit wachsendem Unbehagen, insbesondere als die Kamera einen Cybertech ins Bild nahm, in dessen Augen so etwas wie Wahnsinn zu glimmen schien. Und seine Worte trafen den Kommandanten der Vertretung wie Peitschenhiebe. Jedes einzelne von ihnen. Er versuchte, seine Betroffenheit hinter einer starren Maske aus Teilnahmslosigkeit zu verbergen, doch ganz konnte er seine Empfindungen nicht unterdrücken. Seine Hände spielten nervös mit dem Saum seiner Uniformjacke.

»*Wir sind flüchtige Strafgefangene von Hadrians Mond, einer der größten Byranium-Minen des Sarday'kin-Sternenreiches*«, hörte er den Mann reden. »*Wir konnten gerade so eben einem hinterhältigen Überfall entkommen, der die gesamte Stammbesatzung und alle anderen Strafgefangenen das Leben gekostet hat.*«

»*Hochinteressant*«, erklang die Stimme des Moderators aus dem Off. »*Haben Sie schon einen Verdacht, wer hinter diesem Überfall stehen könnte?*«

»*Aber sicher. Wir haben begründete Annahme zu der Vermutung, daß die Drahtzieher aus den Reihen der sarday'kinschen Sternenflotte kommen. Wahrscheinlich hohe Offiziere.*«

»*Das sind ja wirklich geradezu sensationelle Neuigkeiten. Können Sie uns und unseren Zuschauern mehr über die Drahtzieher sagen?*«

»*Viel mehr wissen wir selbst nicht, aber wir sind hierhergekommen, um sie ausfindig zu machen und dafür zu sorgen, daß sie vor dem Flottenkommando zur Rechenschaft gezogen werden.*«

»*Sie glauben also, daß die Hintermänner hier auf* Sankt Petersbu . . .«

Damit brach die Aufzeichnung ab.

»Das ist alles, Sir.« Perkins zuckte verlegen mit den Schultern, als wäre es seine Schuld, daß sie nicht mehr sehen würden. Er nahm den Datenträger wieder aus dem Gerät und wandte sich seinem Vorgesetzten zu. »In den letzten Minuten haben bei uns bereits verschiedene Sender und Nachrichtenagenturen nachgefragt, ob wir ihnen zu diesen Vorgängen nähere Angaben machen könnten«, fügte er hinzu. »Ich habe ihnen wie üblich ausrichten lassen, daß es in den nächsten Tagen bestimmt ein offizielles Kommuniqué geben wird, aus dem sie dann alles erfahren. Ich nehme an, das war in Ihrem Sinn.«

Verwundert registrierte er, daß der Botschafter seine Worte gar nicht gehört zu haben schien, sondern wie erstarrt in seinem Sessel saß und den Eindruck machte, als wäre er soeben dem Leibhaftigen begegnet. In der Tat fühlte Lafayette sich so, als wäre genau das geschehen. In seinem Kopf tobte nur ein einziger Gedanke, sprang wild wie ein Derwisch hin und her, und er besagte: Er war aufgeflogen!

Es war vorbei! Aus! Er spürte den irrationalen Wunsch zu fliehen. Jetzt. Sofort. Er mußte weg und sich in Sicherheit bringen, ehe man kam, um ihn zu verhaften.

Lafayette kämpfte die eisige Panik, die sich seiner zu bemächtigen versuchte, mit aller Kraft in ihre dunklen Höhlen zurück. Nur nicht den Kopf verlieren. Noch war nichts verloren. Nüchtern betrachtet, hämmerte er sich ein, war bis jetzt nicht mehr geschehen, als daß eine Handvoll entflohener Sträflinge aufgetaucht waren und vollmundig Verdächtigungen verbreiteten. Die Wahrscheinlichkeit, daß man ihnen glaubte und die Sache weiterverfolgte, dürfte ausgesprochen gering sein. Hier auf *Sankt Petersburg Zwei* waren Enthüllungen dieser Art geradezu an der Tagesordnung. Die Sender verbreiteten, was ihnen in die Finger kam, Hauptsache, es taugte als sensationelle Nachricht, und man hatte sich längst daran gewöhnt, daß sich das meiste wenige Tage später als Seifenblasen entpuppte. Es gab genügend Spinner, die die unglaublichsten Räuberpistolen in die Welt setzten, nur um einmal ins Fernsehen zu kommen.

Doch es war eine Sache, sich zu sagen, daß noch immer alles unter Kontrolle war, und eine andere, auch so zu empfinden. Denn Lafayette wußte nur zu genau, daß dieser Mann da auf dem Bildschirm die Wahrheit gesagt hatte. Denn einer der Hintermänner – und zudem derjenige, der als erster zu entlarven war – war niemand anderes als er selbst.

Wußten sie etwas über ihn und seine Funktion? Welche Beweise hatten sie gegen ihn in der Hand? Selbst wenn sie nichts dergleichen aufzuweisen hatten, allein ihre Anwesenheit hier stellte einen Störfaktor dar, der alles zunichte machen konnte.

»Sir?« erkundigte Perkins sich besorgt, als er keine Antwort bekam.

»Ja?« fragte Lafayette gedankenverloren. Es sah aus, als würde er aus einem bösen Traum erwachen und nur langsam in die Realität zurückfinden.

»Wie lauten Ihre Anweisungen? Sollen wir irgend etwas unternehmen?« Er beugte sich etwas vor. In solch einem Zustand hatte er den Botschafter noch nie erlebt, und er wagte zu fragen: »Ist Ihnen vielleicht nicht gut, Sir?«

Lafayette gab sich einen Ruck. Er mußte sich beherrschen. Er durfte sich nichts anmerken lassen, sonst würde Perkins, dieser ehrgeizige und pflichtbesessene Aufstreber, noch Verdacht schöpfen. Er bedachte seinen Adjutanten mit einem zurechtweisenden, tausendmal geübten Blick, der diesen zurückschrecken und wieder eine kerzengerade Haltung annehmen ließ.

»Nein, alles in Ordnung«, versicherte Lafayette. »Ich war nur etwas in Gedanken.«

Perkins hütete sich, sich zu erkundigen, was für Gedanken das gewesen waren. Wahrscheinlich persönliche Dinge, über die Lafayette noch nie ein Wort verloren hatte. Er war ein Mann, der dienstliche Belange strikt von seinem Privatleben trennte. Falls er überhaupt über so etwas wie ein Privatleben verfügte. Perkins wurde sich bewußt, daß er, obwohl er schon fast vier Jahre unter ihm arbeitete und mehr als jeder andere mit Lafayette zu tun hatte, doch so gut wie nichts über ihn wußte.

»Sagen Sie, Perkins.« Lafayette ließ sich in den Sessel zurücksinken, faltete die Hände vor dem Bauch und sah seinen Untergebenen an. »Was würden *Sie* tun?«

»Ich, Sir?«

»Ja, Sie! Jetzt seien Sie doch nicht so begriffsstutzig. Wie schätzen Sie die Situation ein? Und was würden Sie an meiner Stelle unternehmen?«

Perkins ließ sich mit der Antwort einen kurzen Augenblick Zeit, gerade so lange, daß er die Geduld seines Vorgesetzten nicht über Gebühr strapazierte. Er war überrascht. Solch ein Ansinnen hatte Lafayette bislang noch nie an ihn gestellt. Im Gegenteil, das ein zige, auf das es ihm bislang angekommen war, war die strikte und kompromißlose Erfüllung seiner Befehle gewesen. Auf Eigeninitiative seiner Untergebenen legte er nicht den geringsten Wert, und nichts trieb ihn schneller zur Weißglut, als wenn einer seiner Untergebenen sich erdreistete, ihm in Entscheidungen hereinzureden oder – schlimmer noch – auf eigene Faust zu handeln. Mit diesen Eigenschaften entsprach er ganz der alten Schule von Offizieren und Befehlshaber, für die das sarday'kinsche Sternenreich im gesamten Spiralarm bekannt war.

»Nun«, begann Perkins. »Festzustehen scheint, daß dieser Kreuzer von entflohenen Strafgefangenen entführt und zur Flucht benutzt wurde. Dabei ist nicht auszuschließen, daß der Kommandant mit ihnen, aus welchem Grund auch immer, gemeinsame Sache macht. Sein Verhalten hat nicht darauf hingedeutet, als würden die Gefangenen auf ihn physischen oder psychischen Druck ausüben.«

Er machte eine kurze Pause, wie um sich zu erkundigen, ob ihm Lafayette bis hierhin recht gab, und als dieser nichts sagte, redete er weiter:

»Ich weiß nicht, ob an dem Gerede des einen Gefangenen irgend etwas dran war. Offen gesagt, er machte auf mich keinen sonderlich klaren Eindruck. Man müßte wissen, ob die anderen Personen seinen Äußerungen beipflichten, aber solange das nicht geklärt ist, würde ich davon ausgehen, daß es sich um Hirngespinste handelt.«

Lafayette nickte bedächtig, und Perkins nahm es als Zeichen, daß der Botschafter einer Meinung mit ihm war.

»Und was sollten wir Ihrer Meinung nach nun also tun?« fragte Lafayette.

»Es gibt zwei Möglichkeiten, Sir. Entweder wir halten still und warten so lange, bis wir in dieser Angelegenheit vom Flottenkommando irgendwelche Anweisungen erhalten. Oder bis sich der Kommandant des Schiffes von allein bei uns meldet, was ich allerdings für eher unwahrscheinlich erachte.«

»Und die zweite Möglichkeit?«

»Wir versuchen, die Personen ausfindig zu machen und gegebenenfalls festzusetzen. Damit könnten wir dem Flottenkommando einen fetten Fang präsentieren, falls demnächst ein Haftbefehl für die Leute herausgegeben wird. Und davon gehe ich angesichts der Fakten aus.« Er hob die Schultern. »Und falls nicht, dann wird sich die Festsetzung eben als ein bedauerlicher Irrtum herausstellen.« Er wollte erst hinzufügen, daß das ja nicht zum ersten Mal wäre, verkniff es sich jedoch, weil er befürchtete, sein Vorgesetzter hätte es als Kritik auffassen können. Und wenn dieser schon einmal in solch jovialer Stimmung war und ihn nach seiner Meinung fragte, wollte er es sich nicht gleich wieder mit ihm verderben.

Er konnte nicht wissen, daß Lafayette weniger an seiner Meinung interessiert war als vielmehr daran, etwas Zeit zu gewinnen, um seine Gedanken zu ordnen. Außerdem hatte er eine Bestätigung gewollt, daß noch längst nichts verloren war. Und sie erhalten. Für Perkins kam die Möglichkeit, die entflohenen Gefangenen könnten die Wahrheit sagen, nicht einmal in Betracht.

»Wo befinden sich die Leute jetzt?« fragte der Botschafter. »Noch immer am Landeplatz der Rettungskapseln?«

»Nein, Sir. Soweit wir wissen, sind sie von einem freien Flugtaxi abgeholt worden. Momentan dürften sie allerdings noch in der Luft sein. Sie sind fernab der Mega-Städte heruntergekommen.«

»Gut. Lassen Sie feststellen, wohin Sie unterwegs sind. Dann suchen Sie sich ein paar der besten Leute und stellen eine Zugreif-Einheit zusammen!«

Er konnte sich sicher sein, daß Perkins geeignete Leute fand. Denn natürlich war diese Botschaft nicht nur eine offizielle Repräsentanz, zuständig für Wirtschaftsfragen, Handelsabkommen und bürokratische Formalitäten, wie beispielsweise die Ausstellung von Einreisepapieren oder Aufenthaltserlaubnissen für die verschiedenen Planeten der Sarday'kin-Fraktion; sie war zugleich auch eine nachrichtendienstliche Zentrale, von der aus sämtliche sarday'kinsche Geheimdienstarbeit hier auf *Sankt Petersburg Zwei* koordiniert und gesteuert wurde. Lafayette war somit nicht nur Botschafter, sondern auch der Chef von zwei Dutzend Geheimdienstmitarbeitern — wie auch Perkins neben seiner offiziellen Funktion als Adjutant einer war. Natürlich würde man das nie öffentlich zugeben, obgleich diese Doppelfunktion kein großartiges Geheimnis war, denn selbstverständlich war diese Praxis bei allen Botschaften der verschiedenen Sternenfraktionen gang und gäbe. Aber man war bemüht, zumindest den Schein zu wahren.

»Jawohl, Sir«, bestätigte Perkins und wollte den Raum bereits verlassen, als Lafayette ihn noch einmal zurückhielt.

»Aber unternehmen Sie noch nichts. Ich werde Ihnen Ihre

266

genauen Anweisungen in ein paar Minuten geben. Sobald ich...«
Er zögerte und verbesserte sich schnell. »Sobald ich die Sache noch
mal durchdacht habe.«

Perkins nickte eifrig und machte auf dem Absatz kehrt.

Lafayette wartete, bis sich die Tür hinter ihm geschlossen hatte
und er wieder allein war. Im gleichen Augenblick fiel die Maske
der Gelassenheit von ihm ab, und er stöhnte auf.

Selbst wenn es objektiv keinen Grund gab, die Ruhe zu verlieren... Verdammt noch mal, er *war* nervös!

Obwohl ihm klar war, was er zu tun hatte, wagte er es nicht,
alleine zu entscheiden. Vielleicht unterlief ihm dann ein Fehler, und
mit unfähigen Mitarbeitern ging man unter den Verschwörern
nicht gerade zimperlich um. In dieser Geheimorganisation war er
selbst nicht mehr als ein kleines Tier, ein Handlanger, der nur in
wenige der wirklich wichtigen Hintergründe eingeweiht war. Aber
immerhin wußte er, daß der Byranium-Überfall, der vor ein paar
Tagen stattgefunden hatte, Hadrians Mond gegolten hatte, denn es
war der letzte Raubzug, der nötig gewesen war, um das seit Jahren
verfolgte Ziel zu erreichen. Ausgerechnet diesmal hatte es Überlebende gegeben — zweifellos diejenigen Gestalten, die er da auf
PeTV gesehen hatte, und die FIMBULWINTER war dasjenige
Patrouillenschiff, das bei dem Überfall eigentlich zerstört worden
sein sollte. Angesichts dessen war er froh, daß auf diesem Planeten
einer aus dem inneren Kreis der Verschwörer anwesend war. Über
dessen Identität wußte Lafayette rein gar nichts, nicht einmal dessen Namen, sondern nur die Tarnbezeichnung ›Faktor 4‹. Aber
mehr zu wissen, war auch nicht wichtig. Wichtig war allein, daß
er wußte, wie er ihn erreichen konnte.

Er wandte sich dem Telekommunikator auf seinem Arbeitstisch
zu und begann, eine Zahl einzutippen, die er sich so gründlich eingeprägt hatte wie sein Geburtsdatum — dann brach er den Vorgang
jedoch wieder ab, bevor er die Nummer beendet hatte.

Nein, zuvor brauchte er eine kleine Stärkung. Er öffnete den Bar-
schrank, genehmigte sich ein großzügiges Glas eines rigelianischen
Branntweins, und erst, als sich ein wohliges Feuer in seinem Magen
ausbreitete, wagte er es, die Nummer noch einmal zu tippen.

Es dauerte über eine qualvolle lange Minute, ehe die Verbindung
von der anderen Seite her aufgebaut wurde. Ein sternförmiges Zeichen erschien auf dem Bildschirm, in seiner Mitte eine stilisierte ›4‹.

»Lafayette!« drang eine Stimme aus dem Lautsprecher. Sie war computermoduliert, um zu verhindern, daß irgend jemand anhand von Stimmanalysen Rückschlüsse auf die Identität des Sprechers ziehen konnte. Obwohl sie gänzlich emotionsfrei und neutral war, klang deutlich so etwas wie ein mißbilligender, wenn nicht gar drohender Tonfall mit. »Was fällt Ihnen ein, Verbindung mit mir aufzunehmen? Sie wissen genau, daß Sie das nur im äußersten Notfall tun sollen!«

Lafayette wand sich unbehaglich. Es mißfiel ihm, daß er seinen Gesprächspartner nicht sehen konnte, der andere aber ihn.

»Das hier *ist* ein Notfall«, sagte er.

Es dauerte einen Moment, ehe die Stimme wieder erklang.

»Welcher Art?«

Lafayette unterrichtete den anderen davon, was geschehen war, und er überspielte ihm auch die Fernsehaufzeichnung.

Danach herrschte eine Zeitlang Stille, und der Botschafter befürchtete schon, die Verbindung sei unterbrochen, als sich der andere wieder meldete.

»Wir können es uns nicht leisten, daß unsere Aktionen hier auf *Sankt Petersburg Zwei* bekannt werden oder daß es irgendwelche Störungen gibt«, kam es aus den Lautsprechern. »Erst recht nicht so kurz vor Erreichen unseres Ziels. Sorgen Sie dafür, daß diese Leute keine Gelegenheit bekommen werden, noch mehr auszuplaudern. Ich denke, Sie verstehen, was ich meine.«

Lafayette nickte. Mehr denn je bedauerte er es, das Gesicht des anderen nicht zu sehen. Ob dieser ebenso nervös war wie er selbst? Der computermodulierten Stimme war nichts anzumerken.

»Ja«, antwortete er, »ich glaube, ich habe Sie genau ver...«

»Sehr gut. Dann tun Sie, was getan werden muß. Und noch etwas: Sie haften mit Ihrem Kopf dafür, daß ich in dieser Angelegenheit nichts mehr zu hören bekomme. Ich hoffe, Sie haben auch das deutlich verstanden.«

Das Zeichen auf dem Bildschirm erlosch, bevor Lafayette Gelegenheit fand, eine Antwort zu geben. Die Verbindung war von der anderen Seite her unterbrochen worden.

Der Botschafter verzog das Gesicht und mußte sich beherrschen, um nicht mit der Faust auf den Tisch zu schlagen oder die Schreibutensilien herunterzufegen. Er haßte es, sich behandeln zu lassen wie ein Dienstbote. Und noch mehr haßte er es, seinen Kopf für etwas hinzuhalten, was andere verbockt hatten. Aber er wußte, daß ihm gar nichts anderes übrig blieb. Er hatte sich irgendwann mit Haut und Haaren verkauft, und den Preis würde er erst erhalten, wenn die Verschwörung Erfolg hatte. Und zwar schon bald. Sehr bald.

Er rief Perkins zu sich; sein Adjutant war so schnell zur Stelle, als hätte er draußen direkt vor der Tür gewartet.

»Haben Sie Ihre Leute zusammengestellt?« fragte Lafayette.

»Ja, Sir. Und wir haben über das zentrale Datennetz herausgefunden, wohin sie unterwegs sind. Zum Hotel ESCAPADE hier in Motown-City. Voraussichtliche Ankunftszeit: zwanzig bis fünfundzwanzig Minuten.«

»Gut. Dann beeilen Sie sich. Sehen Sie zu, daß Sie früher dort sind, um sie gebührend in Empfang zu nehmen.«

»Mit welcher Zielstellung, Sir? Sie festzusetzen?«

»Ja, sie festzusetzen. Handeln Sie genau nach Dienstvorschrift. Schußwaffengebrauch nur dann, wenn es sich nicht vermeiden läßt.«

»Jawohl, Sir.«

»Jedenfalls wird das offiziell Ihre Aufgabe sein.«

»Und inoffiziell?«

»In Ihrem Bericht wird stehen, daß Sie in eine Situation gekommen sind, in der ein Schußwaffengebrauch bedauerlicherweise zwingend notwendig gewesen ist. Zur Vereitelung eines Fluchtversuches beispielsweise. Oder weil Sie angegriffen worden sind. Wir müssen schließlich davon ausgehen, daß es sich bei diesen Leuten um gefährliche und bewaffnete Strafgefangene handelt.« Lafayette faltete seine Hände, so daß die Zeigefinger seine Nase berührten, und über die Fingerspitzen hinweg sah er seinen Adjutanten eindringlich an. »Sie verstehen? Ich will keinen der Leute hier als Gefangenen sehen.«

Perkins nahm die Anweisung entgegen, ohne mit der Wimper zu zucken. Es war schließlich nicht das erste Mal, daß Lafayette ihm Befehle gab, deren offizielle und inoffizielle Fassung sich voneinander unterschieden.

»Wird gemacht, Sir. Sie können sich auf mich verlassen.«

»Das weiß ich, Perkins.« Lafayette lächelte. »Sonst wären Sie längst nicht mehr hier«, gab er ihm mit auf den Weg. Es war Ansporn und Warnung zugleich.

Der nachtschwarze Gleiter jagte über die Dächer der Mega-Stadt und tauchte, wenn ein Ausweichen nach oben aufgrund der Verkehrssituation nicht möglich war, immer wieder hinab in die tiefen Straßenschluchten, um einen Lidschlag später wieder hinaufzustoßen — und das alles so rasend schnell, daß Perkins sich wohlweislich hütete, allzu oft durch das Cockpitfenster nach vorne zu blicken. Die Unmenge von auftauchenden Gleitern und fliegenden Werbeflächen, auf die sie direkt zuschossen, um erst im letzten Moment auszuweichen, mußte er sich und seinen Nerven nicht antun. Er wußte, daß der Pilot ein Meister seines Fachs war, zusätzlich unterstützt durch einen Navigationscomputer, der immer wieder mit übermenschlicher Reaktionsgeschwindigkeit eingriff und den Kurs korrigierte, wenn ein Zusammenstoß unvermeidlich erschien.

Es handelte sich um ein System, wie es ähnlich auch in Kampfgleitern zur Unterstützung von Bodenlandetruppen eingesetzt wurde. In dieser Ausführung erlaubte es zudem die Umgehung aller Verkehrsbestimmungen oder elektronisch gesicherter Privat- und Sperrzonen, während dem zentralen Verkehrsleitsystem gleichzeitig falsche — natürlich korrekte Flugdaten vorgegaukelt wurden, die es im nachhinein nahezu unmöglich machten, solche Verstöße zu beweisen. Und das waren beileibe nicht die einzigen Besonderheiten, über die dieser speziell für solche Einsätze umgerüstete Botschaftsgleiter verfügte — ebenso wie die zweite Maschine, in der vier weitere Männer saßen und die ihnen dichtauf folgte.

Perkins instruierte sie noch während des Fluges über die Vorgehensweise während der bevorstehenden Aktion. Er wußte, daß er sich auf jeden einzelnen verlassen konnte. Es war schließlich nicht der erste Einsatz dieser Art, den er mit ihnen durchführte. Nicht wenige Deserteure, Dissidenten und andere Staatsfeinde des sarday'kinschen Imperiums hatten die Idee, sich über *Sankt Petersburg Zwei* in die Freiheit zu flüchten. Allein im letzten Jahr hatte Perkins acht solcher Zugriffsaktionen durchgeführt, und er war stolz, daß es keinen einzigen Mißerfolg gegeben hatte. Seine Weste war weiß, und er war entschlossen, alles zu tun, damit sie es auch blieb.

Es dauerte nur Minuten, bis das ESCAPADE vor ihnen in Sicht kam. Es war ein — selbst nach den Maßstäben des fünften Jahrtausends — futuristisches Bauwerk, das sich in anmutigen Kurven gute fünfhundert Meter in den rötlichen Himmel schraubte und die Form einer riesigen, hell erleuchteten Orchidee mit weit geöffneten Blütenblättern besaß. In jedem der überdimensionalen Gebilde funkelte Licht aus unzähligen Hotelzimmern, Geschäftsräumen, Freizeitzentren oder Restaurants.

Die Oberfläche eines der oberen Blütenblätter diente als Flugdeck. Die beiden Gleiter schossen geradewegs darauf zu. Erst dicht vor dem Ziel verlangsamten sie ihren Flug, um auf die Parkfläche hinunterzusinken.

Perkins registrierte erleichtert, daß das Flugtaxi mit den gesuchten Personen noch nicht gelandet war. Es entsprach der vorausberechneten Ankunftszeit. Noch etwas mehr als vier Minuten.

Der elektronische Leitstrahl der Flugdeckkontrolle des ESCAPADE, der jeden ankommenden Gleiter aufs Parkdeck hintermanövrierte, hatte keinen Einfluß auf ihre Steuerung. Ungehindert setzten die beiden Botschaftsmaschinen zwischen Dutzenden von anderen Gleitern auf. Das sonore Summen der Triebwerke klang aus.

Aus jedem Gleiter stürmten jeweils zwei Männer auf das Flugdeck hinaus, ohne daß Perkins einen entsprechenden Befehl hätte geben müssen. Jeder wußte, was er zu tun hatte. Ein Paar zog ein kleines, tragbares Lasergeschütz hinter sich her und ging hinter dem geschwungenen Heck eines Luxusgleiters in Stellung, während das andere zu dem luxuriös geschwungenen Schott eilte, durch das man ins Innere des Hotelkomplexes gelangte.

Die beiden Männer hatten es gerade erreicht, als es sich öffnete und ein beleibter Hotelbediensteter mit hochrotem Kopf hinausstürmte. Er sah aus, als stellte eine gelaufene Strecke von zehn Metern bereits eine Höchstleistung für ihn dar — und als hätte er gerade das Zehnfache davon hinter sich.

Über die Mini-Kommunikatoren, die Perkins mit jedem seiner Männer verband, konnte er mithören, wie sich der Dicke, der die Aufsicht über das Parkdeck hatte, lautstark über ihre unerlaubte Landung beschwerte — zumindest so lange, bis ihm eine Strahlermündung unter das schwabbelige Kinn gehalten und nachdrücklich klargemacht wurde, daß er natürlich jederzeit das Recht hätte, sich darüber zu beschweren. *Später* jedenfalls. Falls er sich jedoch *jetzt* nicht haargenau an ihre Anweisungen hielte und einen von ihnen auf dem schnellsten Weg zum Kontrollraum brächte, würde es für ihn kein Später mehr geben.

Dieses Argument schien den Dicken zu überzeugen. Er brauchte drei Anläufe, um den Kloß in seinem Hals herunterzuschlucken, und noch einen hilfreichen Stoß mit der Strahlermündung, um sich endlich in Bewegung zu setzen.

Perkins beobachtete mit versteinerter Miene, wie er mit den beiden Männern im Innern des Gebäudes verschwand und sich das Schott wieder schloß. Einer von ihnen würde es von innen sichern, damit nicht etwa im unpassenden Augenblick eine Horde Hotelgäste aufs Flugdeck stürmte und Verwirrung stiftete. Und der andere würde vom Kontrollraum aus dafür sorgen, daß die Überwachungs- und Aufzeichnungseinrichtungen abgeschaltet sein würden. Und dafür, daß alle anderen ankommenden Gleiter, mit Ausnahme des gesuchten Flugtaxis, abgewiesen werden würden. Für die Arbeit, die sie hier zu erledigen hatten, brauchten sie weder Zeugen noch Störenfriede.

Perkins sah zur Uhr. Noch zwei Minuten bis zur berechneten Ankunftszeit. Er zog eine Schachtel Zigaretten aus der Brusttasche und steckte sich eine davon an. Den verstohlen vorwurfsvollen Blick, den ihm der im Gleiter verbliebene Pilot zuwarf, ignorierte er. Er wußte, daß es nicht gern gesehen war, wenn jemand zu solch bewußtseinstrübenden Drogen griff, vor allem während eines Einsatzes, aber erstens brauchte er jetzt etwas zur Beruhigung seiner Nerven und zweitens — wer seiner Untergebenen hätte es schon gewagt, ihn deswegen anzuschwärzen?

Die Zeit verstrich.

Eine Minute, zwei Minuten, drei Minuten, und selbst als Perkins den Zigarettenstummel ausdrückte, war das Flugtaxi noch nicht erschienen. Er ertappte sich dabei, daß er nervös mit den Fingern umhertrommelte, zwang sich, es zu unterlassen, und redete sich ein, daß alles noch im vertretbaren Rahmen lag. Auf einer solch langen Flugstrecke waren Verspätungen von ein paar Minuten nicht weiter ungewöhnlich. Trotzdem — es gab nichts Schlimmeres als die Zeit des Wartens vor einem Einsatz.

Erleichtert atmete er auf, als sich endlich der Mann aus dem Kontrollraum über Funk meldete.

»Zielobjekt erfaßt«, erklang die Stimme. »Leitstrahl steht. Das Flugtaxi setzt zur Landung an.«

Perkins beugte sich zum Cockpitfenster vor und blinzelte nach oben, und tatsächlich, da war das Gleitertaxi. Ein länglicher, aerodynamisch geformter Flugkörper, der langsam zu ihnen hinunterschwebte.

»Okay«, sagte er in das Mikrofon. »Es geht los!«

Das Flugtaxi sank tiefer und tiefer und setzte schließlich keine dreißig Meter von ihnen entfernt auf. Perkins versuchte, durch die Cockpitverglasung einen Blick auf den Innenraum des Taxis zu erspähen, aber die Insassen hatten einen Modus eingeschaltet, bei dem die Scheiben nach außen hin genauso verspiegelt waren wie die der beiden Botschaftsgleiter.

»Störfeld aktiviert«, meldete sich eine Stimme aus dem anderen Flugtaxi, nachdem die Maschinen des Flugtaxis erstorben waren.

Perkins nickte schweigend. Damit saß die Maus in der Falle. Das elektronische Störfeld, mit der das Flugtaxi überzogen wurde, verhinderte einen erneuten Start der Triebwerke. Wer immer sich dort drüben befand, für ihn gab es kein Entkommen mehr.

So weit, so gut, dachte Perkins. Jetzt brauchte er nur noch einen Grund, die Insassen über den Haufen zu schießen.

Er gab einen kurzen Befehl, und im nächsten Moment fuhren an den Längsseiten des Botschaftsgleiters nachträglich eingebaute Schotts auf, aus denen sich die Mündungen mittelschwerer Lasergeschütze schoben. Sie wiesen genau auf das gelandete Flugtaxi. Und auch das tragbare Geschütz, das hinter dem Heck eines Taxis plaziert war, schwenkte in die gleiche Richtung.

Perkins aktivierte die Außenlautsprecher.

»Sie sind umstellt!« hallte es über das Flugdeck. »Kommen Sie aus dem Taxi; langsam und mit erhobenen Händen. Ihre Waffen lassen Sie an Bord zurück. Sollten Sie gegen diese Anweisung verstoßen, eröffnen wir das Feuer.«

Das waren schon einmal Gründe genug, einen Feuerbefehl zu geben. Selbst wenn sie sich an seine Anweisungen hielten, was konnte er dafür, wenn sie dennoch irgendeinen Gegenstand mit sich trugen, den er fälschlicherweise als Waffe identifizierte?

Drüben beim Flugtaxi tat sich nichts. Das kleine Schott öffnete sich nicht, und zu Perkins' Überraschung gab es auch keinen Startversuch, um von hier zu fliehen. Natürlich hätte das Störfeld verhindert, daß die Maschine hätte abheben können, aber davon konnte man an Bord des Taxis nichts ahnen. Oder doch? Er wünschte sich abermals, ins Innere des Gleiters sehen zu können, doch die verspiegelten Scheiben ließen es noch immer nicht zu.

Wahrscheinlich war man drüben viel zu überrascht über den heißen Empfang, dachte er, und grübelte jetzt fieberhaft nach einem Ausweg. Doch er hatte nicht vor, ihnen diese Zeit zu geben.

Abermals aktivierte er die Außenlautsprecher und bemühte sich, seine Stimme so kompromißlos wie möglich klingen zu lassen.

»Sie haben genau dreißig Sekunden, das Flugtaxi zu verlassen! Ansonsten sind Sie für die Folgen selbst verantwortlich. Die Zeit läuft ab — jetzt!«

Immer noch keine Reaktion. Zum ersten Mal kam Perkins der Gedanke, die entflohenen Gefangenen könnten dort drüben in dem Taxi eine unangenehme Überraschung für sie vorbereitet haben. Beispielsweise eine kleine Giga-Bombe, die das gesamte Flugdeck zerfetzte und sie alle ins Verderben riß, sobald sie auf das Taxi feuerten. Doch er verwarf es sofort wieder. Woher hätten sie sich eine solche Bombe besorgen sollen?

Und wozu sich überhaupt Sorgen machen? Spielten Sie ihm mit ihrer Vogel-Strauß-Taktik nicht direkt in die Hände? Sollten sie doch im Taxi bleiben! Damit enthoben sie ihm aller Sorgen, seinen Feuerbefehl anschließend mit einem Versehen zu begründen.

Perkins fing einen irritierten Blick seines Piloten auf, der mittlerweile hinter den Kontrollen für das Bordgeschütz Platz genommen hatte. *Die werden doch wohl nicht so dumm sein, im Taxi bleiben zu wollen*, besagte er, doch Lafayettes Adjutant ließ ihn unbeantwortet. Er hoffte, daß sie auch noch die restlichen Sekunden ereignislos verstreichen lassen würden. Offenbar rechneten sie damit, daß es ihm darauf ankam, sie lebend zu bekommen. Eine Rechnung, die nicht aufgehen würde. Nicht im mindesten.

»Noch zehn Sekunden!« gab er über die Außenlautsprecher bekannt. Eigentlich war es unnötig, die Leute auch noch darauf aufmerksam zu machen, aber er wollte nicht unfair sein.

Auch diese Frist jedoch verstrich, ohne daß sich drüben beim Taxi irgend etwas tat. Perkins war hin und her gerissen, ob er angesichts soviel Unvernunft den Kopf schütteln oder erleichtert lächeln sollte, daß sie es ihm so leichtmachten. Er unterdrückte beides und machte statt dessen einen tiefen Atemzug.

Und dann gab er den Feuerbefehl.

Fast im selben Moment schlugen drei gleißende Strahlenbahnen, jede von dem Durchmesser eines Armes, in dem Flugtaxi ein, fraßen sich feurig ins Innere der Maschine. Glas splitterte, Metall schmolz, und irgendwo im Heck kam es zu einer kleinen Explosion.

Das Ganze dauerte keine zehn Sekunden, dann war das Flugtaxi nur noch ein brennendes, qualmendes Wrack, aus dessen aufgerissenen Eingeweiden dicker Rauch quoll. Perkins ließ das Feuer einstellen. Niemand, der sich dort drinnen befunden hatte, konnte noch am Leben sein, es sei denn, er hätte einen Vollplastanzug getragen, doch Perkins bezweifelte, daß sie sich während des Fluges hierher welche hätten besorgen können.

Trotzdem vermochte er seltsamerweise keinerlei Befriedigung zu empfinden. Zu stark war das Gefühl, daß hier irgend etwas nicht stimmte. Er gab den beiden Männern, die draußen das tragbare Geschütz bedient hatten, auf, das Taxi zu untersuchen, und seine Unruhe war so groß, daß auch er ausstieg und sich dem qualmenden Wrack näherte. Der beißende Gestank von verkohlten Materialien vermischte sich mit dem fahlen Geruch des Löschschaums.

Die automatischen Löscheinrichtungen des Flugdecks waren längst angelaufen und erstickten den Brand im Ansatz. Irgendwo heulten Feuersirenen auf. Perkins wußte, daß es an der Zeit war, von hier zu verschwinden, aber ehe er das tat, brauchte er Gewißheit.

Der aufquellende Löschschaum verklebte die zusammengeschmolzenen Fensteröffnungen, und so mußten seine Leute das lädierte Schott aufbrechen, um einen Blick ins Innere werfen zu können.

Mit gezogener Waffe, die ihm sicherlich wenig genutzt hätte, wenn die Insassen tatsächlich Vollplastanzüge getragen hätten, stieg Perkins hinein. Seine Vorsicht war unnötig. Hier drinnen gab es niemanden, der ihm hätte gefährlich werden können.

Mehr noch — im Innenraum der Maschine gab es überhaupt niemanden. Weder lebend noch tot.

Das Flugtaxi war leer. Keine Spur von den entflohenen Gefangenen.

Als die kleine Lampe des Kommunikators auf Lafayettes Arbeitstisch zu blinken begann, mußte der Botschafter sich gewaltsam zwingen, zumindest zwei Sekunden zu warten, um seinem Adjutanten gegenüber nicht den Eindruck zu vermitteln, er hätte die ganze Zeit geradezu fiebernd vor dem Gerät darauf gewartet, daß er sich endlich meldete — wie er es tatsächlich getan hatte.

»Was gibt's, Perkins?« rief er, als er die Verbindung angenommen hatte. »Hatten Sie Erfolg?« Und jeder von ihnen beiden wußte, wie er die Frage gemeint hatte.

»Leider nein, Sir«, kam Perkins' Antwort.

Lafayette erstarrte.

»Sind ... sind sie Ihnen etwa entwischt?«

»Nein, Sir, sie sind erst gar nicht hier angekommen. Das Flugtaxi war leer.«

»Aber, wie ...?«

»Das haben wir inzwischen feststellen können, Sir«, gab Perkins Auskunft. »Während des Herfluges haben sie von ihrem Taxi aus ein zweites gebucht, das eine Zeitlang ganz dicht neben ihnen hergeflogen ist. Ich nehme an, daß sie in der Luft umgestiegen sind.«

»Dann verlieren Sie keine Zeit«, Lafayette schnaufte ärgerlich, »sondern fliegen Sie sofort dorthin, wo dieses Taxi runtergekommen ist. Sie haben das doch ebenfalls feststellen lassen, oder?«

»Das habe ich, Sir.« Ein Räuspern drang aus den Lautsprechern. »Es gibt da nur ein kleines Problem. Dieses zweite Taxi hatte wiederum Kontakt mit zwei anderen, und jedes von diesen mit zwei weiteren, und so weiter. Insgesamt über zwei Dutzend, und theoretisch könnten sie in jedem davon stecken. So viele Leute, um alle Landepunkte abzudecken, habe ich hier nicht zur Verfügung.«

Lafayette fühlte hilflose Wut. Ausgetrickst! dachte er. Die Strafgefangenen hatten ihn ausgetrickst. Ihr Verhalten bewies, daß sie mit einem heißen Empfang gerechnet hatten — ein Zeichen mehr, daß sie wußten, was hier gespielt wurde. Und das machte die Sache nicht gerade einfacher.

Trotzdem — er hatte gar keine andere Wahl, als sie zu finden. Denn sonst hätte er sich bei *Faktor 4* melden und sein Versagen eingestehen müssen. Und was das für Konsequenzen hätte, war ihm nur zu deutlich klar.

Mehr noch, er war sich sicher, daß *Faktor 4* die Geschehnisse aus der Ferne verfolgte und mit Sicherheit vom Scheitern dieser Aktion erfuhr. Und damit erhob sich die unangenehme Frage, wieviel Zeit *er* Lafayette noch zugestehen würde, um diese Angelegenheit zu bereinigen.

»Kommen Sie vorläufig hierher zurück«, befahl der Botschafter schweren Herzens. Etwas anderes blieb ihm nicht übrig. Einstweilen waren seinen Leuten die Hände gebunden. »Und sobald Sie die einzelnen Landepunkte der Taxis lokalisiert haben, klappern Sie sie alle nacheinander ab. So eine buntgemischte Gruppe ist viel zu auffällig, um spurlos unterzutauchen.«

»Jawohl, Sir.«

Synfile 4

Eine Sache der Ehre

Cedric sah aus dem Seitenfenster des Lufttaxis auf den Feuerzauber herab, den Perkins' Männer auf der Landeplattform des ESCA-PADE veranstalteten. Ein Zug von grimmiger Genugtuung flog über sein Gesicht.

»Meine Güte!« entfuhr es Sheryl, und in ihrer Miene spiegelte sich Entsetzen über die Vorstellung, sich noch immer in dem Taxi dort unten zu befinden. Zuerst hatte sie Cedrics Vorschlag, einen halben Kilometer über dem Boden von einem Taxi ins andere zu klettern, als überflüssigen Versuch abgetan, sich den Hals zu brechen — jetzt aber mußte sie zugeben, daß er einmal mehr den richtigen Riecher gehabt hatte.

»Wenn uns bis jetzt eine Bestätigung gefehlt hat, daß die Hintermänner des Überfalls tatsächlich auf *Sankt Petersburg Zwei* sitzen«, kommentierte Maylor ungerührt, »da unten ist sie. Oder glaubt jemand von Euch, daß das da unten die übliche hiesige Begrüßungszeremonie ist?«

Cedric wandte sich vom Fenster ab. Er hatte genug gesehen.

»Computer!« sprach er in Richtung der Mittelkonsole. »Abdrehen. Wir fliegen weiter.«

»*Bitte geben Sie neuen Zielpunkt an*«, säuselte die freundliche Computerstimme. Cedric hob die Schultern.

»Erst mal da lang«, meinte er und deutete zur Frontscheibe hinaus.

»*Bitte definieren Sie die zeitliche Bezugsgröße von ›erst mal‹ und die räumliche Bezugsgröße von ›da lang‹ genauer!*«

Cedric seufzte. Er hatte schon immer gewußt, was er an diesen elektronischen Gehirnen am allerwenigsten leiden konnte. Daß sie nämlich schlicht und einfach blöd waren!

»Wir fliegen so lange geradeaus, wie das Restgeld reicht oder wir neue Anweisungen geben!«

»*Bestätigt.*«

Cedric wandte sich den anderen zu, während das Taxi wieder beschleunigte und über die endlos anmutenden Dächer der Giga-Stadt schwebte. Langsam brach über *Sankt Petersburg Zwei* die Nacht herein. Obwohl es auf diesem Teil des Planeten nie gänzlich dunkel wurde. Dazu strahlten die Städte zuviel Licht ab, das wie eine Glocke über den Straßenzügen schwebte, und hoch oben erhellten großflächige Werbeprojektionen den Himmel.

»So, wie geht's nun weiter?« fragte Sheryl. Cedric hörte diese Frage nicht zum ersten Mal von ihr, und auch der leicht säuerliche Tonfall, in den sie dann stets verfiel, erschien ihm schon vertraut.

»Was wir am dringendsten brauchen, ist eine halbwegs sichere Bleibe, von der aus wir ungestört operieren können«, sagte er. »Und etwas weniger Auffälliges zum Anziehen.«

»Operieren?« wiederholte Sheryl stirnrunzelnd und mehr zu sich selbst gewandt. »Was um alles in der Welt meinst du mit operieren?«

»Wir sollten uns ein Hotel in einem der weniger vornehmen Viertel suchen«, schlug Nabtaal vor. »Dort ist die elektronische Überwachung nicht so lückenlos wie in dieser Gegend hier.«

Cedric sah den Freischärler erstaunt an. Endlich mal etwas aus dessen Mund, das nach einer vernünftigen Anregung klang. Er nickte zustimmend.

»Weiß jemand, wo wir ein derartiges Viertel finden?« fragte er.

»Darf ich einen Vorschlag machen?« meldete Kara-Sek sich überraschend zu Wort. Alle Blicke wandten sich verblüfft in dessen Richtung. Es war absolut ungewöhnlich, daß der Yoyodyne von sich aus das Wort ergriff. Meist beschränkte er sich darauf, die Anweisungen zu bestätigen, die Cedric ihm gab.

»Nur raus damit«, forderte Cedric ihn auf, und mit einem leicht spöttischen Seitenblick auf Nabtaal fügte er hinzu: »Bei uns hier herrscht Demokratie. Da kann jeder sagen, was er will.«

»Schön wär's!« meinte Nabtaal prompt. »Ich erinnere euch nur daran, wie ihr mich angebrüllt habt, als ich euch erzählen wollte, was . . .«

»Nabtaal!« rief Sheryl ärgerlich. »Bitte nicht schon wieder! Man kann es auch übertreiben.«

»Seht ihr!« rief der Freischärler mit bedeutungsvoll erhobenem Zeigefinger. »Genau das meine ich.«

Cedric winkte ärgerlich ab. Mit einer Kopfbewegung bedeutete er Kara-Sek zu sprechen.

»Hier in der Nähe gibt es ein Stadtviertel, das vorwiegend von Leuten unseres Sternenreiches bewohnt wird«, erklärte der Yoyodyne.

»Stimmt«, sagte Maylor. »Ich habe schon davon gehört. Yoyo-Town, wenn ich mich recht erinnere.«

Kara-Sek bedachte Maylor mit einem unfreundlichen, fast feindseligen Blick. Die Kurzform ›Yoyo‹ wurde im allgemeinen als Schimpfname für Angehörige dieser Sternenfraktion gebraucht.

Maylor hob beschwichtigend die Hände.

»Nur nicht aufregen, okay?« meinte er. »Ich habe nur wiedergegeben, wie dieses Viertel normalerweise genannt wird. War kein bißchen persönlich gemeint.«

Kara-Sek schürzte die Lippen und machte ein Gesicht, als wolle er sich nichtsdestotrotz auf den ehemaligen Kommandanten der FIMBULWINTER stürzen. Soweit Cedric Cyper sich mittlerweile in der Mimik der Yoyodyne auszukennen glaubte, war das ein Zeichen, daß Kara-Sek die Entschuldigung annahm.

»Und?« forderte er ihn zum Weiterreden auf.

»Ich könnte uns dort sicherlich eine sichere Bleibe besorgen«, fuhr Kara-Sek fort. »Und kein Angehöriger einer anderen Fraktion würde jemals von einem meiner Brüder etwas darüber erfahren.«

»Nun ja«, meinte Cedric nachdenklich. Er hatte diese Möglichkeit noch gar nicht ins Auge gefaßt. Das war kein so schlechter Vorschlag. Und außerdem – egal, was man von ihm hielt, eine derartige Idee war immer noch besser als gar keine. »Warum nicht?« Die Frage galt in erster Linie den anderen.

Sheryl wiegte nachdenklich den Kopf, Nabtaal nickte überzeugt, Duncan sabberte irgend etwas vor sich hin, und von Omo war sowieso keine eigene Meinung zu erwarten; nur Maylor machte ein skeptisches Gesicht.

»Du denkst doch nicht wirklich daran, auf den Vorschlag einzugehen?« flüsterte er so leise, daß es nur für Cedrics Ohren bestimmt war. »Man hat uns damals dringlichst davor gewarnt, auch nur einen Fuß in dieses Viertel zu setzen. Was, wenn man dort nur darauf wartet, uns die Kehlen durchzuschneiden, um sich anschließend dann die Beute zu teilen? Oder warum sollte man uns nicht für ein paar Credits an unsere Verfolger verraten, wenn die ein Kopfgeld aussetzen?«

»Weil bei uns das Wort Ehre noch von Bedeutung ist«, erklärte Kara-Sek stolz und bewies, über welch ausgezeichnetes Gehör er verfügte. »Bei uns würde niemand einen anderen Angehörigen seines Volkes hintergehen oder verraten, wie es bei euch Sarday'kin anscheinend tagtäglich vorkommt.«

Maylor machte ein abweisendes Gesicht. Für ihn schien dieses Argument nicht zu gelten. Cedric mußte unwillkürlich an das Mißtrauen denken, das man ihnen während ihrer Ausbildung den Yoyodyne gegenüber eingeimpft hatte. Vielleicht würde Maylor anders darüber denken, wenn er wie Cedric zwei Jahre lang zusammen mit diesen Leuten in den Byranium-Minen verbracht und deren strengen Verhaltenskodex näher kennengelernt hätte. Er glaubte spüren zu können, daß sie dem Yoyodyne vertrauen konnten. Das war natürlich bei weitem keine Gewähr, daß er auch recht behalten würde, aber es war immerhin etwas.

»Ich muß auch sagen, daß sich das gar nicht so schlecht anhört«, meinte Sheryl, die gleichermaßen über persönliche Erfahrungen mit Angehörigen dieser Fraktion verfügte. Sie schoß einen scharfen Blick in Maylors Richtung ab. »Ich jedenfalls vertraue eher Kara-Sek als einem Sarday'kin-Commander, den ich gerade mal seit zwei Tagen kenne.«

»Gut, meinetwegen«, gab sich Maylor geschlagen. »Eigentlich ist es ja auch egal, wo und wie wir draufgehen. Warum also nicht in Yoyo-Town?«

Auf Cedrics Aufforderung hin gab Kara-Sek dem Bordcomputer die neuen Koordinaten, und der Gleiter machte eine scharfe Linkskurve.

Während sie sich ihrem Ziel näherten, begann sich die Stadt unter ihnen allmählich zu verändern. Sie verlor mehr und mehr von ihrem Glanz und der aufgesetzten Pracht, bis das, was unter dem Gleiter entlangzog, schließlich nur noch heruntergekommen wirkte. Als sie dem angegebenen Zielpunkt näher kamen, verlangsamte das Taxi den Flug und sank in die Straßenschluchten hinunter. Auf einem dunklen Platz, der lediglich von einigen wenigen flackernden Werbetafeln umrandet war, setzte er schließlich auf.

Ich hoffe, Sie hatten einen angenehmen Flug«, verkündete die freundliche Computerstimme, während sich das Schott öffnete. »*Ihr Restguthaben beträgt 17 Credits. Da eine Barauszahlung momentan aufgrund eines technischen Defekts nicht möglich ist, können Sie diesen Betrag jederzeit in unserer Zentrale . . .*«

»Vergiß es!« rief Cedric. Zusammen mit den anderen stieg er aus. »Betrachte es als Trinkgeld.«

Der Bordcomputer gab tatsächlich ein »*Danke, sehr freundlich, Sir!*« von sich, ehe sich das Schott schloß. Sekunden später hob das Taxi wieder ab und verschwand im wimmelnden Gleiterverkehr, der hoch über ihnen den Nachthimmel beherrschte.

Maylor blickte sich mit säuerlichem Gesicht um, als hätte er erwartet, geradewegs im Vorhof der Hölle zu landen – und damit recht behalten. Ganz in der Nähe hielten sich ein paar nicht gerade vertrauenerweckend aussehende Yoyodyne auf, die wie frischgebackene Unternehmensgründer wirkten, die sich in der Branche Raub und Überfall selbständig gemacht hatten.

»Dort entlang.« Kara-Sek deutete auf einen Straßenzug, der auf dem Platz mündete, und setzte sich in Bewegung. »Folgt mir.«

Er führte sie weiter. Auf den Straßen trieb sich allerlei Volk herum. Man sah einfache Passanten, Straßenhändler, die ihre Waren mehr oder minder verstohlen anpriesen, und herumlungernde Gestalten, die nur auf einen Anlaß für eine Schlägerei zu warten schienen. Der weitaus überwiegende Teil bestand aus Yoyodyne, aber es waren auch ein paar Freischärler oder Cybertechs darunter. Nur Sarday'kin sah man hier nirgends. Kein Wunder, wenn man daran dachte, daß das Verhältnis dieser beiden Fraktionen ständig zwischen kaltem und heißem Krieg pendelte.

Dementsprechend unfreundlich wurden sie gemustert, und wenn es trotzdem niemand wagte, sie zu behelligen, so lag das sicherlich vor allem an Omo. Der Anblick einer solchen Kampfmaschine war selbst auf *Sankt Petersburg Zwei* nicht alltäglich. Es gab, soweit Cedric von seinem letzten Besuch wußte, nur ein paar wenige yoyodynische Würdenträger, die sich eine *Humsz*-Züchtung als Leibwächter leisten konnten; ansonsten konnte man sie allerhöchstens in zwielichtigen Clubs sehen, in denen diese Giganten gegeneinander antraten.

Bald erreichten sie ein mehrstöckiges Gebäude, das aussah, als wäre der letzte Fassadenanstrich schon seit mindestens fünfzig Jahren überfällig. Auf einem flackernden Leuchtschild über dem Eingang befanden sich yoyodynische Schriftzeichen, die Cedric nicht zu lesen vermochte. Wahrscheinlich der Name des Hotels.

Kara-Sek führte sie zielstrebig in eine weiträumige Vorhalle. Die Wände waren in nüchternem Weiß gehalten, und auch das schmucklose Interieur machte einen spartanischen Eindruck. Offenbar der vorherrschende yoyodynische Stil.

»Wartet hier«, wies Kara-Sek sie an. »Ich werde mit dem Inhaber reden.«

Er ging auf ein Pult zu, hinter dem ein in ein prächtiges, kimono-ähnliches Gewand gekleideter Yoyodyne stand, der sein schwarzes Haar ebenso streng zurückgekämmt und zu einem Zopf zusammengebunden trug wie Kara-Sek. Die beiden begannen eine Unterhaltung, und ab und an blickte der andere Mann in ihre Richtung.

»Mir wäre wohler, ich wüßte, was die da reden«, knurrte Maylor leise. »Wahrscheinlich handeln sie gerade den Preis für unsere Köpfe aus.«

»Zumindest wäre ein Kopf darunter, der so leer ist, daß es bei ihm nicht viel zu handeln gäbe«, stichelte Sheryl in Maylors Richtung.

»Aber, Sheryl«, protestierte Nabtaal, »ich weiß gar nicht, was ich dir jetzt wieder getan . . .«

»Mund zu, Hohlkopf«, zischte sie. »Ausnahmsweise warst du nicht damit gemeint.«

Cedric Cyper achtete nicht auf das Wortgeplänkel, sondern sah sich in der Halle um. Bis auf das Gespräch zwischen Kara-Sek und dem vermeintlichen Inhaber waren sämtliche Unterhaltungen verstummt. Alle Köpfe hatten sich in ihre Richtung gewandt, und die Blicke, die sie trafen, wirkten nicht gerade freundlich. Eine frostige Stimmung hatte sich ausgebreitet, schon von dem Augenblick an, in dem sie hereingekommen waren. Und Cedric hatte das ungute Gefühl, als gelte die Feindseligkeit zu allererst Sheryl, Maylor und ihm selbst — den Sarday'kin unter ihnen. Der Ärger lag so deutlich in der Luft, daß man ihn beinahe mit Händen greifen konnte.

Wie aufs Stichwort stand einer der Yoyodyne, ein kleiner drahtiger Kerl, auf und näherte sich ihnen.

Wer sagt's denn? dachte Cedric. Da kam der Ärger schon angelaufen.

Nur wenige Schritte entfernt von ihnen blieb der Yoyodyne stehen, spuckte verächtlich aus und sah sie mit herausfordernd vorgerecktem Kinn an.

»Der Gestank, der hier drinnen plötzlich unsere Nasen beleidigt, ist wirklich fürchterlich«, rief er, so laut, daß er sich der Aufmerksamkeit seiner Landsleute gewiß sein konnte. »Es ist ein Gestank von Falschheit, Dummheit und Feigheit! Und er schreit zum Himmel.«

Diese Worte galten eindeutig Sheryl, Cedric und Maylor.

»Ganz ruhig«, meinte Cedric zu den anderen beiden. »Laßt ihn ruhig reden. Kein Grund, sich aufzuregen.«

»Was ist?« rief der Yoyodyne. »Habt ihr keinen Mumm, mir zu antworten?«

Sheryl hauchte demonstrativ ihre Fingernägel an und polierte sie an ihrer Jacke.

»War da eben was?« fragte sie unschuldig. »Mir war so, als hätte ich da eben etwas gehört.«

Cedric fand, daß man es auch übertreiben konnte. Eine Disziplin, die die Sarday'kin mit dem chromfarbenen Haar geradezu meisterhaft beherrschte.

»Hah«, stieß der Yoyodyne verächtlich aus. »Ich habe gleich gewußt, daß ihr zu feige sein würdet, eure Ehre zu verteidigen. Drei von euch auf einem Haufen, und trotzdem seid ihr zu ängstlich, um es mit einem einzigen Gegner aufzunehmen. Pah, Abschaum!«

Erneut spuckte er aus und traf zielsicher Maylors Stiefelspitze. Maylor sah mit gefährlich zusammengekniffenen Lidern erst auf seinen Schuh und dann auf den Yoyodyne. Cedric kannte seinen ehemaligen Freund gut genug, um zu wissen, daß er so etwas nicht auf sich sitzen lassen würde. So ruhig und beherrscht er ein Raumschiff selbst durch die gefährlichsten Situationen zu steuern und befehligen vermochte, so sehr brachte ihn eine persönliche Provokation auf die Palme. Als er tief Luft holte und auf den Yoyodyne zutreten wollte, hielt Cedric ihn vorsorglich an der Schulter fest.

»Nur nicht provozieren lassen«, mahnte er. »Das ist doch genau das, was der Bursche will.«

»Aber er hat . . .« begann Maylor empört.

»Wir müssen uns ohnehin neue Kleidung besorgen, da kommt es darauf doch auch nicht mehr an, oder?«

»Du bist also derjenige, der den anderen befiehlt«, stellte der

Yoyodyne fest und stellte sich direkt vor Cedric hin. »Das größte Großmaul von allen. Wollen wir doch mal sehen, ob du mehr kannst, als nur großartige Worte auszuspucken, *Sardaykin!*« So, wie er das letzte Wort betonte, war es eindeutig als Beleidigung gedacht. »Wie würdest du reagieren, wenn ich dich auffordere, gegen mich zu kämpfen? Von Mann zu Mann.«

Cedric hütete sich davor, einen Fehler zu machen. Er wußte, daß die Angehörigen dieser Fraktion durchweg perfekt geschulte Einzelkämpfer und ohne weiteres in der Lage waren, Knochen mit bloßen Händen zu brechen.

»Weshalb sollte ich das tun wollen?« fragte er vorsichtig.

»Weil ich dich dazu herausfordere«, erwiderte der Yoyodyne bestimmt. »Weil ich deine Ehre in Frage stelle!«

Cedric sah den Mann abschätzend an.

»He«, meinte Sheryl unsicher. »Du willst das doch nicht wirklich tun. Denk daran, was du uns eben noch gesagt hast!«

»Also?« Der Yoyodyne grinste Cedric geringschätzig an. »Wie wirst du dich entscheiden? Bist du Manns genug, die Herausforderung anzunehmen, oder verkriechst du dich wie ein Hund, der den Schwanz einklemmt und sich jaulend versteckt?«

Auf Cedrics Lippen erschien ein ironisches Lächeln.

»Also gut«, meinte er. »Meinetwegen.«

Die Miene des Yoyodyne erhellte sich. Sie drückte Zufriedenheit aus und die Vorfreude darauf, was er mit Cedric anzustellen gedachte.

Cedric erhob den Zeigefinger.

»Aber bevor wir anfangen, möchte ich dir erst noch meinen Adjutanten vorstellen«, sagte er. Er schnippste mit Mittelfinger und Daumen, ohne seinen Blick von dem Yoyodyne zu nehmen. »Omo?«

Hinter Cedrics Rücken erklang ein bestätigendes Grunzen, das gleichzeitig die Frage beinhaltete, was denn zu tun wäre.

»Komm doch mal her«, sagte Cedric.

Mit Befriedigung registrierte Cedric, wie sich die Augen des Yoyodyne erschrocken weiteten, als die *Humsz*-Züchtung wie ein riesiger Schatten vor ihm aufwuchs. Omos rechte Hand öffnete und schloß sich spielerisch, als zerquetsche er imaginäre Kokosnüsse.

Der Yoyodyne starrte Cedric ungläubig an und schien kaum fassen zu können, daß ein Angehöriger einer anderen Fraktion imstande war, einer solchen Züchtung zu befehlen. Schnell kreuzte er die Arme vor den Schultern und verbeugte sich unterwürfig.

»Verzeiht, Herr«, sagte er, »daß ich es wagte, meine Stimme gegen Euch zu erheben. Erlaubt mir, mich zu entfernen.« Cedric fragte sich, was der Mann wohl täte, wenn er es ihm nicht erlaubte. Seppuku?

Er nickte ihm großzügig zu, nicht ohne gewisse Befriedigung, und sah zu, wie der Yoyodyne eiligst verschwand – getreu dem Richtsatz, daß ein ehrenvoller Rückzug auch eine Möglichkeit war, sich aus dem Staub zu machen. Cedric konnte sich nicht helfen, irgendwie erinnerte er ihn an einen Hund, der sich mit eingezogenem Schwanz jaulend verkroch. Auch die anderen Yoyodyne hatten sich wieder ihren eigenen Angelegenheiten zugewandt, wie er bemerkte. Alle taten so, als hätte es nie einen Vorfall gegeben.

Kara-Sek kam zu ihnen zurück.

»Es ist alles geregelt«, erstattete er Bericht. »Wir bekommen für die nächsten Tage eine weitläufige Suite.«

Kurz darauf kam auch der Yoyodyne, mit dem er gesprochen hatte, zu ihnen und geleitete sie hinauf in den ersten Stock. Es erwies sich, daß Kara-Sek nicht zuviel versprochen hatte. Die Suite, in die er sie führte, bestand aus einem großen Gemeinschaftsraum und mehreren weiteren Zimmern. Genügend Platz, daß jeder von ihnen eine ruhige Ecke zur Verfügung hatte.

»Nicht schlecht!« lobte Sheryl, nachdem der Inhaber sie allein gelassen hatte. Sie ließ sich in die Sitzecke fallen, lehnte sich weit zurück und verschränkte die Arme hinter dem Kopf. »Heh, das Ding hier ist ja richtig weich. Ziemlich lange her, daß ich das letzte Mal auf so was gesessen habe. Wenn ich also in den nächsten Minuten einschlafe – weckt mich bitte nicht!«

»Wie hast du den Eigentümer überredet, uns hier unterzubringen?« fragte Cedric an Kara-Sek gewandt. »Will er denn gar keine Bezahlung haben?«

»Natürlich will er die«, erwiderte der Yoyodyne. »Und ich habe ihm zugesagt, daß er für seine Dienste großzügig entlohnt wird.«

»Klar, wirf ruhig mit Geld umher, das wir nicht haben«, bemerkte Maylor. »Darf ich daran erinnern, daß meine Credit-Card in diesem verfluchten Taxi steckengeblieben ist?«

»Ich glaube nicht, daß es uns an Mitteln fehlt, den Inhaber zu entlohnen«, sagte Kara-Sek und warf einen Blick auf Omo, der den Koffer mit dem Byranium bei sich hatte. »Schließlich tragen wir genügend Geld mit uns herum, um nicht nur diese Suite zu bezahlen, sondern mehr als tausend dieser Hotels zu kaufen.«

»Der Koffer. Richtig.« Sheryl beugte sich interessiert vor und hob die Augenbrauen. »Über den Koffer sollten wir einmal reden.« Cedric Cyper nickte nachdenklich. Er hatte gewußt, daß dieses Thema früher oder später auf den Tisch kommen würde. Der Zeitpunkt rückte näher, da sich ihre Wege trennen würden. Ihr Team war eine Angelegenheit auf Zeit gewesen, das hatte von Anfang an festgestanden. Jetzt, da sie *Sankt Petersburg Zwei* erreicht hatten und ihre Flucht ein Ende gefunden hatte, gab es keinen Grund, noch länger zusammenzubleiben.

Im Gegenteil, es war erheblich leichter, als Einzelperson unterzutauchen.

»Vor allem sollten wir darüber reden, was jeder von uns in Zukunft vorhat«, sagte er. Sein Blick wanderte von einem zum anderen.

»Was ich vorhabe, kann ich dir zwar nicht genau sagen«, meinte Sheryl. »Dafür aber um so genauer, was ich *nicht* vorhabe.« Sie deutete auf Cedric und Maylor. »Nämlich zusammen mit euch beiden Jagd auf irgendwelche dubiosen Hintermänner zu machen. Das ist es doch, was ihr vorhabt, nicht wahr?«

Cedric machte eine vage Geste. Was sollte er sagen? Zumindest was ihn selbst anging, stimmte das.

»Maylor?« fragte er.

Der Angesprochene schürzte die Lippen.

»Ich denke, Sheryl hat schon ganz recht«, erklärte er. »Mir ist nicht danach, mich einfach so zu drücken, ohne vorher versucht zu haben, ein wenig in dem Rattennest herumzustochern und zu sehen, ob da was an die Oberfläche kommt.«

»Schön.« Cedric war froh, es zu hören. Bedeutete es doch, daß er nicht ganz allein stehen würde. Seltsam, in den letzten zwei Jahren, die er nicht zuletzt dank Maylors Aussage auf Hadrians Mond verbracht hatte, hatte sein ehemaliger Freund zu den meistgehaßten Personen gehört. Und jetzt standen sie erneut Seite an Seite, selbst wenn das ihre Freundschaft nicht zurückbringen würde.

»Genau das meinte ich«, sagte Sheryl. »Ihr könnt einfach nicht auf euch sitzenlassen, was geschehen ist. Euer Glaube an das

System ist so groß, daß ihr sogar bereit seid, zu zweit gegen einen Riesenapparat anzutreten. Und warum?« Sie schüttelte den Kopf. »Nur weil ihr hofft, anschließend wieder ins System integriert zu werden. Weil ihr euch freut, wieder das kleine Rädchen spielen zu dürfen, das ihr früher mal gewesen seid. Applaus, Applaus! Das Flottenkommando wäre bestimmt stolz, wenn es euch so reden hören könnte. Nun ja, meinetwegen. Es ist eure Sache. Was allerdings mich betrifft, so bin ich mit den Sarday'kin fertig. Ich bin froh, meinen Hintern aus den Byranium-Minen gerettet zu haben und werde einen Teufel tun, ihn noch einmal für irgend etwas hinzuhalten.«

Unwillkürlich mußte Cedric an ihre gemeinsamen Stunden auf Hadrians Mond denken. Wie lange lag die letzte davon jetzt zurück? Tage, Wochen, Monate? Die Erinnerung verwischte sich bereits. Alles, was mit Hadrians Mond zusammenhing, war kaum mehr als ein dunkles, tiefes Loch.

Worüber beschwerte er sich überhaupt? Er hatte die ganze Zeit über gewußt, daß ihre Gemeinschaft lediglich aus der Not und der Gefangenschaft geboren gewesen war. In Freiheit mußte ihre Verbindung zwangsläufig auseinanderbrechen.

Offenbar ahnte Sheryl, welche Gedanken ihn bewegten.

»Was währt schon ewig?« meinte sie, und für seinen Geschmack klang es etwas zu gleichgültig.

»Was willst du statt dessen tun?« fragte Maylor.

»Keine Ahnung.« Sie hob die Schultern. »Vielleicht besorge ich mir eine Schiffspassage zu irgendeinem abgelegenen Planeten. Oder ich heuere bei einer der Söldnergilden an. Für eine Frau mit meinen Fähigkeiten hat man dort sicherlich Verwendung.«

Cedric wußte nicht einmal, welche Fähigkeiten sie meinte. Sie hatte nie ein Wort darüber verloren, was sie vor ihrer Zeit auf Hadrians Mond gemacht hatte. Ihre Reaktionen während der Flucht legten allerdings nahe, daß sie eine militärische Ausbildung erfahren hatte.

Er wandte sich Kara-Sek zu.

»Was ist mit dir? Was wirst du tun?« Und mit einem Kopfnicken in Omos Richtung ergänzte er: »Was werdet *ihr* tun?«

Der Yoyodyne verneigte sich leicht.

»Was immer du uns aufträgst«, erwiderte er.

»Nein, ich meine, wie sieht eure Zukunftsplanung aus?« stellte Cedric richtig. »Wollt ihr in euer Reich zurückkehren?«

»Du weißt, daß wir dir gegenüber verpflichtet sind. Taifan hat dir einen Treueeid gegeben, und daran sind wir ebenso gebunden, wie er es war.«

Taifan war ein dritter Yoyodyne gewesen, der in der strengen Hierarchie dieses Volkes über den beiden gestanden hatte. Er hatte auf der Flucht sein Leben gelassen, aber zuvor hatte Cedric ihm das Leben gerettet, und so hatte er Cedric gegenüber einen Treueeid abgelegt, der nun auch für Kara-Sek und Omo galt.

»Ja«, erwiderte er. »Aber ihr könnt mir ja nicht ewig hinterherlaufen. Also, wie kann ich euch beide aus diesem Treueeid entlassen? Damit ihr wieder zurück zu euren Leuten könnt.«

»Das kann ich dir nicht sagen«, antwortete Kara-Sek.

»Was heißt das? Kannst oder willst du es nicht?«

»Ich darf nicht. Unser Ehrenkodex verbietet es mir. Niemand darf davon zu Angehörigen einer anderen Fraktion sprechen.«

Cedric atmete ein paarmal tief durch. War denn dieser ominöse Kodex einzig und allein dazu da, einem das Leben unnötig schwerzumachen?

»Aber irgend jemanden in der weiten Welt muß es doch geben, der mir das sagen kann!« rief er. »Und den werde ich dann eben fragen.«

»Ja, so jemanden gibt es«, sagte Kara-Sek. »Die sogenannten *Nikkei*-Priester. Allein sie dürfen, sofern sie es für angebracht halten, zu einem Uneingeweihten über derartige Dinge sprechen.«

»Na prima«, meinte Cedric aufatmend. »Und wo finde ich diese *Nikkei*-Typen?«

»Auf den inneren sieben Welten unserer Fraktion. Dort befinden sich ihre Tempel, auf jeder Welt einer.«

Cedric schluckte. Na, wunderbar! Die inneren sieben Welten der Yoyodyne. Die Zentralgestirne ihres Reiches. Bis dorthin war noch kein Sarday'kin gekommen. Jedenfalls nicht lebendig.

»Und sonst?« fragte er verzweifelt. »Es muß doch sonst noch etwas geben, was euch aus dem Eid entläßt.«

»Ja, das gibt es.«

»Schön. Und was?«

»Der Tod«, erwiderte Kara-Sek huldvoll.

Sackgasse! hallte es in Cedrics Kopf.

»Du könntest uns befehlen, uns umzubringen«, ergänzte Kara-Sek, als redete er übers Wetter. »Das wäre die einfachste Lösung für dich.«

»Aber sonst geht's dir gut«, entfuhr es ihm erschrocken. So etwas kam überhaupt nicht in Frage. Er beschloß, das Problem auf später zu verschieben. Der nächste, an den er sich wandte, war Nabtaal.

»Was wirst du tun?«

»Mir geht es wie Sheryl«, antwortete er. »Ich weiß es ebenfalls noch nicht. Vielleicht kehre ich auf die Erde zurück. Mein Status als entflohener Strafgefangener eines Geheimplaneten wird mir sicher viele Chancen eröffnen. Vielleicht schließe ich mich einer Untergrundbewegung an. Oder ich gründe eine Menschenrechts-Kommission oder etwas anderes in der Richtung.« Er sah Cedric und Maylor an. »Andererseits . . . Ich wäre natürlich auch daran interessiert, wer die Verantwortung für den Überfall auf Hadrians Mond trägt. Vielleicht könnte ich mich ja euch beiden anschließen und . . .?«

»Nein!« riefen Cedric und Maylor wie aus einem Mund.

Sie sahen sich überrascht an. Offenbar waren sie genau derselben Meinung. Jemand wie Nabtaal hatte ihnen zu ihrem Glück noch gefehlt! Es reichte, daß sie schon Kara-Sek und Omo mit sich herumschleppen mußten.

Nabtaal senkte den Kopf.

»Na ja, was soll's?« meinte er. »Das hatte ich mir fast schon gedacht.«

Cedric unterließ es, Duncan ebenfalls nach seiner Meinung zu fragen. Der Cybertech hatte sich in eine Ecke zurückgezogen und starrte eine der schmucklosen Wandlampen so treuherzig an, als hätte er einen neuen Spielkameraden gefunden.

Duncan war ein echtes Problem. Sie konnten ihn schließlich nicht ewig mit sich herumschleppen. Aber ebensowenig konnten sie ihn sich selbst überlassen. Er war so hilflos wie ein Kleinkind. Auf dieser Welt hätte er keine zwei Tage überlebt. Und es widerstrebte Cedric, den Cybertech, dessen abnormer Geist ihnen mehrfach lebensrettende Hinweise gegeben hatte, dem sicheren Tod zu überlassen. Es wäre sicherlich das beste für ihn, wenn sie ihn in irgendeiner Klinik unterbringen könnten, aber angesichts ihrer eigenen Sorgen bezweifelte er, daß sie die Zeit dafür finden würden.

»Aber eines steht fest«, meldete Sheryl sich erneut, »bevor ich euch verlasse, möchte ich vorher noch meinen Anteil an dem Byranium haben. Oder glaubt ihr, ich hätte mitgeholfen, den Koffer bis hierher zu schleppen, um jetzt leer auszugehen?«

»Als wir in der Rettungskapsel waren, hat es aber nicht so geklungen, als würdest du besonderen Wert auf ihn legen«, stellte Cedric fest.

»Wenn wir dich hätten gewähren lassen«, entgegnete sie schlagfertig, »dann wäre jetzt keiner von uns vieren mehr in der Lage, sich darüber zu streiten.« Sie hob die Hände. »Aber keine Bange, ich erwarte gar nicht, daß wir zu gleichen Teilen ausgezahlt werden. Es ist in erster Linie *dein* Byranium, das ist schon klar.« Schön, daß das klar war, dachte Cedric. »Was ich will, ist nichts anderes als ein kleines Stück, gerade groß genug, um mir damit ein neues Leben aufbauen zu können.« Sie lächelte ihn aufreizend an. »Ich denke, soviel müßte ich dir doch wert sein, oder?«

Keine Frage, sie war es. Er hatte ohnehin nicht vorgehabt, sie um ihren Anteil zu bringen.

»Wir müssen ohnehin einen Teil davon abtrennen, um die gastliche Stätte hier zu bezahlen«, sagte er. »Dafür brauchen wir allerdings jemanden, der sich damit auskennt und über das nötige Gerät verfügt.«

»Da könnte ich vielleicht weiterhelfen«, sagte Kara-Sek. »Ich kenne einen freien Yoyodyne-Händler, der nicht weit von hier mit kostbaren Edelsteinen und Mineralien aller Art handelt. Und der eine Werkstätte für die nötigen Bearbeitungen hat.«

»Die Frage ist nur«, unkte Maylor, »wie vertrauenswürdig der Kerl ist, wenn er einen Brocken dieser Größe vor sich sieht.«

»So vertrauenswürdig, wie jeder Yoyodyne es gegenüber einem anderen ist«, erinnerte Kara-Sek mit scharfer Stimme. Wahrscheinlich, dachte Cedric, hätte er Maylor längst zu einem Zweikampf herausgefordert, wenn der Treueeid nicht gewesen wäre.

»Gut«, beendete Cedric die Diskussion. »Darum und um all die anderen Dinge werden wir uns morgen kümmern. Jetzt sehne ich mich zuallererst nur nach zwei Dingen, nach einem heißen Bad und einem weichen Bett. Und dem ersten, der mich beim Schlafen stört, brenne ich einen mit dem Laser über, kapiert?«

Um die Mittagszeit des nächsten Tages verließen sie zu viert das Hotel. Sie hatten Sheryl, Nabtaal und Duncan zurückgelassen und ihnen eingeschärft, das Haus bis zu ihrer Rückkehr auf keinen Fall zu verlassen — wenn möglich, nicht einmal die Suite. Den Handlaser hatte Cedric bei sich, und ohne eine Waffe, um sich notfalls aufdringliche Straßengangster vom Leib zu halten, wären sie in diesem Viertel nicht besonders weit gekommen. Und im Zweifelsfall hätte Sheryl alleine gestanden. Denn inwieweit Nabtaal oder gar Duncan in der Lage waren, sich ihrer Haut zu erwehren, war ohnehin kaum einen Gedanken wert.

Cedric fühlte sich wie neugeboren. Sie hatten lange geschlafen und gut gefrühstückt, und als er sich nach der Morgentoilette und einer ausgiebigen Rasur im Spiegel betrachtet hatte, hatte er das Gefühl gehabt, daß dort ein vollkommen neuer Mensch vor ihm stehe. Nun gut, seine Wangen waren noch immer eingefallen, die Linien unter den Augen noch tief, aber der Schimmer von Hoffnungslosigkeit, der in den zwei letzten Jahren darin gelegen hatte, war verschwunden.

Mittlerweile waren sie auch mit neuer Kleidung ausgestattet. Kara-Sek hatte es zustande gebracht, daß einer der vielen yoyodynischen Straßenhändler sie in ihrer Suite besucht hatte, und die Kosten für ihre neue Ausstattung waren vom Hotelinhaber vorgestreckt worden. Besonders groß war die Auswahl des Händlers nicht gewesen, jedenfalls für sarday'kinsche Geschmacksvorstellungen. Am besten hatte es noch Kara-Sek getroffen. Er trug jetzt ein weißes Hemd mit weiten Ärmeln, eine schwarze Weste mit goldenen Stickereien und eine weite, knallrote Pluderhose, die in weißen Strümpfen endete. Maylor hingegen hatte einen schlichten schwarzen Overall gefunden und Cedric ein samtrotes Kostüm, das entfernt an eine Phantasieuniform erinnerte. Nicht besonders kleidsam, aber immer noch besser als die zerschlissene Gefangenenkleidung. Und vor allen Dingen weniger auffällig.

Trotzdem, allein das Beisein Omos, der jetzt in ein langes, sackähnliches Gewand gekleidet war, verursachte genügend Aufsehen. Er ragte im wahrsten Sinne des Wortes aus der Menschenmenge heraus, die die Straßenzüge bevölkerte. Da sie noch kein Geld besaßen, hatten sie auf ein Flugtaxi verzichten und zu Fuß gehen müssen. Cedric fragte sich, ob es klug gewesen war, Omo überhaupt mitzunehmen. Aber wer einen Koffer voller Byranium bei sich trug, tat gut daran, jemand wie Omo dabei zu haben. Allein sein Anblick reichte aus, jeden Gedanken eines Straßenräubers, ihnen in die Quere zu kommen, von vornherein zu vertreiben. So gesehen, hätte Cedric seine Laserwaffe durchaus bei Sheryl im Hotel zurücklassen können, aber er hatte nicht gewollt, daß sie die Möglichkeit erhielt, etwas auf eigene Faust zu unternehmen.

Bald erreichten sie das Geschäft, von dem Kara-Sek gesprochen hatte. Es lag in einer der besseren Gegenden in diesem Viertel und war nicht ganz so heruntergekommen wie das Hotel. In den Auslagen der schmucken Fassade funkelten und schimmerten zahllose Edelsteine. Sie lagen hinter dickem, lasersicherem Plastglas verborgen, und der Eingang wurde zusätzlich von zwei breitschultrigen und schwertbewehrten Yoyodyne gesichert. Es war die bevorzugte Waffe dieser Fraktion.

Als Cedric eintreten wollte, ertönte ein Summen, und einer der beiden Wachen trat ihm in den Weg. Verlangend streckte er die Hand aus.

»Ihre Waffe, bitte!«

Cedric tauschte einen kurzen Blick mit Kara-Sek, und als dieser nickte, zog er den Handlaser unter seiner Jacke hervor. Solange Omo bei ihnen war, benötigten sie ohnehin keine weitere Waffe. Jeder, der von diesen *Humsz*-Züchtungen gehört hatte, wußte auch, daß sie sich auf ein bestimmtes Kommando übergangslos in rasende Kampfmaschinen verwandelten, die selbst von einem halben Dutzend *Terminatoren* nicht zu halten waren.

»Hier!« Er händigte dem Mann den Strahler aus. »Aber gut drauf aufpassen, ja? Den will ich nachher zurückhaben.«

Der Yoyodyne verzog keine Miene und trat zur Seite, um ihn ins Geschäft zu lassen.

Kara-Sek stellte wiederum den Kontakt mit dem Inhaber her, einem kleinen gebeugten Mann mit ergrautem Haar, einem weißen Spitzbart und listigen, kleinen Augen. Sein Name war Herkai-Sar. Er brachte sie in die hinteren Räumlichkeiten, wo die Werkstätten lagen, und sie zogen sich in eine Ecke zurück, in der sie sich in Ruhe unterhalten konnten.

»Meine Ausstattung reicht aus, sämtliche Laserschneidarbeiten ausführen zu können«, antwortete er auf eine entsprechende Frage Cedrics. »Hier seid ihr an der richtigen Adresse.«

»Ein einfacher Laserschneider genügt in unserem Fall nicht«, gab

Cedric Cyper zurück. In den letzten zwei Jahren war er, was solche Dinge anging, zum Fachmann geworden. »Im Gegenteil, er würde das Material lediglich zerstören oder eine unvorhersehbare Reaktion auslösen. Für das, was wir hier haben, benötigt man schon einen Kaltlichtlaser.«

»Auch ein derartiges Gerät kann ich mein eigen nennen.« Herkai-Sar sah Cedric überrascht an. »Aber . . . im ganzen Universum gibt es kein Dutzend Schmucksteine, für dessen Bearbeitung ein Kaltlaser benötigt wird. Was für ein Material habt ihr bei euch, wofür man so etwas braucht?«

»Omo?« Wieder schnippste Cedric mit dem Finger. »Zeig es ihm!«

Der Riese öffnete den Koffer und zog den Deckel so weit auf, daß der Händler sehen konnte, was sich darin befand. Herkai-Sars Augen weiteten sich voller Fassungslosigkeit, dann streckte er die Arme von sich und wich entsetzt von dem Koffer zurück. »Nein, nicht!« rief er. »Ihr wißt nicht, was ihr da bei euch habt. Das ist gefährlich. Es vermag uns alle umzubringen!«

»Ganz ruhig!« rief Cedric. »Das Byranium ist stabil. Es steht keine Spontanreaktion bevor.«

Herkai-Sar verharrte und beruhigte sich langsam. Er sah unsicher zwischen Koffer und Cedric hin und her, dann blieb sein Blick auf letzterem liegen.

»Wie kommt es, daß du das so genau einzuschätzen vermagst?« fragte er forschend. »Normalerweise können das nur Personen, die intensiv mit diesem Stoff zu tun haben. Und sehr lange Zeit.«

Damit traf er haargenau ins Schwarze, dachte Cedric.

»Nun«, meinte er gedehnt, »sagen wir, daß ich . . .«

». . . sagen wir«, übernahm Maylor ungeduldig, »daß wir nicht hergekommen sind, um Interviews zu geben, sondern um ein paar Stücke aus dem Brocken schneiden zu lassen. Wenn wir hier nicht richtig sind, müssen wir uns eben nach jemand anderem umsehen.«

»Nein, nein«, versicherte der Händler schnell, »das müßt ihr nicht. Ihr seid hier genau richtig. Ich kann die gewünschten Arbeiten machen. Aber es wird nicht ganz billig sein.«

»Sei unbesorgt!« sagte Cedric. »Du wirst einen angemessenen Lohn erhalten. Hauptsache, es dauert nicht zu lange.«

Herkai-San mußte nicht lange überlegen.

»Kommt«, sagte er knapp und führte sie in den entsprechenden Werkstattraum. »Laßt uns gleich beginnen.«

Knapp zwei Stunden später waren drei Stücke aus dem Brocken herausgetrennt, die nicht einmal ein Zwanzigstel der Gesamtgröße ausmachten. Zusätzlich gab es eine kleine Handvoll Splitterstücke. Die meisten davon überließen sie Herkai-San, zum einen als Lohn für die Arbeit und zum anderen im Austausch gegen eine gewisse Menge Blanko-Credit-Cards, auf denen jeweils eine bestimmte Summe abgebucht werden konnte. Allein das war ein kleines Vermögen, mehr als genug, um sich ein paar Wochen im ESCAPADE einzuquartieren, aber trotzdem hatte der yoyodynische Händler noch ein hervorragendes Geschäft gemacht.

Dementsprechend freundlich verabschiedete Herkai-Sar sie, als sie sein Geschäft verließen. Die Wache händigte Cedric den Strahler anstandslos aus.

Diesmal winkten sie sich ein Flugtaxi heran und flogen vorsichtshalber eine Zeitlang ziellos durch die Giga-Stadt, bis sie sicher sein konnten, daß ihnen niemand folgte. Erst dann gab Cedric dem Bordcomputer ihr eigentliches Flugziel an. Es handelte sich um eine Depotbank, in der sie ein Schließfach buchten und den Koffer verstauten. Dort war das Byranium sicherer, als wenn sie es ständig mit sich herumgetragen hätten. Die abgetrennten drei Brocken nahm Cedric mit sich. Jeder von ihnen war genügend wert, um sich damit eine neue Existenz aufzubauen. Ein Brocken war für Sheryl bestimmt, der zweite für Nabtaal. Cedric konnte nun mal nicht anders; er fand, auch der Freischärler hatte ein Recht darauf. Schließlich war er einer von ihnen, und auch er hatte seinen Anteil daran gehabt, daß sie die Flucht lebend überstanden hatten.

Was er mit dem dritten Brocken anfangen sollte, war Cedric Cyper noch nicht klar. Maylor brauchte ihn einstweilen nicht; er war inzwischen mit genügend Credit-Cards ausgestattet, und falls er sich absetzen wollte, war immer noch Zeit, ein anderes Stück aus dem Brocken zu schneiden.

Ihr nächster Weg führte sie in ein Waffengeschäft. Als Cedrics Blick über die Ausstellungsstücke in den Auslagen streifte, mußte er im stillen anerkennen, daß es hier auf *Sankt Petersburg Zwei* wirklich alles gab, was dieser Spiralarm der Galaxis an Handfeuerwaffen und ähnlichen Gemeinheiten zu bieten hatte. Er selbst entschied sich für einen superflachen Laser, der zusätzlich kleine, raketengetriebene Sprengsätze verschießen konnte. Ein Modell aus den Hi-Tech-Waffenschmieden der Cybertechs, das dem Händler zufolge gerade eben auf den Markt gekommen war.

Maylor versorgte sich mit einem Strahler, wie er zur Standardausrüstung sarday'kinscher Streitkräfte gehörte. Nicht besonders durchschlagsfähig, aber anscheinend die Waffe, mit deren Handhabung er am meisten Übung hatte. Cedric wählte dann noch zwei weitere Strahler, die für Nabtaal und Sheryl bestimmt waren. Er wußte nicht, ob sie ihren Vorstellungen entsprachen, aber es würde mit Sicherheit genügen, bis sie die für sie bestimmten ByraniumBrocken zu Geld gemacht hatten und in der Lage waren, sich selbst auszurüsten.

Nachdem Cedric ihm signalisiert hatte, daß er sich selbstverständlich ebenfalls ausrüsten dürfe, wählte Kara-Sek ein prachtvolles Schwert mit newtoniumveredelter Klinge. Wie die meisten seiner Landsleute zog er eine solche Waffe jederzeit einem Strahler vor. Unsinnigerweise, wie Cedric fand, denn obwohl die Yoyodyne unübertroffene Meister im Umgang damit waren, waren sie damit doch jedem unterlegen, der zielsicher mit einem Laser zu schießen verstand. Für Duncan eine Waffe kaufen zu wollen erübrigte sich. Der Cybertech hätte sich damit allerhöchstens irgendwelche Körperteile abgetrennt.

Solchermaßen ausgerüstet, verließen sie den Laden, und als Cedric ins Freie trat, wo ihr Flugtaxi noch auf sie wartete, verspürte er ein lange vermißtes Gefühl von Sicherheit und Zuversicht. Doch die Sicherheit, wie sie Waffen vermittelten, konnte sich allzu schnell als trügerisch erweisen.

»Okay«, sagte Maylor, auf dessen Gesicht ein ähnlicher Zug von Erleichterung lag. »Damit hätten wir alle Besorgungen erledigt. Wir können also zu den anderen zurückkehren. Sie warten bestimmt schon sehnsüchtig.«

»Vorher machen wir noch einen kleinen Umweg«, antwortete Cedric. »Wenn wir schon mal unterwegs sind, möchte ich die Gelegenheit nutzen, um noch ein paar Erkundigungen einzuziehen.«

»Worüber?«

»Zum Beispiel ein Schiff namens PFENNIGFUCHSER.«

»Verstehe. Aber wo willst du diese Erkundigungen einziehen?«

»Laß mich nur machen«, sagte Cedric. »Mir ist eingefallen, daß es hier ein Viertel gibt, wo wir eventuell genau das bekommen, was wir brauchen.«

»Ach«, machte Maylor. »Und was bitte brauchen wir?«

»Einen Datensurfer.«

»Einen — was?«

Cedric Cyper lachte und zog Maylor in das Flugtaxi hinein. »Noch nichts von Jugendkultur gehört?« fragte er, und als Maylor ihn nur nichtverstehend ansah, fügte er hinzu: »Komm schon. Du wirst es sehen.«

Ronald Lafayette blickte auf, als Perkins sein Arbeitszimmer betrat. Der Botschafter fühlte sich nicht besonders gut. Seine Augen sahen verquollen aus, und sein Blick, der sich auf Perkins richtete, wirkte unruhig. Er hatte letzte Nacht nur schlecht geschlafen. Es waren die untergetauchten Strafgefangenen, die ihm das Leben schwer machten.

Zu allem Überfluß hatte er heute morgen auch noch eine Botschaft von *Faktor 4* auf seinem Schreibtisch gefunden. Es war eine der üblichen Nachrichten gewesen, ein zusammengefalteter Zettel aus Spezialpapier, das sich zehn Sekunden nach dem Auseinanderklappen selbst entzündete und in Rauch aufging. Es war der übliche Weg, auf dem *Faktor 4* ihm Anweisungen zukommen ließ. Ein Weg, der allerdings nur in einer Richtung funktionierte. Lafayette hatte keine Möglichkeit, der anderen Seite derartige Botschaften oder Anfragen zukommen zu lassen, einzig für den äußersten Notfall gab es eine Möglichkeit, *Faktor 4* über eine audiovisuelle Leitung zu erreichen, doch wie ungehalten der darauf reagierte, hatte die gestrige Kontaktaufnahme gezeigt. Rückfragen waren in diesem System nicht vorgesehen. Lafayette hatte zu tun, was man ihm sagte. Das war alles, was man von ihm erwartete.

Bis heute war es ihm ein Rätsel, wie die Zettel in sein Büro gelangten. Einer der Botschaftsangehörigen mußte es sein, soviel war ihm klar. Mehr als einmal hatte er eine Mini-Kamera in seinem Arbeitszimmer versteckt, um ihn auf frischer Tat zu filmen, aber dann waren ganz einfach keine Anweisungen gekommen oder er hatte sie statt dessen auf dem Armaturenbrett seines Gleiters gefunden, mit dem nüchternen Nachsatz, solche unnützen Spielchen in Zukunft doch zu unterlassen.

Bis heute war Perkins derjenige, den Lafayette am stärksten unter Verdacht hatte. Einmal hatte er ihn von einem anderen Mitarbeiter mehr als zwei Monate lang überwachen lassen, doch dabei war nichts herausgekommen.

Natürlich war das kein endgültiger Beweis für Perkins' Unschuld. Es war zum Verzweifeln. Je länger Lafayette darüber nachdachte, desto hilfloser kam er sich vor. *Faktor 4* war ihm auf allen Gebieten überlegen.

Zielpersonen lebend festsetzen und nach erfolgter Verhaftung an mich überstellen, hatte auf dem Zettel gestanden. *Nähere Anweisungen zur Übergabe folgen im Erfolgsfall.*

Lafayette hatte so lange darauf gestarrt, daß er sich die Fingerkuppen an dem aufflammenden Papier verbrannt hatte. Noch etwas, was seine Stimmung nicht gerade gesteigert hatte. Ebensowenig wie die empörte Anfrage der Händlerfamilie, der das ESCAPADE gehörte, was die gestrige Aktion zu bedeuten gehabt hatte. Oder die Forderung des Flugtaxi-Unternehmens, Schadenersatz für die zerstörte Maschine und den Abtransport des Wracks zu bekommen.

»Was ist?« rief er seinen Adjutanten voll verborgener Hoffnung. »Was haben Sie bisher erreicht?«

»Wir haben letzte Nacht alle Landepunkte der verschiedenen Flugtaxis unter die Lupe genommen, ohne Ergebnis«, erstattete Perkins Bericht. Lafayette beneidete ihn insgeheim um seine Jugend. Sein Adjutant hatte gewißlich die ganze Nacht über kein Auge zugetan, aber seinem Gesicht war davon nichts anzumerken. »Ein paar wirre Aussagen von Wichtigtuern, das war alles. Ich habe die genauen Flugrouten sämtlicher Taxis anschließend dann noch einmal genau überprüft. Dabei hat sich herausgestellt, daß eine der Maschinen zur Zeit unserer Zugriff-Aktion in unmittelbarer Nähe der Flugplattform des ESCAPADE gewesen ist.«

»Das waren sie!« rief Lafayette leidenschaftlich. Er knirschte mit den Zähnen. Und in Gedanken ergänzte er: Demnach haben sie sich alles mit angesehen. Und nun wissen sie, daß es jemand auf sie abgesehen hat! Hatte sich denn seit gestern alles gegen ihn verschworen?

»Davon bin ich auch ausgegangen, Sir«, redete Perkins weiter. »Und ich habe alle Anstrengungen auf den Landepunkt dieses einen Taxis konzentriert.«

»Gut, Perkins. Und?«

»Leider Fehlanzeige. Die Maschine ist in Yoyo-Town runterge-kommen. Und Sie wissen selbst, Sir, wie verstockt diese Schlitzau-gen sind. Die lassen sich eher die Zunge ausreißen, als einem Frem-den gegenüber den Mund aufzumachen. Aus denen war kein einzi-ges Wort herauszubekommen, gleichgültig, ob wir ihnen gedroht oder sie mit Geld gelockt haben.«

»Verflucht« rief Lafayette. Damit standen die Chancen, sie aus-findig zu machen, so ziemlich gleich Null. Diese Störenfriede hat-ten sich wirklich die richtige Gegend ausgesucht, um unterzutau-chen. »Und das ist alles? Sonst nichts? Kommen Sie, Perkins, bis-lang haben Sie mich doch noch nie enttäuscht!«

»Etwas gäbe es da tatsächlich noch, Sir. Ein anonymer Anruf.«

»Ja, und?« rief Lafayette ungeduldig.

»Der Anruf kam vor ein paar Minuten bei uns rein. Übers ört-liche Telefonnetz. Der Anrufer gab die Adresse eines Hotels in Yoyo-Town an, in dem die gesuchten Personen sich eingemietet haben sollen.«

Die Nachricht ließ Lafayette unwillkürlich hinter seinem Arbeitstisch aufspringen.

»Das ist es doch!« rief er. »Warum haben Sie Ihre Männer noch nicht zusammengesucht und sind dorthin unterwegs?«

»Die Männer stehen selbstverständlich bereit, Sir«, erwiderte Perkins. »Aber natürlich wollte ich Ihren Einsatzbefehl abwarten. Und ich möchte zu bedenken geben, daß eine derartige Zugriffs-Aktion in Yoyo-Town zu beträchtlichen diplomatischen Verwick-lungen zwischen uns und der Fraktion der ...«

»Unsinn!« wischte Lafayette den Einwand hinweg. Welche diplo-matischen Verwicklungen konnten schlimmer sein als das, was ihm bevorstand, wenn er der Leute nicht habhaft wurde? »Was ist mit Ihnen, Perkins? Sonst kümmern Sie sich doch nicht um solche Dinge.«

»Ich wollte es nur zu bedenken geben, Sir«, sagte der Adjutant steif. »Und außerdem ...« Er zögerte, als wüßte er nicht, ob er es aussprechen sollte.

»Und außerdem?« wiederholte Lafayette.

»Welchen Grund sollte der Anrufer haben, uns diesen Tip zu geben? Was hätte er davon, Sir? Wir haben weder eine Belohnung ausgeschrieben, noch hat er Anspruch darauf erhoben oder sich überhaupt danach erkundigt. Auch die Yoyos dürften die Ankunft der Strafgefangenen registriert haben und auch unsere Aktion im ESCAPADE. Vielleicht wollen sie uns in einen weiteren Zwischenfall verwickeln, um unsere Position hier auf *Sankt Petersburg Zwei* zu schwächen.«

Lafayette dachte kurz nach. Den Yoyos war tatsächlich jede hinterhältige Aktion zuzutrauen, Hauptsache, sie schadete dem Imperium der Sarday'kin. Trotzdem glaubte er nicht so recht daran. Er hielt es noch am ehesten für wahrscheinlich, daß *Faktor 4* mittlerweile eigene Ermittlungen aufgenommen hatte und der anonyme Hinweis von ihm oder einem seiner Männer gekommen war. Aber das konnte er Perkins ja schlecht auf die Nase binden.

»Ach was, uns kann es egal sein, wer uns den Tip gegeben hat«, entschied er. »Halten Sie aber auf jeden Fall die Augen offen. Und sehen Sie zu, daß Sie sich dieses Mal nicht wieder übertölpeln lassen!«

»Sehr wohl, Sir. Ich werde alles tun, was in meiner Macht steht.«

»Das hoffe ich, Perkins. Ach ja, in einem Punkt hat sich Ihr Auftrag geändert. Sie werden die Leute lebend herbringen.«

»Lebend? Aber gestern haben Sie doch noch . . .«

»Ich weiß, was ich Ihnen gestern gesagt habe«, brüllte Lafayette ungehalten. »Jetzt sage ich Ihnen eben etwas anderes. Und nun gehen Sie endlich und tun, was ich gesagt habe. Und wenn Sie dieses Mal wieder versagen, dann . . .«

»Ich glaube, Sie müssen es nicht aussprechen, Sir. Ich habe auch so verstanden, was Sie meinen.«

Er drehte sich um und verließ das Büro.

Lafayette starrte auf die Tür, die sich hinter ihm geschlossen hatte, und überlegte, ob die letzte Bemerkung ein erstes Anzeichen von Auflehnung gegen ihn war. Oder spielten ihm nur seine überreizten Nerven einen Streich?

Er ging zur Bar und suchte Zuflucht bei einem kräftigen Schluck.

Nicht zum ersten Male am heutigen Tag.

Synfile 5

Der Ritt des Datensurfers

Das Flugtaxi brachte Cedric, Maylor und die beiden Yoyodyne in ein anderes Viertel der Giga-Stadt und setzte sie auf einem kleinen Platz mit einem futuristischen, sich wahrscheinlich seit Jahren außer Betrieb befindlichen Brunnen ab. Diese Gegend hier war nicht minder heruntergekommen, aber auf eine gänzlich andere Art als Yoyo-Town.

Auch hier waren die Fassaden zerfallen, aber dafür mit farbenprächtigen Graffitis in selbstblinkenden Holo-Farben übersprüht. Die Straßen waren in erster Linie von jungen Leuten bevölkert, Jugendliche und Kinder, die zumeist in kleinen Gruppen unterwegs waren. Es waren Kinder, die ihre Eltern verloren oder sie verlassen hatten. Ein buntes Gemisch aus Angehörigen aller Völker, nur Yoyodyne und Phagon waren nicht zu sehen, was nicht weiter überraschend war. Aufgrund ihrer Erziehungsstrukturen und ihres engen Wertesystems blieben die Yoyodyne vorwiegend unter sich, und mit den Phagon, den Hexenmeistern sämtlicher Gen-Küchen, wollte sowieso niemand etwas zu tun haben. Sie waren aufgrund ihrer Abnormität, die selbst vor Experimenten am eigenen Körper nicht haltmachte, von allen anderen Fraktionen gleichermaßen gefürchtet.

Ein Produkt ihrer Gentechnik, die sie gegen entsprechendes Entgelt auch anderen Fraktionen zur Verfügung stellten, waren beispielsweise die von den Yoyodyne eingesetzten *Humsz*-Züchtungen, wie auch Omo eine war. Cedric hatte beim Anblick des muskelbepackten Riesen mehr als einmal darüber nachgedacht, was für ein Mensch er vor seiner genetischen Umwandlung gewesen war. Ein Mörder? Ein unbequemer Dissident aus den eigenen Reihen? Oder ein Kriegsgefangener? Womöglich sogar ein Sarday'kin? Jemand, mit dem Cedric vielleicht noch zusammen auf der Flottenakademie gewesen war und den er jetzt nicht wiederzuerkennen vermochte? Doch wer immer Omo früher einmal gewesen war, mit der genetischen Umwandlung war sein Bewußtsein vollständig ausgelöscht worden.

»So, da wären wir«, meinte Maylor, den Cedric während des Fluges über alles aufgeklärt hatte. »Und wo finden wir einen deiner Datensurfer?«

Cedrics Arm beschrieb einen Halbkreis.

»Wir müssen eben eines der Kids danach fragen«, sagte er. »So schwierig dürfte das ja wohl nicht sein. Die werden ja schließlich Interesse daran haben, ein paar Credits zu verdienen.«

Sie liefen ein paar Schritte in die nächste Straße hinein und gingen auf eine Gruppe vielleicht fünfzehn- bis sechzehnjähriger Sarday'kin zu.

»He, Junge«, sprach Cedric einen von ihnen an, »kannst du mir vielleicht sagen, wo...«

»Verpiß dich, Alter!«

Damit eilten die Burschen weiter. Cedric sah ihnen konsterniert hinterher und mußte sich Maylors Lachen gefallen lassen.

Sie versuchten es noch ein paarmal, doch mehr oder minder schnell machten sich die Kids davon. Und die anderen, die sich auf der Straße befanden und mittlerweile mitbekommen hatten, daß sie mit ihnen ins Gespräch kommen wollten, machten von vornherein einen großen Bogen um sie.

Cedric stellte die nutzlosen Versuche ein.

»Wir müßten uns einen von ihnen schnappen und uns in Ruhe mit ihm unterhalten«, sagte er. »Sonst kommen wir nicht weiter.«

»Willst du ihnen etwa hinterherlaufen?« fragte Maylor ironisch. »Erstens sind die viel flinker als du, und zweitens locken sie dich in eine dunkle Ecke und ziehen dir eins über den Schädel. Dann gib mir lieber das Byranium, ehe du solche Aktionen unternimmst.«

Cedric dachte flüchtig daran, daß sie sich in dem Waffengeschäft auch einen Betäubungsschocker hätten kaufen sollen.

»Wozu haben wir Omo?« fragte er. »Die Arbeit kann er doch für uns übernehmen.« Er wandte sich der *Humsz*-Züchtung zu. »Hast du verstanden, was ich meine?«

Omo knurrte irgend etwas.

Der Zufall wollte es, daß im nächsten Augenblick eine Gruppe von jugendlichen Cybertechs, die in zwei bis drei Metern Höhe auf ihren Flugboards durch die Straße jagten, auf sie zukamen. Einer von ihnen steuerte aus reinem Übermut direkt auf Omo zu, um erst dicht vor ihm zur Seite auszuweichen.

»He, Platz daaaaaaah!«

Der Ruf wurde zum überraschten Aufschrei, als Omos Arm blitzartig hochschoß und den Surfer vom Board riß.

Während das plötzlich führerlos gewordene Flugboard in wilden Loopings weiterflog, hielt Omo Cedric den Surfer so, daß sich ihre Köpfe annähernd auf gleicher Höhe befanden.

»So«, sagte Cedric freundlich. »Vielleicht ist es jetzt ja möglich, sich mit einem von euch in Ruhe zu unterhalten.«

»He, du blöder Macker, ich weiß überhaupt nicht, was ihr von mir wollt!« protestierte der Surfer und begann so wild um sich zu treten, daß ihm die silberne Brille, die fast sein gesamtes Gesicht bedeckte, zu Boden polterte. Ein paar roter Zöpfe baumelten in der Luft.

»He, das ist ja ein Mädchen!« rief Cedric überrascht.

»Natürlich, oder was hast du denn gedacht?« schimpfte sie. »Hattest es wohl auf einen kleinen Jungen abgesehen, oder? Tut mir leid, daß ich dich enttäuschen muß.«

Cedric befahl Omo, sie auf dem Boden abzusetzen, aber nach wie vor festzuhalten. Das Mädchen schaffte es nicht, den Griff zu lösen, gleichgültig, wie sehr sie sich auch sträubte und wand.

Es handelte sich um ein vielleicht dreizehnjähriges Mädchen. Ihr schmaler, hagerer Körper, an dem noch kaum etwas von weiblichen Rundungen zu erkennen war, steckte in einem fleckigen Overall.

»He, was wollt ihr von mir?« rief sie und bedachte Cedric mit einem wütenden Blick, wie selbst Sheryl ihn nicht besser hätte hinbekommen können. »Glaubt ja nicht, daß mich meine Kumpels so einfach im Stich lassen würden. Die machen euch fertig, wenn ihr etwa vorhabt, mich zu entführen.«

Cedric sah zu den anderen Surfern aus ihrer Gruppe, die abgestoppt hatten und in respektvollem Abstand auf ihren Boards schwebten. Skeptisch verfolgten sie den Ablauf der Dinge; es war ihnen anzusehen, daß Omos Gestalt sie viel zu sehr verunsicherte, als daß sie es gewagt hätten, etwas zu unternehmen.

»So?« rief Cedric spöttisch. »Meinst du wirklich?«

Das Mädchen sah ein, daß sie von dieser Seite aus keine Hilfe zu erwarten hatte, wand sich abermals in Omos Griff und trat mehrmals gegen dessen Schienbein. Doch der Hüne reagierte darauf nicht einmal mit einem Wimpernzucken.

»Nun beruhige dich doch«, sagte Cedric sanft. »Wir wollen dir nichts Böses.«

»Nichts Böses? Ach, dann ist Freiheitsberaubung jetzt etwa was Gutes? Tut mir leid, da muß ich wohl irgend etwas verpaßt haben.«

»Alles, was wir wollen, ist eine Auskunft«, sagte Cedric. »Und wir wären auch bereit, dafür etwas zu zahlen.«

Er griff in eine Tasche und holte die Credit-Card hervor, mit der er schon das Taxi bezahlt hatte. Das Restguthaben bestand aus 467 Credits, wie die Leuchtschrift auf der Oberseite anzeigte. Er hielt dem Mädchen die Karte so vor die Nase, daß sie es lesen könnte. Es sprach für ihre Intelligenz, daß sie nicht sofort danach griff. Solange sie in Omos Griff hing, würde ihr die Karte sowieso nichts nutzen.

»Na?« Er lächelte. »Wie würde dir das gefallen?« Sie sah auf den angezeigten Betrag, und man mußte kein Psycho-Offizier sein, um zu bemerken, daß sie ins Grübeln gekommen war. Ein solcher Betrag war mehr Geld, als die meisten dieser Kids in einem ganzen Jahr zur Verfügung hatten. Entsprechend mißtrauisch reagierte das Mädchen.

»Und was soll ich dafür tun?« erkundigte sie sich. »Euch sagen, wo ihr euren Muskelprotz hier für illegale Wettkämpfe anmelden könnt? Oder irgendeinen Dealer um die Ecke bringen? Schuldet er euch Stoff?«

Cedric schüttelte fast ärgerlich den Kopf und zog den Arm wieder ein.

»Nein«, antwortete er. »Du sollst uns nur zu einem Datensurfer führen. Wir brauchen jemand, der unauffällig ein paar Erkundigungen für uns einzieht.«

»Einen bestimmten?«

»Irgendeinen. Hauptsache, er ist gut.«

»Ich kenne nur die besten«, antwortete sie fast beleidigt, und im nächsten Moment fügte sie argwöhnisch hinzu: »Und das ist alles? Dafür, daß ich euch zu einem Datensurfer führe, wollt ihr soviel Geld springen lassen? Das könnt ihr mir nicht erzählen. Nein, nicht mir.«

»Es ist nicht nur dafür da, daß du uns hinführst, sondern auch dafür, daß er uns die gewünschten Informationen besorgt. Danach gehört die Karte dir. Wie ihr anschließend untereinander klarkommt, ist eure Sache.«

Sie sah ihn schweigend an.

»Nun, überleg's dir«, sagte Cedric. Er hob mit einer gleichgültigen Bewegung die Schultern. »Es ist allein deine Entscheidung. Du mußt wissen, ob du das Geld haben willst. Omo? Laß sie los.«

Die *Humsz*-Züchtung gehorchte. Doch kaum hatte Omo das Mädchen freigegeben, sprang sie auch schon auf Cedric zu und rammte ihm die Schulter in den Leib, so kräftig, daß er mit rudernden Armen um sein Gleichgewicht kämpfen mußte.

Einen Moment später hatte sie ihm auch schon die Credit-Card aus der Hand gerissen und rannte in Richtung ihrer Kumpanen.

»Ob ich das Geld haben will?« rief sie ihnen spöttisch zu, ohne im Laufen innezuhalten, und präsentierte Cedric fröhlich lachend den ausgestreckten Mittelfinger — eine wahrhaft universelle Geste. »Und jetzt habe ich es ja auch. Vielen Dank, ihr Idioten!«

Ihre Freunde kamen ihr entgegengeflogen, und einer von ihnen schob ihr ihr Flugboard zu, das er eingefangen hatte.

»Gut gemacht, Bi-Bop!« rief er.

Sie sprang mit einem eleganten Satz darauf und jagte mit ihren Freunden davon.

»Dieses Miststück!« rief Maylor. Er zog seine Strahlwaffe und zielte am ausgestreckten Arm in ihre Richtung.

Cedric drückte den Arm nach unten.

»Spinnst du, Maylor? Willst du sie vielleicht abknallen?«

»Aber, dieses Biest hat...«

»Ich weiß, was sie getan hat!« rief Cedric erbost. »Aber das ist noch lange kein Grund, einem Mädchen in den Rücken zu schießen!«

Maylor senkte den Kopf.

»Okay«, sagte er einsichtig. »Du hast natürlich recht. Ich glaube, mir sind da eben die Sicherungen durchgebrannt.« Er steckte die Waffe weg. »Und außerdem hätte ich nie auf sie geschossen, sondern nur auf ihr Flugboard.«

»Klar«, sagte Cedric. »Und dabei in Kauf genommen, ihr die Füße wegzuschmelzen.«

»Trotzdem ist sie ein elendes Diebsstück«, beharrte Maylor. »Sieh dich doch mal um. Was sollen wir jetzt machen? Meinst du, wir finden hier noch jemanden, der uns eine Auskunft gibt?«

Nicht nur die Gruppe des Mädchens war mittlerweile in der nächsten Seitenstraße verschwunden, sondern auch fast alle anderen Kids hatten sich inzwischen verdrückt. Die Straße war so gut wie leergefegt, einzig ein paar Junkies torkelten in der Nähe umher. Doch sie waren zu high, als daß man aus ihnen irgendein vernünftiges Wort herausbekommen hätte.

Cedric überlegte tatsächlich, ob sie aufgeben sollten, aber er entschied sich dagegen. Wie hatte sein Ausbilder, der Daily Lama, ihm beizubringen versucht: *Wer heute den Kopf in den Sand steckt, knirscht morgen mit den Zähnen.* »Los!« sagte er. »Wir gehen noch ein Stück weiter. Vielleicht finden wir ja woanders jemanden, den wir fragen können.«

Sie gingen weiter die Straße entlang und bogen irgendwann in eine Querstraße ein. Nur langsam füllten sich die Straßen wieder. Bis hierher schien sich die Nachricht, daß da vier ›Macker‹ unterwegs waren, um die Kids zu belästigen, noch nicht gedrungen zu sein.

Cedric war fast gewillt, Omo einen neuen Fang machen zu lassen, als sie von irgendwo über ihnen eine leise Stimme erreichte.

»He, Idioten!«

Cedric hob den Kopf und erkannte das Mädchen, das sie eben bestohlen hatte. Diesmal war sie allein, ohne die anderen Kids aus ihrer Gruppe. Sie stand mit übergeschlagenen Beinen auf ihrem Flugboard, in Höhe des zweiten Stocks, und hatte ihre Schulter lässig gegen die Fassade gelehnt, aber trotzdem glaubte Cedric die Bereitschaft zu spüren, blitzartig in der nächsten Seitengasse zu verschwinden.

»Was willst du?« rief er. »Glaubst du, du könntest noch eine Credit-Card stehlen?«

»Seid ihr noch immer an dem Deal interessiert?«

»Jetzt, wo wir schon mal gezahlt haben«, meinte Cedric. »Natürlich.«

Sie lachte. »Du bist in Ordnung«, sagte sie und deutete auf Maylor. »Ganz im Gegensatz zu deinem Kollegen dort. Er hätte mir glatt in den Rücken geschossen, wenn du ihn nicht zurückgehalten hättest.«

»Hätte ich nicht«, protestierte Maylor wenig überzeugend.

»Okay, wenn du mir garantieren kannst, daß er mich nicht gleich wieder über den Haufen schießen will, dann bringe ich euch dorthin, wohin ihr wollt.«

»Kein Problem«, rief Cedric. »Der Kerl ist gar nicht so schlimm, wie er immer tut. Und solange ich bei ihm bin, macht er bestimmt keinen Blödsinn.« Befriedigt registrierte er Maylors säuerliches Gesicht. »Also komm ruhig runter.«

Das Mädchen zögerte noch ein paar Augenblicke, dann kam sie in einer eleganten Kurve herabgeschwebt, sprang leichtfüßig auf den Boden und klemmte ihr Flugboard mit einer schnellen Bewegung unter den Arm, die so routiniert war, daß sie nicht einmal mehr nötig hatte hinzusehen. Irgendwie beneidete Cedric sie um ihre Geschicklichkeit. Er selbst hätte sich keine fünf Sekunden auf einem solchen Gerät halten können.

»Okay«, meinte sie und übernahm wie selbstverständlich die Führung. »Kommt! Hier geht's lang.« Sie führte sie in eine Seitenstraße hinein.

»Dein Freund hat dich eben Bi-Bop genannt«, versuchte Cedric, mit ihr ins Gespräch zu kommen.

»Das war nicht mein Freund«, antwortete sie, ohne sich zu ihm umzudrehen.

»Nun . . . Bi-Bop, ist das dein Name?«

»Du hast es doch gehört.«

Sie machte es einem wirklich nicht leicht. »Wie kommt ein Mädchen zu so einem Namen?«

Sie blieb stehen, wandte sich abrupt um und hielt Cedric den Zeigefinger vor die Nase.

»Paß auf, Alter, wenn unser Deal hier laufen soll, gilt folgende Regel: Ich quatsch dich nicht voll, und du quatschst mich nicht voll! Kapiert?« Sie deutete auf ihre Brust. »Frage ich dir etwa ein Loch in den Bauch, wie du heißt, wo du herkommst und so weiter?«

Cedric schluckte. »Nein«, mußte er zugeben.

»Na, also!« stellte sie zufrieden fest. »Und? Was bedeutet das dann für dich?«

»Schon kapiert«, sagte er.

»Gut!« Sie wandte sich wieder um. »Dann laßt uns endlich weitergehen.«

Cedric Cyper konnte sich nicht helfen, irgendwie gefiel ihm die Kleine. Sie schien genau zu wissen, was sie wollte. Trotzdem ließ er in seiner Aufmerksamkeit nicht nach. Es konnte immer noch sein, daß sie sie in irgendeine Falle führte, um dann mit ihren Freunden über sie herzufallen. Cedric wußte, wie einfallsreich diese Kids sein konnten, und deshalb beließ er seine Hand vorsichtshalber in der Nähe seines neuen Strahlers.

Bi-Bop führte sie zu einem baufälligen Haus.

»Hier ist es.«

Im Treppenhaus, durch das sie hinaufstiegen, stapelte sich der Müll und Abfall, und nicht anders sah es in den Zimmern aus, in die sie gelangten. Überall lagen leere Getränkedosen, Flaschen und die Verpackungen von Fertiggerichten herum. In dem ganzen Abfall waren ein paar schlafende Gestalten auszumachen, die zumeist auf drogengeschwängerten Reisen durch ihr eigenes Ich waren.

Bi-Bop beachtete die Gestalten kaum, sondern führte sie zielstrebig weiter. Jedesmal, wenn sie durch eine Türöffnung in den Nebenraum gingen, mußte Omo den Kopf einziehen, um nicht gegen den Türrahmen zu stoßen.

Schließlich erreichten sie einen Raum, der verhältnismäßig sauber war. Cybernetische Systeme bedeckten sämtliche Fächer eines großen Regals. Und davor, auf einer Liege, lag ein vielleicht sechzehnjähriger Cybertech. Über seine obere Kopfhälfte war ein Helm gestülpt, der mit zahlreichen Drähten an die Apparaturen angeschlossen war.

Bi-Bop setzte sich auf den Rand der Liege und versetzte dem Jungen ein paar leichte Ohrfeigen.

»Dunkerbekk, komm zu dir«, rief sie leise. »Du hast Besuch.«

Der Junge reagierte nicht. Bi-Bop schien das nicht weiter zu beunruhigen. Sie drehte sich zu Cedric und seinen Begleitern um.

»Es wird etwas dauern, bis er wieder zu uns zurückfindet«, erklärte sie. »Setzt euch doch.«

Cedric sah sich um. Stühle gab es hier nirgends. Er hockte sich auf eine herumstehende Kiste, genau wie Maylor. Omo ließ sich im Schneidersitz auf dem Boden nieder, und damit war er immer noch ebenso groß wie der im Hintergrund stehende Kara-Sek. Und es war bestimmt kein Zufall, daß der Yoyodyne sich so postiert hatte, daß er die Tür jederzeit im Auge behalten konnte.

Bi-Bop stand von der Liege auf, und als sie an ihnen vorbeigehen wollte, hielt Maylor sie am Arm fest.

»Hiergeblieben!« sagte er. »Wir möchten nicht, daß du verschwindest, bevor wir hier fertig sind. Sonst kommst du vielleicht noch auf die Idee, mit ein paar Leuten hierher zurückzukehren und uns eine kleine Überraschung zu bereiten.«

Das Mädchen verzog empört den Mund.

»Cool, Mann, cool«, sagte sie. Sie deutete in eine Zimmerecke, in der ein kleiner Kühlbehälter stand. »Ich wollte uns nur was zu trinken holen. Wenn ihr schon soviel gelöhnt habt, sind die Getränke nämlich inbegriffen, wißt ihr?« Und als Maylor sie immer noch nicht losließ, meinte sie mit genervt verzogenem Gesicht in Cedrics Richtung: »He, großer Junge! Hast du mir nicht versprochen, diesen Clown hier unter Kontrolle zu halten?«

Großer Junge, so war Cedric noch nie genannt worden. Bevor er irgend etwas sagen konnte, hatte Maylor sie schon losgelassen. Bi-Bop rieb sich in einer unnachahmlich vorwurfsvollen Geste den Arm und sah Maylor unfreundlich an.

»Wo hast du solche Grobheiten gelernt?« fragte sie. »Bist du etwa auch einer dieser verbohrten Offiziere der sarday'kinschen Sternenflotte?« Diesmal war es an Cedric zu lachen. Bi-Bop hatte den Nagel auf den Kopf getroffen.

Sie ging zum Kühlbehälter und holte drei schlanke Getränkedosen hervor, eine davon für sich, die beiden anderen warf sie Cedric und Maylor zu.

»Ich glaube, für die beiden ist so ein Zeug nichts«, meinte sie mit einem Fingerzeig in Kara-Seks und Omos Richtung.

Cedric sah skeptisch auf die Dose herab. Sie war silberverspiegelt mit einem stilisierten roten Bullen darauf und trug ansonsten keine Aufschrift.

»Was ist das?« fragte er.

»Mokie-Coke«, erwiderte sie, während sie wieder auf der Liege Platz nahm, und als er nur fragend dreinsah, fügte sie hinzu: »Bringt dich ganz nach oben, Mann!« Und als er immer noch nicht zu verstehen schien: »Kennst du den Slogan nicht *Picks you up, Cools you down?*«

Lächelnd öffnete sie die Dose, und wie um ihm zu beweisen, daß sie ihn nicht vergiften wolle, trank sie die Hälfte davon in einem Zug. Sie sah Cedric mit glänzenden Augen an.

»Weißt du, daß du schon viel kleiner geworden bist?« fragte sie und lachte. »Und durchsichtiger?«

Cedric sah auf die Dose in seinen Händen hinab. Eine Zeitlang spielte er tatsächlich mit dem Gedanken, ebenfalls zu trinken. Was ein zwölfjähriges Mädchen anheiterte, konnte einen gestanden Ex-*Terminator* ja wohl kaum umwerfen. Doch er unterließ es. Für so etwas war immer noch Zeit, wenn sie das alles hier hinter sich hatten.

Und er war sich nur zu bewußt, was *das alles hier* beinhaltete!

Allmählich begann der Junge auf der Liege, sich zu regen. Es verging noch eine weitere Minute, ehe er den Helm vom Kopf streifte.

»Wow!« hauchte er. »Wenn ihr wüßtet, wo ich gerade gewesen bin! Die Kommunikationsnetze der Söldnergilden. Das totale Ding. Einfach riesig.«

Nur langsam klärte sich sein Blick.

»Hallo, Bi-Bop«, meinte er freundlich, als er neben sich das Mädchen erkannte, und im nächsten Moment, als er die anderen entdeckte, erschrak er. Besonders Omos Anblick schien ihn zu verschrecken. »Was für Leute sind das? Jäger?«

»Nein, das sind ...« begann das Mädchen und hob die Schultern. »Na ja, wer genau das ist, weiß ich auch nicht, aber ...«

»Und trotzdem hast du sie hierhergebracht?« fragte er entsetzt.

»Ganz ruhig, Dunkerbekk«, sagte Cedric, »wir sind nur gekommen, um ...«

»Moment mal!« Der junge Cybertech richtete den Oberkörper auf. Seine Blicke huschten umher, als suche er verzweifelt nach einer Fluchtmöglichkeit. »Woher kennt ihr meinen Namen?«

»Jetzt flipp nicht gleich aus!« zischte Bi-Bop. »Deinen Namen haben sie von mir gehört.«

»Ja, kein Grund zur Aufregung«, ergänzte Cedric. Dieser Bursche war wirklich hypernervös. Vielleicht eine Folge seiner Daten-Trips. »Wir sind nur gekommen, um ein Geschäft mit dir zu machen.«

Geschäft – das schien das Zauberwort zu sein. Er sah sie interessiert an, und seine Furcht war wie weggewischt.

»Ein Geschäft? Was für ein Geschäft?«

»Das erkläre ich dir später«, mischte sich Bi-Bop schnell ein. »Du sollst für die Leute hier auf einen kleinen Surf-Trip gehen.« Sie lächelte verheißungsvoll. »Und glaub mir, es lohnt sich.«

»Ein Surf-Trip? Na klar! Das ist schließlich meine Spezialität. Worum geht's? Sind das hier Geheimagenten?«

»So etwas Ähnliches«, antworteten Bi-Bop und Cedric fast gleichzeitig. Das Mädchen sah ihn an, und sie kicherte. Erneut spürte er Sympathie für sie. Was mochte ein aufgewecktes Mädchen wie sie in eine solch trostlose Gegend geführt haben?

»Okay«, sagte Dunkerbekk wichtigtuerisch. »Ich bin bereit. Worum geht's?«

Cedric zog einen kleinen Computerausdruck hervor. Auf ihm befanden sich die Daten des Containerschiffes, das an dem Überfall auf Hadrians Mond beteiligt gewesen war. Er gab ihn an den jungen Cybertech weiter.

»Ich möchte, daß du uns alles mitteilst, was du über dieses Schiff herausfinden kannst«, sagte er, »und besonders darüber, was sich in letzter Zeit getan hat. Die Registriernummer und den Namen des letzten Eigners findest du darauf.«

Dunkerbekk sah mit enttäuschter Miene auf den Zettel.

»Registriernummer!« stöhnte er. »O Mann, und ich dachte schon, es wäre eine spannende Sache.«

»Es ist auf jeden Fall eine *lohnende* Sache«, meinte Bi-Bop.

Dunkerbekk seufzte.

»Na gut, von mir aus«, sagte er großzügig. »Aber erst brauche ich noch etwas Treibstoff.«

Bi-Bop nahm Cedric die Mokie-Coke-Dose mit einem »Die brauchst du ja wohl doch nicht!« aus der Hand und reichte sie weiter.

Nachdem Dunkerbekk sie ausgetrunken hatte, ließ er sich wieder auf die Liege zurücksinken und stülpte den Helm über seinen Kopf. Soweit Cedric wußte, funktionierte diese Vorrichtung nach einem ähnlichen Prinzip wie die Transformerhauben der Navigatorinnen, mit dem Unterschied, daß der menschliche Geist sich hier nicht mit den Schaltungen des *Legraine-Warington-Generators* verband, sondern in die vielfältig verknüpften Datennetze schlüpfte.

»Okay«, sagte Dunkerbekk. »Ich bin bereit. Fangen wir an. Als erstes die Registriernummer. Mal sehen, was offiziell so in den Datenbanken darüber verzeichnet ist.«

Sein Atem wurde flach und regelmäßig, als würde er schlafen.

»Keine Angst«, sagte Bi-Bop. »Dunkerbekk ist der beste Datensurfer, den ich kenne.«

»Und das soll schließlich etwas heißen«, sagte Maylor.

Bi-Bop bedachte ihn mit einem säuerlichen Blick, der wohl besagen sollte, daß sie hier für die dummen Sprüche zuständig war. Dann genehmigte sie sich den Rest der Mokie-Coke-Dose.

»Erste Station«, flüsterte Dunkerbekk. »Gott! Das Registriersystem ist wirklich so einfallslos strukturiert wie ein schwarzes Loch! Die Nummer... mal sehen. Wo haben wir sie denn...? Ach ja, da ist sie. PFENNIGFUCHSER. Handelsschiff der Containerklasse. Inhaber: Sandals Systems. Eigner: Reginald Reagan.«

»Genau!« rief Cedric, ohne genau zu wissen, ob der junge Cybertech ihn überhaupt hören konnte. »Das ist sie. Was ist noch darüber verzeichnet?«

»Technische Daten«, begann Dunkerbekk, womit er bewies, daß er sie durchaus verstand. »Mindestbesatzung: Sechs Personen. Hyperraumsprungweite: Achtunddreißig Komma vier Lichtjahre. Fassungsvermögen...«

»Der ganze technische Kram interessiert uns weniger«, sagte Maylor. Er beugte sich etwas zu dem Jungen vor. »Uns geht es mehr um die Personen, die damit zu tun haben.«

»Und natürlich die letzten Einsatzdaten«, ergänzte Cedric. »Ist etwas über die Flüge vermerkt, die die PFENNIGFUCHSER in den letzten Wochen und Monaten gemacht hat?«

Es dauerte ein paar Sekunden, ehe die Antwort kam. »Gar keine«, lautete sie. »Schon seit anderthalb Jahren nicht mehr. So lange gibt es das Schiff nämlich nicht mehr. Es ist als zerstört registriert.«

Cedric und Maylor sahen sich stirnrunzelnd an.

»Aber, das ist...« flüsterte Cedric und hielt inne. Er hatte unmöglich sagen wollen. Aber nein, unmöglich war das ganz und gar nicht. Vielleicht war die Kennung des am Überfall beteiligten Containerschiffes gefälscht gewesen. Oder diese Eintragungen waren falsch...

»Ist irgend etwas über die Umstände vermerkt, die zu der Zerstörung geführt haben?« fragte Maylor.

»Mal sehen«, flüsterte Dunkerbekk, und nach einer Weile fuhr er fort: »Ja, da haben wir es ja schon. Der Text der Versicherungsexpertise. Danach ist es bei einem Hyperraumsprung zu einem Versagen des *Legraine-Warington-Reaktors* gekommen, mit anschließendem Kernbrand. Das Schiff ist explodiert, ehe die Mannschaft die Rettungsboote besteigen konnte. Das ging aus den Logbucheintragungen hervor. Die Kapsel mit dem Logbuch wurde von einem rund eine Woche später ankommenden Patrouillenschiff eingesammelt. Auch die Untersuchung der Restmoleküle der Explosionswolke ergab, daß es sich bei dem zerstörten Schiff um die PFENNIGFUCHSER gehandelt hat.«

Das mußte nicht einmal bedeuten, daß die Untersuchungsergebnisse oder der amtliche Bericht getürkt sein mußte. Solche Explosionswolken konnten auch gefälscht werden – sofern man über die entsprechenden Möglichkeiten verfügte. Und die Hintermänner des Überfalls auf Hadrians Mond schienen über sehr viele zu verfügen.

»Was ist mit dem Eigner, diesem Reginald Reagan?« fragte er.

»Er hat sich bei der Explosion ebenfalls an Bord befunden«, antwortete Dunkerbekk.

»Na schön«, sagte Cedric. »Dann sieh doch mal nach, was über diese Firma Sandal Systems verzeichnet ist, der das Schiff gehört hat. Wer sind die Besitzer, was machen sie heute, und gibt es irgendwelche Auffälligkeiten?«

Wieder dauerte es eine Weile, ehe Dunkerbekk antwortete. Leider konnte er ihnen auch diesmal nichts Besonderes vermelden. Der Geschäftsbetrieb von Sandal Systems war nur wenige Monate nach dem Unglück der FIMBULWINTER eingestellt worden. Der einzige Eigentümer, ein Freihändler namens O'Brian, war aus dem Geschäft ausgestiegen und hatte sich mit der ausbezahlten Versicherungssumme offenbar einen angenehmen Lebensabend gönnen wollen. Doch nur zwei Wochen später, als er schon auf dem Weg zum Raumhafen gewesen war, hatte der Antrieb des Flugtaxis, in dem er gesessen hatte, versagt, und er war beim Absturz ums Leben gekommen. So jedenfalls war es in den Dateien vermerkt.

Cedric ballte die Hände zu Fäusten. Er hatte soviel Hoffnung darauf gesetzt, mit Hilfe eines Datensurfers zu den Hintermännern durchdringen zu können. Die Daten der PFENNIGFUCHSER waren die einzige Spur, die sie überhaupt besaßen. Wenn sie im Nichts versandeten, konnten sie ihr Vorhaben gleich aufgeben.

»Ist das alles, was du finden kannst?«

»Ja«, antwortete Dunkerbekk. »Aber ich kann ja noch mal alle Stränge durchgehen, ob irgendwo ein paar interessante Schnittpunkte zu finden sind. Zuerst einmal habe ich nur die Hauptlinien verfolgt.«

»Ja, tu das!« sagte Cedric und dachte dabei: Wovon immer der Cybertech redete.

Bi-Bop tat mit einem Gähnen kund, was sie von der ganzen Sache hielt, und öffnete eine zweite Dose Mokie-Coke.

»Muß das sein?« fragte Cedric besorgt.

»Hör mal, großer Junge, hab' ich dir vorhin nicht was gesagt?«

»Schon klar«, gab er sich geschlagen. »Du quatschst mich nicht voll, und ich...« Er sparte sich den Rest.

Irgendwann meldete Dunkerbekk sich wieder.

»He, ich glaube, ich habe da was!« rief er.

Cedric sprang aufgeregt vor. »Ja?« rief er.

»Haltet euch fest. Es scheint, als wäre die PFENNIGFUCHSER kurz vor ihrem letzten Flug verkauft worden. Es gibt Eintragungen über Kontenbewegungen, aus denen hervorgeht, daß entsprechende Gelder eingegangen sind. Der Firmeneigentümer hat also doppelt abgezockt.«

»Wer ist der Käufer?« drängte Cedric. »Was kannst du uns über ihn sagen?«

»Bin gerade dorthin unterwegs.« Dunkerbekk grinste und rief jauchzend: »Huii!«

Cedric Cyper versuchte, sich vorzustellen, welche Erlebnisse Dunkerbekk auf seiner Tour durch die Datensysteme hatte. Schweigend wartete er, um den Jungen nicht zu stören.

»Da bin ich!« rief Dunkerbekk. »Wartet, ich schau mich erst mal etwas um. Aha, das hier ist eine kleine Investmentfirma. War schon an mehreren solchen Raumschiffkäufen beteiligt. Tatsächlich, sie haben die Gelder an Sandal Systems überwiesen.«

»Wo sitzt diese Firma?« fragte Cedric.

»Hier auf *Sankt Petersburg Zwei*. Habt ihr was zum Schreiben? Ich gebe euch die Daten.« Maylor zog Block und Bleistift hervor und notierte die Adresse, die Dunkerbekk nannte. »Auch hier, nur ein Inhaber. Ein Sarday'kin namens Longius.« Er nannte auch dessen Adresse, und Maylor schrieb erneut mit.

»Sehr gut«, lobte Cedric. »Kannst du...«

»He, Moment!« rief der Junge. »Da ist noch etwas. Diese Gelder sind nur ein durchlaufender Posten. Die Investmentfirma ist nur als Strohmann für jemand anderen aufgetreten. Ja, aber kein Zweifel! Natürlich haben sie versucht, den Weg zu verschleiern. Wartet... Wartet... Ah, ja, wie ich's mir gedacht habe. Da müssen Profis am Werk gewesen sein. Ein dreifacher Gödelscher Knoten. Klug. Wirklich sehr klug. Aber nicht klug genug für mich. Ich bin schon mit ganz anderen Sachen fertiggeworden.«

Seiner Stimme war anzumerken, daß er mit einem Male weitaus engagierter bei der Sache war als am Anfang seiner Datenreise. Die Aufgabe schien sein Interesse und seinen Ehrgeiz geweckt zu haben.

Es dauerte eine gute Minute, ehe er sich wieder meldete.

»Ich hab's geschafft. Ich bin jetzt da, woher die Gelder gekommen sind. Wow, das ist ein System. Irre!«

»*Wo* bist du?«

»Hm, mal sehen. Recht unübersichtlich und kompliziert hier. Moment, jetzt bin ich in einem der Hauptstränge. Das ist die *K&K-Bank*!«

Abermals tauschten Cedric und Maylor einen bedeutungsvollen Blick. Jeder von ihnen hatte diesen Namen schon gehört. Es war eine der größten Freihandelsbanken, die es gab, und soweit Cedric sich erinnerte, war sie besonders im Edelstein- und Schmuckgeschäft tätig.

»Das bedeutet, daß der Käufer der PFENNIGFUCHSER seine Geschäfte über diese Bank abgewickelt hat«, folgerte Maylor. »Kannst du an sein Konto rankommen und seinen Namen feststellen?«

Dunkerbekk stöhnte. Es schien, als hätte er irgendwelche Schwierigkeiten. Sein Atem beschleunigte sich.

»Nein«, gab er gepreßt von sich. »Kein... kein Kundenkonto. Ein bankinterner Vorgang. Ich... will mal sehen, ob ich...« Er zuckte zusammen. »Oh, verdammt!«

Unruhig begann er, sich zu bewegen. Es war, als kämpfte er gegen einen unsichtbaren Gegner.

»Dunkerbekk!« rief Bi-Bop besorgt. »Was ist mit dir? Was hast du?«

Er antwortete nicht und reagierte auch nicht, als sie ihn leicht an der Schulter rüttelte. Sie warf einen hilfesuchenden Blick in Cedrics Richtung. Er hob die Schultern. Er wußte auch nicht, was zu tun war.

»Vielleicht sollten wir ihm den Helm abnehmen«, schlug Maylor vor.

»Spinnst du?« fuhr Bi-Bop ihn so heftig an, daß er zusammenzuckte. »Genausogut könntest du ihm das Gehirn herausnehmen! Er muß schon von alleine zurückfinden. Sonst ist er verloren.«

»Schon... schon gut«, meldete sich Dunkerbekk wieder. »Kei... keine Sorge. Es geht schon wieder.«

»Was war denn?« fragte Bi-Bop.

»Ein internes Sicherungssystem. Ich wäre beinahe ein paar Programmlöschern in die Finger gefallen. Ich habe mich einstweilen in eine ruhige Ecke zurückgezogen. Aber das heißt noch lange nicht, daß ich schon aufgebe. Ich weiß auch schon, wie ich das Sicherungsprogramm austrickse.«

»Komm zurück, wenn es zu gefährlich wird«, bat Bi-Bop.

»Ach was! Das Programm, das mich aufhalten kann, ist noch nicht erfunden. Ich hatte an dieser Stelle nur nicht mit solch einem komplizierten Doppelsystem gerechnet, das ist alles.«

»Hast du noch was herausgefunden?« fragte Cedric.

»Es ist, wie ich sagte. Die Zahlungen sind von einem bankinternen Konto überwiesen worden. Allerdings einem verdeckten Konto. Wer darauf Zugriffsberechtigung hat, kann ich allerdings nur hinter dieser verdammten Sperre herausfinden.« Er atmete tief durch, wie ein Kunstspringer, der sich darauf vorbereitet, sich vom Zehnmeterturm zu stürzen. »Also los, auf geht's!«

»Paß auf dich auf«, gab ihm Bi-Bop mit auf den Weg.

»Ah! Geschafft«, ließ sich Dunkerbekk kurz darauf vernehmen. Sein Mund formte sich zu einem abwesend wirkenden Grinsen. »Ich bin durch. Jetzt wird mir alles klar.«

»*Was* wird dir klar?« Maylor beugte sich noch ein wenig weiter vor.

»Paßt auf!« rief Dunkerbekk. »Das Geheimkonto ist ausschließlich einem zugänglich. Dem Direktor der Bank. Er hat die Zahlung veranlaßt. Sein Name ist... Oh, heilige Scheiße!«

»Was ist?«

»Da sind sie wieder!« stieß er hervor, und der Teil seines Gesichts, der zu sehen war, erblaßte. Sein Atem beschleunigte sich wie in höchster Not. »Die Programmlöscher! Ich... ich habe mich geirrt, das war kein... kein Doppelsystem. Eine Viererschlaufe! Und... und...«

Er brüllte schmerzgepeinigt auf, ein mörderischer Ruck ging

durch seinen Körper, der sich wie ein Bogen krümmte, und seine umherschlagenden Arme fegten Bi-Bop von der Kante der Liege.

Mit einem Schmerzenslaut landete sie auf dem Boden, und die Getränkedose aus ihrer Hand flog in hohem Bogen durch den Raum.

Cedric war längst aufgesprungen, um zu Dunkerbekk zu eilen, ohne daß er wußte, wie er ihm hätte helfen können. Er hatte gerade noch Zeit, den ätzenden Gestank von schmorenden Kabeln und Leitungswegen in seiner Nase zu spüren, da fauchten aus den cybernetischen Geräten auf dem Regal auch schon Flammen. Eines der Gehäuse detonierte mit lautem Knall, und im selben Augenblick riß Dunkerbekks Schrei ab.

Cedric riß den Arm nach oben, um seine Augen vor den umherspritzenden Splittern zu schützen. Er spürte einen kleinen Stich am Unterarm, das war alles. Er war noch einmal davongekommen.

Die Flammen hatten das Regal erfaßt und fraßen sich schnell voran. Dunkler Rauch breitete sich aus.

»Ein Feuerlöscher!« rief Maylor. »Wir brauchen einen Feuerlöscher.«

»Träum weiter!« wies ihn Bi-Bop zurecht, die sich aufrappelte. »Als ob es hier so etwas gäbe! Glaubst du, hier kümmert sich jemand um die Einhaltung von Brandschutzvorschr...« Sie verstummte, als ihr Blick auf den Cybertech fiel. Er lag ganz ruhig auf der Liege, der Helm und die darumliegenden Hautpartien waren verkohlt.

Cedric mußte seine Hand erst gar nicht an Dunkerbekks Halsschlagader legen, um zu wissen, daß der Datensurfer tot war.

»Ist er...?« fragte Bi-Bop mit erstickter Stimme.

»Ja«, antwortete Cedric leise. Er gab sich einen Ruck und stand auf. »Wir müssen raus hier. Und wir müssen die anderen Bewohner warnen.« Er ging zu Bi-Bop und wollte seinen Arm tröstend um ihre Schultern legen, doch sie stieß ihn mit ärgerlicher Geste fort.

»Ich brauche dein Mitleid nicht«, zischte sie. »Kapiert?«

Damit lief sie in den Nebenraum und begann, die dort anwesenden Leute aufzuscheuchen. Längst nicht alle reagierten in angemessener Weise darauf. Einige hoben nur schläfrig den Kopf, um sich sofort auf die andere Seite zu drehen, andere taten überhaupt nichts.

»Omo!« Cedric wies auf die entsprechenden Gestalten. »Mach

ihnen klar, daß sie hier raus sollen. Und wen du nicht wachkriegst, den schnappst du dir und bringst ihn ins Freie.«

Die *Humsz*-Züchtung tat, wie ihr befohlen wurde, und auch Maylor, Kara-Sek und Cedric beteiligten sich daran, die Leute aus dem Gebäude zu scheuchen.

»Los, raus hier!« brüllte Cedric, als er an einer Gruppe Leute vorbeikam, von denen niemand zu wissen schien, was der Aufruhr zu bedeuten hatte.

Die Flammen fanden genügend Nahrung und eroberten Raum um Raum. Dunkler Rauch zog durch das Gebäude. Im Treppenhaus herrschte bald ein einzige Gewühl von flüchtenden Leuten. Jeder schien nur an sein eigenes Wohl zu denken. Soviel zu der vielgerühmten Solidarität junger Leute, dachte Cedric grimmig.

Er sah sich nach Bi-Bop um; vergebens. Das rothaarige Mädchen war irgendwo im Durcheinander verschwunden. Dafür fand er einen höchstens dreizehnjährigen Jungen, der ins Stolpern gekommen, unglücklich gefallen und zu benommen war, um alleine weiterzukommen. Cedric warf ihn sich kurzerhand über die Schulter und hastete weiter die Treppe hinunter. Auch Maylor hatte jemanden gefunden, der aus eigener Kraft nicht weiterkam.

Als sie endlich auf die Straße vor dem Haus traten und ihre Last auf dem Bürgersteig ablegten, hatte sich das Feuer schon über die gesamte Etage ausgebreitet. Cedric konnte nur hoffen, daß sich niemand mehr dort oben befand. Für ihn würde jede Hilfe zu spät kommen. Vielleicht hätte man die Eingeschlossenen noch mit einem Rettungsgleiter rausholen können, doch ein solcher Gleiter war weit und breit nirgends zu sehen, und wahrscheinlich würde sich auch in den nächsten Minuten keiner blicken lassen. Wer in diesem Viertel hätte einen solchen Einsatz bezahlen sollen?

Er! dachte Cedric, doch im nächsten Moment sah er auch schon die Sinnlosigkeit dieses Gedankens ein. Ehe er einen Kommunikator gefunden hätte und die Rettungsmannschaften hier ankommen würden, wäre das Haus längst bis auf die Grundmauern abgebrannt.

»Komm«, sagte Maylor, der neben ihn getreten war. »Hier können wir nichts mehr tun. Wir haben erfahren, was wir erfahren konnten. Jetzt sollten wir zurück zu den anderen.«

»Ja, du hast recht.« Cedric nickte. Er sah sich nach Bi-Bop um, die sie während der Flucht aus den Augen verloren hatten, ohne sie entdecken zu können. Er hatte allerdings nicht den Eindruck, als müsse er sich Sorgen um sie machen. Das Mädchen war klug und geschickt genug, um sich rechtzeitig in Sicherheit gebracht zu haben.

Zusammen mit Maylor und den beiden Yoyodyne machte er sich auf den Weg zum nächsten größeren Platz, von wo aus man Flugtaxis rufen konnte. Über diesem Viertel befanden sich kaum Taxis in der Luft.

Sie hatten den Ort fast erreicht, als aus der Luft ein rotgeschopfter Schatten auf sie niederstieß und vor ihnen vom Flugboard sprang.

»Bi-Bop!« rief Cedric freudig.

»Na?« meinte sie. »Wolltet ihr etwa verschwinden, ohne euch von mir zu verabschieden?«

Er ließ sich von dem lockeren Ton nicht täuschen. Dunkerbekks Tod war ihr nahegegangen, selbst wenn sie es nicht eingestehen wollte.

»Was mit Dunkerbekk passiert ist, tut mir leid«, sagte Cedric.

»Er hat gewußt, worauf er sich einläßt. Die meisten der Datensurfer landen früher oder später in einem der Sicherungssysteme. Außerdem war es ihm bestimmt lieber, so zu sterben, als irgendwo hier draußen umzukommen.« Es war seltsam, ein dreizehnjähriges Mädchen in einem solchen Tonfall übers Sterben sprechen hören. »Er hat mir mal erzählt, daß es immer sein Traum war, auf diese Weise zu enden. Er sagte, daß sich dann sein Geist aufs Datennetz verteilen würde, und in jedem Rechenprozeß ein Stück von ihm enthalten wäre. Wie auch die anderen Surfer, die es vor ihm erwischt hat.« Sie lächelte etwas gekünstelt. »Er sagte, wenn von irgendeinem Bildschirm mal überraschend ein Mund erscheine und mich anlache, dann wüßte ich, daß er das wäre.«

Cedric wußte nicht recht, was er darauf erwidern sollte. Also sagte er besser gar nichts.

»Wißt ihr was?« redete Bi-Bop weiter. »Für euer Alter seid ihr korrekt drauf. He, ihr habt nicht zufällig Verwendung für ein aufgewecktes, kleines Mädchen, das sich hier unheimlich gut auskennt?«

Cedric schüttelte den Kopf. »Nein«, beschied er. »Wir wissen selbst noch nicht einmal genau, was wir vorhaben. Aber wir wissen, daß es gefährlich wird. Zu gefährlich für . . .«

».. . für ein aufgewecktes, kleines Mädchen wie mich«, vollendete sie. »Verstehe schon.« Sie stieg mit einem Bein auf ihr Flugboard. »Na ja, war schön, euch getroffen zu haben.«

»Was wirst du jetzt tun?« fragte Cedric.

»Was sollte ich schon tun?« fragte sie ironisch zurück. »Dasselbe, was ich die letzten Jahre auch gemacht habe. Zusehen, daß ich einigermaßen gut über die Runden komme. Dank eurer Credit-Card dürfte mir das die nächsten Wochen etwas einfacher fallen.«

»Und dann?« fragte Cedric weiter. »Was wirst du danach anfangen? Ich meine, mit deiner Zukunft?«

Sie schaute ihn ein, zwei Sekunden lang verblüfft an, dann lachte sie, als hätte sie einen guten Witz gehört.

»Meine Zukunft?« Sie schüttelte den Kopf, immer noch lachend. »O Mann, bin ich etwa eine Prinzessin, daß ich das selbst bestimmen könnte? Glaube mir, wenn ich's mir aussuchen könnte, wäre ich bestimmt nicht in so einer runtergekommenen Gegend.«

Cedric hatte spontan in die Tasche seiner Jacke gegriffen, holte einen der kleinen, nicht einmal fingernagelgroßen Splitterstücke, die er vom Schneiden des Byranium-Brockens noch übrig hatte, hervor und warf ihn ihr zu.

»Hier!« rief er dabei. »*Jetzt* kannst du dir's aussuchen.«

Sie fing den Splitter elegant auf, betrachtete ihn auf der geöffneten Handfläche, und als sie begriff, was sie da hatte, weiteten sich ihre Augen. Mit offenem Mund starrte sie darauf.

»Aber. . . aber das ist ja. . .« stotterte sie. »Das ist reines Byra. . .«

»Pssst!« machte Cedric und legte lächelnd den Finger vor den Mund. »Du hast recht. Aber das muß ja nicht gleich jeder hier wissen, oder?«

Sie zuckte zusammen, riß sich von dem Anblick los und ließ den Brocken in einer Tasche ihres Overalls verschwinden.

»Und du willst mir so ein Vermögen einfach schenken?« fragte sie ungläubig.

»Ja«, sagte er schlicht. »Was du da hast, ist deine Zukunft. Mach was daraus.«

»Worauf du einen. . .« rief sie und unterbrach sich schnell. »Äh, ich meine, da kannst du sicher sein.« Sie stieg auf ihr Flugboard, überlegte es sich aber noch einmal anders, kam zu Cedric und drückte ihm einen flüchtigen Kuß auf die Wange, wobei sie sich auf die Zehenspitzen stellen mußte. »Danke, großer Junge.« Sie zögerte. »Und ihr braucht wirklich kein . . .«

»Nein«, sagte Maylor fest.

Sie zuckte mit den Schultern.

»Tja, man kann eben nicht alles haben.« Sie sprang auf das Flugboard, hob vom Boden ab und entfernte sich mit einer übermütigen Kurve. »Ach ja, noch eines«, rief sie ihnen von dort oben zu. »Wenn ihr mal wieder in dieses Viertel kommt − sucht mich nicht! Ab heute wird man mich hier nicht mehr finden!«

Damit entfernte sie sich endgültig. Cedric sah ihr hinterher, bis sie aus ihren Blicken entschwunden war.

»Nun ja«, bemerkte Maylor mürrisch. »Jeden Tag eine gute Tat. Hauptsache, du fühlst dich gut dabei.«

»Und wie!« sagte Cedric. »Ich finde, sie hat diese Chance verdient.«

»Geschmackssache! Wahrscheinlich nutzt sie sie, um damit einen Drogenring aufzubauen. Oder einen Großhandel für die Mokie-Coke.« Er räusperte sich. »Auf jeden Fall aber hat es Sheryl verdient, daß wir endlich zum Hotel zurückkehren!«

Synfile 6

Niederlagen

Wenn es etwas gab, das Sheryl haßte, dann war es, sich an gute Ratschläge anderer Leute zu halten — insbesondere wenn sie von Cedric Cyper kamen.

In diesem Fall jedoch hielt sie es für angebracht, auf Cedrics dringende Ermahnung zu hören, die Suite bis zu seiner Rückkehr unter keinen Umständen zu verlassen. Ohne Geld und Waffen wäre sie draußen auf den Straßen ohnehin nicht sehr weit gekommen, und auch der Gedanke, hinunter in die Empfangshalle oder in das zum Hotel gehörende yoyodynische Restaurant zu gehen, vermochte auf Sheryl keinen sonderlichen Reiz auszuüben. Noch zu deutlich erinnerte sie sich an den streitsüchtigen Yoyo, dem sie gestern über den Weg gelaufen waren und den nur die *Humsz*-Züchtung zur Räson gebracht hatte. Doch Omo war mit den anderen unterwegs und stand ihnen jetzt nicht zur Verfügung. Sie hatten sich das Essen über den Kommunikator nach oben bringen lassen. Wieder yoyodynische Hausmannskost. Auch wenn es sich bei den einzelnen Gerichten um wahre Spezialitäten dieser Sternenfraktion handeln mochte, es kostete Sheryl eine gehörige Portion Überwindung, zumindest ein paar Bissen zu sich zu nehmen. Da erschien ihr selbst die Syntho-Nahrung, die sie in den Rettungskapseln gefunden hatte, weitaus wohlschmeckender. Was hätte sie jetzt für eine ordentliche Portion Echt-Fleisch gegeben! Sie tröstete sich mit dem Gedanken, daß man schließlich nicht alles haben konnte.

Der einzige, der die Suite vor Stunden verlassen hatte, war Nabtaal gewesen. Da man mit den Kommunikatoren in den Zimmern nicht aus dem Hotel herauskam, hatte er von der Empfangshalle aus versucht, Kontakt mit Angehörigen seiner Fraktion aufzunehmen. Sheryl war es nur recht gewesen. Je eher Nabtaal einen neuen Unterschlupf fand, desto kürzer mußten sie seine Anwesenheit ertragen.

»Hast du eigentlich erreicht, wen du sprechen wolltest?« fragte sie.

»Leider nein«, antwortete er. »Von den Leuten, die ich zu finden gehofft hatte, habe ich leider keinen ausfindig machen können.« Er machte eine fuchtelnde Geste. »Das heißt natürlich nicht, daß sie nicht trotzdem hier sind. Vielleicht sind sie irgendwo im Untergrund tätig. Auf jeden Fall wird es mich noch einige Arbeit kosten, sie zu finden.«

»Ich hoffe, du hast niemandem unsere Adresse hinterlassen«, meinte Sheryl. Dem Freischärler war jede Dummheit zuzutrauen.

Nabtaal verzichtete auf eine Antwort und bedachte sie mit einem halb gekränkten, halb vorwurfsvollen Blick.

Sheryl wandte sich von ihm ab, ging an Duncan vorbei, der immer noch damit beschäftigt war, die Reste der Mahlzeit in sich hineinzustopfen, und trat ans Fenster. Wiederum blickte sie nach unten, wo ein kleiner Ausschnitt der Straße vor dem Hotel zu sehen war.

Von Cedric und den anderen noch immer keine Spur. Sheryl wußte nicht recht, ob sie sich Sorgen machen sollte oder ob sie sich allmählich mit dem Gedanken anfreunden mußte, daß sie sich mit dem Byranium davongemacht hatten. Doch eine derartige Hinterhältigkeit traute sie Cedric nicht zu. Dazu war er zu impulsiv, zu geradeaus und . . . zu ehrlich. Der Gedanke, daß sie sich in diesen Eigenschaften auf verblüffende Weise ähnelten, gefiel ihr nicht besonders.

Sheryl wollte sich wieder vom Fenster abwenden, als ihr der nachtschwarze Gleiter auffiel, der fast direkt unter dem Fenster geparkt war. Beim letzten Mal hatte er noch nicht dagestanden. Irritiert zog sie die chromfarbenen Augenbrauen zusammen. Irgend etwas an der Maschine kam ihr in höchstem Maße verdächtig und beunruhigend vor. Es war, als ob die Lösung des Problems ganz nah vor ihr läge, zum Greifen nahe.

Und dann, im nächsten Moment, wußte sie, was es war, und ihre Augen weiteten sich in eisigem Erschrecken. Die Gleiter, die auf dem Parkdeck des ESCAPADE das Flugtaxi zerschmolzen hatten, hatten haargenau so ausgesehen wie die Maschine dort unten!

»Verflucht!« stieß sie wenig damenhaft hervor. »Wir müssen raus hier!«

»Raus hier?« wiederholte Nabtaal träge und sah sie verwundert an. »Aber wieso denn? Cedric hat doch gesagt, wir sollten hier warten, bis . . .«

»Mein Gott, verstehst du denn nicht? Wer immer uns gestern an den Kragen gewollt hat, hat uns gefunden. Und das heißt, daß wir verschwinden müssen. Los, schnell!« Sie wies auf den Cybertech. »Und nimm Duncan mit!«

Wie sehr wünschte sie sich, jetzt wenigstens einen kleinen Handstrahler bei sich zu haben. Aber Cedric hatte ihn ja unbedingt mitnehmen müssen. Hier im Hotel würde ihnen schon nichts geschehen, hörte sie seine Worte noch so deutlich am Ohr, als hätte er sie erst vor Sekunden gesprochen.

Sheryl eilte zur Tür, ohne sich darum zu kümmern, ob Nabtaal ihr folgte oder nicht. Sie wollte hinauslaufen, kaum daß die Tür zur Seite geglitten war, und prallte erschrocken zurück.

Direkt vor ihr stand eine Gestalt in einem schwarzen Kampfanzug, in den Armen ein schweres Lasergewehr.

Einen Moment stand Sheryl wie erstarrt da, dann traf sie der Gewehrkolben am Schulterblatt, und sie stürzte zu Boden. Mit katzenhafter Geschmeidigkeit kam sie sofort wieder auf die Beine — und mußte einsehen, daß jede Gegenwehr sinnlos war.

Der Mann mit dem Lasergewehr stand bereits im Zimmer, und hinter ihm kamen zwei weitere Männer mit gleicher Ausrüstung und Bewaffnung herein. Sheryl fragte sich, ob sie schon lange darauf gewartet hatten, daß die Tür geöffnet wurde. Nabtaal war ebenso überrascht wie die Sarday'kin. Er machte einen unentschlossenen Schritt nach vorne, auf die Männer zu, doch eine bestimmte Bewegung mit dem Gewehrlauf machte ihm klar, daß er besser erst gar nicht versuchen sollte, den Helden zu spielen. Nabtaal preßte die Lippen zusammen und verharrte.

»Los, rüber dort an die Wand!« rief einer der Männer.

Ihnen blieb nichts anderes übrig, als sich der Anweisung zu beugen. Nabtaal zog Duncan mit sich, der die Männer interessiert ansah und zu überlegen schien, was das Ganze zu bedeuten hatte.

Die Männer waren ein gut eingespieltes Team, wie Sheryl neidlos anerkennen mußte. Während einer sie in Schach hielt, suchten die anderen beiden systematisch alle Zimmer der Suite ab, wobei jeweils einer dem anderen Deckung gab.

»Alles klar«, meldeten sie, als sie zurückkamen. »Niemand mehr da.«

»Das hätte ich euch gleich sagen können«, meinte Sheryl und rieb sich das schmerzende Schulterblatt. »Aber ihr wart ja zu sehr in Eile, um zu fragen.«

»Wo sind die anderen?« fragte der Mann, der sie in Schach gehalten hatte, ohne auf ihre Bemerkung einzugehen.

»Nun«, begann Nabtaal mit einem seiner Lieblingswörter, »die sind heute morgen . . .«

Sheryl brachte ihn mit einem Stoß in die Rippen zum Verstummen. Sie sah den Mann unschuldig an.

»Welche anderen?« fragte sie, doch sie wußte, daß es längst zu spät war, die Eindringlinge bluffen zu können.

Der Mann hatte für ihre aufgesetzte Arglosigkeit nur ein mitleidiges Lächeln übrig.

»Ihr werdet schon reden«, versprach er ihnen. Er zog ein kleines Funkgerät aus der Tasche. »Hier oben ist alles klar«, sprach er hinein. »Keine Komplikationen. Wir haben sie, Sir. Drei Personen. Eine Sardaykin, ein Freischärler . . .« Es klang abfällig. ». . . und ein brabbelnder Idiot. Wahrscheinlich ein Cybertech.«

»Sonst niemand?« kam es aus dem Lautsprecher zurück.

»Nein, Sir.«

»Gut. Warten Sie auf mich. Ich bin gleich oben bei Ihnen.«

Der Mann bestätigte und steckte das Funkgerät wieder ein.

»Warum seid ihr Jungs eigentlich so scharf darauf«, fragte Sheryl, »uns in die Finger zu bekommen?«

»Befehle«, lautete die knappe Antwort.

»Was du nicht sagst«, meinte Sheryl, als hätte sie damit niemals gerechnet. »Und wer gibt sie?«

»Ihr werdet ihn gleich kennenlernen.«

Sheryl nickte in stummem Einverständnis. Sie war Realistin genug, um ihre Situation richtig einzuschätzen. Immerhin, sprach sie sich Mut zu, hatte man sie nicht einfach über den Haufen geschossen. Demnach legte man Wert darauf, daß sie am Leben blieben.

Duncan hatte sich mittlerweile einem der Männer genähert und betrachtete dessen Uniform, als gäbe es dort etwas furchtbar Interessantes zu entdecken. Der Mann trat einen Schritt zurück und fuchtelte mit seiner Waffe vor Duncans Gesicht herum, als wolle er ein lästiges Insekt verscheuchen.

Doch Duncan reagierte nicht darauf. Er schien es gar nicht als Drohung aufzufassen, sondern als Einladung zum Spielen. Er griff nach dem Lasergewehr, der Mann aber zog es schnell zurück. Duncan gab einen enttäuschten Laut von sich und griff statt dessen nach der Uniformjacke, als wolle er die Qualität des Stoffes prüfen.

Sheryl und Nabtaal warfen sich einen kurzen, verstohlenen Blick zu. Jeder von ihnen erinnerte sich noch daran, wie Duncan in den Byranium-Minen von Hadrians Mond mit bloßen Händen die Knöchel eines Aufsehers förmlich zerquetscht hatte. Wenn er hier so etwas zustande brachte...

»Verschwinde endlich!« rief der Mann und riß sich los. Ihm war anzusehen, daß er Skrupel hatte, einfach abzudrücken. Statt dessen schickte er einen hilfesuchenden Blick in Richtung des Wortführers unter ihnen, als wolle er die Erlaubnis einholen, dem lästigen Cybertech den Gewehrkolben über den Schädel zu ziehen.

»Los!« rief der Führer der Gruppe ungehalten in Richtung von Sheryl und Nabtaal. »Haltet endlich diesen Idioten zurück, und sorgt dafür, daß er damit aufhört. Sonst...«

Ein feines, lediglich eine Zehntelsekunde währendes Fiepen ließ ihn mitten im Wort verstummen. Sein Kopf ruckte herum, und sein Gesicht verlor von einem Lidschlag zum anderen beinahe sämtliche Farbe.

Duncan hatte an eine der Granaten gegriffen, die der Mann am Gürtel trug, und den Zünder aktiviert. Ein kleines, in hektischem Rot blinkendes Lämpchen zeigte an, daß die Detonationssequenz eingeleitet war.

Einen Augenblick lang waren alle Blicke entsetzt auf den Mann gerichtet, der verzweifelt versuchte, die Granate zu greifen, um sich von dem todbringenden Gegenstand zu befreien, doch irgendwie hatte Duncan seine Hände dazwischen. Für ihn war das augenscheinlich nur ein Spiel...

Seltsamerweise war es Nabtaal, der als erster zu einer Reaktion fähig war. Er packte Sheryl an den Schultern und zog sie mit sich. Mit zwei, drei Schritten waren sie am Fenster und stürzten sich durch die Scheibe.

Sie landeten fünf, sechs Meter tiefer auf dem Straßenpflaster, und wenn sich keiner von ihnen dabei das Genick brach, dann war das nichts anderes als pures Glück. Pures, unverschämtes Glück. Trotzdem trieb der Aufprall Sheryl sämtliche Luft aus den Lungen. Auch Nabtaal schrie schmerzerfüllt auf, sein Schrei aber wurde von der Explosion der Granate übertönt, die die restlichen Scheiben zerschmetterte und fauchende Glutbälle durch die Fensteröffnungen schießen ließ. In weitem Umkreis prasselten Scherben und Splitter zu Boden.

Wie betäubt kam Sheryl auf die Beine, mit einem Gefühl, als wäre sie unter eine Dampfwalze geraten. Erschüttert blickte sie nach oben, wo immer noch Rauch aus den Fensteröffnungen drang.

»Duncan...« hauchte sie. »Er ist...«

Es war nur ein Flüstern, aber Nabtaal schien sie trotzdem zu verstehen.

»Da oben lebt niemand mehr«, erwiderte er. Er wollte sich aufrichten, stieß einen erneuten Schmerzensschrei aus und ließ sich auf den Boden zurücksinken.

Sheryl wollte ihm zurufen, daß er sich nicht so wehleidig anstellen solle, doch ein Blick auf sein seltsam verdrehtes Bein reichte aus, um zu erkennen, daß er sich den Unterschenkel gebrochen hatte. Sie versuchte, ihm aufzuhelfen, doch er schüttelte ihre hilfreich ausgestreckte Hand ab.

»Das... hat keinen Sinn!« stieß er hervor. »Hau ab, Sheryl! Bring dich in Sicherheit!«

Sie sah ihn entsetzt an.

»Aber... ich kann dich doch hier nicht so einfach...«

»Du mußt!« schnitt er ihr mit einer Bestimmtheit das Wort ab, die sie an ihm noch nie zuvor gehört hatte. »Sonst bekommen sie uns beide. Hier müssen noch mehr von denen sein. Verschwinde endlich! Einer von uns muß...« Ein Stöhnen, als er seine Lage veränderte. »...muß Cedric und die anderen warnen!«

Sheryl mußte einsehen, daß sie keine andere Wahl hatte. Auch wenn er ein Leichtgewicht war, ihre Kräfte hätten kaum ausgereicht, ihn längere Zeit mit sich zu schleppen. Trotzdem zögerte sie. Ein Zögern, das ihr beinahe zum Verhängnis geworden wäre.

Aus dem nachtschwarzen Gleiter, vor dem sie zu Boden gestürzt waren, sprang ein weiterer Mann heraus, der dort offensichtlich auf das Ende der Aktion gewartet hatte und durch die Detonation überrascht worden war. Auch er trug einen Kampfanzug und ein Lasergewehr. Er war verblüfft, Sheryl und Nabtaal hier unten zu sehen. Vielleicht begriff er nicht gleich, wie sie hinunter auf die Straße gekommen waren, aber dafür erfaßte er um so rascher, daß sie zu den gesuchten Personen gehörten.

Sofort richtete er die Waffe auf sie.

»Halt!« rief er im Näherkommen. »Keine Bewegung!«

Seine Aufmerksamkeit war dabei überwiegend auf Sheryl gerichtet, die langsam die Arme hob; auf sie zielte auch der Gewehrlauf. Nabtaal stufte er anscheinend nicht als Gefahr ein, aber das erwies sich als folgenschwerer Fehler.

Kaum war der Mann in Nabtaals Reichweite gekommen, wirbelte Nabtaal auf dem Boden herum und trat ihm mit dem unverletzten Bein in die Waden. Der Mann verlor das Gleichgewicht, fiel zu Boden, und ehe er sich wieder aufrappeln konnte, krachte ihm Nabtaals Faust ins Gesicht. Kraftlos sank sein Kopf aufs Pflaster zurück.

Sheryl starrte wie vor den Kopf geschlagen auf Nabtaal. Niemals hätte sie dem Freischärler, der dem Bewußtlosen das Lasergewehr entwand, eine derartige Reaktion zugetraut.

»Was ist?« brüllte Nabtaal sie an. »Worauf wartest du noch? Verschwinde! Es wird nicht lange dauern, ehe seine Kollegen hier auftauchen.«

Wie zur Bestätigung seiner Worte erschienen im Hoteleingang zwei weitere Männer in schwarzen Kampfanzügen. Nabtaal trieb sie mit ein paar Lasersalven ins Haus zurück, um sich anschließend sofort hinter dem Gleiter in Deckung zu wälzen, wobei ihm jede Bewegung des gebrochenen Beines ein Stöhnen entlockte.

Vom Hoteleingang wurde das Feuer erwidert. Doch die Laserstrahlen schlugen nur in die Speziallegierung des Gleiters ein, ohne viel Schaden zu hinterlassen.

»Hau endlich ab!« drängte Nabtaal. »Es reicht, wenn sie mich bekommen. Oder willst du dich auch gefangennehmen lassen? Dann kann ich gleich damit aufhören zu versuchen, sie zurückzuhalten. Was meinst du, warum ich das hier mache? Doch nur, um dir einen Vorsprung zu verschaffen!«

Sheryl fühlte sich so hilflos wie selten zuvor in ihrem Leben. Alles in ihr widerstrebte, Nabtaal hier so einfach zurückzulassen, ihn ihren Verfolgern auszuliefern. Aber was sollte sie anderes tun? Sie hatte nicht einmal eine Waffe, um ihn zu unterstützen.

Schließlich gab sie sich einen Ruck. Nabtaal hatte recht. Es half weder ihm noch ihr, wenn sie hierblieb.

»Ich lasse dich nicht im Stich!« stieß sie impulsiv hervor, während sie sich auf den Weg machte, so daß der Gleiter zwischen ihr und dem Eingang lag. »Ich... ich finde die anderen. Und dann werden wir kommen, um dich herauszuholen.«

Er sah sie nicht einmal an, sondern machte nur eine ungeduldige Geste, um den Hoteleingang sofort darauf mit einer erneuten Salve zu belegen. Die beiden Männer, die dort drüben versucht hatten, zum Gleiter zu laufen, sprangen in Deckung zurück.

Sheryl begann zu laufen. Wohin, das wußte sie selbst nicht, und es war ihr auch gleichgültig. Sie war es Nabtaal schuldig, sich in Sicherheit zu bringen.

Nabtaal hielt sich gut — so lange, bis über ihm ein zweiter nachtschwarzer Gleiter auftauchte, in dem ein Mann hockte und auf ihn zielte. Nabtaal versuchte, sich erneut in Deckung zu bringen, doch dazu war es zu spät. Der Schockerschuß traf ihn und raubte ihm das Bewußtsein. Das Lasergewehr entglitt seinen kraftlosen Händen.

Sheryl warf im Laufen einen Blick über ihre Schulter. Sie sah die beiden Männer, die im Hoteleingang Schutz gesucht hatten und von denen einer in ihre Richtung deutete.

Sie wußte, daß sie keine Hilfe zu erwarten hatte. Die Straße vor ihr lag einsam und verlassen da. Jedermann, der die Explosion und Strahlerschüsse gehört hatte, hatte sich schleunigst in Sicherheit gebracht. Auf *Sankt Petersburg Zwei* galt in solchen Situationen offenbar die Regel, sich auf keinen Fall einzumischen.

Sheryl bemerkte, wie der Gleiter, aus dem heraus Nabtaal ausgeschaltet worden war, Fahrt aufnahm und hinter ihr herstieß. Sie hastete auf eine Seitengasse zu, doch schon glitt die nachtschwarze Maschine ebenfalls um die Ecke.

Und dann, plötzlich, entdeckte Sheryl Cedric und die anderen. Sie befanden sich weit voraus, am anderen Ende der Gasse.

Und sie hatten sie im gleichen Moment ebenfalls ausgemacht.

»Cedric!« rief Sheryl aus Leibeskräften.

Sie hörte, wie er ihr etwas zurief, doch da traf sie der Schockerschuß im Rücken und ließ sie der Länge nach auf die Straße schlagen, während bläuliche Blitze ihren Körper umknisterten.

Vom Aufprall selbst spürte sie nichts mehr.

Entsetzt sah Cedric, wie Sheryl zu Boden stürzte und leblos wie eine Gliederpuppe liegenblieb. Langsam schwebte der Gleiter neben ihr nieder.

»Der Gleiter!« rief Maylor. Auch er hatte seine Waffe bereits in der Hand. »Das ist eine der beiden Maschinen, die beim ESCA-PADE waren!«

Cedric nickte, während er nach vorne stürmte. Er hatte es ebenfalls registriert. Als der Gleiter auf dem Boden aufsetzte, gab er aus dem Laufen einen Schuß auf das geöffnete Schott des Gleiters ab und trieb den Mann, der ins Freie hatte treten wollen, in Deckung zurück.

»Was machst du da?« brüllte Maylor, der Mühe hatte, ihm zu folgen.

Cedric antwortete nicht, sondern rannte weiter. Er wußte, daß es Wahnsinn war, mit Handfeuerwaffen gegen einen gepanzerten Gleiter vorgehen zu wollen. Aber er wußte ebensogut, daß er nichts unversucht lassen würde, um zu verhindern, daß Sheryl in die Hände dieser Leute fiel. Immerhin folgten Maylor, Kara-Sek und Omo ihm auf dem Fuß.

»Ich werde Sheryl nicht im Stich lassen!«

»Ach ja«, höhnte Maylor. »Und wie willst du sie retten?«

Eine gute Frage, wie Cedric eingestehen mußte. Die Antwort darauf wurde ihm abgenommen, als plötzlich ein zweiter nachtschwarzer Gleiter um die Ecke bog und direkt auf sie zuflog.

Cedric Cyper verharrte, als wäre er gegen eine Mauer gelaufen. Natürlich! Er hätte sich denken können, daß da, wo der erste Gleiter war, eine zweite Maschine nicht weit sein konnte.

Der Gedanke, Sheryl zu retten, trat zwangsläufig in den Hintergrund. Jetzt ging es erst einmal darum, die eigene Haut in Sicherheit zu bringen. Cedric rannte in die Richtung zurück, aus der er eben gekommen war. Im Laufen schickte er ein paar Schüsse zu dem Gleiter; auch Maylor feuerte.

Ihre Schüsse richteten nicht mehr aus, als daß sie den Piloten ein wenig blendeten, aber immerhin zog der Gleiter über ihnen hinweg, ohne daß das Feuer auf sie eröffnet wurde. Cedric wurde bewußt, daß auch Sheryl nicht erschossen worden war, sondern lediglich geschockt. Demnach ging es ihren Gegnern darum, sie lebend in die Finger zu bekommen.

Sie hetzten in die nächste Seitengasse, während der Gleiter in einer weiten Kurve zu ihnen herabstieß. Cedric hörte das charakteristische Zischen eines Schockers irgendwo in seinem Rücken und warf sich instinktiv in den nächsten Hauseingang. Bläuliche Blitze knisterten über die Stelle, wo er gerade noch gestanden hatte, aber sie zerstoben sofort wieder.

Als er den Kopf hob, sah er, daß Maylor Strahl um Strahl zu dem Gleiter schickte, der ein weiteres Mal über sie hinwegbrauste und zu einer neuen Kurve ansetzte. Ein Schmerzensschrei wehte zu ihnen heran.

»Ich habe ihn erwischt!« rief Maylor. »Den Kerl in der Luke.«

Cedric plagte sich auf und rannte mit den anderen weiter. Die nächste Seitengasse war dunkel und leer — und sie war zu schmal, als daß der schwarze Gleiter mit seinen weit geschwungenen Heckflügeln sie hätte durchfliegen können.

Doch nach fünfzig hastigen Schritten sah Cedric, daß sie in eine Falle gelaufen waren.

Die Straße war eine Sackgasse.

Cedric Cyper blickte sich gehetzt um, ob einer der Hauseingänge offenstand, durch den sie hätten verschwinden können, aber der eine, den es hier gab, war mit einer Codeleiste geschützt. Auf den Tasten prangten yoyodynische Schriftzeichen.

Das Summen des Gleiters hinter ihnen ließ Cedric den Kopf wenden. Die nachtschwarze Maschine konnte ihnen zwar nicht hinterherfliegen, aber dafür sank sie zu Boden und setzte sich längsseits vor den Anfang der Gasse, als wolle ihnen der Pilot demonstrieren, daß es keinen Rückweg für sie gab. Eine eindrucksvolle Demonstration, wie Cedric zugeben mußte.

»Ergeben Sie sich!« schallte aus den Außenlautsprechern des Gleiters eine harte Stimme durch die Gasse. »Dann wird Ihnen nichts geschehen.«

Als Antwort schickte Cedric ein paar Lasersalven zurück, die allerdings wirkungslos von der Außenhülle des Gleiters abprallten. Schnell suchte er zusammen mit den anderen hinter einem kleinen Hausvorsprung Deckung.

»Und nun?« rief Maylor, der sich neben ihn gepreßt hatte.

»Wieso fragst du *mich* das?« gab Cedric gereizt zurück.

»Weil *du* vorhin auf den Gleiter gefeuert und sie überhaupt erst auf uns aufmerksam gemacht hast!«

»Klugscheißer!«

Vorsichtig spähte Cedric um die Ecke zu dem Gleiter. Ein paar Männer waren herausgesprungen und rückten zu beiden Seiten der Gasse langsam vor, während sie sich gegenseitig Deckung gaben. Er erkannte die Schocker-Gewehre in ihren Händen. Also ging es immer noch darum, sie lebend zu bekommen, aber er wußte nicht, ob diese Erkenntnis tröstlich war oder nicht. Es gab unendlich viele Dinge, die weitaus unangenehmer sein konnten als ein schneller Tod. Das wußte er aus eigener Erfahrung. Schließlich war er zwei Jahre lang auf Hadrians Mond gewesen.

Cedric hob den Strahler und schickte eine Salve in ihre Richtung, mußte aber sofort in Deckung gehen, als bläuliche Schockerblitze gegen den Hausvorsprung prasselten. Ein paar knisternde Ausläufer trafen seine Seite, und er glaubte, sofort ein taubes Gefühl in der Schulter zu verspüren. Doch nicht so stark, als daß es ihn behindert hätte.

»Und nun?« rief Maylor erneut, noch eine Spur nervöser.

»Du wiederholst dich«, hielt Cedric ihm vor. »Warum fällt zur Abwechslung nicht mal *dir* etwas Kluges ein?«

»Oh, du wirst dich wundern. Mir ist schon eine ganze Menge eingefallen.«

»Zum Beispiel?«

»Mich niemals wieder auf ein gemeinsames Unternehmen mit dir einzulassen.«

Cedric verspürte den Drang, Maylor mit einem Kinnhaken klarzumachen, wieviel Lust er jetzt auf solch kluge Sprüche hatte. Er unterdrückte den Impuls und sah zur anderen Seite der Gasse. Fast direkt ihnen gegenüber befand sich ein Tor, das früher vielleicht einmal als Liefereingang gedient hatte und behelfsmäßig mit einer Plastplatte zugemauert worden war.

»Vielleicht können wir das Tor da drüben aufschießen«, schlug er vor, »und durch das Gebäude fliehen. Das würde es ihnen schwermachen, uns zu folgen.«

Maylors Blick wanderte ebenfalls zur anderen Straßenseite. Einen Moment lang schien es, als hielte er den Gedanken für akzeptabel, dann schüttelte er den Kopf.

»Aussichtslos«, sagte er. »Selbst wenn wir das Tor aufbekommen würden, wir würden es nie bis zur anderen Straßenseite schaffen. Die Schockerladungen hätten uns in den Schlaf geschickt, ehe wir drei Schritte weit gekommen wären.«

»Und wenn wir uns gegenseitig Deckung geben?« wandte Cedric ein.

Wie um darauf zu antworten, beugte Maylor sich etwas vor und feuerte ein paar Laserbahnen auf die weiter vorrückenden Männer. Sofort wurde der gesamte Bereich um ihre Deckung von bläulichen Schockerblitzen umspielt.

»Soviel zu deiner Frage«, meinte Maylor säuerlich. »Willst du's trotzdem probieren?«

Cedric Cyper kniff die Lippen zusammen. Zu allem Überfluß tauchte in dem schmalen Stück Himmel, der von ihrer Position aus zu sehen war, der zweite Gleiter auf und blieb über den Dächern der Häuser zu beiden Seiten der Gasse schweben. Nur noch ein paar Augenblicke, dann würden sie von zwei Seiten aus unter Beschuß genommen werden.

»Verdammt, wir können doch nicht einfach hier warten, bis sie uns erwischt haben.« Cedric starrte zum Tor hinüber. Es waren nur zehn Schritte, und doch war es zu weit, als daß sie es jemals hätten schaffen können. »Es muß eine Möglichkeit geben, dort hinüber zu kommen!«

Er hielt seinen Strahler aus der Deckung und schickte blindlings ein paar Schüsse die Gasse entlang.

»Es gibt eine Möglichkeit«, sagte Kara-Sek da plötzlich.

Cedric fuhr herum und sah den Yoyodyne durchdringend an. »Welche?«

Kara-Sek sah ostentativ zu Omo.

»*Er* könnte uns den Vorsprung verschaffen«, sagte er.

»Er?« wiederholte Maylor und schickte einen kurzen Blick zu der muskulösen *Humsz*-Züchtung, der belegte, wieviel Unbehagen er in ihrer Gegenwart noch immer verspürte. »Werden ihn die Schocker-Ladungen nicht genauso betäuben wie uns?«

»Nicht, wenn ich das Wort spreche, um ihn zu aktivieren«, antwortete Kara-Sek ungerührt.

Cedric hielt unwillkürlich den Atem an. Er wußte, was das bedeutete. Omo würde sich übergangslos in eine rasende Kampfmaschine verwandeln, die alles, was ihr in die Quere kam, niederwalzte, zerriß oder zerstampfte. Es war ein Prozeß, der, einmal eingeleitet, nicht mehr aufzuhalten oder rückgängig zu machen war. Jede aktivierte *Humsz*-Züchtung würde so lange weiterkämpfen, bis sie zerstrahlt worden war. Bei dieser Vorstellung fühlte sich Cedrics Mund mit einem Male sehr trocken an.

»Dies ist die letzte Warnung!« tönte es aus dem Lautsprecher. »Verlassen Sie ihr Versteck, und kommen Sie heraus. Ansonsten sind wir gezwungen, stärkere Mittel einzusetzen.«

Zur Bekräftigung tastete ein armlanger Laserstrahl durch die Gasse, schlug Meter über ihren Köpfen in der Fassade ein und ließ rotglühende Tropfen zerschmolzenen Plaststoffes auf den Boden tropfen. Ein kurzer Blick um den Hausvorsprung zeigte Cedric, daß es sich um das mittelschwere Gleitergeschütz handelte, das bereits auf dem Flugdeck in Aktion getreten war. Zwar zweifelte er immer noch daran, daß man es direkt gegen sie einsetzen würde, aber es würde auf jeden Fall ausreichen, sie binnen einer halben Minute aus ihrer Deckung zu treiben. Offensichtlich wurden ihre Jäger langsam ungeduldig.

Cedric stieß die Luft aus, die er die ganze Zeit über in den Lungen gehalten hatte. Ein kurzer Blick zu Maylor, wie um sich zu vergewissern, daß sein ehemaliger Freund keine Einwände gegen seine Entscheidung erheben würde, dann sah er zu Kara-Sek und nickte mit ernster Miene.

»Gut«, sagte er. »Tu es!«

Er wußte, daß ein einziges Wort ausreichte, den Prozeß auszulösen. Ein bestimmtes Wort, das nur der Vorgesetzte kannte. In diesem Fall war das Kara-Sek.

Kara-Sek verneigte sich ein Stück weit.

»Sobald das Wort gesprochen ist, müssen wir schnell verschwinden«, sagte er. »Omo wird dann nicht mehr zwischen Freund und Feind unterscheiden.«

Cedric nickte, und Kara-Sek verneigte sich abermals. Dann sah er zu Omo hoch, wobei er den Kopf tief in den Nacken legen mußte.

»Omo!« rief er. Er betonte es irgendwie eigenartig und deutete mit ausgestrecktem Arm dorthin, wo die Häscher sich verschanzt hatten. Und dann sagte er es. »*Grisbpuessln!*«

Es war ein Wort, wie Cedric es noch nie gehört hatte. Es klang nicht einmal yoyodynisch. In seinen Ohren war es nur ein Wort, aber Omo machte binnen Sekundenbruchteilen eine erschreckende Veränderung durch. Ein Zittern durchlief seinen massigen Körper, seine Muskeln und Adern begannen anzuschwellen und pulsierend hervorzutreten, als wollten sie mindestens die doppelte Größe erreichen, und es sah aus, als würde sich unter seiner Haut noch eine Menge mehr bewegen, das irgendwie lebte und erschreckend gewalttätig war.

Cedric stand bei alledem kaum drei Schritte von Omo entfernt. Ihm schoß durch den Kopf, daß es wohl noch niemals zuvor zwei Sarday'kin gegeben hatte, die so nah der Aktivierung einer *Humsz*-Züchtung beigewohnt hatten – zumindest niemanden, der anschließend noch länger als Sekunden gelebt hätte.

Doch Omo zollte ihnen keinerlei Aufmerksamkeit, sondern sprang mit einem meterweiten Satz aus der Deckung, kam mitten in der Gasse zu stehen, während sein Kopf wie suchend herumruckte. Sofort wurde er von mehreren Schocker-Salven getroffen, die seinen Körper in ein feines, bläuliches Gespinst hüllten.

Jeder normale Organismus wäre jetzt zu Boden gestürzt, von tiefster Bewußtlosigkeit umnachtet, aber Omo stieß nur ein Grollen aus, so laut und drohend, daß Cedric eine Gänsehaut den Rücken herunterlief, dann schnellte er gleich einem Springteufel auf die Männer zu, die angesichts des leibgewordenen Verderbens entsetzt aufschrien und ihr Heil in der Flucht suchten.

Omo hatte sich den ersten gepackt, kaum daß er aus seiner Deckung gesprungen war, ergriff ihn mit beiden Armen – und riß ihn in der Mitte durch. Blut und Eingeweide spritzten im Halbkreis über die Häuserfassade, und Cedric war sich sicher, den grauenvollen Schrei des Mannes niemals in seinem Leben wieder aus seinem Gedächtnis tilgen zu können.

Der Anblick der amoklaufenden Züchtung, die sich schon auf den zweiten Mann stürzte, war so furchterregend und überwältigend, daß Cedric kaum mitbekam, wie Maylor auf das gegenüberliegende Tor schoß und einen manngroßen Durchschlupf in der wenig widerstandsfähigen Plastplatte schuf. Dahinter schien ein verlassener Lagerraum zu liegen. Omo schleuderte die blutigen Überreste des Mannes hinter sich, und ein kleiner Gegenstand landete vor Cedrics Füßen. Eine kleine Kennkarte, ausgestellt auf – die sarday'kinsche Botschaft hier auf *Sankt Petersburg Zwei!*

»Los!« rief Maylor und zog Cedric, der sich danach bücken

wollte und noch immer wie betäubt war, mit sich. »Komm endlich! Wir müssen weg hier.«

Ein Laserschuß, der von dem Gleiter über der Gasse zu Ihnen herunterstach, ließ Cedric seine Erschütterung überwinden. Dabei hatte der Schuß nicht einmal ihnen gegolten, sondern der *Humsz*-Züchtung, ohne sie jedoch zu treffen. Natürlich hatte man oben in dem Gleiter längst bemerkt, was hier unten los war, und versuchte zu retten, was noch zu retten war.

Auch das Lasergeschütz des geparkten Gleiters feuerte auf Omo, der gerade den dritten Mann packte, und zerschmolz einen seiner Arme fast zur Gänze. Omo ließ sich dadurch nicht einen Moment lang aufhalten, schleuderte den dritten Mann auf den Mann hinter dem Geschütz und setzte in einem gewaltigen Sprung hinterher.

Cedric sah noch, wie der Hüne das mittelschwere Geschütz mit einer Armbewegung aus der Halterung fegte, dann verging der Gleiter in einer grellen Lichtexplosion. Mit einem Sprung durch die Öffnung im Tor flüchtete er sich vor dem Trümmerregen ins Innere des Gebäudes.

Es handelte sich tatsächlich um einen Lagerraum. Auf der anderen Seite lagen mehrere Türen. Maylor wählte eine von ihnen aus, öffnete sie mit seinem Handstrahler und lief tiefer ins Gebäude. Wie selbstverständlich hatte er die Führung übernommen. Cedric war sogar froh darüber. So mußte er nichts anderes tun, als ihm hinterherzulaufen.

Sie hetzten weiter, durch Treppenhäuser, Korridore und Hinterhöfe. Ein-, zweimal begegneten sie anderen Yoyodyne, die Kara-Sek lautstark aus dem Weg scheuchte, und irgendwann, als sie eine belebte Straße erreichten und weit und breit nichts von ihren Jägern zu sehen war, begriffen sie, daß sie in Sicherheit waren. Schweratmend lehnte Cedric sich an die nächste Hauswand. Er vermochte keine rechte Erleichterung empfinden. Seine Gedanken galten Sheryl und der Tatsache, daß er es nicht geschafft hatte, sie zu retten. Sie war den Häschern in die Hände gefallen.

Aber immerhin wußten sie, in wessen Gewalt sie sich befand.

Synfile 7

Mittels- und Hintermänner

»Wir freuen uns, daß Sie sich für die K&K-Bank entschieden haben«, säuselte die Computerstimme. *»Wir versichern Ihnen, daß Sie mit Ihrer Entscheidung, ein Konto bei unserem Institut zu eröffnen, die bestmögliche Wahl getroffen haben. Unser Service wird Sie vollauf zufriedenstellen. Falls Sie sich zuvor über unser breitgefächertes Angebot und unsere einzelnen Serviceleistungen orientieren wollen, nennen Sie bitte eines der folgend angebotenen Themengebiete.«*

Cedric Cyper, der zusammen mit Maylor und Kara-Sek in der kleinen Beratungskabine der Bank hockte, hatte den Eindruck, als hätte für die Synthetisierung der Stimme dieselbe superblonde, etwas einfältige Sexbombe Pate gestanden wie für die Taxi-Computer. Wahrscheinlich das Ergebnis jahrzehntelanger Werbepsychologie. Er fragte sich, ob Sheryl an seiner Stelle die sympathisch-forsche Stimme einer hünenhaften Adonis-Gestalt gehört hätte.

Vor ihm erschienen mehrere holografische Kästchen, in denen aus dreidimensionalen Buchstaben bestehende Begriffe leuchteten, von ›Geschäftsbedingungen‹ bis ›Gebührenordnung‹

»Unternehmensstruktur«, verlangte er.

»Ihre Auswahl bezeugt das große Interesse, das Sie unserem Haus entgegenbringen. Gerne sind wir Ihnen mit entsprechenden Informationen behilflich. Das Auskunfts-Menü ist breit gefächert.«

Neue holografische Kästchen, und neue Begriffe. ›Auftragsabwicklung‹, ›Filialverbindungen‹ und . . .

»Gründung.«

»*Die K&K-Bank wurde gegründet 3974 A. D. mit Sitz auf* Sankt Petersburg Zwei *von der Freihandelsfamilie O'Patrick. Nach einer anfänglichen Orientierung als reine Handelsbank erfolgte mit mehrfacher . . .*«

»Derzeitige Anteilseigner«, unterbrach Cedric.

»*Größter Anteilseigner mit siebenundachtzig Prozent des Eigenkapitals ist die* Sandara Star Company *mit Sitz auf* Star City. *Dieses Mehrheitsverhältnis wurde erzielt im Jahre 4272 A. D. durch den gezielten Ankauf . . .*«

»He!« rief Maylor, während die Computerstimme ungestört weiterredete. »Sandara! Das ist wirklich eine Überraschung!«

»Du kennst ihn?« fragte Cedric verwundert.

»Ihn?« Maylor hob belustigt die Augenbrauen. »Du machst mir Spaß! Es handelt sich um eine Frau. Und kennen wäre etwas übertrieben ausgedrückt. Schließlich ist sie eine der reichsten Frauen, die es in diesem Spiralarm der Galaxis gibt. So was gehört nicht gerade zum üblichen Bekanntenkreis eines einfachen Raumschiffkommandeurs.«

»*. . . erfolgte beispielsweise auch eine Umstrukturierung der Außenhandelsposten zu . . .*«

»Sag mal, kannst du dich auch etwas genauer ausdrücken?«

»Mensch, Cedric! Sandara, die Juwelenkönigin! Erzähl mir nicht, daß du noch nie von ihr gehört hast. Sie kontrolliert einen Großteil des Schmuckhandels.«

Stimmt, dachte Cedric. Allmählich dämmerte es ihm. Und sie sollte nicht nur unendlich reich, sondern auch ausgesprochen hübsch sein. In einschlägigen Gazetten und TV-Sendungen wurde bisweilen über ihre großartigen Gala-Empfänge berichtet, die als gesellschaftliches Ereignis ersten Ranges galten. Doch diese Art Berichterstattung hatte Cedric auch schon vor seiner Verbannung in die dunklen Stollen von Hadrians Mond nie sonderlich interessiert.

Ein Gedanke kam Cedric.

»Moment mal!« rief er. »Ich glaube, mir ist da eben was aufgegangen . . . Unterbrich mich bitte, wenn ich etwas Falsches sagen sollte. Diese Bank hier ist doch besonders auf dem Gebiet des Schmuckhandels tätig. Und diese Sandara, der sie quasi gehört, ist, wie du sagst, die Juwelenkönigin.«

»Bis hierhin war's richtig.«

»Gut«, sagte Cedric und machte eine auffordernde Geste, als wolle er eine Schar plomboyanischer Jung-Buärps aufscheuchen. »Und – was sagt uns das?«

Maylor blickte ihn verständnislos an.

»Ich verstehe nicht, was du meinst«, sagte er. »Was sollte uns das schon sagen?«

»Kommt dir dabei nichts verdächtig vor? Na gut, dann will ich dir etwas auf die Sprünge helfen. Was ist denn der kostbarste und teuerste Schmuck, mit dem man überhaupt handeln kann?« Und als Maylors Miene sich aufhellte, fügte Cedric hinzu: »Ich sehe, du verstehst endlich. Und jetzt nimm mal an, du wärst ein Verschwörer und hättest ein ganzes Containerschiff voller Byranium. Was für eine Einrichtung bräuchtest du wohl, um es zu Bargeld zu machen und für deine Zwecke nutzen zu können? Na...?«

»Du meinst, diese Bank hier...?«

Cedric nickte. »Genau das meine ich!«

Maylor zog die Augenbrauen herab und kniff die Lippen zusammen. Ein Zeichen, daß er ins Grübeln gekommen war.

»Es paßt alles zusammen«, faßte Cedric seine Gedanken zusammen. »Über die *K&K-Bank* kam auch die Order, die PFENNIG-FUCHSER zu kaufen, kurz bevor sie dann angeblich explodiert ist. Damit hatten die Verschwörer eine Transportmöglichkeit zur Hand, um das geraubte Byranium zu befördern. Und damit niemand als Zeuge aussagt, was für ein Raumschiff dabei war, haben sie alle erledigt. Bis dann Hadrians Mond an die Reihe kam.«

»Du gehst also davon aus, daß der Überfall auf Hadrians Mond kein Einzelfall war?« meinte Maylor.

»Das war nur einer aus einer ganzen Reihe von Überfällen. Sonst hätte man die PFENNIGFUCHSER nicht schon vor anderthalb Jahren offiziell aus dem Verkehr gezogen. Ein solches Schiff hätte man sich auch kurzfristig besorgen können.«

»Du könntest recht haben. In den Stützpunkten der Flotte war in letzter Zeit so manches Gerücht über Überfälle auf Byranium-Minen zu vernehmen. Aber da alles, was entsprechende Vorfälle betrifft, der strengsten Geheimhaltungsstufe unterliegt, hat man natürlich nie etwas Genaueres erfahren.« Er sah Cedric an. »Und wie paßt deiner Meinung nach die SK MARVIN ins Spiel?«

Das war der Schwere Kreuzer, der die PFENNIGFUCHSER

begleitet und die FIMBULWINTER zusammengeschossen hatte. Eindeutig ein Schiff der Sarday'kinschen Raumflotte, aber seine Kennung war in keinem Speicher verzeichnet gewesen. Offiziell gab es ein solches Schiff nicht.

»Das weiß ich noch nicht«, antwortete Cedric. »Vielleicht haben sie es ähnlich wie mit dem Containerschiff gemacht, und es handelt sich um ein angeblich zerstörtes Raumschiff, das mit neuer Kennung versehen wurde. Oder es ist das Schiff irgendeines geheimen Flotten-Kommandos und taucht deshalb in den offiziellen Listen nicht auf.«

»Du weißt, was du da andeutest? Daß die Hintermänner der ganzen Sache im Apparat der Raumflotte sitzen würden, und zwar nicht irgendwo, sondern ganz oben!«

»Davon bin ich ausgegangen, seitdem die SK MARVIN die geheimen Identifizierungscodes benutzt hat«, sagte Cedric. »Glaube mir, um solche Codes zu bekommen, reicht simple Bestechung oder Erpressung nicht aus. Da mußt du ein ganzes Sicherheitssystem austricksen, und das kannst du eigentlich nur, wenn du der Boß einer solchen Einrichtung bist.«

»Ich fürchte, daß du recht hast«, mußte Maylor zugeben. »Welche Verbindung gibt es dann aber zwischen den Drahtziehern in der Flotte und dieser Bank? Oder zur *Sandara Star Company*.«

»Keine Ahnung«, meinte Cedric. »Vielleicht gelingt es uns ja, das herauszufinden. Was weißt du eigentlich noch über diese Sandara?«

»Kaum mehr, als ich erzählt habe.«

»Und was ist mit diesem Ort, wo sie residiert? Wo befindet sich *Star City*?«

»Soweit ich mich erinnern kann, handelt es sich dabei um eine Kunststadt auf einem Asteroiden, der irgendwo innerhalb der Freihandelszone um einen einsamen weißen Zwerg kreist. Die genaue Lage ist öffentlich nicht bekannt. Man muß schon zu den geladenen Gästen gehören, um dorthin gelangen zu können.«

Das klang nicht besonders ermutigend, aber solch ein Umstand vermochte Cedric mittlerweile nur noch um so mehr herauszufordern.

»Was hast du vor?« fragte Maylor. »Wenn du so ein Gesicht machst, dann brütest du doch etwas aus. Willst du etwa auf einen bloßen Verdacht hin versuchen, eine Passage nach Star City zu ergattern?«

»Das hängt davon ab, was wir noch herausfinden«, meinte Cedric. »Wie du schon sagtest, bis jetzt basieren diese ganzen Zusammenhänge mehr oder minder auf reinen Vermutungen. Es ist genausogut möglich, daß der Direktor dieser Bank auf eigene Faust mit den Hintermännern zusammenarbeitet«, fügte er hinzu, um im nächsten Atemzug selbst einzuschränken. »Bei den Summen, um die es hier geht, erscheint mir das allerdings fraglich.«

»Sicher scheint, daß die sarday'kinsche Botschaft ebenfalls ihre Rolle in diesem Spiel spielt«, sagte Maylor grimmig.

Cedric konnte nur nicken. Spätestens seit der Verhaftungsaktion, der sie mit Mühe und Not entkommen waren, stand dieser Punkt fest. Denn warum sonst hätte man sich derart massiv und ohne Rücksicht auf etwaige diplomatische Verwicklungen um ihre Verhaftung kümmern sollen?

Es ließ ihn erneut daran denken, daß sich Sheryl, Nabtaal und Duncan jetzt in den Händen dieser Leute befanden. Nicht, daß er es vergessen hätte, schließlich lagen diese Geschehnisse erst drei Stunden zurück, aber er hatte es seitdem so gut wie möglich zu verdrängen versucht; und er war erstaunt, wie gut es ihm gelungen war.

Sein erster Gedanke, nachdem sie sich in Sicherheit gebracht hatten, hatte darin bestanden, mit dem nächsten Flugtaxi so schnell wie möglich zur sarday'kinschen Botschaft zu jagen, um vielleicht noch eher als die Häscher dort zu sein und die drei Mitstreiter aus ihren Händen zu befreien. Doch Maylor hatte widersprochen.

Eine solche Verzweiflungsaktion war wahrscheinlich genau das, was man von ihnen erwartete. Sie konnten unmöglich zu dritt versuchen, in die gutgesicherte Botschaft einzudringen und die anderen zu befreien — jedenfalls nicht ohne vernünftigen Plan.

Cedric hatte eingesehen, daß Maylors Argumente die besseren gewesen waren, aber insgeheim hatte er seinen ehemaligen Freund im Verdacht, nur deshalb so nüchtern zu reden, weil er keinerlei persönliche Beziehungen zu den drei hatte. Hätte er nicht ganz anders reagiert, wenn an Sheryls Stelle jemand verhaftet worden wäre, mit dem *er* die letzten zwei Jahre in einer Byranium-Mine verbracht hatte. Cedric machte sich nichts vor: Seine Sorge galt in erster Linie Sheryl. Seltsam, dachte er, gestern abend noch hatte sie ihm knallhart ins Gesicht gesagt, daß sich ihre Wege von nun an trennen würden, und heute bangte er derart um sie, als hätte sie ihm statt dessen das Versprechen gegeben, ihr restliches Leben an seiner Seite zu verbringen.

Cedric würde nichts unversucht lassen, sie dort herauszuholen.

Dafür jedoch benötigte er mehr Informationen und einen erfolgversprechenden Plan. Da er beides nicht vorzuweisen hatte, blieb ihnen nichts anderes übrig, als sich vorläufig um weitere Informationen zu kümmern. Nicht zuletzt deshalb befanden sie sich schließlich in dieser Beratungskabine.

Cedric zwang seine Gedanken gewaltsam in die Gegenwart zurück und wandte sich der Konsole zu, aus deren Lautsprechern die Computerstimme die ganze Zeit über mit unveränderter Freundlichkeit weitergesprochen hatte: »... hält die K&K-Bank Anteile an mehr als neunzig verschiedenen Unternehmen, die auf dem Gebiet...«

»Das reicht!« unterbrach er. Die Computerstimme verstummte weisungsgemäß. »Zurück ins letzte Auswahlmenü.« Und dann: »Hiesige Geschäftsleitung!«

»Die Leitung der K&K-Bank auf Sankt Petersburg Zwei wird geleitet von einem Direktorium von fünf Mitgliedern«, lautete die freundliche Auskunft, »wobei die geschäftsführenden Aufgaben einem leitenden Direktor obliegen, der jeweils im Abstand von fünf Jahren von den Gesellschaftern eingesetzt wird. Seit mehr als vier Perioden wird dieser Posten bekleidet von Sartorius Wosch, der aus der alteingesessenen Freihandsfamilie der...«

»Visuelle Darstellung!« verlangte Cedric.

Tatsächlich erschien vor ihnen — dem auskunftsbereiten Kundenprogramm sei Dank! — die holografische Darstellung eines vielleicht sechzigjährigen Mannes mit immer noch energischen Gesichtszügen und klaren Augen, aus denen eine überdurchschnittliche Intelligenz sprach — und auch eine gewisse Portion Verschlagenheit.

»Sartorius Wosch«, flüsterte Cedric. »Das ist also einer der Hintermänner. Derjenige, der den PFENNIGFUCHSER-Deal vorgenommen hat.«

»Sofern wir Dunkerbekk trauen können«, schränkte Maylor ein. »Oder sofern er nicht von dem Bank-Computer getäuscht worden ist.«

342

Cedric nickte. »Programm Ende und Abbruch«, wies er den Computer an. »Und Türöffnung.«

»*Aber, Sir*«, protestierte der Computer mit butterweicher, dermaßen enttäuscht klingender Stimme, als wäre die dahintersteckende Blondine mit den größten Versprechungen zu einem romantischen Rendezvous gelockt und dann brutal von der Bettkante gestoßen worden. »*Sie hatten unseren Service doch in Anspruch genommen, um ein Konto bei unserem Institut...*«

»Türöffnung, habe ich gesagt!« wiederholte Cedric ungehalten.

»*Die K&K-Bank wünscht Ihnen noch einen guten Tag*«, schwenkte die Computerstimme ansatzlos um, während die Tür zu der kleinen Kabine auffuhr.«

»*Hoffentlich beehren Sie uns bald wieder.*«

Cedric, Maylor und Kara-Sek, der der ganzen Szene wie üblich schweigend beigewohnt hatte, verließen die Kabine.

»Na schön«, meinte Maylor, als sie wieder im Freien standen, und sah die kobaltblaue Außenfassade des Bankgebäudes hinauf, das irgendwo hoch über ihnen in den Abendhimmel stieß. Es hatte etwas von einem Blick an sich, den man den Göttern zuschickte. »Aber selbst, wenn dieser Sartorius Wosch unser Mann ist, wie kommen wir dann an ihn heran? Hast du eine Ahnung, wie gut der Direktor einer solchen Bank bewacht sein dürfte? Mindestens so scharf wie ein Flottenadmiral! Glaubst du, unsere armselige Artillerie reicht aus, um ihn davon zu überzeugen, uns eine Audienz zu gewähren?«

»Darüber können wir uns später Gedanken machen«, sagte Cedric. »Setzen wir den Hebel erst einmal dort an, wo mit am wenigsten Widerstand zu rechnen ist.«

»Und das wäre?«

»Ein gewisser Longius, dessen Adresse du doch hoffentlich noch bei dir hast. Oder?«

»Natürlich«, entgegnete Maylor fast beleidigt. »Was glaubst du denn?«

»Na dann, worauf warten wir noch? Statten wir diesem netten Herrn einen kleinen Besuch ab. Vielleicht kommen wir über ihn ganz einfach zum Direktor der Bank oder zu der sarday'kinschen Botschaft.«

»Ein Optimist ist in aller Regel ein Zeitgenosse«, murmelte Maylor, »der nur recht ungenügend informiert ist.«

»Was hast du gesagt?« fragte Cedric verwundert, dem die Worte seltsam bekannt vorkamen.

»Oh, nichts weiter«, sagte Maylor. »Nur so eine Redensweise eines unserer alten Ausbilder auf der Flottenakademie.«

Sie riefen sich von der nächsten Kommunikationssäule aus ein Flugtaxi, und nachdem sie an Bord waren, gab Maylor die Adresse der Investmentfirma an. Die Maschine stieg in die Abenddämmerung und jagte ihrem Ziel entgegen.

Die Geschäftsräume der Firma waren, wie nicht anderes zu erwarten, um diese Tageszeit bereits geschlossen, und das Hologramm einer freundlichen Bediensteten unterrichtete sie, daß man morgen früh gerne wieder zu ihrer Verfügung stehen würde; falls sie eine Nachricht hinterlassen wollten . . .

Dann flogen sie im Taxi zur Privatadresse des Mannes. Die Maschine brachte sie in ein nobles Wohnviertel, das von Grünanlagen geprägt war und in dem sich sogar einige der Korkenzieherbäume aus der Südhalbkugel des Planeten in den Himmel schraubten. Die meisten Häuser waren stattliche Villen. Wer hier wohnte, hatte sich seinen Weg hinauf in die oberste Schicht der Planetenbewohner erarbeitet — auf welche Weise auch immer.

Sie ließen das Taxi nicht landen, als sie das Haus von Longius erreicht hatten, sondern wiesen den Bordcomputer an, eine langsame Runde um das Anwesen zu drehen, so eng es der Sicherheitsabstand zuließ. Es war eine luxuriöse Villa, die aus einer Unzahl Bauklötze eines Riesenbabys zusammengesetzt zu sein schien — vielleicht ein Hinweis darauf, was für ein verspielter Kindskopf der Architekt gewesen war. Sie hatten Glück. Einige der großflächigen Fenster waren hell erleuchtet. Der Hausherr schien zu Hause zu sein.

»Was schlägst du vor?« fragte Maylor, während er durch die Seitenscheibe auf das Anwesen hinuntersah. »Einfach anklopfen und fragen, ob er Zeit für uns hat?«

»Nein, die Zeit für diplomatische Lösungen ist abgelaufen.«

Maylor fragte sich, wann um alles im Universum sie in den letzten Tagen irgendeines ihrer Probleme auf diplomatische Weise gelöst hatten.

»Dann also auf die harte Tour.«

»Du sagst es«, bestätigte Cedric. »Und ich habe auch schon eine Idee!«

»Gott behüte uns vor deinen Ideen!« stöhnte Maylor, um sofort neugierig hinzuzufügen: »Also gut, raus damit!«

»Ich will nur, daß du eines weißt«, meinte Maylor, während er die Gurte des *Rocket-Packs* an seinen Schultern festzog. »Mit einem solchen Ding bin ich noch nie geflogen, und wenn ich's jetzt tue, werde ich mir ganz bestimmt den Hals dabei brechen!«

»Stell dich nicht so an«, zischte Cedric. »Im Prinzip ist es dasselbe, als wenn du im Weltraum mit einem Flugzeug unterwegs bist.«

»Es ist beileibe nicht dasselbe«, beharrte Maylor. »Im Weltraum kann man nämlich nicht runterfallen und sich dabei das Genick brechen.«

»Jetzt sei endlich still, und nimm dir ein Beispiel an Kara-Sek!« Er wies auf den Yoyodyne, der sich das rucksackähnliche Gebilde, das wegen seiner sechs Antriebsdüsen auch *Six-Pack* genannt wurde, ebenfalls auf den Rücken geschnallt hatte. »Er hat es ebenfalls noch nie getan und jammert nicht so herum wie du!«

»Dem ist es ja auch egal, wie er ums Leben kommt. Mir nicht!« Sie hatten sich die drei *Rocket-Packs* in einem Spezialgeschäft gekauft. Es handelte sich um ein Sportgerät, das normalerweise nur auf besonderen Geländen benutzt werden durfte — und konnte. Denn es war mit einem Mikro-Chip ausgestattet, der verhinderte, daß es außerhalb der dafür vorgesehenen Zonen überhaupt ansprang. Die Gefahr von Tausenden in den Straßen herumflitzender Leute wäre für den zentralgesteuerten Gleiterverkehr zu groß gewesen. Da hier auf *Sankt Petersburg Zwei* jedoch alles eine Frage von Angebot und Nachfrage war, hatte es dank ihres kleinen Vermögens, das sie allein auf den Credit-Cards besaßen, keine größeren Schwierigkeiten gemacht, gegen einen entsprechenden Aufpreis drei Ausführungen zu erwerben, bei denen der Chip fehlte.

Cedric gab sich dennoch keinen vorschnellen Hoffnungen hin. Longius' Anwesen würde natürlich elektronisch gesichert sein, und sobald sie über das Grundstück flogen, würde Alarm ausgelöst werden. Alles weitere hing dann davon ab, ob sie schneller waren als Longius.

Sie befanden sich einen knappen Kilometer von dem Anwesen entfernt in einem dunklen Park. Außer ihnen trieb sich hier niemand mehr herum. Wer hier wohnte, hatte um diese Abendzeit offenbar andere Dinge zu tun, als Spaziergänge durch öffentliche Parks zu machen.

»Also?« Cedric hatte sich vom korrekten Sitz des *Packs* überzeugt und sah Kara-Sek und Maylor an. »Alles klar?«

»Du als erster«, bestätigte Maylor die Frage auf seine Weise. »Wenn du dir den Hals brichst, können wir beide uns immer noch etwas anderes überlegen.«

»Na schön.«

Cedric legte seine Hände an die Steuerhebel, die in Ellbogenhöhe an seinen Hüften vorbei nach vorne ragten, so daß man sie bequem umgreifen konnte. Ein kleiner Knopfdruck, und das *Rocket-Pack* auf seinem Rücken erwachte fauchend zum Leben und begann, an seinen Schultern zu zerren. Aus den sechs Düsen stachen bläuliche, trotz der Dunkelheit fast unsichtbare Feuerschweife hervor.

So weit, so gut, dachte Cedric. Ein leichter Druck auf den Steuerhebel, und ehe er sich's versah, verlor er den Boden unter den Füßen und schoß jäh in den Abendhimmel hinauf.

Erschrocken korrigierte er den Flug, mit dem Ergebnis, daß er plötzlich seitwärts direkt auf den Baumstamm zuraste und durch eine der Lücken in dem spiralförmigen gewunden Stamm hindurch zur anderen Seite.

Es dauerte ein paar Minuten, ehe er seinen Flug endlich unter Kontrolle bekam. In einer weiten Kurve kehrte er zu Maylor und Kara-Sek zurück, und das Abbremsmanöver geriet ihm beinahe zum Luftsalto rückwärts. Mit Mühe und Not verhinderte er, daß das *Rocket-Pack* abermals mit ihm durchging.

»Na, los!« rief er ihnen zu. »Worauf wartet ihr noch? Ihr seht doch, es ist ganz einfach!«

Auch Maylor und Kara-Sek zündeten ihre Geräte. Sie hatten anfangs ähnliche Schwierigkeiten wie Cedric, dann machten sie sich auf den Weg.

Drei betrunkenen Hummeln gleich torkelten sie auf Longius' Anwesen zu.

Sie kamen aus der Richtung, in der die hellerleuchteten Terrassenfenster lagen. Darin bestand auch Cedrics ganzer Plan: in einer geraden Linie dorthin zu stoßen, auf der Terrasse zu landen und ins Haus einzudringen, ehe Longius zu irgendwelchen Gegenmaßnahmen kam. Kurz vor dem Grundstück beschleunigten sie, so daß sie fast mit dem Kopf voran auf die erleuchteten Fenster zuschossen, und Cedric konnte nur hoffen, das *Rocket-Pack* gut genug im Griff zu haben, um rechtzeitig wieder zum Halten zu kommen.

Er schaffte es und setzte mit einer Eleganz, die ihn selbst überraschte, auf der Terrasse auf. Auch Kara-Sek landete recht sauber, nur wenige Meter von ihm entfernt.

Allein Maylor schoß mit einer viel zu hohen Restgeschwindigkeit und einem spitzen Schrei auf die Fensterfront zu. Instinktiv tat er genau das Richtige und feuerte mit seiner Waffe auf die Scheibe, die in tausend Splitter zerbarst, die allerdings nicht einmal die Zeit hatten, klirrend zu Boden zu fallen, als er schon wie eine menschliche Kanonenkugel in den Raum fegte. Im nächsten Moment erklang von drinnen ein dumpfes Krachen und ein erneuter Aufschrei.

Cedric deaktivierte sein *Rocket-Pack* mit einer schnellen Bewegung, zog seine Waffe und stürmte ebenfalls in den hellerleuchteten Raum; und Kara-Sek folgte ihm dichtauf. Ein Blick reichte aus, die Lage zu erfassen.

Maylor war weich gelandet. Er lag in einem Wust aus Kissen und erinnerte entfernt an ein auf dem Rücken liegendes Insekt, das vergeblich versuchte, auf die Beine zu kommen. Aber immerhin bewiesen seine Bewegungen, daß er die Sache unbeschadet überstanden hatte. Auch die Triebwerke seines *Rocket-Packs* hatten sich bei dem Aufprall glücklicherweise automatisch abgeschaltet, bevor die Düsen die Umgebung in Brand hatten setzen können.

Cedric wandte sich in Richtung des Bettes, wo ein untersetzter Mann aufgesprungen war und sich notdürftig ein Handtuch um die Lenden gebunden hatte. Und im Bett saß eine junge Frau, die sich das Bettlaken bis zum Hals hochgezogen hatte und deren erschrockener Schrei erst jetzt abbrach.

»Keine Bewegung!« rief Cedric und zielte mit der Waffe direkt auf die Stirn des Mannes, während er langsam auf ihn zuging. Auf das Kommando »Hände hoch!« verzichtete er angesichts des noch nicht richtig zugebundenen Handtuchs freundlicherweise. Er zielte mit dem Zeigefinger der anderen Hand auf die Frau. »Und du, Lady, kannst das Bettlaken meinetwegen da lassen, wo es ist, aber ich will deine Hände sehen!«

Zitternd gehorchte sie. Cedric gab Kara-Sek einen Wink.

»Kümmere dich darum«, wies er ihn an, »daß sie keinen Unsinn macht!«

Kara-Sek trat mit erhobenem Schwert neben das Bett, und sah die Frau mit grimmiger Miene an, als hätte er vor, sie jeden Moment zu enthaupten. Sie starrte bangend zu dem Yoyodyne empor und wagte nicht, sich zu bewegen.

»Was soll das?« rief der Mann. Man hörte seine Angst, auch wenn er sich bemühte, seiner Stimme einen forschen Klang zu geben. »Wer sind Sie, und was wollen Sie von uns?«

»Ruhe!« Cedric hatte ihn erreicht und hielt ihm den Lauf der Waffe direkt unter das Kinn. Angesichts der äußerst dürftigen Bekleidung des Mannes konnte er darauf verzichten, ihn nach Waffen zu untersuchen. »Ich bin es, der hier die Fragen stellt. Ist noch jemand im Haus?«

»Ich . . . nein . . .«

»Stimmt das?« fragte Cedric in Richtung der Frau. Sie nickte zaghaft.

»Gut«, knurrte er. Sie war viel zu verstört, um ihn anzulügen. »Dann nenne mir gleich auch noch seinen Namen!«

»Sei . . . seinen Namen?« stotterte sie verständnislos.

»Ja!« Und als sie bestätigte, daß es sich um Longius handelte, wandte Cedric sich wieder ihm zu. »Weiter mit uns beiden! Was ist mit der Alarmanlage? Ist sie eingeschaltet?« Es war kein entsprechender Ton zu hören, aber das hatte nichts zu bedeuten.

»Die Alarmanlage? Oh, die . . .« Der Mann brauchte einen Moment, um seine Gedanken zu sortieren, und ein berechnender Zug legte sich in sein Gesicht. »Die ist natürlich angeschaltet. Wahrscheinlich wird jeden Moment die nächste Wache hier auftauchen. Ihr solltet also besser sehen, daß ihr davonkommt!«

Cedric grinste und entspannte sich ein wenig.

»Alles klar!« rief er Maylor zu, der sich mittlerweile aufgerappelt hatte. »Dieser Idiot hat vergessen, die Alarmanlage einzuschalten.«

»Ich habe gewußt, daß ich mir den Hals brechen würde«, murmelte Maylor, ohne auf Cedrics Worte einzugehen. »Ich habe es von Anfang an gewußt.«

»Okay.« Cedric achtete nicht darauf, sondern stieß Longius in den nächstbesten Sessel. »Paß auf, auch im Hinblick auf deine Freundin dort wollen wir es so kurz wie möglich machen.«

»Was . . . wollt ihr?« Longius sah ängstlich zwischen ihnen hin und her.

»Nur ein paar Auskünfte, mehr nicht«, sagte Cedric. »Du gibst sie uns, und schon sind wir wieder verschwunden. So einfach ist das.«

»Was für Auskünfte?«

»Über ein Geschäft, daß du vor anderthalb Jahren gemacht hast.« Diesmal war es Maylor, der sprach. »Es ging dabei um ein Containerschiff namens PFENNIGFUCHSER. Na los, was kannst du uns darüber sagen?«

»PFENNIGFUCHSER?« wiederholte Longius erschrocken. Sein Blick flackerte unstet. »Ich . . . ich weiß überhaupt nicht, wovon ihr redet«, versuchte er, sich herauszuwinden. »Und selbst wenn, dann . . .«

»Dann wollen wir dir ein wenig auf die Sprünge helfen«, sagte Maylor. »Vor anderthalb Jahren hast du von der Handelsfirma *Sandal Systems* ein Containerschiff erworben. Und wie der Zufall es so wollte, ist es kurz darauf angeblich explodiert, noch bevor die Registrierung auf dich überschrieben worden ist. Trotzdem hast du den vollen Kaufpreis bezahlt, und auch von der Versicherungssumme, die an den alten Eigentümer ging, wolltest du seltsamerweise nichts sehen. Ist das nicht etwas sehr merkwürdig?«

»Das mit der Versicherungssumme war nicht abgesprochen«, keuchte Longius. »Das hat dieser Idiot alleine gedreht. Er hat den Hals nicht voll genug bekommen können. Deshalb hatte er ja auch . . .«

Er unterbrach sich, als ihm klar wurde, daß er im Begriff war, sich um Kopf und Kragen zu reden.

»Weiter«, ermunterte ihn Maylor. »Dran glauben müssen — hast du eben, glaube ich, gerade sagen wollen. Rede ruhig weiter! Jetzt, wo du schon mal angefangen hast, dürfte der Rest doch auch nicht so schwer sein, oder?«

»Ich sage überhaupt nichts mehr!« Der Mann preßte die Lippen zusammen, doch schon im nächsten Moment fragte er: »Wer seid ihr? Wer schickt euch?« Er versuchte aufzustehen.

»Das tut nichts zur Sache«, beschied Cedric Cyper und stieß ihn wieder in den Sitz zurück. »Wichtig ist, daß wir momentan diejenigen sind, die den Finger am Drücker haben. Aber falls es dich beruhigen sollte, wir gehören nicht zu den Leuten, mit denen du unter einer Decke steckst. Aber wir möchten liebend gerne etwas mehr über sie erfahren. Also . . .?«

»Was für Hintermänner?« erwiderte Longius fast trotzig und kniff erneut die Lippen aufeinander.

»Komm schon«, sagte Maylor. »Der ganze Deal ist doch unmöglich auf deinem eigenen Mist gewachsen. Du warst doch nur der Mittelsmann. Erzähl uns, wie das damals gewesen ist! Wann hat dir Sartorius Wosch das Ganze vorgeschlagen?«

Longius zuckte bei der Nennung dieses Namens merklich zusammen. In seine ohnehin ängstliche Miene mischte sich ein neuer Zug von Furcht, und Cedric spürte nur zu gut, daß diese Furcht mit Sartorius Wosch zu tun hatte.

»Wenn du unbedingt den Helden spielen willst...« Cedric seufzte und wandte sich scheinbar gelangweilt an Maylor, der ebensogut wußte, daß Longius vielleicht ein mit allen Wassern gewaschener und skrupelloser Geschäftsmann war, aber eines war er mit Sicherheit nicht – zum Helden geboren. »Dann müssen wir eben ein bißchen nachhelfen. Ich habe schließlich keine Lust, die ganze Nacht hier zu vertrödeln. Was schlägst du also vor?«

»Da gibt's eine Menge Möglichkeiten«, griff Maylor den Faden auf. »Als besonders erfolgreich hat sich bislang immer das fachgerechte Amputieren verschiedener Körperteile erwiesen. Finger, Ohren und so weiter. Na ja, du kennst das ja!« Es hörte sich so belanglos an, als rede er über die Innenausstattung seines neuen Fluggleiters.

Cedric sah auf Longius herab, dessen Augen sich merklich geweitet hatten. Nicht mehr lange, und der Banker redete wie ein Wasserfall.

»Und was für einen Körperteil empfiehlst du in diesem Fall?« fragte Cedric harmlos. »Womit fangen wir an?«

Maylor sah ebenfalls auf Longius herab und tat, als müsse er überlegen. Grüblerisch strich er sich über die Wange, und letztendlich blieb sein Blick auf dem Handtuch liegen, das die Hüfte des Mannes bedeckte.

»Ich glaube«, meinte er, »ich hätte da schon so eine Idee.«

»Meinetwegen«, erklärte Cedric sich mit einem gleichgültigen Schulterzucken einverstanden. »Und wie?«

»Wie wärs mit einem kleinen Grillfest?« Maylor hob seine Laserwaffe vor die Augen und drehte an dem kleinen Schalter, mit dem sich die Intensität des Strahles regeln ließ. »Mit dieser Waffe hier habe ich mir während eines Landungsunternehmens, als der automatische Kocher ausgefallen war, eine Bratwurst gegrillt. Dauert eine knappe Minute, ehe sie gar ist.«

»Stimmt«, sagte Cedric. »Aber ich weiß nicht, der Geruch von verbranntem Fleisch stößt mir immer so unangenehm auf.« Er deutete auf Kara-Sek, der immer noch die Frau im Auge behielt. Sie war diejenige, die Cedric am meisten leid tat. Sie war da in etwas hereingeraten, an dem sie vollkommen unbeteiligt war. Aber es ließ sich leider nicht ändern. »Vielleicht sollten wir lieber *ihn* ranlassen. Mit seinem Schwert ist er wirklich außergewöhnlich geschickt. Ich habe einmal gesehen, wie er eine Gurke in weniger als drei Sekunden in zwei Dutzend Scheiben zerschnippelt hat. Das ging...« Natürlich war das, was er da erzählte, das reinste Raumfahrergarn — aber es schien seine Wirkung nicht zu verfehlen. Longius war mittlerweile so bleich geworden wie ein weißes Blatt Papier.

»Wir müssen ihn natürlich festbinden und knebeln«, meinte Maylor mit einem Kopfnicken in Longius' Richtung. »Du weißt ja selbst, wie fürchterlich diese Typen dabei immer brüllen und um sich schlagen. Wirklich unangenehm.«

»Stimmt.« Cedric sah sich suchend um. »Ich werde mal sehen, ob ich hier etwas finde...«

»Schon gut, schon gut!« rief Longius in höchster Not. »Hört auf damit. Ich verrate euch ja alles, was ihr wissen wollt. Nur bitte, laßt mich in Ruhe!« Das Zwinkern, das sich Maylor und Cedric gegenseitig zuwarfen, registrierte er nicht einmal.

In den nächsten Minuten verriet er ihnen alles, was er über den PFENNIGFUCHSER-Deal wußte. Sartorius Wosch, der Direktor der *K&K-Bank*, war damals an Longius herangetreten und hatte ihn beauftragt, das Containerschiff zu kaufen. Nachdem das erfolgt war, hatte Longius die Anweisung erhalten, sich darum zu kümmern, daß die PFENNIGFUCHSER sich zu einem bestimmten Zeitpunkt in einem bestimmten System materialisierte und daß sich zu diesem Zeitpunkt die komplette Stammbesatzung inklusive des alten Eigners an Bord aufhielt. Das einzige, was er danach noch von dem Schiff gehört hätte, war die Zerstörungsmeldung gewesen.

»Das kann doch nicht schon alles gewesen sein?« fragte Maylor. »Du wirst dich doch bestimmt dafür interessiert haben, was mit dem Schiff geschehen ist?«

»Warum hätte ich das tun sollen?« rief Longius verzweifelt. »Ich habe mein Geld erhalten. Und außerdem hat mir Wosch gesagt, daß ich das alles vergessen sollte. Und er ist ein mächtiger Mann. Man tut besser, was er sagt.«

»Wie mächtig?« hakte Cedric nach. Es war Zeit, etwas mehr über diesen Bankdirektor zu erfahren – und über die Rolle, die er in diesem Spiel einnahm.

Longius machte eine vage Geste. »Das weiß niemand genau«, sagte er. »Aber man munkelt, daß er . . .«

Er hielt erschrocken inne, als die Innentür zu dem Schlafzimmer mit einem Krachen aufgestoßen wurde. Eine schwarzgekleidete Person sprang in den Raum, ging blitzartig in die Hocke und legte aus einer armlangen Waffe auf sie an. Auch hinter der zertrümmerten Fensterfront waren von einem Lidschlag zum anderen fünf oder sechs bewaffnete Leute aufgetaucht.

»Keine Bewegung!« schallte ihnen eine Stimme entgegen.

In Cedrics Hand zuckte es; tausendmal geübte Reflexe, die ihm sagten, die Waffe hochzureißen und das Feuer zu eröffnen – aber zum Glück hatte er auch tausendmal geübt, diese Reflexe ebenso schnell wieder zu unterdrücken.

Es war sinnlos, erkannte er, als er die auf sich gerichteten Waffenläufe sah. Die Leute trugen dieselbe Kleidung wie diejenigen, die beim yoyodynischen Hotel gewesen waren – und Cedric hatte nicht den geringsten Zweifel, daß es sich um dieselbe Eingreiftruppe der sarday'kinschen Botschaft hier auf *Sankt Petersburg Zwei* handelte. Mit einem Seitenblick auf Longius erhaschte er, daß er von dem unvermittelten Auftauchen der Männer ebenso überrascht worden war wie sie.

Cedric streckte seine Hände langsam von sich. Jede Gegenwehr hätte ihn allerhöchstens das Leben gekostet. Ihn und den anderen im Raum.

Auch Maylor hatte das eingesehen, nur Kara-Sek stürmte mit erhobenem Säbel auf den durch die zerborstene Tür in den Raum gesprungenen Mann zu. Ein kurzes Knistern, und im nächsten Moment entglitt der Säbel mit der newtoniumveredelten Klinge seinen geschockten Fingern und fiel zu Boden. Ein Betäubungsstrahl, wie Cedric erleichtert wahrnahm. Das bewies, daß man an ihrem Leben interessiert war.

Einen Moment lang verharrte der Yoyodyne, dann wollte er sich trotz seines betäubten Arms auf den Mann stürzen, und er hätte es sicherlich auch getan, wenn Cedric ihm nicht Einhalt geboten hätte.

»Nicht!« rief er. »Das hat keinen Sinn.«

Kara-Sek blieb keuchend stehen und schaute sich um.

»Sehr klug«, sagte einer der Männer von der Fensterfront aus. Die Stimme klang unter der Maske so hohl, daß Cedric Mühe hatte, überhaupt zu identifizieren, welcher der Männer da sprach, ehe einer von ihnen ins Zimmer trat und mit seiner Waffe eine auffordernde Geste in Cedrics und Maylors Richtung machte. »Also verhaltet euch auch weiter so, und laßt hübsch brav die Waffen fallen.«

Cedric atmete tief durch, bevor er seinen Strahler zu Boden warf. Maylor tat es ihm nach, um im nächsten Moment, als die Aufmerksamkeit aller Männer auf die zu Boden polternden Waffen gerichtet war, in Richtung der Fensterfront zu hechten und den Startknopf seines *Rocket-Packs* zu betätigen.

Cedric begriff den genialen Gedanken, mit dem Maylor die einzige Fluchtmöglichkeit erkannt – und wahrgenommen – hatte. Das *Rocket-Pack* hätte ihn binnen eines Augenblicks aus dem Raum katapultieren und hinaus in die Nacht schießen lassen müssen.

Wie gesagt – hätte...!

Aber die sechs Düsen zündeten nicht richtig, sondern ließen Maylor ausgestreckt auf den Boden prallen.

»Ach ja, ich vergaß«, sagte der Mann in Maylors Richtung. »Natürlich haben wir diesen Raum längst mit einem elektronischen Störfeld überzogen. Tut mir leid, wenn eure netten Spielzeuge also nicht mehr funktionieren.«

Mühsam arbeitete sich Maylor auf die Beine. »Ich kann mir vorstellen, daß ihr über unser Auftauchen überrascht seid«, redete der Mann weiter. »Der Dateneinbruch in den Bankcomputer blieb nicht unbemerkt. Anscheinend ein wirklich geschickter Surfer, den ihr da engagiert habt. Aber leider schaffte er es nicht mehr zu verschleiern, woher er kam. Nämlich aus dem System der Investmentfirma dieses netten Herrn dort.« Er deutete in Richtung auf Longius. »Und von da an war klar, daß ihr euch früher oder später hier blicken lassen würdet. Wir mußten nur noch auf euch warten. Ich muß sagen, eine wirklich verwegene Methode, die ihr euch da habt einfallen lassen.«

Cedric konnte von dem Gesicht hinter dem dunklen, laserreflektierenden Visier wenigstens soviel erahnen, um zu wissen, daß der Mann grinste.

»Was . . . was soll das?« stotterte Longius unsicher. »Wer sind Sie? Was ist hier überhaupt los?«

»Stellt der Kerl immer so dumme Fragen?« erscholl es hinter der Maske. Die Worte schienen Cedric zu gelten.

»Ja, meistens«, versuchte er auf den Plauderton einzugehen. »Scheint wohl in seiner Natur zu liegen. Es hat uns auch ziemlich viel Mühe gekostet, ihm das auszutreiben.«

»Unnütze Liebesmüh«, sagte der Mann. »Er wird nicht mehr viel Gelegenheit haben, dumme Fragen zu stellen. Genausowenig wie du.« Damit hob er die Waffe und zielte in Cedrics Richtung. »Es ist an der Zeit, dein letztes Gebet zu sprechen.«

»Du wirst uns nicht umlegen«, sagte Cedric mit einer Überzeugung, von der er nicht wußte, woher er sie nahm. Er breitete die Arme aus. »Wenn ihr uns hättet umbringen wollen, hättet ihr das schon viel früher tun können.«

»Bist du dir da wirklich so sicher?« Wieder diese Andeutung eines Grinsens unter dem Visier.

Und dann drückte der Mann ab.

Cedric fühlte noch, wie irgend etwas mit unbändiger Gewalt gegen sein Bewußtsein schlug, es gewaltsam aus seinem Schädel fegte, und dann legte sich endgültig Schwärze um ihn.

Zwei weitere Betäubungsschüsse, und auch Maylor und Kara-Sek stürzten haltlos zu Boden.

Perkins zog den Helm vom Kopf und ließ seinen Blick voller Zufriedenheit über die drei bewußtlosen Gestalten wandern, ohne Longius oder die Frau im Bett zu beachten.

»Schafft sie in die Gleiter!« befahl er, woraufhin mehrere seiner Leute herbeieilten, die drei packten und sie hinaus auf die Terrasse schleiften, wo ein Gleiter herunterkam und eine Handbreit über dem Boden schweben blieb.

Perkins wartete, bis die Bewußtlosen im Gleiter waren, dann gab er zwei seiner Männer einen knappen Wink.

»Ihr erledigt den Rest!« wies er sie an, und nachdem sie mit einem bestätigenden Nicken darauf reagiert hatten, begab er sich ebenfalls nach draußen und stieg in den Gleiter ein. Das Schott schloß sich, und Sekunden später stieg die Maschine auf und verschwand im Abendhimmel.

»Was soll das heißen?« fragte Longius die verbliebenen Männer. Abermals gelang es ihm nicht, seiner Stimme einen sicheren Klang zu geben. »Von was ist die Rede?«

»Du bist wirklich ein Idiot«, sagte der schwarzgekleidete Mann und hob seine Waffe. »Offenbar hast du ein wenig zuviel ausgeplaudert. Und du weißt doch, was mit Leuten passiert, die diesen Fehler begehen!«

»Ausgeplaudert?« Longius machte ein Gesicht, als hörte er das Wort zum ersten Mal. Er erhob sich aus dem Sessel und hob abwehrend die Arme. »Ich habe überhaupt nichts ausgeplaudert. Gar nichts.«

»Leider gibt es nur irgend jemanden, der anders darüber denkt.«

Der grelle Strahl traf Longius mitten in der Brust, schleuderte ihn zur Wand zurück und ließ ihn dort als verkohltes Bündel zurück.

Die Frau kreischte auf. Langsam schob sie sich aus dem Bett, während sie das Bettlaken unverändert vor sich hielt.

Der Blick des schwarzgekleideten Mannes ruckte in ihre Richtung, als nähme er sie jetzt zum ersten Mal wahr.

»Bitte . . .« hauchte die Frau. »Tu mir nichts. Ich . . . ich habe mit all dem nichts zu tun . . .«

»Keine Angst«, sagte der Mann, und seine Stimme strahlte mit einem Male eine überraschende Sanftheit aus. »Du brauchst keine Angst zu haben. Ich will dir nichts zuleide tun. Du mußt nicht glauben, daß ich irgend etwas gegen dich hätte . . .«

Er wartete, bis sich der ängstliche Blick der Frau etwas entspannte, dann drückte er ab. Die feurige Lohe erfaßte sie und verbrannte sie ebenso wie Longius bis zur Unkenntlichkeit.

»Es ist nur diese verdammte Einsatzvorschrift«, fügte er, fast entschuldigend hinzu und beeilte sich zu verschwinden.

Schon setzte der zweite Gleiter auf, um sie zurück zur Botschaft zu bringen.

Synfile 8

Söldner!

»Gut gemacht, Perkins«, sagte Lafayette, als sein vom Einsatz zurückgekommener Adjutant Bericht erstattet hatte. Ein leichtes, entspanntes Lächeln spielte um die Lippen des Botschafters. Ein Lächeln das von der Erleichterung herrührte, daß nun endlich alles überstanden war. Sämtliche Personen, die mit der FIMBULWINTER hier gestrandet waren, waren aus dem Verkehr gezogen — oder tot. Sie konnten ihm nicht mehr gefährlich werden. Zwar würden die Einsätze der Eingreiftruppe und die von ihr verursachten Schäden noch einen Rattenschwanz an unangenehmen Folgen nach sich ziehen, aber das war nichts, womit er nicht fertig werden würde. »Ich bin sehr zufrieden mit Ihnen.«

Perkins quittierte es mit einem knappen Nicken.

»Das freut mich aufrichtig, Sir«, sagte er, und es entsprach der Wahrheit. Wer blieb nicht gerne am Leben? »Die Gefangenen befinden sich jetzt unten im Sicherheitstrakt. Ich schätze, daß sie zwischenzeitlich das Bewußtsein zurückerlangt haben dürften.«

»Dann wollen wir ihnen mal einen kleinen Besuch abstatten.« Lafayette erhob sich und kam hinter seinem Arbeitstisch hervor. »Ich möchte mir die Burschen gerne noch persönlich ansehen, bevor sie...« *Faktor 4* abholen läßt, hatte er sagen wollen, verbesserte sich aber noch rechtzeitig: »... bevor sie ebenfalls der anderen Einheit überstellt werden.«

Faktor 4 — er hatte wesentlichen Anteil an der Ergreifung der letzten drei entflohenen Strafgefangenen gehabt, denn von ihm war die entscheidende Information gekommen. Die Männer, die die Sarday'kin und den Freischärler abgeholt hatten, hatten dem Botschafter gleichzeitig eine Nachricht überreicht; sie besagte, daß ein

Datensurfer, der offenbar im Auftrag der Strafgefangenen gehandelt hatte, in das Zentralsystem der *K&K-Bank* eingedrungen war, um dort nach PFENNIGFUCHSER-Daten zu suchen. Aufgrund seiner Herkunft könne man davon ausgehen, daß die drei aller Wahrscheinlichkeit nach demnächst bei einer bestimmten Person auftauchen würden. Und dann hatte sich auf dem Zettel noch die Adresse dieser Person, eines Investmenthändlers, befunden. Und die freundliche Bitte, ihn nach erfolgter Aktion ebenso aus dem Weg zu schaffen wie etwaige Zeugen.

Lafayette hatte getan, wie ihm befohlen worden war. Seit dieser Anweisung jedoch ging ihm eine flüsternde Frage im Kopf herum, die nicht verstummen wollte: Was hatte *Faktor 4* mit der *K&K-Bank* zu tun?

Hatte er durch diese Information womöglich unabsichtlich ein Stück seiner Anonymität preisgegeben? Oder war das nur ein neuerlicher Test, um zu prüfen, ob er versuchen würde, ihm hinterherzuschnüffeln? Es war derselbe Teufelskreis, in dem sich Lafayettes Gedanken schon mehrmals befunden hatten, wenn er über diesen Mann im Hintergrund nachdachte. Deshalb hatte er auch verzichtet, den Männern nachzuspüren, die die beiden Gefangenen abgeholt hatten, oder ihnen einen Peilsender an den Gleiter zu kleben. *Faktor 4* hatte sicherlich seine Vorkehrungen für solche Fälle getroffen. »Darf ich fragen, was das für eine Einheit ist, zu der die Gefangenen überstellt werden?« fragte Perkins. »Gibt es hier auf *Sankt Petersburg Zwei* noch eine weitere sarday'kinsche Nachrichtenzentrale?«

»Perkins, glauben Sie mir«, sagte Lafayette betont. »Wenn ich Ihnen das wirklich hätte sagen wollen, dann hätte ich es Ihnen längst gesagt.«

»Ja, natürlich«, reagierte Perkins eilig auf die Zurechtweisung. »Verzeihen Sie, Sir.«

»Schon gut«, entgegnete Lafayette mit einer Jovialität, die der Hochstimmung entsprach, in der er sich befand. Da konnte man über solche Kleinigkeiten schon einmal großzügig hinwegsehen.

Mit dem Expreßlift fuhren sie hinunter ins dritte Untergeschoß, in dem der Sicherheitstrakt lag. Natürlich bestand die Botschaft nicht nur aus den prächtigen überirdischen Gebäuden, die von einem parkähnlichen Grundstück umgeben waren. Hier unten befand sich alles, um selbst ein Dutzend Gefangene ausbruchssicher zu beherbergen – und alle erdenklichen technischen, chemischen oder sonstigen Hilfsmittel, sie gegebenenfalls auch zum Reden zu bringen.

Eigentlich schade, dachte Lafayette mit einer Spur von Bedauern, daß dafür in diesem Fall keine Zeit blieb. Und *Faktor 4* legte Wert darauf, die Gefangenen in einem möglichst unbeschädigten Zustand zu bekommen.

Natürlich wußte Lafayette, daß er den Gefangenen nichts über den schiefgelaufenen Überfall auf Hadrians Mond entlocken durfte, denn wenn sie *Faktor 4* darüber berichteten, würde man sicherlich nicht besonders erfreut darüber sein.

Die beiden Wachen, die sich rechts und links des Schotts zum Zellenraum befanden, salutierten, als sie den Botschafter und seinen persönlichen Adjutanten herannahen sahen.

»Keine Vorkommnisse«, meldete einer von ihnen.

»Das will ich doch hoffen!«

Die beiden Wachen blieben draußen, während Lafayette und Perkins den Raum betraten. Auf der einen Seite befanden sich mehrere Kontrollpulte, auf der anderen mehrere schmucklose Liegen, ein festinstallierter Tisch und die Ausgabe eines Nahrungsmittelspenders, der natürlich von außen kontrolliert wurde.

Befriedigt sah Lafayette, wie die drei Gefangenen aufsprangen, als sie hereinkamen. Er stellte sich dicht vor die warnend-rote Linie, die die Hälfte des Raumes durchzog. Auf den ersten Blick befand sich zwischen ihm und den Gefangenen nichts als bloße Luft, nur wenn man ganz genau hinsah, konnte man das leichte Flimmern erkennen, das sich wie ein feines Gespinst durch die gesamte Breite des Raumes zog. Es war das elektronische Schutzfeld, und wer einmal Bekanntschaft mit seinen unangenehmen Eigenschaften gemacht hatte, hütete sich, ihm noch einmal zu nahe zu kommen.

»Ah«, rief Lafayette. »Wie ich sehe, befinden Sie sich allesamt bei guter Gesundheit.« Er faltete die Hände. »Sehr gut. Genießen Sie diesen Zustand noch ein paar Minuten lang.«

Wenn er geglaubt hatte, die drei ängstigen zu können, so sah er sich getäuscht.

»Der Herr Botschafter, nehme ich an«, meinte Maylor und ließ seine Hände dabei in den Hosentaschen. »Und sogar höchstpersönlich. Welche Ehre!«

»Was ist mit den anderen?« rief Cedric. »Was haben Sie mit ihnen gemacht? Warum sind sie nicht hier? Befürchten Sie etwa, zusammen könnten wir ausbrechen?«

»Glauben Sie mir, hier könnte nicht einmal eine aktivierte *Humsz*-Züchtung ausbrechen«, erklärte Lafayette milde lächelnd. »Und was Ihre zwei Kumpane angeht...«

»Zwei?« rief Maylor stirnrunzelnd, »Wieso zwei?«

Cedric spürte einen eisigen Schrecken. Wen der drei hatte es erwischt? Sheryl? Sie war zwar diejenige, die er als letzte lebend gesehen hatte, aber das mußte nicht zwangsläufig bedeuten, daß ihr nichts passiert war.

»Wer?« fragte er. »Wer fehlt?«

»Perkins!« sagte Lafayette nur.

»Wir haben einen Freischärler und eine Sarday'kin verhaftet«, gab Perkins Auskunft. »Der Cybertech, der die Explosion der Granate ausgelöst hat, ist dabei ums Leben gekommen.«

Duncan! Er war es, den es erwischt hatte.

»Wo sind Sheryl und Nabtaal jetzt?« fragte Cedric.

»Tut mir leid, das kann ich Ihnen nicht beantworten«, sagte Lafayette abweisend. »Aber Sie werden es früh genug erfahren. Und wer weiß, vielleicht sehen Sie dabei auch Ihre Kumpane wieder.« Und als wüßte er, wie sehr er Cedric damit treffen konnte. »Das heißt, sofern sie überhaupt noch am Leben sind.«

Cedric schluckte. Am liebsten wäre er diesem Mistkerl, der da keine anderthalb Meter von ihm entfernt stand, an die Gurgel gegangen. Doch das einzige, was ihm ein derartiger Versuch eingebracht hätte, wäre gewesen, daß sich der Botschafter an den schmerzlichen Folgen hätte weiden können, die jeder Kontakt mit dem Sicherheitsfeld nach sich zog. Und diese Freude wollte ihm Cedric nun doch nicht bereiten.

»Wäre es nicht langsam an der Zeit, uns etwas über die Hintergründe der Verschwörung zu erzählen?« fragte Cedric statt dessen. Er deutete auf Perkins. »Und was ist mit ihm? Ist er ebenfalls daran beteiligt?«

Lafayette zuckte unmerklich zusammen. Doch er hatte sich gut genug unter Kontrolle, als daß man ihm etwas hätte anmerken können.

»Was für eine Verschwörung?« fragte er unschuldig.

»Also gehört er nicht dazu«, folgerte Cedric. Das war doch

womöglich etwas, mit dem sich etwas anfangen ließ; er war entschlossen, die winzige Möglichkeit, die sich ihm da bot, zu nutzen.
Vielleicht konnte er ein wenig Zwietracht zwischen den beiden
sähen. Mal sehen, wem sich Perkins mehr verpflichtet fühlte — seinem direkten Vorgesetzten oder der sarday'kinschen Sternenflotte!
»Wollen Sie ihm dann nicht erzählen, was für ein falsches Spiel Sie
hier spielen?« sprach Cedric weiter. »Vielleicht interessiert es ihn zu
wissen, für wen Sie in Wahrheit tätig sind?«

Lafayette warf Perkins einen Seitenblick zu und registrierte beruhigt, daß sein Adjutant in keinster Weise auf diese Worte reagierte.
Er stand so unbeteiligt da, als würde er sie gar nicht hören.

Gut, dachte Lafayette, auf seinen Adjutanten war Verlaß.

»Nur zu«, ermunterte er Cedric. »Sagen Sie es ihm ruhig! Für
wen bin ich denn in Wahrheit tätig?«

Cedric begriff, daß ihm das Wort im Mund herumgedreht worden war. Kein Wunder, als Botschafter war Lafayette natürlich
besonders geübt in solchen hetorischen Spielchen. Er hingegen um
so weniger. Auf diese Gegenfrage konnte Cedric keine Antwort
geben, und das minderte seine ohnehin geringe Aussicht, glaub-
würdig auf den Adjutanten zu wirken.

»Sagen Sie mal, Perkins«, sprach Cedric den Adjutanten direkt
an, »ist Ihnen bei den Einsätzen zu unserer Verhaftung nichts seltsam vorgekommen. Beispielsweise, daß Sie noch gar keinen Haftbefehl von der Flotte bekommen haben und der Botschafter trotzdem alle Hebel in Bewegung setzt, um unserer habhaft zu werden?
Aus welchem Grund dieser Eifer? Was denken Sie?«

»Er wird schon seine Gründe dafür haben«, bemerkte Perkins
steif.

»Oder daß wir jemand anderem überstellt werden«, machte
Cedric Cyper weiter, »der augenscheinlich nicht zum sarday'kinschen Flottenkomplex gehört. Macht Sie das nicht nachdenklich?«

»Es steht mir nicht zu, mir darüber Gedanken zu machen«, erwiderte Perkins ablehnend. Lafayette mußte sich beherrschen, um
nicht siegessicher zu grinsen. »Ich halte mich nur an meine
Befehle.«

»Na, bravo!« knurrte Maylor und tat, als würde er Beifall klatschen. »Sieh ihn dir an, Cedric! Ist er nicht ein wahres Prachtexemplar unserer Zunft? Das einzige, was man ihm beigebracht hat, ist,
Befehle auszuführen. Eigenes Denken unerwünscht! Wahrschein-

lich bekäme er sogar Kopfschmerzen, würde er es doch einmal versuchen.«

Cedric Cyper war überrascht, solche Worte ausgerechnet aus dem Mund des sonst so pflichtbewußten Maylor zu hören.

»Denken Sie gut nach, Perkins!« versuchte es Cedric ein letztes Mal. »Hat er in den letzten Jahren nie Befehle gegeben, deren Sinn Ihnen vielleicht fragwürdig vorgekommen ist?«

Der Adjutant reagierte nicht. Er sah Cedric nicht einmal an. Sein Blick glitt an den Gefangenen vorbei irgendwo in die Unendlichkeit.

»Ich glaube, es ist Zeit, diese unerbauliche Veranstaltung zu beenden«, sagte Lafayette. Er ging zu einem der Kontrollpulte, und auf einen Fingerdruck von ihm öffnete sich ein kleiner Schacht. Cedric konnte sehen, daß sich zwei Hebel darin befanden. Der eine besaß einen roten Knauf, der andere einen gelben. »Jedenfalls kann ich hier im Raum niemanden erkennen, der diesem haltlosen Geschwafel irgendwelche Bedeutung zumessen würde.«

»Es scheint, als bräuchten Sie eine Brille«, meldete sich Maylor zu Wort. »Mich jedenfalls interessiert das sehr. Meinetwegen kann er ruhig weiterreden.«

Lafayette ließ sich seinen Sieg nicht nehmen. Er legte seine Hand auf den Hebel mit dem gelben Knauf.

»Und *mir* scheint«, ahmte er Maylors Tonfall nach, »als bräuchten *Sie* eine kleine Lektion.«

Er drückte den Hebel halb nach unten und sah zufrieden, wie Maylor, Cedric und Kara-Sek mit einem Male ihre Gesichter qualvoll verzogen, ihre Arme vor den Leib preßten und langsam zu Boden sanken.

»Ein nettes Spielzeug, nicht wahr?« fragte Lafayette höhnisch, und wieder in Maylors Tonfall fügte er dann hinzu: »Also, falls Sie noch etwas zu sagen haben — meinetwegen können Sie ruhig weiterreden.«

Cedric brachte kein einziges Wort mehr über die Lippen. Das höllische Feuer, das seine Eingeweide durchdrang, war zu übermächtig, als daß er noch Gewalt über seine Stimmbänder gehabt hätte.

Vorbei! vermochte er noch zu denken. Er hatte seine Chance gehabt — und verspielt. Um Perkins seine Meinung ändern zu lassen, hätte schon eine Giga-Bombe auf sein Haupt fallen müssen! Ach was – zehn!

Irgendwann, nachdem Lafayette sich ausgiebig Zeit gelassen hatte, seine Fingernägel zu betrachten, drückte er den Hebel in die Ausgangsstellung zurück, und der gewaltige Schmerz verschwand aus Cedrics Gliedern. Trotzdem lag er genauso wie Maylor und Kara-Sek noch sekundenlang keuchend da, ehe er imstande war, sich wenigstens auf Ellbogen und Knie zu erheben.

»Und das war nur ein kleiner Vorgeschmack«, rief Lafayette. »Die Schmerzempfindung läßt sich ohne weiteres noch um das Doppelte steigern. Und wenn Sie sich dann immer noch nicht an das halten, worum ich Sie bitte...« Ein kurzes Lächeln, ehe er weiterredete: »...werde ich vielleicht auch diesen anderen Hebel benutzen. Ich muß ihn nur umlegen, und alles organische Leben innerhalb der Sicherheitszone wird mit einem Desintegratorstrahl ausgelöscht. Es hängt ganz von euch ab. Ach ja, etwas sollte ich vielleicht noch hinzufügen. Was solche Sachen angeht, sind wir hier nämlich etwas altmodisch. Für so etwas benutzen wir immer noch die gute alte HM-3. Ich muß Ihnen doch wohl nicht sagen, was das bedeutet?«

Das mußte Lafayette wahrhaftig nicht. Seine Worte hatten ausgereicht, um Cedric erbleichen zu lassen. Es gab kaum eine Todesart, die schmerzhafter war als eine Aminosäuren-Verschiebung durch einen HM-3-Desintegrator.

Lafayette sah das Entsetzen in den Gesichtern seiner Gefangenen und begann zu lachen.

Ein Lachen, das ihm im Hals stecken blieb, an dem er sich verschluckte und beinahe daran zu ersticken drohte, als übergangslos die Alarmsirenen aufzuheulen begannen.

Die plötzlich rhythmisch aufleuchtenden roten Lampen an den Wänden tauchten den Raum in wabernden, rötlichen Widerschein. Das dumpfe Grollen einer entfernten Explosion rollte zu ihnen heran. Für ein, zwei Sekunden flackerte das Licht, und Cedric wurde sich bewußt, daß diese Stromschwankung vielleicht auch das elektronische Sicherungsfeld kurz durchlässig gemacht hatte. Nun lag das leichte Flimmern wieder unverändert vor ihm in der Luft und unterteilte den Raum in zwei Hälften.

Dennoch nahm er sich vor, genau auf das nächste Flackern der Lampen zu achten und darauf, ob das elektronische Sicherungsfeld ebenfalls davon betroffen war. Und wenn es nur das leiseste Anzeichen dafür gab, nur das kleinste Nachlassen des ohnehin kaum sichtbaren Flimmerns, dann würde er versuchen, sich hindurchzustürzen. Vielleicht war es die letzte Chance, die ihnen noch blieb.

»Was war das?« fragte Lafayette verunsichert. Er wirkte plötzlich vollkommen ratlos.

»Es hörte sich an wie eine Explosion«, sagte Perkins, der ebenfalls beunruhigt die Augenbrauen herabgezogen hatte. »Irgendwo innerhalb des Gebäudes.«

»Wie es sich angehört hat, weiß ich selbst«, schrie der Botschafter. »Ich will wissen, was es *war*! Und was überhaupt die Ursache für den Alarm ist!«

»Ja, Sir, sofort, Sir!« beeilte sich Perkins zu versichern. »Wird erledigt, Sir.«

Er eilte hinaus und gab den beiden Wachen, die außen das Schott bewachten, die Anweisung, nach dem Rechten zu sehen. Die beiden verschwanden im Laufschritt. Er selbst lief zum nächsten Kommunikator draußen auf dem Gang. Lafayette zuckte erschrocken zusammen, als eine neue Detonation ertönte. Durch das offene Schott klang es noch ein wenig lauter und besorgniserregender.

»Es scheint, als würden Ihnen die Dinge mit einem Male aus den Händen gleiten«, rief Maylor dem Botschafter zu. »Sie sehen nicht aus, als hätten Sie eine Ahnung, wer Ihnen da einen Besuch abstattet. Vielleicht irgend jemand, bei dem Sie eine alte Rechnung offen haben? Oder er bei Ihnen?«

Lafayette sah fast ängstlich in ihre Richtung. Er wirkte so, als überlege er sich allen Ernstes, den roten Hebel herunterzudrücken, um sich des lästigen Problems zu entledigen.

»Nicht«, flüsterte Cedric in Maylors Richtung. Er vermeinte, die Gedanken hinter der Stirn des Botschafters lesen zu können und zu wissen, daß Lafayette kurz vor einer Kurzschlußhandlung stand. »Sei still! Sonst macht der uns glatt kalt.«

Vielleicht hätte Lafayette das tatsächlich getan, wenn nicht Perkins in den Raum zurückgekommen wäre. Seine Laserwaffe hatte er längst in der Hand.

»Wissen Sie endlich, was los ist?« fauchte Lafayette ihn an.

»Nun, Sir«, erwiderte Perkins. »Offenbar ist eine Gruppe schwerbewaffneter Söldner ins Botschaftsgebäude eingedrungen.

Und sie gehen mit derart schweren Waffen vor, daß es kaum möglich ist, eine geordnete Gegenwehr zu organisieren, geschweige denn sie aufzuhalten.«

Lafayette erstarrte.

»Söldner?« rief er fassungslos aus.

Bei den Söldnern handelt es sich um Gruppierungen, die sich nach dem Zerfall des Großen Imperiums keiner der neugebildeten Fraktionen hatten anschließen wollen. Anfangs hatten sich deren Angehörige noch aus ehemaligen Angehörigen der alten Flotte und Armee zusammengesetzt, die sich gegen ein entsprechendes Entgeld als Bodyguards, Einsatzbegleiter oder bezahlte Kampftruppen verdingt hatten. Im Laufe der letzten viereinhalb Jahrhunderte hatte sich aus diesen Hasardeuren, deren Nachkommen und vielen Freiwilligen aus allen Fraktionen eine eigenständige Gilde entwickelt, die zwar über kein eigenes Machtgebiet verfügte, aber auf nahezu allen Planeten vertreten war. Sie waren so ziemlich die bestgeschulten Kampftruppen, die es in diesem Spiralarm der Galaxis gab; und jeder, der über genügend Kleingeld verfügte, konnte ihre Dienste in Anspruch nehmen. Die Auftragserteilung und -durchführung unterlag dabei strengen Regeln, die einst von dem wohl gefürchtetsten und am meisten gesuchten Raumpiraten des letzten Imperiumsjahrhundert und offiziellen Gründers der Söldnergilden, J. A. Macbeth, festgelegt worden waren.

Und eine dieser Regeln besagte, niemals den Auftraggeber eines Einsatzes zu nennen.

»Sie haben die beiden oberen Etagen gestürmt«, fuhr Perkins fort, »und sind weiter auf dem Vormarsch. Es scheint, als wären sie direkt auf dem Weg hierher nach unten. Ich kann mir das selbst nicht erklären, Sir.«

Lafayette machte nicht gerade einen kühl überlegenden Eindruck. »Ich muß nach oben«, keuchte er. »In meinen Arbeitsraum. Sie . . . sie begleiten mich.« Er bewegte sich in Richtung Schott, an dem verharrenden Perkins vorbei. »Los, kommen Sie endlich! Sie müssen mich decken, falls wir auf die Eindringlinge treffen!«

Perkins schloß sich dem Botschafter an. Zusammen eilten sie aus dem Raum. Hinter ihnen schloß sich das Schott, und die Gefangenen blieben allein zurück.

Während neue Explosionen das Gebäude erschütterten, fuhren

sie mit dem Expreßlift hinauf und erreichten wohlbehalten die Etage, in der das Arbeitszimmer des Botschafters lag. Ähnlich wie bei dem Zentralbereich eines Kampfkreuzers handelte es sich dabei um eine besonders abgeschirmte Zone, mit plastmetallgepanzerten Wänden, eigener Energieversorgung und Schutzschirmprojektoren. Mit den Vorräten, die sich in dem kleinen, normalerweise so gut wie nie benutzten Ruheraum neben dem Hauptraum befanden, war ein wochenlanges Überleben gewährleistet − so lange, wie die nächste Eingreiftruppe der Flotten benötigte, um zur Stelle zu sein.

Die Gefangenen! schoß es Lafayette durch den Kopf, als er das Schott zu den Räumen öffnete. Der Angriff galt den Gefangenen!

Er benötigte einen Moment, um sich zu einem Entschluß durchzuringen. Wenn man die drei tatsächlich befreien wollte, dann war es bestimmt im Sinne von *Faktor 4*, daß er ihre Flucht verhinderte.

»Fahren Sie wieder nach unten!« befahl er Perkins. »Und falls die Söldner versuchen sollten, zu den Gefangenen vorzustoßen, dann sorgen Sie dafür, daß sie ihnen nicht lebend in die Hände fallen können. Haben Sie verstanden?«

Perkins zögerte einen Herzschlag lang. Er hatte erwartet, sich zusammen mit dem Botschafter in dem besonders geschützten Bereich zu verbarrikadieren. Doch sein Pflichtbewußtsein obsiegte schnell, und er salutierte.

»Zu Befehl, Sir!« rief er.

Während Lafayette in seinen Räumlichkeiten Zuflucht suchte, bestieg der Adjutant erneut den Turbolift. Ein, zwei weitere Detonationen erschütterten das Gebäude, und Perkins war froh, daß der Lift über eine eigene, unabhängige Energieversorgung verfügte. Sekunden später war er unten angelangt. Die Lifttüren öffneten sich anstandslos.

Zwei Männer, die der Alarm offenbar in ihrer Ruhepause ereilt hatte, hasteten an ihm vorbei. Und irgendwo vor sich in den Gängen war das unverkennbare Fauchen von schweren Lasern zu hören.

Das bedeutete, daß die Söldner bereits in dieses Untergeschoß vorgedrungen waren. Perkins fluchte lautlos und hastete auf die Gefangenensektion zu.

Als er schon vor dem Schott zum Zellenraum stand, tauchten vor ihm drei in klobige Ganzkörperanzüge gehüllte Gestalten auf.

Söldner! Die Panzerung ließ die Bewegung, mit der sie sich in seine Richtung drehten und ihre schweren Waffen hoben, fast maschinell anmuten.

Perkins versuchte erst gar nicht, mit dem Strahler in seiner Hand auf sie zu feuern. Es wäre so sinnlos gewesen, als wenn er versucht hätte, mit Hilfe einer Taschenlampe ein Loch in eine Wand zu brennen. Die verhältnismäßig geringe Energie des Handstrahlers wäre von der Plastpanzerung der drei problemlos absorbiert worden.

Statt dessen sprang er zur anderen Seite des Ganges, wo sich ein kleiner Schaltkasten befand. Ein schneller Griff, und ehe die Söldner das Feuer hatten eröffnen können, fuhr vor ihnen ein massives Sperrschott herab und blockierte den Gang.

Der Adjutant des Botschafters gestattete sich ein kurzes Durchatmen und betrat den Zellentrakt.

»Perkins, da sind Sie ja wieder!« rief Cedric Cyper. »Was geschieht hier?«

Perkins gab keine Antwort, sondern kümmerte sich zuerst darum, daß das Schott hinter ihm elektronisch blockiert wurde. Jetzt war es von außen nicht mehr über den Zugangscode zu öffnen. Wer immer hier herein wollte, würde dafür schon eine mittelschwere Sprengladung benötigen. Kein Gedanke, der Perkins sonderlich zuversichtlich stimmte. Die eingedrungenen Söldner litten bestimmt keinerlei Mangel an geeigneten Sprengstoffen.

Er schluckte, als ihm klar wurde, was Lafayettes Befehl in letzter Konsequenz für ihn bedeutete. Falls die Söldner tatsächlich auf dem Weg hierher waren, dann würde er keine Chance mehr haben, sich in den abgesicherten Bereich der Botschaft zu flüchten.

»Perkins!« rief Cedric erneut. »Wollen Sie uns nicht endlich sagen, was das alles zu bedeuten hat? Was geht hier vor sich?«

»Was hier vor sich geht?« wiederholte Perkins mit einem ironischen, fast verzweifelten Grinsen. »Ich wäre froh, ich wüßte es. Ganz offensichtlich ist da jemand im Anmarsch, um euch hier herauszuholen. Eigentlich müßtet ihr selbst besser wissen, wem ihr soviel wert seid, daß er eine Horde Söldner engagiert!«

Cedric und Maylor warfen sich einen erstaunten Blick zu.

Wer sollte sie hier schon herausholen? War Sheryl und Nabtaal etwa inzwischen die Flucht geglückt, und hatten sie die Söldner engagiert? Unwahrscheinlich. Dazu war viel zu wenig Zeit vergangen. Oder hatten die beiden vielleicht Kontakt mit den Hintermännern der Verschwörung gehabt und sie überzeugen können, auf solch eine Art und Weise vorzugehen? Unsinn, dachte Cedric. Das war noch viel unwahrscheinlicher!

Aber wer dann? Und warum?

Eine Explosion in der Nähe erschütterte das Stockwerk. Perkins mußte erst gar nicht lange überlegen, um zu wissen, daß das Sicherheitsschott, das er heruntergelassen hatte, nun nichts mehr taugte.

Wie als Antwort darauf erschien wenig später ungefähr in Kopfhöhe ein rotglühender, handflächengroßer Fleck auf dem Plastmetall des Schotts zu diesem Raum. Binnen Sekunden begann das Material zu verschmelzen und gleich glühender Lava nach unten zu tropfen, während der Fleck sich langsam weiterbewegte.

Ein Laserschneider, erkannte Perkins. Man verzichtete also auf den Einsatz einer weiteren Sprengladung — vermutlich, um niemanden innerhalb des Zellenraumes zu gefährden. Und diese Tatsache bestätigte zwei Annahmen. Erstens: Die Söldner kannten sich hervorragend in der sayday'kinschen Botschaft aus. Zweitens: Sie waren tatsächlich gekommen, um die Gefangenen zu befreien.

Der Adjutant gab sich einen Ruck und ging zu einer der Konsolen. Es war an der Zeit zu tun, weshalb er hergeschickt worden war.

»Geben Sie sich keinen Hoffnungen hin«, sagte Perkins in Richtung der Gefangenen, die auf den rotglühenden Fleck starrten, der sich bereits eine Armlänge weit vorangefressen hatte. »Wenn die Söldner die Tür durchschmolzen haben, werden sie hier niemanden mehr vorfinden, den sie befreien könnten. Dafür werde ich sorgen.«

»Was haben Sie vor?« fragte Cedric, obwohl er die Antwort längst kannte.

Perkins sah vielsagend zur Konsole neben sich, auf der sich die beiden Hebel befanden. Und weder Cedric noch Maylor hatten den geringsten Zweifel, daß sein Blick dabei keinesfalls dem Schalter mit dem gelben Knauf galt.

»Das ist Wahnsinn!« rief Maylor.

»Nein.« Perkins schüttelte den Kopf. »Das ist ein Befehl.« Dieses Wort schien etwas zu sein, an das er sich klammern konnte, und er tat es mit all seiner Kraft.

Er streckte seine Hand aus, um nach dem Hebel zu greifen.

»Halt!« rief Cedric. »Warten Sie!« Er warf einen schnellen Seitenblick zum Schott. Es würde noch mindestens eine Minute dauern, ehe die Söldner das Hindernis überwunden hatten. Der Laserschneider, den sie benutzten, schnitt keine klaffende Lücke in das Metall, sondern löste die extrem feste Struktur des Materials nur soweit auf, daß man den Eingang mit einer kleinen Ladung aufsprengen konnte.

Erleichtert nahm Cedric Cyper wahr, daß der Adjutant sich tatsächlich zu ihnen umdrehte. Seine Hand allerdings blieb bedrohlich nahe am Schalter.

»Warum sollte ich das tun?« fragte Perkins lakonisch. Natürlich wußte er genausogut wie sie, daß ihnen noch etwas Zeit blieb, bis die Söldner durchgebrochen waren.

»Hören Sie, Perkins!« Cedric hob beschwörend die Hände. »Beantworten Sie mir eine Frage. Nur eine einzige Frage.«

»Fragen Sie schon.«

»Wem gilt Ihre Pflichttreue? Dem Botschafter? Oder dem sarday'kinschen Flottenkommando?«

»Die Frage ist irrelevant«, erwiderte Perkins. »Natürlich beiden. Lafayette ist mein direkter Vorgesetzter, und in seiner Eigenschaft als Botschafter des sarday'kinschen Imperiums repräsentiert er den Willen des Flottenkommandos.«

»In einer Dienstanweisung hätte es nicht schöner stehen können«, murmelte Maylor vor sich hin.

»Und was wäre«, fragte Cedric den Adjutanten, ohne sich davon beirren zu lassen, »wenn Ihr hübscher Vorgesetzter gerade das nicht täte?«

»Sondern?«

»Wenn er statt dessen sein eigenes Spiel spielen würde und sogar an einer Verschwörung gegen die Flotte beteiligt wäre?«

Perkins' Lächeln war von der Warmherzigkeit einer Betonwand.

»Sie müssen zugeben, daß das aus Ihrem Mund nicht besonders überzeugend klingt«, sagte er. »Und außerdem vermag ich nicht ganz einzusehen, warum flüchtige Strafgefangene wie Sie mit einem Male derart viel Fürsorge für die Flotte entwickeln sollten.«

Cedric unterdrückte den Drang, einen erneuten Seitenblick zur Tür zu werfen. »Haben Sie schon darüber nachgedacht, was ich Ihnen vorhin gesagt habe?« argumentierte er weiter. Es war das einzige, was er tun konnte. »Hat Lafayette Ihnen in den letzten Jahren niemals unverständliche Befehle gegeben? Oder Anweisungen, die gegen die Interessen der Flotte verstoßen haben? Auch wenn er das vielleicht durch irgendwelche Erklärungen zu kaschieren versucht hat?«

»Der Botschafter hat es nicht nötig, seinem Adjutanten gegenüber Rechenschaft über seine Befehle abzulegen.«

»Kommen Sie!« rief Cedric mit einer Ungehaltenheit, die genau taxiert war. Zuwenig, um den Adjutanten zu reizen, zuviel, um ihm den Eindruck zu vermitteln, daß es gespielt war. »Überlegen Sie! Gab es solche Befehle?«

Und als Perkins zögerte, fügte Maylor hinzu: »Welche Ergebenheit schulden Sie Lafayette denn noch? Er hat Sie hierher nach unten geschickt und Sie Ihrem Schicksal überlassen. Wenn die Söldner hier reinkommen und entdecken, daß Sie uns umgebracht haben, dürften sie ziemlich ungehalten reagieren, meinen Sie nicht auch?« Eine kurze, bedeutungsvolle Pause. »Wenn Sie uns aber am Leben lassen, können wir sie bestimmt davon überzeugen, dasselbe auch für Sie zu tun.«

Perkins' Gesichtszüge verhärteten sich. Nur er selbst wußte, welche Gedanken hinter seiner Stirn kreisten. Cedric hatte schon die Hoffnung, Perkins ins Wanken gebracht zu haben, doch dann straffte sich der Adjutant und schüttelte heftig den Kopf.

»Nein!« erwiderte er und atmete tief durch. »Das ist alles Unsinn. Sie versuchen lediglich, Ihren Kopf aus der Schlinge zu ziehen. Aber damit können Sie mich nicht verwirren. Und deshalb . . .«

Er war bereits im Begriff, sich zu den Hebeln umzuwenden, als das Schott mit einem lauten Knall nach innen aufgesprengt wurde, polternd auf dem Boden landete und Perkins erschrocken innehalten ließ.

Einen Lidschlag lang sah er mit aufgerissenen Augen zu der neugeschaffenen Öffnung, die von sich nur langsam verflüchtigenden Luftschwaden durchzogen wurde, dann wirbelte er herum, ergriff mit beiden Händen den Hebel mit dem roten Knauf und zog ihn . . .

»Nein, Perkins!« brüllte Maylor. »Nicht!«

Es war weniger sein Schrei, der Perkins erstarren ließ, sondern vielmehr eine lautsprecherverstärkte Stimme, die durch den Raum schallte.

»Keine Bewegung! Oder wir eröffnen das Feuer!«

Die Stimme drang aus dem Außenlautsprecher eines der drei

Söldner, die in ihren Ganzkörperanzügen in den Raum getreten waren und mit ihren überschweren Laserwaffen auf den Adjutanten angelegt hatten.

Perkins drehte sich ganz langsam um, ohne jedoch seine Hände von dem Hebel zu nehmen, als ahne er, daß es sein letzter Trumpf sein könnte, den er in seinem Leben vielleicht noch auszuspielen imstande war. Mit zusammengekniffenen Lippen starrte er den drei Söldnern entgegen, und man sah ihm die Entschlossenheit an, bei der geringsten Bewegung der Männer den Hebel herunterzudrücken.

»Keinen Schritt weiter!« rief Perkins ihnen entgegen. »Oder die Gefangenen sind tot!«

Wenn sich die Söldner daran hielten und auf der Stelle verharrten, ohne zu feuern, dann wahrscheinlich einzig aus dem Grund, weil sie erkannten, daß er es in jedem Fall geschafft hätte, die tödliche HM-3-Strahlung auszulösen.

Auch Cedric und Maylor blieb nichts anderes übrig, als hilflos hinter dem elektronischen Schutzschirm zu verharren und abzuwarten, wie sich die Dinge entwickelten.

»Laß den Hebel los«, kam wiederum die Stimme eines der Söldner aus dem Helmlautsprecher, »und dir wird nichts geschehen.«

»Das hättet ihr wohl gerne«, entgegnete Perkins. Er lächelte kaltblütig. »Nein! Wie es aussieht, ist dieser Hebel hier so etwas wie meine Lebensversicherung. Oder wollt ihr etwa, daß ich . . .?«

Er ließ den Rest des Satzes unausgesprochen und drückte den Hebel statt dessen ein, zwei Zentimeter herab — zu wenig, um den Desintegrator auszulösen, aber weit genug, um sowohl die Söldner als auch Cedric und Maylor zusammenzucken zu lassen. Einzig Kara-Sek nahm die Situation mit geradezu stoischer Ruhe hin.

»Es liegt in der menschlichen Natur, vernünftig zu denken, und unvernünftig zu handeln«, ließ sich da unvermittelt eine weitere Stimme vernehmen.

Sie kam aus dem Korridor draußen vor dem gesprengten Schott, und obwohl sie ebenfalls verzerrt klang, spürten Cedric und Maylor sofort die eigenartige Kraft, die von ihr ausging. Es war eine Kraft, die nicht der Stimme selbst innewohnte, sondern den Worten. Eine Kraft, die nicht erlaubte, sich ihnen zu entziehen, und die zugleich dafür sorgte, daß man sich ein Leben lang daran erinnerte.

Und eine Kraft, die sie sofort wiederzuerkennen glaubten.

Eine weitere Gestalt trat ins Raumesinnere. Auch sie war in einen Ganzkörperanzug der Söldner gekleidet, jedoch nicht in eine der überschweren, gepanzerten Ausführungen, sondern in eine verhältnismäßig leichte Version. Und die Gestalt trug keinerlei erkennbare Waffen bei sich.

Wozu auch? dachte Cedric. Ihre Waffe war das Wort.

Cedric tauschte einen schnellen Blick mit Maylor und war sicher, daß sie beide an genau dieselbe Person dachten. Dazu hätte es erst gar nicht der abgemessenen und unnachahmlich huldvoll wirkenden Schritte der Gestalt bedurft, die so aussahen, als setzte sie die Füße gar nicht richtig auf den Boden, sondern als blieben sie einen Millimeter darüber schweben — so leicht und schwerelos wirkte diese Art des Schreitens.

Aber wie um alles diesseits der Lichtmauer kam diese Person ausgerechnet hierher, um sie zu befreien?

»Wer... wer seid Ihr?« fragte Perkins die neuangekommene Gestalt stockend.

»Laßt die Waffen sinken«, sagte die Gestalt mit einer gemessenen Bewegung in Richtung der anderen drei Söldner. »Es gibt keinen Grund zur Sorge. Er wird den Hebel nicht herabdrücken.« Es klang so sicher, als hätte es seit dem Urknall nie eine unumstößlichere Wahrheit gegeben.

Die Männer gehorchten und senkten die Läufe. Das sorgte vorübergehend für eine gewisse Entspannung der Situation, aber Perkins war nicht gewillt, sich davon beeinflussen zu lassen. »Ich habe gefragt, wer Ihr seid!« rief der Adjutant.

»Ich werde es euch zeigen«, sagte die Gestalt. Sie griff mit beiden Händen an den leichten Helm, öffnete die Verschlüsse und zog ihn in einer maßvollen Bewegung vom Kopf. »Ganz wie Ihr wünscht.«

Zum Vorschein kam das kahlköpfige Haupt eines Mannes mit asketisch wirkenden Gesichtszügen und unendlich tiefen Augen, in denen sowohl Schärfe als auch Sanftheit steckte. Und wenn es bei Cedric oder Maylor noch Zweifel an der Identität des Mannes gegeben haben sollte, so waren sie jetzt endgültig hinweggefegt.

Er war es tatsächlich! dachte Cedric wie betäubt. Der Daily Lama!

Und er hatte sich in den zwölf Jahren seit ihrer letzten Begegnung kaum verändert. Allein die Falten in seinem Gesicht waren etwas tiefer geworden.

»Ich nehme an, Ihr seid zufrieden«, sagte der Daily Lama an Perkins gewandt. Er reichte den Helm einem der Söldner und begann, langsam und in seiner unnachahmlichen Art auf den Adjutanten zuzuschreiten. Es schien beinahe so, als würde er über Wasser wandeln. »Oder solltet Ihr etwa Angst vor einem alten, unbewaffneten Mann verspüren?«

Es verging ein Moment, ehe Perkins zu reagieren imstande war. Irgend etwas, von dem er nicht zu bestimmen vermochte, was es war, hatte sich wie Mehltau über seine Gedanken gelegt. Nur mit größter Mühe und Not konnte er sie zusammenhalten.

»Kei... keinen Schritt weiter!« befahl er mit zitternder Stimme. »Sonst...« Er ballte seine Hände, die sich um den Hebel gelegt hatten, so stark zusammen, daß sich die Handknöchel weiß verfärbten. »Sonst sind die Gefangenen tot!«

»Das ist das ganze Übel«, sprach der Daily Lama, ohne im Schreiten innezuhalten. *Die Dummen sind sich ihrer Sache so sicher, die Klugen so voller Zweifel.«*

Perkins kniff die Augen zusammen und schüttelte den Kopf, als wolle er einen üblen Alptraum verscheuchen. Einen Alptraum, der von diesem Mann ausging, der da wie in Zeitlupe auf ihn zuglitt und dessen Worte sich in sein Bewußtsein bohrten.

Doch Perkins' Wille und sein Pflichtbewußtsein waren gestählt und sehr stark.

Er bäumte sich gegen die flüsternde, einschmeichelnde Stimme in seinem Innern auf, die ihm riet, nichts zu überstürzen, sondern sich vielmehr erst einmal zurückzulehnen und alles noch einmal ausgiebig und in Ruhe zu überdenken.

»Nein!« keuchte er. Auf seiner Stirn glänzte Schweiß. »Ihr könnt mich nicht überreden. Nicht mich... Ich...«

Im Gesicht des Daily Lama zuckte kein Muskel. Sein Blick lag unverwandt auf Perkins.

»Nur einen Dummen muß man überreden«, sagte er sanft. *»Einen Klugen hingegen muß man überzeugen.«*

Wieder arbeiteten diese Worte in Perkins Bewußtsein. Seine Wangenmuskeln zuckten. Er kämpfte, gegen sich selbst – und gewann.

Vielleicht zum letzten Mal.

»Wie?« Er stieß es fast hervor. »Wie wollt Ihr mich überzeugen?« Sein Gesicht verzerrte sich, als versuche er, sich nur auf das

Wesentliche zu konzentrieren. »Ich... ich gebe Euch noch eine Antwort. Eine einzige.« Seine Worte waren wie ein Strohhalm, an den er sich klammerte. »Also, antwortet! Sagt mir, warum sollte ich diesen Hebel nicht jetzt und hier betätigen?«

Cedric Cyper hielt unwillkürlich den Atem an. Der Moment der Entscheidung war gekommen. Er kannte Perkins mittlerweile gut genug, um zu wissen, daß der Adjutant sich nicht mehr beirren lassen würde. Wenn die Gedanken in seinem Schädel auch noch so durcheinandergewirbelt sein mochten, diesen einen Willensimpuls, das Auslösen der HM-3-Strahlung würde er selbst im totalen Koma noch ausführen. Cedric warf einen Blick zu den drei Söldnern am Eingangsschott, in der Erwartung, sie würden einzugreifen versuchen, doch sie standen nur abwartend da und hielten ihre Waffen weiterhin gesenkt.

Der Daily Lama blieb zwei, drei Schritte vor dem Adjutanten stehen.

»Also?« wiederholte Perkins erneut, und es klang wie ein allerletztes Ultimatum. »Redet! Was könnte mich davon abhalten...«

»Beispielsweise das hier.« Der Daily Lama hatte eine kleine Plastikkarte aus seinem Anzug gezogen und hielt sie Perkins vor die Nase.

Die Kinnlade des Adjutanten sank haltlos herab.

»DSD?« las er mit geweiteten Augen und tonloser Stimme ab. »Defensiver Sicherheits-Dienst?«

Cedric und Maylor waren gleichermaßen erstaunt. Das war nichts anderes als der interne Spionageabwehrdienst der sarday'kinschen Flotte. Nur — seit wann arbeitete der Daily Lama, den sie als Ausbilder an der Akademie kennengelernt hatten, für diesen Dienst?

»Ganz recht«, sagte der kahlköpfige Mann in diesem Moment, und Cedric hatte das Gefühl, als gälte diese Bestätigung auch Ihnen. »Hiermit, Sergeant Frederik Perkins, Personalnummer BG 121/296, unterstehen Sie meinem Kommando.«

»Aber woher kennen Sie meine...?« begann Perkins ungläubig, um sich im nächsten Moment zusammenzureißen. Er nahm die Hände von dem Hebel und salutierte. »Zu Befehl, Sir!«

»Sehr gut.« Der Daily Lama nickte. »Zu erkennen, daß man sich geirrt hat, ist nichts als das Eingeständnis, schlauer zu sein als vorher.«

Perkins runzelte irritiert die Stirn, und in Ermangelung einer besseren Antwort rief er: »Jawohl, Sir!«

»Ab sofort sind Sie meiner verdeckten Spezialabteilung unterstellt«, erklärte der Daily Lama. »Dies ist eine Alpha-Order. Eine Kontaktaufnahme zu Ihren ehemaligen Kollegen wird nicht mehr erfolgen. Es ist leider unumgänglich, daß Sie bis zur Beendigung dieses Falles von der Bildfläche verschwinden.« Er warf einen Blick zu den Gefangenen und fügte hinzu: »Und jetzt schalten Sie endlich das elektronische Sicherungsfeld aus.«

Perkins tat, wie ihm geheißen wurde.

Kaum war das leichte Flimmern in der Luft erloschen, eilte Cedric auf seinen ehemaligen Ausbilder zu. Im ersten Moment hatte er den festen Vorsatz, ihn an sich zu drücken, doch die wie gewohnt nahezu emotionslose Miene, mit der ihm der Daily Lama entgegensah, ließ ihn innehalten. Wie er sich schlagartig erinnerte, hatte der Daily Lama jegliche körperliche Berührung geradezu verabscheut.

»Das war Glück, Sir!« sagte Cedric statt dessen. »Ich darf Ihnen sagen, Sie sind wirklich im allerletzten Augenblick gekommen.«

»*Wissen ist die Voraussetzung von Glück*«, antwortete der Daily Lama.

Cedric atmete tief durch. Wie früher fühlte er sich seltsam klein, unbedeutend und auch unverstanden, wenn er diesem Mann gegenüberstand. Ein Gefühl, das nicht aus einer körperlichen, sondern einer geistigen Unterlegenheit herrührte. »Es freut mich, Sie hier zu sehen, Sir«, sagte er mit einem breiten, erleichterten Grinsen. »Ehrlich gesagt, Sie waren so ziemlich der letzte, den wir hier erwartet hätten.«

Um die Lippen des Daily Lama spielte ein kaum merkliches Lächeln, das wohl nur jemand zu erkennen in der Lage war, der so viele und lange Stunden mit ihm verbracht hatte wie Cedric oder Maylor. Sie nahmen es als Zeichen seiner Verbundenheit. Für einen Mann wie ihn war eine solch spärliche Geste schon fast ein Gefühlsausbruch.

»*Wir irren allesamt*«, kam es aus seinem Mund, »*aber ein jeder irrt anders.*«

Der Klang seiner Stimme und die geradezu magische Kraft seiner Worte versetzte Cedric beinahe zurück in die Zeit, in der er als Schüler auf der Flottenakademie gewesen war. Auch er hatte

Mühe, sich aus den Gedanken loszureißen, die ihn mit sich in jene Zeiten zu ziehen versuchten; darin erging es ihm kaum anders als dem Adjutanten noch vor Augenblicken.

»Und Sie gehören wirklich zum *DSD*?« fragte er.

»So ist es.«

»Und was ist mit diesen Männern?« Maylor deutete zu den drei Männern am Eingang. »Seit wann hat es der *DSD* nötig, die Hilfe der Söldnergilde in Anspruch zu nehmen?« Wie üblich gab er sich wesentlich skeptischer und mißtrauischer als Cedric, ohne daran zu denken, daß er mit solchen Fragen womöglich neues Mißtrauen in Perkins säte und ihn zu irgendeiner Kurzschlußhandlung verleitete – beispielsweise seinen Strahler zu ziehen und blindlings um sich zu schießen.

Doch Perkins wirkte ruhig, beinahe entspannt. Die Miene, mit der er ihrer Unterhaltung folgte, hatte etwas Entrücktes an sich.

»Das sind keine Söldner, sondern Angehörige meiner verdeckten Einheit«, antwortete der Daily Lama gelassen. »Die Umstände erforderten es, daß wir uns dieser Tarnung bedienen. Aus verschiedenen Gründen.«

»Was sind das für Gründe?« fragte Cedric lauernd. Jetzt, da die Spannung langsam von ihm abfiel, interessierte es ihn zunehmend, was der Daily Lama mit der ganzen Angelegenheit um den Überfall auf Hadrians Mond und die Hintermänner der Verschwörung auf *Sankt Petersburg Zwei* zu tun hatte.

»Noch ist nicht die Zeit, um auf Fragen zu antworten«, sagte der Daily Lama, und Cedric war froh, daß er es auf normale Art und Weise tat. »Zuvor verbleibt jedoch noch etwas anderes zu tun.«

Cedric nickte einvernehmlich; etwas, das er nicht getan hätte, wenn er diesem Mann, der für ihn soviel wie ein Inbegriff von Redlichkeit und Aufrichtigkeit war, nicht so stark vertraut hätte.

Der Daily Lama nahm es mit Wohlwollen zur Kenntnis und wandte sich Perkins zu.

»Bringen Sie uns hinauf zum Sicherheitstrakt des Botschafters«, wies er ihn an. »Und zwar möglichst so, daß wir dabei keinen anderen botschaftsinternen Truppen begegnen.«

»Sehr wohl, Sir.«

Perkins eilte an den drei Männern am Eingang vorbei, die er kurz zuvor noch als Feinde angesehen hatte, und führte sie ohne jedes Zögern den Korridor entlang. Jetzt, da sich der Daily Lama ihm gegenüber als befehlsberechtigt ausgewiesen hatte, schien er keinerlei Zweifel an dessen Autorität zu haben.

Hauptsache, er konnte irgendwelche Befehle befolgen, dachte Cedric. Etwas, das offenbar den einzigen Lebenszweck des Adjutanten bildete.

Ohne anderen Männern zu begegnen, erreichten sie den Expreßlift und fuhren hinauf zu den besonders abgeschotteten Zentralräumen. Vor dem geschlossenen Schott zu Lafayettes Arbeitszimmer blieb Perkins stehen und hob verlegen die Schultern.

»Bescheidenheit ist eine Zier«, sagte der Daily Lama und wußte anscheinend, was Perkins damit ausdrücken wollte. »Aber Sie können mir nicht weismachen, daß Sie als persönlicher Adjutant des Botschafters nicht über den Code zu diesen Räumlichkeiten verfügen.«

»Sofern er ihn mittlerweile nicht geändert hat«, schränkte Perkins ein.

»Der Botschafter ist viel zu sehr in die Enge getrieben, als daß er jetzt an so etwas denken würde.« Der Daily Lama ließ sich von einem der drei ›Söldner‹ seinen Helm zurückgeben und zog ihn sich über den Kopf. »Wenn uns dort drinnen das erwartet, mit dem ich rechne, dann ist es für mich besser, nicht erkannt zu werden«, erklärte er.

Er gab seinen Begleitern ein kurzes Zeichen, woraufhin sie zu beiden Seiten des Schotts in Stellung gingen. Es war nicht ausgeschlossen, daß Lafayette ihr Kommen über eine Überwachungskamera verfolgt und entsprechende Maßnahmen getroffen hatte.

»Beginnen Sie.« Das galt wieder Perkins.

Der Adjutant wandte sich der kleinen Codeleiste zu. Sekunden später fuhr das Schott auf.

Die drei Männer in den gepanzerten Kampfanzügen sprangen als erste in den Raum; sie taten es mit feuerbereit vorgehaltenen Waffen und einer Routine, die aus der Erfahrung vieler Einsätze zu resultieren schien.

Doch die Vorsicht war unbegründet. Der Botschafter, der hinter seinem Arbeitstisch vor dem Bildschirm des Kommunikators hockte, hatte nicht einmal eine Waffe in der Hand. Als er sie hereinkommen sah, sprang er so schnell auf, daß sein schwerer Sessel hinter ihm polternd zu Boden fiel.

»Wer ... wer sind Sie?« fragte Lafayette mit kreidebleichem

Gesicht. Mit abwehrend vorgestreckten Händen, als könne er sie sich damit vom Leib halten, rückte er ängstlich vor den drei Gestalten in den Ganzkörperanzügen zurück, bis sein Rücken die Wand berührte und es kein weiteres Zurück gab. »Was wollen Sie von mir?«

»Alles in Ordnung«, erscholl die Stimme eines der ›Söldner‹ aus dem Helmlautsprecher.

Lafayettes Augen weiteten sich noch ein Stück mehr, als er Cedric, Maylor, Kara-Sek und Perkins erkannte, die einträchtig mit dem Daily Lama den Raum betraten.

»Perkins?« formten seine Lippen unhörbar. »Was...?«

»Das Spiel ist aus«, sagte der Daily Lama. »Sie haben die längste Zeit gegen die Flotte gearbeitet. Ich bin hier, um Sie aus dem Verkehr zu ziehen.«

Lafayette öffnete den Mund wie zu einer alles abstreitenden Antwort, doch die Worte blieben ihm im Hals stecken. Die Angst schien ihm die Luft abzuschnüren. Sein flackernder Blick richtete sich hilfesuchend auf den Adjutanten.

»Perkins!« Es hörte sich fast flehend an. »Warum tun Sie nichts?«

Der Adjutant sah ihm nur mit ausdrucksloser Miene entgegen und erwiderte nichts. In seinem Blick lag Verachtung, lange Jahre aufgestauter Verachtung, die er sich nie deutlicher zu zeigen getraut hatte.

»Perkins!« schrie Lafayette mit überschlagender Stimme. »Was stehen Sie so da? Wollen Sie mir nicht endlich helfen? So tun Sie doch etwas!«

»Er wird nichts mehr für Sie tun«, sagte der Daily Lama. »Es gibt niemanden mehr, der Ihnen noch helfen wird. Sie sind am Ende Ihres Weges angelangt.«

Er gab den drei Kämpfern einen Wink, woraufhin sie auf den Botschafter zuzurücken begannen.

»Nein, Sie werden mich nicht bekommen!« schrie Lafayette und drückte sich an der Wand entlang. »Jedenfalls nicht lebend!«

Ehe einer der drei ihn erreicht hatte, tippte er sich mit der Handfläche an einen kleinen, wie Zierat wirkenden Knopf, der auf seiner Uniformschärpe in Höhe des Herzens saß. Im nächsten Moment umspielten bläuliche Blitze und ein elektrisches Knistern seine Brust.

Lafayette öffnete den Mund zu einem Schrei, doch es wurde nur ein ersticktes Stöhnen daraus. Der Botschafter stürzte zu Boden und blieb reglos liegen. Das Knistern und die Blitze erstarben. Einer der drei ›Söldner‹ ließ sich neben ihm nieder.

»Er ist tot«, sagte er nach kurzer Untersuchung.

Der Daily Lama schien es nicht anders erwartet zu haben. Längst war er hinter den Arbeitstisch getreten, dorthin, wo der Botschafter bei ihrem Eindringen gesessen hatte.

»Na, sind Sie jetzt zufrieden?« fragte er scheinbar ziellos in den Raum. »Glauben Sie, mit seinem Tod wären alle Ihre Probleme erledigt? Aber ich darf Ihnen versichern − da täuschen Sie sich, und zwar gewaltig. Ihre Probleme haben gerade erst richtig begonnen.«

Cedric hatte bei den Worten die Stirn gerunzelt und näherte sich langsam dem Daily Lama.

»Was ist?« sprach der Daily Lama. »Sie haben das alles doch mitverfolgt. Haben Sie etwa Angst vor einem kleinen Plausch? So von Angesicht zu Angesicht? Selbst wenn davon in diesem Fall nicht recht die Rede sein kann. Sie haben doch sicherlich Verständnis dafür, wenn ich meine Maske nicht abnehme. Wer gesteht seinem Gegner schon ohne Gegenleistung einen Vorteil zu?«

Erst jetzt erkannte Cedric, daß der Kommunikator auf Lafayettes Schreibtisch eingeschaltet war. Auf dem Bildschirm zeigte sich ein stilisiertes Symbol, in dem eine ›4‹ zu erkennen war.

»Was könnten Sie mir schon anhaben?« drang eine computermodulierte Stimme aus dem Kommunikator. »Was wissen Sie schon von mir?«

»Mehr als Sie ahnen, großer Unbekannter«, antwortete der Daily Lama. »Oder sollte ich Sie lieber *Faktor 4* nennen? Oder noch besser bei Ihrem bürgerlichen Namen?«

Cedric sah, wie Maylor den Mund zu einer Frage öffnete, und gebot ihm mit einer unwirschen Geste Einhalt. Er wußte zwar nicht, was hier geschah, aber erstens schien der Daily Lama es dafür um so besser zu wissen, und zweitens spürte er, daß sie ganz nahe an den großen Zusammenhängen dran waren.

»Sie bluffen!« kam aus dem Lautsprecher.

»So, meinen Sie?« fragte der Daily Lama. »Denken Sie daran: *Man kann vielleicht alle Leute einige Zeit oder einige Leute alle Zeit zum Narren halten, aber nicht alle Leute alle Zeit.*«

»Was... was...?« modulierte die Computerstimme.

»Der Funkkontakt, den der Botschafter mit Ihnen aufgenommen hat, war durchaus von mir beabsichtigt. Natürlich hätten meine Männer dieses Büro hier sofort stürmen können. Aber Sie haben es nicht getan. Weil ich wollte, daß Lafayette hierher flüchtet und Kontakt mit Ihnen aufnimmt. So waren meine Männer endlich in der Lage, Ihren Aufenthaltsort anzupeilen. In diesem Moment dürfte das längst geschehen sein.«

Wieder war die Pause sehr lang.

»Das sind nur leere Drohungen. Sie haben nichts gegen mich in der Hand. Gar nichts! Sie wollen mir nur angst machen. Aber das gelingt Ihnen nicht. Soll ich Ihnen was sagen, wer immer Sie sind? In unseren Augen sind Sie nur ein ganz kleines Sachproblem.«

»*Wenn eine Idee in einen hohlen Kopf tritt, so füllt sie ihn völlig aus, weil da keine andere ist, die ihr den Rang streitig machen könnte*«, sagte der Daily Lama und lächelte matt. »Natürlich sind das alles nur leere Drohungen, *Faktor 4*. Es bleibt ganz Ihnen überlassen, welche Schlüsse Sie daraus ziehen. Und selbstverständlich ist es ebenfalls eine leere Drohung, daß jetzt bereits eine zweite Söldner-Gleiterstaffel direkt auf dem Weg zu Ihnen ist, um Sie zu inhaftieren.«

»Sie... Sie...« Wieder vollbrachte die computermodulierte Stimme nur wirres Gestotter. Ein Zeichen, daß sie nicht so recht wußte, was sie aus den Lauten, die sie umzusetzen hatte, machen sollte.

»Ach ja«, ergänzte der Daily Lama. »Und bevor Sie jetzt in Versuchung kommen, die Verbindung einfach zu unterbrechen, will ich Ihnen noch etwas auf den Weg geben. Eine kleine Weisheit, an die Sie immer denken mögen; und sie lautet: *Es gibt keine Sachprobleme. Es gibt nur persönliche Probleme!*«

Es kam keine Antwort mehr. Es dauerte ein, zwei Sekunden, dann erlosch das Symbol auf dem Bildschirm. Die Leitung war unterbrochen.

Der Daily Lama wandte sich übergangslos um und schritt auf den Ausgang zu.

»Laßt uns gehen«, sagte er. »Es ist an der Zeit, sich zurückzuziehen.«

Cedric, der noch damit beschäftigt war, die gerade erhaltenen Informationen zu verarbeiten, fühlte sich schlichtweg überrumpelt. Etwas, das ihm im Umgang mit seinem ehemaligen Ausbilder allerdings nicht gänzlich unvertraut war.

»Einen kleinen Augenblick«, versuchte Maylor den Daily Lama zurückzuhalten. »Gestatten Sie Kleingeistern wie uns, an Ihren großartigen, unerforschlichen Gedankengängen teilzuhaben.«

Es vermochte den Daily Lama nicht zurückzuhalten, nicht einmal zu irritieren. Wie auf unsichtbaren Schlittschuhkufen glitt der Daily Lama aus dem Raum.

»Folgt mir«, sagte er. »Ich werde Euch während des Fluges alles erklären.«

»Während was für eines Fluges?« fragte Maylor verblüfft, als er sich dem Daily Lama anschloß und den Raum verließ. »Und wohin?«

»Was für eine Frage!« meinte Cedric, der sich beeilte, ihnen zu folgen – genauso wie Kara-Sek und die drei gepanzerten Männer. »Zu *Faktor 4* natürlich.«

»Dummheit ist das Los des Uninformierten«, rügte der Daily Lama ihn, wie er es während des Unterrichts so oft getan hatte. »Unser Weg führt uns zum Raumhafen.«

»Zum Raumhafen?« wunderte Cedric sich. »Wieso dorthin?«

Er bekam keine Antwort.

Von außen war der Gleiter, den sie bestiegen – einer von insgesamt dreien, die auf dem Botschaftsgelände niedergegangen waren – ein normaler Lastentransporter. Von innen erwies er sich als komplett eingerichtete Kommandozentrale, die bis zum Bersten mit Armaturen, Bildschirmen und Konsolen vollgestopft war. Hinter einer Konsole hatte sich der Daily Lama niedergelassen und ließ seine Finger über die Tastaturen huschen. Seinen Helm hatte er wieder abgenommen.

»Zentrale ruft O-Kontrol«, sagte er in Richtung der Instrumente. »Aktion läuft an. O-Kontrol, bitte melden!«

»O-Kontrol«, erklang eine Lautsprecherstimme auf dem Pult. »Wir sind bereit.«

Der Daily Lama lehnte sich zurück und nahm in seinem Sitz eine Entspannungshaltung an.

»Weshalb fliegen wir zum Raumhafen?« fragte Cedric seinen Lehrmeister. Er warf einen Blick durch den Mittelgang nach vorne, wo durch die Cockpitfenster die in den Himmel projizierten Leuchtreklamen zu beiden Seiten an ihnen vorbeirasten. »Was wollen wir dort?«

»Weil sich *Faktor 4* dorthin abzusetzen versuchen könnte«, bot diesmal Maylor eine passende Erklärung an. »Falls er der Söldnertruppe, die zu ihm unterwegs ist, entwischt.« Und in Richtung des Daily Lama fügte er fragend hinzu: »Ist das richtig?«

»Knapp daneben ist auch vorbei«, antwortete der Daily Lama. »Es existiert keine Söldnerstaffel, die zu ihm unterwegs ist.«

»Ja, aber . . .« Maylor runzelte die Stirn. »Sie haben ihm doch gesagt, daß . . .«

»Ich habe *Faktor 4* lediglich wahrheitsgemäß gesagt, daß es eine leere Drohung wäre«, sagte der Daily Lama, »und daß es ihm überlassen bliebe, welche Schlüsse er daraus zieht. Allerdings nehme ich doch an, daß er in diesem Augenblick bereits zum Raumhafen unterwegs ist. Dort steht ein Landungsboot bereit, um ihn zu seiner Raumyacht im Orbit zu bringen. Sie ist seine Fluchtmöglichkeit, falls ihm das Pflaster hier zu heiß wird. Und seitdem ihr vor ein paar Tagen auf *Sankt Petersburg Zwei* aufgetaucht seid, befindet sich die Yacht in ständiger Startbereitschaft.« Cedric horchte auf. Das bewies, wieviel Unruhe sie in den Reihen der Verschwörer gestiftet hatten.

»Wer ist dieser *Faktor 4*?« fragte er.

»Ihr wißt es immer noch nicht?« Der Daily Lama hob seine Augenbrauen. Er wirkte enttäuscht. »Nachdem ihr schon so viel herausgefunden habt.«

»Spannen Sie uns bitte nicht zu sehr auf die Folter«, bat Maylor seufzend. »Wir haben ein paar schwere Tage hinter uns.«

»Es ist Sartorius Wosch«, erklärte der Daily Lama. »Der Direktor der *K&K-Bank*.«

Sartorius Wosch! Sie hatten es seit dem Datenritt Dunkerbekks geahnt, aber bis jetzt hatte die letzte Gewißheit gefehlt.

»Er war dafür da, die geheimen Aktionen der Verschwörer hier auf dem Planeten, insbesondere die Geldwäsche von Byranium, zu koordinieren«, fuhr der Daily Lama fort, »und er war der Befehlsgeber für mehrere weitere Mitarbeiter. Einer davon war Lafayette. Wir hatten ihn schon seit einiger Zeit in Verdacht. Er hat sich in den letzten Jahren ein paar merkwürdige Verletzungen seiner Dienstpflicht geleistet. Nichts, was den Behörden aufgefallen wäre, zumal sie anscheinend ebenfalls unterwandert sind und alle Weitermeldungen abgeblockt haben. Aber für jemanden, der wußte, wo und wonach er zu suchen hat, war Lafayettes Verhalten recht vielsagend.«

»Beispielsweise für jemanden wie Sie«, sagte Maylor.

»So ist es. Es hätte uns allerdings nicht viel weiter gebracht, Lafayette einfach zu verhaften. Er war auf einer unteren Ebene angesiedelt, die über die eigentlichen Ziele der Verschwörer nur sehr unvollständig informiert sind. Also mußten wir warten, bis er uns zu einem der großen Hintermänner führt.«

»Verstehe«, sagte Maylor. »Und das ist durch den Funkkontakt vorhin geschehen.«

»Nein«, erwiderte der Daily Lama. »Auch das war, wie *Faktor 4* schon richtigerweise vermutete, nur ein Bluff. Wir sind ihm bereits vor ein paar Tagen auf die Spur gekommen, als Lafayette ein erstes Mal mit ihm Kontakt aufgenommen hat. Das war direkt nach der glorreichen Übertragung eurer Ankunft auf *PeTV*. Dadurch haben wir die Zeit erhalten, alle nötigen Vorbereitungen zu treffen.«

»Gleiter IV an Zentrale«, erklang da eine Lautsprecherstimme aus der Konsole.

Der Daily Lama gab seine Ruhestellung auf, beugte sich vor und tippte eine Taste an.

»Hier Zentrale«, sagte er. »Sprechen Sie.«

»Zielobjekt hat den Raumhafen erreicht und besteigt soeben das Landungsboot. Startfreigabe ist erfolgt.«

»Gut«, sagte der Daily Lama nur. »Machen Sie weiter wie geplant.«

Cedric warf erneut einen schnellen Blick zum Cockpitfenster. Ihr Gleiter befand sich immer noch über der Mega-Stadt. Es würde noch etliche Minuten dauern, ehe sie den Raumhafen, der am Rande der nahezu endlosen Städte lag, erreicht hatten. Die Maschine, in der sie saßen, sah nicht nur aus wie ein Lastengleiter, sondern war leider auch genauso langsam. Sartorius Wosch hingegen war bestimmt mit einem superschnellen Gleiter zum Raumhafen gerast.

»Wir werden nie und nimmer rechtzeitig da sein«, sagte Cedric. »Ich hoffe, Ihre Männer schaffen es, den Start zu verhindern.«

»Nein«, antwortete der Daily Lama. »Gleiter IV ist lediglich ein Beobachtungsposten. Es war nie vorgesehen, Wosch am Raumhafen abzufangen. Im Gegenteil, er soll ruhig aufsteigen. Die ganze Aktion in der Botschaft diente hauptsächlich dazu, den Fuchs aus seinem Versteck zu scheuchen.«

»Wie beruhigend, das zu hören«, bemerkte Maylor säuerlich. »Und ich dachte schon, sie wäre dazu dagewesen, um uns zu befreien.«

»*Ist es nicht egal, ob eine Katze schwarz oder weiß ist?*« fragte der Daily Lama auf seine unnachahmliche Weise. »*Hauptsache, sie fängt Mäuse.*«

»Hier spricht Gleiter IV«, kam es ein weiteres Mal aus dem Lautsprecher. »Landungsboot hebt ab. Rendezvous ist ermittelt als Raumyacht ANTONIO BAY.«

»Zentrale an Gleiter IV. Verstanden. Begeben Sie sich an den vorgesehenen Treffpunkt. Ende und Aus.« Der Daily Lama lehnte sich zurück und wandte sich wieder Cedric und Maylor zu. »Wir haben noch etwas Zeit. Ich denke, wir nutzen sie, indem ich euch einige Erklärungen gebe.«

Das war das Erfreulichste, was Cedric seit langem zu hören glaubte.

»Darf ich mit einer Frage beginnen?« fragte Cedric, und als sein ehemaliger Ausbilder nickte, sprach er weiter: »Wieso sind ausgerechnet *Sie* auf die Verschwörer angesetzt worden?«

»Vor rund fünf Jahren bin ich auf eine persönliche Bitte von Sixten Veit, dem damaligen Chef des Sicherheitsdienstes, von der Flottenakademie zum *DSD* gewechselt«, gab der Daily Lama bereitwillig Auskunft. »Er hat verschiedene Verdachtsmomente gesammelt, die darauf hinwiesen, daß eine gegen das sarday'kinsche Imperium gerichtete Verschwörung großen Stils im Gange war. Da er befürchtete, daß auch der *DSD* bereits unterwandert sein könnte, wollte er aus geeigneten Außenstehenden eine verdeckt arbeitende Ermittlungsgruppe bilden. Deren Leiter bin ich dann geworden. Sixten Veits Verdacht hat sich bald bestätigt, aber bevor ich ihn darüber unterrichten konnte, kam er bei einem bis heute nicht geklärten Gleiterunfall ums Leben.«

»Lassen Sie mich raten, wie es danach weiterging«, bot Cedric an. »Sixten Veits Nachfolger gehörte ebenfalls den Verschwörern an.«

»Ganz recht. Ich bin von Anfang an davon ausgegangen, daß es sich so verhalten könnte. Der Mann war bis dato eher ein kleines

Licht und wurde zu überraschend auf diesen hohen Posten gehievt, als daß alles mit rechten Dingen hätte zugegangen sein können. Eine Annahme, die sich inzwischen bestätigt hat. Glücklicherweise war unsere Ermittlungsgruppe von Sixten Veit so angelegt worden, daß in den Computern des *DSD* keinerlei offizielle Daten darüber existierten. Daher beschloß ich, so lange verdeckt weiterzuarbeiten, bis wir in der Lage wären, die wahren Drahtzieher auffliegen zu lassen. Alles andere wäre sinnlos gewesen. Unsere Erkenntnisse wären in dem riesigen Apparat der Flotte entweder wirkungslos versickert oder von entsprechenden Teilnehmern der Verschwörung unter Verschluß gehalten worden.«

»Das scheint ein ziemlich großes Ding zu sein, das da abläuft«, sagte Maylor. »Wenn diese Leute schon vor fünf Jahren in der Lage waren, den Chefposten des *DSD* mit einem eigenen Mann zu besetzen.«

»Das Ding, um mich einmal dieses Wortes zu bedienen, ist sogar noch viel, viel größer, als Sie denken«, sagte der Daily Lama. »Die Verschwörer haben in den letzten Jahren systematisch die wichtigsten Schnittstellen der Flotte und auch anderer Teile des Sarday'kin-Imperiums in ihre Hände gebracht.«

»Es muß doch auffallen, wenn so viele hohe Leute plötzlich umkommen und dann durch völlig neue Gesichter ersetzt werden«, warf Cedric ein. »Das müßte doch leicht nachzuweisen sein.«

»Wenn es allein das gewesen wäre, ja. Aber seltsamerweise scheinen darüber hinaus auch etliche hochrangige Befehlshaber, die bis dahin als hundertprozentig staatstreu galten, die Ziele der Verschwörer zu unterstützen. Darunter zwei Staatsminister, die ich früher selbst als absolut integere Personen kennengelernt habe und bei denen ich mir ein solches Verhalten nicht erklären kann.«

»Vielleicht hat man sie mit einem Hypno-Block oder Implantat umgedreht?« vermutete Cedric.

»Nein. Wir haben einen von ihnen eine Zeitlang in der Hand gehabt und haben ihn untersuchen können. Es war nichts dergleichen festzustellen.« Ein kaum erkennbarer Zug von Bitterkeit legte sich über das Gesicht des Daily Lamas. »Diese Aktion hat mich damals die Hälfte meiner Leute gekostet und unsere Einheit beinahe auffliegen lassen. Das Schlimmste konnte ich verhindern. Die Verschwörer wissen seitdem zwar, daß ihnen jemand auf der Spur ist, aber sie haben keine Ahnung, wer. Deshalb auch unsere Maskerade als Söldner-Truppe.«

»Wie viele Leute umfaßt ihre verdeckte Einheit?« fragte Cedric. »Nicht viele. Vier, fünf Handvoll vielleicht. Der Kreis der Eingeweihten mußte natürlich möglichst klein bleiben. Glücklicherweise ist es uns gelungen, unsere Verluste immer wieder durch geeignete und vor allem unverdächtige Personen auszugleichen, viele davon ehemalige Mitarbeiter des DSD. Wir haben es so gedreht, daß die meisten davon offiziell bei Unfällen ums Leben gekommen oder anderweitig verschollen sind. So wie es auch bei Sergeant Perkins der Fall sein wird. Ich könnte mir vorstellen, daß er ein durchaus wertvoller Mitarbeiter für uns wird.«

»Gut möglich«, knurrte Maylor. Es war offensichtlich, daß er dem Adjutanten, der in einem anderen Gleiter mitgeflogen war, nicht besonders wohlgesonnen war. »Solange Sie ihm nur klare und deutliche Befehle geben, wird er sich sicher zerreißen, sie zu erfüllen. Aber erwarten Sie nicht mehr von ihm. Auf keinen Fall eigenes Denken.«

»Ich glaube, daß ich in der Lage bin, Perkins' Persönlichkeitsstruktur ausreichend zu beurteilen«, erwiderte der Daily Lama. Er ließ seinen Blick von Cedric zu Maylor wandern und wieder zurück. »Übrigens habe ich auch mit dem Gedanken gespielt, euch beide zu meiner Einheit hinzuzuziehen. Trotz eurer verschiedenen Unzulänglichkeiten wart ihr zwei der besten Schüler gewesen, die ich auf der Akademie ausgebildet habe. Leider ist der DAYTRIPPER-Vorfall dazwischengekommen, ehe ich Kontakt mit euch aufnehmen konnte.«

Der DAYTRIPPER-Vorfall! Cedric wußte sofort, wovon die Rede war. Denn dieser Vorfall hatte zu seiner Verhaftung, Verurteilung und zu seiner Deportation in die Byranium-Minen auf Hadrians Mond geführt. Und die Anklage hatte gelautet: Während einer Notsituation hätte er von der Zentrale der DAYTRIPPER, auf der er damals Dienst geleistet hatte, aus das Feuer auf die eigenen Truppen eröffnet.

Etwas, an das Cedric sich allerdings nicht im mindesten erinnern konnte, während Maylor, der in einem anderen Raumschiff im selben System zugegen gewesen war, es offenbar gesehen hatte. Er hatte vor Gericht ausgesagt, im entscheidenden Moment mit

Cedric in Bildfunkkontakt gestanden und alles beobachtet zu haben.

Während der Gerichtsverhandlung war Cedric sicher gewesen, von Maylor verkauft worden zu sein, doch nach ihrem plötzlichen Wiedersehen vor einigen Tagen, hatte Maylor Stein und Bein geschworen, nichts anderes als die Wahrheit gesagt zu haben.

»Was wissen Sie über den DAYTRIPPER-Vorfall?« fragte Cedric seinen ehemaligen Ausbilder.

»Nicht sehr viel«, antwortete der Daily Lama. »Aber eines steht fest: Er war keinesfalls das, was er zu sein scheint. Nach allem, was mir darüber bekannt ist, ist davon auszugehen, daß die Verschwörer schon damals ihre Finger im Spiel gehabt haben.«

»Was?« riefen Cedric und Maylor.

»Als von der DAYTRIPPER aus das Feuer auf die Bodenlandetruppen eröffnet worden ist, ist dabei auch ein hochrangiger Kommissar ums Leben gekommen, der inkognito dabei war, um die Aktion zu überwachen. Ein Kommissar, der nur Tage später durch einen Mann aus den Reihen der Verschwörer ersetzt wurde.«

»Davon war während der Verhandlung nicht eine Sekunde lang die Rede«, protestierte Cedric.

»Natürlich nicht«, bestätigte der Daily Lama. »Den Verschwörern ging es darum, so wenig Aufsehen zu verursachen wie möglich. Sie brauchten einen Sündenbock, auf den man sämtliche Schuld abwälzen konnte, und in dir, Cedric, hat man ihn gefunden.«

Cedric senkte den Kopf. Er mußte diese Neuigkeiten erst einmal verarbeiten. Niemals hätte er es für möglich gehalten, daß es eine Verbindung zwischen dem DAYTRIPPER-Vorfall und dem Überfall auf Hadrians Mond geben könnte. Steckten in beiden Fällen tatsächlich dieselben Drahtzieher dahinter?

Es klang unwahrscheinlich, aber mit einem Male hielt er es nicht einmal mehr für ausgeschlossen. Schließlich hatte er keinen Grund, dem Daily Lama zu mißtrauen. Er atmete tief durch. Letztendliche Sicherheit würde er wohl nur bekommen, wenn er einen der Drahtzieher leibhaftig vor sich hatte, ihn am Kragen packte und so lange bearbeitete, bis er den Mund aufmachte.

Und es gab kaum etwas, das er sich jetzt, in diesem Moment, sehnlicher wünschte.

»Daß Sie immer noch verdeckt arbeiten«, ließ Maylor sich vernehmen, »heißt, daß Sie die wahren Hintermänner noch immer nicht ausgemacht haben.«

»Richtig«, bestätigte der Daily Lama. »Das ist uns bis jetzt bedauerlicherweise nicht gelungen. Dazu ist die Struktur der Verschwörung zu komplex und nach oben hin abgesichert. Wir haben zwar viele Mitläufer und Befehlsempfänger identifizieren können, es aber nie geschafft, zum entscheidenden Führungskreis vorzudringen. Immerhin haben wir erfahren, daß es sich um etwa ein Dutzend Personen zu handeln scheint, die unter dem Decknamen *Faktor* in Erscheinung treten. Einmal, vor anderthalb Jahren, waren wir buchstäblich nur eine Handbreit davon entfernt, *Faktor 11* in unsere Hände zu bekommen, aber leider konnte er sich in den Freitod flüchten, ehe wir in der Lage waren, ihn außer Gefecht zu setzen.«

»O-Kontrol an Zentrale«, erklang wieder die Lautsprecherstimme. »Bitte melden.«

»O-Kontrol?« fragte Maylor schnell. »Wer ist das eigentlich?«

»Ein Schneller Kreuzer oben im Orbit«, antwortete der Daily Lama, ehe er sich den Kontrollen zuwandte. »Hier Zentrale. Sprechen Sie.«

»Zielobjekt erfaßt. Andockmanöver an die ANTONIO BAY ist soeben angelaufen.«

»Sehr gut«, sagte der Daily Lama. »Halten Sie mich ohne weitere Aufforderung auf dem Laufenden.«

»Jetzt weiß ich endlich, warum Sie *Faktor 4* in aller Ruhe haben aufsteigen lassen.« Maylor füllte die entstandene kurze Pause mit einem Fingerschnippen. »Sie wollen ihn erst stellen, wenn er das Orbit von *Sankt Petersburg Zwei* verlassen hat. Weil ein Zugriff hier auf dem Planeten zuviel Aufsehen erregen würde. Richtig?«

»Falsch«, beschied der Daily Lama. »Ganz falsch. Was würde es nutzen, den Fuchs aus seinem Versteck zu treiben, nur um ihm anschließend eine Kugel zu verpassen? Man sollte auch die Geduld aufbringen, ihn so lange zu verfolgen, bis er einen zu seinem Bau führt.«

Maylor verzog die Mundwinkel und senkte den Kopf.

»Ich glaube, ich verstehe, was Sie meinen«, gab er klein bei.

»*Faktor 4* ist bis jetzt die heißeste Spur, die wir je hatten«, sprach der Daily Lama. »Und vielleicht die letzte, die wir je haben werden. Die Zeit ist knapp geworden. Wir haben erfahren, daß die

Verschwörer kurz vor der Vollendung ihres Vorhabens stehen. Der Überfall auf Hadrians Mond scheint die letzte Aktion dieser Art zu sein, die dazu noch vonnöten war. Allein deshalb werde ich mich hüten, *Faktor 4* zu früh aus dem Verkehr zu ziehen. Ich hoffe nämlich, daß er uns auf geradem Weg zu seinen Hintermännern führt. Denn wenn er das nicht tut, dann...« Er mußte nicht weitersprechen.

»Sir?« Der Pilot des Lastengleiters vorne in der Cockpitkanzel blickte über seine Schulter zurück. »Wir haben den Raumhafen in einer Minute erreicht.«

»Legen Sie einen Zwischenstopp auf einem der Gleiterdecks ein, bevor wir dann zu unserem Zielpunkt weiterfliegen«, wies ihn der Daily Lama an.

Der Pilot nickte und wandte sich wieder seinen Kontrollen zu.

»O-Kontrol an Zentrale«, war wieder die Lautsprecherstimme zu hören. »Andockmanöver abgeschlossen. Die ANTONIO BAY verläßt den Orbit und nimmt Fahrt auf. Einleitung einer Hyperraumsprungsequenz wahrscheinlich. Datenübertragung läuft.«

Der Daily Lama reagierte auf die Meldung mit einer knappen Bestätigung.

»Sind das die Vorbereitungen, von denen Sie gesprochen haben?« fragte Cedric.

Er erntete einen Blick des Daily Lamas, der so etwas wie Anerkennung ausdrückte.

»Ja«, sagte er. »Wir haben einen versteckten Sender im Zentralsystem der ANTONIO BAY deponiert, der die Sprungdaten an O-Kontrol übermittelt. Damit können wir feststellen, wohin *Faktor 4* sich absetzt. Und darüber hinaus haben wir es auch geschafft, einen unserer Leute an Bord zu bringen.«

Der Lastengleiter setzte wenig später auf einem der Parkdecks am Rande des Abfertigungsgebäudes auf. Die Antriebsaggregate erstarben.

Cedric registrierte es mit Verwunderung. Er fragte sich, was sie hier vorhatten.

»Was wollen wir hier?« sprach er aus, was ihn beschäftigte.

»Auf dem Startfeld wartet ein Landungsboot, das mich und meine Männer hinauf zum Schnellen Kreuzer bringen wird.« Erneut wanderte der Blick des Daily Lama über Cedric und Maylor, und diesmal schloß er auch Kara-Sek mit ein. Der Yoyodyne saß schweigend im Hintergrund und trug einen teilnahmslosen Gesichtsausdruck zur Schau, obwohl Cedric sich sicher war, daß er jedes Wort aufmerksam aufgenommen hatte. »Aber bevor es soweit ist, ist es an der Zeit, daß sich unsere Wege trennen.«

Cedric Cyper hatte das Gefühl, aus allen Wolken zu fallen und ziemlich hart auf dem Erdboden zu landen.

»Wie bitte?« Maylor starrte den Daily Lama ungläubig an. »Aber ich dachte, daß Sie... daß wir... ich meine... gemeinsam...«

»Genau meine Meinung!« unterstrich Cedric energisch. »Der Ansicht war ich eigentlich auch!«

Der Daily Lama schüttelte nachsichtig den Kopf.

»Das ist leider nicht möglich«, sagte er. »Unsere Aktion steht zu dicht vor dem Abschluß, um jetzt noch weitere Mitarbeiter in unsere Reihen aufzunehmen.«

»Aber Sie haben eben doch selbst noch gesagt«, protestierte Cedric, »daß Sie mit dem Gedanken gespielt haben, uns beide in Ihre Sondereinheit aufzunehmen. Jetzt haben Sie die Möglichkeit dazu. Warum also tun Sie es nicht?«

»Das war zu einer anderen Zeit und unter anderen Umständen. Jetzt hat sich beides verändert. Glaubt mir, es ist das Beste, wenn ihr erst untertaucht und von der Bildfläche verschwindet.«

Cedric hatte ernste Zweifel daran, aber er spürte, daß der Entschluß des Daily Lamas feststand. Er würde sich nicht umstimmen lassen.

»Ach ja, ich habe da noch etwas für euch«, sagte der Daily Lama. »Es wurde von meinen Männern in der Botschaft gefunden, und ich nehme an, es gehört euch.« Er holte aus einem Fach mehrere Gegenstände hervor und reichte sie ihnen. Es waren die drei größeren Stücke Byraniums, die sie von dem Brocken hatten abschneiden lassen, ihre Waffen und die Unmenge Kreditkarten, die sie vor ihrer Verhaftung bei sich getragen hatten. Cedric kam sich fast wie ein Verräter an sich selbst vor, als er es entgegennahm. »Kein unerhebliches Vermögen, das ihr da mit euch führt. Es sollte ausreichen, um euch einen sicheren Schlupfwinkel finden zu lassen. Und dies hier wird euch die Sache noch ein wenig erleichtern.«

Er holte aus einem Fach einen ganzen Stapel Identy-Cards, suchte zwei davon heraus und reichte sie ihnen.

»Das sind keine Fälschungen, sondern Blanko-Originale, direkt aus den Herstellungsfabriken des Imperiums. Die Cards halten jeder offiziellen Überprüfung stand. Ihr müßt sie lediglich noch mit euren Fotos ausstatten lassen, aber es sollte euch nicht schwerfallen, hier auf *Sankt Petersburg Zwei* in irgendeinem Hinterhof eine entsprechende Werkstatt zu finden.« Der Daily Lama deutete auf Kara-Sek. »Was ihn betrifft, kann ich euch leider nicht helfen.«

»Monserat«, las Maylor den Namen auf seiner Karte vor. In seinem Tonfall schwang noch deutlich die Enttäuschung darüber mit, daß der Daily Lama sie nicht mitnehmen wollte. »Aramis Monserat.«

Cedric wendete die kleine Karte in seinen Händen. Claudio Portos stand als Name darauf. Nicht gerade wohlklingend, aber darauf kam es nicht an.

»Aramis und Portos«, meinte Maylor, nachdem Cedric seinen neuen Namen ebenfalls genannt hatte. »Zwei der drei Musketiere. Wie einfallsreich. Wollen wir Kara-Sek jetzt Artos oder D'Artagnan nennen?«

Cedric sah Maylor überrascht an. Er wußte gar nicht, daß sein ehemaliger Freund sich für vorhistorische Literatur interessierte. Auch ihm kam es wie ein Scherz vor, den der Daily Lama sich mit ihnen erlaubte. Doch dessen Miene war nichts zu entnehmen.

»Ich würde es vorziehen, meinen eigenen Namen zu behalten«, sagte Kara-Sek humorlos.

»O-Kontrol an Zentrale«, unterbrach ihn die Lautsprecherstimme. »Die ANTONIO BAY ist soeben im Hyperraum verschwunden. Datenübertragung ohne Fehler abgeschlossen. Der Zielpunkt des Überlichtsprungs wurde ermittelt als Asteroid *Betamax*, Heimstadt der Sternenstadt *Star City*.«

»*Star City*!« rief Maylor. »Die Residenz von Sandara! *Faktor 4* ist dorthin unterwegs!«

Der Daily Lama nickte einvernehmlich.

»Wir hatten Sandara schon seit einiger Zeit im Verdacht, daß sie etwas mit den Byranium-Überfällen zu tun hat«, sagte er. »Aber bis jetzt fehlten konkrete Beweise. Ich hoffe, daß sie uns zu den wahren Hintermännern führen kann.« Eine ernste Pause. »Und nun geht. Ich muß zum Schnellen Kreuzer, um die Verfolgung aufzunehmen.«

Cedric schüttelte in erneuter Auflehnung den Kopf.

»Sie können uns nicht einfach so hinauswerfen«, bat er noch einmal eindringlich. »Wenn Sie uns schon nicht mitnehmen, helfen Sie uns wenigstens, Sheryl und Nabtaal zu befreien.«

Er fing einen Seitenblick Maylors auf, der zeigte, daß er gar nicht mehr an die beiden gedacht hatte. Und er erkannte an der Miene des Daily Lamas, wie dessen Antwort ausfallen würde, noch bevor er sie aussprach.

»Dieser Bitte kann ich leider nicht entsprechen«, sagte er. »Ihr werdet sehen, es ist die beste Lösung. Und was eure beiden Mitstreiter angeht, sie befinden sich längst nicht mehr auf *Sankt Petersburg Zwei*.«

»Sondern?« fragte Maylor gedehnt.

»*Faktor 4* hat sie an Bord seines Landungsbootes ANTONIO BAY genommen.«

»Das heißt, daß sie mit ihm zusammen auf dem Weg nach *Star City* sind.«

»Korrekt«, bestätigte der Daily Lama. »Macht euch keine Sorgen um sie. Ich werde tun, was in meiner Macht steht, um ihnen zu helfen.« Er betätigte einen Schalter, und das Seitenschott des Gleiters fuhr auf. Ein deutliches Zeichen, daß ihr Bleiben nicht länger erwünscht war. »Wenn das Schicksal es will, werden wir uns wiedersehen. Vielleicht schon bald. Ich werde Kontakt mit euch suchen, wenn alles vorüber ist. Und nun geht, und unternehmt nichts Unbedachtes. Ihr wißt doch: *Jede Aufgabe, nach der wir mit beiden Händen greifen, ergreift auch uns!*« Er sah sie noch einmal ernst an. »Ich bin sicher, Ihr werdet tun, was ich von euch erwarte!«

Cedric nickte ergeben — und enttäuscht. Er hatte das Gefühl, etwas sagen zu müssen, aber er wußte nicht, was; und so schwieg er.

Zusammen mit Maylor verließ er den Lastengleiter, und als die Maschine abhob und in Richtung des Landefeldes verschwand, kam er sich auf eine seltsame Weise ausgebootet vor.

»Das wär's wohl«, kommentierte Maylor trüb. »Ende des Weges.«

Es dauerte eine Zeitlang, ehe Cedric antwortete.

»Ich weiß nicht, wie's dir geht, aber ich bin noch lange nicht gewillt, so einfach aufzugeben.«

»Ach ja.« Ein höhnischer Unterton lag in Maylors Stimme. »Und was willst du tun? Die einzige Spur führt nach *Star City*.«

»Ich weiß. Warum also fliegen wir nicht hin und sehen uns ein wenig um?«

»Und wie? Du weißt, wie abgeschottet der Asteroid ist. Wir haben nicht einmal die Koordinaten.«

»Es kann nicht unmöglich sein, sich die Daten zu besorgen«, sagte Cedric.

»Ich denke, diese Sandara veranstaltet des öfteren gesellschaftliche Empfänge. Mit irgendwelchen Schiffen müssen ihre Besucher ja schließlich zu ihr gelangen.«

»Selbst wenn wir die Sprungdaten hätten, könnten wir uns ja wohl schlecht ein Raumschiff chartern und dort unangemeldet reinschneien. Kannst du dir vorstellen, wie schnell die uns wieder hinauswerfen? Vorausgesetzt, sie lassen uns vorher überhaupt landen. Ohne ausdrückliche Einladung dürfte das so ziemlich unmöglich sein.«

Cedric rieb sich über das Kinn. »Eine Einladung«, murmelte er. »Das ist gar kein so schlechter Gedanke.«

»Ich ahne Böses«, sagte Maylor. »Du siehst aus, als wäre dir gerade eine Idee gekommen.«

»Was stört dich daran?«

»Was mich daran stört? Das will ich dir sagen. Mich stört, daß wir jedesmal, wenn du so aussiehst, kurze Zeit später hundertprozentig in der ... na ja, du weißt, was ich meine.«

Cedric antwortete nicht, sondern sah geistesabwesend auf das Startfeld hinaus, wo weit entfernt gerade das Landungsboot des Daily Lamas aufstieg.

»Was ist?« fragte Maylor ungeduldig. »Hast du nun eine Idee, oder hast du keine?«

»Ja«, antwortete Cedric. »Ich glaube, ich hab' eine Idee.«

Maylor verdrehte die Augen.

»Ich wußte es«, stöhnte er und hob abwehrend die Hände. »Aber laß dir nicht einfallen, sie mir zu erzählen. Ab jetzt verlasse ich mich lieber auf meinen eigenen Verstand. Ich bin froh, meine Haut einstweilen gerettet zu haben. Wenn mir was einfällt, dann gut, wenn nicht, dann auch!«

Demonstrativ verschränkte er die Arme vor der Brust und starrte aufs Startfeld hinaus.

»Du willst sie also nicht hören?« fragte Cedric.

»Nein.«

»Na gut.« Er hob die Schultern, als wäre es ihm egal. »Dann eben nicht.«

Sie standen schweigend da und sahen gemeinsam zu, wie das Landungsboot in den Himmel stieg und behielten es so lange im Auge, bis es kleiner und kleiner geworden und endgültig verschwunden war.

»Und du willst meine Idee wirklich nicht hören?« fragte Cedric.

Synfile 9

Die Einladung

Der Chef der Ankaufsabteilung der *K&K-Bank* stand beflissen hinter seinem Schreibtisch auf, als die von seinem Sekretär avisierten Geschäftsleute das Büro betraten. Mit ausgestreckter Hand eilte er den drei Männern entgegen.

»Herzlich willkommen!« rief er in geschäftsmäßig freundlichem Tonfall.

»Mein Name ist Virgint. Ich bin der Leiter dieser Abteilung. Und Sie dürften Mr. Portos und Mr. Monserat sein, wie mir gesagt wurde.«

»Ganz recht«, bestätigte Cedric.

Sie schüttelten sich die Hände, nur Kara-Sek ergriff die dargebotene Hand des Bankers nicht, sondern starrte so grimmig darauf, als wollte er sie am liebsten mit seinem Schwert abschlagen, das in einer quer über seinen Rücken gebundenen Scheide steckte. Es hatte ein wenig Schwierigkeiten gegeben, bevor er die Waffe mit in das Bankgebäude hatte nehmen können.

Erst als Cedric und Maylor angedroht hatten, auf der Stelle kehrtzumachen und das Geschäft platzen zu lassen, hatte es ihnen der Sicherheitsdienst erlaubt.

»Und dies . . .« stotterte er. »Dies ist . . .?«

»Unser Leibwächter«, antwortete Maylor. »Nennen Sie ihn Pee-King, Mr. Virgint, wenn Sie mögen und falls Ihnen Namen wichtig sind.«

Kara-Sek strafte Maylor mit einem bitterbösen Blick, sagte aber nichts.

Der schmächtige Banker wirkte irritiert, dann deutete er einladend auf einen Tisch, um den mehrere schwere, gemütlich aussehende Sessel gruppiert waren. Zu dritt nahmen sie Platz, nur Kara-Sek blieb in der Nähe der Bürotür stehen.

»Darf ich Ihnen etwas kommen lassen?« erkundigte Virgint sich. »Eine kleine Erfrischung? Einen plomboyanischen Sekt vielleicht? Oder eine Mokie-Coke? Oder doch lieber ein Barbiturat . . . ?«

»Nein, danke«, lehnte Cedric freundlich ab. »Uns wäre es angenehm, wenn wir ohne Umschweife zum geschäftlichen Teil kommen könnten.«

»Ja, gerne.« Virgint rieb sich die Hände, wie aus Vorfreude darüber, daß sie jetzt auf das Feld wechselten, auf dem er sich am sichersten fühlte. »Mein Sekretär hat angedeutet, daß Sie unserem Haus eine größere Menge Edelstein anbieten wollen. Nun, ich darf Ihnen versichern, daß Sie da bei der *K&K-Bank* genau bei der richtigen Adresse sind. Unser Institut kann auf eine langjährige Tradition zurückblicken, nicht nur in allen Bereichen des Schmuckhandels, sondern auch . . .«

»Überspringen wir diesen ganzen Kram«, fiel Maylor ihm ins Wort. »Das haben wir schon alles von dem Auskunftscomputer in einer Ihrer Kundenkabinen gehört.«

»In einer Kundenkabine?«

»Ja«, antwortete Cedric. »Natürlich wollten wir uns zuvor über Ihr Haus informieren.«

»Ja, aber . . . Dazu hätten Sie sich doch nicht in eine der Kundenkabinen bemühen müssen. Wir hätten Ihnen gerne jederzeit genaue Unterlagen zugestellt, aus denen Sie alles hätten entnehmen können. In solchen Fragen schreiben wir den Service am Kunden sehr groß, müssen Sie wissen. Sie werden kein Institut finden, schon gar nicht auf dem Bereich des Schmuckhandels, das Ihnen eine ähnlich breite Palette von . . .« Ein Räuspern Maylors unterbrach ihn. »Ja, wie gesagt, lassen Sie uns jetzt zum geschäftlichen Teil kommen. Worum handelt es sich bei dem, das Sie uns verkaufen wollen?«

»Um Byranium«, sagte Cedric.

Ein enttäuschter Zug schlich sich in das Gesicht des Bankers.

»Ach so«, sagte er. »Wenn Sie Byranium-Schmuck verkaufen wollen, dann sind Sie bei mir wohl an der falschen Adresse. Im Erdgeschoß gibt es eine separate Ankaufsabteilung, die dafür zuständig ist.«

»Sie verstehen uns nicht ganz richtig«, sagte Cedric Cyper. »Es geht nicht um solch kleine Mengen.«

»Nicht?« fragte Virgint. »Worum geht es dann?«

Cedric holte eines der abgeschnittenen Stücke aus der Tasche des teuren Designer-Anzuges, den er sich besorgt hatte, und legte ihn auf den Tisch.

Der Banker nahm den grünlich glimmenden Brocken langsam in beide Hände, als befürchte er, er könne ihn beschädigen. In seine Augen trat ein ehrfürchtiges Leuchten.

»Das ist wirklich ein beträchtliches Stück«, sagte er beeindruckt. »Und ich fürchte, ich habe mich eben etwas mißverständlich ausgedrückt. Natürlich sind Sie da bei mir genau richtig.« Er blickte auf. »Sagen Sie, haben Sie schon eine ungefähre Preisvorstellung?«

»Was Sie da in den Händen halten, ist nur eine Probe«, sagte Cedric. »Es ist lediglich dazu da, damit Sie es von Ihren Spezialisten auf seinen Reinheitsgrad überprüfen lassen können. Wir dachten, ein etwas größeres Stück ist dafür besser geeignet als irgendein kleiner Splitter, den man kaum sieht.«

»Ja, aber...« Die Blicke des Bankers tanzten einen verwirrten Tanz zwischen ihnen beiden und dem Byranium-Stück. »Soll das heißen, daß Sie noch mehr...?« Er schien es kaum glauben zu können. Cedric hievte den mitgebrachten Metallkoffer, den sie erst vor einer Stunde aus dem Schließfach geholt hatten, auf den Tisch und ließ ihn direkt vor Virgint aufschnappen.

Der Banker sprang entsetzt auf, als spränge ein Bündel giftiger Schlangen auf ihn zu.

»Vorsicht!« rief er mit überschlagener Stimme. »Das kann jeden Augenblick...«

»Nein«, versicherte Cedric, der ruhig sitzen geblieben war. »Das kann es nicht. Das Byranium ist ruhig. In nächster Zeit kommt es zu keinerlei Spontanreaktionen.«

»Woher wollen Sie das wissen?« fragte Virgint wenig überzeugt.

»Nun, das ist uns von einem erfahrenen Experten glaubhaft versichert worden«, antwortete Cedric.

»Einem überaus erfahrenen Experten sogar«, fügte Maylor hinzu, und nur Cedric nahm den darin enthaltenen Spott wahr, denn dieser Experte war schließlich niemand anderes als Cedric selbst. »Man könnte sogar sagen, daß er eine wahre Koryphäe auf diesem Gebiet ist!«

Cedric verpaßte Maylor unter dem Tisch unauffällig einen Fußtritt. Man konnte es auch übertreiben.

Langsam wagte sich der Banker an den Tisch zurück. Um ihn nicht weiter zu beunruhigen, schloß Cedric den Koffer wieder. Der Mann hatte ohnehin gesehen, was er sehen sollte.

»Das... das ist ja... außerordentlich.« Er schien nicht richtig zu wissen, was er sagen sollte. Offenbar hatte er noch nie ein Byranium-Stück dieser Größe gesehen. »Wirklich sehr außerordentlich...«

»Ich glaube, Sie verstehen jetzt, warum wir unbedingt unseren Leibwächter dabeihaben wollten«, sagte Cedric, als wäre es das wichtigste, worum es ihm jetzt ging.

Virgint nickte beiläufig.

»Was schätzen Sie, wieviel dieser Brocken wert ist?« fragte Maylor. »Und wie lange wird es dauern, ehe Sie uns den entsprechenden Betrag auszahlen können? Vorausgesetzt natürlich, daß wir uns handelseinig werden.«

»Das ist nicht leicht zu sagen«, antwortete Virgint ausweichend. Er fingerte an seinem Kragen herum. »Ich fürchte, das erfordert doch... ausgiebige Verhandlungen.« Er wußte offenbar nicht recht, wie er sich ausdrücken sollte.

»Was ist, Mr. Virgint?« fragte Cedric. »Sind Sie nicht daran interessiert, mit uns ins Geschäft zu kommen?«

»O doch!« rief der Banker schnell. »Es ist nur... Ein Geschäft dieser Größenordnung wird normalerweise nur von unserem Direktor persönlich abgewickelt.«

»Schön«, sagte Cedric. »Das haben wir uns schon fast gedacht. Dann bringen Sie uns zu ihm. Es spart uns jede Menge Zeit, gleich mit dem maßgeblichen Entscheidungsträger zu reden.« Und wie beiläufig fügte er hinzu: »Schließlich geht es nicht nur um diesen kleinen Brocken hier in dem Koffer.«

Virgint fielen fast die Augen aus dem Kopf.

»Wie bitte?« rief er. »Sie haben *noch* mehr Byranium?«

»Ja«, sagte Cedric leichthin. Er spürte, daß Virgint bereits nach dem Köder zu schnappen begann, den sie für ihn ausgelegt hatten. Ein solches Geschäft konnte er sich nicht entgehen lassen. Wahrscheinlich rechnete er sich im Kopf schon die Höhe der Provision aus, die er für dieses Geschäft kassieren würde. »Vergaß ich das zu erwähnen? Wir haben den Brocken in diesem Koffer nur mitgebracht, damit Sie uns auch für ernsthafte Verhandlungsparter halten.«

»Wieviel mehr ...?« hauchte Virgint. Langsam dämmerte es ihm, daß er zwei der reichsten Männer dieses Planeten gegenübersitzen dürfte.

»Ein paar Tonnen«, log Maylor, ohne mit der Wimper zu zucken, und hob die Schultern. »Vielleicht sogar mehr. So genau wissen wir das nicht. Wir hatten noch keine Gelegenheit, die Ader, auf die wir auf einem Planeten gestoßen sind, vollkommen auszuloten. Wir bräuchten jemand, der für uns die komplette Weiterverarbeitung, vielleicht auch den Abbau selbst übernimmt.«

»Was ist nun?« hakte Cedric sofort nach, um ihrem Gegenüber keine Zeit zum Nachdenken zu geben. »Bringen Sie uns jetzt zum Direktor?«

»Das ist leider nicht möglich«, sagte Virgint. »Unser leitender Direktor, Mr. Wosch, hat leider kurzfristig eine Geschäftsreise antreten müssen. Ich kann Ihnen leider nicht sagen, wann er wieder zurückkommen wird.«

Das konnte Cedric sich lebhaft vorstellen. Wosch hatte sich schließlich Hals über Kopf aus dem Staub gemacht.

»Hören Sie, Mr. Virgint«, sagte Cedric, als wäre er mit seiner Geduld langsam am Ende angekommen. »Ich möchte nicht hören, was Sie nicht können, sondern was Sie für uns zu tun in der Lage sind! In einem alteingesessenen Institut wie Ihrem muß es doch jemanden geben, der solch ein Geschäft abwickeln kann.«

»Sonst müssen wir uns eben nach einem anderen Partner umsehen«, meinte Maylor. »Vielleicht bietet er uns nicht die Erfahrung wie Ihr Haus, aber dafür bekommen wir dort vielleicht jemanden zu Gesicht, mit dem wir überhaupt erst einmal reden können.«

Man sah dem Banker die Furcht an, dieses Geschäft seines Lebens könnte ihm wieder durch die Hände gleiten. »Nein!« rief er. »Warten Sie! Natürlich werde ich alles tun, um dieses Problem zu ihrer Zufriedenheit zu lösen. Ich ...« Er überlegte kurz. »Ich müßte Kontakt mit den führenden Anteilhabern unserer Bank aufnehmen. Sie würden sicherlich umgehend einen Bevollmächtigten nach *Sankt Petersburg Zwei* schicken, der dieses Geschäft abwickeln könnte.«

Cedric tat, als würde er darüber nachdenken. Dabei stand von Anfang an fest, daß das für sie nicht in Frage kam. Sie wollten etwas anderes, und es war an der Zeit, ihr Gespräch in diese Bahnen zu lenken.

»Wissen Sie«, sagte er, »das Auffinden der Byranium-Ader hat uns Jahre harter Arbeit gekostet, und jetzt möchten wir uns natürlich so schnell wie möglich den angenehmeren Seiten des Lebens zuwenden. Und da wäre es äußerst verdrießlich, wenn wir hier erstens tagelang auf diesen Bevollmächtigten warten und sich dann zweitens womöglich herausstellt, daß auch er nicht über die entsprechenden Befugnisse verfügt.« Er sah Maylor an. »Vielleicht ist es da doch besser, wenn wir uns an jemand anderen wenden. Was meinst du?«

»Bitte!« sagte Virgint fast flehendlich. »Handeln Sie nicht übereilt. Ich bin sicher, daß sich eine Lösung finden lassen wird.«

»Wer sind eigentlich die Inhaber dieser Bank?« fragte Maylor wie nebenbei.

»Der größte Anteil wird von der *Sandara Star Company* gehalten«, antwortete Virgint bereitwillig.

»Sandara?« rief Maylor erstaunt. Cedric mußte ihm Anerkennung zollen, wie gut er seine Rolle spielte. »Etwa *die* Juwelenkönigin?«

»Genau«, bestätigte Virgint leicht geschmeichelt. »Sie kennen Sie?«

»Aber natürlich!« rief Maylor. »Ich habe schon viel über sie gehört und gelesen. Wissen Sie, wie sehr ich davon geträumt habe, einmal auf einem ihrer Empfänge anwesend sein zu können? Da soll die gesamte High Society versammelt sein!«

»Nun«, sagte Virgint, der wohl der Meinung war, daß an dieser Stelle ein wenig Schmeichelei nicht schaden könne. »So reich, wie Sie Ihr Fund gemacht hat, werden Sie künftig auch dazu gehören.«

Cedric mußte sich beherrschen, um nicht die Mundwinkel zu verziehen. Dieser einfältige Idiot! Wann kam er endlich darauf? Es reichte anscheinend nicht aus, ihm den Kuchen auf einem silbernen Tablett darzureichen — sie mußten ihn auch noch mit der Nase in den Teig hineinstoßen.

»Ich glaube«, sagte er, »ich habe gestern irgendwo gehört, daß so eine Feier demnächst wieder stattfinden soll.« Tatsächlich hatten sie beim Durchstöbern der Nachrichtenspeicher von dem Computerterminal in ihrem Hotelzimmer aus eine entsprechende Meldung gefunden. »Ganz sicher bin ich da allerdings nicht. Vielleicht handelte es sich auch um . . .«

»Aber natürlich!« rief Virgint endlich und schlug sich mit der flachen Hand gegen die Stirn. »Das ist es! Das ist die Lösung unseres Problems!«

»Was ist die Lösung?« fragte Cedric scheinbar überrascht.

»Passen Sie auf.« Der Banker lehnte sich zu ihnen vor. »Ich weiß, daß in der Tat in wenigen Tagen wieder so ein Gala-Empfang stattfindet. Anstatt einen Bevollmächtigten von dort hierher zu holen, sorge ich dafür, daß Sie zu der Feier eingeladen werden. So könnten Sie sich Ihren Herzenswunsch erfüllen, und gleichzeitig finden Sie dort alle kompetenten Gesprächspartner. Was halten Sie davon?«

Er sah sie so strahlend an wie ein Erstkläßler, der eine gute Zensur nach Hause brachte. Cedric beschloß, ihn noch etwas länger zappeln zu lassen.

»Ich weiß nicht«, meinte er. »Das würde bedeuten, daß wir noch mal durch den halben Spiralarm fliegen müßten.«

»Selbstverständlich an Bord einer Luxusyacht«, bot Virgint schnell an. »Oh, ich bitte Sie«, verteidigte er das, was er für seine eigene Idee hielt. »Dieser Weg wäre die Lösung aller Probleme.«

»Ich denke, Mr. Virgint hat recht«, wandte Maylor sich an Cedric, als müßte er ihn überreden. »Warum nicht einen kleinen Abstecher dorthin machen? Wer weiß, wann wir noch einmal eine solche Chance bekommen? Und außerdem — Sandara soll außerordentlich schön sein.«

»Na gut«, stimmte Cedric scheinbar schweren Herzens zu. »Ich bin einverstanden. Wie lange wird es dauern, bis Sie uns die Passage besorgt haben?«

»Höchstens zwei Tage«, sagte Virgint.

»Gut«, sagte Cedric. »Damit wäre wohl erst einmal alles besprochen. Wie gesagt, der kleine Brocken dort ist für Ihre Reinheitsanalyse bestimmt. Ich gehe davon aus, daß Sie von sich hören lassen, Mr. Virgint.«

»Aber natürlich. Sie können sich darauf verlassen. Ich werde Ihnen so schnell wie möglich Bescheid geben. Er stutzte, als ihm etwas einfiel. »Wo . . . kann ich Sie erreichen?«

»Im Hotel ESCAPADE« sagte Maylor.

Sie erhoben sich und näherten sich langsam der Tür, wo Cedric Kara-Sek wieder den Koffer anvertraute. Virgint verabschiedete sie mit überschwenglichen Worten.

»Haben Sie da nicht vielleicht eine Kleinigkeit vergessen?« unterbrach Cedric den Wortfluß des schmächtigen Bankers.

Virgint machte große Augen.

»Vergessen? Ich?« rief er. Man sah ihm an, daß er in Gedanken alle Möglichkeiten durchging — von einem besonders wertvollen Kundengeschenk zur Erhaltung der geschäftlichen Verbindung bis zur Zahlung eines Vorschusses. »Aber... was...?«

Cedric Cyper deutete zu dem Tisch, an dem sie gesessen hatten und auf dem immer noch der kleine Byranium-Brocken lag.

»Natürlich hätten wir gerne eine Quittung dafür, daß wir Ihnen das Stück hiergelassen haben«, bemerkte er mit einem schmalen Lächeln. »Nur damit alles seine Ordnung hat.«

Wenig später hatten sie den Beleg und verließen das Bankgebäude.

»Na bitte«, meinte Cedric, als sie weit genug weg waren, so daß man sie nicht mit einem Richtmikrofon belauschen konnte. »Das lief doch wie am Schnürchen.«

»Das tun deine Ideen anfangs immer«, sagte Maylor skeptisch.

»Nun hab dich nicht so!« protestierte Cedric. »Immerhin kommen wir direkt nach *Star City*. Und zwar erster Klasse und mit einer persönlichen Einladung. Was wollen wir mehr?«

Länger leben, dachte Maylor.

»Ja«, sagte er statt dessen. »*Es geht aufwärts, sprach der Spatz, als die Katze ihn die Treppe hinauftrug.*«

»Nun ja«, erklärte Cedric und sah seinen ehemaligen Freund stirnrunzelnd an. »Das kommt mir irgendwie bekannt vor.«

»War vom Daily Lama«, antwortete Maylor. Er winkte ein vobeifliegendes Taxi herunter.

Cedric nickte. Und während das Flugtaxi neben ihnen aufsetzte und einladend das Schott öffnete, mußte er noch an etwas anderes denken, das der Daily Lama ihnen gesagt hatte: *Jede Aufgabe, nach der wir mit beiden Händen greifen, ergreift auch uns.*

Cedric atmete tief durch.

ENDE

SANDARAS STERNENSTADT

Synfile I

Große Fragen und kleine Aufmunterungen

»Name?«

Die Frage dröhnte hart und gewalttätig durch Sheryls Schädel, wie ein riesiger, metallener Gong, der direkt in ihrem Hirn angeschlagen wurde. Hätte die Stimme sie allein auf akustischem Weg erreicht — gleichgültig, in welch ohrenbetäubender Lautstärke auch immer —, es hätte kaum derart unerträglich sein könnten. Dabei sprach der Mann, der hinter dem Pult saß, weder besonders laut noch schneidend. Doch das mußte er auch gar nicht, denn die Elektroden an Sheryls Stirn peitschten jedes seiner Worte erbarmungslos durch ihr Bewußtsein, und das mit einer Wucht, die alles übrige Denken und Fühlen zerstampfte und es unmöglich machte, sich seinen Fragen zu entziehen oder zumindest mit dem bewußten Denken Zuflucht in irgendeinem weit abgelegenen Geisteswinkel zu suchen.

Seltsam, bislang hatte Sheryl immer geglaubt, daß die Hölle ein *Ort* wäre — gleichgültig ob nun realer oder metaphysischer Natur. Daß sie aus Geräuschen, Worten, Fragen bestehen könne, hätte sie nie für möglich gehalten.

Bis jetzt.

»Name — habe ich gefragt!« dröhnte die Stimme erneut durch

ihr Bewußtsein, unerbittlich und mit einer Intensität, die Sheryl bei jedem einzelnen Wort, bei jeder Silbe, zusammenzucken ließ — selbst jetzt noch, nach den endlosen Stunden, die das Verhör nun andauerte. Oder waren es bereits Tage?

»Sch . . . Sheryl.«

»Der *vollständige* Name!«

Sheryl verzog ihre ausgetrockneten, spröden Lippen zu einem humorlosen Grinsen. Sie waren nahezu das einzige, was sie überhaupt noch frei zu bewegen in der Lage war. Sie lag rücklings auf einer Art Trage, die zu Beginn des Verhörs in eine senkrechte Stellung hochgefahren worden war. Ihr schlanker, auf den ersten Blick zerbrechlich wirkender Körper und ihre Gliedmaßen wurden von breiten Klammern aus Plastmetall gehalten, die so eng anlagen, daß schon ein Muskelzucken den gesamten Bewegungsspielraum beanspruchte, der ihr zur Verfügung stand. Andere Metallreifen fesselten ihren Kopf bewegungslos auf der Unterlage, und dasselbe traf auch auf jeden einzelnen ihrer gespreizten Finger zu, an denen weitere Elektroden angebracht waren. Sprechen war alles, was sie in ihrer Lage noch tun konnte; und zugleich war es alles, was von ihr erwartet wurde.

Sie wünschte sich inständig, daß sie wenigstens die Augen hätte schließen können, nur einen Moment, um zumindest einen flüchtigen Augenblick lang in ein mattes, ruhiges Schwarz zu flüchten und dem grellen Licht zu entfliehen, das wie Feuer in ihren Sinnen loderte. Doch nicht einmal dieser Luxus war ihr vergönnt. Spezielle Klammern an ihren Lidern verhinderten, daß sie ihre Augen schließen konnte, und um ihre Pupillen vor dem Austrocknen zu schützen, gab dieselbe Apparatur von Zeit zu Zeit einen Tropfen Flüssigkeit ab. Sheryl wußte, daß es ganz vom Wohl und Wehe des Mannes hinter dem Pult abhing, ob ihr dieses Vorrecht auch weiterhin zugestanden wurde. Ohne die Flüssigkeit würde sie binnen kurzem erblinden. Und natürlich wußte er das ebensogut. Und auch, daß sie es wußte.

Oder aber — fragte sie sich jählings — war sie womöglich längst blind, ohne sich dessen überhaupt bewußt zu sein?

Anfangs, in den ersten Stunden des Verhörs, hatte sie ihren Raum und ihr Gegenüber noch klar und deutlich sehen können. Jetzt, Ewigkeiten später, war ihr einziges optisches Empfinden nur noch ein grelles Lichtmeer, das von drei gleißenden Sonnen gespeist wurde und ihre Netzhäute malträtierte. Aber — sah sie das wirklich, oder war es nur der letzte optische Eindruck, der sich auf ihre Netzhaut gebrannt hatte und den sie von nun an bis an ihr Lebensende vor Augen haben würde?

Selbst falls es so war, diesen Raum hatte sie sich so gut eingeprägt, daß sie ihn niemals vergessen würde. Die drei gleißenden Sonnen waren nichts anderes als Lampen, die neben dem Pult standen und auf sie gerichtet waren. Einfache Leuchtstrahler, eigentlich nicht einmal besonders stark, mittlerweile jedoch waren sie zu einer unerträglichen Schmerzquelle mutiert. Der Raum selbst war so trist und trostlos wie wohl jeder Verhörraum in diesem Spiralarm der Galaxis. Blanke Plastmetallwände, und in der Mitte des Raumes jene monströse Trage, auf die man sie geschnallt hatte. Ein paar Meter davon ein breites Pult, von dem aus sich sämtliche Funktionen steuern ließen. Zwischen ihm und der Wand gab es lediglich Platz für einen wuchtigen und ergonomisch geformten Sessel, der sich automatisch den Körperformen anpaßte und in dem sich sicherlich wunderbar sitzen ließ.

Und natürlich erinnerte sie sich auch an den Mann, der darin thronte. An ihn sogar am besten. Sie hatte sich jeden Zug seines Gesichts eingeprägt, jede seiner Bewegungen, jede seiner spärlichen Gesten, jede Art von Mimik, mit der er sein Wohlwollen und Mißfallen über ihre Antworten kundgab — und sie hatte all das hassen gelernt.

Außer ihr war er die einzige Person in diesem Raum. Die beiden brutalen Schläger, die sie aus ihrer Zelle mehr hierher geprügelt und getreten als gebracht hatten, waren verschwunden, nachdem sie auf die Trage geschnallt worden war, und bis jetzt auch nicht wieder aufgetaucht.

Von da an waren sie allein gewesen.

Er und sie. — und für sie war es die Hölle gewesen.

Er war vielleicht sechzig Jahre alt, mit einem leichten Hang zur Korpulenz, allerdings einer Korpulenz, wie sie mit den Jahren kam und die man Männern seines Alters deshalb vorbehaltlos verzieh. Sie schien ihm sogar noch etwas mehr Würde zu verleihen. Würde — was für ein unpassendes Wort im Zusammenhang mit solch einem sadistischen Schwein wie ihm! Die Falten in seinem Gesicht zeugten von Machtwillen und Durchsetzungsfähigkeit. An sich war das nicht zu verurteilen, doch zusammen mit der Kälte und

Skrupellosigkeit, die aus seinen Augen sprach, wurde daraus eine gefährliche Mischung. Eine Mischung, aus der sich unter dem Strich Häme, Menschenverachtung und Grausamkeit ergab. Eine Mischung, von der Sheryl sich nichts sehnlicher wünschte, sie hätte sie niemals kennengelernt. Doch ihre derzeitige Lage, das war ihr nur allzu deutlich bewußt, bot keinen Raum für Wünsche.

Sein Name war Wosch. Sartorius Wosch. Sie hatte es aus einer beiläufigen Bemerkung einer der beiden Muskelprotze entnommen, aber das war auch schon alles, was sie konkret über ihn wußte. Er hingegen war da in der weitaus besseren Position. *Er* nämlich würde bald alles über sie wissen. Falls er es nicht schon längst tat.

Er trug keine Uniform, sondern Privatkleidung. Das machte es schwierig, seine Funktion und Stellung einzuschätzen. Er war kein Militär, dessen war sie sich recht sicher. Dennoch arbeitete sein Verstand mit geradezu militärischer Schärfe, glasklar und analytisch. Und er war kein einfacher Handlanger oder Scherge. Er war jemand, der tiefer in die ganzen Dinge involviert war, um deretwillen sie in dieser mißlichen Situation steckte. Dinge, von denen Sheryl allerdings nicht den blassesten Schimmer hatte. Gut, es ging um Geld, um Macht, Unmengen von Byranium und eine kosmische Verschwörung — soviel war ihr schon klar.

Aber darüber hinaus...?

Sie wußte ja nicht einmal, wo sie hier war oder warum man sie hergebracht hatte. Nein, das war nicht ganz richtig. Das Warum hatte sie sich längst zusammenreimen können. Man glaubte — und fürchtete —, sie könne mehr über die Verschwörung wissen. Und man wollte sich vergewissern, wieviel.

Leider schien ›so gut wie nichts‹ eine Antwort zu sein, die niemanden zufriedenstellte und die man ihr nicht einmal glaubte. Sartorius Wosch am allerwenigsten.

»Was ist?« Seine Stimme ließ sie erneut wie unter Peitschenhieben zusammenzucken. »Ich warte.«

Selbst wenn Sheryl ihn nicht mehr zu erkennen vermochte, glaubte sie dennoch genau zu wissen, wie er jetzt dort hinter dem Pult in seinem Sessel saß; in äußerlich vollkommen entspannt wirkender Haltung, als genieße er eine Holofilm-Aufführung, die eine Hand lässig in der Hüfte, die andere auf dem Pult, ganz dicht neben den Schaltern, mit denen er Sheryls Höllenqualen um einen tausendfachen Faktor steigern konnte. Sie hatte Mühe, sich seine letzte Frage ins Gedächtnis zurückzurufen. Wonach hatte er sie gefragt? Nach ihrer Gefangennahme? Nach den Ereignissen auf Hadrians Mond? Nach ihren ehemaligen Begleitern?

Sheryl fiel es zunehmend schwerer, sich zu konzentrieren. Immer öfter flossen ihre Gedanken ziellos umher, irrten torkelnd durch ihr Erinnerungen oder zerstoben wie feine Nebelfäden. Ihre Erschöpfung, ihre Schmerzen, ihr Hunger, ihr Durst und vor allem ihre Hoffnungslosigkeit gewannen immer mehr Oberhand über ihr bewußtes Denken. Es war genau der Punkt, zu dem Wosch sie hatte bringen wollen. Und an dem er sie längst hatte. Seit Stunden.

»Hören Sie . . .« Es erforderte unermeßliche Anstrengung, ihre Zunge, die wie ein ausgetrockneter, formloser Schwamm in ihrem Mund lag, dazu zu bringen, die Worte halbwegs verständlich zu formulieren. An das heisere Krächzen ihrer Stimme, die so gar nicht mehr klang wie ihre eigene, hatte sie sich mittlerweile gewöhnt. Ihr gesamter Mund war so trocken wie altes, brüchiges Pergament. Es war Tage her, daß sie das letzte Mal etwas zu trinken bekommen hatte, auch wenn sie die meiste Zeit davon betäubt zugebracht hatte. Sie wußte, daß auf Woschs Pult eine große Karaffe mit Wasser stand und ein Tablett mit mehreren anderen Getränken. Sie fühlte sich versucht, ihn anzubetteln, ihr etwas davon abzugeben. Und wenn es auch nicht die zehn Liter reines, klares, kühles Wasser sein würden, die sie brauchte, um wenigstens ihren schlimmsten Durst zu stillen, so doch zumindest ein paar winzige Tropfen Flüssigkeit, um die Stimmbänder ein bißchen zu ölen, damit nicht jedes ausgesprochene Wort auch weiterhin eine solch unerträgliche Qual darstellte. »Warum . . . warum ersparen Sie uns das nicht? Wenn schon nicht mir, dann doch zumindest Ihnen. Ich kann Ihnen nicht mehr sagen. Ich . . . ich weiß nicht einmal, wonach Sie . . . zuletzt gefragt haben.«

»Ich habe nach Ihrem vollständigen Namen gefragt!«

Richtig! Jetzt erinnerte sie sich wieder daran.

»Das . . . das alles habe ich Ihnen doch schon ein Dutzendmal erzählt. Und wenn Sie mich noch so lange ausquetschen, es . . . wird bestimmt nicht mehr werden.« Sheryl mußte ein paarmal tief durchatmen, um Kraft für weitere Worte zu sammeln, und sie fürchtete, daß es Wosch bereits zu lange sein könnte. Mit jeder Faser ihres Körpers erwartete sie eine neue Lawine unerträglichen

Schmerzes, wie sie sie jedesmal traf, wenn er einen bestimmten Schalter auf dem Pult umlegte — *eine kleine Aufmunterung*, wie er es irgendwann im Laufe des Verhörs voller Zynismus genannt hatte, aber erstaunlicherweise hielt Wosch sich zurück. Ein Zeichen, daß er allmählich geneigt war, ihren Beteuerungen Glauben zu schenken? »Wie lange also wollen Sie dieses nutzlose Spielchen noch weitertreiben?«

»So lange, bis ich alles gehört habe, was ich wissen will. Wann das sein wird, liegt allein in Ihrer Hand.«

Sheryl wünschte sich, sie hätte keine Frage gestellt, die eine solch lange Antwort erforderte und die derart viele Worte durch ihr Gehirn peitschte.

»Verdammt! Ich weiß nichts von dem, was Sie wissen wollen.« Es war nichts anderes als ein trotziges Aufbegehren. »Wenn Ihnen die ganze Quälerei Spaß macht — gut. Aber dann tun Sie nicht so, als würden Sie etwas von mir wissen wollen. Ich weiß nichts. Nichts über Sie oder Ihren Verein. Gar nichts! Nicht die geringste Kleinigkeit. Und ... und ich will es auch gar nicht.«

Es war ein nutzloses Aufbegehren. Vermutlich amüsierte es Wosch sogar noch.

»Ob Sie etwas wissen oder nicht, entscheide allein ich«, kam seine Antwort. Es folgte eine kurze Pause, als wolle er ihr Gelegenheit geben, noch etwas zu sagen. Aber was gab es da schon zu sagen? »Also — der vollständige Name?«

Sheryl resignierte. Was blieb ihr anderes übrig?

»Sheryl ... Lee ...« krächzte sie. »Lee ... Robinson.«

»Sehr schön«, lobte die Stimme mit väterlichem Wohlwollen, und aus irgendeinem Grund war Sheryl sich sicher, daß Wosch lächelte. Ein dreckiges, sadistisches Grinsen. »Ihre ID-Nummer?«

Die ID-Nummer! Eine Nummer, die jeder Angehörige der Sarday'kinschen Raumflotte bis zur Bewußtlosigkeit in sein Gedächtnis einbrennen mußte. Eine Nummer, die seine Identität ausmachte. Die er selbst war. Die er immer und überall parat haben mußte. Trotzdem dauerte es einen Moment, ehe Sheryl sich daran erinnerte.

Der Moment schien Wosch bereits zu lange zu dauern. Ohne Vorwarnung rann beißender Schmerz wie flüssiges Magma durch Sheryls Gliedmaßen, zerriß ihre Eingeweide, ließ sie aufschreien und ihren Körper in konvulsivische Zuckungen verfallen. Sie wollte um sich schlagen, sich bewegen, den Rücken durchdrücken, den Mund weit aufreißen, doch die Fesseln hielten sie unerbittlich umklammert, und das machte alles um so schlimmer.

Es war das, was Wosch unter einer *kleinen Ermunterung* verstand. Geduldig wartete er, bis sie wieder halbwegs zu Atem gekommen war.

»Die ID-Nummer!«

»Null . . . zwei zwei acht . . .«, keuchte sie. ». . . fünf sechs null.« Sie wußte nicht, ob die Ziffern richtig oder falsch waren, aber ihre Antwort schien Wosch zufriedenzustellen; allein das zählte. »Kommen wir als nächstes zu Ihrer Position in der Raumflotte. Welchen Rang bekleideten Sie?«

Auch das hatten sie bereits ein Dutzendmal durchgesprochen. Darauf jedoch nahm Wosch keine Rücksicht, und Sheryl blieb nichts anderes übrig, als zu antworten. Sie war sich nicht sicher, wieviel sie ihm bislang verraten hatte. Anfangs hatte sie noch versucht, Informationen zurückzuhalten. Nichts Wichtiges, schließlich gab es nichts, was sie den Beteiligten dieser Verschwörung an Wissen voraus hatte. Es waren im Prinzip nur Kleinigkeiten gewesen. Persönliche Dinge. Dinge, die sie noch niemals jemandem gesagt hatte. Sie wußte nicht einmal, warum sie Wosch etwas zu verheimlichen versuchte. Eigentlich war es sinnlos. Für ihn waren diese Dinge ohnehin ohne jeden Belang. Vielleicht tat sie es nur deshalb, um sich einen letzten Rest von Selbstachtung zu gönnen. Um ihm nicht den Triumph zu gönnen, alles, aber auch wirklich alles, von ihr erfahren zu haben.

Wosch führte ein äußerst geschicktes Verhör. Der Inhalt seiner Fragen ließ nur selten Rückschlüsse darauf zu, worauf er hinauswollte. Was seine Taktik anging, so glich er in seiner Hinterlist einem plomboyanischen Buärps, das stundenlang bewegungslos in seinem Trichter hockte, um dann, wenn sich etwas dorthinein verirrt hatte, um so schneller hervorzustoßen, sich auf seine Beute zu stürzen und sie in seine dunkle Höhle hinabzuziehen. Auf andere Aussagen hingegen, bei denen Sheryl dachte, daß Wosch nachfragen würde, ging er gar nicht ein; er ließ sie lange Zeit unberücksichtigt, um später, wenn sie nicht damit rechnete, unvermittelt darauf zurückzukommen.

»Welcher Punkte waren Sie angeklagt, als Ihre Aburteilung in die Byranium-Minen erfolgte?« fragte Wosch, als sie auf den Einsatz zu sprechen kamen, der ihre Flottenkarriere vor einem drei-viertel Jahr so jäh unterbrochen hatte.

»Befehlsverweigerung, Desertation, Beleidigung von Vorgesetz-ten«, antwortete sie wahrheitsgemäß und durchforstete ihre Erinne-rungen. War da nicht noch etwas gewesen? Sie dachte nach, aber ihr wollte beim besten Willen nicht einfallen, was. Ihr Gedächtnis ließ sie immer öfter im Stich.

»Das ist nicht ganz richtig«, dröhnte Woschs Stimme auch schon durch ihren Schädel. »Es fehlt ein Punkt. Vorhin haben Sie noch etwas anderes gesagt.«

»Was... was habe ich denn noch gesagt?«

»Feigheit vor dem Feind.«

»Ja, richtig«, gab sie matt von sich. »Das war auch noch dabei gewesen.«

Natürlich hatte es sich um eine ebenso unhaltbare Anschuldi-gung wie alle anderen gehandelt. Sie hatte damals bei einem Ein-satz gegen die Technos so handeln müssen, ansonsten wären sie und ihre Kameraden, die allein einer erdrückenden Übermacht gegenübergestanden hatten, einen sinnlosen Tod gestorben. Sie hatten sich retten können und ihr Schiff, indem sie gegen ihre Order verstoßen hatten. Ihr Pech war es nur gewesen, daß der Befehlshaber des Einsatzes, ein ebenso inkompetenter wie karriere-bewußter Flottenadmiral namens McCluskey, beschlossen hatte, sie alle auf dem Schlachtfeld der Ehre zu opfern, als Zeichen für sarday'kinschen Heldenmut. Eine Idiotie ohnegleichen, und die Beleidigungsklage resultierte daraus, daß Sheryl das während der Verhandlung auch ganz eindeutig ausgesagt hatte.

»Dann bitte noch einmal alles zusammen.«

»Befehlsverweigerung, Desertation, Beleidigung von Vorgesetz-ten«, wiederholte sie gehorsam und kam sich dabei vor wie ein Hündchen, das brav dem Stöckchen hinterherrannte und es zurückholte, ganz gleich, wie oft er dieses blöde Stück Holz noch wegwarf. »... und Feigheit vor dem Feind.«

Die nächsten Fragen drehten sich um ihren Aufenthalt auf Hadrians Mond, einem Sträflings- und Minenplaneten, auf dem Byranium abgebaut wurde − eine der kostbarsten und teuersten Substanzen, die es im Universum gab. Und eine der tödlichsten. In kleinen Stücken wurde es von Millionen und Abermillionen Men-schen als Glücksbringer getragen, in Form von Schmuckstücken beispielsweise; in seiner ursprünglichen Form und in größeren Mengen jedoch verbreitete es langsames Siechtum und Tod. Unter dem Einfluß der grünlich schimmernden Gesteinsadern grassierte schleichender Wahnsinn, und früher oder später kam es zu körperlichen Veränderungen und Mißbildungen. Kaum ein Gefangener, der in die Byranium-Stollen verbannt worden war, lebte länger als zwei, drei Jahre. Glücklicherweise hatte weder Sheryls Aufenthalt noch der ihrer Gefährten, mit denen ihr die Flucht geglückt war, lange genug gewährt, als daß sie die kritische Grenze überschritten hätten. Mit einer Ausnahme: Duncan, ein Cybertech. Er war bereits geistesgestört gewesen, als sie dort angekommen waren. Keine Frage, Hadrians Mond war einer der schrecklichsten Orte, die man sich vorstellen konnte – abgesehen von der Trage vielleicht, auf der sie gefesselt lag.

»Ihr Gefangenenaufstand, wenn ich ihn einmal so nennen darf, wurde also durch einen Mithäftling namens Duncan ausgelöst?«

»Richtig«, bestätigte Sheryl. »Er hat den Aufseher angegriffen, und dann haben wir es gemeinsam geschafft, den Wachrobot fertigzumachen.«

»Ist es nicht seltsam«, fragte Wosch, und in seine Stimme hatte sich ein lauernder Unterton gemischt, »daß der Aufstand genau zu dem Zeitpunkt erfolgte, als der Überfall auf Hadrians Mond begann?«

»Das . . . war reiner Zufall.«

»Ein reichlich glücklicher Zufall, finden Sie nicht auch?«

»Mein Gott!« stöhnte Sheryl erschöpft. »Es war nun einmal so! Aber wenn wir gewußt hätten, daß Ihnen der Zeitpunkt so ungelegen kommt, wären wir gerne schon eine Woche früher ausgebrochen. Oder einen Monat.« Eine neuerliche kleine Aufmunterung zeigte ihr, wie wenig Wosch für Sarkasmus dieser Art übrig hatte.

»Zum Zeitpunkt des Angriffs selbst haben sie sich also in den Gespensterstollen aufgehalten?« bohrte sich seine Stimme in ihr Hirn.

»Ja . . . ja«, keuchte Sheryl.

Die sogenannten Gespensterstollen waren ein seltsames Phänomen gewesen. Sie hatten sich durch weite Teile des Mondes gezogen und so ausgesehen, als hätte sich ein riesiger Wurm durch das Gestein gefressen. Zuerst hatten Sheryl und die anderen ihre bloße Existenz für ein Gerücht gehalten, bis sie einen gefunden und selbst betreten hatten. Obwohl es sich bei Hadrians Mond um eine Methanwelt handelte, hatte es in den Stollen atembaren Sauerstoff gegeben. Die atembare Atmosphäre hätte künstlich erzeugt werden müssen, doch auf ihrer Wanderung durch die endlosen Biegungen waren sie damals auf keine entsprechenden Aggregate gestoßen — was allerdings nicht unbedingt heißen mußte, daß es tatsächlich nichts dergleichen gab. Und noch ein Mysterium hatten die Gespensterstollen zu bieten gehabt. Dort, wo sie durch das Gestein gekrochen waren, hatte es nicht die geringste Spur von Byranium-Adern gegeben. Und weil es in ihnen nichts zu holen gegeben hatte, waren sie für die Minenleitung uninteressant gewesen. Es gab ein paar Stellen, an denen sie sich mit den von Menschenhand angelegten Stollen kreuzten, doch diese Durchgänge waren allesamt sorgsam zugemauert worden. Sheryl und ihren Begleitern war es damals gelungen, einen dieser Durchgänge zu finden und wieder aufzubrechen. Auf diese Weise waren sie aus der Minensektion entkommen.

Darüber, wer die Gespensterstollen angelegt hatte, konnte man nur spekulieren. Wahrscheinlich gab es im gesamten Einflußbereich des ehemaligen Imperiums niemanden, der die Antwort darauf wußte, und mit derselben Wahrscheinlichkeit dürften die Gänge schon lange, bevor die Menschheit sich über diesen Spiralarm der Galaxis ausgebreitet hatte, existiert haben. Vielleicht waren sie das Werk einer uralten, längst ausgestorbenen Rasse, die ebenfalls Byranium-Abbau getrieben hatte — auf ihre eigene, rätselhafte Weise. Oder aber auch nur eine besonders ausgefallene Laune der Natur.

Sheryl wußte nicht, ob Wosch diesbezüglich seine eigenen Überlegungen hatte. Alles, was mit den Gespensterstollen zusammenhing, schien ihn nur nebensächlich zu interessieren. Ihm ging es um andere Dinge.

»Durch die Stollen sind Sie also bis zur Kommando-Station gelangt?« faßte er Sheryls Aussagen zusammen. »Und Sie sind ausgerechnet in dem Moment angekommen, da unsere Männer ihren Einsatz beendet hatten und sich zurückzogen.«

»Einsatz?« Sheryl wollte ein bitteres Lachen ausstoßen, doch es wurde nur ein erbärmlicher Hustenanfall daraus. »Warum nennen Sie die Dinge nicht beim Namen? Das war Mord. Kaltblütiger, tausendfacher Mord!«

»Wir mußten sichergehen, daß es keine Zeugen gibt«, sagte Wosch. Es klang so beiläufig, als handelte es sich um nicht mehr als ein Kavaliersdelikt. Etwa so, als hätte er lediglich irgend jemandem einen Gleiterparkplatz vor der Nase weggeschnappt. »Es hätte unsere Pläne empfindlich stören können.«

»Wie hätten die Gefangenen, die unten in den Minensektionen praktisch blind und taub gesessen haben, Ihnen schon schaden können?« fragte Sheryl. Sie wunderte sich, woher sie die Kraft nahm, sich darüber noch zu empören. Und den Mut, es Wosch an den Kopf zu werfen, wo sie doch genau wußte, daß das einzige, was es ihr einbrachte, eine weitere Verschlechterung ihrer Lage sein würde. Aber sie konnte nicht anders. »Wahrscheinlich haben sie von dem Angriff bis auf die Erschütterungen nicht einmal etwas mitbekommen. Es war absolut unnötig, auch die Stollen mit Giftgas zu fluten!«

»Das ist Ihre Ansicht«, sagte Wosch und gab einen unwilligen Laut von sich, als wolle er das unangenehme Thema damit beenden. Wer bekannte sich schon gerne dazu, an einem Massenmord beteiligt zu sein? Sheryl fragte sich, zu wieviel unschuldigen Opfern es bei den vorausgehenden Überfällen auf andere Byranium-Minen zuvor gekommen war. Wie viele Tote mußten auf Woschs Gewissen lasten? Sofern er überhaupt ein Gewissen hatte. Sheryl hielt es ohnehin für bemerkenswert, daß er sich genötigt gefühlt hatte, sich vor ihr zu rechtfertigen.

Als nächstes ging es um ihre Flucht aus dem Sonnensystem von Hadrians Mond. Es war ihnen mit der FIMBULWINTER geglückt, einem regulären Patrouillenschiff, das von den Angreifern zusammengeschossen worden war.

»Und Sie haben mit der FIMBULWINTER fliehen können, obwohl das Schiff zu über siebzig Prozent zerstört worden war und nicht einmal mehr über ein funktionsfähiges Hyperraumtriebwerk verfügte?«

»Ja.«

»Etwas ausführlicher, bitte!«

»Uns gelang es, den *Legraine-Warington-Generator* an Bord des Killer-Satelliten im Orbit von Hadrians Mond auszutauschen. Und auch die anderen Schäden von den dortigen Roboteinheiten notdürftig flicken zu lassen.«

Es war sehr verkürzt, aber Wosch gab sich damit zufrieden. Die ausführliche Fassung dürfte er mittlerweile schließlich in- und auswendig kennen.

»Und der Kommandant der FILMBULWINTER, dieser . . .« Eine kurze Pause, als würde er in irgendwelchen Notizen nachsehen. ». . . dieser Maylor hat sich ihnen bedingungslos angeschlossen?«

»Was heißt bedingungslos? Er wußte, daß ihm keine andere Wahl blieb. Man hätte ihm sein Versagen und die Zerstörung der FIMBULWINTER angehängt und ihn vor ein Kriegsgericht gestellt. Wahrscheinlich hätte er sich nach seiner Verhandlung ebenfalls in einer Byranium-Mine wiedergefunden.«

»Sie sagten, daß Maylor und der Anführer des Gefangenenaufstands, ein Mann namens Cedric Cyper, sich von früher kannten.«

»Ja. Das ist richtig. Man kann sagen, Sie waren ziemlich überrascht, sich wiederzusehen. Ich glaube, damit hatte keiner von beiden gerechnet.«

»Von woher kannten sich die beiden?«

»Soweit ich weiß, haben Sie gemeinsam die Flottenakademie besucht.« Sheryl verspürte ein Gefühl von Wärme, als sie an Cedric Cyper dachte. Sie beide waren zwar nicht unbedingt das, was man ein Paar nennen konnte, dazu waren sie sich einerseits zu ähnlich und andererseits zugleich zu verschieden — leider nur in den jeweils falschen Punkten. In den trostlosen Monaten in den Byranium-Minen hatten sie sich immerhin gegenseitig ein Stück Wärme und Geborgenheit zu schenken vermocht.

Sie versuchte, nicht daran zu denken. Ihr Verhältnis zu Cedric war eines dieser kleinen Geheimnisse, die sie sich bewahren wollte. Sie mußte vorsichtig sein, um Wosch keinen Hinweis auf ihre wahren Gefühle zu geben. Die Elektroden, die an ihrer Stirn und an ihren Fingern befestigt waren, konnten ihr nicht nur unerträgliche Pein bereiten, sondern sie maßen darüber hinaus sämtliche emotionalen Reaktionen auf seine Fragen an. Die Ergebnisse konnte er jederzeit auf dem Pult ablesen. Auf diese Weise war er genauestens über ihren Gemütszustand informiert.

Er wußte zwar nicht, was sie dachte, aber er wußte, *wie* sie dachte.

Doch falls Wosch jetzt eine entsprechende Reaktion angemessen hatte, so ging er nicht darauf ein. Seine nächsten Fragen behandelten ihre Ankunft auf *St. Petersburg Zwei*. Die FIMBULWINTER war aufgrund ihrer Beschädigungen abgestürzt, doch sie hatten sich rechtzeitig mit den Rettungskapseln retten können.

»Weshalb haben Sie sich ausgerechnet *St. Petersburg Zwei* als Fluchtziel ausgesucht?«

»Es ist ein idealer Platz, um unterzutauchen, ohne Spuren zu hinterlassen. Wie Sie wissen, gehören die Freihandelswelten keiner der Machtfraktionen an.«

»Und das ist alles?«

»Ja... alles.« Das war nicht ganz richtig. Zumindest Cedric und Maylor hatten vorgehabt, auf eigene Faust den Verantwortlichen des Überfalls auf Hadrians Mond nachzuspüren. Noch so ein kleines Geheimnis, das Sheryl vor Wosch zurückzuhalten versuchte.

»Wie viele Personen waren Sie zu diesem Zeitpunkt?«

Sheryl mußte nachdenken. Das alles lag erst ein paar Tage zurück, dennoch erschienen ihr die Ereignisse weit, weit entfernt. Wie verblaßte Erinnerungen an ein anderes, ein früheres Leben.

»Fünf... nein, sechs...«

»Wieviel denn nun?«

»Sechs«, legte sie sich fest.

»Das ist falsch!« tönte Woschs Stimme, und dann schlug eine neue Schmerzenswelle über ihrem Bewußtsein zusammen. Es war mehr, als sie ertragen konnte. Sheryl wollte nach Luft schnappen und stellte mit eisigem Entsetzen fest, daß ihre Lungen ihr den Dienst versagten. Gleichgültig, wie sehr sie auch einzuatmen versuchte, sie schaffte es nicht, keinen einzigen Atemzug. Ihr Blut pochte hämmernd in ihren Schläfen, und im nächsten Augenblick setzte auch ihr Herzschlag aus. Die Pein war zuviel für ihren geschwächten Mentabolismus gewesen, und sie wunderte sich, mit welchem Gleichmut sie diesen Gedanken hinnahm. Nun gut, dachte sie, wenn das das Ende sein sollte, dann...

Doch dann, nur eine Sekunde später, setzte ihr Herzschlag wieder ein, und auch ihre stechenden Lungenflügel arbeiteten plötzlich wieder.

Ein fast wohliges Kribbeln rann durch ihre Glieder, während sie sich keuchend bemühte, ihren Sauerstoffbedarf zu decken. Sie begriff, daß Wosch gemerkt haben mußte, wie es um sie bestellt war, und ihr über irgendeine Vorrichtung ein stärkeres Mittel verabreicht hatte. Ganz so einfach, seinen bohrenden Fragen zu entkommen, indem er sie einfach an Herz- oder Lungenversagen sterben ließ, wollte er es ihr offensichtlich nicht machen.

»Ich denke, das hilft Ihnen, künftig etwas konzentrierter zu Werke zu gehen«, sagte er in einem Tonfall, als erwartete er auch noch Dank dafür. In der Tat fühlte Sheryl sich jetzt geringfügig wacher, aber das bedeutete noch lange nicht, daß sie sich nur um einen Deut *besser* gefühlt hätte.

Beinahe wäre es ihr lieber gewesen, erstickt zu sein. Wenigstens hätte das ein Ende dieser Tortur bedeutet. Noch nie, selbst in all den trostlosen Monaten in den Byranium-Minen nicht, war sie bereit gewesen, so einfach aufzugeben, ohne Kampf, ohne Hoffnung, nun jedoch war sie nahe daran.

»Ich habe gefragt, wie viele Personen Sie zum Zeitpunkt Ihrer Ankunft auf *St. Petersburg Zwei* gewesen sind.«

»Sss . . . Sieben.«

»Richtig«, lobt er. »Wer im einzelnen?«

Sie zählte es ihm auf. Außer ihr waren es die schon erwähnten Cedric Cyper und Maylor gewesen, die wie sie Sarday'kin waren. Daneben Nabtaal, ein Freischärler mit jeder Menge Flausen von Revolution, Demokratie und besserer Welt im Kopf, sowie Duncan, der unter dem Einfluß des Byraniums durchgedrehte Cypertech. Und als letztes Kara-Sek und Omo, zwei Yoyodyne, wobei nur ersterer ein ›richtiger‹ Yoyo war, letzterer hingegen eine sogenannte *Humsz*-Züchtung, eine genmanipulierte Kampfmaschine, von der schlecht zu sagen war, zu welcher Volksgruppe sie vor seiner Verwandlung gehört hatte. Von ihrem alten Bewußtsein, ihrem früheren Ich war gerade so viel übrig gelassen worden, um eine Aufrechterhaltung der motorischen Funktionen zu gewährleisten.

Dann stellte Wosch gezielte Fragen zu den Personen.

Über Maylor vermochte Sheryl nicht viel zu erzählen, selbst wenn sie gewollt hätte. Dieser äußerlich so steif und pflichtbewußt wirkende Mann war der Kommandant der FIMBULWINTER gewesen. Viel mehr wußte sie nicht. Allerdings vergaß sie nicht zu erwähnen, daß er und Cedric Cyper sich bei ihrem unverhofften Wiedersehen nicht gerade freundlich gegenübergestanden hatten. Die Dinge, die zu Cedrics Verbannung auf Hadrians Mond geführt hatten, hatten die Freundschaft der beiden zerbrechen lassen. Trotzdem hatte Sheryl den Eindruck, als hätten sich die beiden im

Laufe der Flucht wieder einigermaßen zusammengerauft. In mehreren kritischen Situationen hatten sie sich so blind verstanden, als hätten die zwei Jahre, die sie sich nicht gesehen hatten, überhaupt keine Rolle gespielt. Doch das mußte sie Wosch ja nicht unbedingt auf die Nase binden. Um so eher würde er Cedric und Maylor unterschätzen, falls er versuchte, die beiden zu fassen. Und daß Wosch das versuchen würde, stand für sie außer Frage. Wozu sonst die ganzen Fragen?

»Was können Sie mir über Cedric Cyper sagen?« lautete Woschs nächste Frage. »Er war, wenn ich Sie recht verstanden habe, so etwas wie der Anführer des Gefangenenaufstandes.«

»Ja... wenn Sie so wollen, war er das.«

»Und? Ist das alles?«

Nein, dachte Sheryl, das war keinesfalls alles. Unwillkürlich schlich sich die Erinnerung an die Stunden, die sie gemeinsam verbracht hatten – abends nach der schier endlosen Arbeit. Es waren nicht viele Stunden gewesen, aber sie waren voller Lust, Verlangen und Leidenschaft gewesen; eine Art Rettungsanker, der sie beide davor bewahrt hatte, nicht den Verstand, nicht den Glauben an die Menschheit und sich selbst zu verlieren.

Nicht! versuchte sie sich einzuimpfen. Nicht daran denken! Sonst konnte sie Wosch ihre Empfindungen auch gleich auf einem silbernen Tablett präsentieren.

Aber es wollte ihr nicht so recht gelingen. Dazu waren ihre Gefühle Cedric Cyper gegenüber einfach zu stark. Bitterkeit erfüllte sie, als sie daran dachte, daß sie ihm auf *St. Petersburg Zwei* unmißverständlich klargemacht hatte, daß sich ihre Wege von nun an trennen würden. Wie das Schicksal doch spielte! Damals. Vor wenigen Tagen hatte sie ihn noch verlassen wollen, und jetzt wünschte sie sich nichts sehnlicher, als daß er hier hereinspazierte und sie befreite. Eine Hoffnung, deren Erfüllung in etwa so realistisch war, als ob sie sich gewünscht hätte, daß das Universum von nun an zur Abwechslung mal wieder kontrahierte, anstatt weiterhin so langweilig und vorausberechenbar zu sein und sich immer nur auszudehnen.

»Ich habe Sie gefragt, ob das alles ist, was Sie über Cedric Cyper zu sagen haben!« rief Wosch.

Täuschte Sheryl sich, oder klang da so etwas wie gespannte Erwartung in seinen Worten mit? Etwas, das sie an einen Jäger denken ließ, der seine Beute endlich vor dem Lauf hatte und lediglich noch auf den günstigsten Moment wartete, um abzudrücken?

»Was soll ich Ihnen sagen?« antwortete sie ausweichend. »Ich weiß so gut wie nichts über ihn.«

»Dabei haben Sie doch lange Zeit mit ihm in derselben Minensektion gearbeitet. Das stimmt doch, oder?«

»Ja.«

»Na also! Hat er denn nie darüber geredet, was er vor seiner Verurteilung gemacht hat? Warum er in die Minen geschickt worden ist?«

»Nein, das hat er nicht.«

»Ist das nicht erstaunlich? Da arbeiten Sie ein halbes Jahr mit jemandem zusammen und wollen mir sagen, daß Sie in dieser Zeit nichts von ihm erfahren haben.«

»Mit Ausnahme von Maylor habe ich mit allen anderen genauso lange zusammengearbeitet, und über sie weiß ich auch nicht mehr. Hadrians Mond ist ein Ort, an dem nicht zählt, wer man ist oder woher man kommt. Es gab niemanden, der mir Fragen gestellt hat, und ich habe das auch nicht getan. So läuft das dort unten.«

Wosch ließ einige Zeit verstreichen, ehe er wieder das Wort ergriff.

»Sie hoffen, daß er Sie hier herausholt, nicht wahr?« sagte er unvermittelt. »Genau das ist doch Ihre Hoffnung, oder?«

Sheryl erschrak über seine Worte, die genau ins Schwarze trafen. Es war keine Frage gewesen, sondern eine Feststellung. Und allein ihr Erschrecken, das sich auf Woschs Pult überdeutlich zeigen würde, mußten ihm Antwort genug sein. Sie glaubte, ihn erneut lächeln zu spüren. Es war das Lächeln eines Jungen, der gehört hatte, daß man Frösche zum Platzen bringen konnte, wenn man sie aufblies, und nun glücklich war, im praktischen Versuch festgestellt zu haben, daß es tatsächlich funktionierte.

»Hören Sie«, sagte sie. »Mir ist es völlig gleichgültig, ob Cedric oder sonst irgendwer mich hier herausholt – Hauptsache, jemand tut es. Meinetwegen könnte es auch Luzifer höchstpersönlich sein, ich hätte nichts dagegen. Schlimmer als hier kann es bei ihm kaum sein. Außerdem soll es dort immerhin recht heimelig warm sein.«

Wosch ging auf den provozierenden Tonfall nicht ein. Und daß er sie nicht bestrafte, erschien ihr auf irgendeine Art und Weise sogar noch unerträglicher, als wenn er es getan hätte. Sie hätte es beinahe als eine gerechte Strafe dafür empfunden, daß sie sich die Wahrheit hatte anmerken lassen. Abermals ein Geheimnis, das sie vor Wosch nicht hatte verbergen können.

»Erzählen Sie mir etwas über Duncan!« verlangte er, ohne näher darauf einzugehen.

»Duncan«, wiederholte Sheryl, als müßte sie den Namen laut aufsagen, um sich in Erinnerung zu rufen, wer das war. »Ein Cybertech. Soweit ich mich erinnere, war er schon durchgedreht, als ich ihn das erste Mal gesehen habe. Die Strahlung des Byraniums. Die meiste Zeit brachte er kaum ein vernünftiges Wort heraus. Es kam auch schon zu leichten körperlichen Defekten. Ich glaube, er ist schon länger als drei Jahre in den Minen gewesen, und das ist mehr, als die meisten überstehen. Es ist ein Wunder, daß er die Flucht überhaupt durchgestanden hat.«

»Warum haben Sie ihn mitgenommen, wenn er zu nichts nütze war?«

»Er ist uns meist einfach nachgelaufen, und wir haben keine Veranlassung gesehen, ihn mit Gewalt davon abzuhalten. Er hat ja keinen Schaden angerichtet.«

Eher im Gegenteil, mußte sie im nachhinein zugeben. Einige Male hatte er sie aus nahezu aussichtslosen Situationen herausgeführt, indem er Eingebungen gehabt hatte, die sich nur als geradezu hellseherisch bezeichnen ließen. Sein gestörter Geist mochte zwar zu verwirrt gewesen sein, um eine normale Unterhaltung zu führen, aber dafür schien er Einblicke in Bewußtseinsbereiche gehabt zu haben, die jedem Normaldenkenden von jeher verschlossen waren und zu denen wohl nur Wahnsinnige wie er Zugang hatten. Jedenfalls hatte er oft haargenau gewußt, was sie als nächstes zu unternehmen hatten — wenn er es ihnen auch nicht immer verständlich hatte mitteilen können. Im Grunde genommen war es einerlei. Duncan war tot. Er war ums Leben gekommen, als Sheryl und Nabtaal auf *St. Petersburg Zwei* in die Hände der Verschwörer gefallen waren.

»Was ist mit Kara-Sek, diesem Yoyodynen?«

Allein die Art, wie Wosch das letzte Wort betonte, drückte dieselbe herablassende Verachtung aus, mit der die meisten Sarday'kin Angehören dieser galaktischen Volksgruppe gegenüberstanden, die im Jahre 3798 A. D, nach dem Zusammenbruch des Großen Imperiums aus einer Vereinigung der Konzerne *Sakamura*

Inc., Toshiba Mifune Style Corporation und *TransSonyRelations* hervorgegangen waren.

Sheryl mußte zugeben, daß auch sie früher zu diesen Personen gehört hatte. Jedenfalls bis zu ihrer Verbannung in die Byranium-Minen, wo sie das erstemal persönlichen Kontakt mit yoyodynischen Kriegsgefangenen gehabt hatte. Zuvor waren es nur gesichts- und eigenschaftslose Wesen gewesen, der *Feind* eben, mit dem die sarday'kinsche Fraktion sich seit jeher in einem mehr oder minder heißen Kriegszustand befand und deren Angehörige ihr während ihres Dienstes in der Flotte nur hinter Bordgeschützen oder den Visieren von Kampfanzügen gegenübergetreten waren. Kurzum: Menschen zweiter Klasse (und für viele ihrer Kameraden waren sie nicht einmal das gewesen). In dem halben Jahr auf Hadrians Mond jedoch hatte sich Sheryls Einstellung grundlegend geändert. Nicht, daß sie behaupten könnte, sie verstehen gelernt zu haben; das wäre angesichts ihrer Verschlossenheit und ihres seltsamen Ehrenkodexes zuviel behauptet gewesen. Aber sie als Menschen — wie fremdartig auch immer — zu sehen und sie zu respektieren, das hatte sie gelernt.

»Was wollen Sie hören?« fragte Sheryl schwach.

»Alles, was Sie über ihn wissen. Zum Beispiel, weshalb Kara-Sek sich Ihnen angeschlossen hat, wo er doch einer Fraktion angehört, die der unseren nicht gerade freundlich gegenübersteht? Läßt sich eine solche Handlungsweise überhaupt mit dem Ehrenkodex der Yoyodyne vereinbaren?«

»Keine Ahnung. Er hat es nun einmal getan. Mehr weiß ich nicht. Ich glaube, er fühlte sich uns aus irgendeinem Grund verpflichtet.«

»Das ist mir nicht plausibel genug«, bemängelte Wosch, und wieder schwang die Drohung darin mit, ihr eine neuerliche kleine Ermunterung zukommen zu lassen.

»Tut mir leid, ich kann leider mit nichts anderem dienen. Sie sagten es schon — er ist Yoyodyne. Nennen Sie mir einen Sarday'kin, der von sich behaupten kann, er würde sich mit diesen Schlitzaugen und ihrem Ehrenkodex-Unsinn auskennen!«

»Nun ja«, entgegnete Wosch. Offenbar versuchte er anhand der Kontrollen auf seinem Pult abzulesen, ob sie die Wahrheit sagte, und entschloß sich dann, ihr zu glauben. »Kommen wir nun zum letzten Ihrer Begleiter, diesem Nabtaal.«

»Sie haben Omo vergessen«, erinnerte ihn Sheryl, die es für eine neuerliche Falle hielt, ihre Aufmerksamkeit zu testen. »Die *Humsz*-Züchtung.«

»Vergessen Sie das hirnlose Riesenbaby!« sagte Wosch abfällig. »*Dieses* Problem hat sich längst erledigt.«

Sheryl mußte nicht weiter nachfragen, um zu wissen, was das bedeutete. Omo lebte nicht mehr. Er mußte gestorben sein, nachdem sie auf *St. Petersburg* in die Hände der Verschwörer gefallen war. Sie hatte zusammen mit Nabtaal und Duncan in einem yoyodynischen Hotel auf die Rückkehr der anderen gewartet, die neue Kleidung und andere Ausrüstung hatten besorgen wollen, als unvermittelt Woschs Häscher aufgetaucht waren (der Grund, warum sie bis jetzt ihre zerschlissene Sträflingskleidung trug – ein schmuckloser grauer Overall, an dem noch der Staub der Byranium-Minen klebte). Bis heute wußte Sheryl nicht, wie es den Männern möglich gewesen war, sie zu finden. Dadurch, daß Duncan eine Granate gezündet hatte, bei deren Detonation er ums Leben gekommen war, hatte er ihnen noch eine letzte Frist verschaffen können, doch vergebens. Schließlich waren auch Nabtaal und sie überwältigt worden.

Das letzte, an das Sheryl sich erinnerte, war, daß sie zu Fuß eine Straße hinunter geflüchtet war, in dem Versuch, das Hotel so schnell wie möglich hinter sich zurückzulassen. Weit voraus hatte sie dann plötzlich Cedric und die anderen gesehen. Sheryl hatte noch seinen Namen rufen können, als sie ein Schocker-Treffer im Rücken erwischt hatte und sie bewußtlos auf die Straße gefallen war. Was danach geschehen war, wußte sie nicht. Woschs Fragen ließen aber darauf schließen, daß zumindest Cedric, Maylor und Kara-Sek entkommen waren und sich noch immer auf freiem Fuß befanden. Dieser Gedanke beruhigte Sheryl ein wenig.

»Ich warte immer noch darauf, was Sie mir zu Nabtaal sagen können.«

»Er ist Freischärler«, antwortete Sheryl, als wäre damit alles gesagt, was es über ihn zu sagen gab.

Wosch schien zu verstehen, was sie meinte. Die Freischärler waren diejenige Fraktion, die über am wenigsten Macht und Einfluß verfügte. Sie besaßen kein nennenswertes militärisches Potential und nicht einmal eine einheitliche Führung, dafür aber um so mehr Leute, die sich über die Weltrevolution den Kopf zerbrachen.

Sie predigten solchen Unsinn wie Demokratie, Menschenrechte, Liebe und gegenseitige Rücksichtnahme, doch nicht selten bestand ihre gesamte Überzeugungsarbeit darin, kleine militante Gruppen zu bilden, die Andersdenkende dann ganz rücksichts- und liebevoll in die Luft jagten oder auf andere Art aus diesem Kontinuum bliesen. Ein zutiefst zerstrittener Haufen, der sicherlich längst von einer der anderen Machtgruppen verschluckt worden wäre, wenn es auf den schon in der Frühzeit des Großen Imperiums restlos ausgebeuteten Planeten ihres Einflußbereiches irgend etwas zu holen gegeben hätte, das den Aufwand gelohnt hätte. Da das nicht der Fall war, vermied man es tunlichst, sich mit diesen Chaoten abzugeben und sie bei ihrer Lieblingsbeschäftigung zu stören, die daraus bestand, miteinander um den besten Weg zu einer besseren Welt wettzueifern – mit Worten oder Bomben.

»Einer der gefährlichen oder der harmlosen Sorte?« fragte Wosch.

Wenn Sheryl dazu in der Lage gewesen wäre, hätte sie laut aufgelacht. Nabtaal als gefährlich zu bezeichnen, war so ziemlich die größte Fehleinschätzung, die man begehen konnte. Der Freischärler war eine einzige große, sich auf zwei Beinen fortbewegende Sprechblase.

»Einer von der harmlosen Sorte«, antwortete sie. »Glauben Sie mir, der ganz harmlosen.«

Wosch gab ein Seufzen von sich, das so zu deuten sein könnte, daß er diese Erfahrung ebenfalls gemacht hatte.

»Was ist mit Nabtaal?« nutzte Sheryl die Pause, um sich nach dem Freischärler zu erkundigen. Sie hatte ihn nie sonderlich leiden können, meist hatte er nichts anderes zu tun gehabt, als ihnen vor die Füße zu laufen, törichte Vorschläge zu machen oder ihnen mit seinen Phantastereien in den Ohren zu liegen. Jetzt machte sie sich Sorgen um ihn. Welch lächerliche Empfindung! Als ob ihre Lage ihr noch den Spielraum lassen würde, sich um jemand anderen zu sorgen! »Lebt er noch? Ist er ebenfalls hier?«

»Ich glaube schon«, sagte Wosch, und Sheryl bildete sich ein zu spüren, daß er nachsichtig den Kopf schüttelte. Es hätte zu seinem Tonfall gepaßt. »Sie haben anscheinend immer noch nicht recht verstanden, wer hier die Fragen stellt und wer die Antworten gibt.«

»Was soll das? Wollen Sie mir etwa weismachen, Sie hätten vor, mich jemals wieder laufenzulassen?« Sie wartete kurz, ob er etwas antworten würde. Er tat es nicht, und das war Antwort genug. »Was vergeben Sie sich, wenn Sie mir verraten, was mit Nabtaal ist?«

Er antwortete nicht.

»Sagen Sie mir wenigstens, wo ich hier bin. Wohin haben Sie mich geschafft?«

Sie war keineswegs dem Trugschluß unterlegen zu glauben, daß sie immer noch auf *St. Petersburg Zwei* wäre. Als ehemalige Angehörige der Raumflotte wußte sie, wann sie es mit künstlicher Schwerkraft zu tun hatte; und das war hier zweifelsohne der Fall. Doch andererseis konnte sie sich auch nicht an Bord eines Raumschiffes befinden, denn dafür fehlten die typischen Vibrationen, die selbst bei gedrosselten Maschinen zu spüren waren und die jedem Raumfahrer binnen kurzem so sehr in Herz und Blut übergingen, daß er sofort etwas zu vermissen glaube, wenn er wieder einmal eine natürliche Planetenoberfläche betrat. Damit blieben nicht viele Möglichkeiten übrig. Ein Raumfort schied ebenfalls aus. Sheryl kannte die typischen Einheitsbauelemente, aus denen diese rein militärisch genutzten Giga-Stationen zusammengesetzt waren. Zwar hatte sie von den hiesigen Räumlichkeiten nicht mehr zu sehen bekommen als die winzige Gefängniszelle, in der sie sich allein wiedergefunden hatte, nachdem sie aus der Bewußtlosigkeit erwacht war, diesen Verhörraum und die Gänge, die dazwischen lagen, aber diese wenigen Eindrücke hatten ausgereicht, um ihr zu zeigen, daß es sich um keine militärische Einrichtung handelte. Die hier verwendeten Materialien waren anderer Natur.

Nahm man all das zusammen, so dürfte es sich aller Wahrscheinlichkeit nach um eine zivile Station auf irgendeinem Planeten, Mond oder Asteroiden handeln, dessen Gravitation für menschliche Aktivitäten entweder zu gering oder zu stark war. Doch von beiden − entsprechenden Himmelskörpern und zivilen Stationen − gab es in diesem Spiralarm der Galaxis Tausende und Abertausende.

Sheryl vermochte nicht einmal zu sagen, wieviel Zeit verstrichen war, seitdem sie auf *St. Petersburg Zwei* den Schocktreffer hatte einstecken müssen. Normalerweise hätte sie daraus spätestens nach ein paar Stunden aufwachen müssen, aber die trägen Schwaden, die nach ihrem Erwachen in der Zelle ihren Kopf bevölkert hatten, ließen sie vermuten, daß man ihr ein Betäubungsmittel verabreicht hatte, offenbar um einen reibungslosen Transport hierher zu gewährleisten. Ihr einziger Anhaltspunkt darauf, wie lange sie ohnmächtig gewesen war, war das Ausmaß ihres Hungers und ihres quälenden Durstes. Danach zu urteilen, mußten mehrere Tage vergangen sein. Trotzdem hatte es bis jetzt niemand für nötig gefunden, ihr etwas zu essen oder zu trinken anzubieten.

»So einfach können Sie mich nicht aus der Reserve locken«, sagte Wosch, und scheinbar geneigt, auf ihre Worte einzugehen, fügte er hinzu: »Aber wer weiß? Vielleicht werde ich Ihnen tatsächlich eine Antwort darauf geben. Doch dazu müßten Sie sich etwas kooperationsbereiter zeigen.«

»Was erwarten Sie denn noch? Ich habe Ihnen alles gesagt.«

»O nein«, sagte er mit Bestimmtheit, »das haben Sie nicht, und das wissen Sie auch. Wir beide wissen es. Wie können Sie erwarten, daß ich Ihnen Ihre Fragen beantworte, während Sie mir gleichzeitig soviel zu verheimlichen versuchen?«

»Ich . . . ich weiß nicht, was Sie meinen.«

»Nicht? Dann will ich noch einmal fragen: Aus welchem Grund sind Sie aus dem System von Hadrians Mond nach *St. Petersburg Zwei* geflüchtet?«

»Um unterzutauchen, das ist al . . .«

»Sie lügen!« peitschte seine Stimme hart durch ihr Bewußtsein. »Untertauchen hätten Sie auf jeder anderen Freihandelswelt auch gekonnt. Warum also ausgerechnet *St. Petersburg Zwei?*«

Sheryl wußte, daß er recht hatte. Es hatte noch einen Grund gegeben, sich konkret diese Welt auszusuchen. Ein Grund, der mit den Verschwörern zusammenhing. Zum Teufel, dachte sie, warum schaffte sie es nicht, ihm wenigstens eine Sache vorzuenthalten?

»Sie sagen nichts? Nun, dann will ich Ihrem Gedächtnis ein wenig auf die Sprünge helfen. Was können Sie mir über folgendes Interview erzählen, das kurz nach Ihrer Ankunft auf *St. Petersburg Zwei* über *PeTV* ausgestrahlt worden ist? Hören Sie gut zu. Ich denke, Sie werden sich erinnern.«

Eine kurze Pause, dann dröhnte eine andere Stimme durch ihren Kopf.

»Wir sind flüchtige Strafgefangene von Hadrians Mond, einer der größten Byranium-Minen des Sarday'kin-Sternenreiches«, hörte sie die Stimme sagen. *»Wir konnten einem hinterhältigen*

Überfall entkommen, der die gesamte Stammbesatzung und alle anderen Strafgefangenen das Leben gekostet hat.«

Sheryl erkannte sofort, wem diese Stimme gehörte — oder gehört hatte.

Duncan!

Und sie hatte auch die Situation, in der es zu diesen Worten gekommen war, noch deutlich im Kopf. Kurz nachdem sie mit den Rettungskapseln auf der unbewohnten Südseite von *St. Petersburg Zwei* heruntergekommen waren, waren sie von einer Übertragungssonde eines planetaren TV-Senders aufgespürt worden. Der Moderator, der aus seinem Studio heraus per Funk mit ihnen verbunden gewesen war, hatte mehr über den Absturz der FIMBULWINTER in Erfahrung zu bringen versucht. Natürlich hatten sie sich tunlichst gehütet, sich ein Wort entlocken zu lassen; es war schon verfänglich genug gewesen, daß ihre Bilder rund um den halben Planeten gegangen waren. Nur auf Duncan hatte damals niemand geachtet, in der Annahme, er würde ohnehin nur irgendwelchen Blödsinn vor sich hinbrabbeln.

Genau das hatte er jedoch seltsamerweise nicht getan. Warum, das konnte sie sich bis heute nicht erklären.

»Hochinteressant«, erklang die Stimme des Moderators. *»Haben Sie schon einen Verdacht, wer hinter diesem Überfall stehen könnte?«*

»Aber sicher. Wir haben begründete Annahme zu der Vermutung, daß die Drahtzieher aus den Reihen der sarday'kinschen Sternenflotte kommen. Wahrscheinlich hohe Offiziere.«

»Das sind ja wirklich geradezu sensationelle Neuigkeiten. Können Sie uns und unseren Zuschauern mehr über die Drahtzieher sagen?«

»Mehr wissen wir selbst nicht, aber wir sind hierhergekommen, um sie ausfindig zu machen und dafür zu sorgen, daß sie vor dem Flottenkommando zur Rechenschaft gezogen werden.«

»Sie glauben also, daß sich die Hintermänner hier auf St. Petersbu...«

Mit einem scharfen metallischen Krachen brach die Aufzeichnung ab. Sheryl erinnerte sich, daß das der Augenblick gewesen war, in dem Cedric Cyper die Übertragungssonde mit einem gezielten Schuß zerstört hatte. Viel Schaden hatte er damit allerdings nicht mehr abwenden können. Das Kind war bereits in den Brunnen gefallen. Von da an waren sie Gejagte gewesen.

»Nun?« fragte Wosch gedehnt. »Wollen Sie immer noch behaupten, es hätte keine anderen Gründe gegeben, aus denen Sie nach *St. Petersburg Zwei* gekommen sind?«

Sheryl spürte Bestürzung. Es war das erste Mal, daß Wosch sie mit diesem Mitschnitt konfrontiert hatte, und wenn er vorgehabt hatte, sie damit zu überraschen, so war es ihm vollauf gelungen. Sie hatte nicht erwartet, daß er einen Mitschnitt dieser TV-Übertragung besaß. Dabei hätte sie, wie sie sich vorwerfen mußte, damit rechnen müssen. Diese Aussagen waren schließlich planetenweit über den Sender gegangen. Doch da er sie bislang mit keinem Wort erwähnt hatte, hatte sie im stillen gehofft, er würde sie auch nicht kennen. Was für ein Trugschluß! Es war nichts anderes als eine Falle gewesen, die er für sie aufgestellt hatte. Und natürlich war sie prompt hineingetappt.

Sie fragte sich, in wie viele Fallen sie noch getappt war, ohne es überhaupt zu ahnen.

»Glauben Sie mir!« versuchte sie es ein letztes Mal, obwohl sie genau wußte, daß sie damit nicht durchkommen würde. »Ich habe keine Ahnung, was Duncan da geplappert hat oder warum er es getan hat. Ich habe Ihnen gesagt, daß er meist nur völlig sinnloses Zeug von sich gegeben hat.«

Irgendwie war es sogar die Wahrheit. Aber es war schwach. Zu schwach für Wosch. »Nach völlig sinnlosem Zeug hörte sich das für meinen Geschmack nicht gerade an«, bemängelte er.

»Wenn er noch am Leben wäre, könnten Sie ihn ja selbst fragen!« antwortete sie. »Aber Ihre Männer mußten sich bei der Verhaftung ja so dumm anstellen, ihn an eine Granate kommen zu lassen.«

Eine neuerliche Schmerzenswelle war alles, was sie sich dafür einhandelte.

»Weshalb machen Sie es sich denn nur so schwer?« fragte er voller falschem Mitgefühl, während sie sich noch bemühte, wieder zu Atem zu kommen. »Glauben Sie vielleicht, *mir* würde das Spaß machen?«

Sheryl brachte lediglich ein verbittertes Verziehen der Lippen zustanden. *Natürlich* machte es ihm Spaß!

»Aber Sie wissen ja, wir beide haben hier eine Aufgabe zu erledigen«, sprach er im selben Tonfall weiter, »und so unkooperativ, wie

Sie sich verhalten, ist es leider nötig, Sie von Zeit zu Zeit daran zu erinnern. Sie könnten sich das ersparen, wenn Sie wollten. *Sie* sind es, die sich diese Unannehmlichkeiten bereiten, nicht ich. Und glauben Sie mir — bislang war ich noch rücksichtsvoll zu Ihnen. Sehr rücksichtsvoll. Aber auch meine Geduld kennt Grenzen.« Seine Stimme nahm unvermittelt an Schärfe zu. »Ich darf Ihnen versprechen, wenn Sie weiterhin so verstockt bleiben, werden Sie mich von einer anderen Seite kennenlernen. Sie werden erfahren, was Schmerz wirklich bedeutet. Dagegen ist das, was Sie bislang darunter zu kennen glaubten, nicht mehr als ein laues Lüftchen.«

Sheryl konnte sich das nicht vorstellen. Was konnte schlimmer sein als die hinter ihr liegenden Stunden? Aber trotzdem, selbst wenn Ihre Phantasie hier versagte — sie glaubte ihm jedes Wort.

»Als erstes werde ich die Dosis Ihrer kleinen Aufmunterungen etwas erhöhen. Sagen wir, so um das Doppelte.« Sie hörte, wie Wosch an dem Pult herummanipulierte. »Was ist?« fragte er, als sie noch immer nichts sagte. »Werden Sie jetzt endlich reden, oder muß ich Ihnen erst eine kleine Demonstration geben, wie sich das anfühlen wi...«

»Nein... nein«, hauchte Sheryl. Ihr Widerstand war endgültig gebrochen. Gleichgültig, was Wosch noch von ihr wissen wollte, sie würde es ihm erzählen. Vorbehaltlos und ohne jede Auslassung. Und wenn es das letzte sein würde, was sie in ihrem Leben tat! Hauptsache, die Qual hatte endlich ein Ende. »Schon gut... schon gut, ich antworte ja.«

Sie tat ein paar tiefe Atemzüge und befürchtete schon, Wosch würde diese Pause bereits zu lang sein. Doch erstaunlicherweise hielt er sich zurück. Sie haßte sich dafür, ihm auch noch dankbar dafür zu sein.

»Bei unserer Flucht von Hadrians Mond ist es uns gelungen, den Namen und die Kennung des Containerschiffs zu identifizieren, mit dem das erbeutete Byranium abtransportiert wurde«, erklärte sie. »Die PFENNIGFUCHSER. In den Datenbanken der FIMBUL-WINTER war verzeichnet, daß sie auf *St. Petersburg Zwei* registriert ist und dort auch ihr Eigner sitzt. Deshalb haben wir uns diesen Zielpunkt ausgesucht.«

»Na also!« sagte Wosch zufrieden. »Sagen Sie selbst, hätten wir das nicht viel früher und viel einfacher haben können?« Sheryl schwieg. Also fuhr er fort: »Woher wußten Sie, daß hochrangige

Angehörige der sarday'kinschen Flotte in diesen Überfall verstrickt waren?«

»Das wußten wir nicht. Aber es mußte so und nicht anders sein. Die Position und wahre Bedeutung von Hadrians Mond unterliegt der höchsten Geheimhaltungsstufe. Trotzdem besaßen die Angreifer die offiziellen Flottencodes. Woher hätten sie die ohne hochrangige Hintermänner bekommen sollen?«

»Aha«, rief Wosch. Es klang fast anerkennend. »Also dachten Sie sich, fliegen wir nach *St. Petersburg Zwei*, um diese Hintermänner zu finden?«

»Ja . . . das heißt, nein. Es waren Cedric und Maylor, die sich das in den Kopf gesetzt hatten. Ich nicht. Ich und die anderen haben nur untertauchen wollen. Und wären Ihre Männer nur eine Stunde später gekommen, wäre ich längst auf Nimmerwiedersehen verschwunden.«

»Wieso wollten Fedric Cyper und Maylor das nicht? Was waren ihre Beweggründe?«

»Das weiß ich nicht so genau. Ich glaube, sie haben darauf gehofft, wieder in allen Ehren in die Flotte aufgenommen zu werden, falls sie den Überfall aufklärten, oder sonst irgend solch ein heroisches Zeugs. Darin sind die beiden nämlich ganz große Klasse.«

»Immerhin haben Sie es geschafft, unseren wichtigsten Mann auf *St. Petersburg Zwei* auszuschalten und uns einigermaßen in Verlegenheit zu bringen«, sagte Wosch, wahrscheinlich mehr zu sich selbst. Sheryl hatte nicht einmal mehr die Energie, diese Informationen zu verarbeiten. Sie sehnte sich nur dem Ende des Verhörs entgegen — wie immer das für sie aussehen würde. »Allein hätten sie das allerdings nie geschafft. Erzählen Sie mir mehr über die geheime Ermittlungsgruppe, mit der Sie dort zusammengearbeitet haben?«

»Was . . .?« machte sie und mußte ihre Verwirrung gar nicht spielen. »Was für eine Ermittlungsgruppe?«

»Ich glaube, Sie haben mich recht gut verstanden.«

»Ich . . . ich weiß nichts von einer Ermittlungsgruppe. Wovon reden Sie?«

»Wir haben Cedric, Maylor und diese halbe Portion von Yoyodyne auf *St. Petersburg Zwei* bereits in den Händen gehabt. Doch eine als Söldner getarnte Eingreiftruppe hat sie wieder befreit. Ich frage Sie also: Um was für Leute handelt es sich dabei? Und zu welchem Zeitpunkt hatten Sie zum erstenmal Kontakt mit ihnen?«

»Ich ... ich weiß nichts davon.«

»Überlegen Sie, was Sie sagen!«

»Wirklich! Ich habe keine Ahnung. Wenn das stimmt, was Sie sagen, muß es geschehen sein, nachdem Sie mich betäubt und gefangengenommen haben. Ich weiß nichts von einer Ermittlungsgruppe.«

Eine unheilvolle Sekunde lang herrschte Schweigen. »Es ist dumm von Ihnen«, sagte Wosch bedauernd. »Äußerst dumm sogar. Dabei dachte ich, wir hätten uns verstanden.«

»Bitte ... ich ... ich ...«

Der Schmerz schnitt ihr jedes weitere Wort ab, von dem sie ohnehin nicht gewußt hätte, was es außer einer neuerlichen Beteuerung ihrer Ahnungslosigkeit hätte sein können.

Sie schrie, minutenlang.

Und nicht zum letzten Mal.

In der Tat, Wosch hatte nicht gelogen. Dagegen waren die Torturen, die sie bislang durchzustehen gehabt hatte, tatsächlich beinahe schon eine Wohltat gewesen. Und Wosch gedachte keineswegs, sie zu erlösen. Immer wieder wiederholte er seine Frage nach der Ermittlungsgruppe, mal mit unverhohlener Drohung, ihr Martyrium noch zu steigern, mal mit dem Versprechen, daß sie es überstanden hätte, wenn sie ihm nur noch diese einzige Antwort gab, und immer wieder strafte er sie erbarmungslos, wenn sie ihm die einzige Antwort gab, die sie hatte. Hatte er sich bislang wie ein Pianist verhalten, der sanft über die Klaviatur strich und ein tänzelndes Pianissimo angeschlagen hatte, so spielte er jetzt ein trommelndes Crescendo aus Schmerz und Pein.

Irgendwann, als Sheryls Bewußtsein für Augenblicke aus diesem riesigen feurigen Meer, in dem es zu ertrinken drohte und verzweifelt um sich schlug, an die Oberfläche zurücktauchte und eines Gedankens fähig war, begriff sie mit plötzlicher Klarheit, daß es Wosch längst nicht mehr um Informationen ging. Er hatte alles bekommen, und wenn vielleicht auch nicht alles, was er gewollt hatte, so doch alles, was sie ihm zu geben in der Lage war. Und das wußte er. Die Anzeigen auf seinem Pult hatten es ihm gesagt.

Nun, da er sie ausgewrungen hatte wie ein nasses Stück Kleidung, ging es ihm nur noch darum, sich an ihrer Hilflosigkeit zu weiden und vor sich selbst einen Grund zu suchen, sie auszulöschen. Das erkannte Sheryl, als er ankündigte, ihr Martyrium nochmals zu erhöhen. Diesmal bis zum Anschlag.

»Ich frage ein letztes Mal«, schrillte es durch Sheryls Kopf, und wie ein Echo hallte es von ihren Schädelwänden wider: Ein letztes Mal... letztes Mal... Mal... »Was können Sie mir über die Ermittlungsgruppe sagen?«

Sheryl bewegte den Mund, ohne einen einzigen Ton herauszubekommen.

Nein! formten ihre Lippen. Ein lautloses, schreiendes Nein. Wenn Wosch es auch nicht hörte, dachte sie in all ihrer Verzweiflung, so mußte er es doch zumindest *sehen!*

Aber er sah es nicht. Oder wollte es nicht sehen.

Seine Hand, die über dem Schalter geschwebt hatte, senkte sich. Sie sah es nicht, so wenig sie imstande war, überhaupt etwas zu sehen − aber sie wußte es. Sie spürte es in jeder Faser ihres ausgezerrten Körpers.

»Schade«, hörte sie noch einmal Sartorius Woschs Stimme durch ihren Kopf dröhnen, weit, weit entfernt.

»Sa ... sagen Sie mir we ... wenigstens eines«, schaffte Sheryl zu formulieren. »Wo ... wo ...?«

»Wo Sie sind? Ach ja, ich hatte Ihnen ja versprochen, das vielleicht zu sagen.« Er gab ein Lachen von sich, als amüsierte ihn dieses sinnlose Interesse. »Nun, warum sollten Sie es nicht erfahren, wenn Ihnen soviel daran liegt.« Er ließ sich einen Moment Zeit, wie um der Enthüllung einen würdigen Rahmen zu geben. Sie sind hier auf *Star City.*« Ein erneutes amüsiertes Lachen. »Oder sollte man besser sagen − waren?«

Damit drückte er den Schalter nieder.

Sheryl war nicht einmal mehr in der Lage zu schreien, zu bösartig, gewalttätig und allesvernichtend war das, was über sie hinwegbrandete. Ihre Eingeweide zerplatzten, ihr Blut kochte, ihre Haut fing Feuer, warf eitrige Blasen, verschmolz mit dem Stoff ihrer Sträflingskleidung, ihre Trommelfelle rissen, ihre Augäpfel traten hervor und verdampften ...

Seltsam, ihr letzter Gedanke, der kaum mehr als ein flüchtiger Hauch war, galt Cedric und den Stunden voller Gemeinsamkeit. Wie sehr hatte sie sich an die unsinnige Hoffnung geklammert, daß er sie hier herausholen würde! Dabei war noch nicht einmal gesagt, ob er nicht in einer viel schlimmeren Situation steckte als sie. Ihr war es wenigstens vergönnt zu sterben. Und in einer solchen Lage war das beinahe schon ein Vorrecht.

Dann zerstob ihr Geist und löste sich in einer allesumfassenden Schwärze auf.

Synfile 2

Willkommen auf *Star City!*

»Noch ein Gläschen plomboyanischen Sekt?« erkundigte sich der Bedienstete mit einer leichten Verbeugung.

Ein menschlicher Bediensteter, wie Cedric Cyper sich erneut bewußt machte, ein richtiger Mensch aus Fleisch und Blut in livriertem Zwirn, kein Essensausgabeschacht oder eine elektronische Bedienungseinheit, wie sie beispielsweise in Bars oder Restaurants anzutreffen waren, die er sich bei seiner früheren Soldhöhe hatte leisten können. Es fiel ihm immer noch nicht leicht, sich an all den Prunk zu gewöhnen, den Maylor, Kara-Sek und er seit einigen Tage genossen. Kein Wunder, wenn man die letzten zwei Jahre unter menschenunwürdigen Bedingungen in einer Byranium-Mine hatte schuften müssen. Auch die Jahre davor, die er als *Terminator* bei der Raumflotte gedient hatte, hatten sich nicht gerade durch übertriebene Annehmlichkeiten und einen erstklassigen Zimmer-Service ausgezeichnet.

Aber im Luxus zu schwelgen gehörte nun einmal zu ihrer Rolle als neureiche Explorer, die angeblich auf einem abgelegenen Planeten überraschend auf Byranium-Vorkommen gestoßen waren. Ganz abgesehen davon machte es natürlich auch ganz einfach *Spaß*, sich zur Abwechslung endlich einmal die Sonne des Lebens aufs Haupt scheinen zu lassen. Es war eine nur allzu verdiente Wiedergutmachung für die zurückliegenden Entbehrungen. Doch *wirklich genossen* hätten sie dieses Leben wohl nur, wenn es mehr als eine Komödie gewesen wäre, mehr als eine Rolle, in die sie geschlüpft waren und die nur einem einzigen Zweck diente: dorthin zu kommen, wo alle Fäden der Verschwörung gegen das Sarday'kinsche Imperium zusammenliefen: *Star City*.

Und außerdem mußte Sheryl hier irgendwo sein: Gefangen – oder vielleicht schon tot, dachte Cedric voll Bitterkeit.

»Nein ... nein«, lallte Virgint in Richtung des Bediensteten. »Für mich kei ... keinen Sekt mehr.«

Er machte eine abwehrende Bewegung, die den letzten Rest Sekt aus dem Glas beförderte und in einer schwungvollen Kurve über die Sitzpolster und seine Hose verteilte. Erschrocken und mit einer Art vorübergehender Nüchternheit, wie sie Betrunkene bisweilen schlagartig befällt, wenn sie feststellen, daß sie irgendeinen Unsinn angestellt hatten, legte er die Hand vor den Mund und sah bestürzt auf das Malheur herab.

»Ich ... ich glaube, ich habe 'nen Sch ... Schwips«, stellte er lallend fest und stieß wie zur Bekräftigung auf. Schwankend plazierte er sein Glas auf dem Tisch.

»Ach was!« rief Maylor, klopfte dem schmächtigen, blaßgesichtigen Bankangestellten so kräftig auf die Schulter, daß er beinahe vornüber aus den Sitzpolstern gefallen wäre, und gab dem Bediensteten einen Wink, Virgints Glas wieder zu füllen. »Sie kennen doch die alte Raumfahrerweisheit: Wer noch auf dem Boden liegen kann, ohne das Gefühl zu haben, sich festhalten zu müssen, ist noch lange nicht betrunken. Und Sie, Mr. Virgint ...« Er lachte freundschaftlich und hieb Virgint erneut auf die Schulter, »... liegen ja noch nicht einmal auf dem Boden.«

Virgint runzelte die Stirn und hatte offensichtlich Schwierigkeiten zu begreifen, was Maylor ihm damit sagen wollte. Als er glaubte, es geschafft zu haben, kicherte er vergnüglich und nickte.

»Ssstimmt«, säuselte er zustimmend und hob gewichtig den Zeigefinger. »Stimmt ja ... janz jenau! Aaa ... aber nur noch einen.« Kritisch beäugte er den Bediensteten, der ihm einschenkte, und tadelte ihn, als er die Flasche absetzen wollte: »Na, wenn schon, dann ganz voll. Bis zu ... zum Rand.«

Der Mann füllte auch noch die letzten drei Zentimeter des schlanken Glases ohne das kleinste Wimpernzucken, was bewies, daß er es wahrscheinlich nicht das erste Mal mit einem betrunkenen Gast zu tun hatte. Dann wandte er sich an Cedric und Maylor.

»Haben Sie sonst noch einen Wunsch?« erkundigte er sich.

»Nein«, beschied Cedric Cyper. »Danke, Sie können wieder gehen.«

»Aber la... lala...« rief Virgint. »Lassen Sie gefälligst die Flafla... Flasche hier!«

Der Mann tat, wie ihm geheißen, abermals ohne Wimpernzucken, und verließ die Kabine.

»Na dann!« meinte Maylor, hob sein Glas und prostete Cedric und Virgint zu. »Zum Wohl!«

Virgint griff sein übervolles Glas vorsichtig mit beiden Händen und hob es an seine erwartungsvoll geschürzten Lippen. Genüßlich schlürfte er die Hälfte der goldschimmernden Flüssigkeit in sich hinein.

»Zum Wohl!« bekräftigte er lachend. Um dieses Ereignis würdig zu begehen, kippte Virgint gleich den ganzen Rest hinterher und wischte, ganz harter Mann, mit dem Ärmel seiner Jacke über den Mund. »Großartig! Ganz wunderbar! Hicks!«

Cedric und Maylor, die wiederum nur kurz an ihren Gläsern genippt hatten − schließlich sollte man tunlichst nüchtern bleiben, wenn man im Begriff war, sich in die Höhle des Löwen vorzuwagen −, wechselten einen vielsagenden Blick. Bald würde Virgint so sturzbetrunken sein, daß er nicht mal mehr seine eigene Mutter erkannte.

Und das war genau der Zustand, in dem sie ihn haben wollten! Es war jetzt drei Tage her, daß sie *St. Petersburg Zwei* verlassen und sich an Bord dieses Luxusliners begeben hatten, der auf den wohlklingenden Namen STERNENMEDAILLON hörte und sich im Besitz der *Sandara Star Company* befand, einem riesigen Handelsimperium, das einen Großteil des galaktischen Schmuckhandels kontrollierte. Geleitet wurde es von einer geheimnisvollen Frau: Sandara oder auch der Juwelenkönigin, wie sie einst genannt wurde. Ihre Residenz, eine künstliche Sternenstadt namens *Star City*, befand sich auf einem abgelegenen Asteroiden, dessen Koordinaten streng geheimgehalten wurden. Sandara verließ den Asteroiden so gut wie nie und war sehr scheu. Entsprechend zahlreich waren die über sie kursierenden Gerüchte, die die Seiten der Regenbogen-Presse und einschlägigen TV-Programme füllten.

Cedric und Maylor hatten sich vor dieser Reise in die entsprechenden Veröffentlichungen eingelesen, wohl wissend, daß die meisten davon jeglicher Grundlage entbehrten und sich vom jeweiligen Verfasser unter dem Gesichtspunkt, was sich wohl am besten verkaufen lassen würde, aus den Fingern gesogen worden waren. Aber es war die einzige Möglichkeit gewesen, sich wenigstens oberflächlich zu informieren. Demnach sollte Sandara nicht nur unermeßlich reich und einflußreich sein, sondern auch ebenso schön. Nur einmal im Jahr lüftete sie ihren Schleier und veranstaltete eine pompöse Feier, zu der alles geladen war, was in diesem Spiralarm der Galaxis über Rang und Namen verfügte. Diese Feste besaßen einen legendären Ruf, und es war eine große Auszeichnung, eine Einladung dazu zu erhalten.

Daß diese Ehre auch ihnen zuteil geworden war, hatten sie Virgint zu verdanken − und der Tatsache, daß er auf ihr Schauspiel hereingefallen war. Der blaßgesichtige Büromensch leitete hauptamtlich die Ankaufsabteilung der *K&K-Bank* auf *St. Petersburg Zwei*. Es handelte sich dabei um das größte im Schmuckhandel operierende Bankinstitut, und natürlich befand es sich im Besitz der *Sandara Star Company*. Cedric und Maylor hatten sich als freie Prospektoren ausgegeben − und Kara-Sek als ihren Leibwächter −, die auf einem bislang unerforschten Planeten reichhaltige Byranium-Vorkommen entdeckt hatten und nun auf der Suche nach einem kompetenten Partner für den Abbau und die Vermarktung der kostbaren Substanz waren. Als Beweis hatten sie ihm einen kiloschweren Brocken aus reinstem Byranium präsentiert, den Cedric bei ihrer Flucht von Hadrians Mond mitgenommen hatte. Allein dieses eine Stück war so wertvoll, daß man sich ein eigenes Raumschiff dafür kaufen konnte. Es war ein Köder gewesen, der Virgint gar keine andere Wahl gelassen hatte, als anzubeißen. Allerdings reichten seine Kompetenzen nicht aus, um ein Geschäft dieser Größenordnung zu tätigen. Das hätte allein der Direktor der *K&K-Bank* vermocht, doch wie der Zufall es gewollt hatte, hatte dieser Sartorius Wosch tags zuvor den Planeten verlassen.

Cedric und Maylor hatten das bereits gewußt, bevor sie Virgints Büro betreten hatten. Schließlich waren sie dabeigewesen, als Sartorius Wosch als maßgebliches Mitglied der galaktischen Verschwörung enttarnt worden war. Vermutlich hatte die *K&K-Bank*

auf *St. Petersburg Zwei* dazu gedient, das Byranium, das in den letzten Jahren bei Überfällen auf verschiedene Minen-Planeten erbeutet worden waren, unauffällig auf den Markt zu bringen. In dem Glauben, seine Verhaftung stünde unmittelbar bevor, hatte Wosch *St. Petersburg Zwei* dann Hals über Kopf verlassen.

Ohne die Hilfe des Daily Lamas, eines ehemaligen Ausbilders, der sie auf der Flottenakademie unterrichtet hatte, hätten Cedric und Maylor diese Informationen jedoch kaum erlangt oder zumindest keine Gelegenheit mehr erhalten, sie zu nutzen. Sartorius Wosch hatte sie schon so gut wie in seiner Gewalt gehabt, doch der Daily Lama und seine Leute hatten sie befreit. Ihr früherer Ausbilder war, wie sie anschließend von ihm erfahren hatten, der Kopf einer geheimen Ermittlungsgruppe des *DSD*, so geheim, daß nicht einmal die Führungsetage dieses aller Wahrscheinlichkeit nach ebenfalls unterwanderten sarday'kinschen Sicherheitsdienstes etwas über ihre Existenz wußte. Sie waren den Verschwörern seit einigen Jahren auf der Spur, ohne daß sie bislang einen entscheidenden Schlag gegen sie hatten landen können. Dazu war ihr Wissen über den geheimnisvollen Gegner zu gering.

Fest stand nur, daß sich die Verschwörung mittlerweile wie eine hundertköpfige Hydra in den Reihen der sarday'kinschen Raumflotte und anderen Schaltzentralen der Macht ausgebreitet hatte. Offensichtlich wurde die Sache zusätzlich von vielen hochrangigen Befehlshabern unterstützt, darunter auch Personen, die bis dato als absolut regierungstreu und integer galten; Personen, die seltsamerweise irgendwann von heute auf morgen begonnen hatten, ihren eigenen Interessen zuwiderzuhandeln. Der Daily Lama hatte festgestellt, daß sie dazu weder durch Hypno-Blocks oder elektronische Implantate gezwungen wurden; augenscheinlich handelten sie aus freiem Willen heraus. Die eigentlichen Drahtzieher agierten weiterhin aus dem Dunkeln heraus. Über sie war kaum mehr bekannt, als daß sie unter der Deckbezeichnung *Faktor* operierten und strikt darauf bedacht waren, ihre Anonymität zu wahren. Sartorius Wosch als *Faktor 4* war der erste Angehörige dieser Führungscrew, dem man hatte auf die Spur kommen können. Ein Erfolg, der um so wichtiger war, da die Verschwörer allem Anschein nach unmittelbar vor Erreichen ihres Zieles standen, und das dürfte aus nichts weniger bestehen als einem umfassend vorbereiteten Putsch und anschließender Machtübernahme innerhalb des sarday'kinschen Imperiums. Der Überfall auf Hadrians Mond war, wie Cedric und die anderen erfahren hatten, der letzte Raubzug gewesen, der dazu noch erforderlich gewesen war.

Daß Wosch die Flucht gelungen war, hatte durchaus im Sinne des Daily Lama gelegen. Er hatte Cedric Cyper und seine Begleiter nach ihrem Eintreffen auf *St. Petersburg Zwei* ohne ihr Wissen dazu benutzt, Wosch aus seinem Nest zu scheuchen, in der Hoffnung, er würde dorthin fliehen, wo die Verschwörer ihr Versteck hatten. Ein Sender, der im Zentralcomputer von Woschs Raumyacht versteckt gewesen war, hatte ihm die Zieldaten seines Hyperraumsprunges überspielt: die Koordinaten von *Star City*, Sandaras Sternenstadt. Natürlich hatten Cedric Cyper und Maylor sich dem Daily Lama und seiner Ermittlungsgruppe anschließen wollen, doch er hatte es ihnen verwehrt − mit der Begründung, daß die Dinge zu weit fortgeschritten seien, als daß Zeit vorhanden wäre, sie in seinen Plan einzubeziehen −, und die Freihandelswelt ohne sie verlassen. Trotzdem war es für sie keinen Augenblick in Frage gekommen, sich einfach irgendwohin zurückzuziehen und abzuwarten, ob ihr ehemaliger Ausbilder Erfolg hatte. Es hatte festgestanden, daß sie auf eigene Faust nach *Star City* reisen würden. Zum einen, weil sie es sich nun einmal in den Kopf gesetzt hatten, die Hintermänner des Überfalls auf Hadrians Mond auffliegen zu lassen; zum anderen, weil sie Nabtaal und Sheryl nicht im Stich lassen wollten, die sich als Gefangene an Bord von Woschs Yacht befunden hatten.

Vor allem Sheryl.

Cedric machte sich nichts vor. Was ihn betraf, war sie längst der weitaus gewichtigere Grund, sich in die Höhle des Löwen zu stürzen. Und das, obwohl sie ihm auf *St. Petersburg Zwei* in der ihr eigenen Art unmißverständlich zu verstehen gegeben hatte, daß es in Zukunft kein Miteinander mehr gäbe und er sich keine falschen Hoffnungen machen sollte. Er wußte nicht recht, warum er trotzdem ohne jedes Zögern bereit war, sein Leben für sie aufs Spiel zu setzen. Vielleicht hätte er Maylor deswegen um Rat fragen sollen, doch was Frauen anging, erschien er ihm nicht unbedingt ein kompetenter Gesprächspartner zu sein. Sein ehemaliger Freund war immer mit der Raumflotte verheiratet gewesen − zumindest bis zu den Vorfällen im System von Hadrians Mond, die ihn seine Karriere gekostet −, und diese Liaison hatte ihm keinen Raum für

Beziehungen gelassen, die über einen gelegentlichen Flirt in einer Raumhafenbar hinausgegangen wären.

Von all dem hatte Virgint natürlich nichts geahnt, als sie ihm in der Bank gegenübergesessen hatten. Um das vermeintliche Bombengeschäft nicht zu verlieren, hatte er ihnen schließlich eine Einladung zu dem Fest in Sandaras Sternenstadt verschafft, wo sie mit allen maßgeblichen Leuten über den von ihnen gewünschten Kooperationsvertrag reden könnten. Cedric und Maylor hatten sich scheinbar zögernd damit einverstanden erklärt.

Gleich würde der letzte Hyperraumsprung sie endgültig nach *Star City* bringen. Als erfahrene Raumfahrer hatten sie an den leichten Vibrationen längst gemerkt, daß die STERNENMEDAILLON seit einiger Zeit in die Beschleunigungsphase eingetreten war, die jedem Sprung voranging. Im Prinzip hätte es keiner drei Tage bedurft, um das Zielsystem zu erreichen. Diese Distanz hätte der Luxusliner von *St. Petersburg Zwei* auch mit einem einzigen Sprung überwinden können. Der Grund, warum sie dennoch so lange unterwegs gewesen waren, lag darin begründet, daß sie ihren Kurs zuvor durch ein halbes Dutzend anderer Sonnensysteme geführt hatte — von *Bangor III* im Maine-System bis *Clark IV* im *Darlton*-System —, wo sie weitere zum Fest geladene prominente Persönlichkeiten abgeholt hatten. Natürlich wäre es Cedric wesentlich lieber gewesen, auf direktem Weg ans Ziel zu kommen; schließlich gab es nichts Schlimmeres, als tagelang zu warten, ohne das geringste tun zu können und ohne zu wissen, ob Sheryl und Nabtaal überhaupt noch am Leben waren.

Die meiste Zeit hatten sie in ihrer luxuriös ausgestatteten Kabine verbracht. Die großen Gemeinschaftsräume — etwa das Bordrestaurant, das Spielcasino oder den Antigrav-Pool — hatten sie nach Möglichkeit gemieden. Um so geringer war das Risiko, einem bekannten Gesicht zu begegnen. Obwohl es unwahrscheinlich war, daß sich einer der hohen Rangträger der Raumflotte, die sich an Bord befanden, an einen einfachen Raumschiffkommandanten wie Maylor oder einen *Terminator* wie Cedric erinnern würde. Leider hatte Virgint die ganze Zeit über nichts Besseres zu tun gehabt, als wie ein rigelianischer Klammerfrosch an ihnen zu hängen und ihnen auf die Nerven zu gehen. Für ihn schien die Einladung zu Sandaras Feier eine noch viel größere Auszeichnung zu sein, und er ließ keine Gelegenheit aus, ihnen zu versichern, wie stolz, dankbar und geehrt er sei, sie im Auftrag der Konzernleitung dorthin begleiten zu dürfen. Aber man merkte ihm zugleich auch an, wie unwohl und fehl am Platz er sich als einfacher Bankangestellter in der Umgebung von soviel Prominenz fühlte. Er versuchte es zu überspielen, indem er sich und ihnen vormachte, sich um sie kümmern zu müssen. Natürlich hätten sie ihm längst in aller Deutlichkeit klarmachen können, daß sie auf seine Gesellschaft keinen gesteigerten Wert legten, aber es war besser, wenn sie es sich mit ihm nicht verdarben. Wer wußte, zu was er noch nütze sein würde?

Glücklicherweise war Maylor irgendwann auf die Idee gekommen, Virgint ganz einfach betrunken zu machen, damit er nicht auch noch während und nach ihrer bevorstehenden Ankunft auf *Star City* ständig um sie herumwieselte und sie störte, wenn sie sich dort umsahen und ihren wahren Interessen nachzugehen versuchten.

»Ich... ich weiß nicht, ob man mir irgend etwas anmerkt«, eröffnete er ihnen mit wichtigtuerischer Geste, als enthülle er ihnen ein großes Geheimnis, »aber ich... ich trinke sonst so gut wie gar nichts.«

»Ach was?« entgegnete Maylor scheinbar fassungslos. »Tatsächlich?«

»Ja... wirklich.« Virgint griff nach der Flasche und schenkte sein Glas abermals voll. »Ich meine, nicht, daß ich es nicht vertragen würde. Nein, nein, wenn ich wollte, könnte ich natürlich auch ganz anders, aber ich will nicht. Für einen Mann in meiner Position ist es äußerst wichtig, immer kühlen Kopf zu bewahren. Über... und immerall! Das... dasss ganz wichtig.«

»Mr. Virgint«, bekräftigte Cedric, »man merkt, daß Sie so schnell nichts umwerfen kann. Sie sind wahrhaftig ein Mann, der immer alles unter Kontrolle hat und den so leicht nichts umwerfen kann.«

Virgint straffte stolz die schmalen Schultern.

»Ne... nicht wahr?«

Cedric unterdrückte ein Kopfschütteln. Bislang hatte er immer gedacht, daß es solch geistige Schwarzen Löcher nur unter den Reihen der Freischärler gab. Aber wie Virgint bewies, konnten einige Sarday'kin da durchaus mithalten.

»Wa... was'n dem da?« fragte Virgint und deutete auf Kara-Sek, der etwas abseits in den Sitzpolstern saß, mit grimmigem Blick und vor der Brust verschränkten Armen, als wolle er die Annehmlichkeiten partout nicht in Anspruch nehmen. »Trinkt ... der denn gar nichts?«

Sie hatten Kara-Sek ihm gegenüber als ihren Leibwächter ausgegeben. Auf Hadrians Mond hatte Cedric einem anderen Yoyodynen das Leben gerettet, worauf der ihm daraufhin einen Treueeid geschworen hatte. Zwar war dieser Yoyodyne während der Flucht ums Leben gekommen, aber da Cedric ein Vorgesetzter Kara-Seks − und auch Omos − gewesen war, hatte der yoyodynische Ehrenkodex es so gewollt, daß auch sie ihm zur Treue verpflichtet waren. Es war eine Verbindung, die nur durch zwei Dinge zu lösen war: Kara-Seks Tod oder eine Zeremonie, die von einem sogenannten *Nikkei*-Priester vorgenommen werden mußte. Da diese Priester jedoch nur auf den innersten sieben Planeten des yoyodynischen Machtbereichs lebten, war es so gut wie ausgeschlossen, daß ein Sarday'kin wie Cedric überhaupt jemals dorthin gelangte. Zumindest lebend und in einem Stück. Blieb also nur die andere Möglichkeit, das Band zwischen ihnen zu trennen: Cedric wünschte sich zwar nicht, daß Kara-Sek etwas zustieß, aber andererseits vermochte er sich auch nicht so recht mit dem Gedanken anzufreunden, daß der Yoyodyne mit dem pechschwarzen Haar, das stets zu einem strengen Zopf zurückgebunden war, ihm von nun an sein restliches Leben nachlief.

Aber vielleicht machte Cedric sich ja vollkommen überflüssige Sorgen, und *sein eigenes* Leben endete viel früher, als er dachte. Zum Beispiel, wenn man sie bei ihrer Ankunft auf *Star City* sofort als entflohene Sträflinge identifizierte. Zwar hatten sie vom Daily Lama neue Identy-Cards erhalten, die ihn als Claudio Portos und Maylor als Aramis Monserat auswiesen, aber Sartorius Wosch würde es trotzdem nicht schwerfallen, sie zu identifizieren. Es war anzunehmen, daß er die *PeTV*-Übertragung gesehen hatte und somit ihre Gesichter kannte. Zwar hatten sie ihr Äußeres verändert: So leuchtete Cedrics Haar nach einem Friseurbesuch jetzt in einem tiefdunklen Lila, und Maylor trug eine der in höheren Schichten der Gesellschaft gerade so furchtbar modischen Gesichtsmalereien, die seine linke Gesichtshälfte in eine weiße Harlekin-Maske verwandelte. Selbstverständlich war auch ihre Kleidung so gewählt, daß jedermann sofort wußte, daß er es mit Neureichen zu tun hatte. Die Kleidung war schreiend bunt, so daß jeder Blick über zwei Sekunden in den Augen zu schmerzen begann. Selbst seine Strafgefangenenkleidung wäre Cedric lieber gewesen. Er kam sich so auffällig vor wie ein Leuchtfeuer in der Dunkelheit, aber wie sollte man sich in einer Schar buntgescheckter Papageien wirkungsvoller tarnen, wenn nicht ebenfalls als Papagei? Aber natürlich waren das nur oberflächliche Veränderungen, die allenfalls ein flüchtiges Entdecken verhinderten. Wenn sie Wosch von Angesicht zu Angesicht gegenüberstanden, würde er keinerlei Schwierigkeiten haben, sie zu enttarnen. Und womöglich waren 3D-Fotos mit ihrem Antlitz längst an jede Person auf *Star City* verteilt worden.

»Bei uns ist es verpönt«, antwortete Kara-Sek ungerührt, »ohne Not berauschende Substanzen zu uns zu nehmen, die unser klares Denkvermögen beeinträchtigen.«

»Du... dudu... willst sagen«, meinte Virgint mit alkoholschwankender Stimme, »daß... daß keiner von euch... von euch Schlitzaugen säuft?«

Er machte ein Gesicht, als wolle er in albernes Gelächter ausbrechen, hielt allerdings unsicher inne, als er sah, daß Cedric und Maylor keinerlei Anstalten machten, darin einzufallen.

»Natürlich gibt es auch bei uns minderwertige Kreaturen«, beschied Kara-Sek.

Virgint hörte die darin enthaltene Beleidigung nicht und schlürfte sein Glas leer.

Aus den Kabinenlautsprechern klang ein Geräusch, das sich wie ein gedämpftes *Ding-Dong* anhörte und jeder Durchsage der Schiffsleitung voranging.

»*Wir möchten sämtliche Passagiere bitten, sich auf ihre Plätze zurückzuziehen*«, säuselte eine angenehme Frauenstimme. Auch hier eine echte menschliche Stimme, keine computererzeugte, die von Werbeprofis so synthetisiert worden war, daß jeder in Gedanken automatisch einer superblonden Schönheit zuordnete. Doch die Schönheit, die sich hinter dieser Stimme verbarg, war echt! Cedric fragte sich unwillkürlich, ob man womöglich sogar für das *Ding-Dong* einen eigenen Angestellten beschäftigt hatte. »*In wenigen Minuten wird der nächste Hyperraumsprung erfolgen. Wir werden Sie unmittelbar davor noch einmal informieren.*«

Cedric und Maylor sahen sich kurz an und überzeugten sich,

daß sie dasselbe dachten. Die Zeit des Wartens war bald vorüber.

Virgint hatte derweil wiederum nach der Flasche gegriffen, sah abwägend zwischen ihr und dem leeren Glas hin und her und kam offenbar zu dem Entschluß, daß es sich nicht lohnte, es neu zu füllen.

»Ihr Weltraumpfarrer... fahrer seid wirklich tolle Burschen«, plapperte er munter drauflos, nachdem er die Flasche wieder abgesetzt hatte. »Einfach so...« Eine Geste folgte, die Cedric befürchten ließ, die Flasche würde gleich quer durch die Kabine fliegen. »... durch den Weltraum.«

Es war nicht das erste Mal, daß er ihnen erzählte, wie sehr er sie bewunderte. Und je öfter er sich darüber ausließ, desto mehr wurde er in seiner Vorstellungswelt ebenfalls zu einem dieser tollkühnen Hasardeure, die durch den Weltraum rasten, immer auf der Suche nach neuen Abenteuern. Was für eine Naivität! Der harte Dienst in der Raumflotte hatte so gut wie nichts mit Freiheit und Abenteuer zu tun. Doch wenn Cedric ehrlich war, den Weltraum würde er schon vermissen, wenn er sich vorstellte, sein künftiges Leben in der Monotonie und der Enge eines einzigen Planeten zu fristen.

»Sa... sagen Sie mir«, bat Virgint und deutete zur Kabinendecke, »wie ist es da oben?« Dann fiel ihm offensichtlich ein, daß der Weltraum nicht nur oben, sondern überall um einen herum war, und wedelte mit seinen Armen herum. »Ich meine, dada... draußen. Na, Sie wissen schon, was ich meine!«

Maylor machte ein gequältes Gesicht.

»Rauh!« meinte er nach einer bedeutungsschwangeren Pause.

Virgints trübe Augen weiteten sich begeistert.

»Rauh? Ja, natürlich! Rauh...« Er ließ sich das Wort auf der Zunge zergehen und nickte. »Ja, das hört sich gut an.« Er rutschte ungeduldig auf seinem Sitz umher. »Und — wie ist es noch?«

»Dunkel!« sagte Cedric.

Virgint nickte ergriffen, als wäre ihm soeben die ganze Weisheit des Universums offenbart worden. Seine Augen klebten geradezu an ihren Lippen.

»Rauh... und dunkel...«

»Und weit«, legte Maylor noch einen drauf.

Virgint schüttelte ungläubig den Kopf und machte eine Geste, als wolle er die Welt umarmen.

»Ist gut . . . mehr als gut . . . einfach riesig! Oh, wie sehr beneide ich Sie beide.« Wieder ein Schluck aus der Flasche. »Wissen Sie, es war nicht immer mein Wunsch, mein Leben als Angestellter in den Bübü . . . Büroräumen einer Bank zu verbringen. Nein, Sie können mir glauben . . . daddadas war es wirklich nicht. Mei . . . meine eigentliche Berufung ist . . . ist der Waultrem . . . äh . . . äh . . . der . . . Wau . . .« Er runzelte die Stirn.

»Der Weltraum«, half Maylor ihm aus.

»Ja, genau!« Virgents Miene hellte sich wieder auf. »Der Weltraum. Einmal ein eigenes Raumschiff zu führen. Einmal in Galaxien vorzudringen, die nie ein Baba . . . Bankangestellter zuvor gesehen hat. Ich weine . . . meine, das wäre wirklich das a-Tüpfelchen meines Lebens . . .«

»Sie meinen sicherlich − das i-Tüpfelchen.«

»Wie?« machte er geistesabwesend. »Ach ja, natürnich.« Er nickte eine Zeitlang vor sich hin, dann sah er sie eindringlich an. »Sa . . . sagen Sie, Sie . . . Sie beide sind doch erfahrene Raumfahrer. Glauben Sie, ich . . . ich hätte auch das Zeug datz . . . dazu?« Maylor sah Virgint perplex an. Seine Miene war todernst, aber Cedric kannte seinen ehemaligen Freund gut genug, um das leichte Zucken seiner Mundwinkel richtig zu deuten.

»Nun«, machte er hilflos. »Tja . . .«

Wie sollte er Virgint möglichst schonend beibringen, daß ein Mann wie er als Raumfahrer genauso überlebensfähig gewesen wäre wie eine Kartoffel in einem Küchengerät.

»Nu . . . nur raus damit!« ermunterte Virgint ihn. »Und scheuen Sie mir nicht, mir die Wahrheit zu sagen. Ich bibi . . . bin hart. Sehr hart. Ich kakann der Wahrheit ins Angnesich . . . Angesicht sehen.«

»Bewerben Sie sich doch einfach bei der Raumflotte«, schlug Cedric vor. »Dort wird man sich bestimmt glücklich schätzen, auf die Fähigkeiten eines Mannes wie Sie zurückgreifen zu können.«

»Ja! Ja!« rief Virgint begeistert und versuchte, mit den Fingern zu schnipsen. »Sie . . . Sie haben recht! Sie haben vollkommen recht. Das werde ich machen. Oh, Mann, ich in der Raumflocke . . . flotte . . .«

Ding-Dong, klang es aus dem Lautsprecher. »*Verehrte Gäste. Noch eine Minute bis zum Hyperraumeintritt. Wir bitten Sie zu Ihrer eigenen Vorsicht, eine sichere Sitzposition einzunehmen. Herzlichen Dank!*«

»Oooh ... oder sollte ich mich lieber gleich als *Tertimator* ...
äh ... *Terminator* bewerben?« überlegte Virgint laut.

Er stellte die Flasche hin und sprang auf, wie um sich ihnen in
voller Körpergröße zu präsentieren.

»Wa ... was meinen Sie?« fragte er genauso schwankend, wie er
dastand. »Wäre das was für mich?« Und wie um ihnen zu zeigen,
daß er wirklich etwas davon verstand, machte er eine solch thea-
tralische Geste, als wolle er eine Hundertschaft ›*Tertimatoren*‹ zum
Sturmangriff auf eine gegnerische Station peitschen.

Cedric mußte zugeben, daß er zumindest damit nicht allzu weit
danebenlag. Er hatte in der Vergangenheit etliche Einsatzleiter
gesehen, die ähnlich heroische Gesten gemacht hatten, bevor sie als
erste vorangestürmt waren. Bedurfte es einer Erwähnung, daß sich
keiner von ihnen eines besonders langen Lebens erfreut hatte? Wer
anschließend noch identifiziert werden konnte, fand seinen Namen
wenigstens eingemeißelt in der *Hall of Fame*, die dem Flottenhauptquartier vorgelagert war, und zwar unter der Rubrik ›Gab
sein Leben in treuer Pflichterfüllung‹. Doch bis auf ein paar Schul-
klassen auf Besuchsreise, von denen einige Kinder den Namen
ihres toten Vaters oder älteren Bruders suchten, ließ sich in diesen
ehrwürdigen Räumen nur selten jemand sehen.

»Sie sollten sich lieber setzen, Mr. Virgint«, riet Maylor. »Der
nächste Hyperraumsprung steht unmittelbar bevor.«

»Ach was! Was ist schon so ein kleiner Hyperraumhühü ... hüp-
fer? Ich meine, für einen haha ... harten Burschen wie mich?«

»Wenn ich mich recht erinnere, ist Ihnen nach dem letzten
Sprung einen halben Tag lang übel gewesen!« erinnerte Cedric
Cyper.

»Das letzte Mal, pah!« Er winkte ungehalten ab. »An so was
gewöhnt man sich mit der Zeit. Alles, wa ... was einen nicht
umbringt, macht einen härter, ni ... nicht wahr?«

Abermals ein *Ding-Dong*.

»*Achtung!*« säuselte die superblonde Schönheit. »*Hyperraum-
sprungssequenz ist eingeleitet. Zehn, neun, acht ...*«

»Mr. Virgint!« drängte Cedric. »Setzen Sie sich endlich!«
Fünf, vier ...«

Virgint lallte etwas, das sich anhörte wie: »Kleinigkeit für
mich!«

Cedric beugte sich vor und wollte den Bankangestellten am

Handgelenk packen, um ihn auf den Sitz zu ziehen, doch Virgint tänzelte mit der Anmut eines Betrunkenen ein paar Schritte zurück.

»*Zwei, eins — Sprung!*«

Im selben Moment dehnten sich die funkelnden Sternenpunkte, die man durch die Kabinenfenster sehen konnte, zu langen Strichen, jedoch nur einen winzigen, kaum wahrnehmbaren Sekundenbruchteil, dann verwandelten sie sich wieder in Punkte zurück.

Punkte, die sich zu einem Sternenhimmel mit vollkommen neuen Konstellationen zusammengefunden hatten.

Und genauso schnell verging auch der stechende Schmerz, der jedem an Bord durch Kopf und Nacken geschossen war. Er war seit jeher ein treuer Begleiter eines jeden Hyperraumsprunges, auch schon zu jenen Zeiten vor dem Jahr 3797 A. D., da sich die eine fünfdimensionale Konstante des galaktischen Gravitationsfeldes noch nicht auf verhängnisvolle Weise verändert hatte und ein Überlichtflug noch ohne die Fähigkeiten der 5D-mutierten Navigatorinnen möglich gewesen war.

Für Cedric, Maylor und auch Kara-Sek war diese Empfindung nichts Neues. Jeder, der durch den Weltraum flog, gewöhnte sich daran und entwickelte eine gewisse Unempfindlichkeit dagegen, so wie ein Karatekämpfer mit der Zeit eine schützende Hornhaut an der Handkante bekam. Hinzu kam, daß der bei diesem Sprung auftretende Schmerz geringerer Stärke gewesen war. Das lag nicht etwa daran, daß die STERNENMEDAILLON über einen besseren *Legraine-Warington*-Generator oder leistungsstärkere Schockabsorber verfügt hätte, sondern daß sie den Hyperraumeintritt mit einer weitaus höheren Geschwindigkeit vollzogen hatte. Von ihren Einsätzen in der Raumflotte her waren Cedric und Maylor weitaus schmerzhaftere und brutalere Manöver und Sprungbedingungen gewöhnt. Je mehr man sich der Lichtgeschwindigkeit annäherte, desto reibungsloser erfolgte der Übergang in dieses so rätselhafte, übergeordnete Kontinuum, und desto geringer waren auch die Nebenwirkungen. Theoretisch wäre es sogar möglich gewesen, mit dem *Legraine-Warington*-Generator aus dem Stand heraus durch den Hyperraum zu springen. Denn abgesehen von dem kleinen Energie-Problem, das es da gab, denn man hätte die Energie einer mittleren Sonne bündeln müssen, und der neuen, noch unbekannten Werkstoffe, aus dem der Generator hätte bestehen müssen, wäre jedem Lebewesen wahrscheinlich schlichtweg der Schädel geplatzt — jedenfalls sofern es sich um eine Spezies handelte, die über einen Schädel verfügte.

Virgint allerdings sah aus, als hätte die STERNENMEDAILLON diesen Versuch bereits jetzt unternommen.

Eine Sekunde lang stand er wie vom Donner gerührt da, während sein Gesicht jegliche Farbe verlor, sich seine Augen so verdrehten, bis nur noch das Weiße zu sehen war, und dann sackte er zu Boden. Immerhin verhinderte der weiche Teppich, daß er allzu hart landete.

Maylor seufzte. »Da haben wir die Bescherung«, kommentierte er.

»Was soll's?« fragte Cedric und stand auf. »Ist das denn nicht genau das, was wir gewollt haben?«

»Schon«, räumte Maylor ein. »Aber es hätte nicht so lange dauern müssen.«

Cedric hievte Virgint auf die Polster zurück. Der Bankangestellte war ein solches Leichtgewicht, daß der ehemalige Terminator dafür nicht einmal Maylors Hilfe in Anspruch nehmen mußte. Kaum hatte er ihn in eine halbwegs bequeme Lage gebettet, riß Virgint plötzlich die Augen auf, so weit, daß sie fast aus den Höhlen hervorquollen, und seine Hände krallten sich in Cedrics Phantasiekostüm.

»Sobald wir angekommen sind, werde ich einen Termin mit den Verantwortlichen für Sie abmachen!« versicherte Virgint, als gäbe es nichts Wichtigeres auf der Welt. »Sie können Sie voll und ganz auf... auf... mi...«

Seine Augen senkten sich in die Höhlen zurück, sein Blick löste sich von Cedric und begann, unruhig umherzufahren, als hätte er Mühe, einen Fixpunkt zu finden.

»Oh, mein Gott, is' mir schlecht...«, brachte er gerade noch heraus, dann kippte sein Oberkörper auf die Polster zurück. Sekunden später schlummerte er mit friedlichem Gesichtsausdruck vor sich hin.

»Hoffen wir, daß er jetzt nicht endgültig übergeschnappt ist«, kommentierte Maylor.

»Ich glaube, da besteht keine Gefahr«, sagte Cedric.

Er drückte die Taste, die ihn mit dem Zimmerservice verband, und beauftragte ihn, Virgint zurück in seine Kabine zu bringen und dafür zu sorgen, daß er ungestört seinen Rausch ausschlafen konnte. Nach einem kurzen Blick durch die Kabinenfenster wandte er sich an Maylor.

»Laß uns in die Beobachtungskuppel gehen«, schlug er vor. »Von hier aus wird während des Landeanfluges nicht viel zu erkennen sein. Und ich möchte mir *Star City* gerne mit eigenen Augen ansehen.«

»Meinetwegen.« Maylor nickte. »Mal sehen, ob die Sternenstadt tatsächlich so prächtig ist, wie man sich immer erzählt.« Er sah zu Kara-Sek. »Willst du mitkommen?«

»Nein«, beschied der Yoyodyne entschieden. »Ich werde hier bleiben und den Koffer im Auge behalten. Und dafür sorgen, daß dieser . . .« Sein Blick traf Virgint. ». . . lebende Leichnam hier entfernt wird.«

Cedric und Maylor verließen die Kabine und hatten nach wenigen Augenblicken die Beobachtungskuppel erreicht, einen großen Saal, der von einer halbkugelförmigen Panorama-Glaskuppel umgeben war, die einen freien Blick auf den Weltraum gestattete. Das Licht war gedämpft, und überall standen und saßen Grüppchen von Menschen, die nach dem Hyperraumsprung ebenfalls hierhergekommen waren, um sich das Landemanöver anzuschauen. Cedric und Maylor wählten einen etwas abseits gelegenen Tisch, der nahe der Glaskuppel lag. Kaum hatten sie Platz genommen, kam eine Bedienstete herbei und erkundigte sich nach ihren Wünschen. Sie hatten keine Wünsche. Jedenfalls keine, die sie zu erfüllen in der Lage gewesen wäre.

Es vergingen einige Minuten, ehe *Star City* in Sicht kam, aber der Anblick der Sternenhauptstadt entschädigte allemal für die Wartezeit. Alles war noch weitaus prächtiger, als sie es sich vorgestellt hatten.

Der Asteroid war von länglicher Form und hatte einen Durchmesser von mehreren hundert Kilometern. Vor dem dunklen Hintergrund des Weltraums waren seine Konturen kaum auszumachen. Um so mehr stach einem *Star City* ins Auge. Die Sternenstadt hatte die Ausmaße einer mittleren Großstadt; sie schien aus reinem, weißem Licht zu bestehen und wuchs in der Form eines gigantischen Kristalls empor. In ihrem strahlenden Glanz glich sie einem funkelnden Diamanten auf einem pechschwarzen Kohlestück.

Eine wahrhaft angemessene Residenz für ein Unternehmen wie die *Sandara Star Company*!

Die STERNENMEDAILLON schwebte majestätisch und in einer weiten Kurve auf das hellerleuchtete Landefeld am Fuß der Sternenstadt zu, wo bereits ein halbes Dutzend anderer Raumschiffe standen, darunter zwei weitere Luxusliner. Ein Asteroid mit solch geringer Gravitation bot den immensen Vorteil, daß es Raumschiffen bestimmter Bauart möglich war, direkt darauf zu landen, während sie bei atmosphäretragenden Himmelskörpern dazu verdammt waren, im Orbit zu bleiben. Der Landungsverkehr mußte dann mit kleinen Zubringerbooten abgewickelt werden.

Maylor kniff seine Augen zu schmalen Schlitzen zusammen, während er auf das Landefeld hinunterstarrte.

»Siehst du, was ich sehe?« fragte er so leise, daß nur Cedric ihn hören könnte. »Und falls nicht, dann verpasse mir eine, damit ich wieder zu mir komme.«

»Nicht nötig. Du täuschst dich nicht.«

Er mußte gar nicht erst fragen, was Maylor meinte. Es war die SK MARVIN, jener Schwere Kreuzer, der am Raubzug auf Hadrians Mond beteiligt gewesen war und Maylors FIMBULWINTER zusammengeschossen hatte. Daß damals seine Navigatorin Yokandra und er den Feuerüberfall überlebt hatten, war reines Glück gewesen.

Falls es bislang noch eines Beweises bedurft hatte, daß die *Sandara Star Company* in die Verschwörung verwickelt war – dort unten stand er!

»Ich muß sagen«, meinte Maylor, »es ist schon reichlich dreist, diesen Kreuzer hier so frei und offen in die Gegend zu stellen!«

»Wieso?« flüsterte Cedric. »Wer sollte sich denn etwas dabei denken? Bis auf die kleine Panne auf Hadrians Mond hat es bei den Überfällen nie einen einzigen Überlebenden gegeben. Und somit auch niemanden, der die Rolle der MARVIN hätte bezeugen können.«

Maylor nickte, ohne den Blick von dem Schweren Kreuzer zu nehmen, der etwas abseits am Rande des Landefeldes stand, und es schien, als wünsche er sich im diesen Augenblick nichts sehnlicher, als hinter den Kontrollen eines Bordgeschützes zu sitzen und die SK MARVIN, die ihm seine Mannschaft, sein Schiff und sein Kommando gekostet hatte, in eine glühende Wolke zu verwandeln.

»Komm«, sagte Cedric, der die Gefühle seines ehemaligen Freundes gut verstand. Schließlich hatte er mit seiner Verurteilung und Verbannung auf Hadrians Mond ebenfalls alles verloren, was in seinem früheren Leben von Bedeutung gewesen war. Und wie er auf *St. Petersburg Zwei* vom Daily Lama erfahren hatte, hatten die Verschwörer schon damals ihre Finger im Spiel gehabt. »Gehen wir zurück zur Kabine, um uns für den Ausstieg fertig zu machen. Ich denke, wir haben genug gesehen.«

Sie standen auf und hatten die Panoramakuppel fast verlassen, als sich aus einer Gruppe vor ihnen ein Mann löste und ihnen entgegenkam. Cedric trat zur Seite, um ihn durchzulassen, doch der andere, ein grauhaariger, hagerer Mann in der Gala-Uniform eines Flottenadmirals, blieb genau vor ihm stehen.

»Kennen wir beide uns nicht?« sprach er Cedric an, der glaubte, sein Herz würde ihm stehenbleiben.

Was für eine Frage! Und ob sie sich kannten!

Admiral McCluskey, der ihnen gegenüberstand, war der Befehlshaber des 17. Taktischen Flottenverbandes. Und was viel schwerer wog: Er hatte den Beisitz bei der Verhandlung gehabt, die zu Cedrics Verurteilung geführt hatte.

»Nun, ich, äh . . . ich glaube, nein«, versuchte Cedric sich herauszureden und kam sich dabei genauso überzeugend vor wie ein betrunkener Virgint.

»Nein, nein«, beharrte McCluskey, glücklicherweise ohne zu bemerken, wie mulmig ihnen zumute war. »Ich bin mir sicher, daß ich Sie kenne.« Er wandte sich Maylor zu, den er erst jetzt zu entdecken schien. »Und Sie auch, junger Mann.« Damit hatte er nur zu recht. Maylor war damals bei derselben Verhandlung als Zeuge aufgetreten. Und auch er schien nicht recht zu wissen, was er sagen sollte.

»Wo denn?« fragte er, um Zeit zu schinden.

Der Admiral sah zwischen ihnen hin und her und runzelte nachdenklich die Stirn.

»Nun, ich weiß nicht so recht«, meinte er. »Dabei vergesse ich so gut wie niemals ein Gesicht. Mein Gedächtnis ist nämlich ausgezeichnet, müssen Sie wissen.«

Eine Aussage, der sich Cedric nicht unbedingt anschließen konnte. Schon während seiner Verhandlung vor zwei Jahren hatte der Admiral in erster Linie durch Geistesabwesenheit und Desinteresse geglänzt. Es war ihm deutlich anzumerken gewesen, daß er es als lästige Pflicht empfunden hatte, daß eine wichtige und vielbeschäftige Person wie er seine Zeit bei einem Prozeß verschwenden mußte, bei dem es um nicht mehr ging als irgendeinen dahergelaufenen *Terminator*, der gegen Befehle verstoßen hatte. Wahrscheinlich war er in Gedanken vielmehr bei dem nächsten Gala-Empfang der Admiralität oder seiner nachmittäglichen Partie Holo-Golf beschäftigt gewesen.

Was Cedric damals empört hatte, erwies sich jetzt vielleicht als ihre Rettung. Wäre McCluskey der Verhandlung aufmerksamer gefolgt, hätte er sie beide wohl sofort erkannt. Oder lag es etwa an ihrer Maskerade, daß sein Erinnerungsvermögen getrübt war?

»Haben wir uns vielleicht schon im letzten Jahr auf dem Fest hier getroffen?« erkundigte er sich, während er sein löchriges Gedächtnis nach der richtigen Lösung durchforstete. »Oder haben Sie früher in der Flotte gedient?«

Das war schon verdammt nahe dran, dachte Cedric. In seiner Kehle befand sich ein großer Kloß, und sein Kopf war plötzlich seltsam leer. Nicht die Spur einer Idee, wie er sich da herausreden konnte. Alles, was er sagen würde, würde den Admiral nur mißtrauisch machen.

Mit Unbehagen sah Cedric, wie ihnen aus der Gruppe, in der McCluskey gestanden hatte, neugierige Blicke zugeworfen wurden, als wolle man erkunden, welch wichtige Persönlichkeiten der Admiral da ausgemacht hatte. Das fehlte ihnen gerade noch, daß sie in den Mittelpunkt des Interesses gerieten.

»Ich habe doch recht, nicht wahr?« hakte McCluskey nach. »Wir kennen uns von der Raumflotte her. Oder von dem letztjährigen Fest.«

Nein, wollte Cedric antworten, doch Maylor kam ihm zuvor.

»Von beidem«, sagte er zu Cedrics Erstaunen. »Alle Achtung, Sie verfügen wirklich über ein vorzügliches Beobachtungsvermögen. Dabei geben wir uns besondere Mühe, unseren Job so unauffällig wie möglich zu erledigen. Daher auch diese Kostümierung.«

Cedric mußte sich zwingen, um seinen ehemaligen Freund nicht fassungslos anzustarren. Was zum Teufel redete Maylor da?

»Ihren Job?« fragte McCluskey.

»Ja«, bestätigte Maylor. »Natürlich sind wir nicht die vergnügungssüchtigen Neureichen, für die wir uns ausgeben. Aber jemanden wie Sie haben wir damit ja sowieso nicht aufs Kreuz legen können.«

»Ja«, schloß McCluskey sich an und sonnte sich in der Gewißheit, daß seine Fähigkeiten noch um keinen Deut nachgelassen hatten. »Mir kann so schnell keiner etwas vormachen.« Eine kurze Pause. »Aber jetzt spannen Sie mich nicht länger auf die Folter — wer sind Sie, und was machen Sie hier?«

Richtig, dachte Cedric. Das waren die entscheidenden Fragen. Die Fragen, die das endgültige Aus für sie brachten. Ende, Schluß, vorbei! Sein starrer Blick traf Maylor, als wolle er sagen: Nur zu, Junge, ich bin gespannt, wie du uns da wieder rausbringen willst!

»DSD«, sagte Maylor knapp. Es war das allgemein gebräuchliche Kürzel für den *Defensiven Sicherheitsdienst*, den sarday'kinschen Geheimdienst.

»DSD?« fragte McCluskey erstaunt.

»Ja, richtig. Wir gehören zu einer kleinen verdeckten Sondereinheit, die Ihre Sicherheit während des Festes garantiert. Wir waren bereits letztes Jahr hier und haben auch auf anderen Gala-Empfängen innerhalb der Flotte gearbeitet, bei denen Sie zugegen waren. Es spricht für Sie, wenn Ihnen das aufgefallen ist.«

Die Story war dünn, so dünn wie brüchiges Eis. Trotzdem entschloß McCluskey sich zu einem zögerlichen Nicken. Wenn seine Beobachtungsgabe schon so vorzüglich war, dann mußte es wohl so sein.

»Ja«, meinte er stirnrunzelnd, wie um es sich selbst zu bestätigen: »Ja, das ist es.« Er schüttelte den Kopf. »Obwohl ich das Gefühl habe, Sie beide noch von einer anderen Sache her zu kennen . . .« Cedric stockte der Atem, doch dann folgte der Admiral einem anderen Gedankenpfad. »Sagen Sie, ist das nicht ein bißchen zuviel Vorsicht? Jeder von uns hat doch seine eigenen Sicherheitsleute dabei.«

»Sicherlich«, räumte Maylor ein. »Aber die sind ausschließlich zu Ihrer individuellen Sicherheit da und deshalb ganz auf Sie und Ihre unmittelbare Umgebung fixiert. Aber daneben muß es natürlich noch jemanden geben, der den Gesamtüberblick behält. Sie verstehen, Admiral?«

Das klang einleuchtend, fand Cedric, und vor allem die *Art*, wie Maylor es brachte, war derart überzeugend, daß wahrscheinlich selbst Cedric es ihm abgenommen hätte, wenn er es nicht besser gewußt hätte.

»Ich verstehe«, sagte McCluskey. Ein sorgenvoller Zug schlich sich in seine Miene. Er beugte sich etwas vor und fragte mit gedämpfter Stimme. »Erwarten Sie etwa ein Attentat oder so etwas? Hier auf *Star City*?«

»Nein«, beschwichtigte Maylor. »Das sind nur die ganz normalen Sicherheitsvorkehrungen. Schließlich kann, wenn man sich zufällig zur falschen Zeit am falschen Ort befindet, eine einzige defekte Energieleitung oder ein nachlässig gewarteter Konverter genauso tödlich wie ein gezieltes Attentat sein. Um solche Risiken abzudecken, sind wir da.« Er hob die Schultern, als wüßte er nicht, was es noch zu sagen gäbe. »Wie gesagt, normalerweise hätten Sie's gar nicht gemerkt, wenn Sie nicht über solch ein hervorragendes Personengedächtnis verfügen würden.«

McCluskey nickte anerkennend.

»Wirklich beruhigend, Leute wie Sie in der Nähe zu wissen«, sagte er. »Das werde ich dem Chef des *DSD* gegenüber lobend erwähnen, wenn ich ihn nachher treffe. Wir haben uns für nach der Landung verabredet.« Er sagte es in einem Tonfall, als erweise er ihnen damit eine besondere Gunst. Und wenn sie tatsächlich Sicherheitsbeamte gewesen wären, wäre es das wohl auch gewesen. »Sie wissen ja sicherlich, daß Gillesbie sich ebenfalls auf *Star City* aufhält. Aber was rede ich da? Natürlich wissen Sie das! Er ist ja schließlich Ihr oberster Chef.«

Vermutlich bemerkte nur Cedric den eisigen Schrecken, der Maylor durchfuhr. Besonders schwierig war es nicht, schließlich war es haargenau derselbe Schrecken, der auch ihm durch die Glieder rann.

»Es wäre besser, wenn Sie das nicht tun würden«, wandte Maylor sich an den Admiral und gab sich Mühe, seine Stimme so normal wie möglich klingen zu lassen. »Wahrscheinlich weiß er nicht einmal, daß eine Einheit wie die unsere auf *Star City* operiert. Während des Festes soll er sich nicht auch noch um dienstliche Belange zu kümmern haben.«

McCluskey überlegte einen Moment.

»Verstehe«, sagte er dann. Cedric sah aus den Augenwinkeln, daß sich aus der Gruppe, in der der Admiral gestanden hatte, eine Gestalt in relativ schlichter Uniform löste und auf sie zukam. Ein etwas untersetzter, kräftiger Mann mit kurzgeschorenem, blondem Haar. Man mußte gar nicht erst seine versteinerte Miene sehen, um zu wissen, daß es sich um einen der Sicherheitsbegleiter des Admirals handelte.

»Es wäre... überhaupt besser«, fügte Cedric schnell hinzu, »wenn Sie uns nach Möglichkeit niemandem gegenüber erwähnen würden. Sie kennen ja die Sicherheitsvorschriften. Für uns ist es unbedingt notwendig, daß wir undercover operieren. Je mehr Personen über unseren Einsatz informiert sind, desto schwieriger wird es für uns, in Ruhe unsere Arbeit zu tun.«

Der Admiral nickte einvernehmlich. Kaum zu glauben, er schien ihnen die Geschichte tatsächlich abzunehmen.

»Irgendwelche Probleme, Sir?« erkundigte sich der Sicherheitsmann. Sein prüfender Blick lag dabei unverwandt auf Cedric und Maylor. Es schien, als überlege er sich bereits vorsorglich, wie und in welcher Reihenfolge er sie beide zu Hackfleisch verarbeiten sollte, falls es dazu irgendeinen Anlaß gab. Eine Denkweise, die vermutlich eine zwingende Voraussetzung war, wenn man in einem solchen Job arbeitete.

»Nein, Burns, schon gut. Ich habe nur festgestellt, daß diese beiden Herren für den D...« McCluskey unterbrach sich im letzten Moment. Er zwinkerte Cedric und Maylor verschwörerisch zu und verbesserte sich: »...daß wir uns von früher her kennen.«

Burns entging das Zögern des Admirals natürlich nicht, aber er sagte nichts. Schließlich war McCluskey sein Vorgesetzter.

»Das hier ist übrigens Burns, mein persönlicher Sicherheitsbeamter«, redete McCluskey weiter. »Burns, wenn die beiden irgend etwas von Ihnen wollen, gewähren Sie ihnen vollste Unterstützung, klar? Ach ja, und keine Fragen!«

»Jawohl, Sir.«

»Vielen Dank«, wehrte Cedric ab, »aber ich glaube kaum, daß das nötig werden wird. Wir haben selbst alles, was wir brauchen.«

»Trotzdem«, beharrte der Admiral. »Besser ist besser. Man kann schließlich nie wissen, nicht wahr?« Er atmete tief durch, ein tiefes Durchatmen der Art, wie es das Ende eines Gespräches ankündigte. »So, wenn Sie mich nun bitte entschuldigen würden. Ich muß vor der Landung noch einigen anderen Verpflichtungen nachgehen.«

Damit ging er zu seiner Gruppe zurück. Burns verharrte noch

einen Moment länger und ließ seinen Blick auf ihnen ruhen, als wolle er sie wissen lassen, daß es ihn nicht interessierte, wer sie waren und was sie machten, solange sie seinem Schutzbefohlenen dabei nicht zu nahe kamen. Erst dann ließ er sie allein.

Cedric Cyper sah ihm nach und schluckte den Kloß herunter, der die ganze Zeit über in seinem Hals gesteckt hatte. Er hatte das Gefühl, die imaginären Bäche von Schweiß, die seine Stirn herabströmten, mit dem Ärmel seines Kostüms abwischen zu müssen.

»Sehen wir zu, daß wir schnellstens herauskommen«, flüsterte Maylor. »Bevor es McCluskey einfällt, uns die Hilfe eines Dutzend weiterer Leute anzubieten.«

Sie verließen die Beobachtungskuppel.

»Sag mal«, sagte Cedric, als sie draußen auf dem Korridor waren, der zu ihrer Kabine führte. »Wie bist du darauf gekommen, uns ausgerechnet als *DSD*-Leute auszugeben?«

»Keine Ahnung. Es war einfach das Erstbeste, was mir in den Kopf kam.«

»Das *Erste*«, korrigierte Cedric. »Ob es auch das Beste war, wird sich noch herausstellen.«

»Du hättest dir ja etwas Besseres einfallen lassen können! Statt dessen hast du dagestanden, als hättest du noch nicht mal gelernt, ›Mama‹ zu sagen. Aber was soll's? Ich glaube, dieser verkalkte Trottel hätte es uns sogar abgenommen, wenn wir ihm erzählt hätten, daß wir die beiden Hofnarren sind, die Sandara zur Untermalung des Festes auf ihre Sternenstadt bestellt hat.«

Vielleicht sind wir das tatsächlich, dachte Cedric düster. Und sie erwartet uns bereits.

»Noch haben wir's nicht überstanden«, mahnte Cedric. »Dieser verkalkte Trottel kann immer noch einen Geistesblitz haben und sich daran erinnern, woher er uns kennt. Dann können wir einpacken.«

»Glaube es mir«, knurrte Maylor. Seine Hände öffneten und schlossen sich unruhig. »Das weiß ich selbst.«

Vor ihrer Kabinentür blieben sie stehen.

»Was ist?« Cedric sah Maylor spöttisch an. »Bist du etwa nervös?«

»Was für eine Frage!« entgegnete Maylor ironisch. »Ich bin nichts anderes, seitdem wir uns getroffen haben. Immer wenn ich mit dir zusammen bin, geht garantiert alles schief, was schiefgehen kann. Es gibt niemanden, der Pech so magisch anzuziehen scheint wie du.«

»Nun ja«, entgegnete Cedric. »Zugegeben, in den letzten Tagen ist in deinem Leben eine Menge durcheinandergeraten.«

Maylor bedachte Cedric mit einem undefinierbaren Blick.

»Ich rede nicht von den letzten Tagen«, sagte er. »Ich rede von der Zeit, in der wir uns auf der Flottenakademie zum ersten Mal gesehen haben.«

Und wie um zu zeigen, daß er keinerlei Lust auf eine weitere Diskussion hatte, drückte er auf den Öffnungssensor für die Kabinentür.

Die STERNENMEDAILLON ging so weich auf der Landeplattform nieder, daß selbst die raumerfahrenen Cedric und Maylor den leichten Ruck kaum bemerkten. Nur Momente nachdem die Schiffstriebwerke ausgelaufen waren, fuhren zwei teleskopartige Verbindungsschächte auf die Flanke des Luxusliners zu und wurden an die entsprechenden Schleusen gekoppelt. Durch sie konnte man bequem in die Sternenstadt überwechseln, ohne dazu eine Zubringereinheit betreten oder sich gar in einen Raumanzug zwängen zu müssen.

Ding-Dong, klang es ein letztes Mal durch die Schiffslautsprecher.

»*Verehrte Gäste, damit hat die STERNENMEDAILLON ihren Zielpunkt erreicht*«, verabschiedete sich die superblonde Schönheit von ihnen. »*Zum Überwechseln in die Empfangshalle von* Star City *bitten wir Sie, die Landungsbrücke am Bug des Schiffes zu benutzen. Wir hoffen, Sie behalten den Aufenthalt an Bord in angenehmer Erinnerung, und wünschen Ihnen kurzweilige und aufregende Festtage!*«

Es waren nur höfliche und unverbindliche Worte, für Cedric hatten sie trotzdem den unterschwelligen Beiklang einer Drohung. Einer Drohung, die ganz speziell ihnen galt und die nur sie heraushören konnten.

Kurzweilig und aufregend, das würden die nächsten Tage sicherlich werden. Auf die eine oder andere Weise.

Die über die Lautsprecher bezeichnete vordere Landungsbrücke war ausschließlich den Passagieren der STERNENMEDAILLON vorbehalten, während die andere für die Mannschaft und das Personal bestimmt war und dem Gepäcktransport diente. Natürlich mutete den hochrangigen Gästen niemand zu, ihr Gepäck eigenhändig zur Sternenstadt hinüberzutragen. Und für den Fall, daß auch eine übermäßige Beanspruchung der eigenen Füße eine unbotmäßige Belastung darstellte, gab es ein Gleitband, das es einem abnahm, selbst zu gehen.

Hatte Cedric seinen Freund Maylor noch kurz zuvor spöttelnd dessen Nervosität vorgehalten, jetzt, da sie durch den Verbindungsschacht auf die Empfangshalle zuglitten, konnte er seine Unruhe kaum verhehlen. Unter Umständen würde ihr Husarenstück vorbei sein, bevor es überhaupt richtig begonnen hatte. Dann nämlich, wenn sie bereits bei der Personenkontrolle aufflogen.

Seine Blicke wanderten unstet umher. Maylor neben ihm versuchte zwar, sich so unbefangen wie möglich zu geben, dennoch war ihm jedoch die Anspannung ins Gesicht geschrieben. Nur Kara-Sek, der ein paar Schritte hinter ihnen stand, sah so unbewegt und abweisend aus wie immer. Cedric war sich darüber im klaren, daß schon seine bloße Anwesenheit einen Risikofaktor darstellte. Zwei Sarday'kin, die sich von einem yoyodynischen Leibwächter begleiten ließen — diese seines Wissens nach einzigartige Konstellation konnte für verhängnisvolles Aufsehen sorgen. Er hatte sich die Entscheidung, ob er Kara-Sek mitnehmen sollte, nicht leichtgemacht, und sich dann dafür entschieden, weil Kara-Sek ihnen in der Vergangenheit eine wertvolle Hilfe gewesen war und weil er nach all den Geschehnissen auf Hadrians Mond und *St. Petersburg Zwei* irgendwie ein Recht hatte, dabei zu sein. Cedric war froh, an Bord der STERNENMEDAILLON noch eine kleine Gruppe anderer Yoyodyne entdeckt zu haben, die, ihrer phantasievollen Kleidung nach zu urteilen, offensichtlich im Handel tätig waren. Wenn es seit jeher etwas gab, das stärker war als alle interfraktionellen Feindseligkeiten, dann war es die Aussicht auf Profit. Gegenüber den geladenen Vertretern der anderen Machtgruppen, waren die Yoyodyne allerdings deutlich in der Minderzahl. Sie hatten sich stets etwas abseits und unter ihresgleichen aufgehalten, als gäbe es zwischen ihnen und den anderen eine unsichtbare Kluft.

Den Metallkoffer mit dem Byranium-Brocken, den der Yoyo-dyne sonst so sorgfältig gehütet hatte wie seinen Augapfel, hatte er auf Cedrics Geheiß in der Kabine gelassen. Cedric hielt es für weniger auffällig, ihn zusammen mit ihren anderen Gepäckstücken vom Personal in ihr neues Quartier bringen zu lassen. Eine Entscheidung, die ihm eine gehörige Portion Überwindung abverlangt hatte. Er mußte sich eben darauf verlassen, daß man mit den Gepäckstücken der Gäste sorgfältig umging.

Außer ihnen hielten sich nur wenige Personen in dem Verbindungsschacht auf. Wenn Cedric erwartet hatte, daß die Passagiere nach der Landung aus dem Schiff möglichst schnell in die Sternenstadt überwechseln würden und sie sich in diesem Andrang durch die Kontrollen hätten mittreiben lassen können, so sah er sich getäuscht. Statt dessen ließ man sich viel Zeit, von Bord zu gehen, ganz nach der Devise, daß Gelassenheit eine Zierde des Vornehmens sei.

Das Gleitband fuhr auf das Ende des Verbindungsschachtes zu. Vor ihnen lag die Empfangshalle, ein gigantischer Saal mit glitzernden, freischwebenden Leuchtelementen, die das weiche, helle Licht verbreiteten, das die Sternenstadt schon von außen ausgezeichnet hatte. Eine Abfertigungskontrolle oder Schalter, die sie hätten passieren müssen, waren nicht zu sehen. Die von Bord gehenden Passagiere wurden statt dessen in zwangloser Form von Bediensteten der Sternenstadt im Empfang genommen, die schon auf den ersten Blick durch ihre schlichte weiße Kleidung kenntlich waren. Die Männer hatten zusätzlich eine weiße Kappe auf, während die Frauen ihr Haar offen trugen.

Zwei von ihnen, beides hübsche junge Frauen, kamen auf sie zu. Eine Frau hielt ein tragbares Computerboard in der Armbeuge.

»Herzlich willkommen auf *Star City*«, begrüßte sie Cedric und Maylor mit professioneller Routine, dennoch wirkte ihr freundliches Lächeln kein bißchen aufgesetzt oder gar abgenutzt. Im Gegenteil, es machte einen aufrichtigen Eindruck. Cedric bemerkte, daß das einzige Accessoire, das die Schlichtheit ihrer Uniform unterbrach, das Symbol der *Sandara Star Company* auf einer Brosche war. »Im Namen Sandaras wünsche ich Ihnen einen angenehmen Aufenthalt. Dürfte ich Sie bitten, mir Ihre Namen zu nennen, damit ich Ihnen Ihr Quartier zuweisen kann?«

»Sie dürfen«, antwortete Maylor großzügig. »Sie dürfen. Ich

heiße Monserat. Aramis Monserat.« Er tat es in einem Tonfall, als müsse allein die Nennung des Namens genügen, um sie auf der Stelle in Leidenschaft zu ihm erglühen zu lassen, und mit einem verheißungsvollen Augenzwinkern fügte er hinzu: »Für Sie natürlich nur Aramis. Und wie ist Ihr hübscher Name?«

Cedric konnte nicht anders, als ein weiteres Mal Maylors Kaltschnäuzigkeit zu bewundern. Mochte er vor Minuten noch zaudernd und zögernd geklungen haben, wenn es die Situation erforderte, war er eiskalt bis unter die dunklen Haarspitzen.

»Tut mir leid«, antwortete sie, und es klang irgendwie, als täte es das wirklich. »Es ist uns nicht erlaubt, mit Gästen in engeren Kontakt zu treten.«

»Engerer Kontakt?« machte Maylor überrascht. »Fängt der hier etwa schon bei der Nennung eines Namens an? Also, was mich angeht, ich würde von einem engeren Kontakt erst dann reden, wenn wir beide zum Beispiel . . .«

Cedric brachte ihn mit einem kleinen Ellbogenhieb zum Schweigen.

»Reiß dich gefälligst etwas zusammen«, wies Cedric ihn zurecht, besorgt, daß Maylor den Bogen überspannen könnte, und nannte der jungen Frau den Namen, der auf seiner neuen ID-Card stand: »Claudio Portos.«

Sie tippte ihre Namen ein und wartete einen Lidschlag lang. Cedric konnte nicht sehen, welche Antwort das Board ausgab, aber wenn es etwas in der Richtung *Achtung, sofort den Sicherheitsdienst verständigen — die betreffenden Personen sind zu inhaftieren!* sein sollte, so ließ sie sich nicht das Geringste anmerken. Als sie den Kopf wieder hob, schenkte sie ihnen wieder ihr warmherziges Lächeln.

»Mr. Portos und Mr. Monserat«, wiederholte sie. »Ihre Einladung erfolgte durch die *K&K*-Bank auf *St. Petersburg Zwei*. Und dies ist . . .« Sie deutete auf Kara-Sek und blickte kurz auf das Board hinab. »Mr. Pee-King, ausgewiesen als persönlicher Begleiter und Leibwächter.«

»So ist es«, bestätigte Cedric.

Sie schien nichts daran auszusetzen haben.

»Wie ich sehe, dürfen wir Sie zum ersten Mal als Gäste begrüßen. Ihre Unterkunft steht selbstverständlich schon für Sie bereit. Damit Sie dorthin finden und sich jederzeit auf *Star City* orientieren können, dient Ihnen diese kleine Hilfe.«

Sie reichte jedem von ihnen eine handtellergroße Computercard, auf der sich jedes gewünschte Ziel innerhalb des Gästebereiches eingeben ließ und die dann den kürzesten Weg dorthin angab. Zusätzlich existierte in den zahlreichen Gängen und Hallen eine umfassendes Wegweisesystem.

»Und dann darf ich Ihnen noch ein kleines Präsent überreichen, mit dem Sandara sich wie in jedem Jahr bei ihren Gästen für Ihr Kommen bedanken möchte.« Sie gab der anderen Frau einen Wink. »Beim diesjährigen Fest handelt es sich um ein besonders erlesenes Schmuckstück aus der neuen SSC-Kollektion, die zum Jahresausklang auf den Markt kommen wird. Ein Byranium-Anhänger in einer Fassung aus Augstein und mit einer Kette aus reinem Heitmanium.«

Byranium! In Cedrics Schädel gellten Alarmsirenen auf, ohne daß er einen Grund dafür gewußt hätte. Was war schon ungewöhnlich daran, wenn der galaxisweit größte Handelskonzern für Byranium seinen Gästen ein Schmuckstück mit einem kleinen Stück dieser wertvollen Substanz als Geschenk überreichte. Im Gegenteil, nichts war normaler als das.

Cedric vergewisserte sich aus den Augenwinkeln heraus, daß auch die anderen Passagiere solche Anhänger überreicht bekamen, erst dann beugte er den Kopf vor und ließ sich die dünne Kette um den Hals legen. Unbewußt erwartete er, daß sie sich wie eine Schlinge zuziehen würde oder daß er einen elektrischen Schlag erhielt — doch nichts dergleichen geschah. Auch Maylor und Kara-Sek wurden mit dem Geschenk bedacht — und auch bei ihnen ereignete sich nichts.

Cedric Cyper nahm den kleinen Anhänger, der vor seiner Brust baumelte, zwischen Daumen und Zeigefinger und betrachtete ihn eingehender. Es war ein Schmuckstück, wie es im gesamten Spiralarm der Galaxis als Glücksbringer getragen wurde. Das kleine, grünlich schimmernde Stück Byranium ruhte in einer Fassung aus gläsern wirkendem Augstein, dessen Form einer Protuberanzen speienden Sonne nachempfunden war. Soweit Cedric wußte, war der ausschließlich auf Ammoniak-Welten mit gigantischer Schwerkraft vorkommende Augstein mit seinem Härtegrad von über 18 eines der am schwersten zu bearbeitenden Materialien überhaupt. Und auch das Heitmanium, aus dem die filigran gearbeitete Kette bestand, war nicht gerade an jeder Straßenecke zu finden, sondern nur auf bestimmten Dunkelwelten im sogenannten Osten dieses Spiralarms der Galaxis. Kein Zweifel, dieser Anhänger war gut und gerne ein kleines Vermögen wert. Sandara zeigte sich ihren Gästen gegenüber wirklich von ihrer großzügigen Seite.

»Sandara läßt Sie bitten«, erklärte die Bedienstete weiter, »diese Anhänger während Ihres Aufenthalts auf *Star City* als Ausdruck Ihrer Wertschätzung nach Möglichkeit ständig bei sich zu tragen, vor allem aber während der morgen beginnenden Sternen-Gala. Sie sind Teil der diesjährigen Überraschung zum Höhepunkt des Festes.«

»Was für eine Überraschung?« fragte Maylor, und ihm war anzusehen, daß er eines überhaupt nicht schätzte – Überraschungen.

»Darüber kann ich Ihnen leider keine Auskunft geben«, antwortete die Frau mit unveränderter Freundlichkeit. »Selbstverständlich ist nur das direkt damit beschäftigte Personal darin eingeweiht. Und außerdem – wenn es alle wüßten, wäre es ja schließlich keine Überraschung mehr.«

Eine Logik, gegen die sich kaum etwas sagen ließ.

»Woraus bestand sie denn im letzten Jahr?« fragte Cedric.

»Oh!« Ihre Augen leuchteten begeistert. »Damals erhielten die Gäste ebenfalls ein Byranium-Schmuckstück, eine Art Diadem, und während des Höhepunktes der Gala wurde jedes von ihnen in eine Lasershow integriert. Nach Meinung der Gäste war es eines der beeindruckendsten Schauspiele, die sie je gesehen haben. Und Sie dürfen sicher sein, in diesem Jahr wird Sandara es bestimmt noch zu übertreffen versuchen.«

Die Alarmsirenen in Cedrics Kopf kamen allmählich zur Ruhe. Das klang nicht, als müsse er sich deswegen irgendwelche Sorgen machen. Vermutlich hatte ihn der Aufenthalt auf Hadrians Mod einfach etwas zu sehr für den Begriff Byranium sensibilisiert.

»Kann ich Ihnen sonst noch irgendwie behilflich sein?« erkundigte sich die Frau.

»Nein, danke«, antwortete Cedric Cyper. »Ich denke, von nun an kommen wir alleine zurecht.« Er tippte auf seiner Card mit der Fingerspitze das Symbol für ihr Quartier ein und erhielt auf der flachen Bildschirmfläche den Weg dorthin ausgewiesen. »Wir müssen da lang.«

Im Fortgehen zwinkerte Maylor der Bediensteten noch einmal zu.

»Auch *meinen* herzlichsten Dank für Ihre Hilfe«, sagte er. »Und was den engeren Kontakt angeht, vielleicht ergibt sich in den nächsten Tagen ja irgendwann die Gelegenheit, darauf zurückzukommen.«

Sie antwortete nichts, sondern lächelte vielsagend.

Cedric zog Maylor mit sich.

»He, was soll denn der Quatsch?« zischte er ihm zu, als sie außer Hörweite gelangt waren. »Willst du sofort alles und jeden auf uns aufmerksam machen?«

»Was regst du dich auf?« erwiderte Maylor unschuldig. »Ich knüpfe lediglich Kontakte. Wer weiß, wofür sie uns vielleicht noch nütze sein kann?«

»Mir kam es so vor, als hättest du in diesem Fall ganz genau gewußt, welche Art Nutzen du dir davon versprichst!«

Maylor ließ sich nicht beirren.

»Ich weiß gar nicht, was du hast. Ich versuche bloß, unsere Rolle als vergnügungssüchtige Neureiche so überzeugend wie möglich zu spielen. Oder wär's dir lieber, ich würde mit der gleichen Leichenbittermiene herumlaufen wie du? Da könnten wir uns genausogut gleich ein Schild mit der Aufschrift ›Achtung, Verdächtige!‹ auf den Rücken hängen.« Er hob schwärmerisch die Augenbrauen. »Aber mal ganz abgesehen davon — hast du gesehen, wie gut die Kleine aussah? Ganz zu schweigen von ihrem verführerischen Blick!«

Cedric seufzte. Er kam nicht mehr dazu, etwas zu antworten, weil seine Aufmerksamkeit abgelenkt wurde. Hinten waren Stimmen laut geworden.

»Nein, nein«, rief jemand, »ich bin vollkommen im Bilde, daß Sandara ihren Gästen jedes Jahr ein Willkommensgeschenk überreichen läßt. Aber wenn Sie Ihre Datenspeicher ordentlich gefüttert hätten, dann wüßten Sie, daß ich niemals ein Stück Byranium in die Hand nehmen oder mir um den Hals hängen lassen würde. Das habe ich auch schon im letzten Jahr nicht getan. Also verschonen Sie mich mit diesem Anhänger!«

Die Stimme gehörte Admiral McCluskey. Cedric sah, daß er mit seinen Leuten die Empfangshalle betreten hatte und zwei anderen weiblichen Bediensteten gegenüberstand. Die Frau vor ihm machte einen unglücklichen Eindruck. Cedric konnte nicht hören, was sie sagte, dafür war die Antwort des Admirals um so deutlicher zu vernehmen.

»Es ist Ihr Problem, nicht meines!« rief er ungehalten. »Ich jedenfalls werde dieses Schmuckstück auf keinen Fall anrühren. Verständigen Sie deswegen meinetwegen Sandara höchstpersönlich, aber ich bin sicher, daß sie meine Haltung verstehen und respektieren wird.« Und bekräftigend fügte er hinzu: »Genau wie im letzten Jahr.«

Cedric entdeckte Burns und schob sich unauffällig an den Sicherheitsbeamten heran.

»Was ist los, Burns? Was hat der Admiral? Woher diese Abneigung gegen Byranium?«

Burns musterte Cedric Cyper.

Einen langen Augenblick sah es so aus, als sei es entweder unter seiner Würde, ihm zu antworten, oder als wolle er nichts preisgeben, was womöglich die Sicherheit seines Schutzbefohlenen gefährden könnte. »Ein Unglücksfall in seiner Familie«, sagte er dann. »Soweit ich weiß, ist seine Tochter vor mehr als zehn Jahren bei einem Gleiterunfall ums Leben gekommen, der von einem Byraniumtransporter verursacht wurde. Seitdem haßt er dieses Zeug.«

Cedric nickte. Er deutete auf den Anhänger, der vor Burns' Brust baumelte.

»Aber er scheint nichts dagegen zu haben, daß *Sie* einen davon tragen.«

Burns neigte seinen Kopf leicht zur Seite, und auf seinem verschlossenen Gesicht erschien so etwas wie ein Lächeln.

»In dieser Hinsicht ist der Admiral sehr tolerant«, sagte er. »Er überläßt es uns, das Präsent anzunehmen oder nicht. Aber welcher einfacher Sicherheitsmann würde schon eine derart wertvolle Gratis-Gratifikation ausschlagen?« Burns' Gesicht verdüsterte sich wieder. Es schien, als ärgere er sich, soviel persönliche Dinge von sich preisgegeben zu haben. Und als er sah, daß McCluskey sich von den Empfangsbediensteten getrennt hatte – ohne einen Anhänger um seinen Hals –, nutzte er die Gelegenheit, das Gespräch zu beenden. »Wenn Sie mich jetzt entschuldigen würden. Ich muß mich nun wieder um wichtigere Dinge kümmern.«

»Man sieht sich«, rief Cedric ihm nach.

Burns bedachte ihn mit einem kühlen Blick, in dem sehr viel Arroganz lag.

»Entzückender Zeitgenosse«, kommentierte Maylor.

»Ich glaube, solche Leute müssen so sein«, sagte Cedric und konnte sich nicht verkneifen hinzuzufügen: »Und im Gegensatz zu deinen Kontaktversuchen könnte Burns uns vielleicht wirklich nützlich sein.«

Maylor war durch nichts zu erschüttern. Er hieb Cedric auf die Schulter.

»He!« tat er erstaunt und grinste. »Ich wußte ja gar nicht, daß du mehr auf Männer stehst!«

Ihr Quartier bestand aus einer geräumigen Suite, die so komfortabel und luxuriös war, daß sie keinen Vergleich mit dem First-Class-Hotel, in dem sie auf *St. Petersburg Zwei* gewohnt hatten, zu scheuen brauchte. Es gab getrennte Ruheräume für jeden von ihnen und einen großen Aufenthaltsraum, der direkt an einer der hochaufragenden Flanken der Sternenstadt gelegen war. Durch die dicken Plastscheiben hatte man freien Ausblick in den Weltraum mit seinen Millionen von funkelnden Lichtpunkten.

Maylor drückte seinen Kopf gegen die Scheibe; er schirmte seine Augen seitlich gegen das Zimmerlicht ab und spähte nach draußen. »Ich glaube, das solltest du dir mal ansehen, Cedric«, sagte er. »Für was würdest du das da oben halten?«

Cedric sah auf dieselbe Weise in die angegebene Richtung. Für einen unbedarften Beobachter wäre außer der glitzernden Sternenpracht nichts zu erkennen gewesen, aber ihm entging nicht, daß einige der Sterne kurze Zeit von einem anderen Körper verdeckt wurden, der dort oben seine Kreise zog. Und ebenso wie Maylor war er in der Flottenakademie bis zur geistigen Erschöpfung darauf getrimmt worden, jeden Schiffskörper zweifelsfrei zu identifizieren, selbst wenn er wie in diesem Fall äußerst schemenhaft zu sehen war.

»Ein schwerer Kreuzer«, antwortete Cedric Cyper. »Er dürfte für die Raumüberwachung zuständig sein. Schließlich befindet sich hier zur Zeit ein Großteil der führenden Köpfe der Wirtschaft und der sarday'kinschen Flottenführung. Ein gefundenes Fressen für jeden Angreifer aus dem Raum. Verständlich, daß Sandara alles unternimmt, um ihre Sicherheit zu garantieren.«

»Das wäre neben der SK MARVIN der zweite Schwere Kreuzer, den die Rebellen zur Verfügung haben. Und da man zur Abschirmung eines solchen Himmelskörpers mindestens zwei Schiffe braucht, dürfen wir von der Existenz zumindest noch eines dritten ausgehen.« Er sah Cedric an. »Woher beschaffen die sich derart viele Kampfschiffe? So etwas muß doch auffallen!«

»Nicht, wenn die entsprechenden Leute im Flottenhauptquartier das decken. Ich könnte mir sogar vorstellen, daß sie sich diese Kreuzer über dieselben Leute beschafft haben. Vielleicht sind es angeblich schrottreife Kampfschiffe, die offiziell aus dem Verkehr gezogen wurden und hier dann zu neuen Ehren gelangten.«

»Ich kann mir nicht vorstellen, daß das niemandem in der Flotte auffällt.«

»Weißt du, Maylor, wenn ich in den letzten Tagen etwas gelernt habe, dann, daß es von einem gewissen Rang an nicht mehr üblich ist, sich gegenseitig Fragen zu stellen. Entweder weil man zu sehr mit eigenen Dingen beschäftigt ist, oder weil man befürchten muß, daß einem selbst vielleicht dieselben unangenehmen Fragen gestellt werden.«

»An dir ist ein Philosoph verlorengegangen«, bemerkte Maylor spöttisch. »Der Daily Lama wäre froh, wenn er dich so hören könnte.«

Die Erwähnung ihres ehemaligen Ausbilders, der jetzt die verdeckte Ermittlungsgruppe gegen die Verschwörer leitete, ließ Cedric nachdenklich werden. Der Daily Lama hatte Sartorius Woschs Flucht benutzen wollen, um das Hauptquartier der Verschwörer ausfindig zu machen.

»Ob er bereits hier auf *Star City* ist?« fragte Maylor.

»Jetzt während der Festtage dürften die Chancen, sich einzuschleichen, recht gering sein. Denk an die Schweren Kreuzer da draußen. Wie sollte der Daily Lama unbemerkt hierher gelangen?«

»Vielleicht ist er ebenfalls als Gast getarnt gekommen. Genau wie wir.«

»Er allein vielleicht« gestand Cedric zu. »Aber er könnte kaum unerkannt so viele Männer mitbringen, wie er bräuchte, um gegen Sandara vorzugehen. Falls sie es überhaupt ist, die dahintersteckt.« Er wandte sich vom Fenster ab. »Nein, er wird mit seinem Einsatz warten müssen, bis das Fest vorbei ist. Wir müssen uns darauf einrichten, daß wir ganz auf uns gestellt sind.«

Er setzte sich vor das Informationsterminal, das zur Einrichtung des Aufenthaltsraums gehörte. Von dort aus ließen sich Informationen und Übersichtspläne von *Star City* abrufen und auf dem Bildschirm darstellen. Allerdings betraf das lediglich diejenigen Zonen, die den Gästen zugänglich waren. Über die restlichen Anlagen war nichts zu erfahren, bis auf ein paar nichtssagende Außendarstellungen.

Frustriert schaltete Cedric das Terminal wieder aus. Er hatte nicht gerade damit gerechnet, alle Geheimnisse der Sternenstadt zu erfahren, aber insgeheim hatte er doch gehofft, vielleicht einen kleinen Hinweis zu erhalten, wo Sheryl und Nabtaal sein könnten. Aber in punkto Geheimhaltung war die *Sandara Star Company* mindestens ebenso gewissenhaft wie die Verschwörer.

Cedric zuckte erschrocken zusammen, als der Türsummer erklang.

Der Sicherheitsdienst! explodierte es in seinem Schädel. Man kam, um sie zu holen.

Und der Grund, warum das erst jetzt geschah, war nicht schwer zu erkennen. Man hatte die übrigen Gäste nicht durch eine spektakuläre Verhaftungsaktion in aller Öffentlichkeit beunruhigen wollen und daher ganz einfach gewartet, bis sie allein in ihrem Quartier hockten, so wie die Maus in der Falle.

Verflucht, dachte Cedric, demnach hatte das Computerboard der Bediensteten sie doch als verdächtig ausgegeben. Oder aber ...

Natürlich! Eine Abhöranlage! Der Raum wurde überwacht, und die wenigen Worte, die sie gewechselt hatten, hatten ausgereicht, sie zu verraten. Er hatte Lust, sich selbst eine Ohrfeige zu verpassen. Warum hatte er nicht eher daran gedacht? Und wenn *er* schon so nachlässig gewesen war, warum hatten es dann nicht wenigstens Maylor oder Kara-Sek getan?

Abermals erklang der Türsummer.

Cedric trat neben das Eingangsschott und betätigte die Sprechanlage, während Kara-Sek sich auf der gegenüberliegenden Seite aufbaute, beide Hände am Griff des über seinen Rücken gebundenen Säbels. Cedric wußte um die tödliche Perfektion, mit der die Yoyodyne diese Waffen zu handhaben verstanden, aber sich damit gegen eine mit Laserstrahlen bewaffnete Übermacht behaupten zu wollen, war in etwa so aussichtsreich, wie mit Steinen nach einem Bodenlandepanzer zu werfen. »Wer ist da?« fragte Cedric.

»Der Botendienst, Sir«, lautete die Antwort. »Wir bringen Ihnen Ihr Gepäck aus der STERNENMEDAILLON.«

Cedric tauschte einen Blick mit Maylor. Sie wußten, das konnte natürlich ebensogut eine Falle sein. Andererseits — wenn es der Sicherheitsdienst war, warum waren die Männer dann nicht ohne Vorwarnung und mit gezogenen Waffen in die Suite gestürzt? Mit Sicherheit hätten sie über die Türöffnungscodes verfügt.

Cedric ließ die Tür aufgleiten.

Es waren keine Sicherheitsleute mit Strahlern in den Händen, keine Kampfrobots mit aktivierten Laserarmen, es war tatsächlich nur der Botendienst: zwei im üblichen schlichten Weiß gekleidete Bedienstete mit einem kleinen Antigrav-Transporter, auf dem sich ihre Gepäckstücke befanden. Die Männer verschwanden schnell wieder, nachdem sie das Gepäck im Wohnraum abgestellt hatten.

»Gib zu, du bist auch nervös«, hörte Cedric Maylors Stimme, und er mußte sich nicht umdrehen, um zu wissen, daß die Frage ihm galt. Mit Kara-Sek unterhielt Maylor sich nur, wenn es unbedingt sein mußte. Ein Zeichen, daß er seine anerzogenen Vorbehalte den Yoyodyne gegenüber noch nicht über Bord geworfen hatte. Aber vielleicht war das innerhalb weniger Tage auch zuviel verlangt. Cedric hatte zwei Jahre in den Byranium-Minen dafür benötigt. »Nicht wahr?«

»Nein«, antwortete Cedric trotzig. »Ich bin nur ein ziemlich schlechter Schauspieler.«

Er wandte sich dem Gepäck zu, um nachzusehen, ob noch alles so war, wie sie es in der Kabine der STERNENMEDAILLON zurückgelassen hatten, oder ob jemand darin herumgestöbert hatte. Sein Interesse galt dabei vor allem dem kleinen Metallkoffer, in dem sich der Brocken Byranium von Hadrians Mond befand.

Cedric beugte sich vor, öffnete den Koffer und verspürte ein Gefühl der Erleichterung, als er den länglichen, grünlich schimmernden Byramium-Brocken sah. Fast zärtlich ließ er seine Blicke über die Rundungen und Kanten des Brockens wandern, nur dort, wo auf *St. Petersburg Zwei* ein paar kleine Stücke herausgeschnitten worden waren, war die Oberfläche glatt und eben. Dieser Brocken war der Joker in ihrem Spiel, er war der Beweis für ihre Identität als fündig gewordene Prospektoren, denn sein Gegenwert war hoch genug, um bis an ihr Lebensende in Saus und Braus zu leben oder sich ein eigenes Raumschiff davon zu kaufen.

Sein eigenes Raumschiff, dachte Cedric träumerisch.

Plötzlich — vollkommen schlagartig — veränderte sich etwas.

Cedric nahm es wie ein Kribbeln wahr, das sich einer Springflut gleich durch seine Glieder ergoß und seine Nackenhärchen sich alarmiert aufrichten ließ. Eine Empfindung, die jeder in den Minen von Hadrians Mond unweigerlich entwickelt hatte, sofern er es geschafft hatte, die ersten Wochen und Monate überstanden zu haben. Dieses Gefühl kündigte eine der gefürchteten Spontan-Reaktionen an, zu denen Byranium neigte, sobald es eine gewisse Größe überschritt. Dabei bildeten sich binnen Sekundenbruchteilen Klauen oder Mäuler mit rasiermesserscharfen Krallen oder Zähnen heraus, die nach jedem organischem Lebewesen schnappten, das sich in der Nähe aufhielt. Die Mengen, wie sie beispielsweise in den Glücksbringer-Schmuckstücken verarbeitet wurden, waren allerdings viel zu klein, als daß es je dazu hätte kommen können. Der Brocken in dem Koffer hingegen lag über dieser kritischen Größe.

Und er stand unmittelbar vor einer Spontanreaktion!

Das war allerdings schlichtweg unmöglich. Schon vor ein paar Tagen, während ihrer Flucht mit der FIMBULWINTER, war es zu solch einer Reaktion gekommen, und normalerweise dauerte es etliche Wochen, ehe die nächste erfolgte.

Dieser Gedanke nahm nur den Bruchteil einer Sekunde in Anspruch, aber exakt dieser Bruchteil war es, der Cedric zum Verhängnis wurde.

Aus der Oberfläche des grünlichen Brockens brach ein schlanker, aus flüssigem Byranium zu bestehen scheinender Tentakel hervor und schoß in Gedankenschnelle auf Cedrics Kehle zu.

Cedric wollte sich zurückwerfen, doch seine Reaktion kam zu spät. Viel zu spät.

Der tödliche Tentakel hatte sein Ziel bereits erreicht.

Synfile 3

Die Herrin
der Sternenstadt

Cedric Cyper verspürte im Nacken einen schmerzhaften, einschneidenden Ruck, mit dem seine Rückwärtsbewegung jäh aufgehalten wurde. Vor seinem Gesicht flammte ein greller grünlicher Lichtblitz auf, ein fauchendes Knistern fand den Weg in seine Ohren — dann war alles schon wieder vorbei.

Der hervorschnellende Tentakel des Byranium-Brockens verschwand so schnell, wie er sich herausgebildet hatte. Cedric stürzte zu Boden und benötigte ein paar Augenblicke, um zu begreifen, daß ihm nichts geschehen war. Er war vollkommen unverletzt. Der Tentakel hatte sich nicht um seine Kehle geschlossen, seinen Hals nicht wie einen dürren Ast durchtrennt.

Nein, die Spontan-Reaktion hatte einzig dem *Byranium-Anhänger* gegolten. Und der schmerzhafte Ruck, den er in seinem Nacken verspürt hatte, war von der Heitmanium-Kette verursacht worden.

»Cedric, ist dir etwas passiert?« rief Maylor.

»Keine Sorge. Mit mir ist alles in Ordnung.«

Immer noch leicht benommen starrte Cedric Cyper auf seine Brust herab, und zu seiner Überraschung sah er das edle Schmuckstück dort nach wie vor baumeln. Es wies nicht die Spur einer Beschädigung auf.

Nichts! Nicht der kleinste Kratzer.

Cedric kam auf die Knie und wagte einen vorsichtigen Blick in den offenen Koffer. Der Byranium-Brocken ruhte so unschuldig und friedlich darin, als hätte es nie eine Spontan-Reaktion gegeben. Auch das alarmierende Kribbeln, das einen solchen Ausbruch begleitete, war verschwunden.

»Verflucht! Was... was war das?« flüsterte er, mehr an sich selbst gerichtet.

»Woher soll ich das wissen?« ließ Maylor sich vernehmen. »*Du* bist hier der Byranium-Experte von uns beiden.«

Was eben geschehen war, widersprach allen seinen Erfahrungen im Umgang mit diesem Material. Nicht, daß Cedric sich darüber hätte beschweren wollen, denn wenn das Byranium wie gewohnt reagiert hätte, wäre er jetzt tot — aber das hieß noch lange nicht, daß er sich damit zufriedengab.

Er bemerkte, daß Maylor ein paar Schritte in seine Richtung machte, und im gleichen Moment begann wieder dieses alarmierende, ganz spezielle Kribbeln durch seine Adern zu rinnen. Bei weitem nicht so stark und überfallartig wie vor Augenblicken, aber es bestand kein Zweifel, daß das Byranium abermals unruhig wurde. Und das um so stärker, je näher Maylor kam.

»Stopp!« Mit energischer Geste gebot Cedric ihm Einhalt. »Bleib stehen!«

Maylor verharrte abrupt.

»Was ist?« fragte er.

»Das Byranium. Es reagiert auf dich. Beziehungsweise auf deinen Anhänger.«

Maylor blickte mit einem mulmigen Gefühl auf den grünlich schimmernden Brocken im Koffer. Sein Unbehagen dieser unendlich kostbaren und zugleich unendlich unberechenbaren Substanz gegenüber stand ihm ins Gesicht geschrieben.

»Besser, du gehst wieder auf Distanz«, riet Cedric. »Sonst spielt unser gutes Stück hier ein zweites Mal verrückt. Wer weiß, ob es dann genauso glimpflich abgeht.«

Maylor kam dem Rat nur allzu gerne nach. Kaum war er auf seine alte Position zurückgekehrt, verebbte das Kribbeln in Cedrics Gliedern. Aus einer Eingebung heraus wies er Kara-Sek an, seinerseits vorsichtig ein paar Schritte näher zu treten, und abermals reagierte der Brocken mit deutlicher Unruhe. Der Yoyodyne, der ebenfalls Strafgefangener in den Minen auf Hadrians Mond gewesen war, merkte es selbst und zog sich wieder zurück.

Auf den Anhänger um Cedrics Hals jedoch reagierte der Brocken in keinster Weise mehr, selbst dann nicht, als er behutsam und langsam auf den Koffer zuging. Nichts geschah. Was immer das Byranium zu der Attacke auf den Anhänger veranlaßt hatte, nun schien es nicht mehr vorhanden zu sein.

Es war so, als ob... − Cedric zog die Stirn in Falten − ...als ob es durch den Kontakt mit dem Tentakel zerstört worden war.

Er schloß den Koffer, aber erst nachdem er ihn in einem der in den Wänden integrierten Schränke deponiert hatte, wich das Unbehagen aus Maylors Gesicht. Er trat auf Cedric zu.

»Deinem erstaunten Blick nach«, sagte Maylor, »ist es wohl überflüssig, dich zu fragen, was da eben passiert ist. Oder warum es passiert ist.«

»Ich habe nicht die leiseste Ahnung«, bekannte Cedric. »Daß Byranium auf etwas anderes als organische Materie losgeht, habe ich bisher noch nie erlebt. Und ich habe auch nie gehört, daß einer der anderen Gefangenen auf Hadrians Mond von so etwas erzählt hätte. Du vielleicht, Kara-Sek?« Der Yoyodyne schüttelte den Kopf. Cedric hatte nichts anderes erwartet. Er zog seinen Anhänger vom Hals. »Irgend etwas an diesen Schmuckstücken scheint unseren Brocken bis zur Weißglut zu reizen. Etwas, was bei meinem jetzt fehlt.«

Zusammen mit Maylor und Kara-Sek nahm er den Anhänger noch einmal eingehend in Augenschein und verglich ihn mit den anderen. Es war nicht der geringste Unterschied festzustellen. Aber es *mußte* einen Unterschied geben! Andernfalls würde ihr Byranium-Brocken nach seiner überraschenden Attacke nicht so unterschiedlich reagieren.

Es ist dieses kleine Stück Byranium in dem Anhänger, ging es Cedric durch den Kopf, es ist irgendwie anders als das in unserem Koffer.

Ob es daran lag, daß diese beiden Stücke aus verschiedenen Minen-Planeten stammten? Gab es je nach Fundort unterschiedliche Arten von Byranium, die sofort übereinander herfielen, sobald man sie zusammenbrachte? Cedric hatte zwar noch nie etwas von einem derartigen Verhalten gehört, aber das mußte nicht unbedingt heißen, daß es nicht dennoch dazu kommen konnte. Schließlich unterlag für gewöhnlich alles, was mit Byranium zu tun hatte, der höchsten Geheimhaltungsstufe. Vor seiner Aburteilung hätte er vielleicht die Möglichkeit gehabt, sich darüber kundig zu machen, doch er hatte sich nie sonderlich für diesen für einen einfachen *Terminator* ohnehin unerschwinglichen Stoff interessiert, und in der Strafkolonie auf Hadrians Mond waren die Möglichkeiten einer wissenschaftlichen Beschäftigung mit diesem Thema verständlicherweise nicht sonderlich gut gewesen. Alles, worauf Cedric zurückgreifen konnte, waren seine persönlichen Erfahrungen. Und die ließen ihn in diesem Fall leider völlig im Stich.

»Es hat keinen Sinn«, sagte er. »Oberflächlich läßt sich nichts erkennen. Wir bräuchten schon ein komplettes Labor, um herauszufinden, was mit diesem Anhänger geschehen ist. Und ein Team qualifizierter Wissenschaftler dazu.«

»Ich habe von Anfang an geahnt, daß irgend etwas mit diesen Dingern nicht stimmt«, knurrte Maylor. »Vielleicht sind sie eine Art Sender.«

»Mikroelektronik?«

»Ja, so etwas in der Richtung. Auf diese Weise würde Sandara stets feststellen können, wo innerhalb der Sternenstadt sich die einzelnen Gäste aufhalten.«

»Ich habe auch schon daran gedacht«, gab Cedric zu. »Das wäre eine Maßnahme, die Sinn macht. Aber ich wüßte nicht, warum ein einfacher Peilsender unseren Brocken so aggressiv werden läßt.«

Das war eine Frage, auf die auch Maylor keine Antwort wußte.

»Wie auch immer«, meinte er und machte Anstalten, seinen Anhänger ebenfalls abzunehmen. »Wir sollten sie auf keinen Fall noch länger tragen. Wer weiß, was für Überraschungen sie noch für uns parat haben.«

»Nein, nicht«, sagte Cedric. »Es wäre zu auffällig, wenn wir ohne sie herumlaufen. Denk an das Theater, das es vorhin mit McCluskey gegeben hat. So etwas kann er als Admiral sich vielleicht erlauben, uns würde es zum Verhängnis werden.« Er hielt inne, kaum daß er das letzte Wort ausgesprochen hatte. Gerade eben hatte er sich noch dafür ohrfeigen wollen, nicht daran gedacht zu haben, daß sie abgehört werden könnten, und nun plapperte er sorglos drauflos. Ein Indiz, wie sehr ihn der Zwischenfall verunsichert hatte. Er mußte sich besser im Griff haben. Andererseits — jetzt gab es eigentlich längst keinen Grund mehr, auf seine Worte zu achten. Falls ihre Suite tatsächlich überwacht wurde, würde man längst genug gehört haben, um zu wissen, daß sie nicht diejenigen waren, für die sie sich ausgaben.

Maylor bemerkte von diesen Überlegungen offenbar nichts. Er seufzte und ließ seinen Anhänger dort, wo er war.

»Auch wenn es mir nicht gefällt, du hast recht«, sagte er. Er hob den Zeigefinger, ehe Cedric das Wort ergreifen konnte, und fügte bestimmt hinzu: »Aber eines möchte ich klargestellt wissen. Solange wir mit diesen Dingern herumlaufen, bleibt der Koffer nicht nur erstens fest verschlossen, sondern zweitens auch im Schrank. Ich habe keine Lust, mir von dem Byranium den Kopf abreißen zu lassen, nur weil es irgend etwas gegen teuren Modeschmuck hat. Und ich nehme an, Kara-Sek denkt da ganz ähnlich.«

»Wenn der Tod kommt, kommt er«, sagte Kara-Sek mit unbewegtem Gesicht. »Es wäre unehrenhaft, ihm feige aus dem Weg gehen zu wollen.« Es war wahrscheinlich die Regel des yoyodynischen Ehrenkodexes, mit dem Cedric Cyper und Maylor in der Vergangenheit ihre nachhaltigsten Erfahrungen gemacht hatten.

»Meinetwegen«, stimmte Maylor mißmutig zu. »Aber man muß ja nicht gleich aufspringen und laut ›Hier, ich!‹ schreien, wenn er in der Nähe ist.«

»Auf jeden Fall«, ging Cedric schnell und mit erhobener Stimme dazwischen, ehe ein Streit entfacht wurde, »lassen wir den Koffer im Schrank, solange ihr hier in der Suite eure Anhänger tragt. Und was deine Vermutung mit dem Peilsender angeht, falls sie richtig sein sollte und der Sender jetzt zerstört ist, wird garantiert früher oder später jemand auftauchen und versuchen, mir unter irgendeinem Vorwand ein intaktes neues Exemplar zu überreichen. Wenn wir uns geschickt anstellen, erfahren wir dann vielleicht etwas mehr.« Seiner Stimme war anzumerken, daß er selbst nicht so recht daran glaubte. »Jetzt sollten wir die Sache einstweilen zurückstellen. Erinnere dich daran, was der Daily Lama uns beizubringen versucht hat: *Anstatt über das nachzudenken, was einem unmöglich ist, sollte man lieber das tun, was einem möglich ist.*«

»Und das wäre in unserem Fall . . .?«

»Sich ein wenig umsehen, Informationen sammeln, sich einen Überblick verschaffen.«

»Gut«, stimmte Maylor zu. »Ich bin dabei. Je weiter ich von unserem Koffer weg bin, desto wohler fühle ich mich.«

Bevor sie aufbrachen, wandte Cedric sich noch an Kara-Sek.

»Und was dich betrifft . . .«, begann er.

»Ich habe schon verstanden«, sagte der Yoyodyne. »Es wäre zu auffällig, wenn ich euch begleite. Ich bleibe hier zurück und bewache den Koffer.«

Cedric nickte lächelnd.

»Genau das habe ich sagen wollen«, sagte er.

»Und hüte dich«, ergänzte Maylor, als sie die Suite verließen, »in unserer Abwesenheit an den Schrank mit dem Koffer zu gehen.«

»Du mußt nicht glauben, daß ich dumm bin«, erwiderte Kara-Sek, äußerlich unbewegt, aber der Unterton seiner Stimme verriet, daß er sich am liebsten auf Maylor gestürzt hätte, »nur weil ich Yoyodyne bin.«

»Damit hast du ganz recht«, schoß Maylor erregt zurück. »Ich glaube in der Tat nicht, daß du deshalb etwas unterbelichtet bist, weil du Yoyodyne bist, sondern weil du . . .«

»Ich . . .«, unterbrach Cedric und gab Maylor mit einem scharfen Blick zu verstehen, daß er gefälligst seinen Mund halten sollte. ». . . ich bin sicher, daß Maylor das gar nicht so gemeint hat, sondern, daß er sich nur in der Wortwahl etwas vergriffen hat. Nicht wahr, das hast du doch?« Er sah seinen ehemaligen Freund durchdringend an, und seine Miene besagte deutlich: Wenn du jetzt etwas anderes als ›Jawohl, ganz genau so verhält es sich‹, sagst, dann darfst du dreimal raten, wohin meine Faust dich trifft!

»Jawohl«, preßte Maylor hervor. »Ganz genau so verhält es sich.«

»Na, also«, meinte Cedric zu Kara-Sek, »da hörst du es.« Er schob Maylor auf den Korridor hinaus, und nachdem das Schott sich hinter ihnen geschlossen hatte, sah er ihn eindringlich an. »Sag mal, mußt du dich ständig mit Kara-Sek streiten? Willst du unbedingt, daß er dir irgendwann mit seinem Säbel den Kopf abtrennt?«

»Wer streitet sich?« fragte Maylor unschuldig. »Was kann ich denn dafür, wenn dieses Schlitzauge alles, was ich ihm sage, falsch auffaßt?«

»Du könntest dir ruhig mehr Mühe geben und ein bißchen Rücksicht auf Kara-Sek nehmen.«

»Ach ja? Ist es etwa meine Schuld, daß ich mit diesem yoyodynischen Ehrenkodex-Klimbim nichts anfangen kann? Und außerdem — wenn ich dich richtig verstanden habe, ist er doch verpflichtet, alles zu tun, was du ihm sagst? Sag ihm doch einfach, daß er die Finger von mir lassen soll, dann hat sich die ganze Sache.«

»Ich wäre froh, wenn ihr euch vertragen würdet, ohne daß ich das tun müßte. Also reiß dich bitte zusammen.«

»Na schön, ganz wie du willst«, meinte Maylor schulterzuckend. »Von nun an werde ich zu ihm so freundlich sein, als ob er eine Admiralstochter wäre, die ich zu ehelichen gedenke.«

Cedric musterte Maylor mit zusammengekniffenen Lippen, sagte aber nichts mehr.

Zusammen durchstreiften sie die Räumlichkeiten, die den Gästen der Sternengala zugänglich waren: vornehme Restaurants mit Spezialitäten aus allen Teilen dieses Spiralarms der Galaxis (sogar eines mit yoyodynischer Kost war darunter), Freizeitanlagen für verschiedene, meist mit aufwendiger Technik verbundene Sport- oder Entspannungsarten, Clubräume, die in ihrer schlichten Gemütlichkeit prähistorischen Kaminzimmern nachempfunden waren, und immer wieder schier endlos erscheinende Korridore. Die Computercards, die sie bei ihrer Ankunft erhalten hatten, leisteten ihnen bei der Orientierung gute Dienste. Schließlich gelangten sie in eines der Casinos, einen langgezogenen, in beruhigend gesetzten Farben eingerichteten Saal. Das Licht war angenehm gedämpft, es gab eine luxuriös eingerichtete Bar mit richtigen menschlichen Bediensteten, und überall wurden die verschiedensten Glücksspielarten angeboten, denen man sich in der Upper-Class gerne hingab.

Maylor stieß Cedric leicht an und wies zu einem Tisch, an dem man auf eine in einem Oval aus Formenergie kreisende Roulettekugel setzen konnte. An diesem Spiel nahmen besonders viele hohe Offiziere aus den Reihen der sarday'kinschen Sternenflotte teil, so wollten sie zum Ausdruck bringen, daß allein ihre überlegene Intelligenz und ihr strategisches Denken sie befähigte, die Zielfelder dieser von einem Zufallsgenerator gesteuerten Kugel vorauszuahnen. Oder war es eher ein Symbol dafür, daß sich all ihr strategisches Können einzig und allein auf Zufall und Glück gründete? Nach seinen zwei Jahren auf Hadrians Mond, in denen Cedric die Schattenseiten des sarday'kinschen Systems kennengelernt hatte, war er sich der Fähigkeiten der Flottenführung nicht mehr allzu sicher.

»Sieh mal, wen wir da haben«, flüsterte Maylor.

Cedric sah, wen Maylor meinte. Es war Admiral McCluskey, der dort am Tisch saß und sich scherzend mit anderen unterhielt. Der immense Betrag, den er gerade verlor, als die Kugel nicht in dem Feld zur Ruhe kam, auf das er gesetzt hatte, vermochte seine gute Laune nicht im mindestens zu beeinträchtigen. Unweit von ihm stand Burns, sein Sicherheitsmann, und behielt die Umgebung in Auge. Trotz seiner zur Schau gestellten Aufmerksamkeit machte er nicht den Eindruck, als rechne er ernsthaft mit einem Zwischenfall. Ebensowenig wie die Sicherheitsleute der anderen Würdenträger.

»Los, laß uns zusehen, daß wir weiterkommen!« flüsterte Maylor und wollte Cedric zurück zum Eingang ziehen. »Ehe er uns entdeckt.«

»Halt, warte, nicht so schnell«, erwiderte Cedric und machte sich los. »Vielleicht kann uns Burns ein wenig behilflich sein. Ich glaube, ich hab' da so eine Idee.«

»Nein, nicht schon wieder«, stöhnte Maylor gequält, aber ehe er Cedric zurückhalten konnte, war sein Gefährte bereits auf dem Weg zu dem Sicherheitsbeamten.

»Hallo, Burns«, meinte Cedric, als er ihn erreicht hatte. »Schön, Sie wiederzusehen.«

Burns sah nicht besonders glücklich aus.

»Ich kann nicht behaupten, daß das auf Gegenseitigkeit beruht«, antwortete er. »Was machen Sie schon wieder hier? Haben Sie nichts Besseres zu tun, als mich pausenlos mit Ihrer Gegenwart zu beehren?«

»Wir schauen uns nur ein wenig um«, sagte Cedric, ohne sich von dem ablehnenden Ton beirren zu lassen. »Alles in Ordnung bei Ihnen?«

»Was sollte nicht in Ordnung sein?« fragte Burns ärgerlich.

»Ich weiß nicht«, sagte Cedric. »*Sie* sind der Sicherheitsexperte.« Und ganz im Tonfall eines Berufskollegen, der mit einem anderen über die alltägliche Arbeit plauderte, fügte er hinzu: »Sie haben das Quartier des Admirals doch bestimmt daraufhin untersucht, ob es irgendwelche Überwachungseinrichtungen gibt?«

»Natürlich habe ich das«, erwiderte Burns. Es klang, als fühle er sich in seiner Ehre getroffen. »Unsere Unterkunft ist sauber. Sandara würde es nie wagen, die Privatsphäre ihrer Gäste in derart eklatanter Weise zu verletzen.«

Cedric war sich da bei weitem nicht so sicher. Aber Burns' Auskunft klang einigermaßen beruhigend. Zumindest, was *diesen* Punkt anging. Er deutete mit beiläufiger Geste auf den Anhänger vor Burns Brust.

»Wie ich Sie einschätze, haben Sie dieses Schmuckstück ebenfalls untersuchen lassen. Zum Beispiel darauf, ob es mikroelektronische Bestandteile enthält.«

»Für wen halten Sie mich? Das versteht sich doch von selbst. Obwohl ich es mir hätte sparen können. Das ist nur ein ganz normales Schmuckstück.« Er hielt inne und betrachtete Cedric von oben bis unten, als hätte er das bei ihren bisherigen Treffen noch nicht ausführlich genug getan. Und sein Blick schloß auch Maylor mit ein, den er ein paar Meter weiter entdeckte. »Sagen Sie, wer sind Sie eigentlich, daß Sie das interessiert?«

»Nun«, meinte Cedric gedehnt. »Man könnte sagen, daß wir gewissermaßen in der gleichen Branche arbeiten.«

»Ach ja«, brummte Burns, von dieser Antwort nicht gerade zufriedengestellt. »Mein Instinkt sagt mir, daß mit Ihnen irgend etwas nicht stimmt. Warum sollte ich Sie nicht einmal näher unter die Lupe nehmen? Mich mal erkundigen, aus welchem Grund Sie auf der Gästeliste stehen. Wie, sagten Sie, wären doch noch gleich ihre Namen?«

Cedric bemühte sich, sich seine Betroffenheit nicht anmerken zu lassen. Damit hatte Burns haargenau ihren wunden Punkt getroffen. Ob es vielleicht doch keine solch gute Idee gewesen war, sich mit dem Sicherheitsmann zu unterhalten?

»Das steht ihnen natürlich jederzeit frei«, antwortete er so gleichgültig wie möglich. »Aber glauben Sie, der Admiral hätte nicht seine guten Gründe gehabt, als er Ihnen sagte, keine Fragen zu stellen?«

Burns gab sich damit immer noch nicht zufrieden. In seinem Gesicht lag ein lauernder Zug.

»Ach, damit habe ich keine Probleme«, sagte er, und Cedric merkte, daß auch Burns sich sicherer gab, als er war. Er *hätte* seine Probleme gehabt. Die Frage war nur, wie wichtig sie ihm waren. »Ich kann sie genausogut von meinen Kollegen unter die Lupe nehmen lassen. Sie beide und diesen Yoyo, den sie ständig bei sich haben. Wie kommt es überhaupt, daß Sie sich mit einem Angehörigen dieser Fraktion so gut verstehen? Herrscht zwischen uns und den Schlitzaugen nicht ein mehr oder weniger offener Kriegszustand?«

»Es gibt Interessen, die höherrangiger Natur sind«, antwortete Cedric.

»Ja?« erwiderte Burns und beugte sich interessiert vor. »Erzählen Sie mir, welche!«

Cedric Cyper glaubte einen Seitenblick Maylors aufzufangen, der soviel besagte wie: Na siehst du, da hast du die Bescherung. Aber du wolltest es ja nicht anders. Sieh zu, wie du die Suppe selbst wieder auslöffelst!

»Das ist nicht ganz einfach zu erklären«, begann er und überlegte fieberhaft, wie er sich möglichst unverdächtig aus der Affäre ziehen konnte.

Glücklicherweise bekam er Hilfe von höherer Instanz, ehe er sich in noch mehr Lügen verwickelte. McCluskey hatte sie entdeckt und kam mit einem halbvollen Glas in der Hand zu ihnen herüber. Cedric bemerkte, daß er nach wie vor keinen Byranium-Anhänger um den Hals trug. Demnach schien Sandara Verständnis für seinen Wunsch aufgebracht zu haben. Sofern man es überhaupt für nötig befunden hatte, sie über diesen lächerlichen Vorfall zu informieren.

»Na, wie geht's denn bei Ihnen voran?« fragte McCluskey und klopfte Cedric gönnerhaft auf die Schulter. Maylor, der sich immer noch im Hintergrund hielt, mußte sich mit einem freundlichen Nicken zufriedengeben. Maylor revanchierte sich mit einer knappen Verbeugung, von der wohl nur Cedric erkannte, wie gekünstelt und steif sie war. »Kommen Sie gut voran mit Ihrer Arbeit?«

»Oh, danke der Nachfrage«, antwortete Cedric. »Keine Probleme. Wir haben alles unter Kontrolle.«

»Beruhigend, das zu hören. Haben Sie von Burns schon irgendwelche Unterstützung gebraucht?«

»Nein, wir haben nur etwas über unsere Arbeit gefachsimpelt«, antwortete Cedric. McCluskey wirkte richtiggehend enttäuscht über diese Auskunft. Es schien, als würde er die Gewißheit, höchstpersönlich etwas zur Sicherheit während des Festes beigetragen zu haben, gerne zu seinen zahlreichen Ruhmestaten hinzufügen. »Aber ich bin sicher, daß er uns jede erdenkliche Unterstützung gewähren wird, falls wir darum bitten sollten. Er ist wirklich ein Sicherheitsmann, mit dem Sie eine ausgezeichnete Wahl getroffen haben, Admiral. Und vor allen Dingen ...« Cedric warf Burns einen bezeichnenden Blick zu, von dem nur sie beide wußten, was er zu bedeuten hatte. »... stellte er keine überflüssigen Fragen. Genau, wie Sie es ihm angewiesen haben.«

Burns sah Cedric mit mühsam unterdrückter Wut an, verkniff sich aber jeden Kommentar.

»Ja, ich weiß schon, was ich an ihm habe«, stimmte McCluskey zu. Sein Interesse, sich noch länger mit Cedric zu unterhalten, schien stark nachzulassen, jetzt, da sich herausgestellt hatte, daß keine großen Dinge im Gange waren.

Bevor er sich verabschieden konnte, traten zwei Bedienstete in den üblichen weißen Uniformen der Sternenstadt auf ihn zu.

»Admiral McCluskey?« fragte einer von ihnen höflich.

»Ja, der bin ich. Sie wünschen?«

»Wir kommen im Auftrag von Mr. Gillesbie. Er bittet Sie zu einer Besprechung im *Ten Forward*-Salon. Wir haben Anweisung, Sie dorthin zu führen.«

McCluskey reagierte mit einem erstaunten Stirnrunzeln.

»Aber ich bin doch erst in...« Er sah auf seine Uhr. »... zwei Stunden mit ihm verabredet.«

»Mr. Gillespie läßt ausrichten, daß sich leider eine Änderung in seiner Terminplanung ergeben hat«, antwortete der Bedienstete. »Er hofft, daß Ihnen diese kurzfristige Verlegung keine Unannehmlichkeiten macht und Sie jetzt Zeit für ihn haben. Anderenfalls läßt sich ein neuer Termin für den morgigen Tag einrichten.«

»Schon gut, das ist nicht nötig«, entschied McCluskey. »Ich hatte beim 3D-Roulette sowieso gerade eine Pechsträhne. Wohin müssen wir?«

»Dort entlang, Sir. Wenn Sie uns bitte folgen würden?«

McCluskey bemerkte, daß er immer noch sein Glas in der Hand hielt, überlegte kurz, wo er es lassen konnte, dann drückte er es Burns in die Hand.

»Hier, Burns, stellen Sie das bitte für mich irgendwo ab.«

»Aber, Sir! Natürlich werde ich Sie begleiten.«

»Nein, Burns, das ist nicht nötig. Es sollte ohnehin ein Vieraugengespräch zwischen Gillespie und mir werden. Warten Sie hier auf mich. Und genehmigen Sie sich in der Zwischenzeit ruhig einen kleinen Schluck.«

Burns schüttelte den Kopf.

»Ich bin nicht zu meinem Vergnügen hier, Sir«, beschied er. »Sie wissen, der Genuß von Alkoholika im Dienst ist mir strengstens . . .«

»Burns!« schnitt McCluskey ihm das Wort ab. »Ich habe von einem kleinen Schluck geredet und nicht davon, daß Sie sich sinnlos besaufen sollen!«

Damit ließ er seinen Sicherheitsbegleiter stehen und folgte den beiden Bediensteten zum Ausgang. Burns blickte ihnen hinterher und wirkte nicht besonders glücklich darüber, hier alleine zurückzubleiben. Und das Glas, das er in seiner Hand hielt, als wüßte er nichts damit anzufangen, verstärkte diesen Eindruck noch.

Cedric fühlte sich ebenfalls nicht sehr wohl in seiner Haut, wenngleich aus ganz anderen Gründen. Er mußte daran denken, daß derjenige, mit dem sich der Admiral gleich traf, niemand anderes als der Chef des *DSD* war, und wenn er ihm gegenüber während des Gesprächs eine Bemerkung über die tüchtige Arbeit seiner beiden verdeckten Mitarbeiter fallen ließ, war es mit Sicherheit um ihre Tarnung geschehen. Doch was hätte er tun können, um es zu verhindern? Hätte er McCluskey noch einmal daran erinnern sollen, sie beide auf keinen Fall zu erwähnen? Das hätte sie höchstens noch verdächtiger gemacht – zumindest für Burns. Der Sicherheitsmann konnte sich zu einem ernsten Risiko für sie entwickeln. Es war besser, ihm künftig möglichst aus dem Weg zu gehen.

»Also«, meinte Cedric und wandte sich Burns zu. Es war an der Zeit, sich zurückzuziehen. »Dann werden wir uns mal wieder auf den Weg machen. Die Pflicht ruft. Halten Sie sich ruhig an den Rat des Admirals, und trinken Sie einen auf unser Wohl.«

»Wenn es jemanden gibt, auf den ich ganz gewiß nicht trinken werde«, setzte Burns an, »dann sind das . . .«

Er brach ab und sah mit großen Augen an Cedric vorbei. Es war, als hätte er dessen Anwesenheit von einem Augenblick auf den anderen vollkommen vergessen. Und wie Cedric bemerkte, war nicht alleine Burns verstummt, innerhalb des gesamten Casinos hatte sich die Atmosphäre schlagartig gewandelt. Hatte eben noch gedämpftes Stimmengewirr in der Luft gelegen, so herrschte jetzt vollkommene Stille. Alle Aufmerksamkeit hatte sich in eine einzige Richtung gewandt.

Cedric hatte das Gefühl, so ziemlich der letzte zu sein, der den

Kopf wandte, und dann sah er, was den plötzlichen Stimmungsumschwung ausgelöst hatte.

Es war *sie!*

Sandara, die Juwelenkönigin!

Daran, daß wirklich sie es war und keine andere, daran hätte für Cedric Cyper selbst dann kein Zweifel bestanden, wenn er ihr Antlitz nicht bereits von den Fotos in Dutzenden einschlägiger Illustrierten gekannt hätte, die er sich mit Maylor auf *St. Petersburg Zwei* besorgt hatten. Es hätte dafür nicht einmal der Reaktion der anderen Gäste bedurft; selbst wenn er sich als einziger hier im Casino aufgehalten hätte, es hätte nicht den geringsten Unterschied gemacht. Was ihn so sicher machte, war auch nicht ihr prächtiges Holo-Kleid, das ihren Körper in sanfte Regenbogenfarben tauchte. Nein, es war einzig und allein ihre bloße Erscheinung, die keinen Zweifel daran aufkommen ließ, daß sie die Herrin der Sternenstadt war. Es sprach aus allem an ihr, ihre Haltung, ihrer kühlen und ein wenig hochmütig wirkenden Miene und ihrem langsam durch den Raum wandernden Blick.

Ihre Begleiter, die ihr dichtauf folgten und deren weiße Uniformen weitaus prächtiger waren als die der einfachen Bediensteten, waren ebenfalls nicht mehr als unwichtiges Beiwerk. Cedric schenkte ihnen genau so lange Aufmerksamkeit, wie er brauchte, um festzustellen, daß sie keine Gefahr darstellten. Dann kehrte sein Blick zu Sandara zurück.

Sie war eine wahre Schönheit. Mit ihrem dunklen Haar, dem klassisch geschnittenen Gesicht und den hohen Wangenknochen bot sie einen Anblick, der alle Herzen der Männer unwillkürlich höher schlagen ließ. Sandara besaß eine Ausstrahlung, die nur sehr, sehr wenigen Frauen zu eigen war; eine Aura von Macht, Klugheit und Unnahbarkeit, der sich auch Cedric nicht zu entziehen vermochte.

Wenn es überhaupt etwas gab, das man an Sandara im weitesten Sinne als störend hätte bezeichnen können, dann, daß sie eine Nuance zu schön, zu beeindruckend und zu perfekt aussah. Sandaras Alter war nur schwer abzuschätzen. Auf den ersten Augenschein wirkte sie wie Anfang Dreißig, aber Cedric ließ sich davon nicht in die Irre führen. Er wußte, daß es für Personen mit entsprechenden finanziellen Mitteln genügend Möglichkeiten gab, sich perfekte Schönheit und Jugend weit über das in der Natur dafür vorgesehene Maß zu erkaufen. Insbesondere die gentechnischen Produkte und Verfahren aus der Hexenküche der Phagon, der wohl unheimlichsten Fraktion des ehemaligen Großen Imperiums, erfreuten sich dabei großer Beliebtheit. Cedric hielt eine Anwendung derartiger Hilfsmittel nicht für unwahrscheinlich. Zugleich würde es erklären, weshalb Sandara im Vergleich zu den Fotos, die er auf *St. Petersburg Zwei* gesehen hatte und von denen manche ein paar Jahre alt gewesen waren, um keinen Deut gealtert aussah. Und da waren nicht zuletzt ihre Augen, die mit ihrer Tiefe, ihrer Klarheit und ihrer Erfahrenheit so ganz und gar nicht zu einer Dreißigjährigen passen wollten. Das konnte Cedric jetzt deutlich erkennen, da sie nur noch sechs, sieben Meter von ihm entfernt war. Plötzlich wurde Cedric etwas bewußt, das völlig unmöglich war. Die wunderschöne Sandara und ihr Gefolge schritten direkt auf sie zu.

Sie weiß es! schoß es ihm durch den Kopf, als ihr kühler Blick ihn traf. Sie weiß, wer wir sind! Sie weiß alles, und sie ist gekommen, um uns höchstpersönlich und eigenhändig aus dem Verkehr zu ziehen!

Einen fürchterlich langen Augenblick war Panik und die Gewißheit, entlarvt worden zu sein, alles, was sein Denken und Fühlen beherrschte, doch dann begriff er, daß die Wahrheit — wie meistens — weitaus unkomplizierter war. Er stand Sandara nur ganz einfach im Weg, das war alles.

Hastig, fast ein wenig zu hastig und mit einer galanten Verbeugung, wie er sie von den anderen Gästen gesehen hatte, trat er zur Seite, wobei er bemerkte, daß Burns, der immer noch neben ihm stand, sich genauso verhielt. Gut! Demnach war er wenigstens nicht der einzige Idiot, der sie, geblendet von ihrer strahlenden Erscheinung, angestarrt und alles andere um sich herum vergessen hatte.

Sandara dankte es ihnen, indem sie ihren Blick noch einen Moment länger auf ihnen ruhen ließ. Auf ihren Lippen spielte ein dünnes Lächeln, in dem ein spöttischer Unterton lag, so als wüßte sie genau, wie sehr sie auf die Anwesenden wirkte. Und dann schwebte sie an ihnen vorbei, ohne ihnen weitere Beachtung zu zollen.

Cedric konnte nicht anders, als ihr hinterherzustarren, bis sie durch den Eingang auf der anderen Seite des Casinos entschwunden war. Er empfand Enttäuschung darüber, daß sie sich nicht an einen der Tische gesetzt und ein Gespräch angefangen hatte; Hauptsache, sie hätte sich noch länger im Casino aufgehalten und ihm Gelegenheit gegeben, wie weiterhin zu bewundern. Ihr Auftritt hatte an eine Königin erinnert, die ihr Reich durchschritt, um sich zu vergewissern, daß ihre Untertanen zufrieden waren.

Das Stimmengewirr setzte nun wieder ein, dafür klang es, nachdem die Unterhaltungen erst einmal in Gang gekommen waren, um so leidenschaftlicher; es stand außer Frage, welche Person im Mittelpunkt der Gespräche stand.

Cedric sah sich suchend um und bemerkte, daß Maylor sich direkt neben ihm befand. Sein Gefährte vermittelte den Eindruck, als wäre ihm soeben über die allseits bekannten sieben Raumwunder dieses Spiralarms ein achtes begegnet. Ein Gefühl, das Cedric gut nachempfinden konnte — sehr viel besser sogar, als er zuzugeben bereit war.

»Ha . . . Hast du das gesehen?« flüsterte Maylor.

»Natürlich habe ich es gesehen. Ich bin ja nicht blind. Das war Sandara.«

»Nein, das meine ich nicht.« Maylor verzog schwärmerisch das Gesicht. »Ich meine, ob du den Blick gesehen hast, den sie mir zugeworfen hat?«

»Dir?«

Maylor machte ein verständnisloses Gesicht.

»Ja, natürlich mir«, antwortete er. »Wem hätte er denn sonst gelten sollen? Und es war ein ganz besonderer Blick. So, als wolle sie mir sagen . . .«

»Unsinn!« mischte Burns sich ein. »Wenn Sandara hier irgend jemanden angesehen hat, dann war ich das!« Ein verträumter Ausdruck legte sich in sein sonst eher grobschlächtigen Gesicht, und wahrscheinlich ohne es überhaupt zu bemerken, nahm er einen kräftigen Schluck aus dem halbvollen Glas des Admirals.

»Ach ja?« Maylor reckte streitlustig das Kinn vor. »Soll das etwa heißen, ich wüßte nicht, was ich gesehen habe?«

»Nein«, erwiderte Burns, ebenso streitlustig, »aber es soll heißen, daß *ich* weiß, was ich gesehen habe!«

Die beiden musterten sich wie zwei Rivalen, die um dasselbe Revier stritten. Cedric trat zwischen sie und sah sie ungehalten an. Und das galt in erster Linie Maylor. Wenigstens er hätte doch vernünftiger sein müssen. Wenigstens er hätte doch erkennen müssen, was er aufs Spiel setzte, wenn er Burns über Gebühr provozierte.

»Hört auf mit dem Unsinn!« sagte er. »Ihr benehmt euch ja wie kleine Kinder. Sandara hat nur ganz unverbindlich in unsere Richtung gesehen, das ist alles.« Er sagte es wider besseres Wissen. Denn ganz zweifellos hatte sie gelächelt, daran erinnerte er sich geradezu überdeutlich, und wenn ihr Blick irgend jemandem von ihnen gegolten hatte, dann einzig und allein ihm, Cedric!

Eine Sekunde lang herrschte Schweigen.

»Wahrscheinlich hast du recht«, lenkte Maylor in versöhnlichem Ton ein, um sofort darauf zu beharren: »Aber in meine Richtung hat sie trotzdem ganz besonders lange und freundlich gesehen.« Bevor Burns es ihm mit gleicher Münze zurückgeben konnte, packte Cedric Maylor am Arm und zog ihn mit sanfter Gewalt davon, wobei er Burns entschuldigend anlächelte. Glücklicherweise machte er keine Anstalten, sie zurückzuhalten. Im Gegenteil, er schien froh darüber zu sein, daß sie das Feld räumten.

Cedric dirigierte Maylor auf den Ausgang zu.

»Was ist bloß in dich gefahren?« zischte er. »Hast du den Verstand verloren?«

»Was soll in mich gefahren sein?« fragte Maylor unschuldig. »Ich bin ganz einfach nur ein Mann und gerade der faszinierendsten, bezauberndsten Frau des gesamten Universums begegnet. Das ist alles. Glaubst du denn, ich hätte gar keine Gefühle?«

Cedric schüttelte den Kopf.

»Du solltest deine Hormone etwas besser unter Kontrolle behalten«, riet er. »Ich weiß ja nicht, wie sich deine Vorlieben in den zwei Jahren unserer Trennung entwickelt haben, aber so kenne ich dich gar nicht. Mußt du denn plötzlich jeder Frau hinterherlaufen? Erst die Bedienstete vorhin, und jetzt . . .«

»Wer?« fragte Maylor irritiert.

»Die Bedienstete, mit der du in der Empfangshalle so kräftig geflirtet hast«, erinnerte Cedric.

»Ach so!« Maylor winkte ab, als gehöre diese Episode längst der Vergangenheit an. »Das war doch nur ein Versuch, an etwas mehr Informationen zu kommen. Aber sag selbst, was ist dieses Mädchen im Vergleich zu einer Frau wie Sandara!«

Es dauerte einen Augenblick, ehe Cedric die richtige Antwort einfiel.

»Ungefährlich.«

»Du glaubst doch nicht etwa, daß sie auf seiten der Verschwörer mitmischen könnte?« fragte Maylor. »Jemand wie sie würde ihre hübschen Finger niemals in einem solch dreckigen Geschäft haben!«

Das war haargenau der Schluß, zu dem auch Cedric Cyper gekommen war. Aber er war sich im Gegensatz zu Maylor bewußt darüber, daß diese Schlußfolgerung höchst subjektiver Natur war.

»Was meinst du?« redete Maylor weiter, als bemerke er Cedrics Vorbehalte nicht. »Ob es möglich wäre, sich einmal persönlich mit Sandara zu treffen?«

Cedric mußte an sich halten, um nicht gequält aufzustöhnen.

»Welches Interesse könnte jemand wie Sandara schon an einem einfachen Raumschiffkommandanten wie dir haben? Machst du dir da nicht ein wenig übertriebene Hoffnungen? Verzeih, das war vielleicht etwas unklar ausgedrückt. Ich meine natürlich himmelhoch übertriebene und absolut unrealistische Hoffnungen!«

»Vergiß nicht«, erinnerte Maylor ihn mit einem versonnenen Lächeln, »ich bin alles andere als ein armer, mittelloser Raumschiffkommandant. Ich bin einer von zwei Prospektoren, die womöglich auf das ertragreichste Byranium-Vorkommen gestoßen sind, das je entdeckt wurde. Warum sollte sie da nicht einem persönlichen Treffen zustimmen?«

Er lauschte dem Klang seiner eigenen Stimme nach, der Kraft seiner eigenen Argumente, und kam offensichtlich zu dem Schluß, daß sie gut waren. Einleuchtend, überzeugend. Jedenfalls so lange, bis Cedric erwiderte:

»Und vergiß *du* nicht, daß wir nur aus einem einzigen Grund hier sind. Nämlich um Sheryl und Nabtaal zu befreien und den Hintermännern des Überfalls auf Hadrians Mond auf den Zahn zu fühlen.«

Maylor bedachte Cedric mit einem langen Blick. Erst schien es, als wolle er widersprechen, dann lenkte er mit einem schweren Seufzen ein.

»Glaube mir«, sagte er mit düsterer Miene, so als wäre er gerade aus einem wunderschönen Traum in die Wirklichkeit zurückgekehrt, »das habe ich keinen Augenblick vergessen.«

»Beruhigend, das zu hören. Ich hatte da schon meine Bedenken.«

Sie näherten sich ihrer Kabine, wofür sie mittlerweile nicht einmal mehr ihre Orientierungscards benötigten. Sie hatten den langen gewundenen Gang, in dem sie lag, fast erreicht, als Maylor plötzlich wie vom Schlag getroffen stehenblieb.

»Was hast du?«

Maylor wies mit unsicherer Geste nach vorne, den Korridor entlang.

»Da ... da ...«, sagte er.

Cedric sah gerade noch, wie ein weißbekleideter Bediensteter um eine Ecke verschwand, ansonsten war nichts zu sehen.

»Was ist da?« fragte er.

»Ich weiß nicht. Ich ... ich hatte den Eindruck, als ob ...«

Maylor sprach nicht zu Ende, sondern lief statt dessen zu der Abzweigung, hinter der der Bedienstete verschwunden war. Als Cedric ihn eingeholt hatte, erwartete sie nichts außer einem leeren Seitengang, der vor einem verschlossenen Liftschott mündete, auf dem der Schriftzug ›Kein Zutritt für Gäste‹ prangte.

»Du warst stehengeblieben bei ›als ob‹«, erinnerte Cedric. »Was glaubst du, gesehen zu haben?« Maylor schüttelte den Kopf, als könne er selbst nicht so recht daran glauben und als wolle er diesen Eindruck aus seinen Gedanken verscheuchen.

»Ich weiß, es klingt verrückt«, begann er, »aber eine Sekunde lang hatte ich den Eindruck, als ob dieser Bedienstete ... als ob ...«

»Als ob er *was*?«

Maylor sah Cedric an, und in seinem Blick lag die Erkenntnis, daß er genau wußte, daß das, was er gesehen hatte, eigentlich unmöglich war.

»Als ob dieser Bedienstete Nabtaal gewesen wäre!« sagte er leise.

Cedric hätte wahrscheinlich laut aufgelacht, wenn er nicht gewußt hätte, daß, Maylor es absolut ernst damit war.

»Nabtaal?« wiederholte er ungläubig.

»Ja.«

»Und du bist dir da ganz sicher?«

»Verdammt – nein!« meinte Maylor erregt. »Ich kann es ja selbst nicht glauben. Wenn Nabtaal überhaupt hier auf *Star City* ist, dann als Gefangener der Verschwörer und nicht als Bediensteter der Sternenstadt!«

Cedric versuchte, sich das Aussehen des Bediensteten ins Gedächtnis zurückzurufen, aber alles, was er gesehen hatte, waren ein Arm, ein Bein und ein schemenhaft erkennbarer Körper in einer weißen Uniform gewesen, der einen Lidschlag später im Seitengang verschwunden war.

»Du mußt dich getäuscht haben«, sagte er. »Es war ganz einfach jemand, der Nabtaal ähnlich gesehen hat. Außerdem hast du ihn nur für Augenblicke gesehen.«

»Ja, das schon«, bekannte Maylor. Abermals schüttelte er den Kopf. Der Eindruck, den er im Kopf hatte, war anscheinend nachhaltigerer Natur.

»Aber trotzdem, irgendwie...« Er strich sich nachdenklich durch das Haar. »Okay, vergessen wir es. Es war ganz einfach nur eine Verwechslung. Sandaras Anblick hat mir wohl zu sehr den Kopf verdreht.«

Das war eine Version, der Cedric vorbehaltlos zustimmen konnte.

»Schön, daß du das einsiehst.«

»Sag mal«, meinte Maylor, »kannst du mich nicht einmal, nur ein einziges Mal etwas sagen lassen, ohne unbedingt das letzte Wort zu behalten?«

»Klar. Warum?«

Maylor verdrehte die Augen und enthielt sich einer Antwort. Sie kehrten in ihr Quartier zurück. Als sie es betraten, erwartete sie ein Kara-Sek, dessen Miene zwar weiterhin eine ausdruckslose Fassade yoyodynischer Verschlossenheit war, aber seine Haltung und seine nervös zuckenden Wangenmuskeln besagten, daß irgend etwas vorgefallen sein mußte.

»Was ist los?« fragte Cedric, der vermutete, daß der Byranium-Brocken in dem Koffer während ihrer Abwesenheit verrückt gespielt hatte. »Was hast du?«

Kara-Sek klärte ihn darüber auf, daß vor ein paar Minuten der Türsummer ertönt war, und als er den Öffnungsmechanismus betätigt hatte, hatte sich draußen auf dem Korridor keine Menschenseele aufgehalten.

Dafür hatte ein zusammengefaltetes Stück Papier auf dem Boden gelegen.

»Es war dieses hier«, sagte Kara-Sek und reichte es ihm.

Cedric nahm es in die Hand und las: *Unternehmt nichts, um Nabtaal und Sheryl zu befreien. Für sie wird gesorgt. Wartet weitere Anweisungen ab!* Es folgte ein kleiner Absatz, und darunter stand geschrieben: »*PS: Es gibt viele Rätsel, und nur für den, der darauf verzichtet, sie alle gleichzeitig lösen zu wollen, kommt der Tag, an dem sie sich von ganz allein lösen.*«

Cedric reichte den Zettel an Maylor weiter.

»Das klingt verdächtig nach dem Daily Lama«, sagte er dabei.

»Du hast recht«, stimmte Maylor zu, als auch er den kurzen Text überflogen hatte. »Aber das...« Er zögerte, als er sich den daraus ergebenden Schlußfolgerungen bewußt wurde. »...das würde bedeuten, daß der Daily Lama sich hier aufhält. Daß er unter den Gästen ist.«

»Ja«, ergänzte Cedric. »Und er weiß auch, daß wir hier sind. Vielleicht hat er sogar von Anfang an damit gerechnet, daß wir nach *Star City* kommen würden.«

»Warum hat er es dann auf *St. Petersburg Zwei* abgelehnt, uns mit hierher zu nehmen?«

»Ich wäre froh, ich wüßte eine Antwort darauf.«

Maylor schwieg einen Moment lang.

»Diese Nachricht könnte allerdings genausogut eine Falle sein«, gab er dann zu bedenken.

Cedric dachte kurz nach und zog alle Möglichkeiten in Erwägung, in die sie aus ihrer beschränkten Perspektive heraus Einblick hatten.

»Nein«, entschied er, »das hätte man weitaus einfacher haben können. Es hätte seit unserer Ankunft genügend Gelegenheiten gegeben, uns aus dem Verkehr zu ziehen. Nein, diese Nachricht hier kann nur vom Daily Lama stammen. Etwas anderes kann ich mir schlecht vorstellen.«

»Warum hat er dann nicht persönlich Kontakt mit uns aufgenommen? Das wäre doch viel einfacher gewesen.«

»Vielleicht ist ihm das zu gefährlich. Oder er will es nicht. Ich habe schon immer Schwierigkeiten gehabt nachzuvollziehen, was in seinem kahlen Kopf vor sich geht.«

Maylor nickte und brummte etwas, das wie ein Einvernehmen klang.

»Schön«, meinte er. »Was tun wir jetzt?«

»Das, was er uns gesagt hat. Wir warten weitere Anweisungen ab.«

»Und wenn keine kommen? Wenn er uns nur nicht im Wege haben will?«

Das war eine Befürchtung, die auch Cedric hegte.

»Schlafen wir erst einmal«, sagte er. »Die Nachtperiode hat gerade begonnen. Morgen wird ein anstrengender Tag.«

Synfile 4

In hochkarätiger Gesellschaft

Sheryl hätte nie geglaubt, noch einmal das Bewußtsein zurückzuerlangen und an die Gestaden des Lebens geschwemmt zu werden. Im ersten Moment glaubte sie noch an eine Art Trugbild, an eine gnädige Phantasie ihres sterbenden Geistes, doch der Schmerz und die Erschöpfung, die jede Faser ihres Körpers ausfüllten, belehrten sie eines Besseren. Denn diese Empfindungen waren äußerst *real*.

Sie öffnete die Augen, und allein das verlangte ihr alle Kraft ab. Irgendwo über sich sah sie so etwas wie eine Wand oder Decke aus rauhem, dunklem Gestein, viel mehr vermochte sie nicht zu erkennen; aber immerhin war das peinigende, grelle Licht verschwunden, das ihre Netzhäute während des Verhörs gequält hatte. Es herrschte angenehmes, mattes Halbdunkel. Eine Wohltat.

Stöhnend bewegte sie die Glieder. Es waren nicht mehr als ein paar Zentimeter, aber es reichte aus, um sie spüren zu lassen, daß sie nicht mehr gefesselt war. Und daß sie auf dem Rücken lag. Die Unterlage war hart und kühl; eine Kühle, die durch den Stoff ihres Overalls drang. Zu weiteren Empfindungen oder körperlichen Aktivitäten war sie nicht fähig. Sämtliche ihrer Muskeln waren steif und verkrampft, und sobald Sheryl sie zu bewegen oder auch nur anzuspannen versuchte, antworteten sie mit nichts anderem als feurigem Brennen.

Ein Schatten schob sich in ihr Blickfeld, zu undeutlich, als daß

491

sie ihn hätte identifizieren können. Dann drang eine Stimme in ihr Bewußtsein vor.

»Ganz ruhig«, sagte die Stimme in beruhigendem Tonfall. »Du bist in Sicherheit.« Eine Pause, dann schränkte sie ein: »Jedenfalls vorerst.«

Die Stimme kam Sheryl bekannt vor, aber sie vermochte sie keiner Person zuordnen. Ihr Gedächtnis war ein einziger zähflüssiger Klumpen Gelee, der träge hin und her schwappte. Trotzdem verband sie bestimmte Eindrücke und Empfindungen mit dieser Stimme. Eindrücke, die nicht angenehm waren. Eindrücke, die sie an eine schlaksige Gestalt denken ließen, die sich nicht gerade durch Scharfsinn auszeichnete und ihren Mund partout nicht halten konnte. Eine Gestalt, die...

Natürlich! dachte sie, als es ihr endlich eingefallen war. Wer anders könnte es sein?

Nabtaal, bist du das? wollte sie fragen, aber es wurde nur ein heiseres Krächzen daraus. Nabtaal schien sie trotzdem zu verstehen. »Ja, ich bin es«, sagte er. »Meine Güte, bin ich froh, daß du endlich wieder zu dir gekommen bist. Ich dachte schon, du würdest es nicht schaffen, in dem üblen Zustand, in dem sie dich hier abgeliefert haben.«

»Wo... wo...?«

»Nein, versuch jetzt nicht zu sprechen. Bleib ganz ruhig liegen. Es wird noch ein paar Stunden dauern, ehe du dich wieder richtig bewegen kannst. Hier, trinke erst mal etwas. Aber vorsichtig.«

Sheryl spürte, wie sich eine Hand hinter ihren Nacken schob und ihren Kopf leicht anhob. Allein wäre sie dazu nicht in der Lage gewesen. Irgend etwas berührte ihre Lippen, und dann spürte sie, wie kühle Flüssigkeit in ihre Kehle rann. Es war Wasser. Reines, klares Wasser — die köstlichste Flüssigkeit des Universums.

Sie trank gierig, verschluckte sich und mußte mit einem Hustenanfall kämpfen, der sie glauben ließ, ersticken zu müssen. Danach war sie vorsichtiger und trank in kleinen, knapp bemessenen Schlucken. Sie konnte spüren, wie mit jedem Tropfen mehr Lebenskraft in sie zurückkehrte. Als sie genug hatte, ließ Nabtaal ihren Kopf sanft auf den Boden zurücksinken.

»Da... danke«, hauchte sie. Eine Weile blieb sie einfach liegen und versuchte, die wenigen Kräfte zu sammeln, die sie geschöpft

492

hatte. Zu mehr als ein paar Worten reichte es dennoch nicht. »Wo . . . sind wir?«

»Das ist die Zelle, in der ich wieder zu mir gekommen bin, nachdem uns unsere Verfolger auf *St. Petersburg Zwei* einkassiert hatten«, klärte er sie auf. »Vor ein paar Stunden hat man dich hierhergebracht. Da man mir während der Verhöre nichts über dich hat sagen wollen, hatte ich mir schon Sorgen gemacht. Sie müssen dir wirklich fürchterlich zugesetzt haben. Du warst mehr tot als lebendig.«

Im Gegensatz zu Sheryl machte Nabtaal einen überraschend munteren Eindruck, zumindest seiner Stimme und seinem Tonfall nach zu urteilen. Dabei hatte er ebenfalls Verhöre über sich ergehen lassen müssen. Aber wahrscheinlich lag das einfach länger zurück, und er hatte bereits Zeit und Gelegenheit gehabt, sich von den Strapazen zu erholen.

»Der Gefangenentrakt mit dieser Zelle liegt irgendwo in den Tiefen von *Star City*«, sprach Nabtaal weiter, und Sheryl war froh darüber. Früher, als sie sich auf Hadrians Mond kennengelernt hatten und zusammen mit den anderen von dort geflohen waren, hatte sie seine endlosen Litaneien stets als nervtötend und störend empfunden — jetzt war es geradezu eine Wohltat, ihm einfach nur zuhören zu können. »Dabei handelt es sich um eine künstliche Sternenstadt auf irgendeinem abgelegenen Asteroiden. Soweit ich mal gehört habe, befindet sich hier auch die Hauptresidenz der *Sandara Star Company*, eines der größten Handelskonzerne für Schmuck und Edelsteine aller Art.« Er machte eine kurze Pause. »Und hier müssen die Drahtzieher für den Überfall auf die Byranium-Minen sitzen.« Sheryl wollte sich erkundigen, warum er sich dessen so sicher war, aber er ahnte ihre Frage schon.

»Es muß ganz einfach so sein, sonst hätte man sich nicht die Mühe gemacht, uns hierherzubringen und uns nach allen Regeln der Kunst auszuquetschen. Sie haben Angst vor uns, Sheryl, soviel steht fest. Sie fürchten, wir könnten ihr Vorhaben in letzter Sekunde vereiteln.« Seine Stimme nahm einen grimmigen Unterton an, den sie bei ihm noch nie gehört hatte. »Und genau das werden wir auch tun!«

Sie wunderte sich, woher er soviel wußte, über *Star City* und all die anderen Dinge, von denen sie noch niemals etwas gehört hatte, aber sie kam nicht mehr dazu, ihre Frage in Worte zu kleiden. Die bleiernde Müdigkeit in ihren Gliedern überwältigte sie wie ein alles einhüllender Nebel und zog sie in den Schlaf hinab.

Dieses Mal war es ein erholsamer und wohltuender Schlaf.

Als Sheryl wieder erwachte, fühlte sie sich schon bedeutend besser und kräftiger — so kräftig, daß sie es alleine schaffte, bis zur Zellenwand zu kriechen und sich mit dem Rücken dagegen zu lehnen, ohne Nabtaals Hilfe in Anspruch nehmen zu müssen. Der Freischärler hatte auf der gegenüberliegenden Seite der Zelle gehockt, den Kopf auf die Arme gestützt, mit geschlossenen Augen, so als würde er schlafen. Kaum hatte er jedoch bemerkt, daß sie sich bewegte, war er aufgesprungen.

»Danke, es geht schon«, flüsterte sie, schwach zwar, aber wenigstens hörte sich ihre Stimme nicht mehr so an, als würde man Sandpapier aneinanderreiben.

»Brauchst du etwas?«

Sie schüttelte den Kopf. Einstweilen war sie vollkommen zufrieden damit, gegen die Wand gelehnt dazusitzen, die Arme um die angezogenen Knie geschlungen, und sich daran zu gewöhnen, noch am Leben zu sein. Die Kälte, die sie das letzte Mal als angenehm empfunden hatte, ließ sie dieses Mal leicht frösteln, aber es störte sie nicht sonderlich, denn schließlich war auch dieses Gefühl ein Teil des Lebens, in das sie zurückgekehrt war. Ihre Muskeln waren mittlerweile nicht mehr so verkrampft. Trotzdem überschätzte Sheryl ihre Kräfte keineswegs. Zu versuchen, ohne fremde Hilfe aufzustehen, erschien ihr noch ein zu großes Wagnis. Dafür hatte sich wenigstens ihr Sehvermögen wieder vollständig normalisiert, und sie vermochte ihre Umgebung besser zu erkennen.

Die Zelle, in der sie saßen, war vielleicht fünf mal fünf Meter groß. Eine Inneneinrichtung gab es nicht; der Raum war leer und kahl, und die einzige Möglichkeit, sich zu setzen oder hinzulegen, war der nackte Boden. Die Wände waren dunkel und sahen aus, als wären sie mit grobem Werkzeug ins dunkle Asteroidengestein geschlagen worden. Doch für jemanden wie Sheryl, die das letzte halbe Jahr als Strafgefangener verbracht hatte, war erkennbar, daß die auf den ersten Blick so zufällig wirkenden Strukturen zu regelmäßig waren, als daß sie ohne die Anwendung moderner Technologie hätten zustande kommen können. Nein, hier waren automatische Präzisionsmaschinen am Werke gewesen, und die Vorsprünge, Kanten und Unebenmäßigkeiten waren zuvor computerberechnet worden. Es sollte lediglich der *Eindruck* einer prä-atomaren Kerkerzelle erweckt werden — ob nun zur Demoralisierung der Insassen oder zur Befriedigung irgendeiner architektonischen Leidenschaft, wußte Sheryl nicht.

Dem prä-atomaren Eindruck entsprach auch die scheinbar schmiedeeiserne Pforte mit ihren armdicken Gitterstäben, die den Zugang versperrten. Das leichte Flimmern zwischen den einzelnen Streben verriet einem geübten Beobachter jedoch, daß der Eingang zusätzlich mit einem hochwirksamen Strahlenvorhang abgeschirmt war, der jeden Kontakt zu einem höchst unerfreulichen Erlebnis machen dürfte. Noch immer herrschte angenehmes Halbdunkel. In der Zelle selbst gab es keine Lichtquelle; die spärliche Helligkeit wurde einzig von dem Lichtschein genährt, der von draußen durch die vergitterte Zellentür hereindrang.

Nabtaal ließ einige Zeit verstreichen, um Sheryl Gelegenheit zu geben, diese Eindrücke in sich aufzunehmen und zu verarbeiten, dann erkundigte er sich mit leiser Stimme:

»Wie geht es dir?«

Sie sah zu ihm auf, ein dankbares Lächeln auf ihren Lippen. Noch vor Tagen hätte sie sich nicht vorstellen können, Nabtaal ein solches Lächeln zu schenken, jetzt kostete es sie nicht einmal sonderliche Überwindung. Sie war froh, ihn in ihrer Nähe zu wissen.

»Gut«, antwortete sie, was natürlich eine ziemliche Übertreibung war.

Nabtaal erwiderte ihr Lächeln schüchtern, und in diesem Moment gab es zwischen ihnen eine stumme Gemeinsamkeit, eine Verbundenheit, die sie zuvor nie für möglich gehalten hätte. Vielleicht lag es lediglich daran, daß zwei Menschen, die verdammt in der Klemme steckten, zwangsläufig Sympathie füreinander empfanden.

»Wie lange war ich weg?« fragte Sheryl. »Seit meinem ersten Erwachen?«

Er hob die Schultern in der für ihn so typischen ungelenken, hilflosen Art.

»Schlecht zu sagen. Eine Uhr hat man uns leider nicht gelassen. Aber ich würde schätzen, so ungefähr einen halben Tag. Vielleicht auch etwas länger.« Er lächelte schüchtern. »Warte, ich habe etwas für dich. Es wird dir bestimmt guttun.«

Er wandte sich um und brachte ihr eine halbvolle Karaffe mit Wasser und einen Teller mit trockenem Algenbrot, die in einer Ecke ihrer Zelle standen.

Wasser und Brot, dachte sie, als sie es entgegennahm, an dieser Grundverpflegung für Gefangene würde sich wohl selbst in fünftausend Jahren nichts ändern.

»Mehr kann ich dir leider nicht bieten«, sagte er entschuldigend.

»Schon gut«, beruhigte sie ihn. »Glaubst du etwa, ich hätte plomboyanischen Sekt und rigelianische Trüffeln erwartet?«

Sie aß und trank, anfangs nur zögernd, dann mit wachsendem Appetit, und mochte das Brot auch noch so fade schmecken, das Wasser noch so schal, jeder Bissen und jeder Schluck versorgte sie mit neuen Kräften. Schließlich war sie sogar soweit, sich mit Nabtaals Hilfe auf die Beine zu stemmen und sich von ihm zur Zellentür bringen zu lassen.

»Vorsichtig«, warnte er sie. »Zwischen den Gitterstäben ist ein elektronischer Vorhang aufgespannt.«

»Keine Bange, Nabtaal! Ich bin vielleicht ein wenig angeschlagen, aber nicht blöd.«

Sie lehnte sich schweratmend neben der Pforte gegen die Wand und sah durch die Gitterstäbe nach draußen. Vor der Zelle lag ein runder, hell erleuchteter Kuppelsaal, um den herum sich in zwei Ebenen Dutzende von anderen vergitterten Zellentüren erstreckten. Der Saal selbst hatte im Gegensatz zu den Zellen nichts Altertümliches an sich, sondern war aus modernen Bauelementen errichtet. Oben an der Decke waren neben mehreren Lichtelementen auch Überwachungseinrichtungen zu erkennen, die jeden Winkel der Halle erfaßten.

Sheryl senkte ihren Blick wieder und ließ ihn über die Zellentür streifen. Das Licht, das kaum bis in die einzelnen Kerker vordrang, ließ meist nur erahnen, welche von ihnen besetzt war und welche nicht. Schräg über ihnen war eine verwahrloste, bärtige Gestalt zu sehen, die hinter den Gitterstäben stand und mit weit aufgerissenen, blicklosen Augen, in denen blanker Wahnsinn funkelte, in Sheryls Richtung starrte. Der Mann sah aus, als wäre er bereits Jahre eingekerkert und mit der Zeit vergessen worden. Ein Anblick, der nicht gerade Anlaß zur Hoffnung gab.

»Täusche ich mich«, fragte Sheryl leise, »oder kann es sein, daß der Kerl dort drüben die Uniform eines Fünf-Sterne-Generals trägt?«

»Gratuliere, du hast wirklich sehr gute Augen«, antwortete Nabtaal.

Sheryl sah stirnrunzelnd in seine Richtung. Es war nicht unbedingt das, was sie als Antwort erwartet hatte, aber als er entgegen seiner sonstigen Redseligkeit nichts hinzuzufügen hatte, wandte sie ihre Aufmerksamkeit wieder den vergitterten Eingängen zu und versuchte einen Blick auf andere Zelleninsassen zu erhaschen. Sie erblickte die eine oder andere verwahrloste und stumpfsinnig vor sich ins Leere stierende Gestalt, die sie eher an einen Geisteskranken denn an einen vernunftbegabten Menschen erinnerte. Die meisten von ihnen hatten sich wie ein eingesperrtes Tier in irgendeine stupide, endlos wiederholte Bewegung geflüchtet, wie etwa den Oberkörper beständig hin und her zu wiegen oder ohne Unterlaß von einer Zellenecke in die andere zu wandern. Alle machten sie den Eindruck von geistig Umnachteten.

Es warf ein bezeichnendes Licht auf das Schicksal, das Nabtaal und ihr bevorstand, doch viel mehr als diese unerfreulichen Aussichten beunruhigte Sheryl die Tatsache, daß etliche der Zelleninsassen hochrangige Uniformen trugen — beziehungsweise die Fetzen, die im Laufe der Zeit davon übriggeblieben waren.

»Ich verstehe das einfach nicht«, flüsterte Sheryl. »Siehst du diesen Idioten dort oben, der seinen Kopf ständig gegen die Zellenwand schlägt? Ich könnte schwören, daß er die Uniform und die Rangabzeichen eines Admirals der sarday'kinschen Raumflotte trägt.«

»Wieder gut beobachtet«, pflichtete Nabtaal ihr bei. »Den Abzeichen nach ist es die Uniform des Befehlshabers der Schnellen Raumverbände.« Er hob den Arm. »Und dort, drei Zellen weiter rechts, da findest du jemanden in der Gala-Uniform eines Militärattachés. Schräg darunter hast du einen Brigadegeneral. Aber damit noch nicht genug. Alles in allem befinden sich hier ein knappes Dutzend Generäle, vier oder fünf Flottenadmiräle, zwei Stabschefs, dazu noch ein paar Staatssekretäre, Botschafter, Attachés und andere Befehlshaber. Und das bezieht sich nur auf die Insassen der Zellen, in die man von hier aus Einblick hat.«

»Und alle diese Leute sind Sarday'kin«, fügte Sheryl hinzu.

»Richtig. Den Prominentesten findest du übrigens in der Zelle dort oben, obwohl du jetzt nicht mehr als ein zusammengekrümmtes Bündel Mensch erkennen kannst. Erinnerst du dich noch an die exzentrische Gala-Uniform, die Kaspadow bei jedem feierlichen Anlaß getragen hat?«

»Du meinst — *den* Kaspadow?«

Es war der Name des derzeitigen sarday'kinschen Ministers für Verteidigung, was womöglich ein leicht irreführender Titel war, wenn man berücksichtigte, daß alle bisherigen Amtsinhaber stets getreu der Devise gehandelt hatten, daß ein vollkommen überraschender und schlagkräftiger Angriff, insbesondere gegen die Phagon oder Yoyodyne, noch immer die beste Methode war, sich zur Wehr zu setzen — eine Taktik, die auf der Flottenakademie unter dem Begriff ›präventive Vorwärts-Verteidigung‹ geführt wurde.

»Genau den meine ich«, bestätigte er. »Und dieser Kerl dort in der Zelle trägt haargenau die gleiche unverwechselbare Gala-Uniform wie Kaspadow.« Ein kurzes Innehalten. »Vielleicht sogar dieselbe.«

Sheryl schüttelte ratlos den Kopf.

»Was sind das nur für Leute, Nabtaal?« fragte sie. »Wieso hält man sie hier gefangen? Und warum zum Teufel tragen sie Uniformen von hochrangigen Sarday'kin?«

Nabtaal antwortete nicht sofort, sondern wartete, bis sie in seine Richtung sah.

»Das ist *die eine* Möglichkeit«, sagte er dann.

»Was willst du damit sagen? Was soll es denn noch für eine andere . . .« Sheryl zögerte, runzelte nachdenklich die Stirn und sah Nabtaal eindringlich an. »Du . . . du meinst, daß die Leute hier . . . daß sie . . .«

»Genau das meine ich. Daß sie nicht nur die Uniformen dieser hohen Würdenträger anhaben, sondern daß sie es womöglich selbst sind.«

Sheryl schüttelte abermals den Kopf, diesmal jedoch nicht aus Ratlosigkeit, sondern weil sie sich damit nie und nimmer einverstanden erklären konnte.

»Das ist absolut unmöglich, Nabtaal! Niemand kann derart viele hochrangige Befehlshaber aus dem Verkehr ziehen, ohne daß es auffallen würde. Und im selben Augenblick wären sämtliche Streitkräfte der sarday'kinschen Fraktion hinter ihm her.« Sie wartete, ob Nabtaal etwas dagegen einzuwenden hatte, doch er schwieg. Eine Idee verirrte sich in ihr Bewußtsein. »Moment mal, Nabtaal. Wenn du Kaspadows Gala-Uniform so genau gesehen hast, mußt du doch auch erkannt haben, ob er es selbst ist oder nicht!«

»Das ist schlecht zu sagen. Er sieht ungefähr aus wie die meisten anderen hier. Wirres Haar, langer Bart. Von seinen Gesichtszügen konnte ich nicht viel erkennen. Der Haarfarbe nach könnte er es aber sein.«

»Wie lang war sein Bart?«

»Wie bitte?«

»Du hast mich schon ganz richtig verstanden. Ich meine, wie lang war sein Bart, und wie lange dauert es, ehe jemandem ein Bart dieser Länge wächst? Du bist ein Mann. Du mußt das doch wissen.«

Nabtaal schürzte die Lippen.

»Vielleicht ein Jahr, vielleicht etwas länger«, schätzte er. »Keine Ahnung. Ist das denn so wichtig?«

»Ja. Denn wenn der Kerl dort seit über einem Jahr hier eingesperrt ist, dann kann er gar nicht der Verteidigungsminister sein. Den habe ich nämlich noch ein paar Wochen vor meiner Aburteilung auf Hadrians Mond in einem TV-Programm gesehen. Er hat in irgendeiner Presseerklärung etwas darüber verlautbaren lassen, daß er den Yoyodyne demnächst mehr Dampf unter dem Hintern machen wolle oder etwas anderes in dieser Richtung. Aber das ist jetzt eher nebensächlich. Wichtig daran ist nur, daß Kaspadow vor nicht mehr als einem halben Jahr noch in der Öffentlichkeit zu sehen war. Und zwar ohne Bart! Und das bedeutet, daß er auf keinen Fall derselbe sein kann, der da in der Zelle sitzt.«

Das schien ein Punkt zu sein, den Nabtaal bislang noch nicht bedacht hatte. Er hob die Schultern.

»Vielleicht«, erwiderte er. »Aber das erklärt immer noch nicht, wie diese Leute an die Uniformen kommen.«

»Nein, das tut es nicht«, sagte Sheryl nachdenklich und streckte ihm ihre Hand entgegen. Zu sprechen strengte sie sehr an. »Komm, hilf mir bitte zurück.«

Nabtaal brachte sie an ihren Platz zurück. Die Verkrampfungen in Sheryls Muskulatur hatten sich zwar weitgehend gelöst, dafür fühlten sich ihre Knie weich und kraftlos wie Pudding an. So angenehm seine Hilfe war, etwas daran machte sie plötzlich stutzig, und sie benötigte eine Sekunde, um daraufzukommen, was es war.

»Sag mal«, meinte sie in Nabtaals Richtung. »Wie kommt es eigentlich, daß du so gut auf den Beinen bist? Wenn ich mich recht erinnere, dann hast du dir doch bei unserer Flucht auf *St. Petersburg Zwei* ein Bein gebrochen und konntest keinen weiteren Schritt laufen.« Sie erinnerte sich noch deutlich daran. Bei der Flucht hatte er sich zusammen mit ihr durch die gläserne Fensterfront ihres Hotelzimmers geworfen und war hart auf der Straße aufgeprallt. So hart, daß er sich den rechten Unterschenkelknochen gebrochen hatte. Diese Verletzung war der Grund gewesen, warum Sheryl allein weitergeflohen war, während er versucht hatte, ihr den Rücken zu decken. Beides war geradezu kläglich gescheitert. Obwohl sie nicht genau einzuschätzen vermochte, wie lange nach ihrer Gefangennahme sie betäubt gewesen war, ihrem Gefühl nach konnten nicht mehr als ein paar Tage vergangen sein. Und in dieser Zeit hätte Nabtaals Beinbruch niemals auf natürliche Art hätte heilen können. »Und jetzt hinkst du nicht einmal mehr.«

»Das habe ich diesem Ding hier zu verdanken.« Er drehte sich in ihre Richtung und zog das rechte Hosenbein etwas hoch, damit sie durch die Löcher und Risse in dem grauen Overall die glatte Oberfläche des Medo-Pak erkennen konnte, das seinen Unterschenkel bedeckte. Solche Erste-Hilfe-Sets gehörten zur Grundausrüstung jeder Medo-Station. Sheryl wußte, daß sie in der Lage waren, einfache Frakturen so zu stabilisieren, daß unverzüglich wieder eine eingeschränkte Bewegungsfähigkeit gegeben war. Und eine vollkommene Heilung dauerte nicht länger als zwei, drei Tage. Doch Sheryl war mit dieser Antwort nicht zufrieden. »Erklär mir bitte«, sagte sie forsch, »warum man dir ein Medo-Pak überlassen hat, während man mir während des Verhörs am liebsten eigenhändig beide Beine gebrochen hätte?«

Nabtaal hob in der für ihn so typischen, hilflosen Art die Schultern.

»Das kann ich dir nicht so einfach sagen, Sheryl. Vielleicht habe ich sie ganz einfach davon überzeugen können, daß es für eine . . . gewisse gegenseitige Kooperation das beste ist, wenn sie ein paar Zugeständnisse machen.«

»Zugeständnisse?« fragte sie argwöhnisch. »Was für Zugeständnisse?«

»Zum Beispiel dieses Medo-Pak. Oder die Tatsache, daß wir in unserer Zelle überhaupt regelmäßig Wasser und Algenbrot bekommen.«

Sheryl konnte kaum glauben, was sie hörte. Sie selbst hätte Sartorius Wosch nie und nimmer das kleinste Zugeständnis abringen können. In keiner Phase des Verhörs.

»Und was hast *du* ihnen dafür geboten?«

»Ich habe ihnen vorbehaltslos alles erzählt, was sie wissen wollten«, antwortete er, als wundere er sich, daß sie überhaupt danach fragte. »Und ich habe ihnen klargemacht, daß sie es sich mit jeder Quälerei, die sie mir zufügen, höchstens selbst schwerer machen.«

»Du hast — *was?*« wiederholte sie ungläubig.

»Ich habe ihnen klar gemacht, daß sie sich mit jeder Quälerei...«

»Nein! Das meine ich nicht. Ich meine, was du vorher gesagt hast!«

»Daß ich ihnen alles erzählt habe?«

»Mein Gott, ja!« rief Sheryl ärgerlich. »Wie hast du das nur tun können?«

Wieder dieses Schulterzucken. »Ich habe gewußt, daß ich ihren Foltermethoden nicht standhalten könnte«, bekannte Nabtaal kleinlaut. »Weißt du, Sheryl, ich bin einfach nicht der Typ, der glaubt, er wäre zum Helden geboren. Also habe ich alles ausgeplaudert und ihnen nach Möglichkeit die eine oder andere Gegenleistung abverlangt.« Und in empörtem Tonfall fügte er hinzu: »Manchmal haben sie mir sogar das Wort abgeschnitten und wollten gar nicht alles hören, was ich ihnen zu sagen hatte.«

Sheryl funkelte Nabtaal böse an und wußte nicht, ob sie nur zornig oder überschäumend vor Wut sein sollte. Mit einem Male kam es ihr so vor, als wäre ganz allein er an all den Qualen des Verhörs schuld. Eine Schuldzuweisung, die so sicherlich überzogen war, das wußte sie, aber etwas anderes hatte Nabtaal ihr ganz sicherlich angetan: Er hatte ihren verzweifelten Bemühungen, Wosch zu widerstehen, im nachhinein jeden Sinn genommen. Und das schmerzte beinahe ebenso stark wie alles, was sie zu ertragen gehabt hatte. Und am schlimmsten war, daß dieser Idiot es nicht einmal merkte. Sie verspürte den Wunsch, sich auf ihn zu stürzen und ihm mit ein paar Ohrpfeifen verstehen zu geben, wie sehr sie sich verletzt fühlte. Und wenn sie nicht so geschwächt gewesen wäre, hätte sie es mit Sicherheit auch getan. Wozu hatte sie überhaupt versucht, jede noch so winzige Einzelheit geheimzuhalten, wenn dieser Idiot alles ohne ein Wimpernzucken ausgeplaudert hatte?

Ja, wozu eigentlich? fragte sie sich niedergeschlagen. Hätte sie sich das nicht ersparen können? Was hatte ihr Widerstand ihr denn eingebracht? Letztlich hatte sie ja doch alles verraten, was Wosch hatte wissen wollen.

Nein, korrigierte sie sich. Nicht alles. Den Koffer mit dem Byranium-Brocken, den Cedric seit der Flucht von Hadrians Mond mit sich schleppte, hatte sie nicht erwähnt. Und ein paar weitere Kleinigkeiten ebenfalls nicht.

»Weißt du, Sheryl, ich . . .«

»Nein, Nabtaal, nicht.« Sie hob müde den Arm. »Sag jetzt einfach nichts. Es ist besser so.«

»Gut, ganz wie du willst«, sagte Nabtaal. »Dann halte ich eben den Mund.«

Entgegen Sheryls Befürchtungen, er würde ihr nun endlos versichern, kein einziges Wort mehr zu sagen, schwieg er tatsächlich, und mit jeder Minute, die verrann, spürte sie, wie ihr Zorn auf ihn immer mehr verrauchte. Wenn sie sich von Nabtaal verletzt und hintergangen fühlte, dann war es weniger sein Fehler als vielmehr ihr eigener. Sie hätte von Anfang an damit rechnen müssen, daß er einem scharfen Verhör nicht standhielt und so reagierte, wie er es getan hatte. Nabtaal war ein Freischärler, und für Angehörige dieser galaktischen Fraktion waren Eigenschaften wie Standhaftigkeit oder Disziplin seit jeher kaum mehr als Begriffe aus einer Fremdsprachen-Datenbank gewesen.

Dieser Gedanke stimmte sie wieder etwas versöhnlicher, dafür nistete sich jedoch eine andere Frage in ihrem Kopf ein: Wieso wußte ein Freischärler wie Nabtaal eigentlich so erstaunlich gut über sarday'kinsche Uniformen und Rangabzeichen Bescheid?

Bevor sie die Frage ansprechen konnte, war draußen in der kuppelförmigen Halle das Geräusch von Schritten zu hören.

Schritte, die sich ihrer Zelle näherten!

Sheryl wechselte einen erschrockenen Blick mit Nabtaal und spürte Panik in sich aufsteigen. Die Angst, daß man sie zu einem erneuten Verhör abholte, brandete wie eine riesige eiskalte Woge über sie hinweg. Zugleich verlieh sie ihr die Energie, aus eigener

Kraft auf die Beine zu kommen. Dann war Nabtaal auch schon bei ihr, griff ihr unter die Arme und half ihr bis zur Zellentür.

Die Schritte stammten von zwei breitschultrigen, weißgekleideten Uniformierten, die Sheryl sofort als die Muskelprotze wiedererkannte, von denen sie schon das erste Mal aus ihrer Zelle geholt und zum Verhör geprügelt worden war. Diesmal jedoch kamen sie nicht, um jemanden zu holen, wie Sheryl erleichtert feststellte, sondern sie brachten jemanden; jemanden, der offenbar nicht mehr selbst zu gehen in der Lage war, denn sie schleiften ihn auf dem Boden hinter sich her. Dabei plauderten und scherzten sie miteinander wie zwei Lagerarbeiter, die leblose Containerkisten hin und her bewegten.

Ein hagerer, grauhaariger Mann mußte sich diese liebevolle Behandlung gefallen lassen. Gekleidet war er in eine dunkle, gepflegte Uniform – die Gala-Uniform eines Flottenadmirals, wie Sheryl erkannte, als die Wachen ihn an ihrer Zelle vorbeischleppten. Ganz kurz hob der Mann dabei seinen Kopf, und sie konnte sein Angesicht mit den schütteren, unordentlich herabhängenden Haarsträhnen, den aufgerissenen, glasigen Augen und dem sabbernden Mund sehen.

»Was ist?« fragte Nabtaal. »Was hast du?«

Sie schien ihn gar nicht zu hören, sondern starrte wie betäubt den beiden Wächtern hinterher, die den Mann auf eine unbesetzte Zelle zu schleiften.

»Sheryl! Kennst du diesen Mann?«

Endlich reagierte sie.

»Darauf kannst du Gift nehmen!« flüsterte sie. »Ich kenne ihn sogar sehr gut. Viel zu gut.«

Als sie nicht weiterredete, schüttelte er sie leicht, wie um sie zur Besinnung zu bringen.

»Sheryl! Sag mir bitte, wer das ist.«

»McCluskey.« Sie holte tief Atem. »Es ist McCluskey. Genauer gesagt: *Flottenadmiral* McCluskey. Er ist der Oberbefehlshaber der 27. Taktischen Raumflotte.«

»Bist du dir ganz sicher?«

»O ja. Ihm habe ich schließlich meinen kleinen Erholungsurlaub auf Hadrians Mond zu verdanken. Ein Erholungsurlaub, der lebenslang gebucht war. Und das nur, weil ich mich nicht an seinen Plan gehalten habe, mich und meine Mannschaft vollkommen sinnlos zu opfern.« Ein freudloses Lächeln lag auf ihren Lippen. »Wie, glaubst du, könnte ich sein Gesicht da jemals vergessen?« Sie sahen zu, wie die beiden Muskelprotze die Zelle erreichten. Einer von ihnen öffnete die vergitterte Tür, während der andere den hageren Admiral geradezu spielerisch in die Höhe zog und ihn mit einem kräftigen Fußtritt in die Zelle beförderte. McCluskey prallte hart gegen die Zellenwand und stürzte zu Boden. Den Wachen entlockte es nicht mehr als ein kurzes Lachen. Sie schlugen die Tür zu und verließen die kuppelförmige Halle, ohne ihnen oder den anderen Zelleninsassen einen einzigen Blick gegönnt zu haben.

»McCluskey macht nicht gerade den Eindruck«, sagte Nabtaal, »als würde er viel von dem mitbekommen haben, was hier vor sich geht.«

»Vielleicht die Nachwirkungen eines Verhörs«, mutmaßte Sheryl, um im selben Moment zu wissen, wie töricht dieser Gedanke war. Wer könnte es schon wagen, einen honorigen sarday'kinschen Flottenadmiral wie McCluskey einem Verhör zu unterziehen? Andererseits – die Vorstellung, daß jemand denselben Admiral in solch einen Gefängnistrakt steckte, wäre für sie bis vor wenigen Augenblicken auch undenkbar gewesen.

»Nein, das ist es nicht«, meinte Nabtaal. »Er wirkt eher wie all die anderen, die man hier eingesperrt hat. Nur mit dem Unterschied, daß er noch nicht so lange hier ist. Und noch nicht so heruntergekommen.«

Instinktiv spürte Sheryl, daß Nabtaal damit der Wahrheit ganz nahegekommen war. Obwohl sie es noch immer nicht akzeptieren konnte. Denn wenn Admiral McCluskey echt war, müßte das dann nicht zwangsläufig bedeuten, daß auch all die anderen Gefangenen hier ›echt‹ waren? Doch wie paßte Kaspadow dann in dieses Bild? Wenn tatsächlich der echte Verteidigungsminister hier inhaftiert war, wer war dann derjenige gewesen, den sie vor einem halben Jahr in der TV-Übertragung gesehen hatte?

Je länger Sheryl darüber nachdachte, desto verwirrter fühlte sie sich.

Sie rief McCluskeys Namen, ohne irgendeine Reaktion darauf zu erhalten. Der Admiral kroch auf dem Boden seiner Zelle herum und schien sich nicht im geringsten angesprochen zu fühlen. Dabei hätte er sie hören müssen. Die elektronischen Felder zwischen den Gitterstäben blockierten den Schall in keinster Weise.

»Es hat keinen Sinn«, sagte Nabtaal. »Du wirst keine Antwort bekommen. Höchstens ein nichtssagendes Lallen.«

Sheryl gab ihre nutzlosen Versuche auf und ließ sich zu ihrem Platz zurückführen. Nabtaal setzte sich auf die gegenüberliegende Seite der Zelle.

»Hast du eine Ahnung, was man mit diesen Leuten angestellt hat?« fragte sie.

»Es sieht so aus, als hätte man sie einer Gedächtnislöschung unterzogen«, vermutete er.

»Aber wozu?«

»Vielleicht hat man es auf ihr Wissen und ihre Erinnerungen abgesehen. Es mag sein, daß man einen Weg gefunden hat, diese Dinge irgendwie auszuwerten und für eigene Ziele zu verwenden. Stell dir vor, was du mit dem Wissen eines Verteidigungsministers alles anfangen könntest.« Es klang nicht besonders stichhaltig, aber letztendlich war diese Vermutung so gut oder schlecht wie jede andere auch.

»Warum macht man sich dann aber die Mühe, solch ausgebrannte, hirnlose Idioten noch jahrelang hier unten einzusperren, wenn sie doch sowieso zu nichts mehr nütze sind? Warum erschießt man sie nicht gleich? Und für sie selbst dürfte das auch das beste sein.«

»Du hast es fast schon selbst beantwortet. Für irgend etwas müssen sie ihren Entführern doch noch nütze sein. Selbst in diesem Zustand.«

»Aber wozu, Nabtaal?« rief sie. »Wozu? Und was mir nach wie vor nicht in den Kopf will: Wie kann jemand so viele Persönlichkeiten aus dem Verkehr ziehen, ohne daß es auffällt?«

»Frag mich bitte nicht, Sheryl«, sagte er leise. »Ich weiß keine Antwort darauf.« Er lächelte schüchtern. »Wir wissen lediglich, daß wir uns in hochkarätiger Gesellschaft befinden.«

Als ob ihnen das in irgendeiner Weise half! dachte Sheryl wütend.

Nabtaal merkte, daß sein Scherz nicht besonders gut angekommen war, und das Lächeln verschwand von seinem Gesicht. Er legte seine Unterarme auf die angezogenen Knie und barg seinen Kopf darin, als wolle er schlafen. Sheryl war eine Zeitlang vollauf damit beschäftigt, ihre Eindrücke und widerstreitenden Gedanken zu ordnen, ohne daß es ihr gelang, sonderlich viel System in sie hineinzubringen. Irgendwann fiel ihr auf, wie schweigsam Nabtaal war. Normalerweise hätte er auf eine solche Situation mit vielen wilden Spekulationen reagiert, jetzt allerdings war er in sich gekehrt und verschlossen.

»Was ist los mit dir, Nabtaal?« fragte sie. »So kenne ich dich ja gar nicht. Auf Hadrians Mond warst du nicht so ernst und nachdenklich.«

»Meinst du?« sagte er, ohne den Kopf zu heben. »Vielleicht habt ihr ganz einfach nur nicht genug auf mich geachtet.«

»Ja, das mag sein«, gab Sheryl zu. In der Tat war sie Nabtaal während ihrer Gefangenschaft nach Möglichkeit aus dem Weg gegangen.

»Versuche, noch etwas zu schlafen«, riet er ihr. »Du mußt dich so rasch wie möglich erholen.«

»Wozu die Eile?« fragte sie ironisch. »Wenn ich mir unsere Umgebung genauer anschaue, werde ich dazu in den nächsten Jahren wohl noch genügend Zeit haben.«

»Glaub mir, Sheryl, es ist wichtig, daß du schnell wieder zu Kräften kommst. In deinem jetzigen Zustand würdest du es allein kaum weiter als ein paar Meter weit schaffen. Ich werde mich nicht ständig um dich kümmern können.«

Einen Augenblick lang war es so still, daß man eine Feder hätte fallen hören können. Wovon zum Teufel redete Nabtaal da?

»Wenn *was* soweit ist?«

Er runzelte die Stirn, als frage er sich, ob er das nicht längst erwähnt hatte.

»Wenn wir hier ausbrechen«, antwortete er schlicht.

»Von hier ausbrechen?« So wie Sheryl es aussprach, klang es, als rede sie von einem besonders ekelhaften Insekt. Sie starrte Nabtaal ungläubig an. »Wie willst du das denn anstellen?« Sie verkniff sich hinzuzufügen: Bist du jetzt völlig übergeschnappt?

Er lächelte sein hilfloses Lächeln.

»Das weiß ich nicht. Jedenfalls noch nicht.« Bevor sie etwas erwidern konnte, fügte er schnell hinzu: »Aber ich weiß, daß es nicht mehr lange dauern wird. Bald wird es soweit sein. Und dann mußt du wieder bei Kräften sein.«

»Klar«, erwiderte sie und erinnerte sich an den Rat, daß man Geisteskranken nach Möglichkeit nicht widersprechen sollte. Sie fragte sich, ob das vielleicht seine Art und Weise war, mit der Last der Gefangenschaft fertig zu werden. Eine verrückte Methode, aber war nicht so ziemlich alles verrückt, was Freischärler taten? »Mach dir keine Sorgen. Wenn's losgeht, bin ich wieder hundertprozentig fit. Verlaß dich drauf.«

Er sah sie zweifelnd an, als frage er sich, ob sie es ernst gemeint hatte, sagte aber nichts.

»Sag mal, Nabtaal«, fragte sie gedehnt. »Kann es sein, daß du mir irgend etwas vorenthältst?«

Er zuckte zusammen. Es schien, als dächte er kurz über das nach, was er gesagt hatte, dann flüchtete er sich in ein unsicheres Lächeln und eine hilflose Handbewegung.

»Nein, Sheryl, das tue ich nicht«, versicherte er treuherzig. »Was sollte ich dir denn verschweigen?«

Er klang nicht besonders überzeugend, aber andererseits — was könnte er ihr schon verschweigen? Wie wäre es denn zum Beispiel damit, dachte sie, daß er einen Handel mit den Entführern geschlossen hatte, längst mit ihnen zusammenarbeitete und sie nur in eine Zelle mit ihm gesteckt worden war, damit er sie aushorchte? Unsinn!

Sheryl ärgerte sich über sich selbst. Das war völlig absurd. Wenn es jemanden gab, der dafür ganz bestimmt nicht geeignet war, dann war es Nabtaal. Und außerdem hatte er ihr bei weitem mehr Informationen gegeben als umgekehrt. Was sie beizusteuern hatte, waren in erster Linie Fragen gewesen.

»Versuch zu schlafen«, wiederholte er seinen Rat, als sie nicht antwortete, und er ließ seinen Kopf wieder auf seine Arme herabsinken.

Sheryl betrachtete Nabtaal kopfschüttelnd. Ob er allen Ernstes glaubte, daß sie je eine Chance bekommen würden, aus eigener Kraft von hier zu fliehen? Sie hätten ja nicht einmal gewußt, wohin sie sich in diesem Bauwerk wenden sollten. Und selbst wenn sie es schaffen würden, aus der Zelle auszubrechen, so hätten sie dieses Gefängnis nur gegen ein anderes, größeres eingetauscht. Denn selbst nach einer Flucht saßen sie immer noch auf diesem Asteroiden fest. Um ihn zu verlassen, bräuchten sie schon ein überlichtschnelles Raumschiff und eine Besatzung. Nein, ihre Aussichten, daß so ein Vorhaben gelingen könnte, waren gleich Null. Wenn niemand von außen kam, um ihnen zu helfen, würden sie genauso enden wie all die lallenden Idioten in den anderen Zellen: als abgestumpfte, geistig leere Hüllen, die gerade intelligent genug waren, sich nicht aus Versehen selbst umzubringen.

Doch wer sollte ihnen bei einer Flucht helfen?

Cedric, lautete die erste Antwort, die ihr in den Sinn kam, aber diese Hoffnung war reine Illusion.

Es wäre ein Wunder, wenn Cedric überhaupt wußte, wo er nach ihnen zu suchen hatte, und wenn es ihm gelang, tatsächlich hierherzukommen.

Sheryl nahm noch etwas von dem Wasser und von dem Algenbrot zu sich. Nabtaal rührte sich die ganze Zeit über nicht. Sie wollte ihn nicht stören und streckte sich auf dem nackten Fußboden aus, die Arme hinter dem Kopf verschränkt.

Kaum waren ihre Atemzüge regelmäßig geworden, hob Nabtaal den Kopf. Von Schläfrigkeit keine Spur, im Gegenteil, seine Miene wirkte hellwach, ernst und äußerst konzentriert. Sein Blick traf Sheryl und blieb auf ihr liegen, bis er sicher sein konnte, daß sie tatsächlich schlief.

Ein schmales, fast verschlagen anmutendes Lächeln zeigte sich auf seinen Lippen. Er hob die Arme und legte wie bei einer Massage Zeige- und Mittelfinger beider Hände an die Schläfen. Seine schmale Brust hob und senkte sich ein paar Male, als wolle er vor einem großen Kraftakt ein letztes Mal Luft tanken, noch eine kurze Bewegung, wie um die Muskeln zu lockern, dann verharrte er und schloß die Augen.

Eine Weile saß er vollkommen entspannt da, wie ein Meditierender, dann verzerrte sich seine Miene. Auch sein Atem beschleunigte sich, wurde gepreßter, keuchender. Ein Röcheln, das aus den düsteren Tiefen der Hölle zu stammen schien, fand durch seinen halbgeöffneten Mund den Weg in die Freiheit, und seine Finger preßten sich so stark gegen seine Schläfen, als wollten sie die Schädelwände eindrücken und durch sie hindurch direkt in sein Gehirn vordringen. Längst hatte sein Gesicht sich in eine vor Anstrengung verzerrte Grimasse verwandelt.

»Bruder«, preßte er nahezu tonlos über seine Lippen. »Bruder! Hörst du mich?«

Ein paarmal wiederholte er diese Sätze, wie ein beschwörendes Ritual, und dann ging ein Ruck durch seinen Körper. Seine Augenlider öffneten sich und entblößten zwei weiße Pupillen, die vollkommen blicklos und leer waren. Er hob seinen Kopf, wie um in ferne Weiten zu blicken, und es war, als flögen gespenstische Schatten über sein Gesicht.

»Ich . . . höre . . .«, formten Nabtaals Lippen. »Ich höre, Bruder . . . Meiler Zweihundertsiebzehn . . . Raum Siebenundvierzig-Elf . . . Neun, sieben, sechs, vier . . .«

Synfile 5

Der große Unbekannte

Maylors Befürchtung, sie würden vergeblich auf weitere Nachrichten warten, schien sich fast zu bewahrheiten. Es dauerte bis zum frühen Nachmittag, ehe der Unbekannte sich meldete.

Es ging auf dieselbe Weise vor sich, wie Kara-Sek es ihnen geschildert hatte. Der Türsummer ertönte und ließ sie erschrocken innehalten. Cedric näherte sich der Tür mit einem flauen Gefühl. Es war nicht ausgeschlossen, daß es sich bei dem Besuch um eine Handvoll Wachen handelte. Vielleicht hatte McCluskey gestern doch eine unbedachte Bemerkung fallenlassen, und der *DSD*-Chef war erst heute dazu gekommen, ihr nachzugehen und ihre Identität überprüfen zu lassen. In diesem Fall würden draußen vermutlich gar keine Wachleute der Sternenstadt warten, sondern Männer des sarday'kinschen Sicherheitsdienstes. Unwillkürlich überlegte Cedric, welches von beiden wohl die unerfreulichere Alternative wäre.

Seine Frage durch die Sprechanlage, wer da wäre, blieb unbeantwortet, und als er die Tür auffahren ließ, offenbarte sich der Grund dafür. Draußen befand sich niemand mehr. Einzig ein kleiner zusammengefalteter Zettel lag vor seinen Füßen auf dem Boden.

Cedric Cyper hob ihn auf und blickte dabei den Korridor entlang. Der einzige, der zu sehen war, war ein sarday'kinscher General, der in gemächlichem Schritt auf sein Quartier zukam. Von ihm stammte der Zettel mit Sicherheit nicht. Doch abgesehen von dem General war der Gang leer. Wer immer den Zettel abgelegt hatte, hatte sich schnell aus dem Staub gemacht. Seit dem Läuten war nicht sehr viel Zeit vergangen.

»Verzeihen Sie«, sprach Cedric den General an, als er auf gleicher Höhe war. »Haben Sie eben jemanden gesehen? Hier vor unserer Tür?«

Der Mann blieb stehen.

»Ja«, sagte er nach kurzer Überlegung. »Ich glaube, da war jemand. Wenn ich mich recht erinnere, ein Bediensteter.«

»Haben Sie ihn gesehen? Könnten Sie ihn beschreiben?«

Der General hob die Schultern.

»Bedaure«, sagte er. »Ich habe nicht darauf geachtet. Viel mehr als seine weiße Uniform habe ich nicht gesehen. Und er war schlank, glaube ich. Ja, ziemlich schlank sogar. Fast dürre.« Er sah Cedric erstaunt an. »Wieso interessiert Sie das?«

»Ach, das ... das ist nicht weiter wichtig«, antwortete Cedric und hielt den Zettel so, daß ihn sein Gegenüber nicht sehen konnte. »Hier hat sich jemand nur so einen kleinen Scherz erlaubt.«

»Hat man Ihnen etwa ein falsches Frühstück geliefert?« fragte der General. »Mir ist im letzten Jahr etwas ganz Ähnliches passiert. Ich empfehle Ihnen, sich unverzüglich darüber zu beschweren, dann wird man den Übeltäter sicherlich schnell entlarven und bestrafen. Glauben Sie mir, das ist die einzige Methode, eine gesunde Disziplin aufrechtzuerhalten. Am besten, Sie nehmen Kontakt mit der Personalleitung auf.«

»O ja, das ... das werde ich sicherlich tun«, heuchelte Cedric und zwang sich ein Lächeln ab. »Sie haben vollkommen recht. Man darf solche Nachlässigkeiten erst gar nicht einreißen lassen. Vielen Dank und ... einen schönen Tag noch.«

»Bitte, gern geschehen«, antwortete der General gutgelaunt, tippte sich an seine Mütze und ging weiter.

Cedric sah gequält zur Korridordecke. Ein falsches Frühstück! dachte er und stöhnte auf. Was für Probleme diese Leute doch hatten!

Er trat in die Suite zurück und entfaltete den Zettel, kaum daß sich die Eingangstür geschlossen hatte. Maylor war längst neben ihm, um ihm über die Schulter zu sehen.

Begebt euch sobald wie möglich zu Raum 85555, Level 1982,

Trakt LC 0149, stand darauf, in derselben, leicht geschwungenen Handschrift wie beim ersten Mal. *Dort erthaltet ihr weitere Informationen.*

Das war alles. Cedric drehte und wendete den Zettel vergeblich. Auch ein Zusatz mit einer Art Weisheit, wie sie vom Daily Lama hätte stammen können, fehlte. Dabei hatte er unbewußt fest damit gerechnet, daß sich auch dieses Mal etwas Ähnliches darauf befinden würde – quasi als chiffrierte Absenderangabe, die nur von Eingeweihten erkannt werden konnte. Er bedauerte, daß der Daily Lama, als er noch als Ausbilder auf der Flottenakademie tätig gewesen war, im Unterricht niemals mit handschriftlichen Unterlagen gearbeitet hatte, sonst wäre es vielleicht möglich gewesen, die Schrift wiederzuerkennen.

»Das ist ziemlich dünn«, brachte Maylor es auf den Punkt. »Äußerst dünn sogar.«

»Vielleicht brauchen wir nicht mehr.« Cedric ging mit dem Zettel zum Auskunftsterminal und tippte die darauf enthaltenen Koordinaten ein. Er musterte die Bildschirmdarstellung. »Trakt LC 0149«, murmelte er. »Sieh dir das an! Dieser Teil der Sternenstadt ist gar nicht weit von hier entfernt. Er grenzt direkt an die Besucherzone an.«

»Schön«, meinte Maylor säuerlich, der herangetreten war und die schematische Darstellung mit einem flüchtigen Blick bedachte. »Und die schlechte Nachricht?«

Cedric wandte sich seinem ehemaligen Freund zu und musterte ihn halb erstaunt, halb amüsiert.

»Wie kommst du darauf, daß es eine schlechte Nachricht gibt?« Maylor seufzte.

»Weil es bislang immer, wenn ich mit dir zusammengearbeitet habe, schlechte Nachrichten gegeben hat. Und jetzt ist genau einer der typischen Augenblicke dafür. Also, rück schon raus mit der Sprache. Was ist es diesmal?«

»Der Raum selbst und die angegebene Etage befinden sich in den Bereichen der Sternenstadt, die den Gästen nicht zugänglich sind«, sagte Cedric. »Insofern findet sich in der Auskunftsdatei weder etwas über die genaue Position von beidem noch sonst irgendwelche Angaben.«

Maylor knurrte einen plomboyanischen Fluch, der soviel wie ›hunderttausend heulende Höllenhunde‹ bedeutete.

»Das gefällt mir nicht«, sagte er. »Das riecht nach einer Falle.«

»Nein«, hielt Cedric an der Meinung fest, die er bereits gestern vertreten hatte. »Wenn man das gewollt hätte, hätte man es längst viel einfacher haben können.«

»Trotzdem gefällt es mir nicht«, beharrte Maylor. »Ich bin nicht gerne ein Spielball in der Hand irgendeines Unbekannten. Vor allen Dingen dann nicht, wenn ich das Spiel nicht überblicken kann.«

»Warum bist du dann in die Raumflotte gegangen?« fragte Cedric ironisch.

»Weil ich dort wenigstens die Regeln gekannt habe.«

»Stimmt«, bemerkte Cedric spöttisch. »Vorschriften und Regeln waren schon immer deine Leidenschaft gewesen.« Er hob die Arme, um anzuzeigen, daß er jetzt keine Lust hatte, weiter darüber zu philosophieren. »Zugegeben, mir gefällt das alles ebenfalls nicht sonderlich. Aber etwas zu tun, was einem nicht gefällt, ist schließlich immer noch besser, als einfach nur dazusitzen und zuzusehen, wie einem die Zeit in den Händen verrinnt.«

»Sehr richtig«, stimmte Kara-Sek ihm huldvoll zu.

Maylors und Cedrics Köpfe wandten sich nahezu zeitgleich in seine Richtung. Es war stets eine kleine Überraschung, wenn er von sich aus in eine Unterhaltung eingriff. Cedric überlegte, ob er eben versehentlich etwas gesagt hatte, was mit dem yoyodynischen Ehrenkodex übereinstimmte. Und ob es dann wirklich so klug gewesen war.

»Mag sein, daß ihr euch diesbezüglich einig seid«, sagte Maylor, und sein Blick pendelte zwischen Cedric und Kara-Sek hin und her, »für mich klingt das allerdings nicht gerade nach einer umwerfenden Weisheit.«

»Du kannst ja hierbleiben und warten«, stellte Cedric ihm anheim.

»Das hättest du wohl gerne, wie?« fragte Maylor, und sein breites Grinsen machte deutlich, daß er keine Sekunde lang mit dem Gedanken gespielt hatte, der Anweisung auf dem Zettel nicht zu folgen. »Nein, irgend jemand muß dich schließlich begleiten und auf dich aufpassen. Und wer wäre da besser geeignet als ich?«

»Bei soviel Fürsorge frage ich mich, wie ich es die letzten beiden Jahre überhaupt geschafft habe, mir überhaupt alleine die Schuhe zuzubinden.«

Maylor murmelte etwas, das sich wie ›Ich mich manchmal auch‹ anhörte.

Ding-Dong, klang es durch verborgene Lautsprecher in ihrer Suite. Es war nahezu der gleiche Doppelklang wie an Bord der STERNENMEDAILLON, nur die anschließend zu Wort kommende Stimme einer superblonden Schönheit gehörte dieses Mal einem Mann, in dessen Stimme auch kein perfekt gestylter Sex-Appeal lag, sondern reine Nüchternheit: *»Werte Gäste der Sternengala. Unregelmäßig auftretende Gravitationsfelder innerhalb des Sonnensystems machen es leider unumgänglich, eine geringfügige Kurskorrektur der Bahn dieses Asteroiden vorzunehmen. Es besteht kein Grund zur Beunruhigung, es handelt sich um eine reine Routineangelegenheit. Es kann jedoch vorübergehend zu leichten Erschütterungen und Gravitationsschwankungen kommen, die sich beeinträchtigend auf Ihren Gleichgewichtssinn auswirken könnten. Wir bitten Sie daher, sich zu Ihrer eigenen Sicherheit während des Manövers vorsorglich auf geeignete Ruheplätze zurückzuziehen. Die Kurskorrektur erfolgt in fünfzehn Minuten und wird zirka fünf Minuten in Anspruch nehmen. Sie werden durch weitere Durchsagen informiert. Vielen Dank.«*

»Eine Kurskorrektur?« knurrte Maylor. »Was soll denn der Unsinn? Das hätte man doch schon vor Beginn des Festes machen können. Solche Gravitationsfelder entstehen nicht von heute auf morgen!«

»Wir sollten uns lieber freuen. Besser hätte es kaum kommen können. Denn innerhalb der nächsten Minuten werden die Gänge und Korridore innerhalb der Sternenstadt so gut wie leergefegt sein. Das ist eine Chance, die wir kaum ein zweites Mal bekommen werden.«

Cedric wandte sich abermals dem Terminal zu. Zwar erhielt er nach wie vor keinerlei Informationen über den angegebenen Raum oder Trakt, aber anhand der Etagennummer und unter der Voraussetzung, daß sämtliche Bereiche der Sternenstadt nach ähnlichen architektonischen Gesetzmäßigkeiten aufgebaut waren wie der Besuchertrakt, gelang es ihm, recht genau zu lokalisieren, wo sich der Zielraum befinden mußte. Und welchen Weg sie nehmen mußten, um am schnellsten und einfachsten dorthin zu gelangen.

»Hier«, sagte er und tippte mit dem Finger auf den Bildschirm. »Siehst du diesen Aufzug am Rand der Besucherzone? Mit ihm und etwas Glück müßten wir direkt in die angegebene Etage mit unserem Raum kommen.«

»Die Aufzüge werden bestimmt gesichert sein«, wandte Maylor ein.

»Ich habe nicht gesehen, daß die Bediensteten irgendwelche Codekarten benutzt hätten«, sagte Cedric. »Und jetzt hör auf, an allem herumzunörgeln! Muß ich denn ständig derjenige sein, der Optimismus verbreitet? Und jetzt komm endlich! Wir müssen uns beeilen.«

»Sagte der Lemming zu seinen Artgenossen, bevor sie sich die Klippen hinabstürzten«, ergänzte Maylor.

Cedric überhörte es einfach. Bevor sie aufbrachen, machte er Kara-Sek klar, daß er einmal mehr dazu auserkoren war, hierzubleiben und in ihrem Quartier die Stellung zu halten. Der Yoyodyne akzeptierte es — wie nicht anders zu erwarten gewesen war — ohne jeden Widerspruch.

»Glaubst du nicht«, fragte Maylor, als sie die Suite verlassen hatten, »daß du Kara-Sek genausogut auf *St. Petersburg Zwei* hättest zurücklassen können, wenn wir ihn ohnehin niemals mitnehmen können?«

»Mag sein«, sagte Cedric Cyper. »Aber ich habe das Gefühl, als würden wir ihn noch brauchen. Außerdem ist es sehr beruhigend, einen dritten Mann wie ihn dabeizuhaben, auf den man sich hundertprozentig verlassen kann und der einem den Rücken deckt.«

»Deine Meinung in Ehren«, sagte Maylor düster. »Aber vergiß nicht: Er ist und bleibt ein Yoyodyne.«

»Sicher ist er ein Yoyodyne«, sagte Cedric und wünschte sich, Maylor würde endlich seine Vorbehalte über Bord werfen, »aber vielleicht ist er gerade deshalb viel zuverlässiger als die meisten Sarday'kin, denen ich je begegnet bin.«

»Sprichst du auch von mir?«

Cedric spürte, daß diese Frage weit über diese Situation hinausging und sich unausgesprochen auf die Ereignisse vor zwei Jahren bezog, die zu Cedrics Verurteilung geführt hatten und an denen ihre Freundschaft zerbrochen war. Bis heute waren sie beide der Ansicht, seinerzeit vollkommen rechtens gehandelt zu haben. Doch ihre Erinnerungen waren in vielen Punkten seltsam verschieden. Als sie sich im Killer-Satelliten im Orbit um Hadrians Mond wiederbegegnet waren, hatten sie sich darauf verständigt, diese

Dinge zurückzustellen, bis sie ihre dringenderen Probleme gelöst hatten. Und an diese Vereinbarung gedachte Cedric sich auch zu halten.

»Ach was, bei dir ist das doch etwas ganz anderes«, sagte er leichthin. »Du bist noch nie jemand gewesen, der einem den Rücken decken würde. Du bist jemand, mit dem man Seite an Seite kämpft.«

Maylor lächelte bitter. Er bemerkte Cedrics Intentionen, ohne darauf einzugehen. Vielleicht erinnerte er sich ebenfalls an ihr Abkommen.

Wenig später hatten sie den Aufzug erreicht. Er lag am Ende eines kaum zwanzig Meter langen Seitenganges, nicht weit vom Casino entfernt, in dem sie sich gestern aufgehalten hatten. Auf seinem geschlossenen Schott prangte der übliche Schriftzug: Kein Zutritt für Gäste! Da sich noch andere Besucher im Hauptkorridor aufhielten, blieben Cedric und Maylor wie zufällig am Anfang des Seitenganges stehen, scheinbar in ein Gespräch vertieft, während sie in Wahrheit nur darauf warteten, daß sich die Leute verlaufen hatten. Und sie nutzten die Gelegenheit, den Seitengang unauffällig in Augenschein zu nehmen. Es waren keine Überwachungseinrichtungen zu erkennen. Aber das mußte noch lange nicht heißen, daß es auch wirklich keine gab. Manche waren nicht einmal so groß wie ein Stecknadelkopf.

Ding-Dong hallte es durch den Gang. »*Noch fünf Minuten bis zur Kurskorrektur. Wir bitten alle Gäste, sicherheitstaugliche Plätze einzunehmen.*«

Cedric und Maylor ließen sich von der Lautsprecherstimme nicht nervös machen. Sie hatten in der Raumflotte schon weit mehr überstanden als die lächerlichen Erschütterungen einer solch geringfügigen Kurskorrektur, welche die Bahn des Asteroiden nur um einige hundertstel Grade verändern würde. Mehr wäre bei einem derart großen Himmelskörper nur unter dem Einsatz gigantischer technischer Mittel möglich gewesen, doch von derartigen Einrichtungen hatte man während des Landeanfluges nichts sehen können. Überhaupt war es fraglich, ob eine fragil erscheinende Konstruktion wie diese Sternenstadt größere Kursänderungen überhaupt schadlos überstanden hätte. Ein solches Risiko würde man angesichts des hochkarätigen Besuchs, der hier weilte, kaum eingehen. Mehr als ein paar leichte Erschütterungen waren also nicht zu erwarten. Vielleicht mußte ein dickbäuchiger, praxisferner Parade-Offizier dafür einen sicheren Platz aufsuchen, um nicht den Halt unter den Füßen zu verlieren und sich beim Sturz zu verletzten, aber sie sollten bei all ihrer Erfahrung eigentlich keine Probleme haben.

»Die Luft ist rein«, sagte Cedric, als der Hauptkorridor irgendwann frei von anderen Gästen war. Momentan war jedermann erpicht darauf, einen sicheren Platz zu finden. »Es kann losgehen.«

»Wahrscheinlich bekommen wir nicht einmal das Schott auf«, unkte Maylor, während sie an den Aufzug herantraten.

Cedric wußte, daß Maylor mit seiner Befürchtung schnell recht behalten konnte. Beispielsweise, wenn die kleine Sensorfläche, die neben dem Schott in Schulterhöhe angebracht war und auf die man die Handfläche legen mußte, mit einer Handlinienerkennung ausgestattet war und jedem, der nicht zum Personal gehörte, automatisch den Dienst verweigerte. Oder womöglich sofort Alarm schlug. Cedric verdrängte diesen Gedanken, hob die Hand und legte sie auf die gekennzeichnete Fläche.

Ein kleines grünes Licht darüber begann aufzuleuchten. Und kurz darauf schwangen die Schotthälften zur Seite und gewährten freien Zutritt zur Fahrstuhlkabine.

Die erste Hürde wäre genommen! dachte Cedric.

Vorsichtig und das Innere der Kabine auf Beobachtungsanlagen inspizierend, bevor sie eintraten, bestiegen sie den Aufzug. Die Türhälften schlossen sich hinter ihnen, und Cedric war froh, daß Maylor sich jede Bemerkung darüber verkniff, daß sie jetzt gewissermaßen in der Falle saßen.

Der Aufzug verfügte mit Sicherheit über eine akustische Steuerung, aber Cedric verzichtete darauf, sie in Anspruch zu nehmen, um nicht Gefahr zu laufen, von einem Stimmdecoder entlarvt zu werden. Zwar war, wenn bereits eine Handlinienkennung gefehlt hatte, kaum davon auszugehen, daß es eine solche Sicherung gab, aber Cedric wollte ihr Vorhaben nicht gefährden, nur weil er eine derartige Möglichkeit übersah. Er wandte sich statt dessen den Bedienungstasten zu und tippte manuell die Nummer des Ziellevels ein. Es schien zu funktionieren. Die Eingabe wurde bestätigt, und der Aufzug setzte sich wunschgemäß in Bewegung. Nach unten.

Die zweite Hürde!

Cedric warf Maylor einen verstohlenen Blick zu, der soviel

besagte wie: Siehst du, war doch gar nicht so schwer! Und Maylor antwortete mit einem stummen: Wart's ab – das dicke Ende kommt noch!

Die Fahrt währte nur Sekunden, dann stoppte die Kabine. Die Türhälften glitten auseinander, und Cedrics und Maylors erste und dringendste Befürchtung bewahrheitete sich glücklicherweise nicht. Der vor ihnen liegende Korridorabschnitt war menschenleer. Und die Zahl, die gut lesbar in Augenhöhe die Wand zierte – 1982 –, bewies, daß sie in der richtigen Etage waren.

Die dritte Tür . . .

Cedric kam nicht dazu, den Gedanken zu Ende zu denken. Denn in diesem Moment kam ein Bediensteter am Fahrstuhl vorbei, und das kleine rote Emblem auf seiner weißen Uniform sowie die Waffe an seiner Hüfte bewiesen, daß es sich nicht nur um einen einfachen Bediensteten, sondern um einen Angehörigen des Sicherheitspersonals handelte. Als er sie sah, blieb er verblüfft stehen, und der Blick, mit dem er sie musterte, sagte deutlicher als jedes Wort, daß er sofort wußte, es mit Gästen der Sternengala zu tun zu haben.

»Wie kommen *Sie* denn hierher?« entfuhr es ihm, und Cedric nahm erleichtert zur Kenntnis, daß es sich eher erstaunt denn mißtrauisch anhörte. Aber dieser Tonfall konnte sich schnell ändern.

»Natürlich mit dem Fahrstuhl«, antwortete Maylor unwirsch, und mit der größten Selbstverständlichkeit und einer arroganten Haltung, die jedem sarday'kinschen General zur Ehre gereicht hätten, trat er auf den Korridor hinaus. »Haben Sie keine Augen im Kopf, guter Mann?« Maylor stutzte und blickte sich scheinbar irritiert um.

»Nanu, wo ist auf einmal das Casino abgeblieben?«

Der Sicherheitsmann zeigte sich langmütig, vielleicht weil er nicht richtig einzuschätzen vermochte, mit was für hochgestellten Gästen er es zu tun hatte.

»Wenn Sie dorthin wollen, sind Sie hier ganz falsch«, gab er Auskunft. »Das Casino liegt über vierzig Stockwerke weiter oben. Hier sind Sie bereits weit unter der Oberfläche des Asteroiden.«

Maylor blickte abermals in die Runde, als müsse er sich davon selbst überzeugen. Auf seinem Gesicht zeigte sich Einsicht und die Ungehaltenheit eines Mannes, der gewahr wurde, einen Fehler begangen zu haben, aber nie und nimmer bereit war, das einzugestehen. Er zog seine Orientierungscard aus der Tasche.

»Diese verdammten Dinger sind an allem schuld«, schimpfte er. »Das ist jetzt schon das dritte Mal in zwei Tagen, daß wir uns verirren. Sandara hätte ruhig ein anderes Orientierungssystem installieren lassen können. Eines, das wirklich funktioniert.«

»Ich vermute, Sie haben die Anzeige falsch interpretiert«, sagte der Mann diplomatisch. Ihm war anzusehen, daß er ihre geistigen Kapazitäten angesichts der Tatsache, daß sie nicht einmal mit den Orientierungscards umgehen konnten, nicht besonders hoch einschätzte. »In diesen Aufzug hätten Sie auf jeden Fall erst gar nicht einsteigen dürfen. Er führt sie zwangsläufig aus der Besucherzone heraus. Und dann helfen Ihnen die Cards auch nicht mehr weiter.«

»Sag' ich's doch!« brummte Maylor, und Cedric bewunderte nicht zum ersten Mal sein schauspielerische Talent.

»Am besten, Sie fahren gleich wieder zurück, damit Sie sich nicht noch mehr verlaufen«, riet der Mann. Er trat halb in die Kabine hinein, gerade so weit, daß er mit dem Kopf in die Nähe der Tastatur kam, und nannte die Nummer desjenigen Levels, aus dem sie gerade gekommen waren. Die Eingabe wurde angenommen und bestätigte Cedrics Vermutung bezüglich einer akustischen Steuerung.

Maylor sah über den Rücken des Sicherheitsmannes hinweg zu Cedric, eine unausgesprochene Frage im Blick. Cedric reagierte mit einem kaum merklichen Kopfschütteln. Selbst wenn diese Situation wie geschaffen war, den Bediensteten auszuschalten, wo hätten sie ihn anschließend hinschaffen und sicher unterbringen sollen? Und wie sollten sie ihn dazu bringen, nach seinem Erwachen keine Fahndung nach ihnen einzuleiten? Sollten sie ihn etwa umbringen?

»So«, sagte der Mann zufrieden und trat zurück, um Maylor Platz zu geben, in die Kabine zurückzugehen. »Jetzt sollte nichts mehr schiefgehen. Der Lift wird Sie direkt in die Besucherzone zurückbringen. Und sehen Sie zu, daß Sie anschließend schnellstens auf einen sicheren Platz kommen. Sie haben doch von der bevorstehenden Kurskorrektur gehört?«

»Natürlich«, sagte Cedric. »Wir werden uns beeilen. Vielen Dank. Und wenn wir uns Ihnen irgendwie erkenntlich zeigen können... ?«

»Nein, das brauchen Sie nicht«, wehrte der Mann ab. Obwohl er sich Mühe gab, seine tatsächlichen Gedanken zu verbergen, war unverkennbar, daß er seine unvorhergesehene Begegnung mit herausgeputzten Gästen wie ihnen so schnell wie möglich beenden wollte. »Die Gewißheit, Ihnen geholfen zu haben, ist mir Belohnung genug.«

Die sich schließende Tür beendete ihr Gespräch, und der Lift setzte sich wieder nach oben in Bewegung.

»Soweit zu diesem Teil unseres Plans«, bemerkte Maylor. Er hob die Schultern. »Immerhin, es hätte schlimmer kommen können. Und nun?«

»Plan B.«

»Plan B?« Maylor machte ein Gesicht, als frage er sich, wie es kam, daß er davon nichts wußte. »Was ist Plan B?«

Cedric wartete mit der Antwort, bis die Kabine wieder zum Halten gekommen war, und betätigte die Taste, die verhinderte, daß sich die Schotthälften öffneten. Sie mußten ja nicht von jedem gesehen werden, der jetzt noch auf dem Hauptkorridor zu einem sicheren Platz hastete.

»Ganz einfach«, sagte er. »Als erstes zählen wir ganz langsam bis zehn. Also: Eins, zwei, drei . . .«

»Wie?« rief Maylor hilflos. »Bist du jetzt endgültig übergeschnappt?«

»Unterbrich mich nicht! Bis wohin war ich gekommen? War ich jetzt schon bei sechs oder erst bei fünf?«

»Kannst du mir mal erklären, weshalb das irgend jemanden interessieren sollte? Und red zur Abwechslung mal Klartext. Ich bin jetzt nicht in der Stimmung für irgendwelche Ratespielchen. Also, was soll die blöde Zählerei? Und was ist Plan B?«

»Jetzt, wo du so lange geredet hast, sind die zehn Sekunden ohnehin längst abgelaufen. Ich hoffe, das reicht aus, damit sich dieser fürsorgliche Sicherheitsmann dort unten verzieht. Ach ja, und dann wolltest du ja wissen, was Plan B ist. Das will ich dir sagen.« Cedric tippte erneut die Zahl des Ziellevels ein. »Einfach dasselbe noch mal.«

»Hättest du das nicht auch etwas unkomplizierter erklären können?« fragte Maylor, während die Kabine erneut nach unten schoß. »Und was, wenn du dich irrst und der Typ noch da ist? Oder jemand anders?«

Cedric hob die Schultern, als bereite ihm das keinerlei Kopfzerbrechen.

»Was schon? Dann mußt du eben noch einmal den Affen machen. Zu deiner Beruhigung: Du bist wirklich exzellent in der Rolle! Ist dir wie auf den Leib geschneidert.«

»Zum Brüllen komisch«, meinte Maylor griesgrämig.

Er kam nicht in die Verlegenheit, ›den Affen machen‹ zu müssen. Als der Aufzug gehalten hatte, und die Kabinentür sich öffnete, war der Sicherheitsmann verschwunden, und auch andere Leute befanden sich nicht in Nähe, wie Cedric beruhigt feststellte, als er den Kopf aus der Kabine hinausstreckte.

»Niemand zu sehen.« Er trat auf den Korridor hinaus. »Komm!«

Die Beschriftungen an den Wänden zeigten ihnen, in welche Richtung sie sich wenden mußten. Sie hasteten vorwärts, ohne dabei jemandem zu begegnen. Nur einmal hörten sie irgendwo voraus Schritte, die sich näherten. Sie fanden aber eine Nische, in die sie sich drücken konnten. Dort verharrten sie atemlos, bis die Schritte wieder verklungen waren, ohne überhaupt in die Nähe ihres Verstecks gekommen zu sein. Es blieb der einzige Zwischenfall. So kurz vor der Kurskorrektur lagen sämtliche Korridore wie ausgestorben da. Cedric war sich jedoch darüber im klaren, daß dieser Glücksfall lediglich für den Hinweg galt, aber er vermied es, sich jetzt schon den Kopf darüber zu zerbrechen, wie sie es nachher ungesehen zum Aufzug zurück schaffen sollten.

»*Noch eine Minute bis zur Kurskorrektur*«, informierte sie die Lautsprecherdurchsage.

»Da!« sagte Maylor gedämpft und deutete auf eine Wandbeschriftung, die besagte, daß im nächsten Seitengang die Räume 85550 bis 85570 zu finden waren. »Wir müssen dort entlang.«

Sie drangen in den Gang ein, und es hätte Maylors warnend gehobener Hand gar nicht bedurft, um Cedric nach ein paar Schritten auf das offenstehende Seitenschott aufmerksam zu machen, das vor ihnen lag und aus dem leise Stimmen drangen. Raum 85553, wie die daneben angebrachte Nummer verkündete. Cedric fluchte lautlos. Und das so dicht vor dem Ziel! Der Raum, in dem sie weitere Informationen erhalten sollten, war von hier aus bereits zu sehen. Er lag keine zwanzig Meter weiter. Zum Greifen nahe.

Sie brauchten keinerlei Worte, um sich miteinander abzustimmen. Sicherlich hätte die Möglichkeit bestanden, diesen Seitengang auch von der anderen Seite her zu betreten, doch dazu hätten sie einen langen gefährlichen Umweg in Kauf nehmen müssen. Nein, wenn es irgendwie möglich war, mußten sie hier vorbei.

Während Maylor zurückblieb, drückte Cedric sich gegen die Korridorwand und schob sich langsam an die Öffnung heran. Behutsam wagte er einen Blick in dem Raum hinein. Es war ein Überwachungsraum, wie er feststellte. Vor den Wänden standen langgezogene Pulte, und darüber waren Dutzende von Bildschirmen angebracht. Die Kontrollen waren von zwei Bediensteten besetzt, die so saßen, daß sie dem Eingang den Rücken zuwandten. Cedric erkannte keinen Grund, warum sie das Schott auf einen Daueröffnungsmodus geschaltet hatten. Vielleicht war die Belüftungsanlage defekt.

»Schon die zweite Kurskorrektur in drei Tagen«, hörte er einen von ihnen im Plauderton erzählen. »Die Jungs in der Steuerzentrale scheinen ihr Handwerk nicht besonders gut zu beherrschen.«

Cedric gab Maylor mit einem Handzeichen zu verstehen, daß er am Schott vorbeigehen könne.

»Ich weiß nicht«, antwortete der zweite Bedienstete. »Einer von ihnen hat mir vor ein paar Tagen in der Kantine erzählt, daß es dabei noch um etwas anderes als nur Kurskorrekturen geht.«

»So? Und worum?«

Maylor schlich lautlos an der Öffnung vorbei, und auch Cedric wechselte von einer Seite zur anderen, ohne die beiden Bediensteten aus den Augen zu lassen.

»Er meinte nur, es ginge um einen erhöhten Energiebedarf, den sie kurzfristig zu decken hätten«, antwortete der Angesprochene und wandte den Kopf seinem Kollegen zu, glücklicherweise jedoch nicht weit genug, als daß der Eingang in sein Blickfeld geraten wäre. Sonst hätte er Cedric sofort entdeckt. »Wofür, wollte er mir allerdings nicht verraten. Aber wenn du mich fragst, ich glaube, es hängt mit der Überraschung dieses Jahr zusammen. Wozu sonst die Geheimniskrämerei?«

»Diese verdammte Überraschung kann mir gestohlen bleiben. Das ist sowieso nur etwas für diese vornehmen Pinkel auf dem Besucherdeck. Unsereins darf dabei höchstens ein paar Extraschichten schieben.«

Cedric verspürte keinerlei Lust, der gelangweilten Unterhaltung der beiden Techniker länger zu lauschen. Zusammen mit Maylor eilte er weiter. Sie hatten die Tür zu ihrem Raum gerade erreicht, als abermals ein *Ding-Dong* durch die Korridore hallte.

»*Die angekündigte Kurskorrektur wird in wenigen Augenblicken beginnen*«, kam es durch den Lautsprecher. »*Wir bitten alle Gäste, auf ihren Plätzen zu verbleiben, bis wir Sie über das Ende des Manövers informieren. Vielen Dank.*«

Kaum war das letzte Wort der Durchsage verklungen, wehte aus den Tiefen der Gänge ein langsam anschwellendes Summen heran, das vom Hochfahren der Energiemeiler zeugte. Cedric spürte, wie der Boden unter ihren Füßen zu vibrieren begann. Es gab jedoch keine schweren Gravitationsschwankungen oder heftigen Stöße. Allerdings war fraglich, ob das eigentliche Manöver schon begonnen hatte oder ob man vorab erst einmal den dafür nötigen Energiebedarf bereitstellen wollte.

Cedric und Maylor tauschten einen erleichterten Blick, und Maylor neigte seinen Kopf auffordernd in Richtung der Tür, als wolle er sagen: Na los, worauf wartest du? Wollen wir hier ewig herumstehen?

Entschlossen legte Cedric seine Hand auf den Öffnungsmechanismus. Die Tür glitt anstandslos zur Seite, leise genug, um nicht von den beiden Bediensteten gehört werden zu können. Sie blickten in einen Raum, in dem erst jetzt die Deckenbeleuchtung aufflammte. Die verschiedenen Computerterminals und Pulte wiesen ihn als Kontroll- oder Steuerraum aus, der derzeit augenscheinlich nicht benutzt wurde. Sämtliche Bildschirme und Anzeigen waren dunkel und tot. Die Hoffnung, sie würden hier endlich auf den Daily Lama treffen, erfüllte sich nicht.

Niemand erwartete sie.

Zwischen Cedrics Augenbrauen erschien eine steile Falte. Er war fast schon bereit, sich Maylors Verdacht einer Falle anzuschließen, und er spielte sogar schon mit dem Gedanken, so schnell wie möglich kehrtzumachen, als er die Dinge sah, die auf einem der Pulte lagen.

»Komm«, sagte er leise zu Maylor. »Ich glaube, hier sind wir richtig.«

Er betrat den Raum als erster. Maylor folgte ihm zögerlich und reagierte mit Unbehagen darauf, daß sich die Tür hinter ihnen automatisch schloß. Er betätigte den Öffnungsmechanismus und ließ sie abermals auf- und zufahren, als müßte er sich überzeugen, daß sie diesen Raum auch problemlos wieder verlassen konnten.

»Hör auf, mit der Tür herumzuspielen«, meinte Cedric Cyper, der an das Pult getreten war. Aus alter Gewohnheit stand er etwas breitbeinig und mit leicht gebeugten Knien da, um besser gegen überraschend auftretende Stöße oder Erschütterungen gewappnet zu sein. Doch bisher war es bei dem leichten Vibrieren des Bodens geblieben. »Und komm her! Ich habe was entdeckt.«

»Was denn?«

»Eine neue Nachricht.« Cedric hob das Blatt Papier auf.

»Laß hören.«

»Es war leider unumgänglich, euch hierher zu führen«, las Cedric vor. Hier dürftet ihr sicher sein. Dieser Raum ist aufgrund eines technischen Defekts seit über einer Woche außer Betrieb und wird seitdem normalerweise nicht betreten. Derselbe Defekt ermöglicht es, sich von hier aus in das Hauptcomputersystem einzuschalten, ohne daß es irgendwo registriert werden kann. Nutzt es, um euch einen Überblick zu verschaffen, und vernichtet diese Nachricht. Vor allem aber: Unternehmt nichts ohne Absprache! Die Dinge sind im Fluß, und jede Störung könnte sich verhängnisvoll auswirken. Um Sheryl und Bedam kümmert man sich. Ich werde versuchen, während der Sternengala Kontakt mit euch aufzunehmen. Seid vorbereitet.« Er sah auf. »Das ist alles.«

»Keine Absenderangabe?«

»Keine.«

»Viele Worte, wenig Inhalt«, urteilte Maylor abschätzig. »Das Ganze klingt verdächtig nach einer Hinhaltetaktik. Irgend etwas läuft hier hinter den Kulissen ab, und man will uns nicht dabei haben.«

Cedric nickte geistesabwesend, während er das Papier ein zweites Mal überflog.

»Nichts ohne Absprache unternehmen!« Mißmutig verzog Maylor das Gesicht. »Das ist ein wahrer Witzbold. Als ob es für uns überhaupt eine Möglichkeit gäbe, sich mit ihm abzusprechen. Wir wissen ja nicht mal, wo wir ihn finden können.«

»Ich kann mir nicht helfen«, sagte Cedric. »Auf mich macht diese

Nachricht nicht den Eindruck, als wäre sie vom Daily Lama verfaßt worden.«

»Wie kommst du darauf?«

»Es ist zuviel Text. Der Daily Lama hätte sich mit Sicherheit anders ausgedrückt. Nicht unbedingt klarer, aber auf jeden Fall knapper. Dies hier paßt einfach nicht zu ihm.« Er sah, daß Maylor seinen Kopf nachdenklich zur Seite neigte. Man konnte es als Zustimmung verstehen – oder auch nicht. »Und da ist noch etwas anderes«, fuhr er fort. »Hier, dieser Satz: Dieser Raum ist aufgrund eines technischen Defekts seit über einer Woche außer Betrieb.«

»Was hast du daran auszusetzen?«

»Seit über einer Woche! Überleg doch mal. Es ist gerade sechs Tage her, daß der Daily Lama *St. Petersburg Zwei* verlassen hat.«

»Ich glaube, da legst du jedes Wort zu sehr auf die Goldwaage. Dieser Satz muß nicht unbedingt bedeuten, daß der Verfasser ebenso lange hier ist. Er kann genausogut erst gestern erfahren haben, wie lange dieser Raum außer Betrieb ist.«

»Ja, ich weiß. Aber was mich daran stutzig macht, ist etwas anderes: Selbst wenn der Daily Lama vor sechs Tagen auf direktem Weg nach *Star City* geflogen wäre und es irgendwie geschafft hätte, sich hier genauso wie wir als Gast der Sternengala einzuschmuggeln, wie ist es dann möglich, daß er außerhalb der Besucherzone herumspaziert, problemlos defekte Kontrollräume ausfindig macht und auch noch genauestens über unsere Ankunft informiert ist?«

»Du meinst also – unser geheimnisvoller Informant ist nicht der Daily Lama?«

»Ich meine gar nichts«, erwiderte Cedric. »Ich habe nur laut nachgedacht.«

»Ja, aber das in eine ganz bestimmte Richtung«, meinte Maylor. Er runzelte die Stirn. »Gib mir die Nachricht bitte noch mal.« Er streckte verlangend die Hand aus.

»Was hast du?« fragte Cedric, während er ihm das Papier reichte.

»Ich glaube, mir ist noch etwas aufgefallen.« Maylor überflog den Text und tippte auf eine bestimmte Stelle. »Hier, hör dir das an: Um Sheryl und Bedam kümmert man sich.«

»Ja, ich weiß«, sagte Cedric. »Mir gefällt das ebenfalls nicht. Ich wünschte, wir könnten selbst etwas für sie tun.«

»Das meine ich nicht. Was ich meine, ist: *Bedam!* Um Sheryl und *Bedam* kümmert man sich.«

»Verstehe. Damit ist Nabtaal gemeint«, klärte Cedric Maylor
auf. »Das ist, soweit ich weiß, sein Vorname.«

»Nein, du verstehst mich immer noch nicht!« Maylor machte
eine ungehaltene Geste. »Mein Gott, natürlich weiß ich, daß Nabtaal damit gemeint ist. Nur habe ich noch nie gehört, daß ihn
irgend jemand so genannt hätte. Weder einer von uns noch sonst
irgend jemand. Kapierst du endlich?«

Cedrics Gesichtsausdruck machte klar, daß er begriffen hatte.
Da hatte Maylor in der Tat einen interessanten Punkt gefunden.

»Stellt sich also die Frage«, führte Maylor seinen Gedanken zu
Ende, »*wer* würde Nabtaal so nennen?«

»Jemand«, antwortete Cedrics Mund wie von selbst, »der ihn
näher kennt. Jemand, der eine engere Beziehung zu ihm hat.«

»Der Daily Lama?« Maylors Frage war mehr rhetorisch
gemeint.

»Nein.« Cedric schüttelte vehement den Kopf. »Was sollten die
beiden miteinander zu tun haben? Ich kann mir zwar vorstellen,
daß der Daily Lama Nabtaals Vornamen kennt, schließlich pflegt
er sich stets sehr genau zu informieren, mit wem er es zu tun
hat. Aber alles andere...« Er ließ den Rest des Satzes unausgesprochen. Wenn sie diese Kleinigkeiten nicht falsch oder überin-
terpretierten, dann sank die Wahrscheinlichkeit, daß sie es mit
dem Daily Lama zu tun hatten, rapide. Und das war ein
Gedanke, der Cedric nicht gefallen wollte.

»Stellen wir dieses Thema einstweilen zurück«, sagte Maylor, der
offenbar ahnte, welche Überlegungen Cedric durch den Kopf gingen. »Hast du außer der Nachricht noch etwas anderes gefunden?«

»Ja.« Cedric löste sich aus seinen trüben Gedanken und wandte
sich wieder dem Pult zu. »Hier ist noch eine Zugriffscard für die
Computer – und dann das hier.« Er nahm die beiden Strahler an
sich, die dort lagen, und reichte einen an Maylor weiter. »Hier, ich
nehme an, der ist für dich bestimmt.«

Es waren handliche, flache Modelle, die sich hervorragend auch
unter leichter Kleidung verstecken ließen. Zudem waren sie sowohl
als Schocker wie auch als Laserstrahler einsetzbar; zwar nur mit
recht geringer Reichweite und ohne allzu große Durchschlagskraft,
aber für einen zielsicheren Schützen war es eine durchaus effektive
Waffe.

»Alle Achtung! Eines der neuesten Modelle.« Maylor überprüfte die Ladung und Funktionstüchtigkeit seines Strahlers mit einer routinierten Bewegung. »Geladen und scharf.«

Cedric nickte. »Alles andere hätte auch keinen Sinn gemacht.«

»Nur zwei Strahler«, sinnierte Maylor. »Ob das bedeutet, daß der große Unbekannte Kara-Sek nicht auf seiner Rechnung hat? Denn sonst hätte er doch eigentlich drei Strahler hinterlegen müssen. Oder aber er hat Schwierigkeiten gehabt, einen dritten aufzutreiben.«

»Ich halte es eher für ein Indiz, wie außerordentlich gut er über uns informiert ist. Er weiß, daß Kara-Sek es als unehrenhaft ansehen würde, eine derartige Waffe zu benutzen.«

Natürlich kämpften auch Yoyodyne mit modernen Waffen, aber deren Anwendung war durch die strengen Bestimmungen ihres Ehrenkodexes bis ins kleinste geregelt und beschränkte sich zumeist auf rein militärische Aktionen. Ansonsten verließen sie sich lieber auf Laserschwerter oder auf vollkommen antiquierte Hieb- und Schlagwaffen. Während der gesamten Flucht von Hadrians Mond hatte Kara-Sek jedenfalls kein einziges Mal einen Strahler oder eine andere moderne Waffe in die Hand genommen. Lieber hatte er ganz auf eine Bewaffnung verzichtet. »Also hat er es sich gleich gespart, ihm eine zu besorgen.«

»Wie du meinst«, sagte Maylor nicht sehr überzeugt. »Hat er uns sonst noch etwas dagelassen?«

»Nein, das war alles.«

»Dann laß uns mal sehen, was wir diesen Blechkästen entlocken können.« Maylor schob den Strahler in den Gürtel und nahm an dem Pult Platz, auf dem sich die hinterlegten Dinge befunden hatten. Er nahm Cedric die Zugriffscard aus den Fingern. »Deswegen sind wir doch wohl in erster Linie herbestellt worden.«

Nach kurzem Überfliegen der Kontrollen fand er den Schalter, mit dem sich das Pult aktivieren ließ, und als er ihn niedergedrückt hatte, begannen die Kontrollen und der Bildschirm vor ihm aufzuleuchten. Er schob die Card in den dafür vorgesehenen Schlitz, und tatsächlich wurde die Zugriffsberechtigung bestätigt.

Maylor hob den Kopf und lächelte zufrieden − um im nächsten Augenblick wie unter einem elektrischen Schlag zusammenzuzucken. Einen Herzschlag lang saß er steif und starr da, dann kippte er vornüber, prallte mit dem Kopf auf die Kontrollen und rutschte aus dem Sessel.

Haltlos fiel er zu Boden, ehe Cedric, der zwar nur ein paar Schritt neben ihm stand, aber von diesem Ereignis vollkommen überrascht worden war, ihm zu Hilfe kommen oder festhalten konnte.

Synfile 6

Nur ein kleiner Schwächeanfall

»Maylor! Was ist los mit dir?«

Cedric Cyper bekam keine Antwort. Er schob den Sessel zur Seite und ging neben Maylor in die Hocke, während er seine Blicke mißtrauisch durch den Raum streifen ließ und dabei besonders den Eingang im Auge behielt. Mit einer Hand hielt er die Waffe schußbereit erhoben, mit der anderen drehte er Maylor auf den Rücken.

Maylor wies keine erkennbare Verletzung auf. Im Gegenteil, er wirkte entspannt und friedlich wie ein Schlafender. Auch sein Atem war tief und regelmäßig.

»He, Maylor, alter Junge! Was hast du?« Cedric packte ihn am Kragen und schüttelte ihn. »Hörst du mich?«

Als Maylor nicht darauf reagierte, versetzte er ihm mit der flachen Hand ein paar Ohrfeigen, ohne damit mehr zu erreichen. Maylor reagierte nicht. Cedric mußte einsehen, daß er so nicht weiterkam, und erhob sich wieder. Erneut sah er sich aufmerksam um: Er wollte wissen, was den Zustand seines Gefährten verursacht haben könnte. Er zog alles in Betracht, was ihm auch nur im entferntesten als wahrscheinlich erschien: eine versteckte Sicherung, eine im Sessel verborgene Hinterhältigkeit oder die irgendwo im Raum unauffällig angebrachte Mündung eines Betäubungsnadlers. Aber er konnte nichts entdecken. Selbst das Computerterminal reagierte anstandslos auf seine Eingaben, als er die Tastatur mit der gebotenen Vorsicht berührte. Es hatte den Anschein, als gäbe es absolut keinen Grund für Maylors plötzlichen Zusammenbruch.

Aber es mußte einen Grund geben!

Cedric überlegte ein paar Augenblicke lang, dann näherte er sich entschlossen der Tür. Wenn hier drinnen nichts zu entdecken war, dann vielleicht draußen. Er wußte, daß er damit eine Entdeckung riskierte, aber er entschied sich, das Risiko auf sich zu nehmen. Vielleicht entdeckte er einen Sanitätsraum, wo er Maylor wieder zum Leben erwecken konnte. Was blieb ihm auch anderes übrig? Mit einem Besinnungslosen auf den Schultern wäre der Versuch, unbemerkt in die Besucherzone zurückzukommen, von vorneherein zum Scheitern verurteilt gewesen. Er mußte sich eben darauf verlassen, daß die Korridore weiterhin menschenleer waren. Schließlich bewies das unverändert anhaltende Vibrieren des Bodens, daß das Manöver noch immer nicht abgeschlossen war.

Cedric überzeugte sich, daß sein Strahler auf den Schocker-Modus geschaltet war, und ließ die Tür auffahren. Der Korridor war leer. Cedric trat hinaus, blickte prüfend in beide Richtungen und wählte diejenige, die ihn zur nach wie vor offenstehenden Tür des Kontrollraums führte. Geräuschlos schlich er näher, ohne irgendwelche Worte oder Gesprächsfetzen zu hören. Entweder waren die beiden Bediensteten mittlerweile in Schweigen verfallen, oder sie hatten den Raum verlassen. Oder sie . . .

Oder sie hingen mit geschlossenen Augen und erschlafften Gliedern in ihren Sesseln! stellte Cedric perplex fest, als er die Öffnung erreicht und einen Blick in den Kontrollraum riskiert hatte.

Vorsichtig trat er näher, auf jede unangenehme Überraschung vorbereitet, doch die zwei Bediensteten reagierten in keinster Weise auf ihn, selbst als er einen von ihnen leicht mit der Waffe an der Schulter anstieß. Sie schienen tief und fest zu schlafen — und das konnte nie und nimmer ein Zufall sein!

Seine Beklommenheit nahm noch zu, als er seinen Blick über die Überwachungsbildschirme streifen ließ und feststellte, daß auf einigen von ihnen verschiedene Abschnitte der Besucherzone zu sehen waren, unter anderem auch das Casino. Auf welchen Monitor er auch sah, überall lagen die Leute reglos und wie schlafend auf den Plätzen, die sie vor dem Manöver eingenommen hatten, gleichgültig, ob es sich nun um Gäste oder Bedienstete handelte.

Es schien, als ob mit einem Male jedes menschliche Wesen innerhalb der Sternenstadt in einen tiefen Dornröschenschlaf verfallen wäre!

Cedric schluckte trocken, als ihm das Ausmaß seiner Entdeckung bewußt wurde. Es war die Kurskorrektur! erkannte er. Sie war dafür verantwortlich. Oder sollte es besser heißen — die *angebliche* Kurskorrektur? Hatte einer der beiden Bediensteten vorhin nicht bereits geäußert, daß es bei dem Manöver noch um etwas ganz anderes gehen sollte? Worum, davon konnte Cedric sich mit eigenen Augen überzeugen.

Leider halfen ihm diese Beobachtungen in keinster Weise dabei, die Antwort nach dem Grund zu finden. Und wieso hatte diese rätselhafte Bewußtlosigkeit nicht auch ihn selbst, Cedric, getroffen? Warum war ausgerechnet er munter wie ein Buärps im Trichter, während ansonsten offenbar jedermann auf *Star City* in einen kollektiven Schlummer gesunken war?

Wenn es eine Eigenschaft gab, die Cedric seit jeher ausgezeichnet hatte, dann war es die Fähigkeit, nicht unnötig lange über Dinge nachzudenken, die zu lösen er nicht in der Lage war. Er sah sich suchend um und entdeckte neben der Tür einen Erste-Hilfe-Schrank. Ihm entnahm er einen Einweg-Injektor mit einem aufputschenden Syntho-Adrenalin, das einen Halbtoten ins Leben zurückholen konnte. Blieb nur zu hoffen, daß es auch bei Maylor anschlug. Cedric würde sich wesentlich wohler fühlen, wenn er ihn jetzt an seiner Seite hatte.

Er verschloß den Schrank sorgfältig und eilte mit dem Injektor in der Hand in den anderen Raum zurück. Maylor lag noch immer so da, wie er ihn zurückgelassen hatte. Cedric ging in die Hocke und bereitete die Injektion vor, als das Vibrieren des Bodens unvermittelt schwächer wurde. Auch das Summen der Energiemeiler ebbte ab und senkte sich auf einen normalen Pegel.

Im selben Moment begann Maylor sich zu regen. Er erhob den Oberkörper und schüttelte benommen den Kopf. Als er Cedric neben sich sah, reagierte er mit einem entschuldigenden Lächeln.

»Keine Sorge«, versicherte er. »Ich komme schon allein auf die Füße zurück.« Und wie um seine Worte unter Beweis zu stellen, erhob er sich, und er tat es mit einer Selbstverständlichkeit, als wäre nicht das geringste vorgefallen.

Es erklang ein *Ding-Dong*.

»*Werte Gäste*«, hallte es aus den Lautsprechern. »*Die Kurskorrektur wurde soeben erfolgreich beendet. Sie können Ihre Plätze nunmehr verlassen. Wir danken für Ihr Verständnis, wünschen Ihnen weiterhin einen angenehmen Aufenthalt und eine unvergeßliche Sternengala.*«

»Das ging ja überraschend schnell«, meinte Maylor beiläufig. Er wandte sich dem Pult zu, an dem er vor seinem Zusammenbruch gesessen hatte, und rieb sich tatendurstig die Hände. »Wo waren wir stehengeblieben? Stimmt, wir waren gerade dabei, uns ins Computersystem zu mogeln.«

Er wollte sich den Stuhl heranziehen, um erneut Platz vor dem Terminal zu nehmen, doch Cedric legte seine Hand schwer auf die Lehne.

»Was ist mit dir los, Maylor?« fragte er mit eindringlicher Stimme. »Sag mal, willst du einfach so tun, als wäre gar nichts vorgefallen?«

»Vorgefallen? Was sollte denn vorgefallen sein?«

»Erinnerst du dich etwa nicht daran, daß du zusammengebrochen bist?«

»Ach so.« Maylor machte eine abfällige Geste, als lohne es sich nicht, sich über eine solche Kleinigkeit den Kopf zu zerbrechen. »Das war nur ein kleiner Schwächeanfall. Wie er jedem mal passieren kann.«

»*Wie bitte?*« Cedric glaubte, sich verhört zu haben. »Einen kleinen Schwächeanfall nennst du das? Das war alles andere als das! Du bist ein bis zwei Minuten ohnmächtig gewesen.«

»Unsinn!« meinte Maylor ungehalten. »Ich war allerhöchstens ein winziges Sekündchen weggetreten. Kein Grund, sich darüber aufzuregen. Wie gesagt, das war nur ein kleiner Schwächeanfall, wie er jedem mal passieren kann.« Er bemerkte den Injektor, den Cedric in der Hand hielt. »Nanu! Wo hast du den denn plötzlich her?«

»Das will ich dir sagen«, antwortete Cedric mit einem freudlosen Lächeln. »Den Injektor habe ich, während du dieses winzige Sekündchen weggetreten warst, aus dem Kontrollraum nebenan geholt. Ich hatte gehofft, dich damit wieder auf die Beine zu bringen, nachdem alles, was ich vorher versucht habe, nicht geholfen hat.« Er ließ seine Worte einen Augenblick lang wirken, bevor er hinzufügte: »Übrigens, falls es dich interessiert, die zwei Bediensteten dort drüben waren auch weggetreten.«

Maylor sah Cedric mit herabgezogenen Augenbrauen an. Es hatte den Anschein, als frage er sich, wer von ihnen beiden derjenige war, der hier nicht mehr alle Beiboote im Hangar hatte. Die Antwort wäre wohl recht eindeutig ausgefallen, hätte es nicht den Injektor in Cedrics Hand gegeben.

»Du willst mich auf den Arm nehmen!« Es sollte überzeugt klingen, aber in Maylors Stimme hatte sich bereits eine gehörige Portion Zweifel gemischt. »Das ist wieder einer deiner dummen Scherze, nicht wahr?«

Cedric schüttelte wortlos den Kopf.

»Erzähl!« forderte Maylor ihn auf; offenbar war er mehr als unsicher geworden.

Cedric berichtete, wie sich die Dinge aus seiner Sicht zugetragen hatten, und er vergaß auch nicht zu erwähnen, was er auf den Monitoren gesehen hatte. Maylor hörte mit finsterer Miene zu.

»Ich kann mir einfach nicht vorstellen, daß ich so lange ohnmächtig gewesen sein soll«, sagte Maylor, nachdem Cedric geendet hatte. Er lauschte in sich hinein, als wolle er feststellen, inwieweit er sich auf seine Erinnerung verlassen konnte. »Ich könnte schwören, daß es nur ein kleiner Schwächeanfall war. So wie er . . .«

». . . jedem mal passieren kann«, ergänzte Cedric. »Das hast du schon mal gesagt. Aber sag selbst: Wann ist dir so ein Schwächeanfall schon einmal passiert?« Die Frage war nicht unberechtigt. Schließlich mußten sich Raumschiffkommandanten wie Maylor regelmäßigen medizinischen Untersuchungen unterziehen. Und wenn sich dabei herausstellte, daß sie nicht hundertprozentig gesund waren, durften sie mit einer sofortigen Zwangsversetzung in den Stabsdienst rechnen.

Maylor ging nicht darauf ein. Ihn beschäftigten andere Dinge.

»Angenommen, es stimmt, was du da sagst . . .«, begann er, und als er sah, wie Cedric protestierend den Mund öffnete, hob er die Arme und ergänzte schnell: »Schon gut! Ich glaube dir. Kannst du mir erklären, warum es von all den Leuten hier gerade dich nicht erwischt hat?«

»Stell dir vor«, antwortete Cedric, und sein schroffer Tonfall resultierte vor allem aus seiner eigenen Ratlosigkeit, »das habe ich mich auch schon gefragt! Aber leider weiß ich keine Antwort darauf.«

Maylor sah Cedric prüfend an und ließ es dabei bewenden. Längst war er mit einem anderen Aspekt beschäftigt − ein Zeichen, wie rasch er in der Lage war, sich mit neuen Gegebenheiten abzufinden.

»Du bist dir hoffentlich darüber im klaren, was deine Schilderung in letzter Konsequenz bedeutet? Nämlich daß diese Ohnmacht absichtlich herbeigeführt worden wäre. Und daß die angebliche Kurskorrektur lediglich dazu diente, sie zu verschleiern.«

»Davon gehe ich aus«, bestätigte Cedric nüchtern. Ein Gedanke kam ihm in den Sinn. »Und mit der Anweisung, sich während des Manövers auf sichere Plätze zu begeben, wollte man verhindern, daß sich irgend jemand dabei verletzt, wenn er plötzlich zu Boden stürzt.«

»Trotzdem könnte eine solche Aktion gar nicht unbemerkt bleiben. Es müßte genügend Personen geben, die Verdacht schöpfen.«

»Wenn ich daran erinnern darf − *dir* ist auch nichts aufgefallen. Und dabei bist du sogar zu Boden gestürzt.«

»Nun ja«, war alles, was Maylor zu entgegnen wußte. »Woher willst du überhaupt wissen, daß alle anderen gleichzeitig mit mir wieder erwacht sind?«

»Ich nehme es an. Um sicher zu sein, müßten wir schon rausgehen und nachsehen, ob wir von irgend jemandem entdeckt werden.«

»Nein, das können wir auch anders herausfinden.«

»Und wie?«

»Damit.« Maylor deutete auf das Computerterminal. Der Bildschirm zeigte an, daß das System für weitere Eingaben bereit war. »Wenn wir hierdurch Zugang zum Hauptcomputersystem haben, erhalten wir so ziemlich jede Information, die wir haben wollen.«

Cedric nickte. Ein guter Gedanke. Er gab den Sessel frei, so daß Maylor wieder vor dem Terminal Platz nehmen konnte. Routiniert ließ er seine Finger über die Tastatur wandern, und jede seiner Eingaben wurde anstandslos angenommen. Die Berechtigungscard, die ihnen ihr unbekannter Informant hinterlassen hatte, ermöglichte ihnen tatsächlich freien Zugriff zu weiten Teilen des Datenmaterials. Natürlich kamen sie längst nicht an alle Dateien heran. Bereiche wie die Geschäftsunterlagen der *Sandara Star Company* oder alles, was mit Sicherheitsbelangen zu tun hatte, waren nur mit den entsprechenden Zugriffscards oder Paßwörtern zugänglich. Daher gelang es Maylor auch nicht, Aufnahmen von Überwachungskameras auf die Bildschirme zu überspielen – jedenfalls nicht, ohne sich dafür zeitaufwendig durch die verschiedenen Sicherheitsbereiche voranzutasten, aber für das, was sie wissen wollten, war es gar nicht nötig. Es reichten so belanglose Angaben wie die Häufigkeit von Liftbewegungen oder der Betätigung von sanitären Einrichtungen, um ihnen die Gewißheit zu verschaffen, daß innerhalb der Sternenstadt wieder alltäglicher Betrieb eingekehrt war.

Als nächstes rief Maylor die Bahnkoordinaten des Asteroiden ab. Für einen Laien flimmerten dabei lediglich endlose Zahlenkolonnen über den Bildschirm, aber die beiden Raumfahrer wußten sie gut genug zu lesen, um Gewißheit zu erlangen, daß in der Tat keine Kurskorrektur stattgefunden hatte. Die Umlaufbahn des Asteroiden hatte sich während des Manövers nicht verändert.

»Damit dürfte sich deine Vermutung, daß die Kurskorrektur ein reines Ablenkungsmanöver war, bestätigt haben«, sagte Maylor. »Ich frage mich nur, was man mit den ganzen Energiemengen angefangen hat. Die Meiler waren zweifellos bis zum Anschlag hochgefahren.«

»Im Zweifelsfall hat man die Energien einfach ins All abgeleitet«, schlug Cedric vor. »Dann hätten sich allerdings bei den Bahndaten geringe Interferenzen zeigen müssen. Aber davon war nichts zu erkennen.«

»Ganz mein Eindruck. Aber warte, diesem Problem rücken wir schon auf den Leib.«

Maylor bediente erneut die Eingabetastatur. Es gelang ihnen zwar nicht, herauszufinden, wofür die Energiemengen gebraucht worden waren, aber indem sie die während des Manövers belasteten Leitungsstränge verfolgten, konnten sie wenigstens feststellen, *wohin* sie geflossen waren. Dabei stießen sie auf eine Überraschung: Der entsprechende Zielpunkt lag nicht innerhalb der Sternenstadt, sondern *darunter!* Dort, wo es außer massivem Asteroidengestein nichts hätte geben dürfen, endeten die Leitungsstränge scheinbar im Nichts.

»Wie es aussieht, gibt es dort unten Bereiche, die in den Speichern nicht erfaßt sind«, schlußfolgerte Maylor.

»Du meinst, so ein geheimer Gebäudeteil?«

»Genau«, stimmte Maylor zu und seufzte dann. »Oder auch etwas vollkommen anderes.«

»Kannst du nicht feststellen, welche Teile von *Star City* sich über diesem Punkt befinden? Vielleicht gibt es von dort aus einen Weg, dorthin zu gelangen und sich das Ganze mit eigenen Augen anzusehen? Spätestens dann wüßten wir, worum es hier geht. Und ich bin mir verdammt sicher, daß dieser gewaltige Energieverbrauch sehr viel mit der Lösung unseres Problems zu tun hat.«

»Mal sehen, was sich tun läßt. Zumindest ein paar Anhaltspunkte müßten sich finden lassen.« Maylor arbeitete weiter, bis er Minuten später die gewünschten Angaben erhielt. »Hier. Da haben wir den Trakt, der direkt darüber liegt: Die zentrale Kommando- und Steuereinheit von *Star City*.« Er atmete tief durch. »Das Heiligtum sozusagen.«

»Die zentrale Kommandoeinheit«, wiederholte Cedric niedergeschlagen und überflog die Bildschirmangaben erneut, um sich zu vergewissern, ob Maylor sich nicht getäuscht hatte. Leider hatte er das nicht. »Na dann, gute Nacht. Das dürfte so ziemlich der am besten gesicherte Bereich der gesamten Sternenstadt sein.«

»Wenn der Ort, wo die Energiemengen hingeleitet worden sind, tatsächlich so wichtig ist, ist es nur logisch, daß man nur über die Kommandozentrale dorthin gelangt. Aber vielleicht gibt es ja doch noch einen anderen Weg.«

Sie suchten vergeblich danach. Über alles, was den Kommandotrakt betraf, waren nur mehr oder weniger belanglose Angaben zu finden. Nicht einmal eine grobe Übersicht der Etagen oder Räumlichkeiten war den Speichern zu entlocken. Bald gaben sie das fruchtlose Unterfangen auf und widmeten sich einer anderen Zielsetzung, die Cedric mindestens ebenso interessierte: die Gefangenentrakte. Er wollte wissen, wo man Sheryl und Nabtaal untergebracht hatte. Denn falls der große Unbekannte seine Ankündigung, die beiden zu befreien, nicht einhielt, war es Cedrics fester Vorsatz, sich selbst darum zu kümmern. Insgeheim machte er sich schwere Vorwürfe, bislang nicht mehr dafür getan zu haben. Schließlich betrachtete er Sheryls Befreiung als seine vordringlichste Aufgabe. Viel wichtiger noch als die Aufdeckung der kosmischen Verschwörung.

Und er wußte auch, warum ihm so viel daran lag. Nämlich weil er Sheryl... Er zögerte, den Gedanken zu Ende zu denken.

Ja, sag es ruhig, ermunterte ihn eine Stimme in seinem Kopf – eine Stimme, auf die er normalerweise nicht zu hören pflegte, aber seitdem er Sheryl kennengelernt hatte, sprach sie mit einer Intensität, die er nicht mehr überhören konnte. Weil du sie nämlich *liebst*.

Cedric verzog das Gesicht und war froh, daß Maylor viel zu sehr mit dem Terminal beschäftigt war, um etwas davon zu bemerken. Er haßte es, sich von seinen eigenen Gedanken gegen seinen Willen zu Erkenntnissen zwingen zu lassen, denen er sich nicht gewachsen fühlte. Er versuchte, diese Überlegung beiseite zu schieben und war froh, daß es ihm einigermaßen gelang. Trotzdem wehte Sheryls Gesicht jetzt, da er an sie gedacht hatte, immer wieder an seinem inneren Auge vorbei, und es schien ihm, als warte sie sehnsüchtig darauf, daß er sie endlich fand und befreite.

Es gelang Maylor, einen unterirdischen Gebäudeteil ausfindig zu machen, der allen Anzeichen nach der Unterbringung von Gefangenen diente. Ganz schlüssig war es nicht festzustellen, denn natürlich unterlagen alle Einzelheiten über diese Örtlichkeiten höheren Zugangscodes, aber alle sekundären Anhaltspunkte deuteten darauf hin. Insbesondere die Fülle von Sicherungsanlagen.

»Da ist kein Reinkommen möglich«, resümierte Maylor, nachdem sie sämtliche Möglichkeiten durchgegangen waren. »Das heißt, rein würden wir vielleicht schon kommen, aber spätestens in derselben Stunde würden alle Alarmsirenen aufheulen. Allerhöchste Sicherheitsstufe. Jeder einzelne Millimeter ist mindestens doppelt und dreifach überwacht und abgesichert. Selbst eine weganische Springmücke würde da nicht unentdeckt eindringen können, und du weißt, wie verdammt klein diese Viecher sind!«

Cedric nickte. Die Bildschirmanzeigen sprachen eine eindeutige Sprache. Aber er war nicht gewillt, so schnell aufzugeben.

»Laß uns weitersuchen«, bat er. »Jedes System hat seine Schwäche.«

»Ja«, pflichtete Maylor ihm mutlos bei. »Die Frage ist nur, wie wir diese Schwäche finden sollen, wenn wir an die meisten Informationen gar nicht herankommen.« Dennoch arbeitete er verbissen weiter und tastete sich von Information zu Information. »Hier, das könnte die Achillesferse des Systems sein«, sagte er irgendwann und deutete auf den Bildschirm. »Die Energie für die Überwachungssysteme wird von einem separaten Meiler bereitgestellt. Meiler 217. Wenn wir ihn ausschalten könnten, würden wir damit auf einen Schlag sämtliche Überwachungssysteme im Gefangenentrakt lahmlegen. Und die in einigen benachbarten Bereichen ebenfalls. Zum Beispiel in diesen Produktionsstätten.«

»Dann müßten wir uns also nur ein wenig Sprengstoff besorgen, ein hübsches Feuerwerk veranstalten, und schon wäre der Weg in den Gefangenentrakt frei«, überlegte Cedric laut.

»Richtig«, stimmte Maylor sarkastisch zu. »So einfach ist das. Ein Kinderspiel.«

Sie nutzten das Terminal in der Folgezeit, um sich einen umfassenden Überblick über die anderen Anlagen der Sternenstadt – die verschiedenen Büro-, Produktions- oder Personalebenen – zu verschaffen. Cedric versuchte, sich alles so gut wie möglich einzuprägen. Wer wußte, welches der vielen Details künftig womöglich entscheidende Bedeutung erlangen würde. Insgesamt saßen sie mehrere Stunden vor dem Terminal, ehe Maylor die Berechtigungscard aus dem Schlitz nahm und das Pult wieder ausschaltete. Sie hatten alles erfahren, was sie interessierte und worauf sie im Rahmen ihrer Möglichkeiten Zugriff bekommen hatten.

Ob es allerdings die richtigen Informationen gewesen waren, würde die Zukunft zeigen.

Es war an der Zeit, in die Besucherzone zurückzukehren. Zuvor gab es jedoch noch etwas zu erledigen. Cedric stellte seine Waffe auf die geringste Strahlungsstärke, hielt das Blatt mit der Nachricht zwischen Daumen und Zeigefinger der anderen Hand und drückte kurz ab. Das Papier entflammte und löste sich binnen Sekunden in Rauch auf.

Bevor sie das Türschott auffahren ließen, verbargen sie die Strahler unter ihrer Kleidung, allerdings so, daß sie jederzeit danach greifen konnten. Falls ihnen keine andere Möglichkeit blieb, mußten sie die Waffe als Schocker einsetzen. Zum Glück war der Korridor vor dem Raum leer. Als sie an dem Kontrollraum vorbeischlichen, saßen die beiden Bediensteten immer noch vor ihren Pulten. Cedric fragte·sich, ob sie überhaupt bemerkt hatten, daß sie vor Stunden zwischenzeitlich ohnmächtig gewesen waren, oder ob sie genau wie Maylor der Meinung waren, daß nichts vorgefallen war. Leider bestand nicht die Möglichkeit, sie danach zu fragen.

Cedric und Maylor hielten sich nicht länger als nötig damit auf, die beiden zu beobachten, sondern bewegten sich weiter. Zwar herrschte mittlerweile wieder einigermaßen normaler Betrieb auf den Gängen, aber das Schicksal meinte es anscheinend gut mit ihnen. Sie hasteten von Abschnitt zu Abschnitt, nachdem sie sich zuvor jeweils mit einem vorsichtigen Blick davon überzeugt hatten, daß der Weg frei war. Nur einmal wurden sie von mehreren Bediensteten überrascht, die, als sie beide ohne Deckung mitten in einem Korridor standen, nur wenige Meter vor ihnen eine Gangkreuzung betraten, doch die Männer waren in ein Gespräch vertieft und gingen zielstrebig weiter, ohne einen Blick in ihre Richtung geworfen zu haben.

Dann hatten sie den Lift erreicht. Cedric legte seine Hand auf den Sensor, während sie beide Seiten des Korridors nervös im Blick behielten. Es wäre fast schon eine Ironie des Schicksals, wenn sie im letzten Augenblick noch entdeckt werden würden. Doch niemand tauchte an den Enden des Ganges auf. Die böse Überraschung ereilte sie aus einer ganz anderen Richtung.

Als die Schotthälften des Fahrstuhls nach endlos lang erscheinenden ein oder zwei Sekunden endlich zur Seite glitten und sie rasch in die Kabine schlüpfen wollten, stießen sie mit jemandem zusammen, der gerade aussteigen wollte. Nahezu gleichzeitig zuckten ihre Hände in Richtung ihrer Waffen, und ebenso gleichzeitig verharrten sie mitten in der Bewegung, als sie erkannten, wer da in sie hineingelaufen war.

Virgint!

»Mr. Portos! Mr. Aramis!« Der Bankangestellte machte große Augen und sah, da er einen guten Kopf kleiner als sie war, zu ihnen auf. »Was für ein Zufall! Was machen Sie denn hier?«

»Wir haben uns wahrscheinlich etwas verirrt«, entgegnete Maylor verwirrt. »Eigentlich wollten wir zum Casino. Aber das hier . . .« Er blickte ostentativ in die Runde und machte eine hilflose Geste. »Das sieht nicht so aus, als ob wir richtig wären.«

»Da muß ich Ihnen recht geben«, sagte Virgint ohne die geringste Spur von Argwohn. »Hier sind Sie in der Tat ziemlich weit vom Weg abgekommen. Die Besucherzone liegt in einem ganz anderen Stockwerk. Aber vielleicht ist es eine Fügung des Schicksals, daß wir uns hier treffen.«

»Wie meinen Sie das?« fragte Cedric nach.

»Sie werden es nicht glauben«, erzählte Virgint, »aber ich bin gerade auf dem Weg zu Sartorius Wosch. Sie wissen doch, das ist der Direktor unserer Bank, mit dem Sie über einen Kooperationsvertrag verhandeln wollten. Ich hatte vor, einen Termin für Sie abzumachen. Ich nehme doch an, es ist in Ihrem Sinne, wenn diese Angelegenheit schnell zu einem Abschluß kommt?«

Wosch befand sich auf dieser Etage!

Cedric gab sich Mühe, sich sein Erschrecken nicht anmerken zu lassen.

»Vielleicht sollten Sie gleich zu ihm mitkommen«, schlug Virgint vor. »Dann können Sie Mr. Wosch persönlich kennenlernen und ihm schon vorab Ihre Wünsche und Vorstellungen mitteilen. Ja, ich glaube, das wäre das beste.« Er sah sie nach Zustimmung heischend an. »Was meinen Sie? Ist das nicht eine gute Idee?«

Nun saßen sie in der Klemme! Sartorius Wosch, einer aus dem engsten Führungskreis der Verschwörer, kannte ihr Konterfei mit Sicherheit. Waren die angeblich von ihnen gewünschten Verhandlungen, die sie nur mit dem Chef der K&K-Bank persönlich hatten führen wollen, bislang ihr Trumpf und ihre Eintrittskarte zu *Star City* gewesen, jetzt und hier mußten sie einem Zusammentreffen mit Wosch so lange wie möglich aus dem Weg gehen. In dem Moment, da sie ihm unter die Augen traten, wäre ihre Tarnung aufgeflogen.

»Nein, das . . .«, begann Cedric, nur um irgend etwas zu sagen. Zu allem Überfluß waren Schritte zu hören, die sich näherten. Er erschauderte bei dem Gedanken, daß es sich womöglich um Wosch selbst handeln könnte, der kam, um Virgint vom Aufzug abzuholen.

Schnell und mit sanfter Gewalt drängte Cedric den schmächtigen Bankmenschen in die Kabine zurück und war froh, daß Maylor ihm dabei zu Hilfe kam, so daß Virgint gar nichts anderes übrigblieb, als vor ihnen zurückzuweichen, bis er mit seinem Rücken gegen die rückwärtige Kabinenwand stieß. »Das ist leider nicht möglich. Wir haben schon einen anderen Termin. Tut uns leid, aber wir konnten nicht wissen, daß Sie auf dem Weg zu Wosch sind.«

»Ja«, ergänzte Maylor einen Atemzug später. »Außerdem findet nachher die Sternengala statt. Ich denke, es wäre angebracht, sich erst einmal richtig zu amüsieren. Das Geschäftliche kann bis morgen warten. Auf die paar Stunden kommt es jetzt nicht mehr an.« Erleichtert nahmen sie zur Kenntnis, wie sich die Schotthälften hinter ihnen schlossen. Damit war die Gefahr einer Entdeckung fürs erste gebannt.

Virgint lächelte etwas unbeholfen.

»Ganz, wie Sie meinen«, sagte er bedauernd. »Allerdings dachte ich, Sie würden Wert darauf legen, daß...«

»Seien Sie uns bitte nicht böse, Mr. Virgint«, unterbrach Cedric, »aber unsere Zeit drängt ein wenig. Wenn Sie uns vielleicht helfen könnten, aufs Besucherdeck zurückzukommen?«

»Aber natürlich!«

Virgint schien froh zu sein, daß es doch etwas gab, was er für sie tun konnte. Er beugte sich vor und nannte der Steuerautomatik die Nummer der entsprechenden Etage, und die Art, wie er es tat, zeigte, wie stolz er war, ihnen demonstrieren zu können, daß er die entsprechende Nummer im Kopf hatte. Cedric verwunderte es nicht besonders. Vermutlich waren sein Zahlengedächtnis und die Vorliebe, es jederzeit zu trainieren, untrennbar mit seinem Job verbunden.

»Hören Sie, um noch einmal auf unseren letzten Abend auf der STERNENMEDAILLON zurückzukommen«, begann der Bankangestellte in einem Tonfall, als würde er dieses Thema nie ansprechen, wenn er sich nicht so außerordentlich gut mit ihnen verstünde. »Ich habe das vage Gefühl, als hätte ich mich dabei womöglich etwas danebenbenommen. Aber ehrlich gesagt, ich kann mich kaum daran erinnern, was an diesem Abend vorgefallen ist. Ich weiß nur noch, daß ich heute irgendwann mit fürchterlichen Kopfschmerzen in meiner Kabine aufgewacht bin. Und das fast zwanzig Stunden nach der Landung auf *Star City*! Aber wie ich in meine Kabine zurückgekommen bin...«

»Ich kann Sie beruhigen, Mr. Virgint«, beschwichtigte Cedric ihn. »Es ist nichts vorgefallen, was Ihnen irgendwelche Sorgen bereiten sollte. Wir haben lediglich einen angenehmen Abend verbracht, und nachdem Sie den letzten Hyperraumsprung geradezu heldenhaft überstanden haben, haben Sie es für angebracht gehalten, sich in Ihre Kabine zurückzuziehen. Sie wollten sich nach dieser Anstrengung etwas ausruhen, wenn ich mich recht erinnere.«

»Da bin ich aber erleichtert«, stieß Virgint hervor. »Ich bin mir sicher, es lag allein an diesem teuflischen plomboyanischem Sekt. Ich weiß nicht, ob ich es Ihnen schon gesagt habe, aber normalerweise trinke ich nie alkoholhaltige Getränke.«

»Nun ja«, bemerkte Maylor tiefgründig. »Plombaya ist seit jeher für seine Rauheit bekannt.«

»Sie waren schon einmal dort?« erkundigte sich Virgint interessiert. »Man hört schier unglaubliche Dinge, was diese Extremwelt betrifft.«

»Nein«, log Maylor, um nicht in ein endloses Gespräch verwickelt zu werden, »die Gelegenheit hat sich leider noch nicht ergeben.«

Der Lift kam zum Halten. Als sich die Schotthälften öffneten, lag der kurze Seitenkorridor der Besucherzone vor ihnen.

»Machen Sie es gut, Mr. Virgint«, sagte Maylor, nachdem er mit Cedric ausgestiegen war. »Und nutzen Sie den heutigen Tag, um richtig auszuspannen. Jemand, der so hart arbeitet wie Sie, hat es verdient, sich ab und zu etwas Spaß zu gönnen.«

Virgint nickte beflissen, als entspräche dies durchaus seiner Meinung. Endlich einmal jemand, der ihn und den nervenaufreibenden Streß, unter dem ein Bankangestellter stand, zu würdigen wußte!

»Dann soll ich also für morgen einen Termin abmachen?« erkundigte er sich.

»Ich weiß nicht so recht«, sagte Cedric Cyper verhalten. Es war klüger, von vornherein auf Zeit zu spielen. Wer wußte, ob sie morgen ihrem Ziel bereits entscheidend nähergekommen sein würden? »Ich denke, daß die heutige Nacht sehr lang werden könnte. Und ich möchte gerne ausgeschlafen sein, wenn ich über unser Byranium-Vorkommen verhandle. Schließlich geht es dabei um immense Summen. Vielleicht wäre es am besten, wir würden absprechen, wann wir Kontakt mit Mr. Wosch aufnehmen.«

Virgint machte einen enttäuschten Eindruck.

»Etwas anderes wäre es natürlich, wenn Sie es schaffen würden, einen Besprechungstermin mit Sandara abzumachen«, ergriff Maylor wiederum das Wort. »Für sie hätten wir natürlich immer Zeit.«

Cedric warf seinem Mitstreiter einen mißmutigen Blick zu. Was sollte das?

»Mit Sandara?« fragte Virgint entgeistert, als hätte man ihm vorgeschlagen, zu Fuß zum Milchstraßenzentrum zu laufen. »Sie . . . Sie meinen, mit ihr . . . ihr *selbst*?«

»Ja«, bestätigte Maylor. »Wir sind zwar nur zwei unbedeutende Prospektoren. Aber das geschäftliche Volumen, das wir zu bieten haben, dürfte auch für Sandara nicht uninteressant sein.« Und mit einem Augenzwinkern fügte er hinzu: »Wann hat man sonst schon die Chance, eine solch bezaubernde Frau kennenzulernen?«

»Ich glaube nicht, daß das möglich sein wird«, sagte Virgint. »Soweit ich weiß, läßt Sandara solche Geschäftsverhandlungen immer von entsprechenden Bevollmächtigten führen.«

»Wer weiß, vielleicht macht sie in unserem Fall ja eine Ausnahme?« verlieh Maylor seiner Hoffnung Ausdruck. »Ich jedenfalls würde lieber mit ihr verhandeln als mit einem graugesichtigen Bankmenschen. Dafür würde ich sogar ein paar Konzessionen bezüglich der Konditionen machen, und ich denke, mein Partner ist da ganz meiner Meinung. Und eine Sonderprämie für Sie wäre natürlich auch drin.«

»Ich bezweifle, daß sie mich zu sich vorläßt, aber ich werde sehen, was sich tun läßt«, versicherte Virgin eifrig, aber es klang nicht besonders hoffnungsvoll.

Cedric war fast erleichtert darüber. Er war sich noch immer nicht sicher, ob Maylor so sehr auf eine persönliche Begegnung mit Sandara drang, weil er hoffte, über sie an die Hintermänner der Verschwörung heranzukommen, oder weil er nach der gestrigen kurzen Begegnung mit ihr nicht mehr in der Lage war, vernünftig zu denken.

»Tun Sie das«, ermunterte Maylor ihn und deutete auf Virgints Kopf. »Übrigens — wo haben Sie sich die nette, kleine Beule geholt? Haben Sie sich etwa mit irgend jemandem geschlagen?«

Virgint tastete über seine Stirn und zuckte etwas zusammen, als er mit den Fingern die leicht verfärbte Stelle an seiner Schläfe berührte.

»Ach das«, meinte er. »Nein, das ist vorhin während der Kurskorrektur passiert. Ich bin etwas unglücklich gestürzt und muß mir dabei den Kopf gestoßen haben.«

»Gestürzt? Worüber denn?«

»Oh, über gar nichts«, antwortete Virgint. »Das war nur ein kleiner Schwächeanfall. Wie er jedem mal passieren kann. Nichts, worüber es sich nachzudenken lohnt.«

Cedric horchte geradezu elektrisiert auf. Virgint bemerkte davon nichts. Als niemand mehr etwas sagte, hob er die Hand und hielt unsicher inne, als wüßte er nicht, ob er sie ihnen zum Abschied hinstrecken oder ihnen damit zuwinken sollte.

»Na dann . . .«, meinte er. »Ich werde sehen, was ich tun kann, um Sandara Ihr Anliegen vorzubringen, und mich dann wieder bei Ihnen melden. Vielleicht sehen wir uns noch nachher auf der Sternengala . . .«

Hoffentlich nicht, dachte Cedric, während Virgint mit dem Fahrstuhl verschwand.

»Was schaust du so nachdenklich?« fragte Maylor.

»Ist dir an dem, was Virgint gerade erzählt hat, etwas aufgefallen?«

»Natürlich. Er ist genauso in Ohnmacht gefallen wie alle anderen hier. Aus dem Grund habe ich ihn ja nach der Beule gefragt. Ich habe mir fast gedacht, daß er es während des Manövers nicht für nötig gehalten hat, einen sicheren Platz aufzusuchen.«

»Ich meinte weniger, was er gesagt hat, sondern welche Worte er gebraucht hat: Das war nur ein kleiner Schwächeanfall, wie er jedem mal passieren kann. Kommt dir daran nichts komisch vor?«

»Na und?«

»Es sind genau dieselben Worte, die du auch benutzt hast!«

Maylor dachte einen Moment lang nach, dann hob er die Schultern, als frage er sich, warum Cedric dem so viel Bedeutung beimaß.

»Zufall! Weiter nichts«, meinte er. »Hältst du so was etwa für wichtig?«

»Ich bin mir noch nicht sicher«, antwortete Cedric. »Warten wir ab, was Kara-Sek dazu sagt.«

Maylor hob erneut die Schultern. »Was sollte er schon dazu zu sagen haben?«

»Das war nur ein kleiner Schwächeanfall«, sagte Kara-Sek, und rümpfte verächtlich die Nase, als wäre es ihm peinlich, eine schmachvolle Tatsache eingestehen zu müssen. »Wie er jedem mal passieren kann.«

Cedric wandte den Kopf und bedachte Maylor mit einem vielsagenden Blick. Nachdem sie in ihr Quartier zurückgekehrt waren, hatte er den Yoyodynen als erstes gefragt, ob während ihrer Abwesenheit etwas vorgefallen war. Doch es hatte mehrerer gezielter

Nachfragen bedurft, ehe Kara-Sek eingestanden hatte, während des Manövers kurz das Bewußtsein verloren zu haben.

»Na, hältst du es immer noch für einen Zufall?« fragte Cedric. »Du, Virgint und jetzt auch Kara-Sek – ihr alle habt genau denselben Wortlaut benutzt!«

Maylor mußte eingestehen, daß er der Sache bislang zu wenig Beachtung geschenkt hatte.

»Du hast recht«, bekannte er. »Das kann kein Zufall sein. Trotzdem... Irgendein Gefühl sagt mir, wie völlig unwichtig und belanglos dieser Schwächeanfall ist.«

»Ganz recht«, pflichtete Kara-Sek bei. »Unwichtig und belanglos.«

Sie klärten Kara-Sek darüber auf, was sie erlebt und herausgefunden hatten, und anschließend dachte der Yoyodyne ebenfalls anders darüber.

»Es hat den Anschein«, sagte Maylor, »als hätte man allen, die in Ohnmacht gefallen sind, so etwas wie einen posthypnotischen Block verpaßt, damit sie nicht weiter darüber nachdenken.«

»Damit könntest du durchaus ins Schwarze getroffen haben«, pflichtete Cedric ihm bei. »Und das erklärt auch, warum man keine Angst haben mußte, daß irgend jemandem etwas auffällt.«

»Aber...« Maylor breitete die Arme in einer ratlosen Geste aus. »Das macht doch keinen Sinn. Warum sollte man so etwas tun? Wenn man uns gesagt hätte, all unser Vermögen der *Sandara Star Company* zu überschreiben oder irgend etwas anderes in dieser Richtung, ja, das hätte ich noch verstehen können. Aber wozu eine vollkommen nutzlose kleine Ohnmacht inszenieren und dann jedermann einimpfen, es sei ohne Belang? Welchen Sinn macht das?«

»Keinen«, antwortete Cedric. »Es sei denn, dieser Zwischenfall war noch gar nicht das, was man wirklich damit vorhat!«

»Du meinst, es war so eine Art Probelauf? Um zu testen, ob es funktioniert?«

»Wenn du es so ausdrücken willst«, sagte Cedric. »Meinetwegen. Fakt ist, daß man offensichtlich über eine Methode verfügt, sämtliche Insassen der Sternenstadt in den Schlaf zu schicken und posthypnotisch zu beeinflussen. Allein damit läßt sich eine Menge anstellen. Vor allem, wenn ich an die vielen hohen Befehlshaber denke, die hier versammelt sind...«

Maylors Augen weiteten sich.

»Man könnte auf einen Schlag fast die komplette sarday'kinsche Führungselite ausschalten!«

»Oder in seinem Sinn umpolen!« ergänzte Cedric. »Ich bin mir nicht einmal sicher, was von beiden die unerfreulichere Alternative darstellt.« Er ließ sich einen Augenblick Zeit, ehe er weiterredete: »Aber damit wissen wir endlich, was das Ziel der Verschwörer ist!«

»Die Machtübernahme?« Maylors Stimme klang seltsam belegt.

»Genau. Und gleichzeitig dürfte feststehen, daß Sandara höchstpersönlich ihre hübschen Finger im Spiel hat. Ohne ihr Einverständnis würde man eine Manipulation dieses Ausmaßes niemals durchziehen können.«

»Wir müssen unsere Leute irgendwie warnen«, sagte Maylor. »Noch ist es nicht zu spät. Es befinden sich genügend Sicherheitsleute hier, um den Verschwörern das Handwerk zu legen.«

»Ohne Beweise?« fragte Cedric lakonisch. »Glaubst du wirklich, man würde drei entflohenen Strafgefangenen wie uns mehr Glauben schenken als der berühmten und hochintegeren Sandara? Nein, das einzige, was wir damit erreichen würden, wäre unsere Inhaftierung.«

»Stimmt«, gab Maylor kleinlaut zu. »Das war ein ziemlich dummer Vorschlag.«

Cedric sah zu dem schmuckvollen Chronometer an der Wand, der die Ziffern der jeweils aktuellen Sternzeit als holografisches Abbild in den Raum projizierte.

»In knapp zwei Stunden beginnt die Sternengala«, sagte er. »Ich bin mir sicher, daß die mysteriöse Überraschung, die es zum Höhepunkt des Festes geben wird, der Zeitpunkt ist, an dem die Beeinflussung erfolgen wird. Wir müssen uns darauf verlassen, daß sich unser unbekannter Freund rechtzeitig vorher meldet. Vielleicht kommen wir mit ihm zusammen in die Zentrale oder dorthin, wo die Energiemengen hingeleitet werden. Wenn wir die Aktion verhindern können, dann am wahrscheinlichsten dort.«

Maylor zog die Berechtigungscard für das Computersystem hervor und hielt sie empor.

»Oder wir probieren es hiermit«, schlug er vor. »Wenn wir uns die Daten ausdrucken lassen und damit beweisen können, daß es keine Kurskorrektur gegeben hat und alle mit menschlicher Tätigkeit verbundenen Funktionen während des Manövers zum Erliegen kamen, wird man uns vielleicht glauben.«

»Ich befürchte, selbst das würde nicht ausreichen«, sagte Cedric. Er strich sich nachdenklich übers Kinn. »Aber du hast da einen wichtigen Punkt angesprochen. Wir müssen unbedingt einen Weg finden, uns außerhalb der Besucherzone unauffällig zu bewegen. Ein zweites Mal werden wir kaum soviel Glück haben, dort unauffällig herumzuspazieren. Wir müßten uns von irgendwoher solche weißen Uniformen besorgen, wie sie die Bediensteten tragen.«

»Nichts leichter als das«, sagte Maylor. »Wir müssen uns nur zwei Bedienstete suchen, die in etwa unsere Größe haben, und sie in einem günstigen Moment überraschen. Wenn wir sie gut verschnürt und an einem geeigneten Platz unterbringen, wird man sie vor dem Höhepunkt der Sternengala bestimmt nicht vermissen.«

»Warte. Ich glaube, es gibt noch eine andere Möglichkeit.« Abermals wanderte Cedrics Blick zu der holografischen Anzeige der Uhr und dann weiter dorthin, wo ihre Gepäckstücke abgestellt waren. Ja, genau — das war es! »Das Risiko können wir uns sparen. Wir brauchen nur jemanden, der ein paar unserer Kleidungsstücke umändert.«

Er erklärte seine Idee. In ihrem Gepäck befanden sich mehrere Kostüme, die aus wertvollem holografischen Stoff gefertigt waren. Dieses Hi-Tech-Material ließ sich mit einem kleinen Steuerungschip, der meist unter dem Kragen angebracht war, so programmieren, daß man auf seiner Oberfläche jedes eingespeicherte Muster erscheinen lassen konnte: von einem in allen Regenbogenfarben erstrahlenden Muster über ein Abbild eines funkelnden Sternenhimmels bis hin zu — einem schlichten weißen Stoff!

»Ein genialer Gedanke!« meinte Maylor. »Aber der Schnitt stimmt nicht. Wer sollte uns die Kostüme entsprechend ändern?«

»Hier auf *Star City* gibt es bestimmt eine derartige Einrichtung. Sonst hält man für die verwöhnten Gäste doch auch jeden Service bereit.«

»Aber selbst wenn«, meinte Maylor. »Willst du etwa sagen, daß man unsere Kleidung so umschneidern soll, daß sie wie Bediensteten-Uniformen aussehen? Ist das nicht ein wenig auffällig?«

»Es ist nicht nötig, daß wir jemand anders damit beauftragen«, meldete Kara-Sek sich zu Wort. »Wir brauchen lediglich Nähzeug.«

»Moment mal.« Maylor sah den Yoyodynen stirnrunzelnd an. »Willst du damit sagen, daß du dich auf Schneiderarbeiten verstehst?«

»Natürlich!« bestätigte Kara-Sek. »Ein jeder Krieger muß in der Lage sein, sich selbst um die Pflege und Instandsetzung seiner Kleidung zu kümmern. Ist das bei euch Sar'daykin nicht so?«

Maylor hob die Schultern.

»Ach, weißt du«, sagte er leichthin, »wenn bei uns in der Raumflotte jemand Probleme mit seiner Uniform hat, fordert er einfach eine neue an.«

»Eine recht uneffektive Methode«, urteilte Kara-Sek mit finsterer Miene.

»Egal.« Cedric verschwendete keine Zeit damit, sich über Kara-Seks Fähigkeiten zu wundern. Wahrscheinlich war es nur folgerichtig, daß sich jemand, der am liebsten mit antiquierten Schwertern kämpfte, zugleich auf den Umgang mit solch prähistorischen Werkzeugen wie Nadel und Faden verstand. Cedric deutete auf das Informationsterminal. »Sieh zu, daß du dir die notwendigen Sachen kommen läßt. Du weißt selbst besser, was du brauchst.«

Der Yoyodyne setzte sich vor das Terminal, als Maylor plötzlich mit den Fingern schnappte.

»Ich hab's!« rief er.

»Was?« fragte Cedric. »Die Raumpest?«

»Nein. Ich weiß, auf welchem Wege man die Leute beeinflußt hat.«

»Raus damit!«

»Es sind die Byranium-Anhänger«, verkündete Maylor. »Überleg doch: Jeder der Gäste hat bei der Ankunft einen davon erhalten und wurde ausdrücklich angehalten, ihn die ganze Zeit über zu tragen. Darüber findet die Beeinflussung statt.«

Cedric überlegte einen Moment.

»Das trifft vielleicht auf Kara-Sek, Virgint und dich zu«, gab Cedric zu bedenken. »Aber du vergißt das Personal! Die beiden Techniker im Kontrollraum hat es genauso erwischt wie alle anderen Bediensteten, die auf den Monitoren zu sehen waren.«

»Weil sie ebenfalls ein Byranium-Schmuckstück tragen.«

»Wie bitte?«

»Hast du davon nichts bemerkt? Direkt über dem Symbol der

Sandara Star Company auf ihrer Brust tragen sie eine Art kleine Brosche, und wie sie aussieht, hat sie einen Kern aus Byranium.«

Cedric war zwar aufgefallen, daß sämtliche Bediensteten — die beiden Frauen in der Ankunftshalle ebenso wie die Leute im Kontrollraum — solch ein Abzeichen auf ihrer Uniform hatten, aber er hatte nie realisiert, daß es sich dabei ebenfalls um Byranium handeln könnte.

»Schön und gut«, meinte er. »Aber das erklärt noch nicht, warum *ich* dann verschont worden bin.«

»Doch!« Maylor tippte Cedric vor die Brust, dorthin, wo sein Anhänger baumelte. »Weil *dein* Schmuckstück nämlich gestern von dem Byranium in unserem Koffer unbrauchbar gemacht worden ist. Deshalb bist du während der angeblichen Kurskorrektur als einziger bei Bewußtsein geblieben.«

Cedric hielt unwillkürlich den Atem an. Natürlich! Das war es! Seit gestern hatten sie sich gefragt, was die Spontan-Reaktion mit seinem Anhänger angestellt hatte. Nun hatte Maylor die Lösung gefunden. Cedric hatte das Gefühl, ihn in die Arme schließen zu müssen, aber er verzichtete darauf, weil er wußte, daß sein ehemaliger Freund eine Abscheu gegen allzu innige Dankesbekundungen hatte.

»Man muß ein Verfahren entwickelt haben, das Byranium so zu manipulieren, daß es zum Träger der Beeinflussung wird«, schlußfolgerte Maylor weiter. »Nur darf man es dann nicht mehr mit einer genügend großen Menge reinen Byraniums zusammenbringen.«

»Mein Gott!« rief Cedric, und in diesem Moment wußte er: Wenn es irgendeinen tieferen Sinn gegeben hatte, daß er den Koffer mit dem Byranium seit ihrer Flucht von Hadrians Mond mit sich schleppte, dann war es dieser: Es konnte ihre Rettung sein. »Du hast vollkommen recht!«

Maylor machte ein Gesicht, als wäre es eine seiner leichtesten Übungen gewesen.

»Er hat nicht recht«, sagte Kara-Sek vom Terminal aus. Maylors Kopf ruckte in Richtung des Yoyodynen.

»Was willst du damit sagen?« fragte er mit streitlustigem Unterton.

»Ich will damit sagen«, erklärte Kara-Sek mit unbewegter Miene,

»daß es außer Cedric zumindest noch einen anderen geben dürfte, der nicht von der Bewußtlosigkeit betroffen gewesen war.«

»Wer?«

»Jemand, der sich strikt geweigert hat, einen Byranium-Anhänger zu tragen.«

Sie sahen den Yoyodynen erstaunt an.

»McCluskey!« rief Maylor.

»Richtig. An den habe ich überhaupt nicht mehr gedacht!«

Cedric nickte Kara-Sek anerkennend zu. »Sehr gut. Wir sollten ihn nachher auf der Sternengala fragen, wie er das Manöver erlebt hat.«

»Seinem Verkalkungsgrad nach zu urteilen«, sagte Maylor, »hat er mit Sicherheit nichts bemerkt.«

»Es dürfte trotzdem interessant sein zu hören, was er zu sagen hat«, sagte Cedric. »Und wer weiß, vielleicht erweist er sich ja noch als wertvoller Verbündeter? Es wäre viel gewonnen, wenn wir ihn davon überzeugen könnten, daß den Leuten große Gefahr droht. Auf ihn würde man hören, wenn er seine Kollegen warnt.«

»Mit Verbündeten wie ihm können wir gleich einpacken«, meinte Maylor düster. »Aber eine minimale Chance ist besser als gar keine.«

Der Zimmerservice brachte die von Kara-Sek angeforderten Utensilien, und während er sich um ihre Kleidung kümmerte, kamen sie überein, seinen und Maylors Anhänger auf dieselbe Art ›unschädlich‹ zu machen, wie es tags zuvor mit dem von Cedric geschehen war. Damit sich niemand von ihnen in persönliche Gefahr begeben mußte, befestigte Cedric die beiden Anhänger am Ende eines Stabes, den er sich kurzerhand der Halterung der Leuchtelemente entliehen hatte. Damit hielt er sie über den geöffneten Koffer.

Abermals kam es zu einer Spontan-Reaktion. Der grünliche Brocken bildete Tentakel heraus, die binnen Sekundenbruchteilen nach den beiden Anhängern griffen; ein blendender Blitz knisterte auf – und dann war alles auch schon vorbei.

Als Cedric die beiden Schmuckstücke vom Stab nahm, waren sie äußerlich vollkommen unbeschädigt.

»Wenn deine Rechnung aufgeht«, sagte Cedric an Maylor gewandt, als er ihnen ihre Anhänger zurückgab, »dann müßtet ihr

beide jetzt ebenso wie ich unempfindlich gegen weitere Ohn-
machtsanfälle sein.«

»Meine Rechnung geht auf«, sagte Maylor. »Verlaß dich drauf!«

Cedric sparte sich eine Antwort. Vielleicht, weil er wußte, daß
dies bei weitem nicht die einzige Rechnung war, die in den nächsten
Stunden aufgehen mußte.

Synfile 7

Die Sternengala

Die Sternengala, der feierliche Höhepunkt des diesjährigen Festes, fand in einer fast unüberschaubar großen Halle statt. Sie hatte gut und gerne die Ausmaße eines Raumschiffhangars, und obwohl sich hier nahezu jeder geladene Gast eingefunden hatte und zwischen ihnen noch einmal so viele Bedienstete umhereilten, kam doch nie ein Gefühl der Enge auf. Es gab keine einheitliche Dekoration, statt dessen war die Halle in Dutzende vollkommen unterschiedlich dekorierte Bereiche aufgegliedert, von denen jeder eine Attraktion für sich war. Es gab für jeden Geschmack etwas: Lichterspiele, kleine Arenen, in denen verschiedene künstlerische Darbietungen stattfanden, aber auch ruhige Ecken, in die man sich zu einem Gespräch zurückziehen konnte.

Das Ganze war auf mehrere Ebenen verteilt, die teils aus frei-schwebenden Plattformen bestanden, auf die man über Treppenstufen aus leuchtender Formenergie gelangte und von denen aus man einen hervorragenden Gesamtüberblick hatte. Die jeweiligen Bereiche waren durch Schallschutzzonen voneinander abgeschirmt, damit sich das akustische Wirrwarr nicht zu einem unangenehmen Krach verdichtete, konnten aber frei eingesehen werden. Und über allem schwebte an der Decke das holografische Abbild eines funkelnden Firmaments, das den Eindruck vermittelte, sich unter dem freien Sternenhimmel zu befinden.

Cedric Cyper hatte für den Holo-Stoff seiner Kleidung ein ganz ähnliches Bild gewählt, während Maylor ein abstraktes Farbmuster vorgezogen hatte, das sich im Minutentakt veränderte. Etwas aufdringlich für Cedrics Geschmack, aber Maylor hatte auf seine diesbezügliche Bemerkung lächelnd geantwortet, daß so etwas momentan besonders in Mode wäre. Mit dieser Meinung schien er nicht alleine zu stehen, denn es liefen noch etliche andere Gäste in Holo-Kleidung herum, und im Gegensatz zu dem grellen Leuchten, das deren Kleidung verströmte, war Maylors Aufzug geradezu dezent.

Kara-Sek hatte es geschafft, ihre Kleidung in den letzten Stunden so umzuschneidern, daß sie vom Schnitt her weitgehend den Bediensteten-Uniformen entsprachen, selbst wenn das aufgrund des bunten Lichterspiels augenblicklich niemandem auffiel. Natürlich hatte er in der kurzen Zeit kein Meisterwerk vollbringen können. Sonderlich gut saßen die Anzüge nicht, und für einen solch festlichen Anlaß waren sie zudem vielleicht etwas schlicht gearbeitet, aber sie bemerkten niemanden, der darüber die Nase gerümpft hätte. Was in unteren Kreisen der Gesellschaft als schlampig oder unordentlich angesehen worden wäre, galt in einer Umgebung wie dieser vermutlich als Ausdruck von Persönlichkeit und Individualität.

Unbehelligt durchstreiften sie die verschiedenen Bereiche der Halle. Nicht einmal Kara-Seks Begleitung sorgte für Aufsehen; schließlich befanden sich hier und da noch andere Angehörige seines Volkes unter den Gästen. Ähnlich wie diese war auch Kara-Sek in ein traditionelles, kimonoähnliches Gewand gekleidet, das in seiner Pracht durchaus dem Anlaß entsprach. In seinem Gepäck hatte sich kein Holo-Kostüm befunden, und da er Cedric und Maylor gerade einmal bis zur Brust reichte, hätte es zuviel Aufwand erfordert, eines ihrer Kostüme auf seine Maße umzuschneidern. Außerdem hatte Cedric unter den Bediensteten keinen einzigen Yoyodyne gesehen. Insofern war diese Art der Tarnung für Kara-Sek ohnehin nicht möglich. Sein Schwert hatte er im Quartier zurückgelassen; eine derartige Waffe hätte als Provokation aufgefaßt werden können. Dafür hatten Cedric und Maylor ihre Strahler bei sich. Ihre Sorge, sie müßten vor Betreten des Festsaals eine Kontrolle passieren, hatte sich als grundlos erwiesen. Offenbar verließ man sich auf seiten der Veranstalter darauf, daß die Gäste oft genug überprüft worden waren.

Es dauerte eine Zeitlang, ehe sie endlich Admiral McCluskey entdeckt hatten. Er stand zusammen mit einigen anderen hochrangigen Gästen, von denen Cedric einen sogar als Verteidigungsminister Kaspadow persönlich ausgemacht hatte, an einer Bar. Offensichtlich waren sie in ein wichtiges Gespräch vertieft, denn ihre ernsten, fast angespannten Gesichter wollten nicht so recht zur gelösten Stimmung ringsum passen. Es schien auf jeden Fall kein passender Augenblick zu sein, McCluskey anzusprechen.

Sie sahen sich nach einem geeigneten Platz in der Nähe um, von dem aus sie die Gruppe beobachten und auf eine günstigere Gelegenheit warten konnten, als die Männer ihr Gespräch bereits beendeten. Sie verabschiedeten sich mit einem ernsten Nicken und gingen in verschiedene Richtungen auseinander, ohne ihre Drinks ausgetrunken zu haben; nur Admiral McCluskey und ein anderer Mann, der seiner Gala-Uniform nach zu urteilen ein Militärattaché war, blieben an der Bar stehen.

Cedric wollte zu ihnen gehen, doch Maylor ergriff seinen Arm und hielt ihn zurück.

»Warte!« flüsterte er. »Sieh mal, was McCluskey um den Hals trägt!«

Bislang war der Oberkörper des Admirals mehr oder weniger von den anderen Leute verdeckt gewesen, doch jetzt konnte Cedric das Schmuckstück, das dort baumelte, deutlich sehen. Es war ein Byranium-Anhänger, wie er an alle Gäste verteilt worden war!

Cedric und Maylor tauschten einen verwunderten Blick.

»Anscheinend hat er seine Abneigung gegen Byranium mittlerweile überwunden«, kommentierte Maylor trocken.

»Das kann ich mir nicht vorstellen«, flüsterte Cedric kopfschüttelnd. »Da ist irgend etwas faul. Komm.«

Sie traten an McCluskey heran, der fragend zu ihnen aufsah.

»Guten Abend, Admiral«, sprach Cedric ihn in lockerem Tonfall an, in der Hoffnung, daß der so redselige Admiral schon dafür sorgen würde, daß ihr Gespräch in Gang kam. »Wie geht es Ihnen heute?«

McCluskey blickte ihn auf eine seltsame Art und Weise an, halb irritiert, halb beunruhigt. Es schien, als sehe er Cedric zum ersten Mal.

»Danke, gut«, erwiderte er zögernd. Er runzelte die Stirn. »Verzeihen Sie − *kennen* wir uns?«

Das Gefühl, das hier etwas nicht in Ordnung war, explodierte geradezu in Cedric.

»Aber sicher«, sagte er, bemüht, nach außen hin weiterhin unbefangen und locker zu wirken. »Wir haben uns gestern an Bord der STERNENMEDAILLON getroffen. Und später während der Ankunft noch einmal.« Genau behielt er sein Gegenüber im Auge. McCluskey schien sich an nichts erinnern zu können.

»Ach ja«, sagte er, ohne allerdings überzeugend zu klingen. »Verzeihen Sie, ich habe in diesen Tagen sehr viel zu tun gehabt. Ein Termin jagt den anderen, da kann ich nicht alles im Kopf behalten. War es wichtig, worüber wir gesprochen haben?«

Cedric war sich sicher: Wem immer er gerade gegenüberstand, es war nicht der McCluskey, den er gestern kennengelernt hatte. Zwar glich er ihm bis aufs Haar, er sprach genauso, hatte dieselbe Mimik — und dennoch war er irgendwie wie ein Fremder.

»Nun, eigentlich nicht«, sagte Cedric ausweichend. Er wußte nicht so recht, was er sagen sollte. Eine innere Stimme riet ihm zur Vorsicht. »Wir haben uns nur über ganz allgemeine Themen unterhalten. Über die Raumflotte und das Fest heute abend.«

McCluskey schien erleichtert.

»Gut«, sagte er, und in seiner Stimme schwang leichte Ungeduld mit. »Wenn Sie mich nun bitte entschuldigen würden, meine Herren?« Er deutete auf den Attaché an seiner Seite. »Wir beide haben noch ein paar vertrauliche Dinge zu besprechen.«

Im Klartext: Sie sollten zusehen, daß sie verschwanden. Cedric fühlte, daß es besser war, sich daran zu halten und nicht weiter in den Admiral zu dringen. Die Situation hätte sich unter Umständen in eine unangenehme Richtung entwickeln können.

»Aber natürlich, Admiral«, erwiderte er eilig, lächelte gekünstelt und begann, sich rückwärts zu entfernen, wobei er Maylor mit sich zog. »Dann wollen wir Sie mal nicht länger stören. Einen angenehmen Abend noch.«

McCluskeys mißtrauische Blicke verfolgten sie, bis sie hinter der nächstbesten Ecke aus seiner Sicht verschwunden waren. Dafür lief ihnen Burns, sein Sicherheitsmann, über den Weg.

»Sie schon wieder!« knurrte er wenig begeistert, als er sie erkannte. »Hat man vor Ihnen denn niemals Ruhe? Haben Sie wieder vor, den Admiral zu belästigen?«

»Keine Angst, Burns, das haben wir schon hinter uns«, antwortete Cedric. »Sagen Sie, was ist denn heute nur mit ihm los?«

»Was sollte mit ihm sein?« fragte Burns gelangweilt, aber gleich-

wohl etwas interessiert, weil es um seinen Schutzbefohlenen ging.
»Ich habe keine Ahnung, was Sie meinen.«

»Wir meinen zum Beispiel den Anhänger um seinen Hals«, erklärte Cedric. »Gestern haben Sie uns erzählt, daß er sich seit diesem Vorfall mit seiner Tochter strikt weigert, einen zu tragen. Und heute? Sie haben doch gesehen, was um seinen Hals baumelt. Kommt Ihnen das nicht seltsam vor?«

»Warum sollte es?« Burns hob die Schultern. »Er hat seine Meinung eben geändert.«

»So plötzlich?«

Burns' gerunzelter Stirn war anzumerken, daß ihm diese Tatsache ebenfalls ungewöhnlich vorkam, aber entweder widersprach es seinem Pflichtgefühl, sich Gedanken über derart persönliche Angelegenheiten seines Vorgesetzten zu machen, oder aber er empfand es unter seiner Würde, sich mit ihnen darüber zu unterhalten. »Er wird seine Gründe dafür haben«, sagte er abweisend. »Vielleicht hat ihn Sandara ja dazu überredet.«

»Sandara?« fragte Maylor aufhorchend. »Er hat sich mit Sandara getroffen?«

»So wörtlich habe ich das nicht gemeint«, korrigierte Burns. »Admiral McCluskey hat eine Unmenge Termine gehabt. Er hat sich den ganzen Tag lang mit Dutzenden von Leuten getroffen. Möglich, daß auch Sandara darunter war.« Der Sicherheitsmann machte eine unwillige Geste. »Aber ich wüßte nicht, was Sie das angeht. Also, wenn das alles war . . .«

»Nein, da gibt es noch etwas anderes«, sagte Cedric. »Ich hatte irgendwie den Eindruck, als . . .« Er hielt kurz inne und überlegte, wie offen sie gegenüber dem Sicherheitsmann sein könnten. Im Gegensatz zu McCluskey schien Burns sich seit gestern in keinster Weise verändert haben. Was immer mit dem Admiral los war, es erstreckte sich nicht auf seinen ständigen Begleiter. »Als ob McCluskey gar nicht mehr er selbst wäre«, vollendete er den Satz. »Er schien sich nicht mal mehr an unsere beiden gestrigen Begegnungen erinnern zu können.«

»Der Admiral ist in der Tat etwas nervös und in sich gekehrt«, gab Burns zu, und seinem Tonfall war zu entnehmen, daß er sich bereits seine Gedanken darüber gemacht hatte. »Wahrscheinlich wird er einige unerfreuliche Nachrichten erhalten haben. Ein Mann in seiner Position wird selbst während einer solchen Feier nicht von seiner Arbeit verschont.« Er sah sie abweisend an. »Und ganz im Vertrauen − ich an seiner Stelle würde auch so tun, als würde ich Sie nicht kennen. Vielleicht wollte ihnen der Admiral damit zu verstehen geben, daß er auf ihre Gesellschaft künftig keinen gesteigerten Wert mehr legt. Wundern täte es mich jedenfalls nicht.«

»Ja, Burns«, erwiderte Cedric scheinbar zufrieden mit dieser Erklärung. »So wird es sein.«

Burns schien zufrieden, daß sie das endlich eingesehen hatten, und entfernte sich, um sich wieder um seinen Schutzbefohlenen zu kümmern.

»Das stinkt gewaltig«, knurrte Maylor leise, nachdem sie wieder allein waren und auch Kara-Sek, der sich die ganze Zeit über im Hintergrund gehalten hatte, zu ihnen getreten war. »Irgend etwas hat man mit dem Admiral angestellt. Es kommt mir fast so vor, als ob man ihm einen Hypno-Block verpaßt hätte. Vielleicht steht er schon unter dem Einfluß der Verschwörer.«

»Deswegen habe ich unser Gespräch auch schnellstmöglich beendet«, gab Cedric ebenso leise zurück, obwohl sich momentan niemand in ihrer Nähe aufhielt. »Aber was immer es ist, Burns ist nicht daran beteiligt. Er hat selbst gemerkt, daß mit McCluskey irgend etwas nicht stimmt, aber er weiß ebensowenig wie wir, was es ist.«

»Noch viel, viel weniger«, ergänzte Maylor.

Sie kamen nicht dazu, weiter darüber zu reden, denn in diesem Moment hallte ein Gong durch die Halle. Die verschiedenen Darbietungen, die es gab, wurden abgebrochen, und Cedric hörte, wie die Gespräche verstummten. Erwartungsvolle Stille und Spannung legte sich über die Festhalle: Der Zeitpunkt der offiziellen Eröffnung war gekommen.

Unter der Hallendecke erschienen gleißende Lichterbahnen, die in anmutigen Kurven über die Köpfe der Gäste hinwegkreisten, bevor sie sich schließlich in der Mitte der Halle vereinigten und ein riesiges holografisches Abbild eines Frauengesichtes entstehen ließen.

Sandaras Gesicht!

Ihr Blick schien über die Anwesenden hinwegzustreifen, als wolle sie jeden einzelnen davon in Augenschein nehmen, und obwohl es sich nur um eine künstliche Projektion handelte, konnte Cedric fühlen, daß allein das ausreichte, um jedermann in der

Halle zu bezaubern. Er konnte es an Maylors Miene sehen, der wie alle anderen seinen Kopf in den Nacken gelegt hatte und fasziniert nach oben starrte.

Das Lächeln, das nach ein paar Sekunden auf Sandaras wohlgeformten Lippen erschien, überzeugte Cedric, daß es sich um eine Echtzeitprojektion handelte. Sandara selbst dürfte jetzt irgendwo in den Tiefen der Sternenstadt — wahrscheinlich im Kommandoteil — vor dem entsprechenden Aufnahmegerät sitzen und diesen beeindruckenden Auftritt von ihren Technikern inszenieren lassen.

»Liebe Gäste und Freunde«, klang ihre Stimme durch den Saal. *Ich freue mich, daß Sie sich auch in diesem Jahr wieder die Zeit genommen haben, meiner Einladung zu folgen und das Fest mit Ihrer Anwesenheit zu schmücken. In den letzten Tagen hatte ich bereits das Vorrecht, einige von Ihnen persönlich in meinem Domizil begrüßen zu dürfen, und diejenigen, auf die das nicht zutrifft, möchte ich auf diesem Wege aufs allerherzlichste willkommen heißen.*

Applaus brandete auf, als wolle man sich auf diese Weise dafür bedanken. Sandara wartete, bis er abgeklungen war, ehe sie weiterredete. Es waren nur allgemeine Worte, wie sie wohl zur Eröffnung eines jeden festlichen Anlasses gesprochen wurden, aber aus ihrem Mund klangen sie besonders herzlich, und immer, wenn sie ein kleines Bonmot fallenließ, erklang herzliches Gelächter.

»Nun möchte ich Sie nicht länger von dem abhalten, zu dem Sie hergekommen sind«, leitete sie irgendwann das Ende ihrer kleinen Rede ein, doch bevor sie weitersprechen konnte, begann plötzlich der Boden zu zittern, und das entfernte Grollen einer Explosion rollte durch die Halle.

Die Erschütterungen dauerten nur einen Moment, und sie waren nicht so stark, um größere Beschädigungen anzurichten, aber man mußte ein wenig um sein Gleichgewicht kämpfen, und irgendwo polterten ein paar Gläser zu Boden und zerschellten klirrend. Dumpfes Gemurmel erhob sich; vereinzelt waren beunruhigte Rufe zu hören.

Der Projektion über ihren Köpfen war anzusehen, daß Sandara dieses Ereignis nicht verborgen geblieben war. Ein beunruhigter Zug hatte sich in ihr Gesicht geschlichen, und ihr Kopf machte eine hastige Bewegung, die bestimmt nicht abgesprochen war. Es sah aus, als blicke sie über ihre Schulter hinweg zu irgend jemand anderem, der natürlich nicht von den Projektionsgeräten erfaßt wurde.

Ein paar Sekunden vergingen, dann sah ihr Kopf wieder auf die Gäste hinab.

»*Ich darf Ihnen versichern, daß kein Grund zur Besorgnis besteht*«, hallte es durch den Raum, und ihre Stimme brachte das Gemurmel zum Verstummen. »*Wie ich soeben erfahren habe, ist es innerhalb der Sternenstadt leider zu einem Unglücksfall gekommen. Offenbar aufgrund eines technischen Defekts ist einer der Energiemeiler kollabiert. Dieser Meiler 217 ist für die Energieversorgung der Besucherzone jedoch von keinerlei Bedeutung, und sein Ausfall wird Sie und alles, was mit dem Fest zu tun hat, wie ich Ihnen versichern darf, in keinster Weise beeinträchtigen.*« Ihre Miene hatte sich wieder entspannt, und nach einer kurzen Pause fuhr Sandara mit ihrer Begrüßungsrede fort. Obwohl die Ruhe, die sie ausstrahlte, dafür sorgte, daß sich die entstandene Unruhe ebenso schnell wieder legte, wie sie aufgekommen war, hatte Cedric doch den Eindruck, als wäre Sandara bei weitem nicht so locker und sicher wie zuvor. »*Ich hoffe, die große Überraschung, die wir wie jedes Jahr als Höhepunkt der Veranstaltung für Sie vorbereitet haben, wird Sie für diesen kurzen Moment der Aufregung mehr als entschädigen*«, beendete Sandara ihre Rede schließlich. Ein hintergründiges Lächeln erschien auf ihren Lippen. »*Nein, ich hoffe es nicht nur, ich weiß es! Und damit ist die Gala eröffnet!*«

Ihr Lächeln hatte Bestand, bis sich die holografische Projektion unter dem Applaus der Anwesenden aufgelöst hatte, und vielleicht war es wiederum nur Cedric, der zu sehen glaubte, wie sich ihr Gesicht in der letzten hundertstel Sekunde, die es zu sehen war, zu einer unwilligen Grimasse verzog und sich in dieselbe Richtung zu wenden begann, in die sie schon einmal geschaut hatte.

»Von wegen Kollaps eines Energiemeilers!« raunte Maylor, während rings um sie herum wieder die verschiedenen Aktivitäten einsetzten. »Das war eindeutig eine Explosion.«

Cedric nickte und bevor er Maylor antwortete, überzeugte er sich davon, daß sich nach wie vor niemand in ihrer Nähe befand, der sie hätte belauschen können.

»Und es ist kein Zufall«, sagte er, »daß sie genau den Meiler außer Kraft gesetzt hat, der für die Überwachung der Gefangenentrakte zuständig ist. Jede Wette, das war unser großer Unbekannter.«

»Das heißt, der Tanz beginnt.«

»Ganz recht. Und ich frage mich . . .« Weiter kam er nicht, denn hinter ihm erklang eine fragende Stimme. »Mr. Portos? Mr. Aramis?«

Cedric fuhr herum und sah, daß ein Bediensteter in weißer Uniform an sie herangetreten war.

»Ja«, bestätigte Cedric und fragte argwöhnisch: »Was gibt es?«

»Tut mir leid, wenn ich Ihr Gespräch unterbreche«, sagte der Bedienstete. »Ich habe hier eine Nachricht für Sie.«

Er zog einen Umschlag aus Papier hervor und überreichte ihn Cedric. Auf einer Seite standen ihre beiden Namen, unter denen sie hier auftraten, ansonsten war er unbeschriftet. Aber das war auch nicht nötig. Es war klar, wer der Absender war — ihr unbekannter Informant.

Der Bedienstete wollte sich mit einer höflichen Verbeugung zurückziehen.

»Halt! Warten Sie einen Moment!«

»Ja? Was kann ich für Sie tun?«

»Wer hat Ihnen diesen Umschlag gegeben?«

»Es gibt hier eine zentrale Sammelstelle«, gab der Bedienstete Auskunft. »Dort ist sie vor ungefähr einer Viertelstunde eingegangen.« Entschuldigend fügte er hinzu: »Ich habe mich bemüht, sie Ihnen eher zu überreichen, doch leider ist es mir erst jetzt gelungen, Sie zu finden. Ich hoffe, Sie erleiden dadurch keine Nachteile.«

»Nein, das glaube ich nicht«, sagte Cedric. »Vielen Dank. Das war alles, was ich wissen wollte.«

Der Bedienstete entfernte sich. Cedric sah ihm hinterher, bis er ihn zwischen den vielen Menschen aus den Augen verloren hatte, und fragte sich, wieviel der Mann von ihrer Unterhaltung mitbekommen hatte. Vermutlich nichts, sonst hätte er anderes reagiert.

Cedric riß den Umschlag auf. Darin befand sich ein zusammengefaltetes Stück Papier, wie sie es schon kannten, und darauf eine weitere Nachricht des Unbekannten.

»Achtet auf Marschall Wamsler«, war darauf zu lesen. *»Er ist der nächste und letzte. Bleibt ihm auf der Spur, wenn er abgeholt wird! Äußerste Vorsicht!«*

Es war nicht ganz das, was Cedric erwartet hatte, aber Maylor schien das anders zu sehen.

»Wie gesagt«, flüsterte er, nachdem er die Botschaft ebenfalls gelesen hatte, »der Tanz beginnt. Sehen wir zu, daß wir Wamsler finden.«

Sheryl spürte im Halbschlaf so etwas wie eine Erschütterung, die den Boden unter ihr vibrieren ließ, und wußte nicht, ob diese Empfindung Wirklichkeit oder nur Teil eines Traumes war. Da sie nur einen Augenblick lang währte, hätte sie wahrscheinlich einfach weitergeschlafen, wenn nicht jemand an ihren Schultern gerüttelt hätte.

»Sheryl! Wach auf. Es ist soweit!«

Sie öffnete benommen die Augen und hatte Mühe, sich daran zu erinnern, wo sie war. Einen Augenblick lang reagierte ihr Gedächtnis lediglich mit Fehlzündungen, dann hatte sie endlich in die Wirklichkeit zurückgefunden. Sie befand sich in einer Kerkerzelle in den Tiefen einer künstlichen Sternenstadt, und derjenige, der sich über sie gebeugt hatte und sie an den Schultern rüttelte, war Nabtaal.

»Wa... was ist soweit?« fragte sie irritiert und rieb sich die Augen.

»Unser Ausbruch! Komm, steh auf!«

Er ergriff ihre Handgelenke und zog sie auf die Beine. Sie ließ es zu, ohne sich zu sträuben. Vielleicht lag es an der Dringlichkeit in seiner Stimme.

»Wie geht es dir?« erkundigte er sich fürsorglich, als sie schwankend auf ihren eigenen Füßen stand. »Kannst du allein gehen?« Sie machte tapsig ein paar Schritte und stützte sich schnell an der Zellenwand ab, als sie merkte, wie sie ihr Gleichgewichtssinn im Stich zu lassen begann.

»Ja, ich glaube schon«, übertrieb sie.

»Gut. Dann nimm das hier.«

Er drückte ihr einen Gegenstand in die Hand, und verblüfft erkannte sie, daß es sich um einen Strahler handelte. Einen geladenen und funktionstüchtigen Strahler! Sie sah Nabtaal fassungslos an und sah, daß in dem Gürtel des Gefangenenoveralls eine identische Waffe steckte.

»Nabtaal!« rief sie und begriff, daß seine Ankündigung eines Ausbruchs alles andere als leeres Gerede gewesen war. »Woher um alles in der Welt hast du die Waffen?«

Er deutete zur Zellenwand, wo sich in dem Gestein das geöffnete Fach eines Versorgungsschachtes befand. Über diese Einrichtung wurden die Gefangenen üblicherweise mit ihrer kärglichen Verpflegung versorgt.

»Aber wie...?« begann sie, doch er schnitt ihr mit einer ungeduldigen Geste das Wort ab.

Er holte einen weiteren Gegenstand aus dem Fach — eine kleine metallische Scheibe, wie Sheryl erkennen konnte — und heftete ihn an den Rahmen der scheinbar schmiedeeisernen Tür. Er betätigte einen Schalter, eilte zu Sheryl zurück und zog sie mit zur gegenüberliegenden Seite der Zelle.

»Vorsicht!« warnte er sie. »Gleich gibt es ein kleines Feuerwerk.«

Die metallische Scheibe begann in gleißendem Licht zu erstrahlen, und rings um sie herum begann der Türrahmen rötlich zu glühen, als würde sein Material bis zum Schmelzpunkt erhitzt. Sheryl, die diese Art von Sprengkapseln kannte, wußte, daß tatsächlich etwas ähnliches geschah, wenn auch nur auf molekularer Ebene.

Der Effekt erstreckte sich auch auf den elektronischen Schirm zwischen den Gitterstäben. Sonst war er nur für ein geübtes Auge zu erkennen, jetzt leuchtete er plötzlich in waberndem Rot. Funken sprühten auf, es gab ein paar knisternde Entladungsblitze, die gleich Tentakeln durch die Zelle griffen, ohne Sheryl oder Nabtaal zu erreichen; ein lauter Knall ertönte — und dann war alles vorbei.

Der elektronische Vorhang war verschwunden. Die schmiedeeiserne Pforte hingegen sah vollkommen unbeschädigt aus. Jedoch nur äußerlich. Ein paar kräftige Tritte Nabtaals reichten aus, um die spröden Gitterstäbe, die ihren molekularen Zusammenhalt verloren hatten, wie Glas splittern zu lassen und ihnen einen freien Durchgang zu verschaffen.

Der Freischärler holte ein letztes Gerät aus dem Fach, etwas wie einen elektronischen Kompaß, und zog Sheryl aus der Zelle. Erst als sie draußen in der hellerleuchteten Halle standen, begann sie langsam zu begreifen, daß dies alles kein Traum war, sondern Realität. Sie waren tatsächlich im Begriff, aus diesem Gefängnis zu fliehen! Wie der Freischärler das allerdings bewerkstelligt hatte, wer ihnen die dafür nötigen Gegenstände geschickt hatte und vor allem auf welchem Weg sie aus dem Gefängnistrakt rauskommen sollten, entzog sich vollkommen ihrer Kenntnis.

Dafür schien Nabtaal um so besser zu wissen, wie es weiterging. Er strebte einem Schott am Rand der Halle zu. Während sie ihm folgte, sah sie in die Runde. Noch ließ sich keine Wache sehen, aber ein Blick hoch zu den Bewachungsanlagen genügte, um ihr zu sagen, daß das lediglich eine Frage der Zeit war. Natürlich würde man nicht so blind sein, ihren Ausbruch zu übersehen, und im zuständigen Überwachungsraum herrschte sicherlich längst hektische Aktivität.

»Darüber mußt du dir keine Gedanken machen«, deutete Nabtaal ihren Blick richtig. »Die Erschütterung, durch die du wach geworden bist, stammte von einer Explosion, die sämtliche Überwachungseinrichtungen hier lahmgelegt hat. Solange uns niemand über den Weg läuft, brauchen wir uns also keine Sorgen zu machen.«

Er ließ das Schott auffahren, die Waffe schußbereit erhoben, falls auf der anderen Seite jemand auf sie warten sollte, aber der dahinter liegende Korridor war leer.

»Was ist mit den anderen Gefangenen?« fragte Sheryl und deutete auf die Zellentüren.

»Für die können wir nichts tun«, antwortete er, während er bereits in den Korridor eindrang. »Wir müssen uns erst einmal um uns selbst kümmern. Komm, wir müssen hier entlang.«

Sheryl wußte, daß er recht hatte. Die Leute, die hier untergebracht waren, hatten für ihren Ausbruch höchstens ein paar anteilnahmslose Blicke übrig, und viele, die meisten sogar, hatten es nicht einmal bemerkt. Wie betäubt folgte sie Nabtaal. Sie hatte den Eindruck, als wäre ihr irgendwann — und nicht erst bei ihrem Erwachen vor wenigen Minuten — das Heft des Handelns aus der Hand genommen worden. Derjenige, der es nun fest in der Hand hielt, war Nabtaal, allerdings ein Nabtaal, der so zielstrebig und entschlossen wirkte, wie sie ihn noch nie zuvor erlebt hatte, und das einzige, was ihr zu tun übrigblieb, war, hinter ihm herzulaufen und zu versuchen, den Anschluß nicht zu verlieren. Als einziger Trost blieb ihr die Feststellung, daß sie sich nach ihren anfänglichen Schwierigkeiten immer sicherer auf den Beinen fühlte.

Sie hasteten durch die Gänge, bogen mal links, mal rechts ab, und schließlich blieb Nabtaal vor einer Gangkreuzung stehen.

»Neun, sieben, sechs, vier«, las er flüsternd die Nummer des Querganges ab. Er sah Sheryl strahlend an. »Das ist es! Wir sind gleich da!«

Sie hielt ihn am Arm fest, als er weitereilen wollte.

»*Wo* sind wir gleich, Nabtaal?« fragte sie. »Und warum kennst du dich hier so ausgezeichnet aus? Bitte sag mir endlich, was hier überhaupt vorgeht. Ich habe das Gefühl, nichts mehr zu kapieren.«

Er legte ihr die Hände an die Schultern und sah ihr eindringlich in die Augen.

»Bitte, Sheryl! Hab noch ein wenig Geduld. Wir müssen erst einmal aus dem Gefangenentrakt raus. Das ist das Allerwichtigste! Sobald wir den Gefangenentrakt verlassen haben, werde ich dir alles erklären. Also komm und paß auf, daß niemand in unserem Rücken auftaucht.«

Sein Blick und der Ton seiner Stimme machte ihr klar, daß es angeraten war, auf ihn zu hören — und wenn es das erste Mal war, seitdem sie ihn vor einem halben Jahr in den Byranium-Minen auf Hadrians Mond kennengelernt hatte.

Sie liefen weiter und kamen in einen Bereich, der noch einen verhältnismäßig unfertigen Eindruck machte. Es schien, als wäre man noch dabei, diesen Trakt weiter in das Asteroidengestein zu treiben. Ein Zeichen, wie tief diese Räumlichkeiten unter der Oberfläche lagen. Doch offensichtlich waren die Arbeiten schon seit geraumer Zeit eingestellt worden. Sie eilten durch eine Reihe von Lagerräumen, die mit den verschiedensten Kisten und Geräten vollgestellt waren, darunter auch modernste Ausführungen für unterirdische Bergbauarbeiten. Seit ihrer Verbannung kannte Sheryl sich da leidlich aus.

Nabtaal blieb schließlich vor einem gepanzerten Schott am Ende einer Halle stehen. Sheryl registrierte das Vorhandensein eines solchen Sicherheitsschotts hier unten mit einiger Verwunderung. Bislang hatte sich jeder Durchgang, den sie passiert hatten, anstandslos geöffnet — was entweder mit der Zerstörung der Überwachungseinrichtungen zusammenhing oder damit, daß niemand ernsthaft damit gerechnet hatte, daß sich Gefangene aus ihren Zellen befreien könnten, und um so seltsamer war es, ausgerechnet in dieser verlassenen Lagerhalle auf eine solche Einrichtung zu stoßen. Was immer dahinter lag, es mußte außerordentlich bedeutsam sein, sonst hätte man sich nicht die Mühe gemacht, es derart abzusichern.

»Wie willst du das Ding aufbekommen?« fragte Sheryl, die wußte, daß eine der kleinen Sprengladungen, die Nabtaal für die Zellentür benutzt hatte, bei weitem nicht ausreichen würde, dieses Schott zu öffnen.

»Ganz einfach«, antwortete Nabtaal und wandte sich der Codeleiste zu. »Mit dem richtigen Code.«

Er tippte eine vierstellige Nummer ein — 4711, wie Sheryl sehen konnte —, und mit einem leichten Zischen schwang das Schott vor ihnen auf. Sheryl hatte es längst aufgegeben, sich darüber zu wundern; Nabtaal hatte in den letzten Minuten zu viele Dinge zustande gebracht, die sie sich nicht einmal ansatzweise erklären konnte.

Hinter dem Schott schloß sich ein grob behauener Stollen an, der durch schwärzliches Asteroidengestein führte. Zwanzig Meter weiter machte er einen scharfen Knick. Sheryl fühlte sich bei seinem Anblick beinahe auf Hadrians Mond versetzt. Sie hatte in dem letzten halben Jahr die meiste Zeit des Tages in solchen Stollen zugebracht.

»Sauerstoff«, stellte Sheryl verwirrt fest, als sie in den Stollen traten. Im Grunde genommen war es eine überflüssige Feststellung. Wäre es anders gewesen und hätte sich hinter dem Schott ein Vakuum befunden, hätte sie keine Zeit mehr zu dieser Bemerkung gehabt. Und außerdem, fügte sie in Gedanken trotzig hinzu, hätte Nabtaal ansonsten bestimmt entsprechende Vorkehrungen getroffen. Alles andere hatte er ja, wie es schien, auch hervorragend im Griff.

Die Luft war schal und abgestanden, aber atembar. Feine, kaum merkliche Schwaden weißen Nebels schienen in dem Stollen zu hängen, ein Nebel, der nichts mit Wasserdampf zu tun hatte, denn die Wände waren vollkommen trocken. Sheryl hatte unterbewußt das Gefühl, als hätte sie genau denselben Nebel vor nicht allzu langer Zeit schon einmal gesehen.

Nabtaal nahm zwei Lampen von einer Halterung an der Wand, und drückte Sheryl eine davon in die freie Hand, bevor er das Tor wieder zufahren ließ. Einen Augenblick lang war es stockdunkel, ehe Nabtaals Lampe aufflammte, und kurz darauf gesellte sich auch der Schein von Sheryls dazu.

»So«, seufzte Nabtaal und lehnte sich aufatmend an die Wand.

Der erste Teil wäre geschafft. Hier dürfte uns vorerst niemand finden. Ich glaube sogar, selbst wenn sie unsere Flucht entdecken, werden sie nicht auf die Idee kommen, daß wir uns hierher zurückgezogen haben könnten.«

»Heißt das, daß wir erst einmal in Sicherheit sind?« fragte Sheryl lauernd.

Nabtaal lächelte. Er schien genau zu wissen, worauf sie hinauswollte.

»Ja«, sagte er. »Jetzt werde ich dir alles erklären.«

»Schön«, sagte Sheryl, und jetzt, da die Hektik der Flucht in einen Moment der Ruhe übergegangen war, spürte sie Wut in sich aufsteigen. »Dann erklär mir mal, ganz abgesehen davon, wie du das alles angestellt hast, als erstes, warum du mir vorher nicht das geringste davon gesagt hast! Mußte es denn sein, daß du mich vollkommen überraschst und mich wie eine dumme Göre hinter dir herrennen läßt?«

Er sah sie mit großen, um Verzeihung bittenden Augen an.

»Glaub mir, Sheryl, das mußte sein. Ich hatte Angst, man könnte dich noch einmal zum Verhör abführen, und das hätte den ganzen Plan zunichte gemacht. Mich hat man nicht als ernstzunehmende Gefahr eingestuft, aber wenn du etwas gewußt hättest, hätten sie dich so lange bearbeitet, bis du es ihnen verraten hättest. Nein, es war besser, dich bis zum letzten Moment im unklaren zu lassen.«

Sheryl starrte Nabtaal mit mühsam unterdrückter Wut an, und ihre Hand ballte sich so stark um die Lampe, daß ihre Fingerknochen weiß hervortraten, aber sie mußte erkennen daß er recht hatte. Was allerdings noch lange nicht hieß, daß es ihr auch gefiel.

Er löste sich von der Wand und ging, die Lampe am ausgestreckten Arm vor sich haltend, tiefer in den Stollen hinein.

»Wir müssen weiter«, sagte er. »Ich werde dir unterwegs alles erklären.«

Richtig, erinnerte sie sich. Er hatte etwas von einem ersten Teil gesagt, den sie geschafft hatten. Und wo es einen ersten Teil gab, gab es aller Wahrscheinlichkeit nach auch einen zweiten.

Sie kam nicht mehr dazu, ihn danach zu fragen. Er hatte die Biegung erreicht, und als sie neben ihn trat und den Stollenabschnitt sah, der sich vor ihnen erstreckte — mit seiner ovalen Form, seinen organischen Rundungen und den regelmäßigen rippenähnlichen

Gebilden an den Wänden —, überkam sie endgültig das Gefühl, sich wieder in den Byranium-Minen auf Hadrians Mond zu befinden.

»Das ist ein Gespensterstollen!« hauchte sie ungläubig. Auf Hadrians Mond hatte es solche Stollen gegeben, und durch einen davon war ihnen die Flucht aus der Minensektion gelungen. Nie und nimmer hätte sie es jedoch für möglich gehalten, auf einer anderen Welt auf einen solchen zu treffen — schon gar nicht auf diesem Asteroiden.

»Richtig«, bestätigte Nabtaal. Der Anblick des gewundenen Stollens, der unwillkürlich den unangenehmen Eindruck vermittelte, sich in einem organischen Schlund zu befinden, der sich jeden Moment zu bewegen und zuzuziehen beginnen konnte, ließ auch ihn nicht unberührt, aber er schien ihn lange nicht so überraschend zu treffen wie sie. »Es könnte bedeuten, daß es auf diesem Asteroiden ebenfalls Byranium-Vorkommen gibt oder gab. Vielleicht ist das der Grund für den Aufstieg der *Sandara Star Company*, und dann wäre es nur logisch, warum man hier das Hauptquartier der Gesellschaft errichtet hat.« Er hob die Schultern. »Es ist aber auch möglich, daß die Vorkommen bereits vor Urzeiten von denen, die diese rätselhaften Stollen angelegt haben, ausgebeutet worden sind. Für das, was wir vorhaben, ist das allerdings zweitrangig.«

Sheryl schüttelte den Kopf. Sie konnte das alles kaum begreifen. Nur eines begriff sie mit kristallklarer Deutlichkeit: Nabtaal würde ihr verdammt viel zu erklären haben!

Er sah auf seinen elektronischen Kompaß und deutete nach vorne.

»Komm«, drängte er. »Wir haben noch einen langen Weg vor uns.«

»Wohin, Nabtaal?«

Er lächelte sein unsicheres, leicht schüchternes Lächeln.

»Um was es sich dabei genau handelt, kann ich dir nicht sagen«, antwortete er. »Aber ich weiß, wie wir dorthin kommen. Und daß wir dort die Antwort auf alle offenen Fragen erhalten werden.«

»In meinem Schädel gibt es im Moment nur offene Fragen«, gestand sie hilflos.

»Du wirst es schon verstehen, wenn ich dir alles erklärt habe.«

Sie machten sich auf den Weg und drangen tiefer in den Stollen ein.

»Fang an!« forderte sie.

Er holte tief Luft.

»Zuallererst«, begann Nabtaal, tief Luft holend. »Sagt dir der Name Daily Lama etwas?«

Cedric, Maylor und Kara-Sek benötigten fast eine geschlagene halbe Stunde, ehe sie Wamsler endlich gefunden hatten. Beinahe wären sie nur ein paar Meter an ihm vorbeigelaufen, ohne ihn zu entdecken, doch glücklicherweise verfügte der Raummarschall einerseits über ein unüberhörbares Organ, dessen Volumen dem seines mächtigen Bauches in nichts nachstand, und zum anderen hatte er eine ausgeprägte Vorliebe, bei jeder sich bietenden Gelegenheit ein paar Witze aus seinem schier unerschöpflichen Repertoire zum Besten zu geben. Beides waren Dinge, die Winston Woodrov Wamsler, wie sein vollständiger Name lautete, schon bei jedem Raumkadetten zu einem festen Begriff machte. Die Legenden sowohl über seine Raumschlachten wie auch über seine Sauftouren durch — wenn man dem Hörensagen trauen durfte — nahezu sämtlichen Raumhafenbars dieser Galaxis, bei denen es selten einen friedlichen Ausgang gegeben haben sollte, waren so zahlreich, daß ein einzelnes Menschenleben, selbst wenn es wie in seinem Fall nun schon gute siebzig Jahre währte, bei weitem nicht ausgereicht haben konnte, nur für die Hälfte dessen verantwortlich zu sein, was ihm nachgesagt wurde. Doch diese wilden Jahre lagen mittlerweile einige Zeit zurück. Seit seiner Beförderung zum Raummarschall arbeitete er im Flottenhauptquartier. Was ihn allerdings nicht davon abhielt, Gelegenheiten wie diese zu nutzen, unter Beweis zu stellen, wieviel Durchhaltevermögen er immer noch im Trinken und Witzeerzählen hatte. Und die Befehlshaber, mit denen er in trauter Runde zusammensaß, schienen das ausgiebig zu genießen, wie ihr brüllendes Gelächter bewies.

Cedric suchte sich zusammen mit seinen Begleitern einen Platz in der Nähe des Raummarschalls. Ab und zu drangen ein paar Fetzen seiner Erzählungen zu ihnen herüber, doch die Pointen wurden meist durch das Lachen der Zuhörer überlagert. Cedric bedauerte es nicht. Er war nicht in der Stimmung, über irgend etwas zu lachen, sondern hing zumeist seinen eigenen, trüben Gedanken nach. Sie drehten sich nicht selten um Sheryl. Der Energiemeiler, der die Überwachungsanlagen des Gefangenentrakts versorgte, war mit Sicherheit nicht zufällig hochgegangen, und Cedric ging davon aus, daß ihr großer Unbekannter dafür verantwortlich war. Das Ziel dieser Aktion konnte eigentlich nur eines sein: die Befreiung von Sheryl und Nabtaal. Oder ging er da von falschen Voraussetzungen aus? Gab es vielleicht etwas, das ebenfalls im Überwachungsbereich lag und viel wichtiger war?

In der nächsten Stunde hatte er genügend Zeit, sich darüber den Kopf zu zermartern, denn es geschah das, was ihm am allerwenigsten gefiel: gar nichts!

»Wer weiß, wie lange das noch dauert«, sagte Maylor. Er trank den Drink, den er sich hatte kommen lassen, aus und stieg unruhig von einem Bein aufs andere. »Äh, du hast doch nichts dagegen, wenn ich mich mal kurz zurückziehe? Ich verspüre ein allzu menschliches Bedürfnis.«

»Soll ich etwa nein sagen?« fragte Cedric ironisch. »Hau ruhig ab. Aber beeil dich. Wer weiß, wann man den Raummarschall abholt.«

»Wer weiß, ob man es überhaupt tut«, entgegnete Maylor. Er wollte gehen und wurde von Cedric zurückgehalten.

»Laß mir für alle Fälle die Zugriffscard hier«, verlangte Cedric. »Man kann nie wissen.«

Maylor überreichte sie ihm unauffällig und ließ ihn dann allein.

Cedric winkte die Bedienung heran und ließ sich ebenfalls einen Drink bringen. Bislang hatte er darauf verzichtet, doch das Warten zerrte an seinen Nerven. Ein kleiner Schluck würde bestimmt guttun. Insgeheim beneidete er Kara-Sek. Der Yoyodyne saß geduldig mit derart ausdrucksloser Miene da, als wäre es ihm völlig gleichgültig, ob er vielleicht noch weitere Stunden untätig dasitzen müßte.

»Macht dich die Warterei nicht nervös?« fragte er in dessen Richtung.

Kara-Sek hob kurz den Kopf.

»Wenn man weiß, daß es zum Sturm kommt, sollte man die Ruhe davor genießen und versuchen, aus ihr Kraft zu schöpfen, solange es möglich ist«, antwortete er.

Cedric kniff die Mundwinkel zusammen. Das hatte man davon, wenn man einen Yoyodynen derartige Dinge fragte. Er hätte sich gleich denken können, was für eine Art Antwort er von Kara-Sek bekommen würde. Je länger er jedoch über dessen Worte nachdachte, desto mehr hatte er das Gefühl, daß es sich nicht einfach nur um eine dahergebetete Floskel aus dem yoyodynischen Ehrenkodex handelte, sondern vielmehr um einen persönlichen, gutgemeinten Rat. Und das wäre eine ganz neue Seite an Kara-Sek.

Die Bedienung brachte ihm den bestellten Drink, doch er kam nicht mehr dazu, davon zu trinken. Der Redefluß des Raummarschalls war versiegt, wie Cedric feststellte, und als er den Kopf wandte, erkannte er den Grund dafür. Zwei weißuniformierte Bedienstete waren dezent an Wamsler herangetreten, und einer davon hatte sich zu ihm herabgebeugt und flüsterte ihm etwas zu. Wamsler reagierte erst mit Erstaunen, dann nickte er und erhob sich von seinem Platz.

Seiner Gestik, mit der er sich von seinen Zuhörern verabschiedete, war deutlich anzusehen, daß er es bedauerte, die Unterhaltung nicht weiter fortzusetzen, aber leider riefe die Pflicht.

Zusammen mit den zwei Bediensteten verließ er seinen Platz, und Cedric glaubte in ihnen die beiden Männer wiederzuerkennen, die gestern abend im Casino bereits Admiral McCluskey abgeholt hatten. Kaum hatte er diesen Gedanken zu Ende gedacht, richtete er sich nahezu kerzengrade auf.

. . . die bereits McCluskey abgeholt hatten! wiederholte er tonlos. Und heute, nachdem das geschehen war, trug der Admiral plötzlich einen Byranium-Anhänger und schien sich nicht mehr daran erinnern zu können – mehr noch, es nicht einmal zu *wollen* –, daß er ihnen zweimal begegnet war. Das war es! Was immer man mit ihm angestellt hatte, es stand nun auch Wamsler bevor.

Er sah die drei davongehen und schaute sich hektisch nach Maylor um, ohne ihn zu entdecken.

»Verdammt«, fluchte er unterdrückt. »Immer, wenn man ihn braucht, ist er nicht da. Das war die zwei Jahre auf Hadrians Mond schon genauso.«

Er wies Kara-Sek an, hierzubleiben, auf Maylor zu warten und ihm zu erzählen, daß Wamsler abgeholt worden war und er sich an dessen Fersen geheftet hatte. Sie sollten nach Möglichkeit hier auf seine Rückkehr warten. Er würde versuchen, so schnell wie möglich zurückzukommen oder ihnen in anderer Form eine Nachricht zukommen lassen. Und in Gedanken fügte er hinzu: sofern ich dazu in der Lage sein werde.

Die drei Männer waren bereits beinahe aus seiner Sicht verschwunden, und er mußte sich sputen, um sie nicht endgültig aus den Augen zu verlieren. Andererseits hatte es auch sein Gutes, daß der Abstand zwischen ihnen so groß war. Die beiden Bediensteten schauten sich ein paarmal um, wie um sich zu vergewissern, daß ihnen niemand folgte, und Cedric konnte jedesmal unauffällig hinter einer Menschengruppe oder einem anderen Hindernis Deckung suchen, so daß ihre Blicke ihn nie trafen.

Sie strebten einem Ausgang zu, der aus der Halle heraus- und in die Besucherzone hereinführte, die jetzt nahezu menschenleer war. Nur hier und da gingen ein paar Angestellte durch die Korridore. Er wurde immer schwieriger, den dreien zu folgen, ohne dabei entdeckt zu werden — besonders dann, wenn man ein prächtiges Holo-Kostüm trug.

Cedric suchte Deckung in einer Nische, überzeugte sich, daß niemand in der Nähe war, und berührte dann mit den Fingern den Steuerchip unter dem Kragen seines Kostüms. Der nachtschwarze Sternenhimmel auf der Oberfläche des Stoffs verblaßte im selben Moment und machte einem strahlenden Weiß Platz, das dem der Personal-Uniformen genau entsprach. Es war buchstäblich ein Unterschied wie Tag und Nacht. Und zur Krönung der Tarnung erschien auf seiner Brust das Symbol der Sternenstadt und darüber sogar ein kleiner grünlicher Fleck, der der Brosche glich, wie sie von den Bediensteten getragen wurde. Sie hatten es vorhin in ihrem Quartier mit ein wenig technischer Improvisation geschafft, die entsprechenden Daten in den Steuerchip einzuprogrammieren — mit dem Erfolg, daß man ihm jetzt schon direkt gegenüberstehen und sehr genau hinsehen mußte, um die angebliche Uniform als Fälschung auszumachen. Und soviel Zeit gedachte Cedric niemandem zu geben.

Er nahm den Anhänger ab, das letzte Element, daß ihn noch als Gast der Sternengala auswies, und nachdem er ihn in einer Jackentasche verstaut hatte, löste er sich aus der Nische und eilte den anderen hinterher. Sein neues Outfit gab ihm ein Gefühl der Sicherheit. Mehrfach kreuzten Bedienstete seinen Weg, aber sie hielten ihn für einen der ihren und schenkten ihm keine weitere Beachtung.

Der Raummarschall und seine beiden Begleiter hatten einigen Vorsprung gewonnen, aber bald hatte Cedric sie wieder eingeholt.

Er verharrte hinter einer Gangbiegung, als er sah, wie die drei vor ihm eine kleine offene Halle betraten, in der mehrere Fahrstuhlschotts mündeten. Vor einem davon blieben sie stehen.

»Das muß ein Fehler sein«, hörte Cedric Wamsler sagen, als sich vor ihnen das Kabinenschott öffnete. »Sie haben mir in der Halle gesagt, daß Sandara mich in ihren Privatgemächern erwartet. Aber dieser Aufzug hier führt doch zu den Produktionsstätten.«

»Das hat schon seine Richtigkeit«, erwiderte einer der Bediensteten. »Nur eine kleine Änderung in der Planung.«

Wamsler reagierte mit Unmut.

»Ich lasse mich von Ihnen doch nicht an der Nase herumführen!« rief er. »Was soll ich in den Produktionsstätten? Sandara wird mich dort wohl kaum empfangen, oder?«

»Nein, das wird sie sicherlich nicht. Aber Ihnen wird kaum etwas anderes übrigbleiben, als uns zu begleiten.«

»Was . . . was soll das heißen?« polterte der Raummarschall. Er sah sich hilfesuchend um, aber außer ihnen befand sich niemand in der Halle, den er um Unterstützung hätte bitten können, und Cedric, der vorsichtig hinter seiner Deckung hervorlugte, bemerkte er nicht.

»Ganz einfach«, antwortete der Bedienstete. »*Das!*«

Cedric sah, wie der Mann seinen Arm auf Wamsler zustieß, und dann hörte er das unverkennbare Zischen eines Injektors.

Der Raummarschall machte eine Bewegung, als wolle er um sich schlagen, doch noch bevor er richtig ausholen konnte, erschlaffte sein Körper. Die beiden Männer fingen ihn auf, bevor er zu Boden stürzen konnte, was ihnen angesichts seines immensen Gewichts einige Schwierigkeiten machte, und schleiften ihn in die Kabine. Das Schott schloß sich, und einen Moment später verkündete die Außenanzeige, daß sich der Fahrstuhl in Gang gesetzt hatte.

Cedric verließ seine Deckung. Obwohl er damit gerechnet hatte, daß dem Raummarschall nichts Gutes bevorstand, hatte ihn die Plötzlichkeit der Aktion doch überrascht. Vor dem geschlossenen Schott blieb er verdrossen stehen. Genau so etwas hatte er insgeheim befürchtet, als er die Verfolgung aufgenommen hatte. Von hier aus hatte er keine Möglichkeit, festzustellen, in welcher Etage die Kabine hielt. Und er konnte schlecht Dutzende, wenn nicht gar Hunderte von Stockwerken abfahren und nachfragen, ob man zufällig zwei Bedienstete mit einem ausgeknockten Raummarschall hatte vorbeikommen sehen.

Es sei denn, dachte er mit einem Fünkchen Hoffnung, der Steuerungsautomatik reichte die Angabe, noch einmal dieselbe Etage wie bei der letzten Fahrt aufzusuchen! Er mußte es eben versuchen.

Er hob den Arm, um das Sensorfeld, mit dem man die Kabine rufen konnte, zu berühren, als sich ihm von hinten eine Hand auf die Schulter legte.

»Ganz ruhig!« raunte ihm eine Stimme ins Ohr. »Keinen Laut!«

Cedric erstarrte, doch nicht nur aus dem Erschrecken heraus, ertappt worden zu sein — obwohl das allein schon schlimm genug gewesen wäre —, nein, vielmehr deshalb, weil ihm die Stimme in seinem Rücken so vertraut war, daß er sie unter Tausenden herausgehört hätte.

Es war Nabtaals Stimme!

Synfile 8

Doppelgänger

Behutsam drehte Cedric sich herum. Derjenige, der hinter ihm stand, war tatsächlich der Freischärler.

»Nabtaal?« flüsterte Cedric wie vom Donner gerührt. »Wie kommst du denn hierher? Und wie bist du zu der weißen Bediensteten-Uniform gekommen?«

»Ich bin nicht Nabtaal«, sagte Nabtaal.

»Wie bitte?«

»Ich bin nicht Nabtaal«, wiederholte Cedrics Gegenüber. Er lächelte unsicher. »Das heißt, irgendwie bin ich es doch. Aber ich bin nicht der, den du unter dem Namen Nabtaal kennengelernt hast.«

Cedric hatte das Gefühl, überhaupt nichts mehr zu verstehen. Der Freischärler war zweifelsohne Nabtaal. Er hatte dasselbe Gesicht, dieselbe Stimme und dasselbe unsichere, etwas schüchterne Lächeln. Schön und gut, die Haare waren vielleicht kürzer und gepflegter, als er es von ihrer Flucht her in Erinnerung hatte, und den zerschlissenen Gefangenenoverall trug Nabtaal natürlich ebenfalls nicht mehr, aber das alles änderte nichts an der Identität desjenigen, der da vor ihm stand.

»Tut mir leid«, sagte Cedric. »Ich glaube, da komme ich nicht mit.«

»Ich bin Nabtaals Bruder!« klärte ihn der andere auf. »Sein Zwillingsbruder.«

Cedric benötigte einen Augenblick, diese Nachricht zu verdauen.

»Nabtaal hat einen Bruder?« waren die ersten Worte, die er wieder herausbekam. »Er hat auf Hadrians Mond nie etwas davon erwähnt.«

»Ich weiß nicht genau, wie die Verhältnisse auf Hadrians Mond waren«, entgegnete der Freischärler. »Aber angenommen, du hättest einen Bruder – hättest du dort jemandem etwas davon erzählt?«

Cedric mußte eingestehen, daß er das wohl nicht getan hätte. Aus dem ganz einfachen Grund, weil auf dem Minenplaneten nichts von Belang gewesen war, was mit dem früheren Leben der Gefangenen zu tun gehabt hatte.

»Dann bist du derjenige, der uns die Nachrichten geschickt hat!« rief Cedric und deutete mit dem Zeigefinger auf Nabtaals Brust. »Deswegen hast du deinen Bruder in der dritten Nachricht Bedam genannt.«

»Habe ich das?« fragte der Freischärler. Er hob die Schultern. »Das ist mir gar nicht bewußt gewesen. Aber du hast recht. Ich habe euch die Nachrichten geschickt. Ach ja, mein Name ist übrigens Adam.«

Adam und Bedam Nabtaal, dachte Cedric verdrossen. Wenn die Situation nicht so ernst gewesen wäre, hätte er wahrscheinlich laut aufgelacht. Er fragte sich, ob es womöglich auch noch einen Cedam gab, unterließ es aber, danach zu fragen. Es gab Wichtigeres.

»Wozu die ganze Geheimniskrämerei?« fragte er statt dessen. »Warum hast du nicht sofort persönlichen Kontakt zu uns aufgenommen?«

»Das wäre zu gefährlich gewesen. Ich brauchte Zeit, um alles in Ruhe vorzubereiten.«

»Die Sprengung des Meilers.«

»Unter anderem«, bestätigte Nabtaal. »Als Bediensteter habe ich zwar freien Zugang zu den meisten Anlagen, aber ich mußte trotzdem möglichst vorsichtig sein. Immerhin habe ich über die Gästeliste sofort erfahren, wann ihr auf *Star City* angekommen seid, und insofern konnte ich verhindern, daß ihr irgendwelche Dummheiten anstellt, nur weil ihr die Sache überstürzen wollt.«

»Aber das...« Cedric runzelte die Stirn. Einen Augenblick! Woher wußte Nabtaal – Nabtaal II, wie er ihn für sich in Gedanken nannte (obwohl er, da er Adam hieß, nach dem Alphabet strenggenommen Nabtaal I hätte sein müssen) – überhaupt, unter welchen Namen sie hierher gekommen waren. Sie hatten die ID-Cards mit ihrer neuen Identität erst auf *St. Petersburg Zwei* erhalten. Und zwar vom Daily Lama! »Aber das würde ja bedeuten, daß du . . .?«

»Ganz recht«, bestätigte Nabtaal II, der Cedrics Gedanken zu erahnen schien. »Ich bin ein Mitarbeiter des Daily Lamas!«

Cedric starrte den Freischärler ungläubig an.

»Du bist ein Mitarbeiter des . . .«, begann er zu wiederholen und schüttelte den Kopf. »Aber . . . du bist ein Freischärler. Was kümmert es jemanden wie dich, wenn die Führungsspitze des Sarday'kinschen Imperiums von einer galaktischen Verschwörung bedroht wird?«

Er hob die Schultern und lächelte das für ihn und seinen Bruder so typische Lächeln.

»Nenn es meinetwegen den Glauben an eine bessere Welt«, sagte er. »Oder den Wunsch, wenn man schon nicht in der Lage ist, eine solche herbeizuführen, wenigstens eine schlechtere zu verhindern. Ihr Sarday'kin seid zwar beileibe keine Unschuldslämmer, ganz im Gegenteil sogar, aber wenn die Verschwörung Erfolg hätte, würden noch viel schlimmere Zeiten heraufziehen. Nicht nur für euch, sondern für sämtliche Fraktionen. Und wenn man es so sieht, handle ich durchaus im Interesse der Freischärler.« Und wie um jeden Zweifel auszuräumen, daß er wirklich für den Daily Lama tätig war, wiederholte er eine von dessen Weisheiten, die Cedric noch deutlich im Bewußtsein war: »Und außerdem – *ist es nicht egal, ob eine Katze schwarz oder weiß ist? Hauptsache, sie fängt Mäuse?*«

Er sah, daß er Cedric ins Grübeln gebracht hatte, und drückte auf den Sensor des Fahrstuhls. Sekunden später war die Kabine da.

»Ich erkläre dir später mehr«, sagte Nabtaal II. »Sobald wir Zeit dazu haben. Wir müssen dorthin, wohin man den Raummarschall bringt. Wo ist überhaupt dein Begleiter?«

»Der . . . äh . . . war gerade verhindert, als Wamsler abgeholt wurde.«

»Uns bleibt keine Zeit, ihn zu holen. Wir müssen allein weiter.«

Zusammen mit Cedric betrat er die Kabine und gab der Steuerungsautomatik ein Stockwerk an. Der Fahrstuhl setzte sich in Bewegung.

»Du weißt, wohin man Wamsler gebracht hat?« fragte Cedric.

»Nur ungefähr. Ich habe die Etage, nicht mehr. Eine Möglichkeit, die angeblichen Produktionsstätten zu betreten, hatte ich bislang nicht gehabt. Der Bereich unterliegt der höchsten Überwachungsstufe. Erst jetzt, da der Meiler ausgefallen ist, gibt es die Möglichkeit, sich die Sache mit eigenen Augen anzusehen. Jedenfalls hoffe ich das. Dem Hauptcomputer zufolge sind die Hallen groß und ziemlich unübersichtlich.«

Cedric zog unwillig die Augenbrauen herab. Irgend etwas an dieser Auskunft gefiel ihm nicht, und im nächsten Moment wußte er, was es war. Er packte Nabtaal II an der Schulter und zwang ihn, ihm in die Augen zu sehen.

»He«, rief er grimmig, »ich denke, du hast den Energiemeiler hochgejagt, um Sheryl und deinen Bruder zu befreien! Oder ging es dir nur darum, den Raummarschall zu verfolgen?«

»Um beides«, sagte Nabtaal II. »Beruhige dich. Sheryl und Nabtaal sind in diesem Augenblick bereits in Freiheit.«

»Wo sind sie?«

»Sie sind auf den Weg dorthin, wo während der angeblichen Kurskorrektur die Energiemengen hingeleitet wurden.«

Cedric ließ den Freischärler wieder los. Ganz schlüssig erschien ihm das nicht, aber er glaubte zu spüren, daß der Freischärler die Wahrheit sagte.

Die Kabine kam zum Halten, und als sich die Schotthälften öffneten, erstreckte sich vor ihnen eine Halle, die in ihrer Größe den Festsaal noch übertraf. Überall waren teils hausgroße Maschinenkomplexe aufgebaut, deren Funktion sich Cedric weitestgehend entzog. Ein leichtes Brummen lag in der Luft, aber ansonsten deutete nichts darauf hin, daß die Anlage derzeit in Betrieb war. Von Wamsler und den beiden Bediensteten war nichts zu sehen, aber als sie tiefer in die Halle eindrangen, entdeckten sie die drei weit voraus. Es hatten sich mittlerweile noch zwei weitere Bedienstete dazugesellt, und um den bewußtlosen Wamsler besser transportieren zu können, hatte man ihn auf eine Antigrav-Trage gelegt. Mit ihr steuerten die Bediensteten den gegenüberliegenden Teil der Halle an.

»Was hat man mit Wamsler vor?« flüsterte Cedric.

»Was mit ihm genau geschieht, weiß ich nicht, aber ich bin mir sicher, daß man ihn genauso umdrehen wird wie all die anderen, die man in den letzten Jahren hierher gebracht hat.«

»Wie Admiral McCluskey!«

»Richtig. Ihn hat es gestern erwischt. Er war der vorletzte, und vor ihm hat es schon unzählige andere erwischt.«

Cedric und Nabtaal folgten der Gruppe, stets bestrebt, die Maschinenkomplexe als Deckung zu nutzen. Cedric ahnte, daß sie etwas mit der Verarbeitung oder Manipulation von Byranium zu tun haben mußten, als sie an einer geöffneten Seitenhalle vorbeikamen, in der bis unter die Decke Transportcontainer von der Größe eines Beibootes gestapelt waren. Es waren Container mit Mehrfachversieglung, die dem Transport von besonders gefährlichen Stoffen dienten.

Und sie besaßen — wie Cedric auf den zweiten Blick feststellte und mit einem grimmigen Zusammenpressen seiner Lippen quittierte — die Kennung der Minenstation auf Hadrians Mond!

Es waren die Container, die bei dem Überfall erbeutet worden waren. Die PFENNIGFUCHSER mußte sie hier abgeliefert haben. Kein Wunder, daß dieser Bereich sonst so überstreng überwacht wurde. Was man hier fand, hätte ausgereicht, Sandara der Überfälle zu überführen. Doch das war nicht das einzige, was Cedric entdeckte. Ein Stück weiter, am Ende eines langgestreckten Fertigungskomplexes, kamen sie an einem anderen großen Transportcontainer vorbei.

Und in ihm — Tausende und Abertausende solcher Schmuckstücke, wie sie den Gästen der Sternengala überreicht worden waren!

Aus einer Eingebung heraus ergriff er eine Handvoll davon und stopfte sie sich in die Taschen.

»Was hast du damit vor?« fragte Nabtaal II.

»Das weiß ich noch nicht«, antwortete er. »Aber vielleicht sind sie uns noch nütze. Wir haben eine Möglichkeit gefunden, sie funktionsuntüchtig zu machen.«

»Funktionsuntüchtig?«

»Ja, um zu verhindern, daß sie ihren hypnotischen Einfluß ausüben.«

»Was für einen hypnotischen Einfluß?« fragte Nabtaal.

Cedrics Blick traf die kleine Brosche auf der Brust von Nabtaals weißer Uniform. Konnte es sein, fragte er sich, daß der Freischärler zwar festgestellt hatte, wohin die Energien während des Kursmanövers geleitet worden waren — vermutlich genau wie sie über die

Daten im Hauptcomputersystem −, aber nichts von der Ohnmacht gemerkt hatte?

»Eine Frage«, entgegnete Cedric. »Hattest du heute irgendwann zufällig einen kleinen Schwächeanfall? Nichts, worüber es sich näher nachzudenken lohnte, eben nur ein kleiner Schwächeanfall, wie er jedem mal passieren kann.«

Der Freischärler sah Cedric verblüfft an.

»Ja, aber was...?«

»Ich erzähle dir später mehr«, unterbrach Cedric, der nicht ohne eine gewisse Befriedigung zur Kenntnis nahm, daß Nabtaal II bei weitem noch nicht alles wußte, was hier geschah. »Sobald wir Zeit dazu haben.«

Die Gelegenheit dazu ergab sich bald. Die Männer vor ihnen hatten ihr Ziel erreicht. Es handelte sich um ein Podest am Ende der Halle, auf der eine kompliziert aussehende Anlage montiert war. In ihrem Mittelpunkt befand sich eine Liege, die entfernt an diejenigen erinnerte, wie sie in Medo-Stationen benutzt wurden. Die Bediensteten hievten den Raummarschall darauf und schnallten seine Arme und Beine fest.

Der Anblick der Anlage entlockte Cedric einen geflüsterten Fluch. Selbst wenn er nicht wußte, um was es sich dabei handelte, kannte er sich in den von den verschiedenen Fraktionen benutzten Techniken gut genug aus, um auf den ersten Blick zu erkennen, daß die Geräte nicht aus dem technischen Repertoire der Sarday'kin oder Cybertechs stammten.

Es war Phagon-Technik!

Nabtaal II hatte das offenbar ebenfalls erkannt. Auf seinem schmalen Gesicht zeigte sich ein angewiderter Zug. Die Fraktion der Phagon war von den Angehörigen aller anderen Machtgruppen ebenso verachtet wie gefürchtet. Nicht zu Unrecht. Aus ihrer Hexenküche stammten beispielsweise die *Humsz*-Züchtungen. Sie hatten sich der genetischen Forschung mit Haut und Haaren verschrieben, was durchaus wörtlich zu nehmen war, denn sie schreckten dabei auch vor Manipulationen ihrer eigenen Körper nicht zurück. Es gab kaum einen einzigen Phagon, der nicht über mehrere gengezüchtete Zusatzorgane verfügte oder andere körperliche Veränderungen vorgenommen hatte. Wo sie ihre Finger im Spiel hatten, ging es garantiert um verbrecherische Geschäfte der übelsten Art.

Die vier Bediensteten tauschten noch ein paar kurze Worte miteinander, dann ließen sie den Raummarschall auf der Liege zurück und gingen auf demselben Weg zurück. Cedric und Nabtaal II zogen sich schnell hinter die nächste größere Maschine zurück und warteten, bis die Männer an ihnen vorbeigegangen waren. Langsam wagten sie sich wieder hervor.

Cedric spielte mit dem Gedanken, zu Wamsler zu schleichen und zu versuchen, ihn wieder wachzubekommen. Doch was hätte ihnen das genützt? Nabtaal hatte eine bessere Idee. Er deutete zu den Balustraden hoch, die sich in mehreren Etagen rings um die gesamte Halle zogen.

»Darüber kommen wir näher an die Anlage ran«, sagte er.

Cedric nickte zustimmend. Sie erklommen die Balustrade und suchten sich einen geeigneten Platz schräg oberhalb der phagonischen Anlage. Hier waren sie vor einer Entdeckung weitaus sicherer als unten am Boden, wo jederzeit jemand in ihrem Rücken hätte auftauchen können. Zudem hatten sie einen hervorragenden Überblick und konnten sich notfalls rechtzeitig zurückziehen, falls jemand auf die Idee kam, zu ihnen heraufzusteigen.

Einige Minuten verstrichen, ohne daß etwas geschah, endlich ergab sich die Gelegenheit, auf die so drängenden Fragen zurückzukommen. Und die drängendste:

»Wie geht es Sheryl?« flüsterte Cedric. »Ist sie in Ordnung?«

»Ja, das nehme ich schon an«, erwiderte Nabtaal zögernd.

»Was soll das heißen? Du mußt sie doch gesehen haben!« Er sah, wie der Freischärler den Kopf schüttelte.

»Woher weißt du dann, daß die beiden ausgebrochen und unterwegs sind? Dazu mußt du doch irgendeinen Kontakt mit ihnen gehabt haben.«

»Das ist richtig«, sagte Nabtaal. »Und es ist eine ganz besondere Art von Kontakt«, formulierte er. Er schien zu zögern, Cedric die volle Wahrheit zu sagen.

Doch dieser war nicht gewillt, sich so einfach abspeisen zu lassen.

»Was für eine Art von Kontakt?« hakte er nach, und sein Ton machte klar, daß er sich – ob sie nun auf derselben Seite standen oder nicht – nicht länger mit Ausflüchten zufriedengeben würde.

»Bedam und ich, wir sind Telepathen«, eröffnete Nabtaal II.

Cedric hatte das Gefühl, von einem Raumschiff gestreift worden zu sein.

»Ihr seid . . . .. Telepathen?«

»Ja«, bestätigte Nabtaal II schlicht. »Aber es ist nicht so, daß wir jedermanns Gedanken lesen könnten wie andere. Wir können lediglich untereinander eine Verbindung herstellen. Aber es erfordert jedesmal große Anstrengung, das zu tun. Auf diesem Weg konnte ich meinem Bruder die nötigen Anweisungen für die Flucht geben, und deshalb weiß ich, daß es den beiden den Umständen entsprechend gutgeht.«

Cedric fühlte, daß die Zeit der Überraschungen damit noch lange nicht vorbei war.

»Ist Nabtaal . . .?« begann er gedehnt, um sich sofort zu verbessern: »Äh, ich meine, dein Bruder — arbeitet er etwa ebenfalls für den Daily Lama?«

»Ja, wir beide sind Mitarbeiter seiner Ermittlungsgruppe.«

Cedric atmete tief durch.

»Ich glaube, es ist an der Zeit, daß du mir einiges erklärst.«

Nabtaal II sah kurz zu Wamsler herab, der immer noch allein auf der Liege lag, ohne daß sich jemand in seiner Nähe hatte blicken lassen, und dann begann er zu erzählen. Im Gegensatz zu seinem Bruder, den Cedric meist als Plaudertasche erlebt hatte, war Adam durchaus in der Lage, die Informationen auf das Wesentliche zu reduzieren. Er berichtete, wie es dazu gekommen war, daß sein Bruder und er sich vor rund zwei Jahren der Ermittlungsgruppe des Daily Lamas angeschlossen hatten. Cedrics ehemaliger Ausbilder hatte schon lange den Verdacht, daß Sandara beziehungsweise ihre *Star Company* etwas mit der galaktischen Verschwörung zu tun hätte, ohne jedoch konkrete Beweise dafür sammeln zu können. Vor rund einem Jahr war es dann gelungen, Nabtaal II als Bediensteten auf der Sternenstadt einzuschleusen. Eine Zeitlang hatte er nur in unbedeutenden Dienstleistungsabschnitten arbeiten können, aber es war ihm immerhin gelungen, herauszufinden, daß sich hier, wenn doch nicht die Zentrale, so zumindest eine wichtige Schnittstelle der Verschwörer befinden mußte, denn die sarday'kinschen Befehlshaber, die diese Sache unterstützten, ließen sich verdächtig oft auf der Sternenstadt blicken. Und dann war Nabtaal II an eine Information herangekommen, die in den Plänen des Daily Lamas fortan die zentrale Rolle gespielt hatte: Es wurde ein Überfall auf die Byranium-Minen von Hadrians Mond geplant, und wie es aussah, sollte er der letzte sein, den die Verschwörer noch brauchten, um ihre Ziele zu vollenden.

Von da an war sein Bruder Bedam ins Spiel gekommen. Der Daily Lama hatte es so gedreht, daß er in die Byranium-Minen verbannt wurde, um vor Ort herauszufinden, von wem und auf welche Weise der Überfall durchgeführt wurde, denn zuvor hatte es nie einen einzigen Zeugen gegeben. Die Möglichkeit, die Aktion vom Raum aus mitzuverfolgen, hatte nicht bestanden, da der im Orbit um Hadrians Mond stationierte Killer-Satellit jedes unautorisierte Raumschiff vernichtet hätte. Wie Nabtaal II erklärte, hatte Cedrics Anwesenheit in den Byranium-Minen in den Plänen des Daily Lamas durchaus eine Rolle gespielt, und es war kein Zufall gewesen, daß Bedam ausgerechnet seiner Sektion zugeteilt worden war. Nach Einschätzung des Daily Lamas hatte er zusammen mit Cedric die größten Aussichten, den Überfall lebend zu überstehen.

Cedric wußte nicht, ob er sich geschmeichelt oder mißbraucht fühlen sollte. Er kam sich vor wie jemand, den man die ganze Zeit über an der Nase herumgeführt hatte. Und zwar so vollständig, daß er nie geahnt hatte, was um ihn herum wirklich vorging.

Und nun bekam mit einemmal alles einen Sinn: daß im entscheidenden Moment die Luftaustauschanlage ihres Stollens beschädigt gewesen war, so daß man ihre Sektion nicht mit Giftgas hatte fluten können, warum Nabtaal immer dann, wenn es darauf ankam, verblüffende Fähigkeiten unter Beweis gestellt hatte, zum Beispiel die Instandsetzung eines abgerissenen Robot-Strahlerarms, oder warum er sich so hervorragend mit sarday'kinscher Technik auskannte.

»Halt!« rief Cedric und dämpfte seine Stimme schnell, als er merkte, wie laut er gewesen war. Wenn unten jemand gewesen wäre, wären sie mit Sicherheit entdeckt worden. Aber Wamsler war noch immer allein. »Was ist mit Duncan? Ist er auch ein Agent des Daily Lama gewesen?«

Das war eine berechtigte Frage. Er hatte den scheinbar geistesgestörten Cybertech lange Zeit im Verdacht gehabt, viel mehr zu wissen, als er nach außen hin vorgab. Zu oft hatte er ihnen auf schier unglaubliche Weise weitergeholfen. Und er hatte auf *St. Petersburg Zwei* mit seinem Interview dafür gesorgt, daß ihnen die Verschwörer fortan keine ruhige Minute gelassen und zumindest Sheryl und

Nabtaal schließlich auch erwischt hatten. »Nein«, antwortete Nabtaal II, der bewies, daß er über alle Geschehnisse während der Flucht genauestens informiert war. Augenscheinlich über seinen Bruder. »Es war wohl einfach so, daß er dadurch, daß er dem Byranium so lange Jahre ausgesetzt war, auf irgendeine Art und Weise in der Lage war, Bedams Gedanken anzuzapfen oder zu erspüren. Mein Bruder ist der Meinung, daß Duncan auf irgendeine Art und Weise seine Gedanken angezapft hat. Für ihn war es vermutlich nur ein Spiel, daß er dann das, was Bedam gedacht hat, ausgeführt oder nachgeplappert hat.«

Cedric hatte Mühe, all diese neuen Informationen zu verdauen. Er war von Anfang an nur eine Spielfigur auf dem Spielfeld des Daily Lamas gewesen. Sein ehemaliger Ausbilder hatte alles vorausgesehen, und als er ihnen auf *St. Petersburg Zwei* verwehrt hatte, ihn zu begleiten, hatte er vermutlich bereits gewußt, daß sie sich auf eigene Faust nach *Star City* begeben würden.

Und ob er es gewußt hatte! dachte Cedric und erinnerte sich an die Worte, mit denen sich der Daily Lama am Raumhafen von ihnen verabschiedet hatte: Ich bin sicher, ihr werdet genau das tun, was ich von euch erwarte, hatte er gesagt − und sie hatten genau das getan. Es war eine Erkenntnis, die schmerzte. Hatte sein ehemaliger Ausbilder kein Vertrauen gehabt, um sie in die Dinge einzuweihen?

»Wie viele seiner Leute hat der Daily Lama insgesamt hier?« fragte er, um seine Gedanken zu näherliegenden Problemen zurückzuzwingen.

Nabtaal II machte ein Gesicht, als hätte er einen schlechten Scherz gehört.

»Nur meinen Bruder und mich«, sagte er, und nach einer kurzen Pause fügte er hinzu: »So, und nun rück zur Abwechslung mal mit deinen Erkenntnissen raus. Was ist das mit dem hypnotischen Einfluß der Schmuckstücke, über die du vorhin etwas gesagt hast?«

Cedric erklärte es ihm.

»Also sieh zu«, endete er und deutete auf die Brosche auf Nabtaals Uniform, »daß du das Ding bei nächster Gelegenheit los wirst.«

Von unten erklangen Schritte, und als Cedric und Nabtaal II vorsichtig ihre Köpfe hoben und über die Balustrade sahen, erkannten sie, daß zwei Gestalten die Halle betreten hatten.

Phagon — wie an ihren übergroßen, wie von schwarzer, ledriger Haut überzogenen Köpfen und den Armen, die noch über ein paar Gelenke und Finger mehr zu verfügen schienen, unschwer zu erkennen waren. Sie zogen eine Antigrav-Bahre hinter sich her, und darauf befand sich ein beleibter Mann, der ein genau identisches Ebenbild des Raummarschalls war. Mit dem einzigen Unterschied, daß er eine geringfügig andere Uniform trug.

»Ein Gen-Clon!« flüsterte Cedric Nabtaal II zu. »Sie haben einen Gen-Clon von Wamsler hergestellt!«

Das setzte voraus, daß man bereits in der Vergangenheit dem Raummarschall Gewebe entnommen haben mußte — was nicht weiter schwer war, da winzigste Stücke, zum Beispiel Haare oder Fingernagelstücke, genügten —, anhand dessen man den Clon gezüchtet hatte. Cedric wußte, daß es bereits in der Vergangenheit Versuche gegeben hatte, Staatsmänner durch Gen-Clone zu ersetzen, doch meist waren sie daran gescheitert, daß der Doppelgänger zwar äußerlich durch nichts vom Original zu unterscheiden war, aber weder über dessen Erfahrungen noch Erinnerungen verfügte. Ein Problem, das man in diesem Fall, wie es schien, gelöst hatte.

Die Phagon plazierten die zweite Liege neben der mit dem echten Wamsler, stülpten beiden eine Art Helm über den Kopf und verbanden ihre Körper mit einer Reihe kompliziert aussehender Geräte. Als sie die Anlage einschalteten, zeigte sich, warum die Bediensteten den Raummarschall festgeschnallt hatten. Sein Körper zuckte konvulsivisch, als würde er sich gegen das wehren wollen, was ihm angetan wurde. Doch er hatte keine Chance.

»Sie transferieren seinen Gedächtnisinhalt«, ließ Nabtaal II sich leise hören.

Cedric war zum gleichen Schluß gekommen.

Irgendwann erstarben Wamslers Zuckungen, und nach einer Reihe weiterer Schaltungen entfernten die Phagon schließlich die Helme und anderen Apparaturen. Cedric war kaum überrascht, als der Gen-Clon die Augen aufschlug, sich von der Liege erhob und aufstand. Dabei bewegte er sich mit haargenau denselben Charakteristika, wie auch der echte Raummarschall es getan hatte. Die beiden Phagon begutachteten ihr Werk und schienen mit dem Resultat zufrieden zu sein.

»Begib dich in den zentralen Kontrollraum«, sagte einer der Phagon zu dem Gen-Clon. Er war das erste Mal, daß einer von ihnen ein Wort sprach. »Sandara erwartet dich dort.«

Der Gen-Clon nickte und setzte sich gehorsam in Bewegung. Er schien genau zu wissen, in welche Richtung er sich wenden mußte. Offenbar hatte man ihm die entsprechenden Informationen gleich mit eingepflanzt. Nachdem der Doppelgänger verschwunden war, erschienen zwei breitschultrige Wachen bei der Anlage. Die Phagon mußten sie gerufen haben, als Cedrics Aufmerksamkeit dem weggehenden Clon gegolten hatte.

»Bringt ihn zu den anderen«, hörte Cedric die knarrende Stimme des Phagons.

Die beiden Muskelprotze taten, wie ihnen geboten worden war, und besonders pfleglich gingen sie nicht mit Wamsler um. Der Raummarschall schien mittlerweile das Bewußtsein wiedererlangt zu haben, aber er lallte nur unzusammenhängende Worte, und sein Blick war stumpf und leer.

»Das geschieht mit allen Opfern«, sagte Nabtaal II. »Man bringt sie dorthin, wo man auch Sheryl und Bedam gefangengehalten hat. Manche sind schon seit Jahren da und fristen ihr Leben als lallende Idioten.«

»Warum bringt man sie dann nicht einfach um? Wozu die Quälerei?« fragte Cedric, doch im Prinzip wußte er die Antwort darauf bereits. Man brauchte sie als lebende »Ersatzteillager«, denen man jederzeit originales Gen-Material entnehmen konnte, um weitere Clons zu züchten, falls mit dem ersten irgend etwas nicht in Ordnung sein sollte. Ein perverser Gedanke — aber er paßte so recht zu den Phagon.

Die beiden Angehörigen dieser Fraktion schickten sich an, die Halle zu verlassen.

»Ich glaube, wir haben genug gesehen«, flüsterte Nabtaal. »Wir sollten zusehen, daß wir von hier verschwinden.«

»Du hast recht.« Cedric zog die Byranium-Anhänger, die er eingesteckt hatte, hervor und drückte sie dem überraschten Nabtaal II in die Hände. »Hier, nimm das, und bring es zu Maylor und Kara-Sek. Sie sollen sie unbrauchbar machen und einen Weg finden, sie gegen die anderer Gäste auszutauschen. Mit jedem Träger haben wir einen Verbündeten mehr, wenn Sandara ihre große Überraschung steigen läßt.«

»Und du? Was hast du vor«

Cedric deutete zu den beiden Phagon, die soeben durch einen offenen Durchgang in eine Nebenhalle verschwanden.

»Ich werde die beiden im Auge behalten.«

Er trennte sich von Nabtaal, und während der Freischärler sich dorthin wandte, woher sie gekommen waren, nutzte Cedric einen anderen Abstieg und kam in der Nähe des Durchgangs zur Nebenhalle herunter. Die beiden Phagon vor ihm schienen nicht einmal den Hauch einer Furcht zu haben, verfolgt werden zu können. Sie bewegten sich, als wären sie hier unten vollkommen sicher.

Cedric blieb ihnen beständig auf den Fersen, und in ihrem Schlepptau gelangte er in eine Halle, in der schier unglaublich große Mengen Byranium gelagert waren. Cedric schien es unverantwortlich zu sein, derart viel dieses tückischen Materials auf so engem Raum zusammenzubringen, doch dann begriff er, warum man sich keine Sorgen machen mußte, daß es zu einer verheerenden Spontan-Reaktion kam. Dieses Byranium hier war offensichtlich ähnlich manipuliert wie das in den Schmuckstücken und Broschen, und in dieser Form war es zu solchen Ausbrüchen nicht fähig.

In diesem Raum endete eine Art Förderschiene, die in einen Stollen eintauchte und auf dessen Gleitfeld ein beständiger Strom von kleinen Containern in die Halle und aus ihr heraus transportiert wurden. Die Verladearbeiten geschahen vollautomatisch, und emsige Robotarme waren dabei, die ankommenden Container von dem Gleitfeld herunterzunehmen und diejenigen, die dazu bestimmt waren, die Halle zu verlassen, darauf zu laden.

Es gab auch mit Sitzen ausgestattete Plattformen, die zur Beförderung von Personen dienten. Die beiden Phagon forderten einen davon an, und als er vor ihnen erschien, nahmen sie darauf Platz und ließen sich in den Stollen tragen, dorthin, wo auch das Material hingeliefert wurde. Cedric sprang ein paar Ladungen hinter ihnen auf einen nach oben hin offenen Container, der nur halb mit irgendwelchen Kisten beladen war. Es war eine Einladung, der man nicht widerstehen konnte.

Kurz darauf tauchte der Container in den Stollen ein, und zu Cedrics Überraschung endeten die künstlichen Wandverkleidungen nach vielleicht fünfzig oder hundert Metern und machten dem schwarzen Asteroidengestein Platz. Kein Zweifel, das Transportfeld führte aus den künstlichen Gefilden der Sternenstadt hinaus.

Und Cedric glaubte zu ahnen, wohin. Was er jedoch nicht im geringsten vorausahnte, war die Tatsache, daß sich der Tunnel kurze Zeit später noch einmal in seiner Struktur veränderte — und zwar zu einem Gespensterstollen!

Cedric reagierte mit derselben Fassungslosigkeit darauf, wie Sheryl es vor ihm an anderer Stelle getan hatte. Hinzu kam, daß dieser Stollen von den Ausmaßen her alles übertraf, was er auf Hadrians Mond gesehen und selbst durchschritten hatte. Dort waren die Gänge vielleicht sechs oder sieben Meter breit gewesen. Hier waren es gute dreißig.

Cedric sah, daß sich das Gleitband mit seiner Fracht einer hellerleuchteten Halle näherte, die ihr Licht weit in den Gespensterstollen hineinschickte. Es war eine riesige, domartige Halle, die, das war auf den ersten Blick ersichtlich, von denselben unbekannten Wesen errichtet sein mußte wie die Stollen selbst, von denen etliche aus mehreren Richtungen in die Halle einmündeten. Eine Seite war mit modernen Elementen ausgekleidet, wie sie auch in den Gebäudeteilen von *Star City* zu sehen waren, und es gab einen Fahrstuhl, der in die Kuppeldecke hinaufführte. Cedric begriff, daß dieser die Verbindung zu der Kommandozentrale darstellen mußte, die direkt über dieser Halle lag.

Denn daran, daß dieser Ort derjenige war, an den die immensen Energiemengen geleitet worden waren, gab es für ihn nicht den geringsten Zweifel. Davon kündeten nicht nur die dicken Leitungsstränge, die überall über den Boden liefen, die Dutzenden von Phagon, die zu sehen waren, oder die gigantischen technischen Aufbauten, nein, mehr noch tat es der Anblick dessen, was sich im Mittelpunkt dieses unterirdischen Domes befand.

Cedric sprang von dem Container, bevor dieser in den offenen Raum hineinfuhr, suchte Deckung an der Wandung und schlich sich hinter einen Stapel von Geräten, wie sie ringsum vor den Wänden der Halle abgestellt waren. Vorsichtig hob er den Kopf und sah zu dem riesigen Gebilde empor. Es sah aus wie eine mächtige, organisch emporwachsende Säule, auf deren Spitze sich ein kugelförmiges Gebilde befand, das, von einem Antigravitationsschirm gehalten, in der Luft schwebte und sich genau im Zentrum der Halle befand. Und diese Kugel, die gut und gerne fünfzig Meter durchmaß und aus nichts anderem bestand als grünlich schimmerndem Byranium!

Cedric hielt unwillkürlich den Atem an. Nun wußte er endlich, wofür die Verschwörer diese immensen Mengen von Byranium gebraucht hatten. Nicht allein zur Finanzierung ihrer Pläne oder die Anfertigung der manipulierten Schmuckstücke, sondern für dieses . . . Ding.

Es war eine Anlage, die in ihrer Gesamtheit so fremdartig war, daß selbst die Phagon sie nicht errichtet haben konnten. Sie mußte von denselben unbekannten Erbauern errichtet worden sein, die einst auch die Gespensterstollen angelegt hatten.

Cedric hörte ein Rascheln hinter sich. Seine Hand zuckte blitzschnell zur Waffe, während er sich herumwarf, doch es war kein Phagon, der hinter ihm aufgetaucht war.

Ganz im Gegenteil. Die beiden, die hinter ihm aufgetaucht waren, waren alles andere als eine Bedrohung. Der eine glich dem Freischärler, von dem er sich vor Minuten getrennt hatte, auf geradezu verblüffende Weise, wenn man von seinem unordentlichen Haar und seiner zerschlissenen Gefangenenuniform absah. Nabtaal! Bedam, um genau zu sein. Und die zweite Gestalt mit ihrem chromfarbenen Haar hätte er selbst dann binnen eines Sekundenbruchteils erkannt, wenn ihr Gesicht ihm nicht tagelang durch den Kopf geweht wäre, wieder und immer wieder.

Sheryl!

Sie kam auf ihn zu, und er war über die Heftigkeit überrascht, mit der sie ihm in die Arme fiel.

»Ich wußte, daß du kommen würdest«, hörte er ihre Stimme ganz nah an seinem Ohr. »Ich habe keine Sekunde daran gezweifelt! Nicht eine einzige.«

Fast hilflos nahm er die Bezeugungen ihrer Zuneigung entgegen. Es erschien ihm äußerst unpassend an einem Ort wie diesem. Leider war ihre Wiedersehensfreude nur von kurzer Dauer, ehe sie abrupt unterbrochen wurde. Für einen kurzen Augenblick hatte ihre Aufmerksamkeit nachgelassen, und als er den Kopf wieder hob, blickte er geradewegs in die Mündungen eines halben Dutzend Strahlgewehre, die auf sie gerichtet waren. Jetzt merkte auch Sheryl, die ihren Kopf an seiner Brust geborgen hatte, daß etwas nicht stimmte, und sie wurde bleich, als sie sah, wie plötzlich sich ihre Lage geändert hatte. In Cedrics Hand, die den Strahler hielt, zuckte es, doch es blieb ein Zucken. Jeder Versuch einer Gegenwehr hätte sie alle das Leben gekostet.

»Versuch es erst gar nicht«, knarrte die Stimme von einem der Phagon, die ihre verformten Finger am Drücker hatten, und es klang, als wünschte er sich nichts sehnlicher, als daß Cedric es doch tat.

Aber Cedric tat nichts dergleichen. Er wußte, wann er verspielt hatte. Selbst wenn es so kurz vor dem Ziel war.

Er ließ seinen Strahler fallen, ebenso wie Sheryl und Nabtaal, und hob langsam die Arme.

Synfile 9

Finale

Man brachte Cedric, Sheryl und Nabtaal aus der domartigen Halle in den Kommandotrakt der Sternenstadt, wo sie in einen Raum geführt wurden. Dort saß Sandara mit einer illustren Runde von ungefähr zwanzig Leuten um einen großen Konferenztisch zusammen, und Cedric war sich sicher, daß er damit den Haupträdelsführern der Verschwörung gegenüberstand. Cedric erkannte Sartorius Wosch, aber es waren auch Gen-Clone wie Admiral McCluskey oder Raummarschall Wamsler dabei, dessen ›Gedächtnistransfer‹ er gerade noch selbst beigewohnt hatte.

Wenn er erwartet hatte, daß Sandara wütend wäre oder die Fassung verlor, so sah er sich getäuscht. Sie strahlte dieselbe Unnahbarkeit und Souveränität aus wie in dem Augenblick, da er ihr im Casino zum erstenmal persönlich begegnet war.

»Da haben wir ja die beiden entflohenen Gefangenen«, stellte sie mit einem Blick auf Sheryl und Nabtaal fest. Dann blieben ihre Augen auf Cedric ruhen. »Und wen haben wir da?«

»Das ist noch einer derjenigen, die uns seit dem Überfall auf Hadrians Mond soviel Schwierigkeiten machen«, rief Sartorius Wosch.

Sandara reagierte mit einem knappen Nicken.

»Dann hätten wir jetzt ja fast alle beisammen«, stellte sie fest. »Was ist mit den anderen?« Ihr Finger zeigte auf Cedric. »Du bist doch nicht allein hierhergekommen!«

Cedric kniff die Lippen zusammen, als Zeichen, daß sie lange auf eine Antwort warten konnte. Viel nützte es nicht. Admiral

McCluskey — besser gesagt, sein Gen-Clon — ergriff das Wort und berichtete, daß Cedric mit zwei Begleitern, einem Sarday'kin und einem Yoyodynen, hier war, und er sie noch am Abend auf der Sternengala zusammen gesehen hätte.

»Warten Sie«, bot er der Juwelenkönigin an. »Ich werde meinem Sicherheitsbeauftragen Bescheid sagen, daß er sie suchen und verhaften soll. Er kennt die beiden ebenfalls und ist mir treu ergeben.«

Er wartete Sandaras zustimmendes Nicken ab, ehe er aufstand und über einen Kommunikator Kontakt zu Burns aufnahm, um ihm die entsprechenden Anweisungen zu geben. Sandara hielt sich in der Folgezeit erst gar nicht lange damit auf, sie ausfragen zu wollen.

»Wozu sollte ich es mir jetzt unnötig schwer machen?« fragte sie lakonisch. »In weniger als einer halben Stunde werde ich alles von euch erfahren, was ich wissen will. Und ganz besonders interessiert es mich natürlich, wer euer Auftraggeber ist. Er wird das erste Problem sein, das ich nach der Vollendung unseres Planes beseitigen werde. Er hat unserer Sache in der Vergangenheit so manch empfindlichen Schlag versetzt.« Sartorius Wosch nickte zustimmend, als sie das sagte.

»Von uns werden Sie nichts erfahren!« rief Sheryl leidenschaftlich. Es war nicht mehr als ein Ausdruck ihrer Hilflosigkeit. Schließlich hatte sie am eigenen Leib erfahren, wie schnell dieser Vorsatz zum Bröckeln und Einstürzen gebracht werden konnte. »Und wenn Sie uns noch so sehr foltern.«

»Das wird nicht einmal nötig sein«, erwiderte Sandara sanft. Sie schien zu wissen, daß sie Sheryl damit am meisten reizen konnte. »Weil ihr es mir nämlich freiwillig erzählen werdet.« Sie lächelte. »Nun, *ganz* freiwillig sicherlich nicht, aber davon werdet ihr selbst nichts merken. Ihr werdet weiterhin glauben, Herr eurer eigenen Entscheidungen zu sein. Genau wie alle anderen Leute auf *Star City*.« Sie lächelte. »Das heißt, natürlich außer mir und den Faktoren, die hier am Tisch sitzen.«

»Und den Phagon«, ergänzte Cedric.

»Ja«, sagte sie. »Die Phagon sind unsere Geschäftspartner in dieser Angelegenheit. Sie erst haben es möglich gemacht, daß wir das wahre Potential dieser uralten Anlage, die ihr bereits gesehen habt, ausschöpfen können. Er ist wirklich schier unglaublich, welche Möglichkeiten sie bietet.«

»Selbst wenn es Ihnen gelingt, alle hier Anwesenden unter Ihre Kontrolle zu bringen«, rief Cedric, »und wenn Sie noch so viele Befehlshaber durch Gen-Clone austauschen, Ihr Plan ist viel zu wahnwitzig, als daß er Erfolg haben könnte.«

Sie schüttelte nachsichtig den Kopf.

»Oh, da mache ich mir keine Sorgen. Es sind oft gerade die wahnwitzigsten Pläne, die den größten Erfolg haben. Außerdem ist das hier erst der Anfang. Es geht mir nicht darum, diesen armseligen Haufen von Befehlshabern in meiner Gewalt zu haben. Es geht um jedermann in diesem Spiralarm der Galaxis. Die Anlage hat eine nahezu unbegrenzte Reichweite, und sobald wir die manipulierten Anhänger in Umlauf gebracht haben, wird es bald niemanden mehr geben, der sich unserem Willen widersetzen kann.«

Erst jetzt begriff Cedric das wahre Ausmaß der Verschwörung, die Sandara und ihre Mittäter planten. Und wenn sie Erfolg hatten, würde in dem Gebiet des ehemaligen Großen Imperiums bald jeder freie Wille erlöschen. Es war ein Plan, wie er teuflischer nicht hätte sein können.

»Wozu dann überhaupt die Gen-Clone?« fragte er.

»Sie waren uns zur Durchsetzung unserer Interessen mehr als behilflich. Aber sie sind weit mehr als das. Sie gehören zu der zukünftigen Führungsschicht unseres neuen Imperiums und werden in der Lage sein, jedem Träger eines Byranium-Schmuckstücks Befehle zu erteilen. Und sie sind uns absolut treu ergeben. Man könnte sich gar keine besseren Stellvertreter vorstellen.«

Es schien ihr Freude zu bereiten, ihnen das zu erzählen, und zu beobachten, wie sie zunehmend erbleichten. Sandara gestattete ihnen, in einer Ecke des Raumes Platz zu nehmen, streng bewacht von mehreren bewaffneten Bediensteten, die die Phagon abgelöst hatten und jede ihrer Bewegungen mit Argwohn verfolgten.

Cedrics Hoffnung, daß Maylor etwas tun könnte, um diesem Wahnsinn ein Ende zu bereiten, erfüllte sich nicht. Nur ein paar Minuten nachdem Burns seinen Auftrag erhalten hatte, betrat er zusammen mit einigen anderen Wachen den Raum und brachte nicht nur Maylor, sondern auch Nabtaal II mit. Cedric hatte bis zuletzt gehofft, daß Bedam es irgendwie schaffen würde, seinen Bruder zu warnen, aber anscheinend hatte seine Konzentration dafür nicht ausgereicht, oder er hatte es schlichtweg vergessen.

Leider hatte Cedric ihn im Herzen ihres Feindes schlecht daran erinnern können, doch seine telepathischen Fähigkeiten zu nutzen.

»Bitte sehr«, sagte er zu Sandara gewandt, und an seinen glänzenden Augen war abzulesen, wie stolz er darauf war, diese Mission für sie erledigt haben zu dürfen. »Die beiden haben verdächtig miteinander getuschelt, als wir sie im Festsaal gefunden haben. Da habe ich mir gedacht, daß ich den anderen gleich mitbringe.«

Sandaras Blick pendelte kurz zwischen Adam und Bedam Nabtaal hin und her, und allein die Ähnlichkeit der beiden schien ihr genügend zu sagen.

»Sieh an«, sagte sie an denjenigen der beiden Zwillingsbrüder gewandt, der sich in Burns' Gewahrsam befand. »Das dürfte der Maulwurf sein, von dem wir seit einiger Zeit vermuten, daß es ihn hier auf der Sternenstadt gibt.«

Auf einen Wink von ihr führte man ihn und Maylor zu den anderen und ließ sie ebenfalls Platz nehmen.

»Ich habe diesem verdammten Idioten gesagt, was hier gespielt wird«, rief Maylor ungehalten, und es war keine Frage, daß er Burns meinte. »Aber er ist viel zu verbohrt, um es zu kapieren!«

»Ihnen hätte ich die Geschichte nicht einmal dann geglaubt, wenn sie nur einen Bruchteil so unglaubwürdig gewesen wäre«, erwiderte er, und auf seinem Gesicht lag die Zufriedenheit, daß er es ihnen endlich so richtig hatte zeigen können. Etwas, das er wahrscheinlich schon seit der ersten Begegnung mit ihnen hatte tun wollen.

»Sehr gut gemacht, äh... wie war doch gleich Ihr Name?« wandte Sandara sich persönlich an den Sicherheitsmann.

»Burns«, half er ihr aus.

»Burns, ja, richtig. Sie scheinen wirklich ein Mann zu sein, auf den man sich hundertprozentig verlassen kann. Es könnte sein, daß es für jemanden wie Sie noch eine große Zukunft gibt.« Sie ließ ihn sich im Glanz ihres Lobes einen Augenblick lang sonnen, dann fügte sie fragend hinzu. »Wo ist überhaupt der Yoyodyne?«

»Den haben wir noch nicht erwischt«, sagte Burns. »Er befand sich nicht bei den anderen. Ich dachte mir, ich bringe die zwei erst mal hierher, bevor ich mich um ihn kümmere. Ich habe schon so eine Ahnung, wo er sich befindet. Wahrscheinlich im Quartier der beiden.«

»Gut.« Sandara entließ ihn mit einem gnädigen Nicken. »Kümmern Sie sich darum!«

Zusammen mit den anderen Wachen verließ Burns den Raum. In den nächsten Minuten hatte Sandara genügend mit einigen hereinkommenden Meldungen zu tun, die im wesentlichen besagten, daß alles für den Höhepunkt des Festes bereit war — auch die prähistorische Anlage in der unterirdischen Halle —, und Maylor nutzte die Gelegenheit, um Cedric flüsternd zu informieren, wie es ihnen ergangen war. Nabtaal II war in der Festhalle zu ihnen gestoßen, und da sie nicht minder über sein Erscheinen überrascht gewesen waren, war einige Zeit vergangen, ehe er sie endlich von allem überzeugt hatte. (»Das Nabtaal-Duo! Na, bravo, das ist so ziemlich der schlechteste Witz, den ich je gehört habe!« — waren die ersten Worte gewesen, mit denen Maylor in seiner typischen Art darauf reagiert hatte.) Sie hatten Kara-Sek gerade zusammen mit den Anhängern in die Kabine zurückgebracht, um sie ähnlich zu entschärfen wie die anderen, als sie sich plötzlich von Burns und den anderen Wachen umringt gesehen hatten. Und diese hatten sie ohne Umschweife hierher geführt.

Minuten später gab Sandara das Zeichen zum Aufbruch.

»Es ist an der Zeit, den so lange vorbereiteten Triumph zu vollenden. Wie viele Jahre haben wir darauf hingearbeitet.« Die huldvollen Worte waren an diejenigen gerichtet, die um den Konferenztisch herum saßen. Zumindest an die von ihnen, die keine Gen-Clone waren, denn diese waren nichts anderes als stumpfsinnige Befehlsempfänger, die wahrscheinlich ebenso emotionslos reagiert hätten, wenn man ihnen gesagt hätte, daß ihr Hosenstall offenstand. »Und auch ihr werdet das Vorrecht haben, diesem großen Augenblick beizuwohnen«, fügte sie an Cedric und die anderen hinzu.

Sie verließen den Raum und wurden unter strengster Bewachung wieder hinunter in den unterirdischen Felsendom mit der strahlenden Byranium-Kugel gebracht. Dort verfrachtete man sie in eine Ecke, wo sie den Ereignissen beiwohnen konnten, ohne Schaden anzurichten. Der Gedanke an Flucht oder eine Überrumplungsaktion verbot sich von selbst. Ständig waren mindestens ein halbes Dutzend Strahlgewehre auf sie gerichtet. Den Bediensteten der Sternenstadt, die sie bewachten, war anzusehen, wie sie die fremdartige Umgebung und auch die Anwesenheit der Phagon beunruhigte, und ihre Blicke streiften verstohlen umher, doch es waren trainierte Leute, die Sandara treu ergeben waren. Sie waren zu keinem Augenblick so abgelenkt, daß ein Angriff auf sie Aussicht auf Erfolg gehabt hätte. Das einzige, was Cedric und seinen Begleitern eine solche Aktion eingebracht hätte, wäre ein schneller Tod gewesen.

Insgeheim fragte er sich, ob das angesichts einer geistig versklavten Zukunft nicht die angenehmere Alternative gewesen wäre.

Sandara besprach sich mit den Phagon und ihren eigenen Technikern, und dann setzte sie sich in dem modern ausgebauten Teil der Halle auf einen Platz, um den herum verschiedene Übertragungsgeräte aufgebaut waren. Cedric begriff, daß dies der Platz war, von dem aus sie bereits vorhin zur Eröffnung der Sternengala zu den Gästen gesprochen hatte. Über einen Videoschirm vor ihr erhielt sie ein Bild aus der Halle. Die Festlichkeiten dort waren in vollem Gang, fröhlicher und ausgelassener denn je. Cedric dachte düster daran, daß es die letzten Minuten waren, die diese Menschen in gedanklicher Freiheit würden verleben können.

Auf einen Fingerzeig Sandaras hin wurde die Übertragung eröffnet. Über den Videoschirm war zu sehen, wie im Festsaal sämtliche Aktivitäten erstarben und sich alle Köpfe zur Hallendecke wandten. Dort mußte abermals eine holografische Projektion der Juwelenkönigin erschienen sein.

»Liebe Freunde und Gäste der Sternengala«, begann Sandara zu sprechen. »Der Zeitpunkt, da sich unser diesjähriges Fest seinem Höhepunkt nähert, ist nun gekommen.« Sie hielt kurz inne. »Ich habe Ihnen versprochen, daß es dieses Mal eine ganz besondere Überraschung geben wird, und ich bin mir sicher, daß Sie sie bis an Ihr Lebensende nicht vergessen . . .«

»Das ist eine Falle!« brüllte Maylor — in der Hoffnung, daß seine Worte laut genug waren, um bis in den Festsaal übertragen zu werden. »Nehmt die Anhänger ab und werft sie weg, solange euch noch Zeit dazu bleibt.« Und wie um zu demonstrieren, was er damit meinte, tat er dasselbe mit seinem eigenen.

Cedric fürchtete, die Wachen würden Maylor einfach erschießen, aber sie hielten sich zurück. Sandara reagierte auf die Störung nur mit einem überlegenen Blick in seine Richtung, und diese kurze Geste, die in der Festhalle sicherlich ganz anders gedeutet werden würde, sagte Maylor, daß er sich ihretwegen die Seele aus dem Leib schreien könnte, ohne daß ihn jemand der Gäste würde hören können.

Sandara fuhr fort mit ihrer Rede. Noch ein paar schöne Worte – und Cedric hatte den Eindruck, als zögere sie es absichtlich etwas hinaus –, dann gab sie einem der Phagon ein Zeichen, während sie gleichzeitig mit erhobener Stimme sprach:

»Nun denn – hier ist sie, meine diesjährige Überraschung!«

Der Boden begann selbst hier, unter dem Fundament der Sternenstadt, zu vibrieren, als über ihnen sämtliche Energiemeiler anliefen. Es dauerte nur Sekunden, dann begann die gigantische Kugel aus Byranium von innen heraus zu leuchten. Grünlicher Lichtschein erfüllte die Halle, dazu etwas, das wie ein sonores Brummen klang. Und noch etwas anderes geschah. Der säulenähnliche Sockel begann sich zu bewegen, dehnte sich aus und zog sich wieder zusammen, in einem sich beständig wiederholenden Rhythmus. Es schien fast so, als wäre das so organisch aussehende Gestein endgültig lebendig geworden und hätte mit einem Male zu *atmen* angefangen.

Cedric wartete darauf, was weiter geschah, ebenso wie seine Gefährten, doch offensichtlich war das alles gewesen. Es gab keinen großen Knall, kein Feuerwerk, keine Fanfaren – nur Sandaras vor Ironie triefende Stimme.

»Und damit begrüße ich Sie, werte Freunde und Gäste, als neue Untertanen meines Reiches«, sagte sie in die Aufnahmegeräte. »Eines Reiches, das das untergegangene alte Imperium an Größe und Stärke noch bei weitem übertreffen wird.«

Wenn Cedric damit gerechnet hatte, daß sich in der Festhalle Empörung oder Aufregung breitmachen würde, so hatte er sich getäuscht. Man reagierte mit derselben Unbewegtheit, als hätte Sandara lediglich ein paar weitere, belanglose Floskeln dahergesagt.

»Und zum Zeichen Ihres Einverständnisses klatschen Sie jetzt alle dreimal in die Hände«, fügte sie hinzu, und das Unglaubliche geschah. Jedermann in der Festhalle hob seine Hände und klatschte kurz hintereinander dreimal, und selbst die Wachen, die Cedric und seine Gefährten bewachten, beteiligten sich daran. Doch der Moment kam viel zu überraschend, als daß er darauf hätte reagieren können, und einen Augenblick später standen sie ihnen mit derselben Wachsamkeit gegenüber wie zuvor. »Feiern Sie weiter und genießen Sie das Fest«, redete Sandara weiter. »Sie werden früh genug weitere Anweisungen erhalten.«

Damit war die Übertragung beendet. Auf dem Videoschirm war zu sehen, wie die Aktivitäten in der Festhalle wieder einsetzten, doch im Gegensatz zu vorher wirkte das ausgelassene Treiben seltsam unecht, so als würden alle nur so tun, als ob sie fröhlich wären. Es war ein bezeichnendes Bild dessen, was diesen Spiralarm der Galaxis erwartete.

Sandara schien es nicht zu stören. Im Gegenteil. Mit zufriedener Miene erhob sie sich aus dem Stuhl und tauschte mit den Faktoren, die sie unterstützt hatten, einen triumphierenden Blick.

»Wir haben es geschafft!« rief Wosch. »Wir haben es endlich geschafft.«

»Richtig, das haben wir«, bestätigte Sandara, und ihr Gesicht wurde wieder ernst und sachlich. »Es gibt da nur ein kleines Problem.«

»Ein Problem?« fragte Wosch. »Was für ein Problem?«

»Oh, es ist kein Problem, das mich beträfe«, sagte Sandara. »Es ist etwas, das in erster Linie euch angeht. Ich habe nämlich keine Verwendung mehr für euch!«

Kaum hatte sie die Worte ausgesprochen, fanden sich die Faktoren plötzlich von Wachen umringt wieder. Keiner von ihnen hatte daran gedacht, eine Waffe bei sich zu tragen, und so waren sie schnell überwältigt, zumal Männer wie Wosch nicht sonderlich im Kampf geübt waren. Ihr Gebiet war die Schreibtischstrategie.

»Bringt sie in den Gefangenentrakt!« trug Sandara den Wachen auf. »Ich werde mich später um sie kümmern. Vielleicht habe ich für den einen oder anderen ja noch eine Verwendung, wenn er erst ebenfalls eines unserer netten Schmuckstücke trägt.«

Die Männer wurden abgeführt, und alles Protestieren half ihnen nicht. Wosch versuchte, sich auf Sandara zu stürzen, aber ein Hieb mit dem Strahlerkolben machte seine Absicht zunichte. Bewußtlos wurde er hinausgeschleift.

Sandara wandte sich Cedric und den anderen zu. Ein Problem hatte sie erledigt, jetzt widmete sie sich dem nächsten. Zielstrebig war sie, das mußte man ihr lassen.

»So, und nun zu euch. Ich werde jetzt jedem von euch einen dieser hübschen Anhänger umlegen lassen, und dann . . .« Sie wurde unterbrochen, als ein Mann zu ihr trat und ihr etwas zuflüsterte. Sie nickte. »Gut, lassen Sie ihn den Yoyodynen herbringen. Dann haben wir alle Schnüffler beisammen.«

Cedric ahnte, was das bedeutete, und diese Ahnung wurde kurz darauf bestätigt. Als der Aufzug sich in die Halle senkte, entstiegen ihm Burns und die Wachen, die er bereits vorhin bei sich gehabt hatte. Sie alle trugen Schmuckanhänger um ihren Hals, und daß sie der fremdartigen Anlage, der sie hier begegneten, kaum Aufmerksamkeit schenkten, überzeugte Cedric, daß auch sie unter dem Einfluß der Hypno-Strahlung standen. Sie führten Kara-Sek herein, und Burns gab ihm auf den letzten Metern in ihre Richtung einen deftigen Stoß, der seine gesamte Verachtung ausdrückte.

»Wir haben ihm im Quartier der drei gefunden«, erstattete Burns Sandara Bericht. »Und er hat sich gerade daran zu schaffen gemacht.« Auf einen Wink von ihm brachte eine der Wachen einen metallischen Koffer und stellte ihn vor Sandara auf den Boden.

Es war der Koffer mit dem Byranium-Brocken, wie Cedric erkannte.

»Sehr gut, Burns«, lobte Sandara, doch diesmal strahlte Burns nicht über beide Ohren, sondern nahm das Lob fast teilnahmslos zur Kenntnis. »Und nachdem Sie soviel für mich getan haben, dürfen Sie noch eine andere wichtige Aufgabe für mich übernehmen.« Sie deutete zu einem Behälter, in dem sich Dutzende der Schmuckstücke befanden, wie sie alle Gäste trugen. »Legen Sie jedem der Gefangenen einen davon um. Aber vorsichtig. Ich könnte mir vorstellen, daß sie zu jeder Verzweiflungstat fähig sind.«

Sie kamen nicht dazu, etwas derartiges zu versuchen. Die Wachen, die sie in Schach hielten, beäugten jede ihre Bewegungen mit Argusaugen, und wenn Cedric den Gedanken, sich auf Burns zu stürzen, sobald dieser vor ihm stand und ihm den Strahler aus dem Halfter zu reißen, auch dutzendmal im Kopf durchspielte, die auf ihn gerichteten Waffen ließen ihm keine Chance dazu, als der Sicherheitsmann vor ihn trat und ihm den Anhänger um den Hals legte.

Und dann gab es noch etwas, das ihn davon abhielt. Während Burns das tat, zwinkerte er Cedric plötzlich zu, ganz kurz nur, so daß es niemand außer ihm sehen konnte, aber es war unübersehbar. Cedric dachte im ersten Moment, es sei eine höhnische Geste, aber als er das Schmuckstück um seinen Hals hängen hatte und keinerlei Beeinträchtigung seines Bewußtseins spürte, begriff er, was geschehen war.

Burns hatte ihm einen inaktivierten Anhänger gegeben. Und

zwar im vollsten Bewußtsein dessen, was er da tat. Das bewies nicht zuletzt das Augenzwinkern, das er auch Maylor zuwarf, während er ihm ein Schmuckstück umlegte. Cedric ließ die letzten Sekunden noch einmal vor seinem inneren Auge abrollen und wurde sich gewahr, daß Burns, als er neben den Behälter getreten war — und zwar so, daß er Sandara den Rücken zugewandt hatte, damit sie nicht erkennen konnte, was er da tat — die Anhänger gar nicht daraus entnommen hatte, sondern einer seiner Anzugtaschen, was er allerdings mit einer geschickten Bewegung kaschiert hatte.

Kaum hatte er dem letzten von ihnen — Bedam — das Schmuckstück umgelegt, suchte er noch einmal Blickkontakt mit Cedric, der unmerklich nickte.

»Jetzt!« schrie Burns, wirbelte herum und eröffnete das Feuer auf die Wachen, die sie in Schach gehalten hatten, und im gleichen Augenblick sprang Cedric nach vorne und warf sich auf den ihm nächsten Mann. Es gelang ihm, ihn niederzuschlagen und ihm die Waffe zu entreißen, und einen Lidschlag später war er auch schon dabei, Burns Unterstützung zu geben, der Sandara und die Phagon mit weiteren Salven in Deckung zurücktrieb.

Übergangslos herrschte komplettes Chaos innerhalb des Felsendomes. Auch Cedrics Gefährten hatten sich auf die Wachen gestürzt und entwendeten ihnen die Waffen. Doch bald hatten ihre Gegner hinter irgendwelchen Aufbauten Schutz gesucht, und ihre Gegenwehr nahm langsam zu, so daß Cedric und seine Begleiter selbst gezwungen waren, hinter einem Kistenstapel Deckung zu suchen.

»Burns!« rief Cedric durch den Lärm, als er sah, daß der Sicherheitsmann neben ihm in die Hocke gegangen war. »Wie kommt es, daß ausgerechnet Sie unser rettender Engel sind?«

»Bedanken Sie sich bei Ihrem Freund«, gab Burns zurück. »Ich habe ihm vielleicht etwas besser zugehört, als er geglaubt hat. Und Ihr Freund, dieser Yoyo, hat mir dann den Rest erzählt. Ich will nicht unbedingt sagen, daß ich ihm geglaubt hätte — welchem Yoyo kann man schon trauen? —, aber ich habe das, was er gesagt hat, zumindest in Erwägung gezogen. Und als ich ihn dann hierhergebracht und gesehen habe, was los war, wußte ich, was zu tun war!«

»Warum sind Sie der Hypno-Strahlung nicht erlegen?«

»Ihr Yoyo hat mich überredet, meinen Anhänger gegen einen derjenigen auszutauschen, die er dabei hatte. Und die anderen hat er mir ebenfalls übergeben. Das waren diejenigen, die ich Ihnen dann umgehängt habe.«

Über ihren Köpfen schlug eine Salve ein und zwang sie tiefer in Deckung. Kaum ließ das Feuer etwas nach, jagte Cedric einen Feuerstoß zu ihren Gegnern hinüber, ohne viel auszurichten. Es hatte sich eine Art Pattstellung ergeben. Sie beide hatten sichere Stellungen bezogen, in denen sie für die anderen nicht zu erwischen waren.

»Feuert auf die Byranium-Kugel!« rief Cedric und begann mit gutem Beispiel voranzugehen.

Doch die Lichtbahn seines Lasers glitt wirkungslos an der Kugel ab, und auch das unterstützende Feuer seiner Gefährten vermochte nichts auszurichten. Als nächstes versuchte Cedric es mit den Energieleitungen, doch auch die waren zusätzlich gepanzert. Sie hätten erheblich größere Geschütze benötigt, sie zu zerstören.

»Geben Sie auf!« schallte Sandaras Stimme zu ihnen herüber. »Sie haben keine Chance. In wenigen Augenblicken wird Verstärkung hier sein.«

Cedric glaubte ihr das unbesehen. Er biß sich auf die Lippen, bis es schmerzte. Irgend etwas mußte er doch tun können! Sein Blick fiel auf den Koffer mit dem Byranium, der vor ihnen auf offener Fläche lag, und dann wußte er, was zu tun war. Wenn sie eine Chance hatten, dann diese.

»Gebt mir Feuerschutz!« schrie er, und während seine Gefährten die gegnerischen Stellungen unter Dauerbeschuß nahmen, verließ er die Deckung und hechtete zu dem Koffer. Links und rechts von ihm schlugen ein paar gleißende Garben in den Boden, aber er kümmerte sich nicht darum, sondern öffnete die Verschlüsse des Koffers mit fliegenden Fingern, nahm den Brocken heraus, dessen Unruhe so überwältigend war, daß Cedric befürchtete, im nächsten Augenblick selbst Opfer einer Spontan-Reaktion zu werden, und schleuderte ihn in Richtung der leuchtenden Byranium-Kugel.

Seine Kraft hätte nicht ausgereicht, den kiloschweren Brocken tatsächlich bis dort emporzukatapultieren, aber das war auch nicht nötig. Kaum war der Brocken auch nur in die Nähe der großen Kugel gekommen, zuckten Tentakel aus ihm hervor, stießen auf den leuchtenden Ball zu, aus dem gleichzeitig ähnliche Auswüchse herausschnellten, und als beide sich trafen, gab es einen Entladungsblitz, der Cedric sekundenlang blendete, und urzeitliches Grollen rollte durch den Raum.

In es hinein mischten sich Schreie wie in größter Not, und als Cedric wieder einigermaßen in der Lage war, etwas zu erkennen, sah er im grünlichen Licht, das über ihm geradezu zu explodieren schien, wie die Wachen, die gerade noch auf sie geschossen hatten, wie betäubt umhertorkelten. Die Spontan-Reaktion, durch den Brocken in dem Koffer in Gang gesetzt, hatte die hypnotische Beeinflussung unterbrochen. Doch die Schreie stammten nicht von ihnen, sondern von den Gen-Clonen.

Plötzlich veränderten sie sich auf furchterregende Weise. Teile ihres Körpers begannen zu zerfließen, während sich andere Gliedmaßen gleichzeitig wie Luftballons aufblähten und zerplatzten. Die geklonten Körper waren nicht mehr in der Lage, ihre Form zu halten, und auch dafür müßte das blitzende Crescendo verantwortlich sein, das den unterirdischen Dom mit grünlichen Blitzen füllte.

Cedric ahnte, daß es innerhalb der gesamten Sternenstadt ähnlich aussehen mußte. Die einzigen, die noch zu normalem Handeln in der Lage waren, waren die Phagon, doch die waren von der unerwarteten Wendung der Ereignisse viel zu sehr überrumpelt, um noch Gegenwehr zu leisten. Statt dessen suchten sie ihr Heil in der Flucht.

Er sah, daß auch Sandara von diesem Prozeß betroffen war. Ihr sonst so makelloses Gesicht war zu einer grauenvollen Grimasse zerflossen, und sie floh auf den Aufzug zu der Kommandozentrale zu. Cedric war von ihrer Veränderung viel zu sehr berührt, als daß er imstande gewesen wäre, auf sie zu schießen.

Er eilte ihr hinterher zum Fahrstuhl, und als er ihn erreichte, waren Sheryl und Maylor plötzlich neben ihm. Sie fuhren hoch zur Kommandozentrale, kamen an Dutzenden, zu jeder vernünftigen Reaktion nicht mehr fähigen Menschen vorbei und fanden Sandara schließlich in einem Kontrollraum.

Beziehungsweise: Sie fanden das, was von Sandara noch übrig war. Ihr Körper war bis zur Unkenntlichkeit zerflossen oder aufgeplatzt, und daraus kroch ein Phagon, der die Körpermaße eines Kindes hatte.

Cedric erkannte, daß Sandara — die echte Sandara — vermutlich schon lange tot war. Womit sie es zu tun gehabt hatten, war nichts weiter als ein Phagon gewesen, der sich in einer genetischen, gezüchteten Körperhülle bewegt hatte, die der Juwelenkönigin bis ins kleinste Detail glich.

»Glaubt nicht, daß ihr gewonnen hättet!« rief er mit seiner knarrenden Stimme, aus der unverhohlene Bosheit sprach. »Selbst wenn ihr verhindert habt, daß unser Plan Erfolg hat, niemand von euch wird überleben!«

Er deutete mit seinem kleinen Arm auf einen Bildschirm, auf dem Ortungsergebnisse des Systems, in dem dieser Asteroid lag, überspielt wurden. Deutlich waren die Ortungsbilder zu erkennen, mit denen mehrere Raumschiffe aus dem Hyperraum fielen und Kurs auf *Star City* nahmen. Cedric wußte die schematischen Rasterbilder gut genug zu deuten, um zu wissen, daß es sich um schwere Kreuzer handelte.

Phagonische Schlachtschiffe! Natürlich, es war nur logisch, daß sie jetzt, da die Verschwörung scheinbar Erfolg gehabt hatte, hierherkamen, um an dem Triumph teilzuhaben.

»Sieben, acht«, zählte Maylor die Ortungsreflexe mit. »Das ist eine ganze Menge Zeug, das da auf uns zukommt.«

Der kleine Phagon hatte sich aus seiner Hülle befreit und näherte sich einem Pult. Sheryl streckte ihn mit einem Schockerschuß nieder, ehe er Dummheiten anstellen konnte.

»Was sollen wir tun?« rief sie.

Cedric spielte alle Gedanken durch. Die Kreuzer, die sich im Orbit des Asteroiden befanden, würden ihnen keine große Hilfe sein. Die Angreifer waren ihnen an Feuerkraft weit überlegen.

»Da!« rief Sheryl plötzlich und deutete erregt auf den Bildschirm.

»Seht doch!«

Es waren weitere Ortungsreflexe, die plötzlich zu sehen waren, und zwar mehr als ein ganzes Dutzend. Sie strebten auf die anderen Schiffe in spitzem Winkel zu.

»Das sind Sarday'kin!« rief Maylor. »Das sind unsere Leute!«

Cedric sah es ebenfalls, und er hatte keinen Zweifel, wer dafür verantwortlich war, daß diese Flotte gerade im rechten Augenblick aufgetaucht war.

Es kam zu keiner Raumschlacht. Die Phagon-Schiffe erklärten, nachdem sie ihre Unterlegenheit eingesehen hatten und es für sie keine Möglichkeit gab, wieder in den Hyperraum zu entwischen, ihre Kapitulation.

Minuten später hatten sie zum erstenmal Bildkontakt mit dem Führungsschiff der so unerwartet eingetroffenen Sarday'kin-Flotte, und auf dem Bildschirm zeigte sich niemand anderes als der Daily Lama.

»Gratuliere«, sagte er, und auf seinem kahlköpfigen Gesicht zeigte sich die sparsame Andeutung eines Lächelns. »Wie ich sehe, haben Sie dort unten alles im Griff.«

»Das ist vielleicht etwas übertrieben«, sagte Cedric, »aber das Gröbste haben wir erledigt.« Und er konnte sich nicht verkneifen hinzuzufügen: »Genau, wie Sie es von Anfang an geplant haben.«

»Wenn es etwas gibt, das ich liebe, dann ist es ein guter Plan«, erwiderte der Daily Lama.

»Sie hätten uns wenigstens einweihen können, was für eine Rolle wir darin spielen.«

»Vielleicht«, gab der Daily Lama zu. »*Aber ist es letztendlich nicht egal, ob...*«

»Nein, Sir!« unterbrach Cedric.

»Erzählen Sie mir jetzt bitte nichts von Katzen. Ich bin mir sicher, wann immer mir in den nächsten Monaten ein katzenähnliches Geschöpf über den Weg läuft, drehe ich ihm eigenhändig den Hals um!«

Er spürte, wie Sheryl neben ihn getreten war und sich sanft an ihn schmiegte. Ihre Blicke trafen sich.

»Anwesende natürlich ausgenommen«, fügte er lächelnd hinzu.

ENDE

WOLFGANG HOHLBEIN

im Bastei-Lübbe Verlag

Band 25 260
Geisterstunde
In vier meisterhaften Erzählungen feiert der Horror seine schönsten Triumphe. Wolfgang Hohlbein, der bekannte Autor phantastischer Literatur, lädt ein zu verwunschenen Orten und unheimlichen Begegnungen:
In ein ehemaliges Internat, dessen Schüler einst den Pakt mit dem Teufel schlossen. In eine stillgelegte Privatklinik, mit einem Labor, in dem auch heute noch entsetzliche Dinge geschehen. In ein unheimliches Kaufhaus, wo die Schaufensterpuppen nicht so leblos sind, wie es eigentlich sein sollte. In ein uraltes Landhaus, wo ein Zitat aus einem verwunschenen Buch schreckliche Wahrheit wird.

Band 25 261
Die Töchter des Drachen
Als Talianna noch ein Kind war, töteten Drachen ihre Eltern und legten ihr Dorf in Schutt und Asche. Nun, fast zwanzig Jahre später, zieht sie in die Welt hinaus, um die grausamen Drachen zu finden – und Rache zu nehmen. Ihr Weg führt sie durch eine zerstörte Welt, durch endlose Wüsten und ausgetrocknete Meere, wo jeder Schritt tödliche Gefahren birgt. Phantastische Lebewesen stellen sich ihr in den Weg, doch Talianna schreckt vor nichts und niemanden zurück. Bis sie den geheimnisumwitterten Töchtern des Drachen gegenübersteht und erkennen muß, daß auch sie nur eine kleine Rolle in dem großen Spiel der Mächte gespielt hat.

Band 25 262
Der Thron der Libelle
In Karas seltsamer Drachen-
welt herrscht nach langer
Unruhe endlich Frieden. Bis
plötzlich Schelfheim, die
große Stadt am Schlund,
langsam, aber unaufhörlich
im Abgrund versinkt. Kara
und ihre Drachenkrieger
wollen das Rätsel lösen. In
den riesigen Höhlen unter der
Stadt treffen sie auf sonder-
bare Fremde – und auf
stählerne Libellen, die Feuer
spucken.
Wolfgang Hohlbein, Deutsch-
lands Fantasy-Autor Nummer
Eins, mit seinem bislang
ambitioniertesten Roman.

Band 25 263
Der Hexer von Salem
Wir schreiben das Jahr 1883.
Vor der Küste Schottlands
zerschellt ein Viermaster auf
den tückischen Riffen. Nur
wenige Menschen überleben
die Katastrophe. Unter ihnen
ein Mann, der die Schuld an
dem Unglück trägt. Ein
Mann, der gejagt wird von
uralten, finsteren Göttern . . .

H.P. Lovecraft, einer der
Urväter der phantastischen
Literatur, schuf mit dem
Cthulhu-Mythos ein Universum des Grauens, beherrscht
von bösen Gottheiten, von
lebenden Schatten und
Büchern, in denen der Wahnsinn nistet. Nun belebt Wolfgang Hohlbein den Mythos
neu!

Band 25 264
Neues vom Hexer von Salem

Er ist der Sohn eines mächtigen Magiers. Doch nicht nur die Hexerkräfte seines Vaters sind auf Robert Craven übergegangen. Auch der furchtbare Fluch der *Großen Alten*. Craven ist dem Tode geweiht. Es gibt nur einen Weg, den finsteren Göttern zu entkommen – die Magie eines uralten, sagenumwobenen Buches, in dem der Wahnsinn haust.
Zusammen mit seinem Freund H.P. Lovecaft macht er sich auf die Suche nach dem *Necronomicon*. Doch alles scheint verloren, als die *Großen Alten* Macht über den Geist des Vaters erlangen.

Band 25 265
Der Hexer von Salem
Der Dagon-Zyklus

Im September des Jahres 1885 wird vor der Küste Englands ein schreckliches Seeungeheuer gesichtet. Selbst Kanonen können der Bestie nichts anhaben.
Robert Craven, hat zu dieser Zeit andere Sorgen. Sein Freund und Mentor Howard Lovecraft ist spurlos verschwunden. Er ahnt nicht, daß das Auftauchen des Ungeheuers und Lovecrafts Verschwinden in direktem Zusammenhang stehen. Unter dem Meer schmiedet ein Wesen seine dunklen Pläne, das Äonen alt ist und sich nun aufmacht, das Land zu erobern. Nur der Hexer

hat die Macht, den Fischgott Dagon zu besiegen. Er und das Seeungeheuer, das in Wahrheit die legendäre Nautilus ist, das Unterseeboot Kapitän Nemos . . .

Band 25 266
Der Sohn des Hexers
In jener Nacht, als das letzte Siegel fiel und dreizehn der abgrundtief bösen Götter, die man die *Großen Alten* nannte, in die Wirklichkeit entkamen, in jener Nacht wurde der Sohn des Hexers geboren. Während Robert Craven, seinen letzten Kampf focht, gebar Shadow, der abtrünnige Engel, das Kind – und starb selbst nur wenige Minuten darauf.

Ein Teil von Robert Cravens Geist und seiner Magie ging auf den Knaben über und machte ihn zum Erben der Macht – und zum größten Feind der *Großen Alten*. Die blasphemischen Götter jedoch schmiedeten einen Plan, der an Bosheit und Qual alles übertraf, was je ein Mensch erleiden mußte. Das Kind verschwand spurlos – und das größte Abenteuer des Hexers begann..

Band 25 267
Die Heldenmutter
(mit Heike Hohlbein)
Eigentlich ist Lyra nur ein armes Bauernmädchen, doch dann findet sie das Kind der

erschlagenen Elfenprinzessin und muß fliehen. Denn dieses Neugeborene wird gejagt, weil eine alte Prophezeiung es zum Befreier des Landes erklärt. Um dem Kind ein Leben in Krieg und Kampf zu ersparen, greift Lyra selbst zum Schwert. Gegen den übermächtigen Feind steht ihr nur ein Helfer zur Seite – der Zauberer Dago. Doch kann sie einem Mann vertrauen, der aus dem Nichts zu kommen scheint?

Band 25 268
Die Moorhexe
Eine Jahrtausendflut hat es an Land gespült, in einer einzigen sturmdurchpeitschten Nacht. Und als das

Meer sich zurückzog, blieb es als Gefangener im Moor zurück – ein Wesen aus den lichtlosen Tiefen des Ozeans, älter als die Menschheit selbst: die Moorhexe.
Und diese Moorhexe wartet, erfüllt von unendlicher Gier nach Leben und grenzenlosem Haß.
Dann schuf sie die Falle, eine perfekte, tödliche Falle, die auf ihre ahnungslosen Opfer wartet: das Haus im Moor.

Band 25 269
Das große Wolfgang Hohlbein-Buch
Der Mann ist ein Phänomen, ein Magier der Worte, ein Zauberer, der Geschichten webt. Hundert Bücher hat Wolfgang Hohlbein in zehn Jahren geschrieben und Millionen von Lesern in seinen Bann gezogen. Grund genug, endlich in einem Band die vielen bunten Facetten seines Werkes zu präsentieren: Das große Wolfgang Hohlbein-Buch enthält die ersten, längst vergriffenen Erzählungen des Meisters sowie eine Handvoll faszinierender Kurzromane. Alle Seiten seines Schaffens klingen an: Horror, Fantasy und Science Fiction – sämtliche Dimensionen der Phantastik. Ein Werkstattbericht, mit einem Einblick in Wolfgang Hohlbeins Privatleben rundet diesen einzigartigen Band ab.